메비리도의 꿈

앙투안 볼로딘
Antoine Volodine, 1950–

앙투안 볼로딘은 1950년에 프랑스에서 태어났다. 러시아 문학을
가르치고 번역했으며, 프랑스어로 글을 쓴다. 40여 편에 이르는
소설을 통해 문학적 평행 우주 '포스트엑조티시즘'을 구현했다.
『미미한 천사들』(1999)로 베플레르 상과 리브르 앵테르 상을,
『찬란한 종착역』(2014)으로 메디시스 상을 받았다.

SONGES DE MEVLIDO

by Antoine Volodine

앙투안 볼로딘

메블리도의 꿈

워크룸 프레스

일러두기

이 책은 앙투안 볼로딘(Antoine Volodine)의『메블리도의 꿈
(Songes de Mevlido)』(파리: 쇠유 출판사[Éditions du Seuil],
2007)을 한국어로 번역한 것이다.

본문의 주는 모두 옮긴이 주다.

원문에서 이탤릭체로 강조된 부분은 방점으로, 대문자로 강조된
부분은 고딕체로 구분했다.

차례

1부
메블리도의 밤

메블리도는 재차 벽돌을 치켜들었고, 베르베로이앙은 부하에게 머리를 맞는 게 싫어 서둘러 자아비판을 재개했다.

"맞습니다." 그는 인정했다. "사소한 과실들이 맞습니다. 지금까지는 그런 것만, 사소한 과실만 시인했습니다. 하지만 이제는…. 이제부터 저는…."

그는 마른기침으로 목소리를 가다듬더니 허리를 약간 폈다. "이제는 솔직하게 말하겠습니다."

그의 두 눈 위로 피가 장막을 이루며 흘러내렸다. 그 붉은 막 너머로 그의 굴욕을 참관하며 지루해하는 군중 대표자들이 흐릿하게 보였다. 그가 자백하는 죄상은 흔해 빠진 것뿐이었다. 경찰관들은 사람을 구타하는 데 익숙한지라 지금 벌어지는 장면의 폭력성에 동요할 일이 없었다. 게다가 메블리도는 상황을 악용하지 않았다. 메블리도는 베르베로이앙을 계속 상관으로 대우하면서 절도 있게 매질했고, 베르베로이앙의 머리통에 찰과상을 입히기는 했지만 그때도 일부러 약하게 때렸다. 이념계원 발카친은 이미 자리를 떴으므로 메블리도가 얼마나 가차 없이 때리는지를 확인할 수 없었으며, 사실상 심문은 큰 피해 없이 진행되고 있었다. 어쨌든 피고인의 직급이 경찰서장이다 보니 발카친으로서도 행차하지 않을 수 없었지만 프롤레타리아 윤리에 대한 연설로 모든 사람을 졸게 만들고는 15분 만에 사라진 것이다. 이번에도 역시 자아비판 행사는 어영부영 흘러가고 있었다. 옛날에는, 200–300년 전 부자들과의 전쟁이 아직 완패로 마무리되지 않았던 시절에는 나름의 존재 이유가 있었지만 지금은 — 모든 것의 종말까지는 아니더라도 — 역사의 종말과 더불어 바보 같은 의례로 전락해 버린 연극적 순간이었다.

"제가 얼마나 비열한 짓을 했는지 자각하고 있습니다…. 저는 고위직을 맡을 자격이 없습니다." 베르베로이앙은 웅얼거리며 말했다.

기실 그는 인민회의에서 내린 징계를 받고 나면 모든 것이 원상 복귀될 것임을 알고 있었다. 상처에 머큐로크롬을 바를 것이고, 예컨대 메블리도와 담배를 피우려고 다시금 서장 책상에 앉을 것이고, 두 사람은 오전부터 손을 대지 못하고 있던 범죄 사건 서류들을 다시 들여다볼 것이다. 사회도 경찰 기강도 바뀐 건 전혀 없을 것이다. 그저 혁명적 가치들이 조금 더 변질된 정도일 것이다. 마지못해 야만과 모든 희망의 소멸을 향해 한 걸음 더 내디딘 게 전부일 것이다.

"저는 노동계급의 신뢰를 배신했습니다." 베르베로이앙은 다시 숨을 헐떡였다.

그는 딸꾹질을 했다.

"제가 저 자신을 역겨운 버러지라고 생각하는 건 그 때문입니다… 그리고…."

"더 크게 말하시오! 잘 안 들린단 말이오!" 메블리도가 소리를 질렀다.

갑갑한 날씨의 오후였다. 회의실에는 뇌우가 몰아치기 직전의 우중충한 열대성 공기가 감돌았다. 발카친은 자기가 떠난 뒤에는 에너지 절약이 필수이기라도 한 듯 회의실을 나서면서 팔을 뻗어 전등을 모두 껐다. 아무도 전등을 다시 켜지 않았다. 단상 위 메블리도와 베르베로이앙의 동작이 어찌나 억지스럽고 어색한지, 만약 유료 공연이었다면 야유가 터지고도 남았을 것이다.

군중은 네 명에 불과했고, 발카친이 떠난 뒤로는 아무런 구호도 외치지 않았다. 페트로 미시건, 매키 지앙, 바포스 보르쿠타, 아다르 마기스트랄이 그들이었다. 베르베로이앙은 침울한 눈으로 그들을 잠시 훑어보았다. 시야가 또 흐릿해졌다. 시야를 가리는 피를 떨궈 내려고 여러 차례 눈을 깜박였다. 평상시에는 그의 명령을 받는 형사 네 명이 시무룩한 표정을 짓고 있었다. 몇 달, 몇 년에 걸쳐 그들은 모두 돌아가면서 베르베로이앙의 역할을 맡아 앞뒤가 맞지 않는 자백을 우물거리기도 하고 관객의 자리에 있기도 하고 메블리도의 자리에서 어쩔 수 없이 동료를 구타하기도 했다. 이런 역할 교대를 좋아하는 사람은 아무도 없었다.

베르베로이앙은 고개를 끄덕였다. 그는 발음이 불분명해 알아들을 수 없는 말을 내뱉고 있었다.

"더 크게!" 메블리도가 요구했다.

그는 허리를 굽히더니 벽돌을 쓰지 않고 베르베로이앙의 왼팔을 때렸다. 친구 사이에 툭툭 치는 것처럼 보일 지경이었다.

서장은 사형수의 자세로 무릎을 꿇고 있었다. 그는 쓰러져 신음 소리를 내더니, 곧 약간 기운을 차려 자기가 저지른 정치적 과오를 다시 나열하기 시작했다. 그중에는 다음과 같은 게 있었다.

• 여러 경찰 고위 간부에 대한 모욕이 담긴 보고서들을 불법으로 작성했음.

• 그 고위 간부들의 급료 명세서를 몰래 찾아봤음.

• 달[月]에 대한 일련의 테러를 준비했으나 무산됨.

• 통제 불능의 게토이자 열등인간[1]들과 미치광이들이 숨어 있는 무법천지의 평행 세계인 '제4닭장'의 볼셰비키 거지 할멈들을 방조함.

• 이름도 강령도 모르는 테러리스트 조직에 전술적 지원을 제공함.

• 경찰서 상조 기금에서 소액을 횡령함.

• 그리고, 이로 인해 그의 악행 목록은 더욱 복잡해지는데, 흐릿한 꿈이었지만 간밤에 꾼 악몽에 거대한 새와 항문 섹스를 하는 장면이 있었음.

"무슨 새였소? 그 새는 어떻게 생겼소? 누구와 닮았소?" 메블리도가 목멘 소리로 물었다.

베르베로이앙은 호흡을 가다듬었다. 그는 땀에 흠뻑 젖어 있었다. 얼굴에 피와 땀이 섞이면서 인상이 험악해졌다.

"무슨 색 새였소?" 메블리도가 집요하게 물었다.

"검은색이었습니다." 베르베로이앙이 웅얼거렸다. "마치 거대한 까마귀 같았습니다."

"그 새의 이름은?" 메블리도가 베르베로이앙의 머리 앞에 벽돌을 흔들면서 물었다. "이름이 기억나시오?"

"아무도 말하지 않았습니다." 베르베로이앙이 말했다. "거대한 까마귀였습니다. 생전 처음 봤습니다."

---

1. 나치 독일이 말하는 열등한 인종 운터멘쉬(Untermensch).

"누가 그 새를 능욕했소?" 메블리도가 물었다. "당신이 능욕했소? 당신이오, 아니면 다른 사람이오?"

"능욕한 게 아닙니다." 베르베로이앙이 단언했다. "상호 동의하의 섹스였어요."

"그런 일을 어떻게 그렇게 자신 있게 말할 수 있소?" 메블리도가 화를 냈다.

"잘 모르겠습니다." 베르베로이앙이 코를 훌쩍거렸다. "혼란스러운 꿈이었습니다. 거의 기억이 안 납니다."

"아니." 메블리도가 말했다. "기억나잖소. 군중이 참을성 있게 들어주면 허심탄회하게 말해야지. 근데 지금 거짓말을 하고 있잖소."

"다른 범죄들을 고백하겠습니다." 베르베로이앙이 제안했다.

"알겠소." 메블리도는 승낙했다. "까마귀 얘기는 나중에 다시 하도록."

"다른 범죄들을 자백할까요?" 경찰서장이 말했다.

"하시오." 메블리도가 말했다. "솔직하게 말한다면 군중은 아량을 베풀어 줄 것이오."

그는 똑바로 서서 서장을 내려다보았다. 벽돌을 어떻게 해야 할지 알 수 없었다. 가늘게 흘러나오는 불그스름한 피 말고도 열상투성이인 베르베로이앙의 피부는 끊임없이 액체를 토해 내고 있었다. 액체 중 일부는 알 수 없는 생체적 이유로 더러운 황색을 띠었다. 짧게 깎은 서장의 머리칼 아래로 흉측한 꼴의 상처가 보였다. 메블리도는 역겨워하는 빛이 역력한 채 벽돌을 휘둘렀다.

"군중이 듣고 있잖소." 그는 위협했다.

베르베로이앙은 다시 고개를 어깨 사이에 파묻고는 나직한 목소리로 자기의 범죄를 나열하기 시작했다.

- 기밀 서류들을 훔쳐 이름도 강령도 모르는 무장 그룹에 건넸음.
- 중요 인사든 아니든 유력 인사들을 살해한 자들에게 호감을 품었음.
- 모르는 이들에게 탄약을 건넸음.

- 몇몇 범죄자가 모두 메블리도의 친구이거나 어쩌면 메블리도 자신임을 알고도 이 범죄자들을 고발하지 않았음.
- 볼셰비키 무리에 잠입한 경찰인 동시에 경찰 내부의 제4닭장 스파이인 메블리도의 이중간첩 작전을 제대로 지휘하지 못했음.
- 지난달에 공동 소유의 두루마리 화장지 세 개를 훔쳤음.
- 이념계원 발카친과의 평탄치 않은 관계를 개선하려는 노력이 없었음.

"이게 전부가 아닙니다." 그가 언급했다.

"그게 전부가 아니면 계속 말하시오." 메블리도가 말했다.

베르베로이앙은 이제 자기보다 훨씬 젊은 여인들과 수상쩍은 연애를 했다고 스스로를 고발하는 중이었다. 그중에는 특히 딸 또래의 지극히 매력적인 아나키스트가 있었는데, 이 여자는 가끔 청소부로 위장해 경찰서에 들러 서랍을 뒤졌다. 그녀는 무기고 열쇠들의 복사본을 갖고 있었고, 십중팔구 그걸로 소화기(小火器) 창고를 뒤졌을 것이다. 그는 직권을 이용해 그녀를 유혹했다. 그는 그녀를 사랑했고 그녀를 가졌다. 하지만 상대도 동일한 감정을 품고 있는지는 완전히 확신하지 못했다.

메블리도는 군중이 베르베로이앙의 고백에 충격을 받았는지를 보려고 군중 쪽을 흘끗 보았다. 네 명의 형사는 최대한 무관심한 척하고 있었다. 하지만 우직한 성격의 바포스 보르쿠타는 격분하여 뺨이 붉그레해졌다. 우리 모두처럼 그도 분개하고 있었다.

"이름을 대야 합니까?" 베르베로이앙이 중얼거렸다.

"무슨 이름?" 메블리도가 당황했다.

"그 여자의 이름요." 서장이 말했다.

"아니!" 메블리도가 고함을 질렀다. "그건 우리와 상관없소! 그런 건 군중의 관심 밖이오! 까마귀와 마찬가지요! 이름은 말하지 마시오!"

그는 베르베로이앙이 입을 다물게 하려고 마구잡이로 발길질하기 시작했다. 그의 신발에 걷어차이는 서장의 몸뚱이는 모래 자루처럼 탄탄했다. 베르베로이앙은 두 손을 허리께에 엇갈려 붙인 채, 머리에 총을 맞기라도 한 양 앞쪽으로 쓰러졌다.

15

"안 돼!" 메블리도는 다시 소리쳤다.

그러다 잠에서 깼다.

"무슨 일인데 그렇게 소리를 질러?" 그의 옆에 누워 있던 여인 말리야 바야를락이 웅얼거렸다.

"아무것도 아니야." 그가 말했다. "더 자."

그는 자리에서 일어났다. 침대가 삐걱거렸다. 말리야 바야를락은 아무 말 없이 메블리도 쪽으로 몸을 돌렸다. 어둠 속이어서 그녀가 눈을 뜨고 있는지 아닌지 보이지 않았다. 시트가 종아리까지 밀려나 있었다. 매우 더웠고, 숨이 막혔다. 침실에는 창문이 없었다.

그는 세 걸음을 내디뎌 복도를 지나 부엌에 갔고, 불을 켜지 않고 미지근한 물을 몇 모금 마셨다. 손을 잔처럼 사용했다. 찬장 위 벽에는 거미들이 꿈틀거리면서 가장 야심한 시각을 위해 아껴 둔 커다란 진동을 거미줄에 일으키고 있었다. 이견도 있었지만 몇몇 전문가에 따르면 그 진동은 일종의 언어였다. 메블리도는 입과 얼굴을 닦았다. 그는 거미들과 대화하고 싶은 마음이 없었다.

이제 그는 거실에 있었다. 길거리에서 온 반사광이 어둠을 누그러뜨렸다. 창문은 열려 있었다. 그는 잠시 움직임을 멈춘 채 세상의 냄새를 들이마시다가, 빛 쪽으로 갔다.

아파트에는 바람 한 점 들어오지 않았다.

후끈거리는 밤이었다.

"정말이야? 정말 아무 일 없어?" 그의 뒤에서 여인이 말했다.

그는 그녀를 끌어당겨 안았다. 그들은 서로의 어깨와 허리를 붙인 채 창가에 자리를 잡았다. 그들은 제4닭장의 일상적 소리를 들으면서 잠시 졸았다. 난투극의 메아리, 이뷔르족과 한국인들이 망자에게 말을 걸기 위해 치르는 제례의 음악 소리, 정신병자들의 야밤 고함 소리, 미친 노파들이 외치는 볼셰비키 슬로건, 새들의 끝없는 울음소리, 새들이 키득거리는 소리였다.

곧이어 비가 내리기 시작했다.

큼직한 빗방울이 튀는 소리에 다른 소음은 전부 덮였다.

습기 때문에 더위가 심해졌다.

"침대로 돌아가서 자야지." 메블리도가 제안했다.

말리야 바야를락은 제안을 거절했다. 지독히 눅눅한 매트리스 위에 다시 눕고 싶은 마음이 전혀 없었다.

골목길에서 비가 따닥따닥 소리를 내며 튀고 있었다.

그들은 움직이지 않았다.

그들은 몸을 붙인 채 땀을 흘렸다.

그들은 밤이 졸졸 흐르는 것을 바라보았다.

그들은 알몸이었다.

2

뒤이어 날카로운 쇳소리가 들렸고 한차례 흔들림이 있었다.
메블리도는 유리창에 머리를 부딪쳤다. 깜박 존 게 분명했다.

깜박 존 게 분명해. 그는 생각했다.

그는 좌석에서 몸을 다시 바로 폈다.

전차는 전등이 모두 꺼진 채 달리고 있었다. 때로는
흔들림이 너무 심해 차체가 분해되는 건 아닌가 싶었고, 때로는
반대로 급정거 없이 부드럽게 달리기도 했다. 그럴 때면 엔진의
전기적 무소음, 전압의 일관된 저음, 차단기의 갑작스러운 덜커덩
소리가 들려오곤 했다. 차단기 소리는 왜 나는지 이해가 되지
않았고 소리가 난 뒤에 무슨 일이 생기지도 않았다.

메블리도는 머리를 긁적이고 8–9초가 흐르기를 기다렸다가
다시금 창문에 기대 몸을 웅크렸다. 차량 안에는 어둠이 깔려
있었다. 바깥의 가로등 빛은 승객들을 비출 만큼 강하지 않았다.
전차는 메블리도가 좋아하지 않는 구간을 지나고 있었다. 대로는
전후(戰後)에 정리가 되었지만 가로변의 가옥들은 여전히 상태가
열악해서 세입자를 받을 수 없었다. 그렇게 사람이 살 수 없는
건물이 수킬로미터에 걸쳐 늘어서 있었고, 검은색 출입구와 썩은
건물 앞면 들은 곰팡내를 뿜었다. 몇몇 소문에 따르면 소년병 몇
명이 그곳에 피신해 있다고 했다. 수없이 되풀이된 집단 학살 중
최근의 학살 때 주역으로 활약한 자들이었다. 그들은 폐허들을
옮겨 다니며 절대 모습을 드러내지 않았고, 정상적으로 나이를
먹어 장년기에 들어서지 못했으며, 고집스레 반성 없이 자기들이
저지른 잔혹 행위의 추억을 무덤덤하게 벽 뒤에 숨기고 있었다.
그리고 어떤 날에는 과거에 그들에게 나쁜 일을 당했던 여자들 중
하나가 그들을 은신처에서 몰아내 복수하곤 했다.

자정이 넘은 시각이었다.

자정이 넘은 시각이었다. 굉장히 더웠다. 150여 년 전부터
모든 여름밤이 그렇듯 밤이 되어도 숨 막히는 느낌은 누그러지지
않았다. 동틀 녘까지는 기다려야 숨 쉴 만한 공기가 돌아올
것이다. 그것도 곧 사라질 약간의 서늘함이지만.

전차에서 승객들은 눈을 감고서 좌석에 앉아 흔들거리고

있었다. 운전사와 메블리도를 제외하면 승객은 여섯 명이고 모두 남성이었다. 아니, 적어도 남성이거나 아니면 기본적으로 여성이 아닌 자들이었다. 비위생적인 가옥들로부터 불어오는 장독(瘴毒)의 영향으로 다들 다른 승객으로부터 최대한 멀리 떨어진 채 졸거나 죽어 가고 있었다. 나는 그 장면이 분명히 기억난다. 나는 그 승객 중 하나였고, 남들과 마찬가지로 살아남거나 잠드는 데 좋다는 수법을 써 보면서도 실눈을 뜨고 눈앞의 광경을 바라보고 있었다. 우리의 옷차림은 다들 같은 스타일이었다. 칼라의 때가 끈적끈적한 흰 반팔 셔츠, 기계기름으로 더러워진 티셔츠, 군복 재질 바지, 해변용 샌들이나 닳아 빠진 낡은 신발. 이 시간에 순환선을 타고 귀가하는 자들에게, 2급 세상, 난민 피난처, 게토로 돌아가는 이들에게 다른 모습을 기대할 수는 없는 일이다.

전차는 곧 곡선을 그리더니 마카담 대로에 접어들었다. 이제부터는 메블리도가 내릴 정류장인 마라크빌리 문²까지 죽 달릴 것임을 나는 알고 있었다. 선로의 방향이 바뀌었고, 달이 나타나더니 앞 유리창으로 희끄무레한 미광을 퍼부었다. 어마어마하게 큰 달이었다. 달은 하늘의 절반을 차지하여, 모든 별을 없애고, 지붕들과 나무 꼭대기들을 삐죽삐죽 오려 낸 그림처럼 만들었다. 이제는 나무가 있었던 것이다.

달빛은 강렬했고 우윳빛이었다. 승객들 얼굴의 이마 선에선 땀방울이 반짝였다. 철봉들이 빛을 뿜었다. 여섯 명의 승객과 메블리도는 어둠침침한 악몽에서 더 밝은 악몽으로 넘어가 있었다. 이제 우리는 보름달을 향해 돌진하고 있었다. 괴상한 케이블카를 타기라도 한 것처럼 우리는 달을 향해 직진하고 있었다.

메블리도는 별생각 없이 주위를 둘러보다가 2미터 떨어진 좌석들 밑에서 새까만 새 한 마리가 건들거리고 있음을 알아차렸다. 꼬리뼈는 묵직하고 두 발은 두툼하며 깃털은 흐트러진 것이 거대 까마귀와 돌연변이 암탉의 잡종처럼 보였다. 녀석은 커다란 부리를 살짝 벌리고 있었다. 눈은 어디에 있는지

---

2. 구(舊)서울 시가지의 서대문, 동대문 같은 도성의 대문.

분간이 되지 않았다. 새는 전차의 덜커덩거리는 리듬에 따라 흔들리다 가끔씩 균형을 잡으려고 장엄할 만치 느릿하게 날개를 폈고, 이윽고 제 몸의 내밀한 암흑 속으로 다시 오그라들었다.

정류장이 가까워졌다. 메블리도는 자리에서 일어나 운전사에게 신호를 하려고 줄을 당겼다. 처음에는 가운데 문 앞에 섰지만, 새가 그제야 눈을 드러내며 — 눈자위가 핏빛인 호박(琥珀) 빛깔 눈이었다 — 심문하듯 자신을 노려보자 두려운 마음이 들어 뒷문 쪽으로 걸어갔다. 전차가 급정거하며 굉음을 내고 유리창이 덜그럭거리더니 곧이어 한없이 긴 2초 동안 절대적 고요가 내려앉았다. 그리고 마침내, 혼란의 시기나 혁명이나 전쟁 중에 압축공기 시스템이 만들어진 기계들이 다 그렇듯, 메블리도 앞의 문이 분노를 토하면서 열렸다.

메블리도는 전차에서 내렸다. 막 내린 차를 눈으로 쫓는 전통에 따라 그는 전차를 향해 시선을 돌렸다. 전차는 졸고 있거나 사망한 승객들을 실은 채 이미 다시 출발했다.

전차가 속도를 높였다. 전차는 다시금 달 방향으로 이륙할 채비를 하는 고물차가 되어 있었다.

메블리도로부터 1미터 떨어진 곳, 정류장 플랫폼에는 그 거대한 까마귀 역시 우주를 향해 떠나는 전차의 모습에 관심을 보이며 서 있었다. 까마귀는 가운데 문으로 하차한 것이다.

빛을 받으니 새는 덜 흉악해 보였다. 새의 두 눈은 금빛을 띠어서 만약 전염성 질환을 떠올리게 하는 역겨운 핏빛 흉터에 둘러싸여 있지 않았다면 평범한 눈빛, 심지어 호감 가는 눈빛으로 보일 수도 있었을 것이다.

"이제야 우리를 내려 줬군요." 까마귀가 까악까악거렸다. "저놈의 깡통에서 밤새 있는 줄 알았다니까요."

메블리도는 더 이상 상대를 쳐다보지 않고 불분명한 소리로 동의의 뜻을 표했다. 그치와 수다를 떨 생각을 하니 기분이 좋지 않았다.

"제4닭장에 들어가세요?" 새가 물었다.

"예." 메블리도가 말을 내뱉었다.

"용감하시네요." 새가 말했다. "평판이 아주 나쁜 동네인데 말이죠."

"뭐, 다른 데보다 나쁜 건 아니죠." 메블리도가 말했다.

"경찰도 그곳에는 발을 들이지 않는다고요." 새가 고집스레 말했다. "경찰도 엄청 두려운 거죠. 구석구석 마녀들이 없는 데가 없거든요. 정신병자들과 볼셰비키들이 득실거리고요. 볼셰비즘 말입니다, 아시죠?"

새는 머리를 어깨 쪽으로 기울였다. 등은 털이 덥수룩하고 날개는 불결했다. 새가 메블리도를 쳐다보았다. 눈자위가 붉은 두 눈이 메블리도의 내면을 살피는 것 같았다. 새의 두 눈은 무례하게 메블리도를 살피고 있었다.

"제가 사는 곳이 거기라서요." 메블리도가 말했다.

새가 다시 건들거리기 시작한 참이었다. 새는 어찌어찌 부리를 꼬아 불신을 표시했다. 이 불신에 타박이 섞인 것인지 아니면 반대로 조심스러운 동조가 섞인 것인지 알 수가 없었다.

"선생은 볼셰비즘에 공감하십니까?" 새가 까악까악거렸다. "볼셰비키 무리에 속하시나요?"

"저는 경찰입니다." 메블리도가 밝혔다.

"아!" 새가 놀라 펄쩍 뛰었다.

새는 1초 동안 가만히 있었다.

"어찌 되었든 그곳은 평판이 나쁩니다." 새가 다시 말했다.

"그렇죠 뭐, 평판이 나쁘죠." 메블리도가 동의했다. "하지만 아시다시피 다른 곳들에 비하면…."

"다른 곳 어디요?" 새가 까악까악거렸다.

지척의 가옥들에서 흘러나온 더러운 깃털과 구아노[3]의 고약한 냄새가 콧구멍이나 부리에 이르렀다.

메블리도는 기침을 했고, 막힌 목을 뚫으려고 마른기침을 했다.

두 대화자는 낯을 찌푸렸다.

대화는 다시 이어지지 못했다. 대화가 어떻게든 이뤄질 수도 있었겠지만, 거기선 분명코 다시 이어지지 못했다.

---

3. 바닷새의 배설물이 바위에 쌓여 굳어진 덩어리.

다음 날.

더 정확히는 다음 날 밤.

그 시절에는 메블리도의 삶이나 우리의 삶이나 모든 밤이
엇비슷했다.

메블리도는 중앙 경찰서의 하루 일과를 마치고 제4닭장으로
귀가하고 있었다.

다시금 전차와 졸고 있는 승객들과 전차의 소음과
그림자들이 배경이었다.

흔히 그러듯 700-800미터 앞에서 달이 길을 막고 있었다.
달은 누르스름한 상앗빛으로 마카담 대로에 바리케이드를
쳤다. 달이 선로 위에 육중하게 널브러져 있고, 하늘 한복판까지
풍경을 차지하고 있었다. 도시는 이러한 거만함의 표출에 어떻게
대응해야 할지 몰라 여기저기서 보잘것없는 저항의 시도를
하면서도, 부역과 패배 사이에서 머뭇거리고 있었다. 도시는
꺼지지 않은 몇몇 전구에 의지해 침략자에 맞서려 했다. 하지만
도시가 실제로 발하는 빛이라고는 애처롭게도 희끄무레한 미광
몇 개가 전부였다. 폐허에는 아무도 보이지 않았다. 심연의
어둠에 묻혀 벽들이 한 움큼씩 통째로 사라지고 있었다.

그날 밤도 전반적 분위기는 그러했다.

전차는 흔들리면서 앞으로 나아갔다. 제4닭장을 따라
뻗은 직선 구간에 접어들자 전차는 달이라는 장애물에 격렬히
충돌하기 위해 도약이라도 하는 듯 속도를 높이기 시작했다. 차량
안의 전구는 죄다 나간 상태였다. 승객들은 비틀거리면서 약간의
시차를 두고 전차의 덜커덩거리는 리듬을 재연하고 있었다. 다들
시체처럼 무표정한 얼굴이었다. 보나마나 승객들이 자기들 중
한 명을 운전석에 앉힌 게 뻔했다. 승객들이 그 대리 운전사에게
거대한 위성이 나타나는 즉시 그 위성에, 그 새하얀 암석에, 그
먼지에, 그 최후의 고요에 차량을 충돌시키라고 요구한 것인데,
이 임박한 종말도 승객들에게는 명백히 아무런 불안도 야기하지
못했다.

메블리도는 자리에서 일어났다. 전차가 곧 그의 정류장

앞을 지나갈 차례였다. 그는 후줄근한 형체들 사이를 걸어가 운전실과 통하는 줄을 잡아당겼다. 계기판 앞의 운전사는 사격장 표적지처럼 얇고 판판한 검은 실루엣에 불과했다. 운전사의 동작은 잘 보이지 않았다. 메블리도가 다시 신호를 하려는데 모든 것이, 브레이크 물림 장치가, 바퀴가, 바퀴 밑 레일이, 차체 틀이, 유리창이, 난간이, 철제 바닥이, 좌석이 올빼미 울음소리를 내더니 탄식했다.

곧 전차가 멈췄다. 잠시 움직임이 없더니 메블리도 앞에서 문이 열렸고, 열린 틈으로 열대야의 공기가 들이쳤다. 표지판이 마라크빌리 문에 도착했음을 알렸다. 누군가가 일부러 짐승 똥인지 진흙인지로 표지판의 글자를 더럽혀 놓았지만 글자를 읽을 수 없는 정도는 아니었다.

메블리도는 전차에서 내렸다.

내린 사람은 그 혼자였다. 그는 즉시 근방의 공기에 휩싸였고 구역질을 이겨 내려고 눈을 감았다. 상대적으로 막힌 전차의 공간을 떠나 제4닭장의 우주에 들어설 때면 종종 밀려오는 구역질이었다. 한밤의 산들바람은 구아노의 곰팡내, 가금 사육장의 악취, 온갖 종류의 짐승과 인간의 똥 냄새를 실어 왔다. 섬유질에 축축하고 검고 불결한 게토의 비루한 냄새였다. 봉기 이전의 절망과 시체 매립지의 냄새였다.

우리 미래, 우리 과거의 냄새였다.

까마득한 옛날부터 현실 세계의 냄새였다.

곧 그는 다시 눈을 떴다.

정류장의 승객들이 비를 피할 수 있도록 만들어 놓은 구조물 밑에서 형체 하나가 움직였다. 볼품없는, 여인의 형체였다.

"나와 있었어? 기다리고 있었어, 말리야?" 메블리도는 놀랐다.

말리야 바야를락이 숨어 있던 어둡고 후미진 곳에서 빠져나왔다. 어쩌면 몇 시간을 시멘트 벤치에 앉아 있었는지도 몰랐다. 그녀의 어깨가 구조물의 옆쪽 벽면에 닿아 긁혔다. 사회 갈등의 시기 동안 총알에 너덜너덜해진 직사각형의 양철 벽이었다. 양철이 떨리는 소리가 났다. 그녀가 두 걸음을 내디뎠고, 찌르는 듯한 조명 밑에 갑자기 모습을 드러냈다.

그녀는 균형을 잡는 게 어려운 듯했다. 뒤로 둔중하게 쓰러져 다시 주저앉을 것 같았다.

그녀는 검은색 바지와 요란한 색깔의 구식 옷감으로 만든 블라우스를 입고 있었다. 광기 때문에 흉해진 여인이었다. 폭삭 늙은 올리브 빛 얼굴은 어쩌면 예전에는 굉장히 매력적이었을지도 모르지만 이제는 멍하고 불안한 표정밖에 남아 있지 않았다. 눈이 풀린 건 아니지만 그녀의 시선은 눈앞의 대상을 분명 제대로 이해하지도 보지도 못한 채 관통하고 있었다. 머리칼은 헝클어지고, 피부는 번들거렸으며, 입가에는 작은 땀방울들이 맺혀 있었다. 치아는 거의 다 온전했지만 우중충한 색깔이었다. 그녀는 메블리도에게 다가와 슬며시 손을 잡았다. 그녀는 느릿느릿 움직였고 숨을 쉴 때 소리를 냈다. 이렇게 너무 습한 날씨에 몸을 움직인 게 무리였던 것이다. 그녀는 메블리도의 말에 대답하지 않았지만 그를 만나 이제 함께 귀가할 수 있어 기뻐하는 것처럼 보였다.

"자정이 넘었어. 몇 시간은 기다렸겠네." 그가 안타까워했다.

"뭐라고?" 그녀가 물었다. 정신이 나간 상태였다.

천식 때문에 목소리가 변질되어 있었다.

"몇 시간은 기다렸겠다고." 그가 다시 말했다.

그들은 플랫폼을 떠나 마라크빌리 문 방향으로 걸어가 문을 지났다. 두 50대 연인은 서로 손을 잡고 달 밑에서 느긋이 거닐었다. 경찰서에서 일하다 보니 경찰의 외모를 갖게 된 중키의 건장한 남자, 그리고 그보다 키가 약간 작고 포동포동하고 옷차림이 엉망인, 요양원 환자처럼 보이는 여자.

그녀는 이유 없이 미소 짓거나 그가 한 말의 끝부분을 반복할 때가 아니면 거의 입을 열지 않았다. 그는 끝말을 따라 하는 그녀의 버릇에 익숙했으므로 그 때문에 기분이 상하지는 않았다. 그는 오늘 있었던 일을 이야기했다. 다음 주로 예정된 다음번 자아비판 시간 이야기를 했다. 군중 앞에서 자기 죄상을 열거할 순서가 돌아왔고 그는 그 짓을 하고 싶은 마음이 전혀 없었다. 그다음에 그는 베르베로이앙의 이야기를 했다. 베르베로이앙은 메블리도가 요즘 정신을 빼놓고 다닌다고 비난했다. 다섯 문장이면 충분했다. 그녀는 듣고 있지 않았다.

마라크빌리 문의 반대편으로 가자마자 모든 사물이 달빛을 받아 하얗게 빛나는 게 덜해졌다. 골목길들은 쪼그라들어 있었다. 도시의 조명은 고장 난 곳이 많았다. 수십 미터, 때로는 수백 미터를 어둠 속에서 무작정 걸어야 했다. 인도와 차도에는 잔해가 널려 있었다. 토사물과 꿈에 좌초한 남녀 마약중독자들을 스쳐 지나는 적도 많았다. 어둠이 짙으면 살이 뒤룩뒤룩 찐 거대한 갈매기, 괴물 까마귀, 올빼미, 암탉 등 새들이 어둠을 점령했다. 새들은 지표면의 많은 곳을 뒤덮었고 빽빽이 무리 지어 모여 앉은 채 침입에 항의하고 부리로 쪼아 통행을 금지했다. 닭 울음소리, 새 울음소리 속을 걷고 있었다.

다른 모든 밤과 다를 바 없는 밤이었다. 메블리도와 말리야는 반쯤 시체 상태인 것들에 부딪혔고, 종아리에 날짐승들의 공격을 받았다. 그들은 더듬더듬 나아갔다. 달빛 아래로 나오자 그들은 눈이 부셔 눈살을 찌푸렸다.

뜨뜻한 땀방울이 흘렀다.

깃털 조각들이 입에 들어왔다.

숨이 막혔다.

이따금 메블리도는 전날 밤의 악몽을 곱씹었다. 그는 제4닭장을 두고 까마귀와 논쟁을 했더랬다. 새는 평판이 나쁘고 볼셰비즘에 물들어 있다며 이 동네를 헐뜯었다. 메블리도는 이곳이 다른 게토보다 좋지도 나쁘지도 않은 평범한 게토라고 주장했다. 새는 꼬치꼬치 캐물으려 했고, 그의 정치적 의견이 어떤 것인지 알고 싶어 했다. 상대에 대한 신뢰가 전혀 없었으므로 메블리도는 말을 돌렸다. 그는 볼셰비키에 대한 생각을 밝히지 않았다. 메블리도가 토론을 회피하자 새는 공격적이 되었다. 그들은 서먹하게 헤어졌다.

"말리야, 괜찮아?" 메블리도는 끊임없이 물었다.

그들은 비참한 몸뚱이들 사이를 지그재그로 걸었고 울부짖는 갈매기 무리를 우회했다. 말리야 바야를락은 그의 오른쪽 허리에 달라붙어 있었다.

그녀는 괜찮다고 했다. 다리가 무겁고 먼지 섞인 공기를 들이마시는 게 폐에 부담이 되지만 괜찮다고 했다.

그녀는 숨을 고르느라 잠시 걸음을 멈췄다. 그들은 곧 다시 걷기 시작했고 그는 꿈 이야기를 들려주었다.

"당신이 꾸는 꿈, 별로 좋지가 않아." 그녀가 지적했다.

"그렇지." 그가 말했다.

그녀가 자기가 한 말의 마지막 문장 반 토막을 졸면서 되풀이하는 게 아니라 자기 의견을 표시하면서 반응하여 메블리도는 기뻤다.

"미친놈이나 꾸는 꿈이야." 말리야가 다시 말했다.

그들은 함께 웃었다. 그녀는 그가 말을 걸고 장애물들을 피해 자기를 인도하면서 보여 주는 애정을 인지하고 있었다. 이 다정하고 무사태평한 산책에서 기쁨을 느꼈다. 메블리도 역시 어둠의 도움으로 두 사람이 하나가 된 게 좋았다.

두 사람 주위에서 시간과 삶의 고난은 거의 정지해 있었다. 급할 게 전혀 없었다.

게토의 밤이 그들을 어루만졌다.

그들을 달래 주었다.

얼마 후 그들은 팩토리 스트리트의 작은 건물 계단을 올랐다. 그들의 집이었다. 다른 집들보다 낡은 건 아니었다. 5층 층계참에는 타이머 전등이 작동했다. 메블리도는 밀어서 문을 열었고 집 안에 들어선 뒤에도 전등을 켜지 않았다. 그들은 희붐한 어둠 속에 있었다. 길거리 가로등이 어둠을 희석시켰다. 달빛도 제 몫을 했다. 그래서 그들은 가구나 벽에 부딪힐 걱정 없이 방에서 방으로 옮겨 다닐 수 있었다.

"뭐 좀 먹었어?" 메블리도가 물었다.

그는 부엌에 들어가 찬장을 살펴보았다. 말리야가 음식을 뒤적였던 흔적이 남아 있었다. 그녀는 음식이 빨리 상하지 않게 해 주는 뚜껑은 다시 덮어 놓지 않았어도 찬장의 철망 문은 닫아 놓았다. 바퀴벌레 두 마리가 군침을 흘리면서도 거리를 둔 채 문지방에서 헛되이 기회를 엿보고 있었다. 놈들은 메블리도가 있는 것엔 개의치 않았다. 놈들은 더듬이를 흔들었고 그 장치에 빈틈이 생기기를 기다렸다. 놈들은 언젠가 자기들이 그 철창에 들어갈 것임을 알고 있었다. 들어가서 걸신들린 듯이 먹고 죽을 것이다. 녀석들에게는 분명 그것이 인생의 주요 목표가 되어 버린 것이다.

"으음, 뭐 좀 집어 먹었구나." 메블리도가 말했다.

"뭐 좀 집어 먹었어." 말리야가 말했다.

그는 허리띠에서 경찰 신분증, 구내식당 식권 두 개, 돈 약간, 탄창 두 개가 담긴 작은 가방을 끌렀다. 가방을 탁자 위에 놓고 한숨을 쉬었다. 오늘 하루도 매일 저녁처럼 더 이상 평범할 수 없는 동작으로 끝나고 있었다. 곧 차를 한 잔 만들 것이고 찬장에서 공장제 페미컨[4] 한 줌이나 비스킷 몇 개를 집어 올 것이다. 배가 고프지 않았다. 앉고 싶었지만 자고 싶지는 않았다.

"바야를락." 말리야가 마치 그를 부르는 것처럼 말했다.

"또 무슨…." 메블리도가 말했다.

"바야를락," 말리야가 다시 말했다. "야샤르 바야를락. 그이는 좋아지질 않아."

그녀는 창문에서 1미터 떨어진, 반쯤 껌껌한 곳에서 건들거렸다. 단화 바닥이 타일에 끌리는 소리가 났다. 집 밖 바로 건너편에 달린 가로등 전구가 그녀의 머리칼을 암적색으로 비추었다.

"그이는 미쳐 가고 있어." 말리야가 덧붙였다.

"야샤르 바야를락?" 메블리도가 물었다.

말리야는 맞는다고 했다.

"어쩔 수 없어." 메블리도가 말했다.

"그이는 광기에 빠져들고 있어." 말리야가 말했다.

예전에 말리야 바야를락과 살았던 남자 야샤르 바야를락은 죽었다. 그는 15년 전 버스 테러로 말리야의 곁에서 죽었다. 말리야는 신체적으로는 시련을 극복했지만 그녀의 정신은 폭발로 인해 영영 망가져 버렸다. 정신적인 면에서 그녀는 지금 문제가 있었다. 잠깐씩은 지력, 확고한 판단력, 의욕이 돌아왔지만 다른 때는 현실감각 없이 침울할 때도 있고 수다스러울 때도 있는 몽유병 상태에 갇혀 있었다. 그녀는 야샤르의 얼굴을 자주 떠올렸고, 종종 제4닭장의 깊숙한 곳으로, '난장판'이라 불리는 제4닭장의 구역으로 야샤르를 찾아 나섰다.

---

4. 고기 조각과 채소를 지방분에 굳혀 만드는 북아메리카 원주민들의 보존 식량.

27

그 뒷골목에서 망자를 만날 수 있는 건 사실이다. 하지만 그녀는 그곳에서 야샤르를 만나지 못했고 며칠, 몇 주를 헤매며 폐허 속을 돌아다녔다. 그러고는 야샤르와 이야기를 나눴다고, 그에게 자기의 고통을 토로했다고, 그에게서 곧 돌아오겠다는 약속을 받아 냈다고 주장했다. 그녀는 모든 것을 기억의 기만적 베일 너머, 뿌연 안개 속에서 바라보았고, 야샤르와 메블리도를 혼동하여 그들이, 야샤르와 자신이, 최근에 공유했던 작은 행복들을 메블리도에게 상세히 설명했다. 야샤르가 선물을 주었다는 둥, 둘이 같이 잤다는 둥, 야샤르가 버섯 오믈렛이나 치킨 커리를 만들어 주었다는 둥, 황혼 무렵 둘이 같이 팩토리 스트리트의 집 앞에 서서 박쥐들이 날아가는 것을 바라보았다는 둥 중얼거렸다.

메블리도는 앉았다. 탁자에 몸을 기대고는 경찰 물품이 담긴 작은 가방 옆에 팔을 얹었다. 진력나고 쓸모없는 경찰 인생이 담긴 가방이었다. 그들은 1분 동안 아무 말 없이 가만히 있었다.

"우리는 다들 광기에 빠져 버릴 거야." 말리야가 다시 말을 시작했다.

"맞아." 메블리도가 말했다. "그렇게 되고 있어. 당연한 일이야."

"그렇게 되고 있어." 말리야가 생기 없는 어조로 따라 했다.

"어쩔 수 없어. 미쳐 가고 죽어 가고. 다들 그렇게 되는 거야."

"다들 그렇게 되는 거야." 말리야가 말했다.

"그런 거지." 메블리도가 말했다.

"미쳐 가고 죽어 가고." 말리야가 말했다.

그녀는 상체를 앞뒤로 가볍게 흔들었다. 그녀는 블라우스 위쪽 단추를 푼 상태였고 땀을 줄줄 흘렸다. 갑자기 불안하게 입을 비죽거리면서 얼굴이 일그러졌다.

"당신도 마찬가지야." 그녀가 말했다. "당신도 미쳐 가고 있어."

"걱정하지 마." 메블리도가 말했다. "당신과 나는 같이 있잖아. 우린 함께 있어. 끝까지 같이 있을 거야. 이 상태를 벗어나게 될 거야."

"당신이 미쳐 가는 건 나 때문이야." 말리야가 말했다.

"말도 안 돼." 메블리도가 말했다.

"내가 전염시키고 있어." 말리야가 재차 말했다. "난 알아, 내가 전염시키는 거야."

"아니라니까." 메블리도가 단호히 말했다.

"맞아." 말리야가 말했다. "야샤르, 당신은 미쳐 가고 있어. 야샤르라고 불러도 돼?"

"그러고 싶으면 그렇게 해." 메블리도가 말했다.

"야샤르라고 불러도 돼?"

"그럼." 메블리도가 말했다.

"야샤르, 당신은 침몰하고 있어. 그건 나 때문이야."

그녀는 한 손으로 머리카락을 만졌다. 거리에서 온 빛 때문에 머리칼이 염색한 것처럼 보였다. 그녀의 손가락도 붉은색이 투과되었다.

"우린 함께 있어." 잠시 침묵한 뒤 그녀가 말을 이었다. "바로 그 때문이야. 우리가 같이 있어서 그래. 바로 그거야. 그 때문에 우리는 벗어나지 못할 거야."

4

그녀의 뺨을 어루만지려고 메블리도가 손을 뻗었다. 그녀는
피했다. 그곳으로 사라지고 싶기라도 한 듯 그녀는 이미 침실의
축축한 어둠 속으로 물러나는 중이었다. 그곳은 보통 그녀가
혼자서 혹은 메블리도와 함께 잠을 자거나 잠을 기다리거나
성관계를 갖는 어두운 장소였다. 창문이 없고 숨 쉬기가 곤란한
방이었다. 그녀는 눈을 감고 있었다. 막 눈을 감은 참이었다.
어쩌면 철제 침대와 얼룩투성이 매트리스를 보고 싶지
않아서인지도 모르지만, 벽을 뒤덮고 침대 다리까지 잔가지를
뻗친 거미줄의 불쾌한 진동을 잊고 싶기도 했고, 무엇보다
머릿속에서 만들어 낸 문장에 더 집중하고 싶어서였다. 거기에
더 집중하고 싶었다. 그것은 기도였고, 그녀는 이 기도를 자기가
사랑하는 남자, 메블리도가 아닌 남자에게 보내고 있었다. 비록
메블리도와 이야기하면서 그를 야샤르라고 부르기는 했지만
애칭으로 야샤르라고 부르는 것이었고, 마음 깊은 곳에서는 그가
야샤르 바야를락이 아니라는 것을, 재앙의 길동무 메블리도일
뿐 자기가 미치지 않았던 시절 사랑했던 가장 중요한 남자가
아니라는 것을 알고 있었다. 버스가 폭발하여 야샤르의 몸을
찢어발기고 그와 동시에 야샤르의 아내의 정신, 즉 말리야
바야를락 자신의 정신을 산산조각 내지 않았던 시절에 그녀가
사랑했던 남자가 아니었다.

　　기도는 그녀의 머릿속에서 중얼거리고 울부짖고 있었다.
그녀의 기억의 '다른 곳'에서, 기억의 뒤와 앞에서, 그녀의 육신의
꿈틀거리는 침묵 속에서 펼쳐졌다. 기도는 파묻힌 말들, 파묻힌
이미지들과 함께 그 속에서 헤매고 있었다.

- 야샤르, 나를 만져 줘.
- 야샤르, 나를 뚫고 들어와.
- 당신의 팔로, 당신의 머리로 내 몸을 차지해.
- 나를 뚫고 들어와, 나를 흔들어 줘.
- 나의 내장을, 장기를 마지막 하나까지 차지해.
- 손가락으로 내 심장을 잡고 꿰뚫어 버려.
- 당신의 척추로, 당신의 척추 안쪽으로 날 만져 줘, 야샤르.

- 내 뼛속에 속삭여 줘.
- 내 뼛속에서 0에서 1로 가.
- 내가 진짜 실존한다는 걸 확인할 수 있도록 내게 속삭여 줘, 중얼거려 줘, 나를 관통해 줘, 내 실존을 만져 줘, 야샤르.
- 내 신음 속에서 신음해 줘.
- 내 목소리의 실존을 파고들어 와.
- '다른 곳'이 존재한다는 것을 알 수 있게, 네가 우리들 틈에, '산 자들'이라는 이들 틈에 돌아왔다는 것을 알 수 있게 내 안에 침잠해 줘.
- 내 심장의 안쪽과 내 실존의 안쪽을 어루만져 줘.
- 내 얼굴을 네 얼굴에 대고 흔들어 줘, 죽은 자들의 '다른 곳'에서 돌아온 네 얼굴로.
- 네 머리로 내 머리에 들어와 나를 만들어 줘.
- 내 해골을 만져서 나를 만들고 복원시켜 줘.
- 그다음에는 내 해골의 안쪽을 만져서 우리 두 사람이 아직 살아 있기라도 한 것처럼 네 몸을 복원시켜 줘.
- 0부터 1까지 세면서 우리 둘의 실존을 세어 줘.
- 내 어깨에 네 어깨를 얹고 쉬어.
- 내 발과 손과 팔다리에 차례로 거해 줘.
- 내 피와 침에 거해 줘.
- 내밀한 곳에 거해 줘.
- 내 안의 내밀한 곳의 실존을 파고들어 줘.
- 내 숨결에 거해 줘, 야샤르.
- 당신의 침묵으로 내 침묵의 실존에 거해 줘.
- 돌아와, 야샤르.
- 어서 와, 있는 힘을 다해 돌아와.
- 죽은 자들의 '다른 곳'을 떠나 산 자들의 '다른 곳'을 익혀, 야샤르. 나를 차지하여 산 자들의 '다른 곳'을 익혀.
- 당신의 그 무엇도 파괴되지 않은 척해.
- 당신이 갈기갈기 찢기지 않은 척해.
- 내 실존의 내부에서 '다른 곳'에 자리를 잡아.
- 우리를 여기에 만들어 줘, 야샤르, 우리를 복원시켜 줘.
- 우리의 그 무엇도 파괴되지 않은 척해.

- 우리가 사라지지 않은 척해.
- 우리가 함께 헤어지지 함께 헤어지지 함께 헤어지지, '다른 곳'에서 함께 헤어지지 않은 척해.

숨 가쁜 기도였다. 그 내용 중 일부는 육체적 사랑의 요구와 비슷했고, 그녀로부터 1미터 이내에 있는 남자가 그 말을 들었다면 밤의 열기와 땀 속에서 말리야와 성적으로 몸을 섞는 게 불가피하다고, 혹은 자비로운 일이라고 여겼을 것이다. 하지만 그는 그 말을 듣지 못했고, 어차피 그건 상관없는 것이, 이 무언의 비명, 소유당하고 싶은 이 격렬한 욕망을 그녀는 성교의 이미지와 연결 짓지 않았던 것이다.

심지어, 그런 것과는 아무 상관이 없었다.

메블리도는 침실 입구에 서 있었다. 침실에 들어서지 않았다. 경험상 그리고 본능적으로, 그는 그녀가 자기를 떠났으며, 쌍방의 애정 계약이 당분간은 산산조각 났음을 알았다. 그녀의 내면에서 무슨 일이 일어나고 있는지 상상이 되지 않았다. 그녀가 낯설게 느껴졌다. 더 이상 그녀가 이해되지 않았다. 더 이상 이해하려는 노력을 하지 않았다. 피로에 젖어 메블리도는 그녀의 눈이 눈꺼풀 안쪽에서 렘수면 단계에서처럼 팔딱거리는 것을 바라보았고, 그녀의 반쯤 열린 입술, 누르스름한 치아, 어슴푸레한 빛에 여기저기 주름이 그려진 기진맥진한 얼굴을 바라보았다.

그녀는 이어지지 않는 음절들을 미약한 소리로 웅얼거리고 있었다.

텅 빈 몇 초가 1초 1초 흘러갔다.

돌연 그들은 서로 멀리 떨어진 채 각자 자신을 향해 나아가기 시작했다. 그들은 더 이상 소통하지 않았다. 이번에는 메블리도가 자기만의 미로로 물러나고 있었다. 자기가 말리야 바야를락과 연결되어 있고 현재 그녀와 삶을 함께하고 있으며 숙명론적 태도로 몰락을 공유하고 있다는 사실에 신경 쓰지 않았다. 그는 20년 전 자카 파크 웨스트에서 5구역 인종주의 전투 도중 소년병들에게 살해당한 아내 베레나 베커를 생각하기 시작했다. 20년 전 소년병들에게 살해당한. 베레나 베커. 베레나 베커의 이미지가 뚜렷해지려는 참이었다. 기억의 문이 빼꼼 열리고 있었고 완전히 활짝 열려 버리겠다고 위협하고 있었다. 사람 귀로 만든 목걸이를 차고 색색의 비닐 가발을 쓴 소년병들이 거기, 문지방 가까이 있었다. 메블리도 역시 문지방에 서 있었다. 한 걸음만 내디디면 상처(喪妻)의 고통 속을 헤맬 수 있을 것이다. 고통과 잿가루 속을 헤맬 수 있을 것이다. 다시 그 속에 들어가 빠져들 수 있을 것이다, 견딜 수 없는 이미지들 속에. 곧 무언가가 개입하여 그를 격렬히 뒤흔들었다. 건강한 반사작용이었다. 그리고 그는 이미 다른 곳을 바라보고 있었다. 그것을 회상하는 건 그에게 금기였다. 과거의 행복들을, 베레나 베커가 잔혹 행위를 당한 날까지 그가 누렸던 사랑 가득한 삶을 떠올리지 말아야 했다. 베레나 베커가 잔혹 행위를 당하는 장면을 다시 그려 보면 안 되었다. 제4닭장으로, 침대가로 돌아와 말리야 바야를락과의 잃어버린 유대를 회복하려 하는 편이 나았다.

밤은 가마 속처럼 일렁였다.

밤은.

가마 속처럼 일렁였다.

빛이 거실에 들어왔다가 침실로 튕겨 들어가 한쪽에는 밝은 공간을, 다른 쪽에는 검은 얼룩, 밝은 검은색의 얼룩을 만들어 놓고 있었다.

말리야 바야를락은 여전히 한마디도 하지 않았다. 그녀는 결국 침대에 앉아 있었다. 그녀의 뒤 벽에서는 거미줄이 떨리고 있었다. 11월부터 거미의 침공을 겪곤 했다. 어떤 해에는 거미들이 무시무시한 영토 확장의 야심을 품고는 그 야심을 충족시키려고 개체수를 불렸다. 지금이 바로 그런 해 중 하나, 최악의 해 중 하나였다.

두 사람 모두 땀에 젖어 있었다.

"덥지?" 메블리도가 말했다. "물 한 잔 갖다줄까?"

"더워." 말리야가 중얼거렸다.

"목말라?" 메블리도가 다시 말했다.

"메블리도, 당신이야?" 그녀가 눈을 뜨지 않고 물었다.

그녀는 의식이 돌아왔다. 자기가 일종의 무아지경에 들었었음을 희미하게나마 인지했다. 애원의 흔적이 혀에 남아 있었지만 기억은 다른 그 무엇도 전해 주지 않았다. 그녀는 자기가 한 말들이 기억나지 않았다.

"응, 나야."

"야샤르를 생각하고 있었어. 우린 같이 있었어. 당신이 야샤르인 줄 알았어."

"아니야, 보다시피." 메블리도가 말했다. "난 나야."

"그때 내가 말을 했지, 응? 뭔가 말을 했지?"

"언제?"

"조금 전에. 눈 감고 있을 때."

"음, 좀 웅얼거리긴 했어."

"정말? 말을 하지는 않았어?"

"응. 웅얼거리기만 했어. 무슨 말인지 알아들을 수 없었어."

"알아들을 수 없었어?"

그녀는 숨을 헐떡였다. 그녀는 다리를 침대 끄트머리에 늘어뜨리고 있었다. 메블리도와 마찬가지로 그녀도 이젠 티셔츠 하나만 걸치고 있었다.

같은 건물에서 이웃들은 잠을 자고 있었고, 그 무엇도 벽이나 천장을 뚫고 스며들지 못했다. 하지만 거실의 뚫린 곳으로 길거리의 소음이 들어왔다. 돌연변이든 아니든 갈매기, 가금류, 까마귀가 쉴 새 없이 싸우고 까악까악거렸다. 건너편 집에서는 누군가가 수동 축음기로 음악을 듣고 있었다. 한국의 마술적인 일현금 살풀이 노래였다.

메블리도의 뺨에 땀이 흘렀다. 그는 침대에 앉았다. 말리야가 그의 옆에서 헐떡이고 있었다.

"거짓말하는 거 아니지?" 그녀가 말했다. "알아들을 수 없었다는 거지?"

"응."

"알아들을 수 없었다니 다행이다." 그녀가 말했다.

바로 그 순간 야간 행진이 시작되었다. 사거리 너머 어디선가 시위가 시작하고 있었다. 야생 상태로 돌아간 미치광이 볼셰비키 노파들이 목이 터져라 슬로건을 복창했다. 보통 노파들은 두세 명씩 무리를 짓거나 각자 혼자 움직였다. 이번에는 둘이었다. 지령이 도시 위로 날아오르기 시작했다. 그것을 내뱉는 이들과 마찬가지로 그 지령들 역시 야만적이고 미친 것이었다.

• 제정신일 때만 살해하라!

34

- 죽은 뒤에 '난장판'으로 가라!
- 죽은 뒤에 '난장판'에 가지 마라!
- 네 안의 죽음을 살해하라!
- 천 년 뒤에, 꼭 기억해, 그 무엇도 용서하지 마라!
- 그 무엇도 잊지 마라, 제정신일 때만 살해하라!

메블리도는 얼굴을 닦고, 매트리스 천에 두 손을 닦았다.

"물 한 잔 갖다줄게." 그가 말했다.

그는 녹초가 되었음을 느꼈다. 여느 밤과 마찬가지로 오늘 밤에도 말리야 바야를락과의 재회에는 진 빠지는 구석이 있었다. 그는 그녀에게 깊은 애정을 품고 있고, 두 사람은 커플이었으며, 그는 그녀를 버릴 생각이 없고, 그녀가 매일매일 겪는 불안, 광기를 버텨 내도록 도울 작정이었으며, 죽을 때까지 그녀를 아끼고 보호하기로 굳게 결심했지만, 두 사람을 묶고 있는 사랑은 대재앙에서 살아남은 두 생존자 사이의 사랑처럼 짐승 같은 절망적 사랑에 불과했다. 그는 그녀를 베레나 베커를 사랑했던 것처럼 사랑하지 않았다.

노파들이 멀어졌다. 점점 멀어지면서 슬로건이 이상하게 변했다. 무슨 말인지 해독하는 게 점점 어려워졌고, 더 이상 의미를 파악하려 하지도 않았지만, 슬로건은 음절 단위로 의식 밑으로 파고들었다.

- 숨어!
- 네 마지막 피를 가방에 담아라!
- 지하의 '난장판'으로 합류해, 숨어라!

"그래, 물 한 잔 갖다줄게." 메블리도가 다시 말했다.

그는 움직이기 전에 몇 분을 지체했지만 결국은 자리에서 일어나 부엌에 가서 물 한 잔을 채웠다. 한 모금을 마시고 나머지를 말리야에게 가져다주었다. 그녀는 미지근한 물을 벌컥벌컥 삼키고는 잔을 머리맡에 놓았다. 메블리도는 돌아와 그녀에게 몸을 기대고 앉아 있었다. 콧방울이나 목덜미를 성가시게 하는 땀방울을 손으로 눌러 닦곤 하면서 그들은 그렇게 한동안 아무 말 없이 있었다. 몰지각한 심야의 구호 소리가 그들을 파고들었다. 그들은 눕지 않았다. 지금으로선 잠을 자겠다는 생각은 단념한 터였다.

35

"베르베로이앙과 다퉜어." 메블리도가 마침내 말했다. "알지, 베르베로이앙?"

말리야 바야를락이 고개를 끄덕여 인정했다.

"알아, 서장."

"내가 요즘 제정신이 아니라는 거야." 메블리도가 말했다.

"아, 그것 봐." 말리야가 따지고 들었다. "당신 미쳐 가고 있어. 나만 눈치챈 게 아니네."

"나더러 경찰 담당 정신과 의사를 만나 보라는 거야."

"그럼 만나 봐." 말리야가 말했다. "만나라면 만나야지, 당신 상관이잖아, 안 그래?"

메블리도는 그녀를 향해 무언가 동작을 취하려 했다. 그녀에게 몸을 기댈 수 있다면, 그녀가 위로해 주기를 기대할 수 있다면 좋았을 것이다. 하지만 그는 자기보다 약한 사람에게 약한 모습을 보여 주는 게 싫었다. 그는 막 쳐들었던 팔을 다시 떨어뜨렸다.

"베르베로이앙이 당신 상관이잖아, 안 그래?" 그녀가 재촉하듯 말했다.

"맞아." 메블리도가 말했다.

"그러면 하라는 대로 해야지." 말리야가 중얼거렸다. "의사를 만나 봐."

"그러고 싶지 않아." 메블리도가 핑계를 댔다. "피곤해서 그런 거야, 다른 이유는 없어. 정신적으로 피곤해서 나쁜 꿈을 꾸는 거야. 그건 내 문제일 뿐이라고. 왜 그놈의 심리학자를 들먹이면서 날 귀찮게 하는 거야?"

"정신과 의사지." 말리야가 고쳐 주었다.

미치광이들의 시위는 아직도 미미한 소리를 내고 있었다.

- 심지어 사망 시에도 경로를 바꿔라!
- 얼굴을 가방 속에 숨겨라!
- 천 년 동안 땅속에 들어가라!

이제는 거의 언어 같지도 않았다. 없다시피 한 소리를 바탕으로 문장들을 재구성하고 재창조해야 했다. 이제 다시금 축음기의 울림이, 맞은편 집에서 노래 부르는 여자의 목소리가 팩토리 스트리트 위로 내리깔리고 있었다.

36

말리야는 씩씩거리며 숨을 쉬었다.

새 한 마리가 다른 방 창틀에 내려앉았다.

새가. 창틀에.

내려앉았다. 덩치가 컸다. 펠리컨처럼 육중하게 내려앉았다. 발톱이 아연, 시멘트에 긁혀 사각거렸다. 날개가 아파트에 시큼한 악취를 한 아름 들여보내고 있었다. 새는 한자리에 붙어 있지 않았다. 침대에 있다 보니 메블리도도 말리야도 새가 보이지 않았지만 녀석이 성격파탄자처럼 부산을 떠는 소리가 들렸다. 녀석은 살짝 까악까악거렸고, 똥이 떨어져 리놀룸 타일에 퍼지는 소리가 들렸다. 녀석은 곧 날아갔다.

침대 머리맡 벽 위에는 벌레 하나가 거미줄에 걸려 바둥거리고 있었다. 아마 파리가 끔찍한 일을 앞두고 난리를 피우는 모양이었다. 삶은 계속되고 있었다.

"사실 벌써 갔었어." 메블리도가 말을 이었다.

"벌써 갔었어." 말리야가 따라 했다.

같은 순간 마지막 구호가 들릴락 말락 하게 거리를 지나가더니 소멸했다.

• 넌 이제 아무것도 아니다, 짐승들 틈에 앉지 마라!

말리야는 상체를 느릿느릿 앞뒤로 흔들기 시작했다. 거미줄에 둘러싸여 있을 때, 너무 늦었을 때, 그래도 삶은 계속된다는 희미한 확신이 들 때 할 수 있는 최선의 행동이었다.

침대 밑판 어딘가에서 스프링이 삐걱거렸다.

"어디를 갔었는데?" 그녀가 물었다.

"정신과." 메블리도가 말을 계속했다. "그저께. 약속을 잡으려고."

스프링은 삐걱거렸고, 감금된 파리는 발버둥 치다가 가끔씩 애처롭게 가만있었다. 길거리의 빛이 벽에 반사되었다. 한국 노래는 계속 이어졌다. 전쟁에 패한 뒤나 누군가가 죽은 뒤에 죽은 병사들이나 아직 살아 있는 그들의 동지들에게 자긍심을 북돋우려고 부르는 곡소리였다. 여자 가수의 목소리는 귀에 거슬렸고 멜로디가 거의 없었다. 태엽이 풀리고 가수의 목소리가 괴상한 저음으로 떨어지기 시작하자 음악을 듣던 이는 동력을 재공급하려고 축음기의 크랭크를 돌렸다. 도무지 끝이 없었다.

침실에는 새의 냄새가 떠돌았다.

말리야 바야를락은 몸을 건들거리면서 거칠게 숨을 쉬었다.

굵직한 땀방울을 흘렸다.

"야샤르, 넌 이제 아무것도 아니야." 그녀가 웅얼거렸다. "짐승들 틈에 앉지 마!"

5

세 시다. 말리야 바야를락은 잠이 들었다. 하지만 그는,
메블리도는 아니다.

세 시, 그리고 네 시.

메블리도가 지금 잠에 빠져 있는지 아닌지 분간할 수
없다. 그 자신도 알지 못한다. 그는 이 문제를 더 생각하려 하지
않고 자리에서 일어난다. 그의 뒤에서 말리야는 반응이 없다.
그녀는 완전히 맨몸으로, 엉덩이를 위로 한 채 침대에 가로로
누워 있다. 그는 옷을 입고, 조심스레 아파트 문을 닫고, 건물을
나와서 길거리를 걷기 시작한다. 무언가가 그를 앞쪽으로
끌어당긴다. 그는 우리들처럼, 꿈속에서처럼 움직인다. 그는
무작정 걸어간다. 그 '무작정'에 대해 질문하지 않는다. 무작정
앞으로 나아간다.

그의 주위로 제4닭장은 침묵하고 있다. 그의 발소리만이
벽들 사이에서 울린다. 이제는 축음기 소리도, 체제 전복의
함성도, 중국 난민들이 모여 사는 곳에서 나는 도마를 똑딱거리는
중국식 식칼 소리도 들리지 않는다. 불면증 환자들이 갑작스레
내지르는 소리도, 자기 배설물 속에서 펄쩍 뛰는 겁에 질린
마약중독자들의 호소도 들리지 않는다. 모든 것이 조용해졌다.
새들도 조용하다. 기온이 매우 낮기라도 한 듯, 세상 종말의
두려움에 서로 몸을 붙일 수밖에 없기라도 한 듯, 새들은
촘촘히 무리를 지어 같이 잔다. 몇몇 곳에서는 솜털 뭉치 같은
집단적 존재가 골목길을 가로막고 누워 통행을 차단하고 있다.
메블리도는 이 움직이는 군체(群體)를 밟고 간다. 역겨움을
느끼며 자기를 때리는 날개들 사이로 나아간다.

가금류 냄새에 구역질이 난다.

새들이 그의 다리를 부리로 쪼아 댄다.

도시 위 보름달의 크기가 작아졌다.

달은 단단해졌고, 땅 위에 악랄한 빛을 보낸다.

메블리도는 팩토리 스트리트, 건맨 스트리트, 팜 애비뉴,
마켓 스트리트를 거슬러 올라간다. 몇 분을 헤맨 뒤 그는
컨테이너 애비뉴의 폐쇄된 기차역을 목표로 정한다. 예전에는

제4닭장과 인근 지역에 역이 수백 수천 개 있었다. 컨테이너 애비뉴 역은 대합실 일부에 붕괴 위험이 있어 일반인의 출입이 금지되었지만, 전쟁이 끝날 무렵이나 전쟁이 끝난 뒤 다른 공공건물들과는 달리 폭파시키지 않았다. 역 안에 들어가는 건 가능하다. 메블리도는 그곳의 분위기를, 특히 밤의 분위기를 좋아한다. 나도 마찬가지다.

그는 역 앞에 도착한다. 역 안은 온통 새까맣다. 문짝의 절반이 경첩에서 뜯겨 있다. 그는 그 틈으로 들어간다. 홀의 암흑이 그를 집어삼킨다. 그는 질식하지 않으려고 애를 쓴다. 이곳에서는 이미 수십 수백 년 전부터 짐승들과 인간들이 방광과 대장을 풀어놓았던 것이다. 그는 악취를 가로질러 홀 건너편에 있는 플랫폼으로 무사히 나온다. 이제 허파에 신선한 공기를 채울 수 있다.

그는 움직임을 멈춘다. 흉곽만이 움직인다.

달이 풍경 위에 찌르는 듯한 빛을 퍼붓는다.

메블리도는 숨을 들이마신다. 그는 1번 플랫폼에 꼼짝 않고 서 있다. 플랫폼은 나무로 되어 있다. 조금만 움직여도 삐걱 소리가 난다. 메블리도는 달 쪽으로 고개를 들어 한참을 바라본다.

"저 달은 꼭 진짜가 아닌 것 같아." 그의 옆에서 누군가가 말한다.

"아, 고르가." 메블리도가 말한다.

상대는 자기를 완전히 숨기고 있던 어둠으로부터 빠져나온다. 그는 키가 크다. 그것도 어마어마하게 크다.

까마귀이므로 그라고 했지만[5] 고르가는 암까마귀이므로 실은 그녀라고 해야 할 것이다. 그냥 암컷도 아니고 강렬한 검은색, 그것도 푸르스름한 검은색의 매끈하고 반짝이는, 흠잡을 데 없이 깨끗한 깃털을 가진 굉장한 미모의 암까마귀다. 검은빛의

---

5. 프랑스어에서 '까마귀(corbeau)'라는 단어는 남성명사이므로 암수와 무관하게 남성 인칭대명사로 받아야 한다. 한편 동명이인이겠지만 암까마귀 고르가는 『미미한 천사들』의 10장에 잠시 등장한 바 있다.

강력한 부리와 언저리가 까만 어두운 꿀색의 눈 역시 감탄할 만하다.

"안 그래도 내가 꿈을 꾸는 건 아닌가 생각하고 있었어." 메블리도가 말한다.

"거봐, 그렇다니까." 고르가 말한다.

그들은 몇 초간 침묵을 지킨다.

"네가 이쪽을 어슬렁거리는 줄은 몰랐네." 메블리도가 말한다.

"몇 시 급행열차를 기다리는데?" 고르가 빈정거리는 말투로 묻는다.

"잠이 안 와서." 메블리도가 말한다.

"여기는 전쟁이 끝난 뒤로 기차가 다니지 않잖아." 고르가 상기시킨다.

"원 참." 메블리도가 말한다. "좌우지간. 혹시 모르지."

그들은 잠시 아무 말 없이 생각에 잠긴다. 선로 건너편에서 녹슬어 가는 기름 탱크를 바라본다. 역은 서부영화의 기차역과 닮았다. 역은 영화관에서 본 영화들을, 영화의 황금기에, 지금으로부터 300년이 조금 안 된 시기에 촬영된 영화들을 떠올리게 한다. 모든 게 목재이고 모든 게 황량하다. 레일은 일직선으로 뻗어 먼 곳으로 사라지고, 퇴색한 낡은 널빤지로 된 플랫폼 위에는 두 인물이 행동을 취하기 직전의 살인 청부업자들처럼 과묵하게 서 있다.

말이 별로 없는 두 주인공이다. 그중 하나는 굉장히 아름다운 암까마귀다.

한밤중이다. 귀뚜라미가 조용히 울고 있다.

먼지가 하얗게 빛난다. 눈밭처럼 먼지에 발자국이 새겨졌다. 플랫폼 위로 줄에 달린 전등들이 있지만 어느 전구 하나 켜져 있지 않다. 조명은 하늘에서 온다. 이미지 위에 타르 색 얼룩, 잉크 색 얼룩, 희끄무레한 얼룩을 비추는 검은 하늘에서 온다.

밋밋한 사진 속이라고 해도 믿을 지경이다. 그런데 돌연 흉악한 모습의 사람 두 명이 추가로 모습을 드러낸다. 그때까지 그들은 한 명은 벽에 붙어서, 한 명은 말뚝에 기대어 모습을 지운 채 배경에 묻혀 있었다. 그런데 이제 살아 움직이는 것이다.

그들은 메블리도에게서 3미터 떨어진 곳에서 소리를 감추지 않고 불쑥 튀어나온다. 싸움을 많이 해 본 사람들처럼 느긋하고 여유가 있다. 고르가와 같은 편인 낌새는 전혀 없다. 그들은 등을 돌리더니 느릿한 걸음으로 멀어진다. 메블리도로서는 그들의 생김새를 파악할 시간도 없었다. 고르가처럼 얼굴이 깃털로 덮여 있는지조차 알지 못한다. 그들의 가죽 장화 밑에서 널빤지들이 신음한다. 군복 차림이고 밀림 모자를 쓰고 있다. 플랫폼 끝에 도달하더니 걸음을 멈춘다. 그들 앞에서 예닐곱 칸의 작은 계단이 시작된다. 그들은 마치 플랫폼 너머 아래쪽에 뭐가 있는지 분석이라도 하는 것 같다. 그들이 어둠 쪽으로 허리를 굽힌다.

"네 친구들이야?" 메블리도가 고르가에게 묻는다.

"같은 팀이야." 고르가가 돌려 말한다.

메블리도는 콧소리를 내어 알겠다고 한다.

"날 경호하는 거야." 고르가가 덧붙였다. "이 동네는 평판이 나쁘다고 하더라고."

고르가의 경호원들이 무엇을 그토록 주의 깊게 살피고 있는지 이해가 잘 안 된다. 폐(廢)철로에는 빈약한 덤불이, 0.5미터 높이의 흰개미집들이 서 있다. 그 어떤 종류의 활동도 없다. 바람 한 점 없고 무엇 하나 움직이지 않는다. 식물들은 아무 생기가 없다.

이제 두 싸움꾼은 아무런 움직임도 보이지 않는다. 산적 두 명이 박제되어 화석 사진 속에 들어가기라도 한 것 같다.

고요하다.

귀뚜라미가 운다.

아무 일도 일어나지 않은 채 1분이 흐른 뒤 고르가는 허름한 별채 쪽으로 향한다. 아마 예전에 역장이라든지 승객들의 질문에 대답해 주던 직원이 일하던 곳이었을 것이다. 자그마한 건물 앞면에는 작은 창문이 뚫려 있고 그 앞에는 나무 덧창이 닫혀 있다. 고르가는 창틀 홈으로 손을 넣어 널빤지를 들어 올린다. 고르가가 하는 짓이 거슬렸던지, 보통 크기의 거미 한 마리가 벽을 따라 도망친다. 거미는 처음에는 빛을 환히 받아 그림자가 큼직했고, 곧 지붕 테두리 밑으로 사라져 보이지 않는다.

이제 창구는 열려 있다.

별채의 좁은 공간 안에는 의자 하나가 보이고, 작은 창문 바로 밑에는 직원이 손님에게 정보를 제공하거나 안내 방송을 할 때 팔꿈치를 괴었을 흰색 나무 선반이 있다. 선반 위에는 찢어 쓰는 공책 두 권, 연필 몇 자루, 마이크 하나가 아직도 놓여 있다.

"전할 지령이 있어." 고르가가 말한다.

"아," 메블리도가 말한다. "누구한테서 온 지령인데?"

"디플레인의 지령이야."

메블리도는 불확실한 모음 하나를 내뱉는다. 말을 덧붙이지 않는다.

"디플레인, 무슨 말인지 알지, 응?" 고르가가 확인한다.

"뭐, 알지." 메블리도가 말한다.

사실은 메블리도는 그렇게 확신하지 못한다. 그 이름이 발화되었을 때 그는 전등이 비추는 책상 하나를 떠올렸다. 책상 뒤에는 지적인 얼굴, 냉혹하고 엄격한 표정, 그를 향한 시선이 있었다. 오직 고급장교나 의사만이 취할 수 있는 취조하는 듯한 권위적 시선이었다. 하지만 거의 동시에 그 이미지는 흐릿해지고 녹아내리기 시작했다. 0.5초 동안 그것은 추억과 비슷했다. 뭐야, 추억이라니. 아니, 그의 기억에는 추억 같은 게 있을 수가 없다, 그건 불가능하다. 디플레인은 존재하지 않고, 존재한 적도 없고, 결코 메블리도의 인생에 속한 적이 없었다. 두 사람은 결코 만난 적이 없었다. 메블리도가 청소년기와 그 이후에 가담했던 범죄단체들에는 상관이 책상용 전등 밑에 앉아 부하에게 앉으라고 하지도 않는 식의 딱딱한 조직 문화가 없었다. 아니, 어쩌면 있었을지도 모른다. 세계혁명이 아직 지구상의 몇몇 지역을 통제하던 시기에, 예컨대 베레나 베커의 시절에는 메블리도가 그런 일을 겪었을지도 모른다. 아니면 그 뒤에, 내전 시기나 검은 전쟁의 시기에는. 잘 모르겠다, 더 이상 모르겠다. 디플레인이라는 자가 한밤중에 어두운 방에서 준엄히 노려보면서 자기에게 명령을 내리는 상황은 한 번도 겪지 못했던 것 같다. 곧이어 그는 정반대의 확신 쪽으로 미끄러진다. 그는 디플레인이 누구인지 완벽히 안다. 아니, 그는 디플레인이라는 이름을 한 번도 들어 본 적이 없다. 아니, 어쩌면 들어 봤다. 그들은 함께 일했고, 함께 암살 작전을 펼쳤다. 함께 음모를 짰다.

기억의 디플레인 항목에는 여러 이야기가 득실거린다. 그러니까, 아니다. 디플레인 항목은 그의 기억에서 비어 있다.

"지령을 전한다고 했지만, 사실은 상기시켜 주는 거야." 고르가가 구체적으로 얘기한다.

"그럴 필요가 있을까?" 메블리도는 더듬거린다.

하지만 상대는 그가 허세를 부리고 있음을 깨닫는다.

"네가 지령을 잊었을 때를 대비해서 그러는 거야. 네 기억력은 원체 믿을 수가 없잖아."

"내 기억력이 뭐 어때서?" 메블리도가 항의한다.

"디플레인은 네가 원하든 원치 않든 지령을 상기시키라고 했어." 고르가가 말한다.

"그래, 알았어, 얘기해 봐." 메블리도가 말한다.

그는 집중한다. 이제 디플레인은 진짜 추억과 가짜 추억, 영화 이미지들, 졸렬한 포스트엑조티시즘 작품들, 꿈의 조각들, 전생(前生)의 조각들을 아무렇게나 넣어 놓는 잡동사니 창고의 다른 불분명한 고문서들 사이의, 다른 뿌연 인물들 사이의 뿌연 얼룩에 불과하다.

"첫째, 어떤 상황에서도 거미들과는 절대 접촉하지 말 것." 고르가가 읊기 시작한다. "거미들이 있을 때는 절대 친근하게 굴지 말고, 거미들과 말을 섞지도 말 것. 거미들이 존재하지 않는 것처럼 굴 것."

"존재하지 않는 것처럼 굴 것." 메블리도가 동의한다.

"소년병들하고도 마찬가지야." 고르가가 덧붙인다. "소년병들과 말을 섞지 말 것. 거미도 소년병도 안 돼."

"알아." 메블리도가 말한다.

"둘째," 고르가가 계속한다. "프롤레타리아 윤리를 준수할 것. 어떤 구실로도 프롤레타리아 윤리를 위반하지 말 것. 프롤레타리아의 계급적 입장을 단호히 고수할 것."

"뭔 놈의 계급적 입장." 메블리도가 투덜댄다.

"지령이야." 고르가가 말한다. "내 말 끊지 마. 셋째, 정신과 의사에게 놀아나지 말 것. 운이 없어서 정신과 의사를 만나게 되면 부인할 것."

"부인할 것." 메블리도가 복창한다.

"끝까지 절대 부인할 것." 고르가가 강조한다.

"알았어." 메블리도가 말한다.

"자아비판 때처럼 굴 것." 고르가가 다시금 강조한다. "말도 안 되는 소리를 지껄일 것. 아니면 예민한 주제를 이해할 수 없게, 괴상하게 다룰 것."

"알았어." 메블리도가 말한다.

"특히 별 볼 일 없는 놈 취급받는 걸 두려워하지 말 것." 고르가가 설명한다.

"그런 걸 무서워한 적은 없어." 메블리도가 단언한다.

"넷째," 고르가는 말을 계속한다. "소냐 볼글란."

"소냐 볼글란." 메블리도가 복창한다.

"궁지에 몰렸을 때만 그녀와 접촉할 것, 지극히 신뢰할 수 없는 자임."

"궁지에 몰린다는 게 무슨 소리야?" 메블리도가 중얼거린다.

"궁지에 몰렸을 때," 고르가가 줄기차게 말한다. "말 그대로 궁지."

그러고는 고르가가 입을 다문다. 둘은 나란히 서 있다. 둘은 일정한 리듬으로 울어 대는 귀뚜라미 소리에 귀를 기울인다.

"그게 전부야?" 메블리도가 확인한다.

"응." 고르가가 확인해 준다. "첫째, 둘째, 셋째, 넷째. 상기시켜 주는 거였어."

그들은 아직도 귀뚜라미의 우수에 찬 노래를 조금은 듣고 있다. 곧 고르가가 조금 전에 덧창을 들어 올렸던 구멍으로 어깨를 밀어 넣는다. 연필이 선반 위를 구르다가 바닥에 떨어지는 소리가 들린다. 그녀는 마이크를 만져 보고, 마이크에 연결된 전선을 찾아낸 뒤 창구 바로 밑의 벽면을 더듬는다. 대략 15초는 더듬는다. 그러다가 원하는 것을 찾는다. 스위치다.

스위치를 누른다.

둔탁하게 딸깍 소리가 난다.

정말 말도 안 되는 것 같겠지만 음향 시스템은 고장 나지 않았다. 역사의 스피커들이 즉시 깃털 긁히는 소리와 목청 다듬는 소리를 방송한다. 고르가가 마이크를 받침대에서 분리해 자기가 있는 바깥쪽으로 꺼내려 한 것이다. 하지만 마이크 장치는 말을 듣지 않았고, 결국 그녀는 최적의 편안한 자세로 말하는 것을 단념할 수밖에 없다. 그녀는 상반신 위쪽을 구멍으로 쑤셔 넣는다. 이제 고르가는 머리를 다른 헤드, 금속 헤드 쪽으로 기울인다.

그러자 무엇 하나 움직이지 않는 텅 빈 역사에서, 레이스 모양으로 녹슬어 황폐해진 철로 위로 문장 하나가 울려 퍼진다. 곧이어 다른 문장이 울려 퍼진다. 메아리에는 가래 끓는 듯한 자기음(磁氣音)이 덮여 있고, 음절 하나하나는 장애물이나 수렁에 부딪혀 물수제비를 뜬다.

"여기는 고르가, 기지를 호출한다." 고르가가 말한다. "접선 성공, 메시지 전달. 인명 피해·물자 피해 없음."

안내 방송은 사라지는 데 시간이 걸린다. 그 소리는 역사의 각진 공간에 부딪혀 반사되며 먼지 위를, 검은 널빤지들과 허연 널빤지들 위를 떠돈다. 그 소리는 여전히 작은 계단 앞에 조각상처럼 서 있는 두 경호원을 넘어 흰개미집 쪽으로, 불분명한 어둠 쪽으로, 그 너머로 향한다. 안내 방송이 끝나자 메블리도는 팔을 들어 고르가의 왼쪽 견갑골에, 따뜻하고 바스락 소리가 나는 매우 어두운 청색 깃털에 손을 얹는다.

그는 깃털을 만진다. 깃털은 따뜻하고 바스락 소리가 난다.

고르가의 관심을 끌려고 깃털을 만진다. 손으로 누르는 것은 아니지만 그의 손짓이 애무 같기는 하다.

고르가가 움찔한다. 이렇게 친한 척하는 게 싫다는 걸 온몸으로 표시한다.

고르가는 몸을 약간 다시 세운 상태였다. 고르가가 갑자기 메블리도 쪽으로 몸을 돌린다.

"또 뭘 어쩌라고?" 고르가가 묻는다.

"그 네 가지 말고…." 메블리도가 말하려다 멈춘다.

"문장을 끝까지 말해 주면 안 될까?"

"베레나 베커에 대해 디플레인이 뭐라고 안 했어?" 메블리도가 용기 내어 말한다.

"누구?"

"베레나 베커." 메블리도가 웅얼거린다.

"응, 아무 말 없었어." 고르가가 짜증을 내며 메블리도가 손을 떼도록 어깨를 흔들어 떤다.

고르가는 이미 다시 한 번 마이크 쪽으로 몸을 숙이고 있다.

"퇴각하라." 그녀가 명령한다. "사전에 준비된 위치로 즉시 퇴각!"

"나한테도 해당되는 말이야?" 메블리도가 묻는다.

고르가는 짧게 고개를 저어 아니라는 표시를 한다.

고르가는 전기를 끊고 마이크를 내려놓고 창구 앞의 덧창을 다시 내리려 한다. 창틀 홈에 때가 잔뜩 끼어 있다. 덧창이 말을 듣지 않더니 중간쯤에서 끼어 버린다. 덧창은 그렇게 올린 것도 내린 것도 아닌 상태로 있다. 고르가는 무언가 뜻을 알 수 없는 동작을 한다. 아마 피곤하다는 뜻이든지, 아니면 상관없다는 뜻일 것이다.

그녀가 메블리도에게 미소를 짓더니 작별 인사도 없이 떠난다.

그녀는 서둘러 동료들 쪽으로 향한다.

플랫폼 끝에서 그들과 합류한다. 한 명은 그녀의 앞에 서고 한 명은 뒤에서 따른다. 셋 모두 직원 전용 계단으로 내려가기 시작한다. 그리고 순식간에 사라진다.

"이봐!" 메블리도가 소리친다. "덧창은…?"

그의 말에 대답할 자는 이미 아무도 남아 있지 않다.

"이봐!" 메블리도가 다시 소리친다. "덧창은? 내가 닫을까? 아니면 상관없어?"

47

6.

침묵. 소리를 지르는 사람도 없고, 대답하는 사람도 없다.

이미지들은 꺼졌다. 어둠이 만물 위에 재림했다.

메블리도의 꿈은 계속된다, 이제 특별한 사건 없이.

그러니 여기서 내가 발언하는 것을 허락하기 바란다. 아무도 내게 발언하라고 하지 않았고, 하려는 말을 제대로 할 수 있을지조차 모르겠지만, 그래도 허락하기 바란다.

나는 메블리도의 꿈에서 이름이 언급되었던 소녀 볼글란에 대해 잠시 재론하고자 한다.

소녀 볼글란은 우리의 밤에서 중요한 인물이다. 당시 우리는 남녀 할 것 없이 그녀를 죽도록 사랑했다.

침묵. 무언가가 움직인다. 이번에는 어둠이 꺼진다.

어둠 대신 보게 될 이미지는 주류 사회에 섞이지 못하는 한 젊은 여인의 사진이다. 작은 키, 가는 허리, 납작한 가슴에 짧은 머리칼이 매우 곱슬곱슬하고 어두운 빛깔인 극도로 매력적인 여인이다. 얼굴은 새하얀 치아의 작은 남방계 여신 같고, 두 눈은 상대를 사살할 수도 상사병에 빠뜨릴 수도 있다. 감탄스러운 피부는 완벽하지만 애매한 데가 있다. 피부의 질감이 너무나 독특해 어떤 상황이냐에 따라, 그녀가 있을 때 우리가 어떤 황홀감이나 좌절감에 사로잡히느냐에 따라, 우리의 환상이 어떤 것이냐에 따라, 우리의 추억이 어떤 것이냐에 따라 다르게 지각되는 것이다.

• 우선 새의 몸으로 보일 수 있다 — 상앗빛 솜털로 뒤덮여 보드라운 몸, 가늘지만 허약한 구석이 없는 탄탄한 팔다리, 놀랄 만치 빽빽한 깃털 때문에 딱딱한 느낌이 없는 관절, 부분 부분이 약간 각진 덕에 표정이 기운차 보이고 심지어 매정할 만치 독립적으로 보이는 얼굴, 너무나 강렬하여 동공과 홍채가 구별되지 않는 검은 시선.

• 또한 도도한 젊은 여인의 몸으로 보일 수도 있다 — 작은 가슴과 단단한 배에 청소년기의 특징이 아직 남아 있는, 10대를 갓 벗어난 자신만만한 젊은이, 매서운 지성이 엿보이는 연갈색 눈 덕에 그 아름다움이 배가되는 아시아인의 멋진 구릿빛 얼굴.

여기서 이미지들이 멎는다.

일시 정지.

우리 중 많은 사람이 그랬듯, 소녀 불글란은 실패한 혁명의 구렁텅이에서 헤매고 있었다. 그녀는 전쟁이 끝난 뒤 권력을 잡은 승자들과 거창한 말을 일삼는 억만장자들에게 피의 보복을 감행했다. 그들은 자신들의 날강도 정책을 정당화하거나 몇십 년 전 자기들이 일으킨 말살 작전들을 망각에 빠뜨리기 위해, 혹은 현재 거의 모든 이가 겪고 있는 궁핍을 설명하기 위해, 때로는 휴머니즘 윤리를 들먹이고, 때로는 패자들의 누더기 같은 이데올로기를 들먹이면서 건성으로 그 누더기를 걸치고, 때로는 대륙이동설이나 기후 대란을 들먹였다. 그녀는 간혹 기회가 닿으면 소년병을 하나씩 죽였지만, 보통은 과거 인종 청소의 흉수이거나 전쟁 지도자였던 자들 — 하지만 지금은 부(富)의 자급자족적 경영이나 마피아 사업으로, 혹은 중앙 권력의 이너서클에 속할 경우 두 가지 모두로 업종을 바꾼 — 을 위해 실탄을 아껴 두었다. 그녀는 많은 사람을 죽이고 있었다.

우리는 모두들 그녀가 범죄를 완수하도록 도왔다. 경찰이나 게토에서 우리가 차지하고 있는 위치로부터, 혹은 우리 열등인간의 꿈이나 우리 불구자, 병자, 패자의 꿈으로부터, 우리 사형수의 삶으로부터, 과거나 미래의 수인(囚人)이나 과거나 미래의 피살자·암살자의 꿈으로부터 있는 힘껏 도왔다.

끊임없이, 일말의 가책 없이, 우리는 우리 꿈의 현실로부터 그녀를 도왔다.

침묵.

우리 생존의 현실로부터.

침묵.

소녀 불글란은 우리의 일족이었다. 우리의 밤에서 솟아오른 영웅, 진창 속에서 살아가는 모든 남녀가 알고 있는 영웅이었다. 우리는 그녀를 사랑했다. 하지만 그녀를 단지 행동력 때문에, 무기고에서 빼돌린 마카로프 권총이나 브라우닝 권총을 손가락 하나 떨지 않고 주머니에서 꺼내는 침착함 때문에 사랑한 것은 아니었다. 우리는 그녀를 정치적 이유만으로 사랑한 것이 아니었다. 그녀가 유년기를 벗어나자마자 우리의 오래된 급진적

평등주의 운동에 가담했고, 그 즉시 이단적 분파를 창립하여 대담성과 효율성으로 종종 우리의 말문을 얼어붙게 만들었기 때문만이 아니었다. 아니, 그것 때문만이 아니었다. 우리는 그녀에게서 흘러나오는 우아한 매력에도 감동하고 있었다.

그녀는 굉장히 예뻤다, 정말 굉장히 예뻤다. 더 정확히는, 그녀가 우리 사이에 유행시킨 표현에 따르면, 그녀는 사람을 녹여 버렸다. 완전히 녹여 버렸다. '조직'의 1세대와 2세대의 여인들이 지닌 아름다움과는 굉장히 다른 스타일의 아름다움을 지니고 있었다. 그리고 현실에서든 생각으로든 우리는 그녀와 접촉하는 즉시 그녀의 매력에 녹아내렸다.

침묵.

예컨대 밤의 끝 무렵, 우리는 그녀의 이름을 되뇌며 비몽사몽간에 잠시 그녀의 얼굴과 몸을, 그 어떤 위험도 마다하지 않는 매혹적인 젊은 팜 파탈의 모습을 떠올릴 때가 있었다. 우리는 그 순간을 최대한 연장하고 싶었다. 그럴 때면 우리 중 몇몇은, 특히 남자들, 특히 젊은 축에 속하는 이들은 발기했다. 그래서 그녀가 우리 의식의 질퍽한 도랑 ─ 우리의 선사시대적 축축함에 결부된, 우리의 야만적 유전자의 요청에 결부된, 최초의 척추동물 때부터나 백악기 때부터나 그 이전부터 내려오는 피 쏠림[6]에 결부된 우리 의식의 질퍽한 도랑을 ─ 을 헤매게 했다. 우리는 또한 성교의 동물적 날이미지들 틈으로 그녀를 끌고 다니기도 했다. 우리는 그런 이미지들을 곤란하거나 부끄럽게 여기지 말라고 배웠으며, 에로티시즘 또는 심지어 사랑을 들먹이면서 그 이미지들을 인간적인 것으로 만들라고, 문명적인 것으로 만들라고 배웠던 것이다. 그래서 우리가 성행위 장면을 그려 볼 때면 그녀가 본의 아니게 그 주인공이 되었다. 그것은 매우 서정적인 장면일 때도 있었고, 정반대로, 특히 사내들의 경우 전혀 서정적이지 않은 노골적이고 불결한 짧은 요동에 그칠 때도 있었다. 이처럼 우리의 관계는 전적으로 정치적인 것만은 아니었고 정서적 차원이 있었던 것이다. 우리 관계의 유성적(有性的) 면은 이런 것이었다.

---

6. 발기를 의미한다.

왜냐하면 우리의 만남은 꿈에서만 이루어진 것이 아니었기 때문이다.

침묵.

우리의 만남은 실제로 이루어진 것이다. 꿈에서만이 아니라.

침묵.

제4닭장에서든 다른 곳에서든 그녀와 마주칠 기회는 수없이 많았다. 그녀는 일정한 주거지가 없다 보니 우리가 드나들던 체제 전복 세력의 아지트들을 들락거렸던 것이다. 보안상의 이유보다는 재미 삼아, 하루는 이 아지트에서, 하루는 저 아지트에서 자는 식으로 거처를 옮겼다. 몇 달 동안 그 어디서도 보이지 않는 때가 있는 것으로 미루어 볼 때 비밀 은신처도 한두 곳 있는 게 확실했다. 그리고 그 몇 달 동안 정부의 거물들이 파리처럼 쓰러져 갔다.

그녀는 노동자 옷차림일 때가 많았다. 야금 창고에서 열 시간 연속으로 일하고 나오기라도 한 듯 그녀가 입은 작업복은 쇳가루나 쇠 부스러기 냄새를 희미하게 풍겼다. 하지만 가끔은 '붉은 몽골' 시대의 대학생 혁명가로 변장하거나 교외의 프티부르주아 아가씨처럼 우리의 세상에 속하지 않는 도발적 미니스커트나 스키니 진 차림으로 빼입고 나타나기도 했다. 어떤 경우든 우리는 그녀 앞에서 녹아내렸다. 그녀와 이야기를 나눌 때면 우리는 우연인 척 그녀의 생기 넘치는 검은 눈을 슬쩍 쳐다보았고, 그녀의 부드러운 뺨과 보송보송한 피부와 약간 길게 자란 눈썹을 몰래 감상했고, 문장과 문장 사이에 조금만 틈이 나도 그녀의 머리 컬 ─ 그녀는 머리를 자주 염색했으며, 재미 삼아 샛노랑이나 검은색에 가까운 군청색이나 아주 밝은 적갈색으로 물들이기도 했다. ─ 에 손가락을 넣으면 어떤 느낌일지 상상하기에 바빴다. 문장과 문장 사이에 조금만 틈이 나도 상상하기에 바빴다. 아니면, 실은 아무것도 짐작하지 못하면서도, 그녀의 자그마한 가슴이 얼마나 탄력적일지, 몸에 딱 붙는 옷감 속 음부의 우묵한 곳이 얼마나 은밀하게 말랑말랑할지 짐작이 간다고 생각하기에 바빴다.

그녀는 아직 매우 젊었다, 스무 살을 겨우 넘었을까, 매우 젊었다, 우리보다 훨씬. 그녀는 털털하게 굴었고, 자신의 여성성을 짜증 나는 방식으로 이용하지 않았으며, 삐치거나 변덕을 부리지 않았다. 그녀는 다정할 때도 있었다. ─ 우리 중 몇몇 남녀는 그녀가 감미롭게 몸을 맡기고 즐길 줄도 알았다고, 몸을 맡기고 그들 품에서, 그들 몸에 기대어, 그들 몸 주위에서 춤추다 잠들기도 했다고 증언했다.

감미롭게.

침묵.

또한 그녀 곁에 있을 때면, 굳이 그 점을 드러내 놓고 말할 생각은 없었지만, 전에는 우리가 무언가 핵심적인 것을 놓치고 있었음을 깨달았고, 어딘가 '다른 곳'에 대한 향수를 느꼈다. 우리 인생이 잘못된 여행과 잘못된 전쟁 들로, 짓밟힌 봉기와 쓰라린 패배로 점철된 탓에 고통 없이, 상처 없이, 난파되어 늙어 가지 않고도 그녀에게 도달할 수 있었을 침로 수정의 기회를 놓치기라도 한 듯.

침묵.

난파되어 늙어 가지 않을 수 있었는데.

우리의 과거와 닮지 않은 이 아가씨에게 도달할 수 있었는데.

침묵.

소냐 볼글란은 이런 식으로 우리를 매혹했다. 그녀는 범죄를 위해 우리에게 무기를 요구했고, 우리는 범죄를 위해 그녀에게 무기를 제공했으며, 그녀는 처단하려는 인사들에 대한 정보를 우리에게 요구했고, 우리는 그녀를 위해 경찰 금고를 열어 기밀 정보가 담긴 봉투를 빼돌리곤 했다. 그녀는 우리에게 계시와도 같았던 이론들 앞에서 어깨를 으쓱했고, 우리가 과거의 장기 계획에 혁명적 사유의 흔적을 몇 가지 덧붙여 놓은 것을 비웃었다. 하지만 그녀는 필요할 때는 우리가 너무 일찍 제쳐 놓은 정치적 열광을 부활시키는 것을 마다하지 않았다. 그녀는 패배 이후 우리에게 결핍되어 있던 용기를 제공했다. 그녀는 아직도 믿음이 남아 있음을 믿게 했다. 그녀는 우리에게 젊음을, 뜨거운 아름다움을 제공했고, 진창 속의 투지를 제공했다. 그녀는 그 세대가 꼽을 수 있는 최고의 인재로서 마지막 세대를 대표했다.

52

그녀는 젊었고, 그녀 이후에는 이제 아무것도 없을
것이었다.
　　침묵.
　　하지만 뭐.

7

정말로 원한 건 아니었지만 — 우리 중 많은 이들과 마찬가지로 수면을 그 정도까지 통제할 수는 없으므로 — 메블리도는 잠에서 깼다.

그의 의식 한구석에 소냐 볼글란이란 이름이 있었다. 그는 그녀에 대해 생각하고 싶었다.

그 즉시 그의 머릿속에는 소냐 볼글란이 자기에게 오는 모습이 그려졌다. 그렇게 길지 않은데다 허벅지 중간까지 패어 다리가 드러나는 암청색 원피스 차림이었다. 그녀의 다리는 새하얀 솜털로 덮였고, 비단결 같고, 굉장히 부드럽고 매력적이었다. 그는 눈을 떴다, 눈을 다시 감았다. 어둠이 그를 둘러싸고 있었고 그는 이미지가 흩어지는 걸 원치 않았다. 사랑을 나눈 뒤 여인을 이제 막 떠나기라도 한 듯 아랫도리와 양손에 에로틱한 나른함이, 육체적 충만감이 있었다. 꿈에서 그녀를 제대로 보지는 못했지만 그녀는 당장의 기억 전면을 차지하고 있었다. 그는 발기했다. 적어도 1분 동안 소냐 볼글란에 대해 상상했다. 그녀가 다가와 몸을 기대고, 그를 사랑하고, 수컷의 주도적 몸놀림에 호의적이고, 성적으로 그에게 몸을 맡기고, 관능적이고, 뻔뻔하고, 발정 난 인간의 격렬한 동작을 그와 공유하고 싶어 하는 것을 상상했다. 그녀는 옷을 벗고, 그의 귀에 감미롭게 속삭이고, 몸을 굼실대며, 그에게 무엇이든 해 주겠다고 약속했다. 남자들은 무의식 상태에서 빠져나올 때 종종 그런 장면을 거쳤다.

그와 동시에 문장 하나가 그의 밤에서 나와, 조금 전 의식의 구석에서 나와 그의 머릿속에서 만들어지려 했다. 문장이 뚜렷하게 만들어지지 않았다.

문장이 꿈틀거렸다. 조언이나 명령처럼 들렸다.

…할 때만 그녀와 접촉할 것. 아니야. …이면 소냐 볼글란과 접촉하지 말 것. 아니야, 그건 다른 거였어. …이면 그녀와 접촉할 것.

곧 암까마귀가 생각났다. 그렇게 말한 것은 그녀, 고르가였다.

가끔씩 고르가는 그의 꿈속으로 파고들었다. 그녀는 그가 깨어 있을 때 실행해야 할 작전들을 그와 함께 계획했다. 아니면 그가 수상쩍은 역할, 경찰 조직에 침투한 범죄자라는 이중의 역할을 제대로 수행하고 있는지 확인했다. 그가 상황을 잘 통제하고 있는지, 들통나지 않겠는지, 심지어 자아비판 시간에도 들통나지 않겠는지, 심지어 꿈속에서도 위협이 될 말이나 돌이킬 수 없는 말을 조금도 내뱉지는 않는지 확인했다. 그녀는 그에게 분명한 권위를 행사하고 있었고, 그는 대부분 복종했다. 복종하지 않을 때는 주로 실수이거나 부수적인 일이었으며, 아니면 그녀의 지령이 그의 연애사와 베레나 베커, 말리야 바야를락, 소냐 볼글란 등 여자 관계에 관한 것일 때였다. 메블리도가 생각하기에 고르가는 그 부분에는 개입하지 말아야 했고, 무엇보다 고르가는 그런 것에 대해 아는 게 전혀 없었다.

문장이 꿈틀거렸다.

궁지에 몰렸을 때만 그녀와 접촉할 것. 갑자기 생각났다. 문장의 나머지 상당 부분은 이미 흩어졌고 망각이 지배적이었지만, 고르가의 이 권고 사항은 그 불쾌한 횡포의 감각을 생생히 되살리면서 마침내 다시 떠오른 것이다. 어깨 깃털을 만졌을 때 고르가의 피부가 보인 반응이, 그 경련이 아직도 손가락에 느껴졌다. 자기가 뭔데 그런 일에 참견하는 거야? 그는 생각했다.

꿈의 마지막 요소들이 흩어졌다. 문장은 사라졌다. 근사한 검은 깃털 안에서 뻣뻣하고 쌀쌀맞게 버티던 고르가는 보잘것없는 흔적이 되어 가고 있었다. 이제 그녀는 없었다. 이미 메블리도의 머릿속에서는 덜 몽환적인 현실의 조각들이 결합되어 경험과 체험에 결부된 추억들을, 진짜 순간들을 재구성하고 있었다. 소냐 볼글란이 다시금 그 일부가 되었다. 그녀는 이제 환상적 측면이 전무한 장면에, 최근의 장면에 다시 나타났다. 흑백영화의 반짝이는 흑백필름에서처럼 그녀는 거리를 내려가며 멀어지고 있었다. 구두가 아스팔트를 또각또각 울리는 소리가 들렸다. 그녀는 건멘 스트리트의 가로등 밑을 지나고 있었다. 그건 일주일 전이었다. 그들, 메블리도와 그녀는 사전에 약속한 대로 술집에서 만났다가 막 헤어진 참이었다.

술집에서 그들은 이념 담당 고위 공직자 여러 명과 마피아에 대해 이야기를 나누었다. 메블리도는 젊은 여인에게 그들의 이동 시간, 동선을 건넸다. 소냐 볼글란은 이번에는 머리 컬 여러 개를 암적색으로 염색한 터였다. 그녀는 통 넓은 중국식 바지와 면으로 된 진회색의 중국식 웃옷 차림으로, 조명이 전구 하나뿐인 거리에서 아무 어려움 없이 벽과 섞여 버렸다.

이 여자는 정말 누구의 마음이든 정복할 수 있을 거야. 그는 생각했다.

그는 다시 눈을 떴다.

말리야 바야를락은 이제 옆에 누워 있지 않았다.

침실의 공기는 정체해 있고, 매트리스에서는 눅눅한 짚단 냄새가 났으며, 시트는 두 발목에 감겨 있었다. 집 밖에서 돌연변이 암탉들이 개 한 마리와 싸우는 소리가 올라왔다. 암탉들이 승기를 잡고 있었다.

밤은 끝나지 않은 것이다.

밤은.

끝나지 않았다.

그는 말리야가 아직 아파트에 있는지, 옆방에서 움직이거나 숨을 쉬고 있는지 알아보려고 귀를 기울였다.

"말리야." 그가 가만히 불렀다.

답이 없었다.

"말리야." 그가 다시 말했다. "거기 있어? 시간이 너무 일러. 더 자야지."

말리야는 일주일 내내 동이 트기 전에 일어났고, 수돗물이 나올 때는 부엌에서 세수를 하고 나갔다. 그녀는 협동조합에서 일했다. 그녀는 한 시간 동안 옆에 붙은 창고와 점포 사이를 왕복하면서 진열대에 빠진 상품을 다시 채웠고, 그다음에는 가게 문을 열기 전에 바닥 청소를 했다. 그러고 나면 폐기물 처리 회사에 갔다. 고철과 넝마가 널려 있는 안뜰을 지나고, 숨 막히는 악취를 풍기는—폐물들 사이에서 극빈자들이나 시체들이 잠들어 있는 일이 많다 보니—쓰레기 더미를 지나 청소를 맡은 작은 사무실 건물에 들어갔다. 그녀는 복도와 계단을 쓸었고, 깨진 창문이나 환기구로 들어온 닭들을 쫓아냈다. 그녀는 1층과

위의 두 층을 청소해야 했다. 그다음에는 자유였다. 그녀는 이렇게 해서 하루에 3달러를, 협동조합에서 2달러, 건물 청소로 1달러를 벌었다.

"아직 시간이 너무 일러." 메블리도가 다시 중얼거렸다. "잠을 충분히 못 잤잖아."

아파트에서는 아무것도 아무도 움직이지 않았다. 바깥에서는 개와 돌연변이 암탉들이 서로 물어뜯기를 그만두었다. 1분 동안은 다시 잠잠한가 싶더니, 주정뱅이 하나가 템플 스트리트 초입에서 큰 소리로 어느 노래의 앞쪽을 부르기 시작했다. 이윽고 벽 뒤의 파이프에서 뭔가 부딪히는 소리와 물 흐르는 소리가 들렸다. 누군가가 오줌을 누고 있었다.

옆집에서 한 여자가 소리를 질렀다. 남편과 싸우고 있었다. "이 개자식아, 날 좀 가만둬!" 여자가 울부짖었다.

메블리도는 일어나 앉았다.

침대 밑판이 삐거덕거렸다. 벽에서는 거미들이 난리를 치더니 곧 꼼짝하지 않았다. 거미들을 죽이지 않기로 말리야와 합의한 터였다. 말리야에 따르면 이놈들을 제거해 봤자 다른 놈들이 그 자리를 차지할 것이고, 적어도 지금 있는 놈들은 잠자는 사람의 얼굴을 지나다니거나 사람이 돌아다니는 곳에 거미줄을 치면 안 된다는 걸 알고 있다는 것이었다. 메블리도도 동의하는 편이었다. 메블리도도 나처럼, 우리 모두처럼 거미를 견디지 못했지만, 뭔가 핑계를 대서라도 거미들하고는 싸우지 않는 쪽이 더 좋았다. 너무 역겨워서 섬멸한다는 생각만으로도 구역질이 나는 적들이 있는 법이다.

그는 침대를 떠나 부엌으로 가서는 개수대 옆을 개조해 만든 샤워 박스 비슷한 곳에 들어갔다. 새벽의 이 시간에는 늘 그런 것처럼 미지근한 물에 섞인 녹 껍질이 손가락 밑에서 으스러지는 게 느껴졌다. 몸을 씻은 뒤 그는 옷을 입었고, 허리춤에 경찰 가방을 차고는 길거리로 내려왔다.

가로등이 아직 빛을 발했다. 사거리에는 마약에 취했는지 죽었는지 몰라도 1남 2녀가 거지 행색으로 누워 있고, 사거리를 둘러싼 야행성 맹금들은 그들을 쪼아 먹을지 말지 망설이고 있었다. 메블리도는 그들을 성큼 뛰어넘어 음식점 골목인 템플

57

스트리트로 접어들었다. 공동 식당에는 벌써 사람들이 있었다.
10여 명은 족히 되었다. 메블리도는 자리에 앉아 튀김 두 개와
같이 나온 죽사발을 집어삼키기 시작했다. 걸쭉한 죽 안에 야채나
갈매기 모래주머니로 속을 채운 듯한 파르스[7]가 하나 보였다.

　　그가 사발을 거의 다 비웠을 때 소냐 볼글란이 다가와 그의
식탁에 앉았다. 그녀는 쟁반에 기본 메뉴와 차 한 잔을 가져왔다.
그녀가 입은 작업복은 문 앞에서 죽어 가던 마약중독자들의
옷보다 별로 깨끗하지도 않았다. 멋지게 차려입은 날이
아니었다. 그녀는 이삼일 전부터 눈을 붙이지 못한 기색이었지만
비틀거리지 않았고 흐트러진 구석이 없었다. 그녀는 킬러답게
동작이 간결했다.

　　"여기 오면 찾을 줄 알았어." 그녀가 말했다. "늘 꼭두새벽에
일어나 있네."

　　"그렇지, 뭐." 메블리도가 말했다. "너는? 잘 지내?"

　　"그럭저럭."

　　"실은, 안 믿겠지만, 간밤에 네 꿈을 꾸었어." 메블리도가
말했다.

　　"헛소리 좀 작작 해." 소냐가 꾸짖었다.

　　그녀는 식사를 흡입하기 시작했다. 말린 새우와 고추를
잘게 썰어 얹은 국수 한 사발이었다. 그녀는 숟가락으로
지저분하게 먹었다.

　　"난 곧 가 봐야 해." 메블리도가 알렸다. "나한테 부탁할 게
있어?"

　　"탄약이 부족해." 소냐가 말했다. "당신이 구해 줄 수
있을…."

　　"안 돼." 메블리도가 단호히 말했다. "어디다 쓰려는지 알아.
나한테 부탁하지 마."

　　소냐 볼글란은 음식을 맛보다 말고 고개를 들었다.
그녀는 눈을 크게 뜨고는 과장되게 놀란 척하면서 메블리도를
노려보았다. 그녀는 그렇게 숟가락을 입 앞에 둔 채 가만히
있었다. 돌연, 꾀죄죄한 복장에도 불구하고, 그녀는 본래의

---

　　7. 만두처럼 속을 채운 서양 음식.

모습을 되찾았다. 지적이고 매우 젊은 얼굴에, 아주 약간은
사악한 미소에, 키스하고 싶은 격한 욕망을 일으키는 입술에,
뻔뻔함이 묻어나는 시선을 한 휘황찬란한 피조물이었다.

만약 예전에 메블리도와 베레나 베커에게 자식이 있었다면
지금 소냐 볼글란과 비슷한 나이였을 것이다.

"그럼 누구한테 부탁하라는 거야?" 그녀가 물었다.

"나야 모르지. 누구 다른 사람. 노파들에게 부탁해 봐."

"노파들이라니?"

"볼셰비키 거지 노파들 있잖아. 그 노파들은 거사를
대비해서 여러 곳에 무기를 비축해 놓고 있어. 노파들의
지하실에는 제조 연도가 붙은 화염병들이 있어. 차바예프[8]
기병대의 기관총도 있고. 너한테 도움이 될 거야."

"이거 봐라, 메블리도, 지금 농담하는 거야?"

"그럼, 농담이지."

두 사람 모두 긴장을 풀었다.

식당에는 사람이 많아지고 있었다. 이 시간에는 늘 그렇듯
대화를 나누는 사람도 드물고 말소리도 거의 들리지 않았다.

"솔직히, 경찰한테 탄창을 얻으려는 건 아니지?" 메블리도가
목소리를 낮추며 다시 입을 열었다.

그는 가까이서 식사하는 사람들이 두 사람의 대화에
참여하는 것을 원치 않았다.

"무슨 소리야, 전에는 준 적 있잖아." 소냐 볼글란은
마름모꼴의 작은 고추 조각을 식탁에 튀기면서 항의했다. 한 번만
튀기는 게 아니었다.

메블리도는 앞에 놓인 사발 쪽으로 손을 내밀더니 미술관
전시품을 살펴보기라도 하는 것처럼 손가락 사이로 사발을
돌렸다. 곧 그가 눈을 들어 그녀를 바라보았다.

"지금 수중에 있는 거 알아." 그녀가 말했다.

"그래? 내가 지금 갖고 있다고…? 그걸 어떻게 알아?"

"가방에 있잖아. 허리띠에 찬 가방. 항상 탄창 한두 개는
갖고 다니잖아."

---

8. 러시아 내전 당시 '붉은 군대'의 영웅(1887-919).

59

메블리도는 그릇을 쟁반에 내려놓았다.

"전에도 얘기한 적 있는데, 그런 살인은 아무 소용이 없어." 그가 말했다.

"어떤 살인은 괜찮다고 인정하잖아." 소냐가 말했다.

"응, 몇 건 있지." 메블리도가 말했다. "하지만 그래 봐야 소용없는 일이야."

소냐 볼글란은 어깨를 으쓱했고, 메블리도는 잠시 그녀의 작업복 잠바 틈으로 보이는 줄무늬 셔츠 속의 등과 목덜미를 훑는 상상을 했다. 그는 그녀의 팔 위쪽과 다른 곳에 문신이 있음을 알고 있었다. 그것은 반체제 조직들이 실제적 이유 — 문신이 남아 있으므로 신원을 바꿔 봐야 소용없다 — 와 이념적 이유 — 몸에 칼을 대고 피부에 표식을 남기는 것은 석기시대의 관습을 되풀이하는 것이다 — 에서 혁명 시대 초엽부터 특히나 증오하고 금지하는 것이었다. 하지만 그녀는 여기저기 문신이 있었고, 메블리도는 그것을 머릿속에서 그려 보았으며, 그녀에게 기막히게 잘 어울린다고 생각했다. 잉크로 그린 그림이 근사하고 섹시하다고 생각했다. 인간 또는 열등인간의 야만적 역사가 최악의 수준에 도달했으며 심지어 최악을 넘어서기까지 한 마당에 석기시대 같은 걸 누가 신경 쓰겠냐고 생각했다.

"싸움은 패했어." 메블리도가 다시 말했다. "희망을 잃지 않는 건 너와 미치광이들뿐이야. 조종간을 잡고 있는 작자를 가끔 죽인들 무슨 소용이야? 아무 소용 없어. 그건 범죄야."

"하지만 가끔은 괜찮다며?" 소냐가 고집을 부렸다.

"네가 누굴 죽이냐에 달린 거지." 메블리도가 말했다.

"아, 그것 봐." 소냐가 의기양양해했다. "누구냐에 달린 거지. 범죄 맞아, 하지만 누구냐에 달린 거야."

메블리도는 바보 같은 표정으로 미소를 지었다. 그는 소냐 볼글란이 제거하려는 인민의 적들의 운명보다는 그녀의 문신을 생각하고 있었다.

"그러니까, 허세 부리지 말고 그놈의 탄창이나 나한테 넘겨." 소냐가 말했다.

2부

메블리도의 하루

같은 날, 목요일. 같은 달의 19일 목요일이라고 하자. 주의 깊게 살펴보면 메블리도의 관자놀이에, 그다음에는 뺨에, 땀 한 방울이 흐르는 게 보였다. 도시의 가장 긴 대로인 메모리얼 애비뉴의 한 건물, 5층이었다. 개인 병원이었다. 진료 과목: 신경 질환, 행동 장애, 직업적 불안. 오후가 흘러가고 있었다. 창문 너머의 하늘은 강렬한 청회색에 걸려 꼼짝하지 않았다.

메블리도는 이제 아무 말도 하지 않았다. 이마 선에서 만들어진 땀방울이 전진하는 게 느껴졌다. 턱 밑을 향해 천천히 흐르고 있었다.

잠시 후, 정신과 의사가 그에게 말을 해야 한다고, 말을 하면 마음이 편해질 거라고, 말을 하는 건 유익한 일이라고, 그의 경우에는 특히 그렇다고 다시 말했다. 그러고는 입을 다물었다. 의사는 전생에 여우나 족제비였던 예쁜 여자들처럼 평범치 않은 얼굴이었다. 그녀의 이름은 매기 양(楊)이었다.

"제 경우에는 특히 그렇단 말이죠…" 그 표현의 함의에 한 방 맞은 듯 메블리도가 웅얼거렸다.

정신과 의사를 다시 만나러 온 것은 말리야 바야를락의 권유 때문이라기보다는 개인적 오기 때문이었고, 이제는 후회하고 있었다. 상담이 시작된 이후 그는 방어적 태도로 일관했다.

그는 고개를 흔들었다. 월요일에 있었던 지난번 상담 때 의사는 그에게 문제를 털어놓으라고 요구했다. 마음에 있는 말은 뭐든 하셔도 돼요. 그를 앉게 한 뒤 그녀는 권유했다. 아무도 형사님을 재단하지 않아요. 저는 없는 셈 치세요. 그녀는 중간에 끼어들지 않으면서 그의 말을 듣기 시작했고, 그는 육식동물 같은 그녀의 얼굴에 감탄한 나머지 나약하게도 대뜸 배우자가 죽었다고, 배우자가 소년병들에게 잔혹 행위를 당했다고, 지금은 자신을 전남편과 혼동하곤 하는 정신병자와 살고 있다고, 그 전남편은 버스에서 폭탄에 몸이 찢겼다고 이야기해 버렸다. 그러고는 드러내지 않는 편이 좋았을 내밀한 일들을 노출시켰음을 깨닫고 화제를 돌려 꿈의 문제를 이야기했다. 그쪽이 덜 예민한 문제라고 생각했던 것이지만 불행히도 말이 꼬였다. 꿈에 대해서도 그는 너무 많은 말을 했다. 예컨대 자기는 늘 어떤 추억이 현실에서 겪은 경험인지 꿈에서 겪은 경험인지 잘 분간이 안 된다는 점을 설명했다. 또 거기에 덧붙여 꿈에서는 자신이 계속 살 수 있도록 남들이 죽는 일이 많다는 얘기를 했다. 특히 여자들이. 그 여자들의 죽음이 제 탓인 것 같을 때가 있어요. 그는 먹먹한 목소리로 말했다. 꿈에서든 아니든 객관적으로는 그들의 죽음에 제 책임이 전혀 없어요. 하지만 저 때문에 그렇게 된 것 같아요. 무슨 말이냐면… 운이 없게도 저를 만나는 바람에… 어느 날 운이 없게도… 제 인생과 접촉해서 그렇게 된 거죠…. 베레나 베커의 최후는 재론하지 않을 수 있었다. 그 끔찍한 장면을 떠올리는 것은, 그녀가 겪은 잔혹한 일들을 나열하는 것은, 주위에서 10대 청소년들이 웃어 대던 것은, 단말마의 고통은 용케 언급을 피할 수 있었다. 그는 서둘러 다른 얘기를 하고 싶은 조바심에 죽음에 대한 일반론적 고찰을 늘어놓기 시작했다. 그러면서도 그는 죽음에 대해, 자신의 죽음에 대해 병적인 유혹을 느끼는 게 전혀 아니며, 오히려 공포로 울부짖기 시작하지 않으려면 그 생각을 늘 억눌러 의식의 한구석에 처박아 두어야 함을 강조했다. 그 순간 그는 자기가 다시 한 번 길을 잃고 제대로 통제하지 못하는 주제로 빠져들었음을 깨달았고, 돌연 소재를 바꿔 단조로운 일상, 직장 생활, 경찰서, 군중 앞 자아비판 의식 등으로 말을 돌렸다. 오늘 선생님을 보러 온 건 일종의 시연인 거죠. 그는 농담을 하려 했다. 연습을 해야 하거든요. 일주일 뒤에는 또 동료들 앞에서 자아비판을 해야 하니까요. 곧이어 그는 일에 대한 권태, 의욕 상실을 언급했고, 이후로는 갈팡질팡하지 않았다. 하지만 그때는 이미 너무 늦었다. 그는 아무 논평 없이 메모를 하고 있는 의사를 바라보면서 상담 초반에 자기가 감정이 복받쳐 선을 넘었음을 인식했다. 이야기를 마무리하기 위해 그는 자신에 대한 베르베로이앙 서장의 판단을 문제 삼았다. 서장은 제가 실수를 할까 봐 두려운 거예요. 그는 투덜댔다. 제가 어디로 튈지 모르는 위험인물이 되기라도 한 것처럼 경계하는 기색으로 살피는 거예요. 사실 저는. 그런 게 아니에요. 그렇다고 해서 그런

게 아니에요. 의사는 그가 스스로 질문하도록 내버려 두었다.
그녀는 베르베로이앙의 의견을 부정하지도 확인하지도 않았다.
메블리도가 그렇게나 빨리 그녀를 다시 찾아온 데에는 그런
이유도 있었다. 그녀가 자기를 어떻게 생각하는지 듣고 싶었던
것이다.

그런데 그녀가 하는 말이라는 게, 그건 유익한 일이에요,
특히 형사님 같은 경우에는요.

매기 양의 위에서는 천장형 선풍기가 뜨거운 공기를 휘젓고
있었지만 온도에는 변화가 없었다. 창문은 살짝 열려 있었다.
방충망이 검은 하늘에 회색의 칙칙함을 더했다. 방충망은
날벌레들은 차단했지만 도시의 소음이나 건물 아래쪽 상점가의
음악은 차단하지 못했다. 방충망을 설치한 데에는 어쩌면 자살
위험이 있는 환자들이 투신하겠다고 난리 피우는 것을 막으려는
이유도 있었는지 모른다.

메블리도는 입을 다물고 있었다. 그는 실외에서 오는
움찔케 하는 소리들로 도피해 있었다. 예컨대 선로를 달리는
전차의 귀를 찢는 소리나 멀리서 들려오는 앰뷸런스의 사이렌
소리를 살피고 있었다. 자신을 짓누르는 정신의 압박감을
약화시키려고 그런 소리에 집중하고 있었다. 매기 양은 팔꿈치를
책상에 괴고 있었다. 그녀는 그가 있는 쪽으로 몸을 돌리고서
미소라고는 조금도 없는 표정으로 그를 주시했다. 그가 침묵에
종지부를 찍기를 기다렸다. 그녀의 머리는 정말 자그마하고
뾰족하고 육식동물 같았으며, 그와 동시에 중국 여자 특유의
놀랍도록 흠잡을 데 없는 미모를 갖추었다.

또다시 땀 한 방울이 메블리도의 관자놀이를 떠나
아래쪽으로 배칠배칠 기어가기 시작했다. 입을 열어, 바보야.
그는 생각했다. 안 그러면 저 여자는 네가 무언가를 숨기고
있다고 확신할 거야, 고백할 수 없는 추잡한 것을 숨기고 있어서
두려움에 땀을 흘리는 거라고 생각할 거야. 너를 결국 위험인물로
여기게 될 거야.

경찰복인 흰 반팔 셔츠가 가슴에 달라붙어 있었다.
머리끝에서 발끝까지 축축한 느낌이었고, 이 예쁜 여자 앞에선
그러한 축축함이 수치스러워 보였다.

65

그는 움직이지 않았다.

1분이 흘렀다.

몰개성한 장소였다. 책상 하나, 의자 두 개, 하얀 벽. 매기 양의 뒤에는 그녀가 상담을 몇 번 한 뒤 신뢰 관계를 맺었을 때 환자를 맞아들이는 더 편안한 사무실로 통하는 문이 있었다. 오늘은 문이 닫혀 있었지만 이번 주 초에 왔을 때 메블리도는 문이 열려 있는 것을 보았다. 그는 그 방의 장식을 떠올렸다. 제1인민공화국 시절의 가구들, 책이 잔뜩 쌓여 있는 선반들. 그리고 새 한 마리가 있는 새장. 검은색의 번지르르한 구관조로, 가끔 팔짝팔짝 뛰면서 휘파람을 불곤 했다.

"말이 잘 안 나와요." 그가 힘들여 말했다. "머리에 떠오르는 게 아무것도 없어요. 선생님이 흥미롭게 여길 만한 게 전혀 없어요. 핵심적인 건 지난번에 벌써 말씀드렸고요."

"그래요? 핵심적인 것을요?" 의사가 관심을 보였다.

그녀는 미소를 짓지 않았지만 질문에는 빈정거리는 동시에 따져 묻는 기색이 엿보였다. 매기 양은 매혹적인 여우상으로, 보일락 말락 하는 새하얀 작은 이로 그를 움켜잡고 놓지 않았다.

그는 얼굴을 더욱 찌푸렸다. 자아비판 때 거꾸로 적힌 이름에 빨간 줄이 그어진 패를 목에 걸고서 동료들 앞에 무릎 꿇고 앉아 있는 것처럼 열등한 위치에 놓인 기분이었다.

핵심적인 것이, 억누르지 못한 모든 것이, 지난 월요일 그럭저럭 능숙하게 숨기거나 뒤섞어 놓은 모든 것이 다시금 그의 머릿속을 지나갔다.

- 일생의 연인이었던 베레나 베커의 잔혹한 죽음.
- 현실에서든 꿈에서든 그의 주변에서 멸해 간 그 모든 여인들, 사라졌거나 그가 버리고 떠난, 메블리도가 계속 사는 척하기 위해서는 그들의 희생이 예외 없이 필요했던 듯 그가 저버린 그 모든 애절한 여인들.
- 죽은 자들, 새들, 산 자들이 뒤섞인 게토의 일상, 야음의 파국 같은 분위기의 게토의 일상, 거의 언제나 그를 다른 사람과 혼동하며 그에게 망자의 이름을 부여하는 말리야 바야를라르과의 일상.
- 소냐 볼글란에게 끌리는, 나이 차를 생각할 때

우스꽝스럽고 그로테스크한 감정, 딸일 수도 있었을 텐데.

• 자신이 이미 쉰 살이며 무(無)가 빠른 속도로 다가오고 있다는 것을 인정할 때 밀려오는 공포감.

그는 갑자기 고래고래 울음을 내지르고 싶었다.

이놈의 무는 시간이 아무리 지나도 받아들일 수 없을 거야. 그는 생각했다.

여자들이 하나씩 죽어 가는데 나는 계속 살고 있어, 저승에서 그들과 재회할 게 끔찍이도 두려워. 그는 다시금 생각했다.

그의 입에서는 아무 소리도 나오지 않았다.

선풍기는 끊임없이 모터 소리를 냈다. 바깥에서는 당장이라도 뇌우가 닥칠 것 같았지만 구름에는 그 어떤 번개도 줄무늬를 그려 넣고 있지 않았다. 하늘은 어마어마하게 어둠침침한 부동의 덩어리였다.

"저기요, 메블리도." 정신과 의사가 말했다. "지난 월요일에는 상관의 권유로 오셨지요. 권유가 아니라 차라리 명령이었다고 하죠. 하지만 오늘은 그렇지 않아요. 오늘은 타의로 오신 게 아니에요."

그녀는 메모장과 볼펜밖에 없는 책상에 팔꿈치를 괸 채 그의 쪽으로 몸을 기울였다. 그녀는 땀을 흘리지 않았다. 그녀의 입술에는 어떤 다정함도 나타나지 않았고, 타고난 매력으로 메블리도를 유혹하려는 게 절대 아니었지만, 그녀의 외모는 엄청났다. 2~3세기 전 제1중화인민공화국이 아직 존재하던 시기였다면 그녀는 홍콩 영화의 포스터에, 예컨대 또 다른 매기인 매기 청[9] 옆에 서 있을 수도 있었을 것이다. 그녀에게는 그런 유의 미모가 있었다.

옆방에서는 구관조가 바이브레이션을 내지르고 있었다.

"형사님은 지금 마음이 편치 않아요." 매기 양은 말을 계속했다. "태연히 의자에 앉아 있지만 어쩌면 울고 싶을지도 몰라요. 비명을 지르고 싶거나요. 어쨌든 다시 저를 보러 왔다는 건 본인이 벼랑 끝에 있다는 것을 의식하고 있기 때문이잖아요,

---

9. 홍콩 배우 장만옥(張曼玉, 장만위)의 영어 이름.

안 그래요?"

침묵.

"도움이 필요하다는 걸 본인이 알고 있어요. 하지만 망설이고 있죠…. 형사님은 말을 하는 건 나약함을 드러내는 거라고 여기고 있어요…."

침묵.

"우리가 어떤 결과에 도달하려면 시간이 걸릴 거예요, 메블리도. 몇 주일지도 모르고 몇 달일지도 모르죠. 하지만 형사님이 말하기 시작한다면, 진짜로 말하기 시작한다면, 우리에게 좋은 일이 될 거예요."

메블리도는 땀에 흠씬 젖어 있었다.

구관조는 다시금 바이브레이션을 시작한 참이었다.

"메블리도, 제가 '우리'라고 하는 것은 우리가 한편이기 때문이에요." 의사가 말을 이었다. "아시겠어요?"

물론이지, 알지. 메블리도는 1밀리미터도 움직이지 않고 생각했다.

그는 경찰이 쓰는 이 낡아 빠진 수법을 뻔히 알고 있었다. 용의자와 인간적 유대를 맺고, 좋은 쪽으로든 나쁜 쪽으로든 자기와 무언가를 공유한다고 믿게 만드는 수법 말이다.

그는 매기 양의 정면에 있었다. 자기가 어떻게 보이는지 분명히 알고 있었다. ─선풍기 바람에 휘날리지 않는 짧은 머리카락에, 얼굴과 두 팔은 더러운 땀방울로 뒤덮인, 고집스레 침묵을 고수하는 병든 경찰관. 그가 억누르고 있는 탄식, 사소한 계기만 있었어도 밖으로 튀어나왔을 이 울부짖음이 두 관자놀이 사이에서 어지럽게 으르렁거리고 있었다. 내밀한 문장의, 지연된 신음의 편린들이었다.

아니다, 솔직히 말해 그런 추잡한 것들을 입 밖으로 내뱉는 건 점잖지 못한 행동이었을 것이다.

"어쩌면 다른 날에는 그럴 수도 있겠죠." 그가 마침내 말했다.

"지금 하시는 게 더 좋을 거예요." 매기 양이 고집스레 말했다.

메블리도는 그녀가 문장을 마치도록 내버려 두었다.

그러고는 자기가 공황 상태에 휘둘린다는 인상을 주지 않으려고, 아니면 무례하다는 인상을 주지 않으려고 천천히 열까지, 심지어 열하나까지 세었다. 그는 의자를 밀치고 일어섰다.

"저기요, 매기." 그가 말했다. "아니요, 다른 날이 더 좋겠어요."

매기 양은 그에게서 눈을 떼지 않았다. 원칙적으로 미소 짓는 일이 전무하기라도 한 듯 심각한 눈빛이었다.

메블리도는 침을 삼켰다. 인중에 방울방울 맺힌 땀을 닦으려고 몸을 움직였다. 팔이 도중에 멈췄다.

"선생님을 매기라고 불러도 될까요?" 그가 물었다.

9

정신과 의사는 수화기를 들었다가 내려놓았다. 그러고는 담배에 불을 붙인 뒤 안락의자에 기대어 몸을 젖히고는 생각에 잠겼다. 메블리도가 떠난 뒤 자기 사무실로 돌아온 참이었다. 상담은 참담하게 중단되었고 곧 다시 보자고 애매하게 약속하면서 우호적으로 헤어지기는 했지만 그가 굳이 다시 올지는 전혀 확신할 수 없었다.

그녀는 담배 연기 너머로 구관조를 바라보았다. 구관조는 횃대 위에서 건들거리다가 새장 안쪽으로 점프해 들어가 오렌지색 부리를 창살이나 자그마한 사기 물통에 비벼 대더니 다시금 횃대로 돌아와 건들거리고 있었다. 노점상에게 구입한 담배가 흔히 그렇듯 담배는 곰팡 슨 홍차 맛이 났다. 구관조는 날개를 펴지 않은 채 한쪽 구석에서 다른 쪽 구석으로 점프하곤 했고, 동작을 마치고 나면 쾌활한 음정 세 개를 휘파람으로 불기도 했다.

담배가 다 타자 매기 양은 재떨이 속의 첫 꽁초 옆에 눌러 불을 끄더니 경찰서 전화번호를 눌렀다. 베르베로이앙에게 직통 번호를 받은 것이다.

"여보세요?"

"매기 양인데요."

"아, 네." 베르베로이앙이 말했다. "양 박사님, 그래, 메블리도는요? 선생님을 찾아왔던가요?"

"방금 나갔어요. 이번 주에 벌써 두 번 봤어요."

"어떤가요? 그러니까 제 말은, 선생님이 보시기에⋯." 베르베로이앙은 머뭇거렸다.

"많이 혼란스러워하고 있어요." 매기 양이 말했다. "절 찾아오라고 하시길 잘하셨어요."

"무슨 문제인데요?" 베르베로이앙이 물었다.

매기 양은 잠시 말을 멈췄다. 업무상 협력 관계이기는 하지만 그녀는 환자에 대한 정보를 경찰에게 쉽게 건네는 편은 아니었다.

"치료를 받아야 해요. 스스로도 그것을 알고 있고요." 그녀가 말했다.

"맞아요." 베르베로이앙이 동의했다. "그 친구, 자기가 너무 감정적이 된 걸 알고 있어요. 자기 입으로 그러더라고요, 너무 감정적이 되었다고. 20년 전에 죽은 여자를 다시 생각하기 시작한 것 같아요. 끔찍한 사연이죠. 소년병들에게 학살당했거든요. 그런데 그 친구, 지금은 미친 여자랑 살고 있어요. 그러니 인생이 쉬울 까닭이 없죠. 그 얘기를 하던가요?"

"우리는 많은 이야기를 나눴답니다." 매기 양이 말했다.

창살 뒤에서 새가 휘파람을 불었다. 두 음. 그리고 세 음. 단조롭고 쾌활한 음정이었다.

"걱정하지 마세요, 선생님. 의료 비밀을 누설하라는 게 아닙니다…. 제가 알고 싶은 건 그 친구가 여전히 경찰 업무를 수행할 수 있는 상태인가 하는 겁니다. 이 일을 하면서 마음의 동요가 있어서는 안 되거든요…. 몇 주 쉬게 할까요?"

"제 생각에는 계속 정상적으로 일을 하는 게 좋을 것 같아요." 매기 양이 말했다. "쉬게 할 이유가 전혀 없어요."

"임무 도중에 정신적으로 무너질까 걱정입니다."

"그럴 리 없어요." 매기 양이 말했다. "그는 자신을 잘 통제하고 있어요. 벼랑 끝에 서 있는 건 사실이지만 뛰어내릴 마음은 없어요."

전화선을 타고 잠시 침묵이 이어졌다.

"게다가 메블리도가 흔들리지 않도록 우리가 돕고 있잖아요." 매기 양이 말했다.

"알겠습니다." 베르베로이앙이 말했다. "그렇게 하죠. 선생님을 믿겠습니다, 양 박사님. 단, 민감한 결정을 내려야 하는 사건에는 메블리도가 얽히지 않도록 하겠습니다."

"어떤 결정요?"

"글쎄요. 신속히 내려야 할 결정이겠죠. 무기를 뽑을 것인가 아닌가. 총을 쏠 것인가 아닌가. 사실 많은 경우…."

서장은 말이 막혔다. 답답해하는 동작을 하는 소리가 들렸다.

"업무는 아무것도 바꾸지 마세요." 매기 양이 말을 이었다. "소외된 기분이 들게 하지 마세요."

"어쨌든, 선생님하고 계속 연락하겠습니다."

베르베로이앙이 말했다.

　그 순간 구관조가 물통에 부리를 부딪치고는 다시 휘파람을 불었다. 청나라 때부터 내려오는 흰색과 푸른색의 물통이었다. 매기 양의 아버지가 죽기 직전 딸에게 생일 선물로 준 우아한 작은 골동품이었다. 새의 휘파람은 생의 강렬한 즐거움을, 물 마시는 즐거움을, 새장 속에 있는 행복을 표출하고 있었다.

　"선생님 뒤에서 가끔 우는 게 새인가요?" 대화를 너무 딱딱하게 중단하지 않으려고 서장이 관심을 보였다.

　"맞아요." 정신과 의사가 말했다. "구관조예요."

　"구관조 예쁘죠." 베르베로이앙이 말했다. "저도 예전에 한 마리 있었거든요. 하지만 그 녀석도 선생님 구관조와 비슷했어요. 너무 슬프게 울곤 했죠."

　"그랬군요." 매기 양이 말했다.

　"예, 너무 슬프게 울었어요." 베르베로이앙이 말을 이었다. "그 소리를 듣다 보니 울적해지더라고요. 그래서 없애 버렸어요."

10

승강기는 지하층이 없다는 것을 마지막 순간에야 기억해 냈고
비명 소리를 내면서 황급히 정지했다.

문이 열렸다.

메블리도가 나왔다.

그는 이제 1층을 차지하는 작은 상점가에 있었다.
스피커에서는 광고 노래 멜로디가 찍찍거리는 소리를 끝없이
되풀이했다. 메블리도는 외부인의 승강기 이용을 단속하는
관리인에게 손짓으로 인사를 했다. 관리인은 망가진 타자기용
의자에 앉아 높이 쌓아 둔 포장용 종이 상자에 몸을 기대고
있었다. 그는 반바지 차림이었고, 샌들을 벗고 오른발을 주무르고
있었다. 그는 메블리도의 인사에 답하지 않았다.

세일 중인 옷 가게 하나와 잡화점 겸 문구점을 따라 걸어서
메블리도는 거리로 나왔다. 그는 고개를 들어 5층을 바라보았다.
그의 시선이 건물 정면에 돌출한 에어컨들 사이를 헤매었다.
그는 매기 양과의 상담을 다시 생각했다. 그것은 대사 없는
촌극이었다.

• 아무 장식 없는 공간에 한 남자가, 현실에 직면해 얼이 빠진
남자가, 자기가 꾸는 꿈의 무게에 짓눌린 남자가 자리에 앉는다.

• 맞은편의 여자는 이 남자가 끔찍한 현재와 과거를, 미래의
부재를 말로 만지작거리기를 기다린다.

• 여자는 아름답다. 그녀는 홍콩 영화 전성기의 홍콩 여자
배우 하나를 닮았다.

• 반면 남자는 땀을 뒤집어쓴 채 입을 다물고 있다.

그 순간 그는 하늘에서 온 것인지 에어컨이 내뱉은 것인지
몰라도 짐승 똥만큼 커다란 물방울 두 개를 맞았다. 그는 한 걸음
비켜섰다. 인도에도 물방울이 잔뜩 튀었다. 흙먼지 냄새가 퍼지기
시작했다. 도시 위 구름은 아스팔트 색이었고, 요동치는 전기와
미쳐 날뛰는 조명으로부터 천둥이 생길락 말락 했다.

메블리도는 잡화점에 들어가 우산을 하나 골랐다.
싸구려 천으로 된 1달러짜리 소형 접이식 우산이었다. 그는
베르베로이앙 앞에 서기 전에 생각을 정리하고 싶었다. 경찰서는

전차로 열두 정거장 떨어진 콘티넨털 플라자 근처에 있었다. 걸어서 한 시간이면 갈 것이다.

그는 산책을 시작한 지 2분도 안 되어 한 건물 입구에서 접이식 의자에 앉아 있는 노파 하나를 알아보았다.

코르넬리아 오르프로군. 그는 생각했다. 제4닭장의 볼셰비키 거지 할멈이 프로파간다를 하려고 시내 중심가에 나온 것이다. 그는 그녀를 잘 알고 있었다. 코르넬리아 오르프와 그녀의 패거리를 감시하려고, 팩토리 스트리트에서 별로 멀지 않은 그녀의 집이나 거미투성이 창고, 옛 도살장, 폐허가 된 가게 등 더 우중충한 곳에서 열리는 세포조직 모임에 나가곤 했던 것이다. 노파는 더위에도 불구하고 긴 군용 우비를 어깨에 걸치고 있었다. 그녀는 발목이 보일락 말락 하는 검은 원피스를 입고 더러운 구두 안에 발을 감추고 있었다. 그녀는 그런 옷차림으로, 듬성듬성한 백발에 두꺼운 안경을 코에 건 채 손님들을 살피고 있었다. 안경의 왼쪽 다리에는 절연테이프가 감겨 있었다. 그녀는 그러한 가난뱅이 행색에 전혀 개의치 않았고 오히려 이를 자랑스럽게 여기는 게 분명했다.

그녀는 목에 팻말을 걸고 있었다. 커다란 구두 앞에는 손수건 하나를 펴 놓았는데, 그 위에는 책 네 권과 배지 몇 개가 놓여 있었다. 그녀의 뒤에는 모든 부자들을 응징하고 인민해방군을 조직하라는 슬로건이 적힌 포스터가 압정으로 붙어 있었다. 그녀는 누군가가 말을 걸었을 경우 전략이나 도그마에 대한 어떤 질문에도 답할 기세로 접이식 간이 의자에 꼿꼿하게 앉아 있었다. 아무도 그녀에게 관심을 기울이지 않았다.

"안녕하세요." 메블리도가 말했다.

할망구는 초췌한 얼굴과 회색 각막백반으로 뿌예진 두 눈을 메블리도 쪽으로 돌렸다.

"어이구, 메블리도, 웬일이야?" 그녀가 물었다. "여기서 뭐 해?"

"아, 그냥 어슬렁거리고 있어요." 메블리도가 얼버무리며 말했다. "그쪽은요?"

"푸훗." 코르넬리아 오르프가 소리를 냈다.

그 뒤로 15초가량 그들은 아무 말도 하지 않았다.

메블리도는 언젠가 자기도 그녀처럼 행인들 한복판에 앉아 행인들에게 시선을 주지도 받지도 않으면서 사회나 자신에게 존재 이유를 설명할 필요가 없는 살아 있는 정물이 된다면 좋을지 생각했다.

"오늘은 잘돼 가요?" 그가 결국 입을 열었다. "지지자들이 좀 있어요? 접선은요?"

노파는 미끄러져 떨어진 팻말을 다시 들어 올렸다. 팻말에는 다음과 같이 적혀 있었다.

수세기에 걸친 혐오에도 불구하고 늙은 볼셰비키들은 살아남았다. 그들에게 적대감을 표시하거나 모욕하거나 조롱하거나 어떤 종류든 폭력을 가하는 것은 금지되어 있다.

"아니, 오늘은 썰렁해." 노파가 말했다. "갑자기 폭우를 맞을까 두려운지 사람들이 발걸음을 멈추지도 않고 뭘 사지도 않아. 며칠째 이 모양이야."

"그렇군요." 메블리도가 말했다.

그는 난전 앞에 쭈그려 앉아 있었다.

땅바닥 가까이 앉으니 배기가스, 기름때, 썩은 음식 냄새가 더 강하게 풍겼다.

천둥이 멀리서 으르렁거렸다.

짜증 난 운전자들이 경적을 울려 댔다.

"배지를 세일하는데." 노파가 알려 주었다.

배지가 여덟 개 있었다. 프롤레타리아혁명의 초기 수십 년 사이에 만들어진 것이고 애초에 적대적 환경에서 그렇게 오래 존속할 것을 고려해 제작한 것이 아니다 보니 배지는 죄다 상태가 형편없었다. 표면에 먼지가 끼어 들뜨거나 녹이 슬어 배지에 그려진 혁명가 대다수는 지워져 있었다. 집단적 기억은 그들의 이름을 잊었다. 메블리도는 배지 하나하나를 관심 있게 살펴보는 척하다가 꾀죄죄한 천에 다시 올려놓았다.

"세 개에 2달러야." 노파가 제안했다.

노파의 음성 깊은 곳에서 탐욕스러운 떨림이 들렸다.

"벌써 다 있는 것들이에요." 메블리도가 미안해했다.

"이 가격이면 거저야." 노파가 우겼다. "이런 기회는 흔치 않아."

“알아요.” 메블리도는 유감스러워하면서도 굽히지 않는 표정을 지었다.

상대방이 투덜거렸다. 이제 그는 책들을 살펴보고 있었다. 울란바토르나 이키토스나 제2구역이나 이곳 인근의 제4닭장에서 비밀리에 혹은 무관심 속에 개최되었던 역사적인 당대회들의 보고서였다. 포스트엑조티시즘 로망스[10]도 한 권 있었다. 책은 너덜너덜했다. 표지도 없었다.

“이건 존 인페르누스[11]의 책이야.” 메블리도가 책장을 넘겨 보는 걸 보고 노파가 말했다. “그의 최고작일걸.”

“이 책, 상태가 더 괜찮은 건 없어요?” 메블리도가 말했다.

“아니, 없어.” 노파가 말했다. “문학 책은 그것밖에 남은 게 없어.”

“재고는요?”

“당대회 책들은 집에 좀 더 있어. 하지만 인페르누스 책은 다 팔렸어.”

메블리도는 어깨를 으쓱했다. 그렇게 오래 이야기를 나누었으니 이제 무언가를 사지 않을 수 없었다. 그는 배지를 아무거나 세 개 쥐고는 자리에서 일어났다.

“이렇게 세 개 살게요.” 그가 말했다.

“그중에 하나는 큰 놈이네.” 노파가 갑자기 쩨쩨하게 굴었다. “그놈은 할인 품목이 아니야. 1달러 더 내야 해.”

“이거야 원, 바가지를 씌우네.” 메블리도가 항의했다.

“시장경제 사회잖아.” 노파가 흥분했다. “나는 뭐 좋아서

---

10. 포스트엑조티시즘의 '로망스(românce)' 장르에 대해서는 『미미한 천사들』(워크룸 프레스, 2018) 152쪽 참고.

11. 여기서 존 인페르누스(Djohnn Infernus)라고 표기된 인페르누스 요한네스(Infernus Iohannes)는 포스트엑조티시즘 문학의 역사에서 매우 중요한 작가로, '샤가(Shaggā)' 장르의 창시자로 알려져 있으며 볼로딘의 첫 작품 『조리앙 뮈르그라브의 비교 전기』와 메이저 출판사 데뷔작 『리스본, 더 물러날 곳 없는 종경』 등에서 언급된 바 있다.

이러는 줄 알아? 어서어서, 세 개에 3달러 내. 알겠지만 나를 위해서 하는 일이 아니야. 당을 위한 거지."

노파는 고맙다는 말도 없이 돈을 받았다. 하지만 그녀는 만족했다. 음성이 다시 다정해졌다.

"언젠가 모든 것이 무상인 날이 오기를!" 그녀가 다시 말했다.

11

그의 왼쪽에서는 메모리얼 애비뉴가 재잘거리고 있었다.

전차 한 대가 경보기를 울리며 지나갔다. 제례용 종과 같은
음색의 철제 악기였다.

차도에는 통행량이 많았다. 메블리도는 별 관심 없이
길을 곁눈질했다. 게토 지구와는 분위기가 천지 차이였다. 설사
중심가의 번영이 빈곤의 대양에서 섬 하나에 불과할지라도
이곳에서는 현실을 구현한다고 주장할 수 있는 세상에 도달한
느낌이었다. 재앙들과 검은 전쟁을 뒤로한 채 문명, 정의,
유토피아의 종말이 영구적으로 재건된 세상, 평화기의 인간들이,
심지어 열등인간들까지도 능히 해낼 수 있는 근면한 평온이
재건된 세상에 도달한 느낌이었다.

메블리도는 몽상에 휩싸여 가볍게 오른손 주먹을 쥐었다.
배지들이 손바닥을 찔렀다.

구입한 물건들을 가방에 쑤셔 넣어, 메블리도. 그는
생각했다. 죽은 자의 초상 세 개였다. 배신당한 평등주의
지도자들, 배신당한 붉은 영웅들, 지워지고 잊히고 배신당한
익명의 투사들의 초상이었다. 너는 그게 남자인지 여자인지도
모르잖아.

그는 인도 변에 나란히 서 있는 나무들 밑을 걷고 있었다.
돌연변이 보리수, 길쭉한 잎사귀들이 아래로 축축 처진 돌연변이
회화나무, 무화과나무 등 전후(戰後)에 심었지만 그사이 이미
성목이 된 나무들이었다. 곧 닥칠 비 때문에 꽃가루 냄새가
바닥에 잔뜩 떨어졌다.

젠장, 숨을 못 쉬겠네. 그는 생각했다.

그는 걸음을 멈췄다. 땀 때문에 이마가 반짝였다.

매기 양 앞에서 그를 짓누르던 불안이, 사라졌다고 믿었던
불안이 예고 없이 다시 부풀어 오르더니 호흡곤란을 가져왔다.
고뇌는 의식의 한계를 넘어서 온몸에 퍼졌다. 한 걸음도 더
내디딜 수 없을 것 같은 기분이었다.

애초에 그 의사 앞에 앉지 말아야 했어. 그는 생각했다. 그
여자는 내가 전혀 떠올리고 싶지 않은 것들을 떠올리게 만들었어.

게다가 그 모든 짓거리에도 불구하고 달라진 건 아무것도 없잖아. 나는 그 여자가 전혀 필요 없어. 다시 보러 가지 않을 거야. 그는 그렇게 잠시 속으로 투덜거렸고, 곧 불안이 강해졌다. 그는 다시금 베레나 베커가 잔혹 행위를 당하는 장면으로 빠져들지 모른다는 두려움에 사로잡혀 있었다. 그 금단의 길로는 가지 마. 그는 생각했다.

얼굴 위로 땀방울이 흘렀다. 그는 땀방울을 닦았다.

또 다른 전차 한 대가 제례용 종소리로 통행을 알리며 그의 왼쪽으로 미끄러져 지나갔다.

메블리도, 이렇게 끈적끈적한 더위에 더는 못 버텨. 그는 생각했다. 기운 차려. 끔찍한 과거가 네 현재로 넘어오게 하지 마. 과거는 생각하지 말고 일진이 가장 좋은 날을 기준으로 현재를 생각해. 진정해. 현실을 지금 중심가 모습대로 바라보고 그걸 꽉 붙잡아. 메모리얼 애비뉴를 바라봐. 너는 문명의 한복판에 있어, 파괴되지 않은 것의 중심에 있어, 지구 전체로 보면 멀쩡히 남은 게 거의 없으니 그래 봐야 별것 아닌 게 사실이지만 그래도 중심은 중심이야. 수많은 학살에도 불구하고 도시는 꿋꿋이 버텼어, 도시는 꿋꿋이 버틴 자들을, 남아 있는 자들을 다시 모으고 있어. 이 도시의 이름은 이제 울랑-울란(Oulang-Oulane)이야. 다시 울랑-울란을 걸어 봐. 보다시피 너를 둘러싼 현실에서는 모든 게 든든하고 너 역시 꿋꿋이 버텨 냈어. 어찌 되었든 너 역시 불행 뒤에 살아남았어. 다시 걸어, 차도를 바라봐, 메모리얼 애비뉴를. 이 대로는 옛 수도의 지도에 맞춰 재건되었어, 똑바른 일직선이야, 넓이도 길이도 엄청나, 이 대로는 자기네 주인들이 무적의 타이탄이라고 상상했던 건축가들이 설계한 거야, 아직 이방인이나 관광객이 있던 시절에 이방인들을 기절초풍케 하려고 만든 거야. 수많은 전쟁과 인종 청소로 인류는 모든 게 도루묵이 되었고, 타이탄들은 사라졌고, 이방인들은 다른 세계들로 돌아갔어. 관광객들은 납골당에서 영원히 잠자고 있어. 그 누구도 굳이 이방인이나 관광객을 생각하지 않아. 그것 봐, 메블리도, 너는 비영속성이 지배하는 세상에 살고 있어. 그렇다고 해서 무슨 치명적인 결론이 도출되는 건 아니야. 그런 결론을 생각하고 있으니 네가 숨이 막히는 거야.

후끈거리는 습기 때문도 아니고 네 허파에 신체적 이상이 있는 것도 아니야. 멈추지 마. 다시 걸어. 쓸데없이 과거나 미래를 곱씹는 건 그만둬. 메모리얼 애비뉴를 따라 서 있는 나무들을 바라봐. 무화과나무, 무성한 푸른 잎의 플루메리아, 보리수를 봐. 숨을 들이쉬어. 나무들은 늙지 않았어. 나무들은 너보다 늦게, 전쟁이 끝난 뒤에 태어났어. 너보다 오래 살 거야. 그건 걱정 안 해도 돼.

그는 잠시 생각을 멈췄다. 계속 생각해 봐야 소용없었다, 숨을 쉴 수가 없었다.

인도를 나란히 걷고 있는 산보객들을 바라봐. 그는 다시 생각했다. 게토와 수용소를 멀리한 채, 재건된 사회에서, 울랑-울란 한복판에서 무사히 생계를 이어 가고 있는 보통 사람들을 바라봐. 다른 사람들은, 누더기 차림의 공산주의자들, 벌레 밑에서 죽어 가는 이투성이 난민들, 마약중독자들은 제쳐 둬. 그자들은 몇 시간 동안 현실 세계로 미끄러져 들어왔지만 황혼 녘부터는 현실 세계와 별도로 존재하는 자기네 심연으로 돌아갈 거야. 저 낙오자들을 쳐다봤자 아무 안도감도 들지 않을 거야. 너는 물속의 물고기처럼 그들 틈에 있어, 네가 숨을 못 쉬는 데에는 그런 이유도 있어. 그보다는 울랑-울란의 익명의 행인들을, 재건된 현실에서 편안함을 느끼는 이들을 바라봐. 네가 그들을 높이 평가하지 않는다는 사실은 중요치 않아. 난파의 종말을 구현하는 건 바로 그 사람들이야, 그러지 않았다면 그들은 제4닭장에서 헤매고 있었을 거야. 너야 그 게토가 그 어느 곳보다 편안하게 느껴지고 그곳에서 매일 밤 너와 비슷한 자들을 만나고 있지만 말이야. 그들과 동류인 척하며 그들 틈에서 걷도록 해, 울랑-울란의 평범한 주민들 틈에서 걷도록 해. 이 남녀들은 더 이상 멸절을, 과거의 야만적 사건을, 미래의 수치스러운 행위를 생각하지 않아. 그 사람들처럼 행동해, 현재에 겁먹지 마, 현재가 딛고 서 있는 것과 현재가 예고하는 것에 겁먹지 마.

군중의 얼굴들을 바라봐. 군중은 괜히 예민하게 굴지 않고 움직이고 있어, 군중은 아무것도 신경 쓰지 않아. 네가 지나치는 사람들은 죽음의 공포를, 특히 타인들의 죽음이라는 생각을 떨쳐 버리는 데 성공한 게 분명해. 그들을 본받아. 아무도 몸을 떨고 있지 않아. 아무도 고통스러워하지 않아. 남자나 그 비슷한 누구도 추억이나 치욕에 짓눌려 눈물지며 갑자기 무너지지 않아. 그 어떤 여자도 용서 못 할 세상 꼴에 갑자기 겁먹고 심신을 어떻게 다스려야 할지 몰라 건물 앞에서 울먹이거나 비틀거리지 않아.

걸어, 메블리도. 메블리도는 생각했다.

가던 길을 계속 가.

숨을 들이마셔.

먼지를, 꽃가루를, 연기와 엔진과 쓰레기 컨테이너와 낡아 해진 빨래의 냄새를, 남녀의 냄새를, 더러운 종이 상자와 거지들과 보리수 꽃의 냄새를, 길가의 도랑을 따라 서 있는 협죽도의 냄새를, 패스트푸드점 근처의 음식 냄새를, 폭우의 냄새를 들이마셔. 도시는 폭우 전에 숨을 들이마시는 나름의 방식이 있어, 도시 역시 너를 뒤따를 거야. 도시는 존속할 거야. 네가 더 이상 존재하지 않을 때에도 도시는 여전히 곰팡내와 악취를 휘젓고 있을 거야. 그건 걱정 안 해도 돼.

땀이 네 얼굴에 흐르고 있어, 메블리도, 네 얼굴에, 맨팔에 흐르고 있어. 고열이라도 있는 것처럼 머리끝에서 발끝까지 땀을 흘리고 있어. 이번에도 너는 자연스럽게 인도를 걷는 게 아니라 죽음의 회랑을 전진하는 중이라고 느끼고 있어, 너는 인생이 그 죽음의 회랑으로 환원된다고 생각하지, 그 자그마한 길은 짧기 때문에, 발걸음을 내디딜 때마다 비극의 메아리가 울리기 때문에, 추악해졌어. 형장으로 걸어가는 사형수인 셈이야. 네가 틀린 건 아니야, 메블리도, 심지어 전적으로 옳아, 하지만 다른 식으로 생각하는 게 더 나아. 너와 마주치는 사람들을 본받아. 그들의 무지 속으로 도피해. 그들처럼 승리자들이 제공한 반수면 상태를 즐겨. 그 사람들을 따라 해.

어리석음과 눈멂이 네 안에 들어오도록 내버려 둬.

네 쪽으로 다가오는 얼굴들을 바라봐, 최선을 다해, 호의적으로, 형제애를 품고, 공정하게, 불쌍히, 자비롭게, 다정하게 그 얼굴들을 바라봐. 들이쉬어, 메블리도, 허파 가득 여러 번 숨을 들이쉬어. 어리석음과 눈멂을 들이쉬어. 그러면 평온 비슷한 게 되돌아올지도 몰라.

되돌아올지도 모르지. 그는 생각했다.

하지만 아무것도 되돌아오지 않았다.

그의 다리는 주저하며 그를 지탱하고 있었다. 그의
손바닥은 벼랑 끄트머리에서 몸을 기울일 때처럼 그를 내뻗치고
있었다.

그의 옆으로 사람들이 지나다니고 있었다.

저 얼굴들을 바라봐. 그는 생각했다. 얼굴들을 봐. 의식을
잃지 마. 무의식에 도달하고 싶어 하지 마. 미치광이들을
부러워하지 마. 현실에 적응해. 얼굴들을 훑어봐. 풍요가
넘치잖아. 얼굴들은 겹겹의 이야기를 하고 있고, 때로는
아름답기도 해.

얼굴들은 때로는 아름답기도 해.

군중 속 얼굴들 사이에 똑바로 서 있어, 전적인 망각과 백치
상태 사이에서 중도를 지켜.

- 얼굴들 사이에 똑바로 서 있어라!
- 너를 얼굴로 뒤바꿔, 모든 걸 잊어라!
- 네 바보 같은 얼굴을 잊지 마라, 모든 걸 잊어라!

그는 제4닭장에서 들은 슬로건들을 떠올렸다. 현재 상황에
어울리는 것은 하나도 없었다. 현실 세계를 뚫고 지나가는 데
도움이 되는 것은 하나도 없었다. 그럼에도 불구하고 무언가를
붙잡고 매달려야 했다.

- 얼굴들 사이에서 헤엄쳐라. 그는 생각했다. 그 무엇도 잊지 마라,
모든 걸 잊어라!

12

그는 수십 걸음을 나아가다가 인도 변으로 가서 다시 걸음을 멈췄다. 동작 하나하나에 피로가 배어 있었다. 그렇게 숨이 차지는 않았지만 걷고 싶은 마음은 사라진 뒤였다.

목덜미가 땀에 젖었다. 겨드랑이에서 허리띠까지 땀이 흘렀다.

잠시 동안 그는 눈앞에 있는 것들을 건성으로 바라보았다. 대로는 콘티넨털 플라자와 그곳의 행정 센터까지 커브 길 하나 없이 동서로 수킬로미터를 뻗어 있었다. 도로의 일부는 전찻길이어서 마른 강바닥 모양으로 별도의 영역을 구축하고 있었고, 거기에 붙은 네 개의 레일은 열차들이 서로 스치지 않고 지나칠 수 있게 해 주었으며, 회색 바닥에는 수많은 검은 흔적, 기름때 자국이 있었다. 레일 너머에는 시멘트로 된 플랫폼이 우뚝 서 있었으며, 300-400미터 간격으로 플랫폼 위에 투명한 비바람막이 시설이 설치되어 있었다. 승객들은 그 비바람막이 시설에서 피치, 이앙가라, 제4닭장, 마나고니 방면의 열차가 도착하는 것을 기다릴 수 있는 반면, 콘티넨털 플라자 쪽으로 가는 승객들은 나무 밑에서 기다려야 했다. 대중교통이 한산한 시간이어서 플랫폼에는 사람이 별로 없었지만 그 뒤쪽으로는 차량 통행량이 굉장히 많았다.

차들은 시끄러운 소음을 내고 있었고 통행량이 굉장히 많았다.

뭐야, 메블리도. 그는 생각했다. 신경이 예민해졌잖아. 정신과 의사랑 얘기를 나눈 바람에 우울해진 거야.

그는 정류장 이름—이이임 가든 웨스트—이 적혀 있고 전차 번호와 전차별 정류소들이 표시된 푯말 근처 무화과나무 밑에 자리를 잡고는 열의 없이 허파에 공기를 채우고 비웠다.

무너지지 마. 그는 생각했다.

하늘은 더할 나위 없이 어두웠다.

여기저기서 산발적으로 물방울이 터지고 있었지만 당장은 아직 비가 내리지 않았고, 땅바닥이나 행인들을 향해 달려와 약간의 소음을 내며 착륙하는 것은 특히 벌레들, 기압이 낮아져

몸이 둔해진 날개미들이었다. 그 작은 동물들은 메블리도의
바싹 깎은 머리와 어깨에 부딪혀 튕겨 나갔다. 그는 얼굴을
찡그리며 손으로 정수리 위쪽을 빗질했고, 더 멀리 비바람막이
시설 쪽으로, 그러니까 나무 밑이 아닌 다른 곳으로 가서 자리를
잡았다.

이이임족 난민 지구 뒤쪽에서 천둥이 노호했다.

대로는 차량 통행이 원활하지 않았다. 차선이 넓은데도
이곳은 걸핏하면 차가 막혔다.

콘티넨털 플라자행 전차 한 대가 찢어지는 소리를 내며
메블리도 앞에 급정거하더니 승객 두 명을 태우고는 다시 떠났다.

승객 두세 명이 차를 기다리고 있는 시멘트 플랫폼의
건너편에서는 이 시간이면 흔히 그렇듯 관용차들이 나타났다.
장관들과 공직에 있는 인민의 적들을 태운 리무진 다섯 대였다.
그자들은 자기들만의 '시민 오찬'에서 배 터지게 처먹고 돌아오는
길이었다.[12] 리무진 행렬은 정체에 막혀 달팽이 걸음으로 가다
서기를 반복했다. 리무진 행렬은 속도가 더 느려지더니 둘로
갈라졌다. 리무진 한 대가 채소를 실은 소형 화물차 두 대 사이에
갇혀 뒤처졌다.

별 생각 없이 파 다발, 고추 더미, 양배추, 신선한 판다누스
나뭇잎을 바라보던 중, 메블리도는 150미터 떨어진 마나고니행
전차 플랫폼에 서 있는 한 사람에게 시선이 이끌렸다. 그 사람은
석고 가루가 묻은 군복 잠바에 비니를 쓰고 있어 성별을 알 수가
없었는데 어느 모로 보나 무사태평한 프롤레타리아 같았다.
메블리도는 눈을 찌푸렸다. 뭐야, 이건. 그는 생각했다. 혹시.

아니야. 아니, 맞아. 분명해.

소냐 볼글란이야.

망을 보고 있어. 대로를 지켜보고 있어.

---

12. 본래 '시민 오찬'은 관청의 주관으로 음식을 준비해
시민들과 관리들이 야외에서 식사를 하는 행사이지만
여기서는 인민의 적들이 자기들끼리 고급 식당에서 식사를
한 뒤 나중에 시민 오찬에 참석했다고 홍보하리라는
뉘앙스가 담겨 있다.

당연히 무기를 갖고 있겠지. 권총. 그 권총.

탄약도. 오늘 아침 그 탄약.

여기서 곧 그걸 사용할 거야. 그는 생각했다.

하지만 소냐 볼글란은 나쁜 짓을 꾸미고 있는 것처럼 보이지 않았다. 그녀는 유리로 된 비바람막이 시설에 몸을 기대고 있었고 전혀 흥분한 인상을 주지 않았다. 의심을 품지 않고 보면 그녀는 작업장이나 게토에서 나온 요즘 젊은이에 불과했다. 머릿속에는 음악과 돈 걱정뿐인, 지리멸렬한 생각들 중에 하루빨리 모든 걸 끝장내야겠다는 마음을 품은, 실업자일 수도 있고 아닐 수도 있으며, 남녀 어느 쪽일 수도 있는 요즘 젊은이. 소냐 볼글란은 때로는 자연스러운 기색으로 뺨에 모기나 땀방울을 붙이고 있기도 했다.

정치 암살을 앞둔 암살범이라고는 절대 생각하지 못할 거야.

어쨌든 물건이야, 저 여자는. 메블리도는 그녀에게 감정을 이입했다.

여자가 이번엔 누구에게 총을 쏠지, 자기가 그녀의 선택을 용인하게 될지를 메블리도가 궁금해하고 있는데 오른쪽에서 인기척이 느껴졌다.

모르는 여자 하나가 무화과나무 둥치를 피해 우회하느라 인도 가장자리를 걷고 있었다. 여자는 마치 메블리도가 존재하지 않는 것처럼, 땀에 젖은 반팔 셔츠 차림의 경찰 같은 보잘것없는 장애물이 길을 막고 있으리라고는 상상도 할 수 없는 것처럼 메블리도 쪽으로 다가오고 있었다. 여자는 서른 살 정도인 게 분명했다. 어깨까지 내려오는 흑발에, 얼굴은 약간 앙상했고, 활기 있는 표정에 푸르스름한 검은빛의 초롱초롱한 두 눈이 반짝였다. 그녀는 녹색 원피스를 입고 있었다. 원피스는, 언어를 장악한 이들의 눈에 아시아가 이국적이었던 시절에, 어떤 색이 서구적 기준에서 충격적인지 아닌지를 결정하던 영어권 화자가 아직 존재하던 시절에, 쇼킹그린(shocking green)이라는 어휘로 규정되곤 했던 아시아풍 녹색이었다. 어찌 되었든 원피스는 화려한 녹색이었다. 여자는 매우 꼿꼿한 자세로 살짝 탄력 있게 걸었는데, 그 때문에 그녀의 몸에서 발레리나 같은 우아함이 느껴졌다.

여자는 메블리도를 보지 않고 스쳐 지나쳤다. 메블리도는 여인의 향수 냄새를 느꼈다. 욕실에서 곧장 메모리얼 애비뉴로 나오기라도 한 듯 강렬하고 단순한 쌉쌀한 아몬드 향이었다.

그 향기 때문에 딱히 누가 떠오른 건 아니었다. 하지만 그녀가 벌써 그에게 등을 돌리려는 참에 그는 심장이 고통스럽게 수축하더니 박동 리듬이 달라짐을 느꼈다.

그 여인은 베레나 베커를 닮았다. 몸가짐도, 머리 모양도, 피부색도 같지 않았다. 키도 달랐다. 하지만 규정할 수 없는 무언가 때문에 그녀는 베레나 베커와 굉장히 닮아 보였다. 향수도 베레나 베커와는 맞지 않았다. 하지만 분명 그녀였다.

20년 전의 베레나 베커야. 그는 생각했다.

우리가 행복했던 순간, 죽기 직전의 그녀야. 20년 전.

나의 베레나, 내 사랑 베레나.

그는 잠시 망설이다가 무작정 그녀를 뒤따르기 시작했다. 그녀는 그보다 15미터 앞에서 걷고 있었다. 이제 그는 다시 정신과 병원 방향으로 걷고 있었다. 그녀는 계속해서 인도 끄트머리를 따라 걸었고 개인사의 마지막 단계에 이른 날개미들을 자기도 모르게 짓밟고 있었다. 그녀의 왼쪽에는—그녀의 오른쪽에는 사람이 드문드문 있었다—레일이 있었다. 그녀는 크로스백을 멨고, 한자 단어와 그 단어의 로마자 표기—메이 초우, 슈즈 코(May Chow, Shoes co.)—가 적힌 비닐봉지를 들고 있었다.

베레나 베커일 리가 없어. 그는 문득 생각했다. 내가 미쳐 가고 있나 봐. 그녀일 리가 없잖아.

내가 미쳐 가고 있구나, 하지만 그녀가 맞아. 그는 다시 생각했다.

바로 그 순간, 벼락이 세상을 두 개의 희끄무레한 반쪽으로 나눠 버렸다. 천둥소리는 우지끈 하는 소리에 불과했고, 곧바로 허공에서 폭포수가 떨어져 땅에 닿았다. 그 즉시, 다시 한 번 벼락이 내리쳤고, 이번에는 귀가 먹먹할 정도로 커다란 우르릉 소리가 메모리얼 애비뉴를 송두리째 뒤흔들었다. 마침내 분노와 회오리바람을 동반한 폭우가 터졌다. 도시는 뿌예졌고, 지면은 검은빛, 은빛, 수은 빛으로 뒤덮였으며, 눈 깜짝할 사이에 밤자갈

도로에 물웅덩이가 생길 틈이 있었던 것인지 자전거 한 대가 물기둥을 일으키며 인도를 지나갔다. 걸인들은 각 건물 입구로 이미 사라진 뒤였다. 사람들이 뛰고 있었다. 나무는 충분한 대피소가 되지 못했으므로 대다수가 나무 밑으로는 달려가지 않았다. 사람들은 실성한 듯 가게나 현관을 찾아 지그재그로 달렸다. 비명을 지르는 이들도 있고 서로를 부르는 이들도 있었다. 어떤 이들은 웃고 있었다. 순식간에 뼛속까지 젖은 사람들이었다.

메블리도는 접이식 우산과 씨름을 시작한 터였다. 우산살이 말을 듣지 않았다. 그는 잡화점 카운터에 1달러를 내려놓던 장면을 떠올렸다. 더 비싼 것을 샀어야 했다.

비는 뜨거웠고 그를 휘갈겼다. 하지만 그와 동시에 땀과 벌레들을 씻어 주는 유익한 샤워이기도 했다.

그는 말을 듣지 않는 우산살을 하나하나 다시 맞추는 일을 계속했다.

길가의 도랑은 이미 부글거리고 있었다. 그는 베레나 베커를 닮은 여자가 어떻게 되었는지 보려고 고개를 들었다. 멀리 탁탁 소리를 내는 비의 장막 너머로 마나고니발(發) 전차가 정류장을 떠나고 있었다. 전차는 출발하여 속도가 붙었다. 레일은 더 이상 보이지 않았고 차도와 인도는 이제 차이가 없었다. 땅바닥에서는 물거품이 일었다. 베레나 베커는 길바닥으로 내려와 있었고, 여울목을 건너는 듯한 모습이었다. 그녀는 플랫폼에 서 있는 유리 비바람막이 시설에 도달하려고 걸음을 재촉하며 가방을 뒤졌다. 발목 주위로 물이 튀었다. 그녀는 가방 쪽으로 고개를 숙이고 있었다. 가방에서 우산을 꺼내느라 애를 먹었다. '메이 초우, 슈즈 코' 비닐이 그녀의 동작을 방해했다. 갑자기 그녀가 걸음을 늦추었다. 미쳐 날뛰는 폭우 속에 산책이라도 하려는 것처럼 보였다. 그녀와 메블리도 사이에는 아무도 없었고, 반투명의 선영(線影)만이 휘파람 소리를 냈다. 마나고니에서 오는 전차가 그의 쪽으로 도착하고 있었고, 무엇보다 작고 광적이며 무성(無性)적인 소냐 볼글란의 인영(人影)이 다가오고 있었다.

회색 인영. 소냐 볼글란의 인영이었다.

소냐 볼글란이 막 메블리도의 시야에 다시 출현한 참이었다. 그녀는 어렴풋이 보이는 레일을 따라 흙탕물을 튀기며 미친 듯이 달리고 있었다.

그녀는 달아나고 있었다. 정의를 실현한 뒤 도주하고 있었다. 메블리도는 그녀가 행동하는 것을 보지는 못했지만 플랫폼 건너편, 야채 트럭들 사이에서 무슨 일인가가 일어났음을 이제 깨달았다. 테러가 있었던 것이다. 리무진은 유리가 깨져 있었고 야구 모자를 쓴 남자 하나가 몽유병자 같은 동작으로 차에서 천천히 빠져나오고 있었다. 천둥이 치는 사이 소냐 볼글란이 탄창을 비운 게 분명했다. 자기 스타일이 있는 테러리스트들이 보통 그러듯 리무진에 탄 사람들을 쏘면서 운전사는 살려 준 게 분명했다.

공로(公路)에서의 암살 직후 몇 초 동안은 우주의 관습적 규칙이 지켜지지 않는다. 기억의 깊은 곳을 뒤질 필요도 없다. 우리는 모두, 우리 역시, 그런 현상을 경험한 적이 있다. 사건의 주역들은 초자연적으로 매끄럽게 움직이고, 사건의 배경은 구경꾼들이 잠시 꼼짝 않고 서 있는 사진이 된다. 비는 소리 없이 떨어지고, 목격자들은 쓸데없는 미세한 세부 사항들을 예민하게 지각한다. 이제 메블리도의 눈앞에서는 모든 것이 1분의 60분의 1로 측정할 수 없는, 그 어떤 단위의 60분의 1로도 측정할 수 없는 조밀한 시간 속에 흘러가고 있었다.

소냐 볼글란은 메블리도를 향해 일직선으로 달리고 있었고, 그녀의 행로에는 몰지각한 쇼킹그린 색의 장애물이 있었다. 왠지 몰라도, 어쩌면 비 때문에 시야가 가려서인지 암살자 아가씨는 고집스레 방향을 바꾸지 않았고, 왠지 몰라도 베레나 베커는 그녀의 길을 가로막기라도 하려는 것처럼 굴었다. 실은 베레나 베커는 핸드백 쪽으로 허리를 굽힌 채 소형 우산과 씨름하느라 다른 일은 안중에도 없었다. 그녀는 막 우산 커버를 벗긴 참이었고, 장치 작동을 위해 누를 버튼의 위치를 필사적으로 손잡이에서 찾고 있었다. 전차가 다가오고 있었다. 두 여인이 선로에서 떨어진 곳에서 발버둥 치고 있었으므로 전차는 계속 속도를 높였다.

메블리도는 30미터쯤 떨어진 곳에 꼼짝 않고 서 있었다.

88

언제인지 몰라도 그는 인도에서 내려와 있었다. 신발이 물에 잠기는 게 느껴졌다.

그는 그 장면을 멍하니 구경하고 있었다.

소냐 볼글란은 녹색 옷의 여자에게 일종의 통행 우선권이 있음을 알면서도 전속력으로 곧장 달리고 있었다. 인민의 적들의 면전에다 총알을 쏟아부은 직후라면 노상의 행인이 알아서 길을 비켜 주기를 바라는 게 당연하다. 이윽고 그녀는 길을 막고 선 이 미지의 여인에 대해 생각을 고쳐먹었다. 저 여자는 평범한 행인이 아니야. 사복 요원인 게 분명해, 여자 경찰이 총을 꺼내고 있는 거야. 두 사람 모두 고개를 어깨 사이에 처박고 있었다. 소냐 볼글란은 총알을 맞기 전 상대에게 충돌할 요량이었던 것이고, 베레나 베커는 쏟아지는 비에 귀가 먹먹해서 그런 것이었다.

우산을 흔들어 펼치려는 의도로 베레나 베커는 아직 펴지지 않은 우산을 좌우로 휘둘렀고, 그 촌각의 순간, 자기를 향해 달려오는 여인의 반짝이는 두 눈을 보았다. 소냐 볼글란과의 사이에 남은 거리는 1.5미터였다. 베레나 베커는 충돌을 피하려고 무용수가 점프하듯 몸을 움직였고 비명을 지르며 물에서 빠져나왔지만 비명 소리는 폭우의 소음에 삼켜져 버렸다.

이제 그녀는 균형을 잃은 상태였다. 소냐 볼글란은 그녀를 건드리지 않고 지나쳤고 그사이 그녀는 비스듬히 미끄러지기 시작했다. 그녀는 가상의 벽을, 가상의 구원의 손을 잡으려 했다.

신발 가게 비닐봉지가 그녀의 뒤로 날아갔다.

메이 초우, 슈즈 코.

그녀는 그렇게, 거의 느릿하게, 레일 쪽으로, 전차의 괴물 같은 앞면, 금속 방호판, 차량 완충장치 쪽으로 미끄러졌다. 그녀는 팔을 뻗어 자기 몸을 보호하려 하다가, 곧 열차 밑으로 빨려 들어갔다.

천둥이 대로 위로 다시 한 번 우지끈 소리를 냈고, 도시는 소둠 섬광 속에 영원히 멈춰 버렸다. 모든 게 흔들리기 시작했다.

전차는 메블리도 앞에서 정지했다.

메블리도와 1미터 떨어진 거리에서 전력 질주하고 있는 소냐 볼글란을 제외하면 이제 그 무엇도 움직이지 않았다. 그녀의 얼굴은 정신병자처럼 일그러져 있었고 눈에는 눈물이 가득해 보였다. 그녀는 메블리도와 시선이 마주쳤고 그를 알아보지 못한 척했다. 이제 비는 아무 소리도 내지 않았고 진창 속을 도주하는 여인의 빠른 발걸음 소리만 울렸다. 그녀가 일으키는 물기둥은 땅바닥으로 다시 떨어지지 않았다.

이윽고 전차 운전사와 승객들 틈에 있던 밀리치야[13] 한 명이 열차 밖으로 뛰어내려 열차 뒤쪽으로 달려갔고, 모든 것이 다시금 정상적 리듬으로 돌아갔다.

비가 다시금 세상 만물을 맹렬히 휘갈겼다.

천둥소리가 건물 외벽들에 부딪혀 반향되어 울렸다.

운전사와 밀리치야는 서둘러 움직였다. 물기둥이 치솟아 그들의 허벅지까지 올라갔다가 다시 떨어졌다.

메블리도는 얼이 빠져 홍수 속에서 일어나는 일을 바라보았다. 밀리치야와 운전사는 전차 너머로 레일을 따라 달렸다. 그곳에는, 반짝이는 검은 물에는, 비가 내리치는 검은 잉크에는, 그 수은 빛 액체 속에는, 물거품 속에는, 거의 밤하늘 같은 하늘의 반사광 속에는 이제 구겨져 형체를 알아볼 수 없는 몸뚱이 하나가 누워 있었다. 그 쇼킹그린 색깔은 물과 피로 어두워져 있었다. 두 남자는 그녀 앞에 도착해 뻣뻣하게 굳어 버렸다. 그들은 그녀의 위로 허리를 숙이지 않았고, 비가 그 광경의 참혹함을 녹여 버렸으면 하는 듯 가까이 서 있었다. 비는 아무것도 녹여 버리지 않았다. 약간 떨어진 곳에 비닐봉지가 인도에 붙어 떠다니는 게 보였다.

여러 세기 전, 제1소비에트연방의 초엽, 우리가 가장 좋아하는 러시아 소설가 중 하나인 미하일 불가코프는 한 남자가 전차에 목이 잘리는 장면을 묘사한 바 있다. 전차 운전사는 여성이고 '청년 공산주의자 동맹'[14] 소속이었으며, 전속력으로 브론나야 로(路)를 질주하다가 레일에 걸쳐 쓰러져 있던 남자의 목을 깔끔하게 자르는 호사를 누렸다. 사고 피해자의 머리는

---

13. 원래는 '자경단'이라는 뜻이지만 소련 시절에는 '경찰'을 의미했다.

14. 1918년 조직된 '전연방 레닌주의 청년 공산주의자 동맹'. 통상 '콤소몰'이라고 부른다.

우아하게 땅 위를 굴렀다. 픽션에서는 이런 식이다. 하지만 이곳은 현실 한복판이었고, 녹색 옷 여인의 머리는 예쁘게 절단되지 않았으며, 실상은 정반대였다. 쇠바퀴는 그녀의 몸을 끌고 가 우물우물 씹은 뒤 그녀를 추물스럽게 으깨어 놓았다. 한편 운전사는 『거장과 마르가리타』에서처럼 찬란한 미래를 향한 도정에 있는 씩씩한 여성 노동자가 아니었다. 운전사는 50세가량의 남자였고 예전에 설혹 콤소몰에 호감이 있었다 해도 그 사실을 드러내 놓고 자랑하지 않은 지는 아주 아주 아주 오래되었다.

폭우가 길어진다.

메블리도는 밀리치야가 도착하기 전에 쇼킹그린 색 시체
근처로 다가가 끔찍한 광경에 신음하고 있던 구경꾼들 틈에
섞이지 않았다. 그는 자기가 목격자라고, 혹은 경찰이라고 밝히지
않았다. 그는 모양새가 좋지 않은 우산을 쓰레기통에 버리고,
레일들 사이에서 불어나는 물줄기 속으로 내려와, 세차게 내리는
비를 맞으며 녹색 옷 여인의 핸드백이 떨어진 곳까지 걸어가 허리
숙여 핸드백을 주웠다. 그는 남들 눈에 띄지 않으려고 당당한
태도로 핸드백 안을 뒤졌다. 그는 핸드백에서 지갑과 물이 뚝뚝
떨어지는 신분증 케이스를 끄집어냈고, 핸드백을 처음 집은
곳 — 조금 떨어진 곳, 물 밑에 — 에 다시 내려놓았다. 그다음에는
사고 장면을 등지고는 머리를 휘갈기는 격렬한 폭우에 무관심한
듯 2-3분 동안 주저하다가 결국 패스트푸드점 한 곳에 들어갔다.
그는 2층으로 올라가 자리를 잡았다.

이제 그는 대로를 내려다볼 수 있는 자리에 앉아 있다. 몰래
가로챈 지갑을 앞에 펼쳤고, 신분증이며 플라스틱 카드들을
꺼내 종이 냅킨으로 감쌌다. 세밀히 살펴볼 용기는 없었다. 그의
주변 도처에는 물이 흥건하고, 그의 옷에서는, 바지와 경찰용 흰
셔츠에서는 계속 물이 떨어진다. 그는 충격을 받은 표정이다.
자살하려고 물에 뛰어든 사람을 건져 놓은 것 같다.

그는 오른쪽 어깨를 유리창에 기댄다.

에어컨 송풍 장치에 몸이 떨린다.

두 잔째 시킨 뜨거운 찻잔을 손으로 쥔다. 살갗에는 소름이
돋아 있다.

홀은 거의 비어 있다. 옆의 옆 탁자에서는 교복 차림의
여고생들이 어휘 숙제를 두고 재잘거리고 있다. 여고생들은
가끔은 서로 싸우기도 하고, 어떨 때는 웃기도 하고, 어떨 때는
집단적 성찰의 결과물을 조용히 베껴 적기도 한다. 밀리치야의
회전 경보등이 여럿 나타나기 시작하자 여고생들은 흥분을
표출했지만 비 때문에 시야가 뿌예지자 다시 연습 문제 풀이에
몰두했다.

조용한 시간이다. 매장의 스피커에서는 음악이 나오지 않는다. 젖은 양말 냄새, 눅눅한 트로피컬 샌드위치 냄새, 중하층민이 먹는 유전자 변형 감자 냄새가 난다.

메블리도는 빨대로 음료를 한 모금 들이마시다가 혀를 덴다. 차는 식지를 않고, 메블리도는 몸이 따뜻해지지를 않는다. 그는 이마 속에서 압도적으로 선명하게 태어나고 또 태어나는 이미지들을 끊임없이 억누른다. 그 이미지들을 나중으로 미뤄 놓는다. 이미지들은 사라지기를 거부한다.

• 쇼킹한 녹색 옷의 여인은 레일 사이에서 균형을 잃는다 제대로 펼쳐지지 않은 우산을 전차 쪽으로 뻗는다 운명을 향해 울부짖는 금속에 넘어지지 않으려고 기를 쓰지만 헛일이다 팔을 뻗는다 금속이 울부짖는다

• 그는 아무도 자기에게 관심을 두지 않는 것을 확인한다 손을 물속에 담가 베레나 베커의 핸드백을 찾는다 아무도 그를 쳐다보지 않는다 수면의 큼직하고 두꺼운 물거품을 헤친다 피거품이 아닌지 자문한다

• 소냐 볼글란은 흙탕물을 튀기며 달린다 철거 현장에서 퇴근하는 프롤레타리아로 변장한 여인 가슴 부분과 소매가 회반죽 자국으로 더러워진 잠바 차림 모자를 눈썹까지 눌러쓴 눈을 들어 그를 쳐다본다 그들의 시선이 마주친다 그를 알아본다 그는 비에 젖은 그녀의 검은 눈과 마주친다 그녀는 눈을 깜박이지 않는다 아무 표정도 드러내지 않는다 마치 그가 존재하지 않는 것처럼 그를 뚫고 지나간다 그녀는 속도를 줄이지 않는다

• 전차는 귀를 찢을 듯한 소리를 내며 브레이크를 건다 형언할 수 없는 귀를 찢는 소리를 낸다 운전사는 벨을 울리지 않았다 어쨌든 아무도 벨소리를 듣지 못했다 브레이크 소리는 들었고 귀를 찢는 듯한 소리는 들었지만 벨소리는 듣지 못했다

• 도랑 근처에 '메이 초우, 슈즈 코' 비닐이 떠다닌다 수면에는 큼직하고 두툼한 물거품이 갈색빛 도는 두툼한 물거품이

• 소냐 볼글란은 그에게서 1미터 떨어진 곳에서 숨을 헐떡인다 그녀가 그에게 물을 튀긴다 물이 어깨 높이까지 튄다 그의 지척 몇 센티미터 옆을 지나친다 애를 쓰느라 그녀의 얼굴이 일그러져 있다 모자 때문에 그녀는 모자 밑에 머리털이 없기라도

한 것처럼 비정상적으로 보인다 그녀는 이미 그의 앞에 있지 않다
그녀는 이제 그를 바라보지 않는다 그녀는 그를 밀치지 않고
지나친다 그녀는 인도로 올라간다 그녀는 사라진다

• 그는 내용물을 비운 뒤 핸드백을 물 밑에 내려놓는다 화장
용품과 열쇠는 내버려 두었다

• 밀리치야가 팔꿈치로 문을 밀친다 문은 충분히 빨리 열리지
않는다 밀리치야가 바깥으로 튀어나온다 그는 전차 뒤쪽으로
뛰어간다 그는 몸이 굳어 버린다 작달막한 몸집이다 50세의 체조
선수 같다 레일을 따라 달린 뒤 더 이상 움직이지 않는다 허리를
숙이지 않는다 아무 조치도 취하지 않는다 이제 아무것도 하지
않는다 운전사가 합류한다

• 100분의 1초 동안 벼락이 온 세상을 놀랜다

• 비는 어떨 때는 천 개의 군용 북 같고 어떨 때는 소리 없는
이미지 같다

• 녹색 옷의 여인이 전차의 앞면과 충돌한다 그녀는 거칠게
전차 밑으로 끌려 들어간다 빨려 들어간다 그녀는 사라진다

• 전차는 에어보트라도 되는 듯 멈춰 설 때 잔물결에
둘러싸인다 그 순간 즉시 잔물결이 지워진다 문이 열린다
밀리치야가 튀어나온다

• 쇼킹그린 색깔의 천 조각이 여전히 두 바퀴 사이에 걸려
있다

• 커다란 기름진 물거품이 후려치는 빗방울에 저항한다
물거품은 터지지 않는다 하수도 입구로 미끄러져 간다 터지지
않는다 더 두툼하고 더 탄탄하고 더 갈색빛인 물거품 하나가 그는
그게 피로 된 것은 아닌지 자문한다

"장두(長頭, dolichocéphale)가 뭐야?" 정적 속에 여고생
하나가 묻는다.

여고생은 다른 아이들에게 단어를 보여 준다. 단어는
철두철미하게 검토된다. 여고생들이 웃는다. 여고생들이
보기에 그 단어에는 음란한 면이 있다. 단어는 남근을 떠올리게
한다. 코클리코-세팔(coquelicot-céphale)은 새빨간 자지인가?
콜리코-세팔(colico-céphale)은 설사를 하는 자지인가? 올리고-

세팔(oligo-céphale)은 기름진 자지인가…?[15] 각자 돌아가면서 가능한 의미를 만들어 보다가 자기들이 내뱉는 10대 특유의 음탕한 농담을 메블리도가 듣고 있음을 깨닫고 음성을 낮춘다. 속삭이면서 웃음을 터뜨린다.

메블리도는 여고생들을 거의 인지하지 못한다.

그는 차를 마신다.

그는 바깥을 바라본다. 노란 방수복을 입은 밀리치야들이 테러 장소를 둘러싼다. 창유리가 부서진 리무진은 그 자리에 있다. 부상당했든 죽었든 피해자들은 이미 다른 곳으로 이송되었다. 소냐 볼글란이 살려 준 운전사는 이제 어디에도 보이지 않는다. 일차 검증을 위해 밀리치야에서는 형사 두 명을 보냈지만 반시간 전부터 형사의 수가 계속 늘어나고 있다. 페트로 미시건이 보인다. 그는 2미터의 키 때문에 쉽게 눈에 띈다. 지표 위를 흐르는 빗물 너머에 서 있는 다른 형사들은 아직 누군지 알 수 없다. 침수된 아스팔트 위로, 차도와 인도를 대신한 국경 없는 호수(湖水)에는 회전 경보등의 빨간 반사광이 늘어난다. 패스트푸드점 앞에는 전차 여러 대가 줄지어 정차해 있다. 승객들은 모두 전차를 떠났다.

리무진과 녹색 옷의 여자를 친 전차 주변에는 플라스틱 띠로 접근 금지 구역이 설정되었다. 내가 녹색 옷의 여자라고 하는 것은 그녀가 베레나 베커를 닮았다는 사실을 재차 떠올려 슬퍼하고 싶지 않아서다. 절단된 시체는 이제 냉동 탑차같이 생긴 승합차에 누워 있다. 승합차는 다른 시체 조각이 수거되기를 기다리면서 정차해 있다. 내리는 비에 경계선이 흔들리는 널찍한 마름모 안에서는 밀리치야들이 계속해서 도로를 탐색하고 있다. 그들은 물 밑에 숨은 단서를 찾고 있다. 때때로 그들은 허리를 숙인다.

구급대원들은 다시 현장으로 돌아가 바퀴에 남아 있는 두부(頭部) 조각을 긁어내기 전에 승합차 근처에서 잠시 휴식을

---

15. coquelicot-céphale, colico-céphale, oligo-céphale, 세 단어는 모두 존재하지 않는 단어로, 설사 소녀들이 자의적으로 '남근(phallus)'을 연상한다 해도 원뜻은 그와 무관하다.

취하고 있다. 무엇을 해야 할지 몰라 그들 앞에 있는 도랑의 물 소용돌이를 주시한다. 레일 위로 흐르는 물줄기는 모든 것을, 피와 살점을 휩쓸어 갔다. 조금 더 멀리, 사람을 죽인 전차의 앞면에서는 경찰 두 명이 이야기를 나누고 있다. 바포스 보르쿠타와 아다르 마기스트랄이다. 그들은 물새 같은 모습이다. 그들의 발은 물살에 묻혀 보이지 않는다. 그들 위에서는 벼락이 우지끈 소리를 낸다. 그들은 반응하지 않는다.

그날 오후 메모리얼 애비뉴는 폭력과 죽음으로 얼룩졌지만 곰곰이 생각해 보면 그 장면이 어떻게 진행되었는지를 상세히 이야기해 줄 수 있는 사람은 아무도 없을 것이고, 심지어 정확히 무슨 일이 일어났는지를 말해 줄 수 있는 사람도 없을 것이다. 사건이 폭우의 시작과 동시에 일어났으므로 객관적 증언의 가능성은 완전히 파괴되었다. 인도에 있는 사람들은 시선을 다른 데 두고 있었다. 그들은 하늘에서 내리는 격렬한 폭우에 습격당하는 기분이었고, 비를 피할 곳을 찾아 달렸으며, 천둥소리와 미쳐 날뛰는 빗물 소리밖에 듣지 못했고, 귀가 먹먹해지는 폭포수와 번개 말고는 그 무엇도 보지 못했다. 인민의 적을 태우고 가던 리무진에 사격이 가해지는 장면과 몇 초 뒤 빗속에서 젊은 여인이 끔찍하게 목이 잘리는 광경을 누군가가 둘 다 보았을 가능성은 없었다.

목격자는 몇 명 되지도 않고 제대로 보지도 못했을 거야. 메블리도는 생각한다. 게다가 어쨌든 자기들이 목격자라고 나서지 않을 거야.

그는 차를 다 마시고, 죽은 여인의 신분증, 습기로 뒤틀린 가죽 케이스, 플라스틱 카드 지갑, 지갑을 주워 담아 허리띠에 찬 가방에 쑤셔 넣고는 1층으로 내려간다. 화장실 근처에 동전 전화기가 있다. 그는 구멍에 25센트를 넣고 경찰서 전화번호를 누른다.

"여보세요, 베르베로이앙 서장님?"

"아, 메블리도, 자네로군. 잘 있나?"

"뭐, 신통치 않아요. 지금 패스트푸드점에 있어요. 비가 엄청나게 내려서요. 메모리얼 애비뉴에 경찰이 쫙 깔렸어요. 테러리스트 한 명이 목이 잘렸거든요."

침묵.

"메블리도, 지금 메모리얼 애비뉴에 있다는 거지?"

"예."

"거기서 테러 사건이 있었어, 이이임 가든 부근에서. 자네 현장에 있는 건가?"

"심각한가요?"

"뭐가?"

"테러요."

"세 명이 죽었어. 이념국장 발카친과 장관 두 명이야."

메블리도가 휘파람을 분다.

"장관들이요?"

"응. 밀러, 연료부. 그리고 바티르지안, 농산물 공동체."

"운전사는요?"

"운전사는 멀쩡해. 정신이 좀 나가긴 했는데, 찰과상 하나 없어."

"그렇군요. 깔끔한 솜씨네요."

"그 말은 못 들은 걸로 하겠네, 메블리도."

"저기요, 서장님, 제가 다 봤어요. 여자는 전차에 깔려 머리가 으스러졌어요. 전차 밑으로 빨려 들어갔거든요. 사람들이 긁는 도구를 써서 사체를 회수하고 있어요."

침묵.

"좀 더 분명하게 얘기해 봐, 메블리도. 잘 안 들려. 어떤 여자?"

"테러리스트 여자요. 제가 다 봤어요. 그 여자가 차에다 총을 쏘고는 뛰어서 도주했어요. 몇 초 뒤에 전차에 깔렸고요. 있잖아요, 여자가 베레나 베커를 닮았어요."

"베레나 베커라⋯." 서장은 생각에 잠긴 건조한 목소리로 되풀이한다.

"제가 30미터 거리에 있었어요." 메블리도가 이야기한다. "여자는 전속력으로 달리고 있었어요. 비 때문에 눈이 안 보이고 귀가 안 들렸던 게 틀림없어요. 아니면 타깃들을 죽이고 나서는 얼이 빠졌던 것이겠죠. 처음에는 전차가 아무 해도 끼치지 않고 여자 옆을 지나갈 줄 알았어요. 그래서 개입하지 않았어요.

어쩌면 제가….”

“자네는 아무 잘못 없어, 메블리도. 아니면 차라리 그 이야기는 다음 주를 위해 아껴 둬. 자아비판 할 때 말이야.”

“잘 계산해서 여자에게 몸을 날릴 수도 있었을 거예요. 달리는 도중에 잡아 세울 수도 있었을 거고요. 그런데 그러지 않았죠.”

“그게 잘못인지는 자네가 자아비판 할 때 보자고.” 베르베로이앙이 약속했다. “잊은 건 아니겠지, 메블리도? 다음 주에 자아비판을 할 거란 말이야, 화요일이나 수요일에. 오전 끝 무렵에. 그러면 끝나고 나서 같이 밥 먹으러 갈 수 있겠지.”

침묵.

“그 여자는 베레나 베커를 굉장히 닮았어요.” 메블리도가 다시 말을 이었다. “눈빛도 똑같고 키도 똑같았어요. 충격적이었어요.”

그의 목소리가 떨린다.

“베레나 베커라.” 베르베로이앙이 생각에 잠긴다. “그 이름을 어디서 들어 봤는데. 배우인가?”

또다시 침묵.

“제 아내요.” 메블리도가 결국 말한다. “있잖아요, 20년 전에….”

“아, 맞아, 그렇지… 미안해.” 베르베로이앙이 즉시 사과한다. “기억을 했어야 했는데. 나는… 정말 미안. 깜박하고 있었어.”

“저는 안 잊었어요.” 메블리도가 말한다.

“용서하게, 메블리도.” 베르베로이앙이 말한다.

그는 나쁜 사람이 아니다. 그가 불편해하는 게 느껴진다.

“그렇게 닮았다니, 말도 안 돼요.” 메블리도가 말한다.

“그렇지.” 베르베로이앙이 말한다. “말도 안 돼.”

침묵.

14

비가 그친 뒤 메블리도는 반짝이는 대로들을 따라 어슬렁거린다.

베르베로이앙 서장은 기운을 북돋워 주면서 페트로 미시건에게 가서 증언하라고 했다. 조사 업무를 시작한 수사 팀에 합류할 것을 요구했다. 동료들에게 합류하라고. 현재 동료들은 범행 무기를 찾고 있다. 녹색 옷의 여자는 장관들에게 사격을 가한 직후, 혹은 전차에 깔리기 직전 총을 잃어버린 게 분명하다. 그들은 아스팔트의 구멍과 도랑을 살펴본다. 그들은 아무것도 발견하지 못한다.

베르베로이앙은 테러의 피해자가 누구인지 메블리도에게 상기시켜 주었다.

• 이아고르 발카친. 55세, 이념국 부국장, 장군, 제2구역에서 전투 작전을 지휘했음, 적대 관계가 종료된 뒤 오귀안족, 쥐카피르족, 골쉬족의 마지막 비무장 집단을 전멸시킨 혐의로 기소되었음. 사면됨. 이념 문제와 제약 연구로 분야를 바꿈. 갑자기 엄청난 부를 축적했음. 수많은 훈장을 받았음. 언론을 통해 매우 잘 알려진 인물임. 본인 명의로 다수의 철학서를 출간함. 젊었을 때 사회 구호 기금 중 28달러를 횡령했다고 여러 자아비판에서 실토함.

• 자코 바티르지안, 47세, 농산물 공동체 장관, 시민 연대 국장, 제1구역 말살의 민간 측 주모자, 제2구역의 소년병 종대를 조직함, 제3구역의 이뷔르족 70만 540명을 박해한 혐의를 받았지만 혐의를 벗음, 적대 관계 종료 후 기소되지 않음, 기업가, 거부(巨富), 잔존 구역 곡물 생산 트러스트 부사장, 수많은 명예직 직함, 난민 사회 복귀 최고위원회 위원, 일급의 행정 경력, 청소년기에 포커 게임 도중 속임수를 썼다고 법정(法定) 자아비판 시 여러 차례 인정함.

• 토니 뮐러, 49세, 연료부 장관대리, 잔존 구역 평화 회복 최종 계획 시 특별 임무 각료를 지냄, 소위 말하는 정밀통제 제노사이드의 주창자, 봉그르족, 에스파냐인, 미리즈인의 소멸 뒤 소송의 위협에 처함, 필리핀 주민들의 수수께끼 같은 절멸 이후 설명을 내놓지 못해 기소됨, 사면됨, 잔존 구역 석유 트러스트

사장, 억만장자, 본인 명의로 다수의 경제학 서적을 출간함, 수많은 명예직 직함, 배우자와 가사노동을 분담하지 않았던 것을 계속 대중에게 숨겼다고 마지막 자아비판 시 실토함.

메블리도는 이 사항들을 기억해 두었다. 그에게는 전혀 새로울 게 없었다. 그는 메모리얼 애비뉴에서 즉시 미시건에게 합류하겠다고 베르베로이앙에게 약속했다. 그는 기력이 완전히 쇠한 비를 맞으며 미시건과 30초 정도 수다를 떨었고, 자기가 털어놓은 얘기에 미시건이 관심이 없는 것처럼 보이자 경찰 팀과의 모든 접촉을 피해 사라졌고, 정처 없이 헤매기 시작했다.

죽은 여인의 이름은 린다 시우[16]다.

이제 그는 그녀의 이름을 알고 있다. 베르베로이앙과 이야기를 나눈 뒤 그는 가방을 다시 열어 녹색 옷 여인의 신분증을 살펴보았다. 그는 신분증을 아주 잠깐만 살펴보았다. 20년 전 베레나 베커의 얼굴을 보여 주는 사진들을 오래 쳐다보고 싶지 않았던 것이다. 두 사람은 과연 놀라울 만치 닮았다. 견딜 수 없을 만치 닮았다. 린다 시우. 그는 그 이상을 알려 하지 않았다. 10달러짜리 지폐 하나 말고는 지갑에는 아무것도 들어 있지 않았다. 지폐는 거의 새것이었지만 아직도 굉장히 축축했다.

하늘은 맑아지지 않았고, 오후는 여전히 어두우며 5시경에는 심지어 더 어두워진다. 황혼 녘 같은 밝기에 속아 거대한 박쥐들이 이미 공원과 공원 사이를 활공하고 있다. 주행성 새들은 협죽도, 무화과나무, 거대 회화나무, 플라타너스, 개오동나무 위에서 까악까악 운다. 새들은 폭우에 파리들이 죽어 버렸음을 안타까워하며 까악까악 운다. 나무들은 서늘한 기운을 전해 주지 않는다. 어찌 되었든 물방울과 구아노가 떨어지는 것 때문에 메블리도는 나뭇잎 밑으로는 걷지 않는다. 그는 과거의 부자 동네를, 더 이상 철조망 울타리와 거마창으로 폐쇄되어 있지 않은 동네들을 헤맨다. 그는 원을 그리며 구불구불 걷는다. 가끔은 강변에 도달한다. 과거에는 그곳에 다른 건물에

---

16. 『미미한 천사들』의 39번째 '나라'에도 린다 시우라는 인물이 등장한다.

가려지지 않고 강어귀가 바로 보이는 전망을 지닌 호화 주택들이 있었다. 건물들은 세월의 타격을 입었고, 유리로 된 건물 전면은 오늘날 이가 빠져 삐죽삐죽하다. 몇몇 블록은 마지막 전쟁의 인종 청소 이후 사람이 살 수 없고 사람이 살지 않는다. 건물 발치에 있는 물은 진흙투성이고 잔잔하고 휘황찬란하다. 물은 출렁이지도 않으면서 대양을 향해 흘러간다. 메블리도는 시멘트 난간에 팔꿈치를 괴지 않으며, 배가 갈린 컨테이너들 위를 바라보며 몽상에 잠기지도 않고, 갈대배에도, 폐허가 된 항만 시설을 무단 점거한 라크스족 난민들의 왕래에도 관심을 두지 않는다. 그 장소의 아름다움은 그를 붙잡지 못한다. 물이 보이는 곳에 도착하자마자 그는 온 길을 되돌아간다. 그는 다시 헤매기 시작하며, 콘티넨털 플라자 주위를 방사형으로 둘러싼 대형 도로들 쪽으로 돌아간다. 그는 다시금 혼잡한 인파에 뒤섞인다. 사람이 많은 것이다. 그는 냄새들을 들이마신다. 그는 아주 먼 곳에서 온 사람처럼 사람들이 내뱉는 문장의 조각들을 받아들인다. 그러다 저녁이다.

저녁이다, 그래서 그는 제4닭장으로 돌아간다.

3부
메불리도의 거짓말

금세 어둠이 내린다. 제4닭장행 만원 전차는 실내조명이 열차 밖보다도 약하다. 사람들은 다닥다닥 붙어 있어 서로가 보이지 않거나, 아니면 서로의 존재를 거의 짐작하지 못한다. 사람들의 머리카락에서는 병든 깃털 냄새가 나고 옷은 진흙의 악취를 풍긴다. 신발들은 모두 젖은 신발 냄새를 내뿜는데, 특히 내게서 1미터 거리에 서 있는 메블리도의 신발이 그러하다. 우리는 악취의 현실에서 살고 있으며, 비가 그친 뒤의 몇 시간은 여전히 우리에게 잔인할 만치 집요하게 이를 상기시킨다.

이것 역시, 이 악취 나는 현실도, 야만의 최종 승리와 마찬가지로 불평 없이 감내해야 한다.

우리는 마르티르 호그 거리를, 그다음에는 다알리안 스트리트를 지난다. 얼마 뒤면 우리는 제4닭장의 외곽을 따라갈 것이다. 얼마 뒤면 마카담 대로가 시작될 것이다. 모든 것이 매우 어둡다. 가로등들은 아직 켜지지 않았다. 바퀴 밑에서 물이 쉿쉿 소리를 내는 게 들린다. 가끔씩 열차가 검은 연못을 닮은 물웅덩이를 건넌다. 폐허가 된 집들의 그림자가 도로 양편에 서 있는데, 우리 오른쪽으로는 그 그림자가 톱니 모양의 경계선이 된다. 게토 세계에 들어가기 전 마지막으로 통과하는 폐허 더미의 장막이 된다. 피로한 시선들이 그것을, 이 성벽의 이 빠진 곳과 막힌 곳을 지켜본다. 그리고 갑자기 누군가가 그곳에서 보일 듯 말 듯 한 유령을 알아본다.

"앗! 저기 좀 봐요!" 흥분한 목소리로 외친다. "소년병이에요!"

승객들은 비틀거리며 걸어가 유리창에 몸을 붙인다. 아무도 아무것도 보지 못한다. 탄성을 내질렀던 이는 자기가 착각한 걸지도 모른다고 실토한다. 그는 어쩔 줄 몰라 하고 어둠 속에서 땀을 흘리고 횡설수설한다.

"지금 생각하니까 그렇게 확실하진 않아요." 그가 더듬더듬 말한다.

한편 나는 그 일에 정신이 팔리지 않고 메블리도를 계속 관찰하고 있다. 쓸데없이 어둠을 노려보겠다고 고생하지 않는다.

설사 소년병이 무너진 가옥 안으로 슬그머니 들어가다가 들켰다 해도 — 정말이라면 놀라운 일이지만 — 그의 모습은 0.5초 이상 보이지 않았을 것이다. 소년병들은 은신 장소를 드러내지 않으려고 애쓴다. 그중 몇몇은 때로 남의 신원으로 위장하는 데 성공하여, 누군가가 정체를 밝힐 때까지 우리들 틈에서 남의 신원으로 살아간다. 하지만 다른 자들은 누구의 눈에도 띄지 않으려고 극도로 조심하면서 사람들의 시선으로부터 멀리 떨어진 곳에서 떠돌며 살아가는 쪽을 선호한다.

　　전차 안에서 웅성거리는 소리가 가라앉는 동안 소년병들에 대해 몇 마디 하도록 하자.

• 그들은 어른이 되었고, 더 이상 학살자가 아니며, 잔혹 행위와 인종 청소의 시기는 깨끗이 잊은 것처럼 보이고, 심지어 때로는 각고의 노력 끝에 전후의 세계에 다시 적응하기도 했지만, 그들이 도중에 마주치는 것은 겪어 마땅한 적의와 복수뿐이다. 그들에게 깃든 괴물의 본성은 돌이킬 수 없는 것이다. 그들은 과거를 달고 다닌다. 마지막 숨을 내쉴 때까지 과거는 그들을 따라다닌다.

• 그들의 폭력을 직접 겪지 않아도 되었던 이들조차 그들과 접촉하거나 그들을 보는 것을 견디지 못한다. 심지어 그들이 존재했었고 존재하고 있다는 생각조차 견디지 못한다.

• 그자들을 모집해 이용했던 개새끼들은 당시에 이미 성인이었다. 이들은 전쟁이 끝난 뒤 사면되었다. 이들은 다른 범죄자들처럼 상업과 공업으로 진로를 바꾸었거나, 아니면 오늘날 정부의 고위직을 맡고 있다. 이들은 자기들이 권좌에 올려준 이들과 더불어 세상을 다스린다. 이 개새끼들은 소년병이 아니며, 소년병들처럼 폐허가 된 건물에서 살지 않는다.

• 이 개새끼들은 익명의 무장 단체에 의해 하나씩 제거된다. 늘 드러내 놓고 말하지는 못하지만 소냐 불글란의 소행을 100퍼센트 지지하는 것과 마찬가지로 우리는 게토의 심처에서, 우리 추억의 심처에서 이 무장 단체를 100퍼센트 지지한다.

• 1. 설사 그 누구의 그 무엇도 회복되지 않는다 해도 그자들을 제거하는 것은 좋은 일이다. 2. 정의 구현은 아무 의미가 없지만 해야 한다. 3. 인종차별적 대량 학살의 주모자들이

자기들이 시작한 만행이 끝난 뒤 최대한 빨리 죽는 것은 바람직한 일이다. 4. 주모자들 중 잔챙이조차 가면을 벗기고 죽여야 한다. 5. 소년병들은 우선적 표적은 아니지만 기회가 생기면 물러날 필요가 없다. 이상이 이 무장 단체의 행동 강령이다.

　　때로는 전차의 측면이 무화과나무, 플라타너스, 아카시아 나무의 낮은 가지를 못살게 굴고, 차량 안으로 물방울이 뛰어든다. 돌연변이 나무들이 내뱉은 이 가래침이 어둠 속에서 날아와 이미 젖은 옷에 납작 달라붙기도 한다. 메블리도의 왼뺨에, 그의 목에 납작 달라붙기도 한다.

　　메블리도는 구역질이 난다. 히죽거리면서 고문을 하고 미쳐 사람을 죽였던, 그 사춘기도 되지 않은 병사들을 막 생각하던 참이었다. 이미지들이, 일련의 금단의 이미지들이 더 떠오를 수도 있었지만 경련 때문에 더는 눈앞에 펼쳐지지 못한다. 사람의 귀와 머리 가죽으로 만든 목걸이를 가슴에 찬 소년 소녀들의 손에 떨어진 베레나 베커를 보여 주는 이미지가 떠오를 수도 있었다. 하지만, 설사 눈앞에 펼쳐지지는 않았어도, 이미지들은 엄연히 현존한다.

　　그는 잡고 있던 손잡이를 놓고 뺨을 닦는다.

　　숨이 막힌다. 전차에서 내려야 한다.

　　그는 마라크빌리 문에서 내리지 않고 레오노르 이키토스 정류장을 선택한다.

　　나를 제외하면(나는 셈에 넣지 않는다.) 아무도 그를 따르지 않는다.

　　전차는 우리를 내려놓고 멀어진다.

　　우리 주변의 공기는 따뜻하고 굉장히 습하다. 이곳은 인적이 없는 듯하며, 폐허 한복판에 자리 잡은 작은 목조 건축물 전면에 걸린 전등 하나를 제외하면 조명이 없다. 폐허 더미 바로 뒤부터 제4닭장이 시작된다. 레오노르 이키토스 문은 무너진 가옥들 사이의 통로에 불과하다. 문은 전차 정류장에서 고작 100여 미터 떨어져 있고 그 사이에 문제의 가건물이 있다. 그 뒤로 펼쳐지는 길거리에는 빛 한 점 없다. 이 시간이면 제4닭장의 곳곳이 그러듯 꼬꼬댁 소리, 박쥐들의 째지는 소리, 까마귀 소리 등 어둠을 점령하는 짐승들의 대화 소리가 들린다.

전등이 전차 플랫폼에 노란 줄무늬를 비춘다. 이를 제외하면 어두운 주변에는 아무 인기척이 없다.

메블리도는 꼼짝하지 않는다, 자기 안에서 숨 막히게 흉측한 추억이 흩어져 없어지기를 기다린다. 목불인견의 편린들이 아직도 그의 의식의 표면 위로 머리를 내밀고 있다. 소년병들의 웃음이. 그들이 쓴 가면들이. 고문하는 동안 자기들끼리 말다툼하는 말투가. 그들의 더러운 행색이. 그들의 칼에 찌들어 있는 구역질 나는 때가.

기나긴 1분이 지난 뒤 악몽이 흐릿해진다. 그러자 그는 전등 쪽으로 걷기 시작한다. 어둠이 진회색으로 물들이고 있는 석고 섞인 물웅덩이들로 지면이 울퉁불퉁하다. 그는 그 물웅덩이들을 피한다. 50보 정도 간 뒤 오두막 앞에서 걸음을 멈춘다. 한 남자가 그곳에서 전화 장사를 하고 있다. 그 작은 가옥에는 입구가 하나밖에 없고 그 입구 위로 손님과 상인이 거래를 한다. 남자는 계산대로 쓰는 널빤지 뒤에 앉아 있다. 남자의 몸을 반쯤 가린 작은 칠판에는 다음과 같이 적혀 있다.

- 알반 글뤼크의 가게
- 제4닭장 전의 마지막 전화 통화소
- 먼 곳에 있는 사람과 통화
- 야간 서비스
- 모든 언어, 모든 방언 송수신

"전화 쓸 수 있소?" 메블리도가 묻는다.

"1달러 있어?" 장사꾼이 투덜거린다.

마른 남자다, 알반 글뤼크는. 말랐고 나이를 알 수 없다. 등이 굽었고, 탈모증으로 머리가 어수선하고, 더럽고 자그마한 머리 끄덩이가 여기저기 나 있다. 자그마한 두 눈은 울상이고, 눈가의 우툴두툴한 피부는 뺨 한가운데까지 이어져 있다. 꼴상이 완전히 독수리다.

"여기." 메블리도가 말한다.

상대는 달러화를 집어 철통에 던져 넣더니 자리에서 일어난다. 좁은 독수리 어깨를 흔들더니 어둠 속을 뒤적거리기 시작한다. 메블리도는 상대가 콘크리트 믹서만 한 큼직한 기계 주위를 맴도는 것을 바라본다. 그는 레버를 내렸다가 올리고 다시 내린다. 그러고는 더 애쓰지 않는다.

"달 에너지로 작동하는 기계라서." 그가 말한다. "달이 뜨기를 기다려야 해."

"시간이 없는데." 메블리도가 말한다. "배터리에 연결할 수 있어?"

"있지." 글뤼크가 말한다. "하지만 그러면 1달러 더 내야 해."

"바가지를 씌우네." 메블리도가 항의한다.

"뭐가?" 글뤼크가 묻는다. "뭐가 바가지야?"

메블리도는 계산대에 동전을 다시 놓는다. 독수리는 화난 기색으로 동전을 가져간다. 그는 투덜대면서 장비 쪽으로 돌아간다. 아주 간단한 연결 작업에 착수한다. 그러고는 전쟁 중에, 어느 전쟁인지는 모르겠지만 어쨌든 어떤 전쟁 중에 참호에서 통신할 때 썼던 것 같은 낡은 야전 전화기를 메블리도에게 내민다.

30초 뒤 찍찍거리는 수화기에서 사람의 목소리가 들린다.

"베르베로이앙 서장님?" 메블리도가 말한다.

"아, 메블리도, 자네인가? 미시건 말로는 메모리얼 애비뉴에서 자네가 미시건에게 기별을 했지만 그 뒤로는 안 보였다던데. 어디에 틀어박혀 있었던 거야? 테러 사건의 목격자가 없단 말이야. 자네가 유일한 목격자인 것 같아. 이이임 가든에 남아서 수사 팀을 도울 수도 있었을 텐데."

"시간이 없었어요. 제 나름대로 수사를 진행하고 있어요."

"여자의 신원은 파악했어?"

"어떤 여자요?"

"테러리스트 말이야. 전차에 치인 여자."

"아니요. 하지만 단서를 찾은 것 같아요."

"제4닭장 쪽이지, 안 그래? 제4닭장의 볼셰비키들과 관계가 있지? 할망구들 말이야."

"아니요. 노파들은 제가 주시하고 있었어요. 노파들은 배제해도 좋아요. 노파들이 무슨 일을 꾸미고 있었다면 제가 알았을 거예요. 서장님께 말씀드렸을 거예요."

"그래도 그 동네에서 찾아봐, 메블리도. 집회 때마다 가서 무슨 얘기를 하는지 들어 봐."

"그건 소용없어요." 메블리도가 반박한다.

"혹시 모르잖아." 베르베로이앙이 고집을 부린다.

"그러면 무기는요?" 잠시의 침묵 뒤 메블리도가 물어본다.

"무슨 무기?"

"발카친과 장관들을 죽인 권총요."

"보르쿠타와 마기스트랄이 현장을 샅샅이 뒤졌어. 물이 굉장히 많았지. 걔들이 고생 좀 했어. 아무것도 못 찾았지만."

"누군가가 총을 주워서 갖고 있는 게 틀림없어요."

"그렇겠지, 그게 아니라면 어디 있겠어?"

"총알은요?"

"일차 분석에 따르면 총알은 경찰 무기고에서 나왔어. 하지만 그건 아무 의미가 없는 정보야. 지난 10년 사이에 경찰 누군가가 누군가에게 건네주었다는 건데, 누구든지 언제든지 그럴 수 있잖아."

침묵.

"그 여자의 신원을 파악해야 해." 베르베로이앙이 말한다.

"누구요?" 메블리도가 묻는다. "어떤 여자요?"

침묵. 베르베로이앙은 목청을 가다듬는다.

"그 여자, 전차에 깔려 죽은." 서장이 말한다. "녹색 원피스를 입은 킬러 말이야. 그 여자 상태가 엉망이었나 봐. 몸의 위쪽이 떨어져 나갔어. 머리는 완전히 짓이겨졌고."

"알아요. 제가 그 장면을 목격했어요. 모든 걸 막을 수도 있었는데."

"뭘 막아?"

"모르겠어요. 일이 다르게 마무리될 수도 있었을 거예요."

"자네 책임이라고 느낄 필요 없어, 메블리도, 벌써 얘기했잖아. 전차에 깔려 죽는 여자는 매일같이 있어. 그중에는 막 테러를 저지른 사람도 있고 아닌 사람도 있지. 경찰이 할 수 있는 일은 아무것도 없어. 그건 잊어버려."

"개입했어야 했는데." 메블리도가 한숨을 쉰다.

"어떻게 개입해? 그 여자가 자네를 해치웠을걸. 탄창에 분명히 총알이 남아 있었을 거야."

그들은 서로 다른 이유로 잠시 생각에 잠긴다.

"그 여자는 베레나 베커를 닮았어요." 메블리도가 말한다. "여자는 선로를 건너고 있었고, 비 때문에 시야가 가려졌어요. 전차는 전속력으로 도착하고 있었어요. 여자가 그 밑으로 뛰어들었어요."

"가미카제야. 이건 가미카제 사건이야, 메블리도. 여자는 자기 운명을 선택한 거야. 장관들을 벌집으로 만들어 놓고 나니까 이제 인생의 의미가 없었던 거야, 그래서 바퀴 밑으로 몸을 던진 거지."

침묵.

"사진 없어?" 서장이 말을 계속한다. "있으면 수사에 도움이 될 텐데."

"무슨 사진요?"

"자네 처 사진. 베레나 베커."

침묵.

"왜 저한테 그런 걸 요구하는 건데요?" 메블리도가 말한다. "무슨 상관인지 모르겠네요."

"그 여자와 닮았다고 하니까 그러지." 베르베로이앙이 설명한다.

그의 목소리에 약간의 초조함이 담겨 있다.

"그 여자가 누구를 닮았는데요?" 메블리도가 중얼거린다. "누가 누구를 닮았는데요?"

침묵.

"그건 됐어." 베르베로이앙이 결국 말한다. "있으면 도움이 되었겠지만, 됐어. 얼굴이 바퀴에 깔려서 그래. 테러리스트의 얼굴 말이야. 그러니 신원 확인이 늦어질 거야."

"베레나 베커의 사진은 하나도 보관하지 않았어요." 메블리도가 억양 없는 목소리로 알린다.

"알았어." 베르베로이앙이 말한다. "그 얘기는 잊도록 하게, 메블리도. 그 문제를 건드리다니 내가 사려가 부족했어."

"저는 그녀의 모습을 머릿속에 간직하는 편이 더 좋아요." 메블리도가 강조한다.

"자네가 옳아, 메블리도, 그건⋯."

"그 덕에 마음만 먹으면 그녀의 모습을 보지 않을 수 있죠."

메블리도가 말을 계속한다.

"그렇지, 당연하지. 그 얘기는 없던 걸로 하세, 메블리도. 피해자 신원 확인은 다른 식으로 해결해 볼게."

"어떤 피해자요?"

"녹색 원피스를 입은 가미카제 여자. 시신을 조사할 거야. 그녀가 어디서 왔는지, 누구인지 알게 되겠지. 자네는 그러니까, 나름대로 알아보게, 핵심 임무에 계속 집중하게."

"구체적으로 말씀해 주실래요?"

"아, 제4닭장에서의 임무 말이야. 볼셰비키 일당을 감시하고, 거지 노파 조직에 침투하고, 소문을 듣고."

"가끔은 이게 바보 같은 임무라는 생각이 들어요." 메블리도가 투덜댄다. "그 노파들은 아무 해가 안 돼요. 노파들은 미쳤어요. 그들이 떠들어 대는 구호는 아무 의미가 없어요."

베르베로이앙이 전화선 너머에서 고개를 젓는다.

고개를 젓는 소리가 들린다.

"겉모습이야 쭈글쭈글한 마녀들 같지만 그들이 실제로 무슨 짓을 할 수 있을지 어떻게 알겠어? 이건 영광스러운 임무는 아니야, 세상의 미래가 달린 일도 아니고. 하지만 자네가 잘 수행하리라고 믿겠네."

침묵. 이제 아무도 고개를 젓지 않는다. 무언가가 들린다 해도 기껏해야 전화선을 따라 흐르는 자기 홀극의 잡음이다.

"정식으로 말하겠네." 베르베로이앙이 다시 말한다. "자네를 믿겠네."

메블리도의 입에서 한숨이 나온다.

"바보 같은 임무예요." 그가 말한다.

"아니야." 베르베로이앙이 입장을 고수한다.

그의 진심은 뚜렷이 전달되지 않는다. 어쩌면 음향의 왜곡 때문이기도 할 것이다.

그들은 서로 인사를 한다. 메블리도는 전화를 끊는다.

알반 글뤼크가 수화기를 받는다. 마치 메블리도가 침을 튀겨 혐오스러운 세균을 뿌리기라도 한 듯 헝겊으로 수화기를 닦는다.

"통화 내용을 녹음했어." 그가 말한다. "경찰이 시키는 일이라서. 1달러 주면 지워 줄 수 있는데."

메블리도는 어깨를 으쓱한다.

상점의 전등이 그려 내는 노란 줄무늬 너머로 돌무더기와 벽들로 이루어진 어둡고 황량한 장소가 보인다. 현실 세계가 맞는지 믿기 힘들 정도다. 상점 자체가 꿈에서 솟아난 것일 수도 있을 것이다.

"아니면 0.5달러만 줘도 되는데." 글뤼크가 흥정을 한다.

그는 인간의 얼굴을 한 독수리다. 이렇게 말할 정도면 얼마나 못생겼는지 알 것이다. 그는 팔뚝 또는 날개 끄트머리를 월광 동력 기계의 돌출부 위에 얹는다. 메블리도는 전화를 끊었지만 아직도 무언가 돌아가는 소리, 부르릉거리는 소리가 들린다. 아마 테이프녹음기 코일 소리일 것이다.

메블리도는 자기 소굴에 틀어박혀 보일락 말락 하는 상인을 바라본다. 이자를 죽이고 싶지만 그러지 않는다. 그는 0.5달러를 주고는 그곳을 떠난다.

16

곧 그가 되돌아온다.

"또 원하는 게 있어?" 글뤼크가, 독수리 글뤼크가 묻는다.

메블리도는 계산대로 쓰이는 널빤지에 동전 하나를 놓는다.

"달이 떴어." 그가 말한다. "배터리는 꺼도 되잖아."

상대는 마지못해 계산대에 몸을 기대고는 하늘을 바라보려고 몸뚱이 절반을 뻗는다. 지붕 밑에 달린 전구 때문에 눈을 깜박거린다. 무너진 건물들 위의 구름은 두터운 연기와 비슷하지만, 연무와 검푸른 벨벳 주름 뒤로 무언가 우윳빛 물체가 보인다. 달이 떴다. 부인할 수 없는 사실이다.

"오케이." 반쯤 대머리인 머리통을 웬만큼 인간적인 방식으로 어깨 사이에 넣었다가 다시 빼면서 독수리가 끽끽거린다. "1달러 더 내. 그러면 돼."

"장난해, 글뤼크?" 메블리도가 분개한다.

"심야 요금을 적용하는 거야." 독수리가 말한다. "통화당 2달러야."

"이건 도둑질이야." 메블리도가 말한다.

"누가 한밤중에 통화하래?" 알반 글뤼크가 대꾸한다.

메블리도는 호주머니에서 동전을 하나 더 꺼낸다.

"경찰 제출용 녹음은?" 그가 묻는다.

"공짜로 지워 줄게." 장사꾼이 다시 부드러워진다.

"왜 그렇게까지 해 주시는 걸까 궁금하네." 메블리도가 중얼거린다.

"글뤼크 가게는 단골들한테 그렇게 해 주거든." 독수리가 분명히 해 둔다.

그러고는 전화기에서 0.5미터 떨어진 스툴에 자리를 잡고서는 무관심한 표정으로 천장을 주시하지만 통화를 엿들으려 한다는 게 태도에서 확연히 드러난다.

이윽고 메블리도는 정신과 의사의 전화번호를 누른다.

"여보세요? 양 선생님?"

"예, 맞는데요?"

"저 메블리도입니다."

"아, 메블리도. 목소리를 들으니 반갑네요."

침묵.

"그러면, 우리 내일 보는 거 맞죠?" 매기 양이 다시 말을 시작한다.

"지금 당장 이야기하고 싶어요, 매기. 매기라고 불러도 되나요?"

"그렇게 하세요."

"오늘 오후 상담이 끝난 뒤 한 여자가 저 때문에 죽었어요."

쌍방이 머뭇거린다. 쌍방이 말이 없다.

"듣고 있어요, 메블리도."

"순식간에 죽었어요. 그 여자에게 말을 할 수도 있었을 텐데, 근데 제가…. 그 여자는 목이 잘렸어요."

침묵. 두 사람은 각기 야만적인 신체 절단, 폭력, 피가 가득한 이미지를 떠올리지만 이 이미지들은 완전히 다른 영화 장면이 된다. 두 시나리오에는 공통점이 없고 메블리도가 수행하는 행동에도 공통점이 없다. 매기 양은 메블리도가 나이프나 검을 쥔 모습을 머릿속으로 그리고 있다.

"잠깐만요, 메블리도. 도대체 왜…?"

"뭐라고요?"

"도대체 무슨 생각이었던 거예요, 메블리도? 왜 그런…?"

일시 정지. 문장은 미결 상태로 남는다.

"비가 오고 있었어요." 메블리도가 이야기한다. "폭우가 시작될 무렵이었어요. 10미터 앞도 보이지가 않았죠. 전차가 전속력으로 튀어나왔어요. 여자는 그 밑으로 사라졌고요."

"아, 다행이네요. 그쪽이 낫죠."

"뭐라고요?"

"아니에요, 아무것도 아니에요, 저는… 그게 당신이…."

매기 양은 침착함을 되찾는다. 감정이 격앙되어 쉬었던 목소리가 다시 또렷해지고 다시금 직업적인 말투를 되찾는다.

"그 여자분, 아는 사람이었어요?" 그녀가 묻는다.

"아니요."

"조금 전에 그랬잖아요, 그 여자에게 말을 할 수도 있었을 거라고."

"그녀는 제 옆을 지나갔어요. 맞아요, 제가 말을 걸어 볼 수도 있었을 거예요. 하지만 그녀는 죽었죠."

"그 여자를 보고 누군가가 생각나던가요?" 의사가 넌지시 묻는다.

메블리도는 잠시 가만히 있는다.

"아뇨. 절대 아니에요." 그가 말한다. "과연 누가 떠오를 수 있었을지 모르겠네요. 그 여자는 저를 지나쳤고, 그다음에 여자가 레일을 건너는 순간 저는 우연히 그 여자 쪽을 쳐다보았어요. 여자는 우산을 펴려고 하고 있었어요. 여자는 혼자였죠."

"형사님 때문에 죽었다고 했잖아요."

메블리도는 씩씩 소리를 내며 숨을 쉰다. 오열이 부풀어 올라 숨을 쉴 수가 없다. 그의 상상이 억누를 수 없는 경련을 일으킨다.

"제가 거기 있었기 때문에 모든 게 악화된 거예요." 그는 숨을 몰아쉰다. "종종 제가 어딘가에 있기만 해도 사람들이 끔찍하게 죽곤 해요."

침묵. 정신과 의사는 듣고 있다.

"제가 그 자리에 있기만 해도요, 맞아요." 메블리도가 말을 잇는다. "아니면 없기만 해도요. 그것만으로도요."

침묵.

"계속해 보세요, 메블리도."

"제가 미쳐 가는 것 같아요, 매기."

"절대 아니에요. 그냥 기분이 그런 거예요. 곧 지나갈 거예요."

"매기라고 불러도 되죠?"

"그렇게 하세요."

"잘 안 들려요. 제 말 들리세요?"

대답이 없다.

"매기, 제 말 들려요?"

메블리도는 전화기에 대고 신음한다. 그는 알반 글뤼크 쪽으로 몸을 돌리고는 수화기를 가리키면서 눈으로 물어본다.

"통화가 안 되는데." 그가 말한다.

알반 글뤼크는 날개 끄트머리를 오톨도톨한 얼굴로

가져가더니 앉아 있던 스툴을 요란하게 밀어 버린다. 그는 자리에서 일어나 전화기를 잡는다. 전화기를 귀에 댄다.

"여보세요, 매기?" 그가 무람없이 말한다.

메블리도는 이를 꽉 문다.

"대답이 없는데." 독수리가 말한다. "달 때문이야. 구름하고. 통화가 끊겼어."

"다시 복원될까?" 메블리도가 묻는다.

알반 글뤼크는 미심쩍은 표정으로 얼굴을 찡그린다. 그는 목을, 깃털 없는 목을 길게 뽑는다. 그는 작동하지 않는 전화기에 대고 다시 말을 하기 시작한다.

"여보세요? 내 말 들려요?" 그가 까악까악 운다. "매기, 내 말 들려요?"

그러더니 메블리도를 돌아본다.

"저쪽을 매기라고 불러도 되지?" 그가 묻는다.

17

메블리도가 레일을 따라 걷는 동안은 달이 숨어 있었다. 곧 달은 몇 초 만에 모습을 드러냈고, 그가 마라크빌리 문을 건너려 하자 떨리는 강렬한 백색으로 그를 휘감았다. 거미 한 마리가 길 앞을 건너더니 파인 틈으로 사라졌고, 무리에서 떨어진 갈매기 두 마리가 자갈 더미 위를 뒤뚱뒤뚱 기어오르다가 그가 자기들 앞을 지나는 순간 그를 지켜보았다. 그는 레오노르 이키토스 문으로 갔다가 사람이 살지 않는 미궁에서 길을 잃고 싶지는 않았으므로 자기 동네로 돌아가기 위해 마카담 대로로 통하는 거리를 따라가기로 한 참이었다. 그의 오른쪽에는 거무칙칙한 돌무더기가 쌓여 있었고, 그의 뒤로 전화 가게와 독수리 글뤼크가 멀어지더니 순식간에 보이지 않았다.

달은, 보름달 이외의 월상이 없고 소위 밤하늘이라는 것의 3분의 1을 위풍당당하게 차지하는 더운 계절의 크기였다. 그때까지 자신을 가리고 있던 검은 연무의 장막을 찢자마자 달은 난폭하고 무절제하게 빛을 발하기 시작했다. 달은 그 수은 빛과 납빛 회색·주석 빛 회색·은빛 회색·진줏빛 회색의 물결로 눈 깜짝할 사이에 우리의 정신을 적셨으며, 매일 밤 그렇듯 세상을 몽환적 피안으로 탈바꿈시켰다. 계급투쟁을 생각하는 대신, 세상의 행복한 자들과 힘 있는 자들을 징벌하려는 작전을 생각하는 대신, 우리는 이렇게 다시금 우리의 몽유병에, 제4닭장에서의 정처 없는 방황에, 1초 1초의 생존에 몰두했다. 이윽고, 매일 밤 그렇듯, 어마어마한 정신적 혼란이 우리를 사로잡았다. 우리가 현실의 어느 장소에 처박혀 있는 것인지, 악몽 속에 있는 것인지 아니면 단지 인생이라는 흔해 빠지고 끔찍한 회랑 ─ 죽음에 도달하려면 그 회랑을 처음부터 끝까지 주파해야 한다 ─ 에 있는 것인지 알 수 없었다. 커다란 열대 박쥐들이 가끔 네댓 마리씩 무리를 지어 거대한 원반[17]을 가로질렀다. 물론 그 박쥐들이 날도마뱀, 프테로닥틸루스,

---

17. '달'을 뜻한다.

프테라노돈[18] 등등과 정신을 홀릴 만큼 닮았다고 생각한 건 나뿐만이 아니었다. 우리는 심지어 우리가 어떤 지질시대에 속하는지도, 중생대인지 제4기 말기인지, 아니면 제2구역 집단 학살 이후인지도 알지 못했다.

　메블리도는 마라크빌리 문을 떠났고 달이 돌보지 못하는 영역에 들어와 있다 보니 걷는 속도를 늦추었다. 환한 달빛은 건물들에 부딪혀 앞으로 나아가지 못했고, 비정상적인 어둠 속에 몇몇 통로를 만들어 놓는 것으로 반격을 가했다. 메블리도는 갈매기나 걸인 여자들을 밟지 않으려고 조심하면서 걸음을 옮겼다. 그는 우리를 보지 못하고 지나쳤다.

　커브 길 하나를 돌고 나니 길은 협곡이 되었고, 이미 빽빽했던 그림자들은 더욱 조밀해지고 후덥지근해졌다. 메블리도가 걷고 있는 인도에는 아무것도 보이지 않았다. 돌연변이 새들이 그의 앞에서 꼬꼬댁거리다가 막판에야 분노로 날개를 퍼덕거리며 길을 비켜 주었다. 땀에 젖은 깃털의 역겨운 냄새가 풍겼다. 종종 새들이 부리로 그의 장딴지를 쪼았다. 그는 공격에 반응하지 않았다.

　여느 때와 같은 밤이었다. 숨 막히고 끈적끈적한 밤.

　이윽고 그는 레인보 스트리트에 와 있었다. 주택가 블록 맞은편에는 행렬이 하나 만들어져 있었다. 여성들로 이루어진 시위대는 아직 행진을 시작하지 않았다. 시위대는 목청을 가다듬고 있었다. 네다섯 명쯤 되는 것 같았다.

- 누더기 단위로 군인들의 수를 세어라!
- 무리 단위로 군인들의 수를 세어라!
- 0부터 1까지 군인들의 수를 세어라!

　"정말 아름답다, 저 소리 들려?" 메블리도 옆에서, 거의 메블리도의 어깨에 대고 누군가의 숨결이 말했다.

　소냐 볼글란의 숨결이었다.

　메블리도는 움직임을 멈췄다.

　"어두워서 못 봤어." 그가 말했다.

　그는 손을 내밀어 젊은 여인의 얼굴을 살짝 만졌다. 그들

---

18. 프테로닥틸루스와 프테라노돈은 익룡의 일종이다.

사이에는 신체 접촉이 드물었다. 그의 손가락이 그녀의 모근에 닿았다. 머리카락의 컬이, 새끼손가락에 솜털의 미세한 마찰이, 포근함이 느껴졌다. 그들은 매우 가까이 있었고 어둠이 두 사람을 더욱 붙여 놓았다. 그는 소냐 볼글란의 이마와 귀 사이를 살짝 어루만졌다가, 그녀가 자신의 감정을, 중년 남자의 우스꽝스러운 감정을 눈치챌까 두려워, 혹은 그녀가 자신의 축축한 피부를 싫어할까 두려워 다시 팔을 거두었다.

"맞아, 아름답네." 그가 말했다.

"꿈꾸는 기분이야." 그녀가 말했다.

그들은 옆 골목으로부터 와 어둠에 구멍을 내고 있는 구호를 듣고 있었다. 새들은 볼셰비즘의 날카로운 소리가 거슬려 꼬꼬댁거리며 응수했다.

- 함성을 해석하라!
- 적을 상상하라!
- 이상한 이미지 안으로 들어가라!
- 이상한 이미지로 탈바꿈하라!
- 잠들어라, 너의 이상한 이미지를 잊지 마라!

그들은 사거리를 건너 올드 스트리트를 배회했다. 소음이 다소 약해졌다. 차도는 다시금 달빛에 잔뜩 젖어 있었다. 이 빛에 여기저기 가로등 불빛이 겹쳐졌다. 새들이 인도에 우글거렸다. 다들 크기와 모양이 기괴했다.

소냐 볼글란은 그와 같은 방향으로 가고 있었다.

"팩토리 스트리트에 가는 거야?" 그녀가 물었다.

"응, 맞아. 집에 들어가는 길이야. 말리야가 기다려."

"근데, 오늘 메모리얼 애비뉴에 있었어?"

"언제?"

"오늘 오후에. 본 것 같아서."

"그래? 거기서 날 봤다고?"

"응, 그런 것 같았어."

"정확히 언제?"

"폭우가 터졌을 때."

"아, 맞아. 메모리얼 애비뉴에 있었어, 이이임 가든 웨스트 쪽에."

"날 봤어?"

"아니. 거기서 뭘 하고 있었는데?"

"어슬렁거리고 있었어. 옷 살 게 있어서."

"아는 척하지 그랬어. 같이 돌아다녔을 텐데."

"너무 멀었어. 그리고 비가 내리기 시작했어, 사람들은 사방으로 뛰기 시작했고. 근데 당신은?"

"내가 뭐?"

"당신은 이이임 가든에서 뭘 하고 있었는데?"

"아무것도 안 했어. 패스트푸드점을 찾고 있어. 배가 고팠거든."

그들은 또 다른 사거리를 건넜다. 소냐 볼글란은 테러 때 그녀를 무성적 프롤레타리아처럼 보이게 했던 잠바를 아직 어깨에 걸치고 있었지만 비니는 이제 없었고 머리에는 아무것도 쓰지 않아 중간 기장의 머리카락 타래와 새까맣고 굉장히 반짝이는 컬이 두 뺨을 덮은 솜털의 희미한 구릿빛 색조와 대조를 이루었다. 총질을 하고 빗속에서 미친 듯이 달렸던 흔적은 얼굴에 조금도 남아 있지 않았다. 아마 거사일을 위해 조직에서 마련해 주는 은신처 중 한 곳에서 휴식을 취하고 씻을 시간이 있었던 모양이었다. 우리 중에는 그 조직들의 강령은 물론이고 이름조차 아는 사람이 많지 않았다. 어쨌든 이렇게 하층민의 복장을 하고 나니, 그녀는 다시금 예쁘고 극도로 매력적이었다. 메블리도는 향수(鄕愁)에 젖어 살짝 한숨을 내쉬었다. 특히 그녀의 머리 컬이 그를 자극했다. 머리 컬은 손가락을 집어넣고 싶은 욕망을 일깨웠다. 꿈에서 가끔 그러듯 이 컬을 천천히 손으로 잡고 이 젊은 여인의 머리를 천천히 자기 쪽으로 끌어당기고 싶었다. 그녀의 이름, 소냐, 소냐 볼글란을 속삭이고 싶었다. 두 팔을 뻗어 그녀의 온몸을 자기 쪽으로 끌어당겨 포옹하고 그녀의 입술을 찾아 키스하고 싶었다. 연인처럼 그녀에게 녹아들고 싶었다. 그녀 안에서 그 자신을 잊고 싶었다.

그의 한숨에는 이 모든 게 들어 있었다. 연인처럼 녹아들고, 자신을 잊는 것이. 하지만 그날 밤 그는 머리가 제대로 돌아가지 않았다. 그는 너무나 차분하지 못했다. 긴장과 거짓말이 너무 많이 쌓인 상태였다. 그로부터 벗어날 필요가 있었다.

"거기, 메모리얼 애비뉴에서 베레나 베커를 닮은 여자를 봤어." 그가 갑자기 실토했다.

"베레나 베커? 첫 부인?"

"응."

"여자가 그녀를 닮았다고?"

"굉장히 닮았어. 똑같은 외모에 똑같은 눈빛이었어. 그 여자는 쇼킹그린 색 원피스 차림이었어. 무용수처럼 유연하고 우아하게 걷고 있었어. 쌉쌀한 아몬드 향의 향수를 썼고. 여자는 내 옆을 지나쳤어."

"그래서?"

달이 구름과의 싸움을 재개한 터였다. 달빛이 약해졌다. 그들은 발걸음을 늦추었다. 길거리 이쪽 구석의 가로등은 대부분 꺼져 있었다.

"그래서, 아무 일도 없었어." 메블리도가 말했다.

"아무 일도 없었다니?"

"별일 없었다고. 나는 여자를 따라갔어."

"그러고 나선? 그다음에는? 여자를 따라잡으려고 했어?"

"아니. 비가 굉장히 세차게 내리기 시작했어."

"그래서?"

"여자는 사라졌어."

"폭우가 내리는 동안 사라졌다고?"

"응, 폭우가 시작되던 바로 그 순간에. 이이임 가든 웨스트 근처에서. 사라져 버렸어."

그들은 팩토리 스트리트에 있는 메블리도의 집 앞에 도착해 있었다. 가로등 밑에는 위치를 파악할 정도의 빛이 있었고, 더 멀리로는 어둠과 달이 모든 것을 엄습하고 있었다.

그들은 헤어졌다.

메블리도는 그녀가 어둠 속에 멀어지는 것을 바라보았다. 그녀는 자그마하고 어스름했지만 금세 무성적인 익명의 존재로 돌아가지는 않았다. 그녀는 비밀 집회에 가는 딸일 수도 있었을 것이고, 그와 만나고 돌아가는 정식 애인일 수도 있었을 것이다. 혹은 더러운 일회성 만남의 일시적 연인일 수도 있었을 것이다. 아니, 일회성이지만 더럽지 않은, 감동적이고 잊을 수 없는 만남의 연인이 못 될 까닭이 무엇인가? 그녀는 등 뒤에 경찰이 있는 것을 모르는, 경찰에게 곧 죽을 정치 암살범일 수도 있었을 것이다. 마지막 마약 투여 뒤에 죽지 않고 살아 칠면조와 암탉과 퇴화한 갈매기 사이를 갈지자로 걸으며 또다시 마약을 찾고 있는 마약중독자일 수도 있었을 것이다. 과거의 어느 프롤레타리아 사회에서 튀어나온 붉은 프롤레타리아의 화신일 수도 있었을 것이고, 너무나 잘 어울리는 머리 타래가 없었다면 약간은 평범치 않은 홍위병의 화신일 수도 있었을 것이다. 그녀는 황홀하리만치 매력적이었다.

"소냐!" 그녀가 아직 목소리가 들릴 범위 안에 있을 때 그가 소리쳤다.

그녀는 걸음을 멈추고 뒤를 돌아보더니, 그가 자기 쪽으로 걸어오는 것을 확인하고는 몸을 돌려 가장 가까운 벽에 등을 기댔다. 이제 그녀는 어두운 구석에 있었는데, 달은 맞은편 건물을 비추고 있었다. 달빛에 군데군데가 극심하게 희끄무레해진 광경이었다. 골목 한복판에는 시체 두 구가 아스팔트에 쭈그린 채 널브러져 있었다. 넝마와 쓰레기로 엮은 매듭으로 한데 묶여 있기라도 한 것 같았다. 날개 폭이 어마어마한 새들, 왕부리 말똥가리, 발광성(發光性) 갈매기, 곱사등이 올빼미 뿔닭, 영계 들이 그들에게 몰려들고 있었다. 새들의 이름은 내가 아무렇게나 붙인 것이고, 기본적으로는 썩은 고기를 먹는 새들이었다. 이 새들은 인도에 닿을락 말락 하게 활공하고, 시체 근처에 착지하고, 서로 다투고, 날개를 완전히 펼치지 않은 채 몇 미터 옆쪽으로 점프하곤 했다. 새들은 부근에 출현한 사람 형상에 거의 신경 쓰지 않았다. 그중 몇몇은 덩치가 개만 했다. 메블리도는 새들을 피해 우회하여 소냐 볼글란이 자신을 기다리고 있는 곳에 도착했다.

그는 이제 그녀로부터 두 걸음 거리에 있었다. 그녀는 눈썹을 치켜뜬 채 약간은 취조하는 듯한 표정으로 그를 훑어보고 있었다. 그는 금세 당황했다. 이유 없이 그녀를 부른 것이었다. 그녀를 부른 것이 단지 결핍의 표현에 불과했다는 것을, 그녀와 헤어져야 하는 것에 대한 동물적 슬픔에 불과했다는 것을 실토하지 않으려면 긴급히 구실을 만들어 내야 했다.

123

"깜박 잊고 말을 안 했는데." 그는 목청을 가다듬으면서 말을 시작했다.

그녀는 미소 없는 얼굴로 그를 바라보았다. 그녀의 매혹적인 얼굴이 갑자기 피로감을 드러내고 있었다. 이윽고 그녀가 벽에서 떨어져 나와 매우 여성스러운 동작을 취했다. 몸이 흐느적거린 것인데 그 무의식적인 관능적 동작은 공장에서 퇴근하는 복장과는 잘 어울리지 않았다. 두 어깨가 늘어났다가 유연하게 제자리로 돌아갔다. 잠바가 너무 길어 몸매가, 상반신과 골반이 더 잘 가늠되었다. 그녀를 품에 안고 싶지 않은 사람은 아무도 없었을 것이다. 메블리도는 굉장히 거무칙칙한, 거의 검다고 할 만한 호박(琥珀) 같은 눈동자의 광채에 부딪혔고, 그녀의 시선을 끝내 감당하지 못했다. 두 사람 사이의 거리를 완전히 없애지 않기 위해, 그녀를 끌어안으며 목덜미와 등을 어루만지지 않기 위해, 그녀의 귀에 바보같이 어리광 피우는 말을 속삭이지 않기 위해 자신과 싸워야 했다.

"혹시 누가 필요하면…." 그가 말을 더듬었다.

"헛소리 작작 해, 메블리도." 그녀가 실망한 기색으로 한숨을 쉬었다.

"잠깐…. 그게 아니라. 무슨 말이냐면…. 총을 쏠 줄 아는 사람이 필요하면 말이야."

"쳇, 그 얘기는 왜 하는 건데?"

"만약 너희 조직을 위해 일해 줄 사람이 필요하면." 그가 대담하게 말했다.

"무슨 조직?" 그녀가 물었다.

그녀는 입을 약간 삐죽거리면서 고개를 저었다.

우리 사이의 거리는 완전히 없앨 수 있을 거야. 그는 생각했다. 거리는 없앨 수 있을 거야. 하지만 나이 차는 없앨 수 없지. 그녀가 날 밀쳐 내지 않더라도 상황은 우스꽝스럽고 거북할 거야. 노력해도 소용이 없었다. 그녀의 얼굴을 정면으로 바라볼 수가 없었다. 프롤레타리아 윤리를 준수할 것. 그는 생각했다. 재앙과도 같은 수컷의 충동으로 여성 동지들을 귀찮게 하지 말 것. 까마득한 지질시대부터 내려오는 욕구로 여성 동지들을 귀찮게 하지 말 것. 어떤 구실로도 프롤레타리아 윤리를 위반하지

말 것. 프롤레타리아의 계급적 입장을 단호히 고수할 것. 그는
몇 미터 떨어진, 죽은 자들과 새들 쪽에서 일어나는 일에 관심이
있기라도 한 것처럼 고개를 약간 돌렸다. 왕부리 말똥가리들이
울고 있었다. 왕부리 말똥가리들은 시체들의 눈구멍을 쫄
때 자기들에게 우선권이 있다는 것을 확인했고, 자기들만큼
고귀하지 않은 다른 새들, 기형 닭들을 위협했다.

"쳇!" 그가 말했다. "너희 조직이든 다른 조직이든. 이름이나
강령은 중요치 않아."

그녀는 이상하게 그를 훑어보더니, 이윽고 그녀의 눈에
나타났던 그 이상함이 사라졌다. 아무 말 없이 2~3초가 흘렀다.

"내가 명사수는 아닐지도 모르지." 메블리도가 말을 이었다.
"하지만 자신 있어. 그리고 나는 맨손이든 아니든 근접전에 능해.
배운 지 오래되었지만 아직 쓸 만해. 그러니까 한패가 필요하면
말해. 표적이 있으면 말해."

"무슨 표적?" 그녀가 말했다.

그녀가 키스를 기대하기라도 하는 것처럼 입술을 살짝
내미는 듯한 인상이 들었다. 그는 곧 이성을 되찾았다. 정신 차려.
그는 생각했다. 그녀의 입술은 네 입술을 기다리는 게 아니야. 넌
지금 그녀에게 네 환상을 투사하고 있는 거야. 그녀는 아무것도
기대하지 않아. 원래 입술을 그런 식으로 움직이는 습관이
있거나, 아니면 네가 묻는 질문들 때문에 그러는 거야. 네가 묻는
질문이 놀랍고 불편하니까 뾰로통해지는 거야.

"잘 알면서." 그가 말했다.

그들 사이에 다시금 침묵이 감돌았다. 새들이 그들을
에워싸더니 서로 몸싸움을 했다. 새들은 거기서 10미터도
떨어지지 않은 곳에 있는 죽은 자들의 배와 얼굴로 몰려들었고,
털이 흐트러진, 털이 빠진, 매우 추한 날개를 흔들어 댔다. 싸움에
진 놈 중 일부는 조금 떨어진 곳에서 어슬렁거렸고, 일부는
씩씩하게 돌아왔다가 더 센 놈들에게 쪼이고 있었다. 모두들 털
이불 냄새, 흥분된 이기주의 냄새, 똥 냄새를 풍겼다.

그녀는 소리 없이 웃기 시작하더니 팔을 뻗어 메블리도의
머리 가까이 내밀었다. 그녀는 메블리도의 귀 가까이 오른뺨을
만졌다. 동지의 따뜻한 제스처였다. 성적 유혹이라곤 전혀

없었다. 메블리도는 무언가 알아들을 수 없는 말을 중얼거리듯 내뱉었다. 느긋해 보일 수 있다면 좋았을 것이다. 그녀의 손길을 동지답게 받아들이는 것을 보여 줄 수 있다면 좋았을 것이다. 하지만 할 수 있는 건 이를 꽉 무는 것뿐이었고, 싸움이라도 앞둔 것처럼 온몸이 경계 태세였다. 그녀는 그것을 느끼고는 즉시 손을 거두었다.

"가끔은 당신이 미친 건 아닌가 싶어, 우리 메블리도 씨." 그녀가 말했다.

"풋," 그가 숨을 내쉬었다. "미쳤다니. 미치지 않은 사람이 누가 있다고."

"내 말은, 완전히 미쳤다고." 그녀가 말했다. "음습하게 미쳤다고. 할망구들처럼. 음습하고 치유할 수 없는 광기 말이야."

"정신과를 다니기 시작했어." 그가 말했다. "경찰과 연계된 정신과 의사야. 그 여자 말로는 내가 곧 이런 상태를 벗어날 거래."

소냐 볼글란은 어깨를 으쓱했다.

"누구나 벗어나게 마련이지." 그녀가 말했다.

그녀는 손으로 체념한 듯한 몸짓을 했다. 그녀는 지붕들 위의 달을, 거대한 달을 가리켰고, 그녀의 팔은 어느새 다시 내려왔다.

웬일인지 새들이 고개를 들어 하늘을 보라는 그녀의 제안을 따르기로 한 것 같았다. 새들은 싸움을 그만둔 것 같았고, 부리에 먹이를 물고 있는 놈이든 그냥 입을 벌리고 있는 놈이든, 밤을 꿈으로 탈바꿈시키고 있는 엄청난 직경의 천체를 바라보았다. 새들의 눈은 금색이었다. 누렇게 충혈되었거나 피로 충혈된 경우가 많았다. 구름 세 개가 거대한 달 표면에 음영을 넣기 시작했지만 구름에 덮이지 않은 부분이 아직 엄청나게 많았다. 몇 초 동안 그 모습 그대로 아무도 꼼짝하지 않았다. 메블리도와 소냐 볼글란과 새들은 마법의 주문에 걸려 돌이 되기라도 한 것 같았다. 이윽고 모든 것이 원래대로 돌아갔다. 평소와 같이 소음과 혼잡으로 뒤덮인 밤으로 돌아간 것이다.

그녀는 문신이 있어. 메블리도는 생각했다. 그녀는 최후 세대의 최후의 1인이야. 이후로 그녀의 역할을 이어받을 사람은 아무도 없을 거야. 그녀는 문신이 있어, 그녀의 피부는 지극히 섬세한 솜털로 덮여 있어, 그녀의 눈빛은 사람을 멍하게 만들어, 모두가 그녀를 짝사랑하고 있어, 볼셰비키 할멈들은 그녀의 아나키스트적 일탈을 용인하고 있어, 그녀가 어깨를 으쓱하면 보는 이는 마법에 걸려. 그녀는 최후의 1인이야, 그리고 나는, 나는 죽겠지.

18

아파트에는 전등이 하나도 켜져 있지 않았지만 달과 가로등이 자기 소임을 다하고 있었다. 메블리도는 굳이 전등 스위치를 누르지 않았다.

그가 문을 닫는 순간 축축하고 어렴풋한 빛의 막이 얼굴에 달라붙었다. 그 즉시 셔츠 속에서 물방울이 흐르기 시작했다. 다리도 축축했고, 팔도 마찬가지였다.

"말리야," 기진맥진한 목소리로 그가 말했다. "나 왔어."

말리야 바야를락은 옷이라고는 그럭저럭 하얀 티셔츠와 같은 색깔의 팬티만 걸친 채 침대 가장자리에 앉아 있었다. 그녀에게서는 쌉쌀한 아몬드 냄새가 나지 않았다. 그녀에게서는 밤, 땀에 젖은 잠, 광기, 희망 없는 육신의 냄새가 났다. 그녀는 잠을 자고 있지 않았다. 텅 빈 눈빛에, 두 손은 맨살의 허벅지에 올린 채로, 벽들 사이를 떠도는 수증기를 후우 들이마시고 있었다.

"물 좀 마실래?" 그가 제안했다.

그녀는 계속해서 무겁게 숨을 쉬었다.

그는 대답을 기다리며 1분간 그녀 옆에 머물다가 이마에 키스를 한 뒤 거실로 돌아갔다.

그는 탁자 앞에 앉았다.

허리띠에서 가방을 끌러 놓은 상태였다. 이제 그는 녹색 옷 여인의 신분증을 가방에서 끄집어냈다. 신분증들을 앞에 펼쳐 놓았다. 한 인생의 축소판들이 형편없는 상황에서 건조되어 이제 하수구 냄새를 뿜었다. 잠깐의 시간이 흘렀다. 수사를 시작해야 해. 그는 생각했다. 곧이어 그는 온수 한 모금을 벌컥 삼키고 결심을 군혔다.

수사가 시작되었다.

그는 아직 해독 가능한 것들을 골라내느라 어느새 자료들 쪽으로 몸을 기울이고 있다가, 다시 일어나 집 밖의 가느다란 빛줄기에 비춰 가며 하나씩 검토했다. 어두워서 사진들이 잘 보이지 않았다. 그는 죽은 여인의 얼굴과의 고통스러운 대면을 피했다. 성명, 생일, 출생지, 주소, 군부 기록, 사법적·이념적 지위, 인종 분쟁 시 배치될 구역, 직업, 체류 비자 만료일 등 아직 긁어낼 수 있는 신상 정보에 집중했다. 내용이 기입되지 않은 난도 있고 기입된 부분은 거의가 물에 젖어 뿌예져 있었다.

- 린다 시우는 29년 전에 태어났다.
- 그녀는 워델 스트리트에 살았다.
- 그녀는 가수였고, 여기저기 언급된 바에 따르면 흥미로운 사항이 있었다. 통행증에는 송서(誦書) 가수라고 되어 있었다. 배속 증명서에는 담당 장교가 굿을 할 수 있고 위가(慰歌)를 노래하고 춤출 수 있음이라고 적어 놓았다.
- 그녀를 명부에 등록시킨 각 부서에 따르면 그녀는 이이임족 난민들 및 한국인·중국인 생존자들과 함께 울랑-울란에 도착한 게 분명했다.
- 비자도 군부 기록도 규정에 맞지 않았다.

이제 메블리도는 서류들을 다시 탁자 위에 놓은 상태였다. 그는 서류들을 들여다보지 않은 채 몇 분 동안 가만히 있었다. 눈을 가늘게 뜨고 어둠을 노려보면서 생각을 모으려 했다. 직관이 필요했다. 수사는 종종 그렇게 직관에 기반해 시작되었다. 그는 그렇게 정신을 신중한 상태로 유지하다가, 아무것도 그려지지 않자 곧 침묵을 깼다.

"말리야, 내 말 들려?" 그가 낮은 목소리로 물었다.

옆방에 있는 말리야는 반응하지 않았다.

"베르베로이앙이 수사 한 건을 맡겼어." 메블리도가 알렸다. "한 여자에 대해 조사를 해야 해. 린다 시우라고 가수야. 송서를 불렀어."

말리야는 대답이 없었다. 메블리도는 그녀가 벽 너머 거미들 근처에서 숨이 막혀 하는 모습을 그려 보았다. 몸은 축축하고, 다리부터 엉덩이까지 맨살이고, 스스로의 광기에 진이 빠졌고, 기억상실과 추억에 갇혀 있는 모습을 그려 보았다.

하지만 그는 그녀가 듣고 있음을 확신했다.

"송서에 대해 아는 것 있어?"

아무 대답이 없었다.

"그 여자는 위가도 부를 줄 알았어. 서른 살 남짓했고. 오늘 메모리얼 애비뉴에서 목이 잘렸어. 비 때문에 시야가 가려졌거든.

129

목이 잘리고 짓이겨졌어. 고통 없이 죽었어."

그는 천천히 말했다. 말리야가 자신의 독백에 참여할 수 있도록 목소리를 약간 높인 상태였다.

벽 반대편에서 말리야는 고른 호흡으로 숨을 들이쉬고 내쉬고 있었다.

"위가 말이야, 위가가 어떤 건지 알아?"

다시금 침묵이 흘렀고 실외에서는 느닷없이 가로등이 모두 꺼졌다. 메블리도는 의자를 밀어내고 자리에서 일어나 창가로 갔다. 여러 구역이 정전의 타격을 입었다. 아주 멀리, 지붕들 너머로 전등 몇 개가 반짝였다. 팩토리 스트리트의 경우 어둠이 급작스레 증가해도 별다른 반응이 일지 않았다. 늘 그러듯 새 우는 소리, 날개 비비는 소리, 부딪히는 소리, 떨어지는 소리, 깨지는 소리로 이루어진 은은한 소리가 계속해서 들렸고, 서로 엇갈리는 사람 목소리들이 들렸다. 제4닭장의 도처에서 주민들은 종(種)을 불문하고 소그룹 단위로 투덜대거나 침묵하고 있었다. 식당들 쪽에서는 식기 부딪히는 소리가 끊이지 않았다.

사거리 근처의 한 집에 누군가가 초를 켜 둔 상태였다.

촛불은 그 무엇도 밝히지 못했다.

이제 달은 모습을 숨겼다. 별들은 이미 기권을 선언했고, 하늘 한복판에는 끈적끈적한 증기가 산더미같이 결집해 있었다. 어둠이 짙어졌다. 불쾌하기 짝이 없는 축축한 느낌이 메블리도의 허파에 침입했다. 산소는 물에 너무 젖어 서늘한 기운을 가져다주지 못했다.

그는 자리로 돌아가 앉았다. 그나마 남아 있는 생체 기체[19]를 붙잡기 위해서는 입을 벌려야 했다. 이마와 셔츠 속으로 땀방울이 흘렀다.

"곧 비가 오겠네." 그가 중얼거렸다.

그는 1분, 어쩌면 2분을 흘려보냈다.

"그 여자는 워델 스트리트에 살았어." 그가 말을 이었다.

말리야 바야를락은 여전히 벽 반대편에서 무겁게 숨을 쉬고 있었다. 숨소리를 제외하면 살아 있는 기척이나 그의 말을

---

19. '산소'를 뜻한다.

이해한다는 기색을 전혀 보이지 않았다.

"워델 스트리트가 어디인지 모르겠네." 메블리도가 말했다.

"야샤르." 말리야가 말했다.

칸막이벽 뒤의 그녀가 돌연 마비 상태에서 빠져나오고 있었다. 느릿느릿한 두 음절이었다.[20]

"응?" 메블리도 말했다.

그는 종종 그러듯 그녀가 살해당한 남편의 이름으로 자기를 부르고 있다고 여겼다.

"바야를락. 야샤르 바야를락." 말리야가 말했다.

"응." 메블리도가 그녀를 격려했다. "나 여기 있어."

"워델 스트리트. 분계선 부근이야. '난장판'에 있어."

메블리도는 자리에서 일어났다. 침실로 들어갔다. 이제는 거리의 빛도 없고 달도 사라진지라 침실은 매우 어두웠다.

그는 침대 위 그녀의 곁에 앉았다. 침대 밑판이 삐걱거렸다. 침대 근처 거의 모든 곳에서 거미들의 불안이 정점에 달했다.

"'난장판'에 있다고?" 그가 물었다.

"분계선 근처야. '난장판'에 있어. '난장판'에서 야샤르를 찾고 있어. 야샤르를 찾다 보니 워델 스트리트야."

말리야는 말하는 속도를 늦추더니 곧 말을 중단했다. 말을 계속하고 싶지만 그럴 기운이 없는 것처럼 보였다. 메블리도가 그녀를 격려했다.

"워델 스트리트 말이지?" 그가 말했다.

"더 멀리 가면 분계선이야." 말리야가 다시 말했다. "숨을 잘 못 쉬어. 기침을 해. 그러다가 야샤르 바야를락을 만나. 그를 만나. 야샤르 바야를락을."

메블리도는 오른손을 말리야의 무릎에 얹었다. 두 사람은 몸에 열이 났고 땀으로 끈적였다.

어쩌면 그곳에 말리야가 알고 있는 워델 스트리트라는 곳이 있을지도 몰라. 그는 생각했다. 하지만 린다 시우는 죽기 전에 '난장판'에 살았을 리 없어. 그 누구도 죽기 전에 '난장판'에 장기 체류할 수 없어. 그건 불가능해.

---

20. '야샤르(Yasar)'라는 이름은 프랑스어로 두 음절이다.

그게 아니면, 말리야처럼 린다 시우가 그곳을 방문했던 것이라면?

"그러면 린다 시우는?" 그가 물었다.

말리야는 주저했다.

침실 안의 침묵이 커졌다.

너무나 더웠다.

"여자야, 이뷔르족 아니면 한국인이고. 노래를 부르는 여자였어." 메블리도가 말을 이었다.

"야샤르." 말리야가 말했다. "그는 거기 있어, 분계선에. 하루는 그가 불러. 나더러 자기를 찾아 워델 스트리트에 와 달래. 나는 그곳으로 가 그를 만나. 우리는 서로 손을 잡아. '난장판'에서 같이 산책을 해. 함께 있어. 가끔은 어떤 집에 들어가. 사람들이 있어. 여자 가수가 있어. 그 여자는 아랫집 아니면 옆집에 살아. 그녀는 마법의 노래들을 불러. 위가를 불러. 야샤르와 함께 방 안에 있어. 그와 섹스를 해. 나는 섹스 하는 걸 좋아하지 않지만 야샤르와 하는 건 좋아해. 가끔은 집에서 나와. 워델 스트리트를 걸어. 손을 잡고 거리를 걸어. 워델 스트리트에서는 석탄 냄새가 나. 분계선에는 어딜 가나 그래. 냄새가 아주 심해. 냄새가 기관지를 찔러 대. 기침을 해. 집에 돌아와. 여자 가수가 위가를 불러. 여자가 노래를 부르는 동안 야샤르와 섹스를 해. 나는 섹스 하는 걸 좋아하지 않지만 야샤르와 하면 덜 역겨워. 어딜 가나 공기 중에 석탄 냄새가 있어. 그러다 익숙해져. 야샤르와 함께 익숙해져."

말리야의 목소리가 중얼거림 정도로 작아졌다. 중얼거리는 소리마저 더 낮아졌다.

"노래 부르는 여자 말인데. 그 여자를 봤어?" 메블리도가 끼어든다.

"기억이 안 나." 말리야가 말한다.

"나는 기억나." 메블리도가 말한다. "그녀는 서른 살이야. 미인이야. 베레나 베커를 닮았어."

"베레나 베커?"

"응."

"몸이 닮았다고? 같은 몸이었어?"

"응. 아름답고 젊었어. 춤을 추듯 걸었어. 우아한 쇼킹그린
색 원피스를 입고 있었어. 깔끔한 냄새가 났어, 향수 냄새가.
쌉쌀한 아몬드 향. 행복한 냄새가 났어. 그들이 내 눈앞에서
그녀를 짓이겼어. 메모리얼 애비뉴에서."

잠시 두 사람 모두 말이 없었다.

"베레나 베커를 닮았으면," 말리야가 말했다. "죽지 않은
거야. 그 여자 이름이 린다 시우라고?"

"응." 메블리도가 말했다.

"그러면, 그 여자는 베레나 베커의 몸으로 이름이 린다
시우인 거야. 그 여자는 베레나 베커의 몸을 가지고 '난장판'에
살아. 아니면 그 바로 옆에 살거나. 그곳에서 야샤르 바야를락
근처에 살아, 워델 스트리트에. 그녀는 죽지 않았어. 아니면
어쨌든, 설사 죽었다 해도 우리와 같아."

"모르겠어." 메블리도가 말했다. "잘 모르겠어."

"당신이 거길 가야 해." 말리야가 말했다. "당신 아내잖아."

"맞아." 메블리도가 말했다.

"그녀는 우리와 같아. 그녀는 우리가 함께 있기를 바라,
그녀와 네가. 그녀는 너에게 그걸 부탁한 거야. 그곳으로,
'난장판'으로 오라고 부탁하는 거야." 말리야가 말했다.

메블리도는 한쪽 팔을 들어 말리야를 껴안았다. 입안에서는
말이 맴돌았지만 내뱉지 않았다. 그는 잠을 자고 싶었다. 아니면
어깨를 맞대고 그녀에게 기대어 숨을 거칠게 쉬면서 거미들,
어둠, 음울한 현재, 진행 중인 수사들, 진행 중인 인생을 잊고서
울고 싶었다.

"그녀는 야샤르와 같아." 말리야가 말했다. "가끔씩 그이는
자기를 만나러 와 달라고 해. 나는 그곳에, 그의 집에 가. 노래를
들어. 위가를 부르는 사람이 있어. 나란히 앉아서 노래를
들어. 그리고 우리는 함께 있어. 야샤르와 섹스를 해. 심지어
야샤르와도 섹스 하는 걸 그렇게 좋아하진 않지만 하기는 해."

거리에 비가 내리기 시작했다. 비는 수직으로 강력하게
떨어졌다. 처음에는 비의 소음이 다른 모든 소리를 덮었지만
이윽고 볼셰비키 노파 하나의 목소리가 들렸다. 노파가 비를
피해 어딘가 회랑에 들어가는 바람에 구호들이 더 잘 울리는지도

몰랐다. 아니면 목이 찢어져라 소리를 지르고 있는지도 몰랐다. 하늘에서 떨어지는 것에는 신경 쓰지 않은 채 모자도 쓰지 않고 폭우 속에 고집스레 소리를 지르고 있는지도 몰랐다.

▪ 천 년 동안 꿈을 꾸어라, 꿈이 존재한다고 믿지 말고 천 년 동안 꿈을 꾸어라!

▪ 천 년 동안 배회하라, 공간이 존재한다고 믿지 말고 천 년 동안 배회하라!

▪ 천 년 동안 사랑하라, 사랑이 존재한다고 믿지 말고 천 년 동안 사랑하라!

19

새벽 세 시경, 메블리도는 며칠째 숨을 쉬지 못하고 있다는
확신에 소스라치며 잠에서 깼다. 심장이 미쳐 날뛰고 있었다.
그는 침대 밖으로 뛰쳐나왔다. 말리야 바야릭은 계속 자고
있었다. 그는 불안에 다리가 마비되어 거실 문지방에서
비틀거렸다. 목구멍 깊은 곳에서 공기가 그르렁거렸다. 아파트
안의 모든 것이 평온해 보였다. 집 밖에는 정전이 끝났지만
건너편 가로등의 전구가 나가서 어두웠다. 새 한 마리가 창틀에
앉아 있었다. 거대 올빼미의 육중한 형체를 가진 새였다. 새는
날개를 접고 있었다. 새는 움직이지 않았고, 거대한 검은 등이
보였다. 비 내리는 소리가 들렸다. 자정에 내리기 시작한 뒤로
내내 그치지 않고 있는 격렬한 비였다.

　　메블리도는 물을 한 잔 마시려고 부엌에 갔다. 물체의
형태는 대략적으로만 분간되었다. 그는 더듬거렸다. 수도꼭지와
수도관 사이에 지어 놓은 거미줄에 손이 걸렸다. 그는 역겨워하며
거미줄을 찢어 버렸다. 그는 알몸이었고, 팔에 들러붙는
거미줄을, 흉측한 비단 가닥을 느꼈다. 그는 얼굴을 찡그리며
물러섰다. 끈적끈적한 덫의 거주자들을 몸에 달고 갈까 두려웠다.
이 집거미들이 미쳐서 부서진 사다리를 미친 듯이 타고 올라 그의
고환이나 배를 공격하는 것을 상상했다.

　　그는 부엌을 나와 창문 쪽으로 향했다. 방해를 받자 새는
날개를 펼쳐 허공으로 몸을 날렸다. 메블리도는 창문에 도달했고,
새가 나는 걸 보려고 머리를 약간 내밀었지만 아무것도 보이지
않았다. 길거리에는 빗물이 도랑을 이루는 바람에 차도가 사라져
버렸다. 산 자들 혹은 그 비슷한 것의 몸뚱이 몇 개가 방수포
밑에 웅크리고 있었다. 메블리도가 세어 보니 건너편 인도에만
다섯이었다. 둘은 뼈대만 남은 자동차 안으로 피신해 있었다.
원래 그곳에 살던 자들 ─ 갈매기들이건 괴물 암탉이건 다른
마약중독자들이건 ─ 을 쫓아낸 게 분명했다. 전투의 흔적은 남지
않았지만 더 아래쪽, 식당 골목 쪽, 이제 아무것도 배출하지 않는
하수구 입구 근처에서는 죽은 새들의 부유하는 형체를 알아볼 수
있었다.

비는 제4닭장을 때리며 따닥따닥 소리를 냈다.

비는 제4닭장의 모든 지면에서 울음소리를 냈다.

비는 으르렁거렸다.

비는 주술적 기도를 중얼거렸다.

비는 북소리를 냈다.

메블리도는 흉골을 타고 흐르는 땀을 닦아 냈다. 심장이 계속 빠르게 뛰었다. 허파가 공기를 정상적으로 흡입·배출하고 있다는 사실을 확인해 봐야 소용이 없었다. 불안은 별로 줄어들지 않았다. 그는 창가에서 상반신을 숙였다. 빗방울이 그의 머리와 어깨에서 튀었다. 홍수를 바라보면서 마음이 진정되었으면 좋았겠지만 그의 정신은 하염없이 떠돌고 있었다. 그는 소냐 볼글란을 생각하기 시작했다. 그녀가 지금 어느 곳에 어떤 자세로 있는지, 형편없건 아니건 어떤 비밀 은신처에 있는지 추측하려 했고, 그녀가 혼자 자는지 아니면 남자나 운터멘쉬[21]나 여자에게 몸을 꼬고 기대어 있는지 알고 싶었고, 그녀를 껴안는 것을, 그녀가 자신의 품에 파고드는 것을 상상했다. 30초가량의 에로틱한 몽상 후 그는 열린 창문 앞에서 발기된 것이 거북해 생각의 소재를 바꾸지 않을 수 없었다. 그러자 새로운 불안이 파고들었고, 그는 다음 주에 경찰서에서 거행될 예정인 자아비판을 준비해야 한다는 것을 떠올렸다.

제4닭장에 비가 퍼붓고 있었다.

비에 양철 지붕들이 떨렸다.

비가 어둠에 가는 선을 그려 넣고 있었다.

왼쪽 눈에서 비 한 방울이 터지자, 그는 한 발 뒤로 물러서서 눈꺼풀을 비볐다. 그 순간 그는 아파트 실내에서 썩은 스펀지 냄새와 공중변소의 녹조 냄새가 풍기고 있음을 인지했으며, 그게 오래전부터 집에 배어 있던 나쁜 냄새인지 아니면 손가락에서 나는 악취인지 궁금해졌다. 그러다 후각이 다시 둔해져, 더 이상 불편하지 않았다. 그는 부엌으로 가서 거미들이 이미 수도꼭지 주변에서 거미줄 수선 작업에 착수하지는 않았는지 신중한 동작으로 확인했다. 수도꼭지가 삐걱거리면서 돌아갔다. 그는

---

21. 나치 독일이 말하는 열등인간.

샤워 박스 안에 흐르는 가느다란 물줄기에 비누질을 해 손을 씻었다. 그리고 사기로 된 정사각형 틀 한가운데에 온몸을 집어넣고는 시간을 들여 위아래로 몸을 씻었다. 그렇게 몸을 식히려 했다. 물은 미지근하고, 양이 많지 않았으며, 발밑에서 변변찮게 찰랑거렸다. 집 밖의 건물 외벽을 튕겨 울리는 빗소리 때문에 샤워 물이 찰랑거리는 소리는 거의 들리지 않았다. 물은 몸을 식혀 주지 못했다. 그는 수도꼭지를 잠그고는 물기를 닦지 않고 샤워 박스 안에서 잠시 꾸물거리다가, 잠시 후 수건으로 허리를 감고는 창가로 돌아갔다.

그는 다시금 허리를 숙이고 있었다. 하늘에서 온 물방울이 귀와 눈을 계속 때렸다. 그는 자아비판에 넣을 만한 사안을 나열하기 시작했다. 베르베로이앙 서장이나 동료 마기스트랄이 벽돌로 자기를 때리는 것을 상상했고, 물과 땀이 얼굴에 넘치는 것을 느꼈으며, 굳이 애쓰지 않고도 이 액체들에서 피맛이 난다고 확신할 수 있었다. 목에는 그가 비열한 우파로서 범죄자임을 알리는 팻말을 걸고 있었다. 그의 이름은 거꾸로 적혀 쇠똥으로 더럽혀져 있었다. 그는 중과실들을 중얼거렸으며 때리면 입을 다물었다. 그는 무릎 바로 앞의 연단 바닥을 바라보고 있었다. 동료들은 살살 구타했지만 그럼에도 그의 주변 바닥은 진분홍빛 핏방울로 더러워졌다.

그는 눈꺼풀을 깜박였고 자기가 저지른 범죄를 다시 나열했다.

그는 창가에 있었고 이렇게 중얼거렸다.

• 동료들이 홍수 속에 헌신적으로 일하는 동안 비를 피해 패스트푸드점에 웅크리고 있었음.

• 알반 글뤼크라는 자가 운영하는 전화 통화소에서 경찰의 권력을 이용해 요금 특혜를 받았음.

• 한밤중에 아랫도리에 천 조각 하나 두르지 않은 알몸으로 아파트 창가에 서 있었음.

• 또다시 경찰 병기고의 문을 부수고 실탄을 챙겼고, 그것을 또다시 분실했음.

• 메모리얼 애비뉴에서 한 노파가 남몰래 팔고 있는 프로파간다 물품을 입수했음.

- 이념적 호감과 연애 감정 때문에 이름도 강령도 모르는 테러리스트 조직에 전술적 지원을 제공했음.
- 감시 임무를 맡고 있는 볼셰비키 노파들의 세포조직 집회에 가는 것을 소홀히 했음.
- 이름도 강령도 모르는 테러리스트에 의해 마땅히 제거당한 이아고르 발카친, 자코 바티르지안, 토니 밀러의 암살을 기뻐함.

비가 더 심해졌다.

범죄 목록은 이미 충분한 양이었지만 취조를 진행할 사람이 없다 보니 끝내도 되는지를 알 수 없었다.

메블리도는 창틀에 몸을 기댔다.

그는 빗방울을 맞지 않으려고 고개를 뒤로 젖히고 있었다. 이제는 중얼거리기를 멈춘 상태였다.

비는 철판에 던진 자갈 같은 소리를 만들어 냈다.

비는 은빛으로도, 거무스름하게도 보이는 동아줄처럼 떨어졌다.

비는 알이 만들어지지 않은 우박처럼 쏟아지고 있었다.

비는 단조로운 멜로디를 만들어 냈다.

비는 남아 있는 산소를 빨아들였다.

비는 뜨거웠다.

비는 온수 냄새를 뿜었다.

"그러면 녹음한 건?" 누군가가 그의 뒤에서 물었다.

말리야의 목소리가 아니었다. 그는 휙 돌아섰다.

거의 모든 게 어두운 방 안에 불청객이 등장해 있었다. 불청객은 옷장과 말리야 바야를락이 옷가지를 정돈해 두는 궤짝 사이에 서 있었다. 굽은 등으로 꼼짝 않고 시커멓게 그 자리에 버티고 서 있었다. 좋은 의도로 왔다고 믿을 만한 이유가 전혀 없었다. 불청객은 어떻게 한 건지 모르지만 소리도 없이 아파트에 들어왔고, 메블리도를 향해 다가오지 않는 게 마치 그 어두컴컴한 구석에서 무언가 못된 짓을 준비하기라도 하는 것 같았다.

"지울까, 말까?" 못된 어투로 그림자가 말했다.

대답해야 해. 메블리도는 생각했다.

대답을 지어 내야 해. 그는 생각했다.

코와 목구멍 사이에서 짐승 소리가 만들어지다가 곧

중단되었다. 갑자기 언어의 기본 테크닉을 잊어버린 것 같은 기분이었다.

"경찰에 제출하는 녹음 말이야." 불청객이 말을 계속했다.

강력한 신체적 절망감이 메블리도를 엄습했다. 호흡이 멈췄다. 근육이 하나도 말을 듣지 않았다. 발부터 입까지 움직이지 않는 살덩어리로 변신한 느낌이었다. 자기에게 말을 하고 있는 자가 보이지는 않았지만 누구인지 알 수 있었다. 전화 통화소의 독수리였다. 그의 몸매, 무례하고 심술궂은 태도. 알반 글뤼크였다.

"그래서, 지울까 아니면 경찰한테 넘길까?" 글뤼크가 끽끽 울었다.

메블리도는 고래고래 소리를 지르기 시작한 터였다. 당장은 이게 싸울 수 있는 유일한 수단이었다. 말은 입안에서 용해되었고, 조음(調音)이 되지 않은 쓸모없는 울음소리가 되었다. 이건 현실이 아니야. 그는 문득 생각했다. 난 지금 현실이 아닌 다른 곳에 있는 거야. 두려움이 고조되었다. 꿈을 꾸고 있다는 것은 깨달았지만 그 '다른 곳'에서 빠져나올 수 없었고 알반 글뤼크를 그곳에서 쫓아낼 수도 없었다. 주술적 주문을 무엇이라도 내뱉어야 했을 것이다. 하지만 그의 혀는 말을 잊었고 이제는 그에게 아무 도움도 되지 못했다.

"소리 지르지 마." 누군가가 말했다. "소리 지르지 마, 야샤르. 무섭잖아."

살갗에 소름이 돋았다. 말리야 바야를락의 손이 느껴졌다. 악몽이야. 그는 생각했다. 또다시 더러운 악몽을 꾼 것에 불과해. 그는 누워 있었고, 다른 세상으로 가고 싶은 격렬한 욕망이 담긴 탄식의 메아리가 아직도 들리는 것 같았다. 그는 매트리스 위로 기어올라 말리야에게 몸을 바짝 붙였다. 아직도 살갗이 곤두서 있었다. 말리야가 그의 등을 어루만져 주다가 멈췄다. 말리야는 무엇을 보았는지 얘기하라고 하지 않았다.

두 사람의 호흡이 뒤섞이더니 진정되었다.

벽에 붙은 거미들은 여전히 떨고 있었다. 거미들도 우리와 마찬가지다, 자기네 거미줄 근처에서 누가 울부짖는 걸 싫어한다.

아파트는 어둠에 잠겨 있었다. 이 구역의 정전이

계속되었다. 거리에서는 빛 한 줄기 새어 들어오지 않았다.
밖에는 비가 내리지 않았다.
비가 제4닭장을 따닥따닥 때리지 않았다.
비가 지붕들을 휘갈기지 않았다.
비는 양철 지붕을 북 삼아 두드리면서 춤추지 않았다.
비는 모습을 보이지 않았다.
비는 다른 곳에 있었다.

20

다음 날은 금요일이었다. 메블리도는 날짜에는 별로 신경 쓰지 않았다. 그가 아는 거라고는 단지 이번 주가 끝나 가고 있으며 다음 주는 자아비판의 주라는 것이었다. 새로운 하루하루가 그를 태형(笞刑)으로, 굴욕으로, 계획했거나 저지른 잘못과 범죄의 부조리한 나열로 이끌었다. 그는 발길질, 무릎 꿇은 자세의 고통, 취조자의 고함, 청중의 증오 등을 상상하면서 그 생각을 머리에 품은 채 잠에서 깨어났지만 순식간에 모든 것이 흐릿해졌다. 예상하던 끔찍한 행사가 순식간에 하찮고 흐리멍덩한 것이 되었으며, 그 대신 다른 끔찍한 장면들이 떠올랐다. 일어나 세수를 하면서 이제 그가 생각하는 건 린다 시우의 죽음, 그 여자에 대해 진행하겠다고 공언한 미묘한 거짓 수사, 그에 관해 이미 잔뜩 쌓여 버린 거짓말 무더기, 자신이 만들어 낸 린다 시우와 베레나 베커 사이의 고통스러운 연관성뿐이었다. 말리야 바야를락은 이미 출근한 터였고, 그는 부엌 수도꼭지의 미적지근한 물로 씻으면서 밤사이 말리야 바야를락이 한 말을 상기했다. '난장판'에서 말리야 바야를락이 워델 스트리트를 배회하고, 아마도 린다 시우인 듯한 여자가 망자들을 위한 노래를 부르는 것을 듣고, 워델 스트리트의 석탄 냄새 속에 기침을 하고, 야샤르 바야를락과 비참하게 섹스를 하는 음울한 장면이 여럿 떠올랐다. 설상가상으로 그 위에 독수리 글뤼크가 등장한 악몽의 이미지가 겹쳐졌다. 그는 물기를 닦고 식당 골목에 가서 오트밀 한 사발을 먹고 제4닭장을 떠났다. 이미지들이 끊임없이 다시 떠올랐고, 그 강박적 이미지들은 몽상적으로 변하면서 더욱 고통스러워졌다.

정신병이 내 지척에서 배회하고 있구나. 그는 생각했다. 어딜 가든 있어.

그만둘래. 그는 생각했다.

조금 뒤면 너는 바닥으로 끌려갈 거야, 메블리도. 그는 생각했다.

이제 그는 경찰서에서 300미터 떨어진 콘티넨털 플라자 앞에 정차한 전차 안에 서 있었다.

어딘가에 기대야 해. 그는 생각했다. 이 상태를 벗어나고
싶다면 이 모든 악몽과 무관한 사물이나 사람을 붙잡고 매달려야
해. 진정으로 제4닭장 밖에 있는 누군가를 붙잡고 매달려야 해.

매기 양. 그는 생각했다. 정신과 의사.

그는 이이임 가든에 이르기 전에 메모리얼 애비뉴에서
하차했고 매기 양의 진료실 밑에 있는 상점가에서 그녀에게
전화를 걸었다. 그녀는 마침 다른 환자가 없었다. 그는 5층에
올라가 그녀의 앞에 앉았다. 그는 그녀에게 자신의 불안 몇
가지를 털어놓으리라고, 린다 시우, 베레나 베커, 환각으로 그의
밤을 더럽히는 새들에 대해 이야기하리라고 결심했으며, 자기
안에 자리 잡아 죽음 속의 삶을 현실이나 꿈속의 삶과 혼동하게
만드는 위험한 확신에 대해서도 이야기할 작정이었다. 승강기
버튼을 누를 때만 해도 그는 말할 내용이 머릿속에 뚜렷이 잘
정리되어 있었지만 선풍기 밑에 앉자마자, 이 미모의 여인이
우정이 아니라 직업적 이유에서 그의 이야기를 들으려 한다는
사실 때문인지 몰라도, 솔직히 말할 수 있다는 자신감이, 솔직히
말하고 싶다는 욕구가 완전히 사라졌다. 그는 전날의 전차 사고에
대해 뻔한 얘기를 중얼거렸고, 이상한 왕래객과 유령이 많아 밤이
힘들다는 이야기를 시작했다. 그러고는 작정한 것과는 정반대로
마음을 닫아 버렸다. 말이 떠오르지 않았다.

하지만 책상 건너편에서 매기 양은 잠자는 동안 그를
떠나지 않는 것이 무엇인지 묘사해 보라고 권유했다.

"무엇이든 상관없어요." 그녀가 강권했다. "꿈 이야기를 해
봐요, 메블리도."

선풍기가 돌고 있었다. 옆 사무실에서는 구관조가 휘파람을
불고 있었다. 구관조는 깡충깡충 뛰고, 노란 부리로 새장 철망
끄트머리를 비벼 댔으며, 음정 두 개를 휘파람으로 불었다.
방충망 너머 실외에서는 아침나절의 구름들이 천천히 몸을
비틀고 있었다.

"뇌리에 박힌 꿈의 이미지를 하나 얘기해 보세요.
거기서부터 시작해 봐요. 정지된 이미지 하나요. 그러면 나머지
이야기는 절로 나올 거예요."

그녀는 메블리도가 편안하게 느끼도록 최선을 다했다.

심지어 입술에 친절한 미소를 얹기까지 했다. 하지만 이전의
상담과 마찬가지로, 전날과 마찬가지로, 그녀의 얼굴은 너무나
이상하게 아름답고 너무나 매력적이었다. 혼미한 메블리도의
눈에는 이번에도 그녀가 여우의 화신으로 보였다. 어떤
초자연적 생명체에게 질문을 받는 느낌이었다. 그러다 보니
솔직해지겠다는 생각이 완전히 무너졌다.

"그만 망설이세요." 의사가 그를 격려했다. "어서 해 봐요."

순식간에 수십 개의 꿈이 메블리도의 의식에 쇄도했다.
그중 몇 개는 길고 구성이 탄탄했으며, 수많은 비극적 선택 ·
잘못된 선택 · 실패로 얼룩진 진정한 전생(前生) 몇 개를 만들 수
있을 만큼 풍요롭기도 했다.

"꿈을 이야기하는 법을 몰라요." 그는 그녀를 정면으로
바라보지 않으려 하면서 말했다. "잘 안 되네요."

"모든 것을 이야기하려 하지 마세요, 메블리도." 매기
양이 말했다. "작은 조각만으로도 충분할 수 있어요. 중요한 건
시작하는 거예요. 그다음에 이야기를 어떻게 계속 이어 갈지는
둘이 함께 길을 찾아보도록 해요."

메블리도는 추억에 집중하기라도 하는 것처럼 머리를
흔들었지만 실은 기억을 번잡스럽게 하는 엄청난 양의 전기적 ·
몽상적 정보들을 떨쳐 내려고 애쓰는 중이었다. 그 와중에도 그는
내밀한 이야기는 그 무엇도 전하지 않으면서 의사 앞에서 몇 분간
연속으로 말할 수 있게 해 줄 거짓말의 서두를 고르고 있었다.
그는 자기 인생의 여인들을 생각했다. 베레나 베커처럼 사별한
여인들, 아니면 말리야 바야를락처럼 미쳐 가는 과정을 옆에서
따라갔던 여인들, 아니면 소냐 볼글란처럼 오르가슴을 느낄
정도로 품어 볼 기회가 없었던 여인들을 생각했다. 그 분야로
이야기를 시작해서는 안 되었다. 무색무취의 환상으로 이루어진
꿈 하나를 꾸며 내야 했다. 그를 너무 먼 곳으로 이끌고 가지
않을, 스스로를 배신하게 만들지 않을 꿈 하나를 만들어 내야
했다. 바로 그 순간, 이미지 하나가 떠오르더니 다른 이미지들
틈에서 뚜렷해졌다. 즉시, 이 영감을 붙잡는 게 좋을 것 같았다.

"굿의 의식(儀式)요." 그가 불쑥 말했다.

"이를테면, 좋아요." 매기 양이 말했다. "굿 의식요. 좋아요."

143

그녀의 억양에서 어떤 신중함이 엿보였다. 아마 그녀는 한국의 샤머니즘을 그렇게 잘 알지는 못할 것이다. 굿은 무녀가 춤추고 노래하면서 망자들에게 말을 걸고 그들을 달래는 의식으로, 정신의학에서 필수적으로 가르칠 만한 과목은 아니었다.

말이 났으니 하는 말인데, 나는 그 점이 유감이다. 하지만 그건 그렇다 치고.

"굿을 하는 동안 무녀가 하는 노래요. 위가요." 메블리도가 제안했다.

그 장면이, 인물들이 절로 그의 눈앞에 나타났다. 이미지가 뚜렷해졌다. 그 이미지가 자신을 어디로 이끌지 알지 못했지만 거기서 출발함으로써 모든 암초와 거리를 둔 채 위험 없이 우회할 수 있을 것 같았다.

"그래요." 정신과 의사가 용기를 돋워 주었다. "위가요. 좋아요."

메블리도는 모근에 선풍기 바람이 닿는 걸 느꼈다. 그는 자신의 이마가 반짝거리고, 작은 땀방울 여러 개가 인중에서 굵어지고 있음을 알고 있었다. 그는 벽면의 오톨도톨한 석고를 주시했다.

"먼저 여자가 상대를 불러요." 그가 말했다. "팩토리 스트리트의 여자예요. 목소리가 우렁차요. 그녀가 산 자들이 아니라 죽은 자들에게 말을 하고 있다는 건 금세 알아차릴 수 있어요. 의식이 시작되기 전에는 작고 우아한 여인이었지만 이제 그녀는 목소리에 불과해요. 주위의 죽은 방랑자들을 소리쳐 부르는 목소리요. 그녀는 땅바닥으로 몸을 낮추고 몇 분 동안 제가 이해할 수 없는 춤사위 섞인 동작을 해요. 이윽고 다시 넋을 불러요. 그녀는 망자들의 언어로 노래를 해요. 그녀는 연녹색 띠를 가슴에 꽉 동여맨 쇼킹그린 색의 긴 원피스를 입고 있어요. 잠시 후 누군가가 그녀의 이름을 말하는 게 들려요. 사람들이 의식을 구경하고 있거든요. 사람들은 길거리로 통하는 통로의 입구에 모여 있어요. 그들이 속삭여요. 의식을 주재하는 무당에 대해 말해요. 다시 말하는데 '무당'은 무녀를 가리키는 한국어 단어예요. 그렇게 아주 작은 목소리로 의견을 교환하고 있는

사람들 말로는 이 여자가 굉장한 무당이래요. 그들이 그녀의
이름을 말해요. 그녀의 이름이 린다 시우래요. 모두들 망자들을
부르는 그녀의 목소리를 듣고 있어요. 그건 고함이에요, 비극적인
고함이에요. 그러다가는 노래가 되죠. 그녀는 이미 왔거나 이제
올 망자들에게 말을 걸어요, 우리에게 말을 걸어요. 빗속에서
노래를 해요. 노래에 반주를 하는 고수(鼓手)는 보이지 않아요.
그곳은 극도로 어두운 골목이에요. 사람들은 비를 피해 대문
문틀에 붙어 있어요. 서로 바짝 달라붙어 있어요. 비를 맞고
있는 건 린다 시우밖에 없어요. 그녀는 노래를 하고 춤을
춰요. 비에 젖었는데도 옷이 몸에 달라붙지 않아요. 그녀의
목소리는 떨어지는 빗소리보다 커요. 온 세상이 격노한 폭포로
뒤바뀌었지만 린다 시우의 목소리가 더 커요. 문턱에는, 제가
버티고 서 있는 통로의 입구에는 사람이 너무 많아요. 저는
앞줄에 있는 게 아니라서 잘 보이지 않아요. 저는 구경꾼
무리에서 떨어져 나와요. 린다 시우를 저희 집에서 창문 너머로
보려고 건물 계단을 올라요. 계단을 오르는 동안 밖에서 린다
시우가 무엇을 이루려고 하는 것인지 곰곰이 생각해요. 그녀는
아마 우리가 더 잘 대화하기를 원하는지도 몰라요. 우리 사이에
거리가 사라지기를 원하는지도 몰라요."

　　"우리 사이라뇨?" 매기 양이 말했다. "우리가 누구죠?"

　　"망자들요." 메블리도가 말했다. "그녀는 망자들 사이에
대화가 이루어지기를 원해요. 검은 계단을 오르면서 저는 생각을
해 보지만 어떤 결론에도 이르지 못해요. 어쨌든 이 꿈에서는
제 정신적 능력이 처음부터 약해져 있어요. 제 동작은 제가
거의 통제할 수 없는 힘들에 복종하고 있고, 제가 만들어 내는
생각과 말은 완전히 제 것이 아니에요. 정신적으로 쇠약해져
있고 저 자신이 낯설게 느껴져요. 저는 5층에 도착해서 저희 집
문을 밀어요. 전기가 들어오지 않아요. 밤이지만 남아 있는 빛이
있어서 움직일 수 있어요. 방 안의 침대는 비어 있어요. 저는
창가로 가서 자리를 잡아요. 팩토리 스트리트에서 일어나는
일을 보려고 몸을 숙여요. 아무도 보이지 않아요. 무당도,
무당의 노래에 반주를 하는 악사도, 조금 전에 무당의 이름을
중얼거리던 사람들도 보이지 않아요. 빗줄기가 더 굵어져요.

제4닭장은 인적이 없는 듯해요. 건너편 건물에는 창문 하나가 활짝 열려 있고 불이 들어와 있어요. 비의 장막 때문에 시야가 흐려요. 비가 온 세상에 수직의 줄무늬를 그려 넣고 있어요. 열린 창문으로 수백 년은 된 민속지(民俗誌) 채록 녹음 소리가 들려요. 과거를 향해 길을 파고 있는 바늘의 잡음이 뚜렷이 들려요. 바늘이 어두운 홈에 더럽게 묻은 먼지를 파내고 있어요.[22] 잡음은 끈적끈적하고 일정해요. 보통 그 잡음은 빗물 흐르는 소리와 뒤섞여요. 가끔은 도중에 아주 멀리서, 북의 가죽이 떨리는 소리가 갑자기 들려요. 제가 음악가는 아니지만 그게 퉁구스족이나 한국의 리듬이라는 것 정도는 알아요. 저는 굉장히 불안해하면서 그 소리를 들어요. 돌이킬 수 없는 상실감을 느껴요. 그 북소리가 예전에 저에게 말을 걸었던 것처럼 느껴져요. 하지만 이젠 너무 늦어서 그 효과가 저에게 이로울 것도 없고 심지어 이해가 되지도 않지요. 눈을 감으니, 몇 분 전 빗속에서 춤을 추고 노래를 하던 린다 시우의 이미지가 기억에 떠올라요. 이제는 린다 시우의 추억과 오디오 자료가 조화롭게 결합되고 있어요. 린다 시우는 위가를 부르고 북은 위가에 리듬을 맞춰 주고 있어요. 빗방울이 따닥따닥 소리를 내요. 저는 밤이 우리에게 무엇을 보여 주는지 보려고 눈을 떠요. 길 건너편에서 한 남자가 밤마다 축음기를 트는 습관이 있다는 걸 저는 알고 있어요. 그는 항상 창문을 활짝 열어 두어요…. 그 남자의 집에는 불이 켜져 있어요…. 비가 온 세상에 수직의 줄무늬를 그려 넣고 있어요…. 근데 그 얘긴 벌써 한 것 같군요."

"맞아요, 하셨어요." 매기 양이 확인해 주었다.

두 사람 사이에, 정신과 의사와 환자 사이에 침묵이 태어났다. 어쩌면 그녀는 끼어들지 말아야 했는지도 모른다.

메블리도는 벽의 한 지점을 주시했다. 그는 약간 의자에 널브러져 있었고, 1분 전부터는 최면이라도 걸렸거나 자기 자신이 너무나 혐오스럽기라도 한 듯 억양 없이 말하고 있었다.

구불구불한 모양의 벼락이 하늘의 일부에 반사되었다. 몇 초 뒤, 으르렁거리는 천둥소리가 메모리얼 애비뉴에 도달했다.

---

22. '바늘'과 '홈'은 각기 턴테이블과 LP 레코드를 가리킨다.

"말을 끊지 말걸 그랬어요." 매기 양이 말했다. "죄송해요."

"그다음은 더 기억이 안 나네요." 메블리도가 인정했다.

"맞은편 집의 창문을 바라보고 계셨어요." 매기 양이 상기시켰다. "창문에는 불이 켜져 있었고요. 축음기가 먼 북소리를 내뱉고 있었지요."

"맞아요." 메블리도가 말했다.

그러다 그는 침묵했다.

"비가 오고 있었어요." 매기 양이 말했다. "비가 오고 있다고 말씀하셨어요. 빗소리 너머로 음악을 듣고 계셨어요. 시야를 가리는 비의 장막 너머로 건너편 창문을 바라보고 계셨어요."

"아니요." 메블리도가 말했다. "비 때문에 시야가 가려지진 않았어요. 비에 시야가 뿌예지긴 했지만 그래도 보였어요. 꽤 잘 보였어요. 건너편 아파트에서는 한 여자가 춤을 추고 있었어요. 그렇게 많이 움직이진 않았어요. 여자는 천천히 제자리에서 버둥거리고 있었어요. 제의적 동작이었어요. 옷은 특별하지 않았어요. 여자가 말리야 바야를락인 것 같은 느낌이 들었어요. 여자는 티셔츠와 아주 펑퍼짐한 반바지를 입고 있었어요. 여자는 쉰 살이고 몸치장에 신경 쓰지 않아요. 정신이 온전하지 않아요. 미쳐 버린 지 오래되었어요. 서 있는 자세를 보고 그녀임을 알아볼 수 있었어요. 아시다시피 저는 그녀에게 크나큰 애정을 품고 있어요. 우리는 인생에서 서로를 지탱하고 있어요. 우리는 함께 있어요. 우리는 남은 여생을 함께 버티고 있어요. 약간 포동포동한 두 팔을 보고, 지쳐 둔한 몸놀림을 보고, 배를 보고 그녀임을 알아보았어요. 그녀는 이제 젊었을 때처럼 배가 날씬하지 않아요. 위가를 추고 있었어요."

그는 말을 잠시 멈췄다. 거짓말을 충분히 했고 이야기를 충분히 헝클어 놓았으므로 정신과 의사에게는 자신을 추적할 단서가 남지 않았을 거라고 생각하는 게 분명했다.

이제 그는 긴장을 풀었다. 그는 의자에서 다시 몸을 곧추세웠고, 그의 시선은 더욱 단호하게 매기 양에게 돌아왔다.

"그녀는 위가를 추고 있었어요." 그가 되풀이했다.

"잠깐만요, 메블리도." 매기 양이 무엇보다 이 세부 사항에 관심이 있기라도 한 듯 말했다. "건너편 아파트에서 춤추고 있던 게 누구죠? 말리야 바야를락인가요, 린다 시우인가요?"

　　"더는 잘 모르겠어요." 메블리도가 꿈꾸는 듯한 투로
말했다. "말리야 바야를락인지 린다 시우인지 더 기억이 안 나요.
아니면 다른 여자였을지도 모르죠."

　　정신과 의사는 두 손을 꼼지락거렸다. 명백한 실망감이
그녀의 동물적 얼굴의 미모를 가렸다.

　　"어쨌든, 분명히 그녀였어요." 메블리도가 말했다.

21

매기 양의 진료실을 나서면서 메블리도는 경찰서에 전화를
걸었다. 상대방은 마침 전할 메시지가 있다며 전화하길
잘했다고 했다. 업무 미팅 때문에 베르베로이앙은 오늘 정오에
범죄 현장 근처, 이이임 가든 웨스트 정류장 맞은편에 있는
패스트푸드점에서 그를 기다릴 것이다. 메블리도는 통화
내용을 메모한 뒤 무슨 범죄인지 묻지도 않고 전화를 끊었다.
그는 새로운 사회의 부자 새끼들이 오염되지 않은 먹거리와
동물실험을 거치지 않은 위생용품을 구입하는 아케이드식 시장
한 곳을 주로 훑어보면서 메모리얼 애비뉴를 한없이 산책하기
시작했고, 그러다 100미터 거리의 이이임족 게토를 감춘
요란한 건물 외벽들 뒤로 가 석유 냄새와 땟물 냄새가 배어 있는
어둑어둑한 빛 속에서 소매상들의 진열대 사이를 누볐다. 그날
오전은 더위가 압도적이었다. 그는 동작을 최소화하고 냉방이 된
장소와 선풍기 밑에 자주 멈춰 가며 배회했다. 한 제과점에서는
아무것도 사지 않고 서성거리다가 경비한테 욕을 먹고 쫓겨났다.
　　베르베로이앙을 만나러 갈 시간이었다. 그는
패스트푸드점의 문을 열고 2층으로 올라갔다. 베르베로이앙
이외에도 테러 사건을 수사하는 형사 두 명이 와 있었다. 페트로
미시건과 바포스 보르쿠타였다. 그는 쟁반을 보르쿠타의
쟁반 옆에 내려놓았다. 경찰들은 전날 그가 죽음으로부터
떨어져, 경찰로부터 떨어져, 자기 자신으로부터 떨어져 — 모든
것으로부터 떨어져 — 좀비처럼 자리를 잡고 앉아 물방울을 뚝뚝
흘리던 탁자를 차지하고 있었다.
　　자리에 앉는데 어제 차를 마시다가 혀를 덴 것이 떠올랐다.
옆구리에 전율이 흘렀다. 생존자의 고뇌는 어마어마했다.
종이컵을 놓치지 않고 입술 가까이 잡고 있는 게 힘들었다. 옆
탁자에서는 여고생들이 음란한 이야기를 재잘거리고 있었다.
유리창에서는 물이 수천 개의 움직이는 정맥과 소정맥으로
갈라지고 있었다. 다시 한 번 으르렁거리는 천둥소리가 들렸다.
이윽고 하늘에서 쉴 새 없이 날아오는 화살에 저항하는 갈색
거품들이 눈앞에 떠올랐다. 표류하면서 터지지 않고 빗속에서도

형체를 유지하는 그 거품들이 또 한 번 보였다. 그는 또 한 번 그것이 피거품인지 핏빛 진흙인지 궁금해졌다.

그러다가 불현듯 현재로 돌아왔다. 패스트푸드점의 홀은 텅 비어 있었다. 베르베로이앙은 근심스러운 기색으로 그를 바라보고 있었다. 바깥에는 더위가 기승을 부렸다. 메모리얼 애비뉴는 홍수에 잠겨 사라지지 않았다. 나뭇잎들은 짙은 녹색, 청동빛 녹색이었다. 건물들의 윤곽은 목탄화처럼 변해 있었다. 대기는 한바탕 퍼부을 듯했고, 빗방울이 간혹 섞였어도 비는 내리지 않았다. 구름은 찢어져 터지지 않았다.

"테러리스트의 신원에 대해 뭐 알아낸 거 있어?" 미시건이 즉시 물었다. "서장님 말로는 자네가 수사를 하고 있다던데. 수확이 있어? 뭔가 발견했어?"

반쯤은 빈정대고 반쯤은 공격적인 말투였다.

"그러는 자네들은?" 메블리도가 콩 샌드위치를 뜯으면서 반격했다.

"약간의 진전이 있었어." 베르베로이앙이 요약했다. "많이는 아니고 약간. 연구소에서는 시신이 여성이라고 확인해 주었어. 남아 있는 사체로 보건대 30대이고. 용모파기는 만들 수 없었어. 염색하지 않은 흑발이고, 우리가 아는 건 그게 전부야. 여자의 핸드백에는 우리에게 도움이 될 만한 게 전혀 없었어. 신분증이 없었어. 미리 전부 제거한 거야. 죽고 난 뒤에 추적당하고 싶지 않았던 게지."

"아니면 우리가 도착하기 전에 누군가가 챙겨 갔거나요." 바포스 보르쿠타가 의견을 제시했다.

"뭘 챙겨?" 메블리도가 말했다.

"여자의 신분증." 미시건이 말했다.

"뭐 하러 그런 위험을 감수하겠어?" 메블리도가 물었다.

네 사람 모두 동시에 미심쩍은 마음이 들어 뾰로통한 얼굴이 되었다. 경찰 무리는 생각에 잠겼다. 페트로 미시건은 창밖을 바라보았다. 오후가 시작된 터였다. 물방울이 굉장히 불규칙하게, 큼직하게, 드문드문 떨어지면서 곧 비가 올 것을 예고했다. 길 잃은 박쥐 한 마리가 대로를 건너면서 폭이 1미터는 되는 날개를 치켜들었고, 둔중하게 활공하다가 보리수의 빽빽한 잎들 사이로 사라졌다.

"여자는 구두 가게에서 쇼핑을 했어." 베르베로이앙이 말을 이었다. "근데 지앙과 마기스트랄이 점원을 심문했는데 녹색 옷을 입은 여자가 들렀던 건 기억하지 못하더라고."

"어떤 가게요?" 메블리도가 물었다.

바포스 보르쿠타는 마지못한 듯한 표정으로 자기 햄버거 옆에 펼쳐진 수첩을 힐끗 쳐다보았다.

"메이 초우." 그가 말했다. "메모리얼 애비뉴이고, 여기서 1천 500미터 떨어진 곳이야."

"슈즈 컴퍼니." 메블리도가 말했다.

"뭐라고?" 미시건이 다시 말해 보라고 했다.

미시건은 제대로 듣지 못했다. 에어컨 바람 소리에 방해받은 것이다.

"메이 초우, 슈즈 컴퍼니." 메블리도가 목청을 높이며 발음했다. "더 가까운 곳에 같은 이름의 상점이 하나 더 있어."

"더 가깝다니 무슨 소리야?" 베르베로이앙이 물었다.

"이이임족 게토 안에요." 메블리도가 말했다.

"자네가 알아?" 미시건이 물었다.

"누구?" 메블리도가 물었다.

"그 가게 말이야, 어딘지 아냐고?"

"당연하지, 탐문하러 간 게 그곳인데."

"그 가게는 등록되어 있지 않아." 보르쿠타가 투덜댔다. "우리 목록에 없어."

"게토 지역에 관한 자료는 오래돼서 이젠 들어맞지 않아." 베르베로이앙이 언급했다. "매번 느끼는 사실이지. 한번 전부 재점검을 해야 하는데."

"지앙과 마기스트랄은 다른 가게에 갔던 거예요." 메블리도가 말했다. "취조한 점원도 사람을 잘못 찾은 거죠."

"이이임족 게토에 있는 구두 가게라니." 바포스 보르쿠타가 말했다. "정말 변변치 않겠네…. 구둣방 수준이겠어, 안 그래?"

"아주 작은 가게이고 지하에 있어." 메블리도가 확인해 주었다. "폐허 한복판에 있어. 찾기가 쉽지 않았어."

"앞뒤가 맞지 않아." 미시건이 중얼거렸다.

메블리도는 즉시 방어 태세를 갖췄다. 잠시 침묵이 흘렀지만 미시건이 자기 생각을 더 설명하지 않았으므로 메블리도는 이야기를 재개했다.

"점원은 쇼킹그린 색 원피스를 입은 여인에게 구두 한 켤레를 팔았어요." 그가 말했다.

"그건 아직도 찾는 중이지." 베르베로이앙이 지적했다.

"뭘요?" 메블리도가 물었다.

"구두 말이야." 베르베로이앙이 말했다. "내 생각에는 하수구로 휩쓸려 들어간 것 같아."

"아니면, 누군가가…." 메블리도가 말을 시작했다.

"앞뒤가 맞지 않아." 미시건이 말을 끊었다.

미시건은 이제 웅얼대지 않았다.

"뭐가?" 베르베로이앙이 물었다. "뭐가 맞지 않아?"

"인민의 적 세 명을 처형할 작정이면서 테러 장소로 향하기 전에 쇼핑을 한다? 이상하지 않아요?"

"상점 가방에 권총을 숨기고 싶었을 수도 있지." 바포스 보르쿠타가 의견을 제시했다. "권총을 가져가려면 그 편이 더 편리하니까. 더 편리하고 눈에 덜 띄지."

"그 점은 인정하도록 하세." 베르베로이앙이 말했다. "말이 나왔으니 말인데, 알다시피 그 흉기 역시 사라졌잖아."

"불량배가 주워 간 게 틀림없어요." 보르쿠타가 말했다.

"언젠가 그 총이 강도질에 쓰이겠지요." 메블리도가 말을 이었다.

"아무렴." 베르베로이앙이 말했다. "그야 더 생각할 필요도 없지. 총은 사라졌어. 사라졌다고."

그는 고개를 돌려 메블리도를 바라보았다.

"그러면 이이임족 게토의 메이 초우 가게에서 뭔가 구체적인 정보를 얻은 게 있나?"

"예." 메블리도가 말했다. "녹색 옷의 여자는 적지 않은 이야기를 했어요. 예를 들어 자기가 워델 스트리트에 산다는 얘기를 했죠. 여자는 긴장하지 않은 상태였고 수다스러웠어요. 신발을 이것저것 신어 보고 수다를 떠느라 가게에서 적어도 15분은 머물렀어요. 점원은 임신부이고요, 두 사람은 아기에게

지어 줄 이름 몇 개를 같이 검토했어요. 녹색 옷의 여자는 자기 이름이 린다라고 했어요."

"린다, 워델 스트리트." 베르베로이앙이 생각에 잠겼다.

"모든 게 맞아떨어져." 미시건이 말했다.

"뭐가 맞아떨어져?" 보르쿠타가 물었다.

"모든 게 맞아떨어져." 미시건이 냉소적인 투로 반복했다. "모든 게 기가 막히게 맞아떨어져. 이 여자는 세 명을 사살하러 갈 준비를 하고 있어, 그 자리에서 죽을지도 모른다는 걸 알고 있고, 그런데 신발을 이것저것 신어 보는 거야. 너무나 무사태평해서 모르는 점원에게 이름과 심지어 주소까지 이야기하고. 이 이야기는 정말 말이 돼. 아주 탄탄한 이야기야."

메블리도는 무기력한 몸짓을 해 보였다. 암살범들의 행동에서는 비이성적인 면이 흔히 보인다. 가끔 그런 상황에, 논리의 전적인 부재에 부딪히곤 한다.

모두들 잠시 말을 멈추었다.

"그러면 워델 스트리트는, 거긴 어디야?" 누군가가 결국 물었다.

"제4닭장에 있어." 메블리도가 설명했다. "세상의 끄트머리에. 분계선 근처에. '난장판'이라는 구역에."

"아, '난장판'." 베르베로이앙이 수심에 잠겼다. "그럴 줄 알았어."

"그래서 가서 수사했어?" 보르쿠타가 물었다.

"어디를 가?" 메블리도가 말했다.

"'난장판'에."

"왜?" 메블리도가 놀랐다.

"그야." 보르쿠타가 말했다.

"그 여자에 대한 수사를 계속하기 위해서 갔느냐는 거지." 미시건이 끼어들었다. "그 여자에 대한 자네의 개인적 수사 말이야."

"자네들, 농담하는 거야?" 메블리도가 말했다. "그곳은 가는 데만 며칠이 걸려, 일이 안 풀리면 몇 주는 머물러야 하고."

바깥에서 번개가 터졌다. 천둥소리는 4초 뒤에 도달하여 유리창을 뒤흔들었다. 이제는 누구도 말하지 않았다. 메블리도는 천둥소리의 울림이 완전히 소멸되기를 기다렸다.

"나는 화요일에 자아비판이 있단 말이야." 그가 말을 이었다. "그런 식으로 사라져 버릴 수 없다고. 미시건, 도대체 무슨 생각을 하는 거야? 그랬다간 자리를 비웠다고 비난받을 거라고."

"자네의 자아비판 따위는 상관없어." 베르베로이앙이 말했다. "그건 급한 게 아니야. 자네가 돌아온 뒤로 미룰 수 있어."

메블리도는 고개를 끄덕였다. 그도 동료들처럼 입가가 붉었다. 콩 샌드위치에도 케첩이 두껍게 발린 것이다.

"'난장판'에서 그 여자의 흔적을 찾아보게." 베르베로이앙이 말을 계속했다. "우선적으로 할 일은 그거야. 워델 스트리트, 린다, 30대, 일급 권총 사수, 얼굴은 오직 자네만 묘사할 수 있고. 메블리도, 자네는 정보가 충분하니 실마리를 따라갈 수 있을 거야. 그리고 또 한 가지 강조하고 싶은 점이 있는데, 볼셰비키들 쪽을 살피는 것을 잊지 마. 자네 세포조직의 노파들을 조사해 봐. 어쩌면 녹색 옷을 즐겨 입는 린다라는 여자에 대해 들어 보았을지도 모르니까."

"노파들한테는 벌써 물어보았어요." 메블리도가 태연자약하게 주장했다. "그쪽에는 아무것도 없어요."

"그 노파들에게서 아무 정보도 얻을 수 없다니, 믿기 힘든걸." 베르베로이앙이 반박했다. "다시 심문해 봐. 분명히 무언가를 감추고 있을 거야."

"근데," 미시건이 말했다. "자네가 살인자의 외모를 묘사해 줄 수 있을 것 같은데."

"어떤 살인자?" 메블리도가 물었다.

"린다 말이야. 의상실에서 자기 얘기를 떠드는 가미카제 여자." 미시건이 말했다.

이제 네 명 모두 셀룰로스 볼 하나로 입을 닦았다. 하나의 볼을 손에서 손으로 건네다 보니 점점 물렁물렁해졌다. 이 더러운 볼은 원래 보르쿠타의 것이었다. 1층 자판기에서 냅킨을 가져올 생각을 한 게 보르쿠타밖에 없었던 것이다.

"아니, 의상실이 아니고." 메블리도가 고쳐 주었다. "이이임족 지구의 음울한 구멍가게야. 겉으로 보면 절대 알 수 없어. 미리 끄나풀과 얘기하지 않았으면…"

"그래서?" 미시건이 말을 재촉했다.

"끄나풀의 귀띔이 없었다면 나도 자네들처럼 메모리얼 애비뉴의 가게에 들어갔을 거야."

"지앙과 마기스트랄처럼 말이지." 보르쿠타가 수정해 주었다.

"어떤 끄나풀?" 베르베로이앙이 관심을 보였다.

"코르넬리아 오르프요." 메블리도가 말했다. "거지 여자예요. 인도(人道)에서 볼셰비키 배지를 팔아요. 그 여자한테 구두 비닐봉지 얘기를 했더니 이이임 가든의 메이 초우 상점을 알려 주더라고요. 그 여자 말로는 물건 질은 안 좋아도…."

"이 사건에 볼셰비키 노파들이 연관되어 있을 줄 알았다니까!" 베르베로이앙이 반쯤 의기양양한 목소리로 그의 말을 끊었다.

"연관성은 미미하죠." 미시건이 통찰력 있게 지적했다. "아직까지는 미미하죠."

"그렇죠." 바포스 보르쿠타가 말했다. "미미하죠."

"물건 질은 안 좋아도 훨씬 싸다고 하더라고요." 메블리도가 말을 계속했다.

8-9초 동안 네 사람 모두 생각에 잠겨 있었고, 이윽고 페트로 미시건이 침묵을 깼다.

"결국 어떻게 생겼다는 거야?" 그가 누구에게랄 것 없이 물었다.

"누구?" 보르쿠타가 말했다. "거지 여자?"

"아니." 베르베로이앙이 끼어들었다. "미시건은 테러리스트 이야기를 하는 것 같은데. 그렇지, 미시건? 테러리스트 여자 얘기지? 그렇지?"

"누구요?" 미시건이 물었다.

"테러리스트 여자." 보르쿠타가 말했다.

"예." 미시건이 콧소리를 냈다. "그 여자 얘기였어요."

그들은 다시금 잠시 침묵했고, 메블리도가 아무 말도 하지 않자 페트로 미시건이 또다시 침묵을 깼다.

"자네는 알잖아." 그는 명백히 메블리도를 향하면서 말했다. "여자를 봤잖아. 전부 봤잖아. 자네가 서장님에게 한 얘기를 들었어. 예쁜 여자였다면서."

"맞아." 메블리도가 동의했다. "굉장히 예쁜 여자였어.
폭우가 터졌어. 순식간에 길거리가 물바다가 되었지. 여자는
권총을 쏘았고, 조금 뒤 전차 밑으로 뛰어들었어. 자신의 죽음이
최고조의 순간이기를 바랐던 거야. 최후의 순간을 철저히 자기
뜻대로 만들고 싶었던 거야. 우리와 비슷해."

"에이." 미시건이 말했다.

"여자가 그러는 걸 막았어야 했는데." 메블리도가 한숨을
쉬었다.

"아니야, 메블리도." 베르베로이앙이 말했다.

"어떤 점에서 그 여자가 우리와 비슷하다는 거야?"
보르쿠타가 질문했다.

"으음…." 베르베로이앙이 망설였다.

"그 여자는 굉장한 용기를 발휘했어." 보르쿠타가 말했다.
"우리가 그 정도는 아닌 것 같은데."

"각자 할 수 있는 만큼 하는 거지." 베르베로이앙이
항의했다. "우리가 가미카제는 아니지만 그렇다고 해서
비겁자들도 아니지."

"그게…." 누군가가 찬반을 가늠하려 했지만 무어라 말을
만들지는 못했다.

갑자기 네 명 모두 빈 컵을 주무르고 손가락으로 두드리기
시작했다. 그들은 생각에 잠겼다. 조금 뒤 미시건이 고개를
쳐들었다.

"어찌 되었든," 그가 속삭였다. "이 여자의 최후에는
영웅적인 면이 있어."

"게다가 운전사는 죽이지 않았지." 메블리도가 지적했다.

찌는 듯한 오후였다. 차도는 전기레인지 불판이 되었고
짧은 소나기는 안개가 되어 차도 위에 1분 동안 증기를 뿜었다.
이윽고 뇌우는 물 한 방울 떨구지 않고 북서쪽으로 이동했다.
하늘은 거의 즉시 본래의 기름지고 위협적인 청회색으로
되돌아갔다.

수사 팀을 해산시키기 전에 베르베로이앙은 메이 초우
슈즈 컴퍼니의 점원을 다시 심문하기를 원했고, 메블리도에게

바포스 보르쿠타를 데리고 이이임 가든의 구두 가게에 가라고 요구했다. 메블리도와 보르쿠타는 메모리얼 애비뉴를 가로질러 난민 수용소의 자동차 출입을 영구히 금지하는 콘크리트 장벽 쪽으로 향했다. 패스트푸드점을 떠난 뒤부터 메블리도는 가게로 가는 길을 재구성하여 읊으려 했다. 그는 동료에게 어떤 길로 가야 하는지 더 이상 기억이 안 난다고 설명했다. 그는 자신의 기억력에 도움을 청했지만 기억은 여전히 희미했다.

"비가 내린 뒤였어." 메블리도가 말했다. "모든 게 젖어 있고 어두웠어. 길을 찾느라 고생 좀 할 거야."

게토에서 10미터를 걸은 뒤 보르쿠타가 어깨를 으쓱했다.

"결국은 내가 자넬 따라갈 필요가 없잖아." 그가 결정했다.

"잠깐만." 메블리도가 말했다. "교차로 한 군데에서 부서진 집들을 지나친 게 틀림없어. 거기부터 찾아가야 해. 그러고 나면 작은 골목이 있어. 왼쪽이었던 것 같아. 왼쪽이었나 오른쪽이었나. 진창을 건널 여울목이 있는 작은 골목이야. 그다음에는 방화문이 있는 중이층을 지나야 해. 문에는 페인트로 슬로건이 적혀 있어."

"폐허 한복판을 행군해 봤자 아무 소득도 없을 거야." 보르쿠타가 말했다. "이이임족 게토에는 모든 문에 슬로건이 있어. 아무 소득도 없이 몇 킬로미터를 걸어야 할걸."

"그래도 길을 잃지 않으려고 노력은 해 봐야지." 메블리도가 말했다.

"그럼 가 봐." 보르쿠타가 말했다. "혼자 찾아봐. 그 일을 하는 데 두 명이 필요하지는 않잖아."

그들은 헤어졌다. 메블리도는 그를 눈으로 좇았다. 장벽 너머로 여전히 메모리얼 애비뉴의 나무들이 보였다. 통행하는 차량들의 울림 소리가 아직도 들렸다.

이윽고, 순식간에, 메블리도는 이이임족의 빈곤, 죽음, 황폐의 침묵에 둘러싸였다.

그는 정처 없이 걸어갔다.

공기가 전보다 끈적끈적해졌다.

멀리서 천둥이 울리고 있었다.

마당 한 곳에서 아이들이 농구를 하고 있었다. 메블리도는

157

아무 생각 없이 오랫동안 시합을 구경했다.

농구가 끝난 뒤 그는 이이임족 지구의 미로를 족히 한 시간은 배회했다. 벽들 너머에서 인기척이 느껴졌지만 마주친 사람은 별로 없었다. 파헤쳐진 골목들은 죄다 비슷비슷했고, 건물 잔해가 2층 높이까지 올라가 있었다. 절멸의 끝을 장식한 전투 도중 쏟아진 기관총 세례를 피한 건물은 하나도 없었다. 난민들과 생존자들은 아직 살 만한 집에 입주하라는 권유를 받았지만 군사적, 사회적 대립으로 인한 흉터는 아물지 않았다. 메블리도는 쌓여 있는 잔해들을 밟고 올라갔고, 가끔씩 건물 안을 흘긋 들여다보고는 그 안에 들어가곤 했다. 그는 빈 공간에서 울리는 자기 발소리를 1분 동안 듣곤 했다. 때로는 무단 거주자들이 살고 있는 집에 침입해 매트리스와 매트리스로 쓰이는 종이 상자에 눈길을 던지지 않으려 주의하면서 돌아다니다가 뒤로 물러나 횡설수설 사과하고는 다시 떠났다. 그는 또한 사방이 뚫린 1층 몇 곳을 뒤지기도 했고, 그러다가 탐색을 단념했다. 그 신발 가게를 못 찾겠어. 그는 생각했다. 자아비판 때 이 얘기를 해야겠지.

- 일부러 잘못된 길을 택해 놓고 저녁이 되기도 전에 길을 찾는 것을 포기했음.
- 실망감이 밀려오는 것을 내버려 두었음.
- 계급적 끈기도 직업적 양심도 보여 주지 못했음.
- 구명대에 매달리듯 진실의 부재에 매달렸음.

비가 떨어지기 시작한 터였다. 비는 잠시 불확실하게 굴더니 곧 격렬해지고는 계속될 의사를 표명했다.

그는 빗방울을 피하려고 한 건물의 문턱에 앉았다. 이 피신처는 숨을 쉴 수 없을 만큼 더웠다. 팔에서 땀이 흘렀다. 그는 살갗 위로 땀이 전진하는 것을 잠시 바라보다가 졸음을 이기지 못했다. 매기 양에게 이야기하지 않은 꿈들이 이 기회를 틈타 다시 떠올랐다. 그는 다른 꿈들을 만들어 냈다. 조금씩 다른, 다른 여자들이 등장하는, 여자들의 이름이 다른 꿈들을 만들어 냈다. 그의 뒤로는 건물들의 잔해가 까마득히 높은 회색 덩어리를 이루었다. 앞쪽의 검은 웅덩이에는 하늘이 비치지 않았다. 비가 물웅덩이들의 수면을 후려치고 있었다. 물이 부글거렸다. 가끔은 샤워 커튼이나 방수포로 몸을 감싼 사람이 진흙 가득한 웅덩이와 빗물 도랑을 피해 벽을 따라 지나가곤 했다. 이윽고 땅거미가 빛 없는 가옥들 위로 기어오르더니 조금 뒤 비가 그쳤다.

밤이 다가오고 있었다.

메블리도는 일어섰다.

오늘 저녁에는 세포조직 모임에 가야 해. 그는 생각했다.

셔츠가 가슴에 달라붙어 끈적거렸다.

흉곽 상단에 총알을 맞기라도 한 것처럼 그의 셔츠는 가슴에 달라붙어 굉장히 끈적거렸다.

4부
메블리도의 탄생

죽기 49년하고 얼마 전, 메블리도는 '국(局)'의 문을 밀고 들어가 디플레인 앞에 소환장을 던졌고, 그때까지 아무 말도 하지 않았던 것처럼 계속해서 아무 말도 하지 않았다.

　당시 작전과를 지휘하던 디플레인은 허리를 숙여 보고서 하나를 보고 있었다. 그는 계속 주의 깊게 보고서를 읽었고, 가끔은 문장 절반에 빨간색으로 동그라미를 그리고 여백에 메모를 적곤 했다. 그는 메블리도가 앞에 앉아 있다는 사실에 조금도 불편해하지 않았으며, 1분 정도는 과연 그가 부하 직원이 있는 것을 눈치챘는지 궁금할 정도였다. 펜이 종이 위에서 서걱서걱 소리를 냈다. 어려운 철자 때문인지 펜촉이 한 단어 중간에서 막혔다가 곧 음절 하나를 빗금 그어 지우고는 다시 움직이기 시작했다. 펜촉은 다시금 서걱거리는 소리를 냈다. 복도에서는 아무 소리도 나지 않았고, 이따금 나는 이 금속의 불연속적인 불평 소리를 제외하면 그 무엇도 정적을 어지럽히지 않았다.

　이곳에는 거의 똑같이 생긴 파티션이 여럿 있었다. 지금은 디플레인의 칸에만 사람이 있었다. 디플레인의 오른쪽 작은 구리 기둥 꼭대기에서는 반구 모양의 전구가 빛났다. 빛은 그의 양손 주위로는 강렬한 작은 층을 만들어 냈지만, 그 너머에서는 어둠과의 싸움을 포기했다. 다른 사무실 세 곳은 전등이 꺼져 있었다. 상사를 만나러 갈 때면 늘 그런 것처럼 메블리도는 하급 공무원들만 모여 있는 하급 부서에 온 기분이었다. 바깥세상이 그 존재를 모르는 한, 국은 당연히 홍보를 생각할 필요가 없었지만 만약 언젠가 그들의 활동과 능력을 알려 주는 자료를 언론에 실어야 한다면 전기 절약의 분위기와 쓸데없는 서류만 보이는 이런 종류의 밀폐된 사무실 사진이 아닌 다른 사진을 선택하는 편이 좋을 것이다.

　메블리도는 다리를 꼬고 앉아 기침을 했고, 조금 뒤 다리를 다시 풀었다.

　"설마 무슨 일을 해야 할지 얘기해 주기를 기다리는 건 아니겠지, 메블리도?" 디플레인이 불쑥 물었다.

그는 메블리도를 바라보지 않은 채 모호하게 한쪽 방향을 가리켰다. 그의 손은 연감들, 클립이 가득 담긴 재떨이, 기사 몇 개를 오려 내고 남은 신문지를 향해 있었지만 손짓이 불분명했고 조금 더 먼 곳에서 소리 없이 졸고 있는 물건 역시 가리키고 있었다. 화면에 거대한 새 한 마리의 정지 영상이 떠 있는 텔레비전이었다.

메블리도는 재떨이를 옆으로 옮기고 디플레인의 전등이 영상에 만드는 반사광을 막으려고 TV 화면을 돌렸다. 그는 조작 버튼을 눌러 영상이 움직이게 했다.

그것이 그가 해야 할 일이었다.

새는 날개 폭이 2미터에 가까웠다. 새는 물웅덩이 변에 앉아 있었다. 날개가 펄럭였다. 깃털이 흰색이나 더러운 노란색이었다면—덩치도 엄청나게 크고 거대한 부리 밑에서 목주머니 비슷한 게 흔들리고 있었으므로—펠리컨이라고 하기 쉬웠겠지만 그런 가설은 1초 이상 유지될 수 없었다. 아니, 펠리컨은 골격이 달랐다. 덩치가 그만큼 크지 않았다. 어쨌든 펠리컨이었다면 깃털이 그런 색이 아니었을 것이다. 이 새는 돌출한 이마에서 꼬리 끄트머리에 이르기까지 온몸이 검은색이었다. 몸이 검은빛을 발했다. 회색빛 부리를 제외하면 오직 두 눈만이 그 몸 전체에 밝음을 가져다주었다. 사이가 뚝 떨어진 굉장히 큰 두 눈은 황금빛으로 외따로 떨어져 있다시피 했다. 새는 두 눈을 감았고, 바람에 펄럭이는 건조 중인 시트처럼 큼직한 소리를 내면서 다시금 날개를 펄럭였다.

슬로모션으로 보았다면 공기를 휘젓고 잡아 누르는 그 날갯짓이 얼마나 격렬한지 알 수 있었을 것이다. 하지만 이 동영상에는 동물 다큐멘터리의 교육적 사명이 없었고, 카메라는 생방송 원칙대로 작동했으며, 화면에서는 짐승의 형체가 몸을 일으켜 물 위로 날아오르고 잠깐의 노력 뒤에 첫 번째 가시철사 방책을 육중하게 스칠 듯 지나고 두 번째 방책을 지나고 감시인이 없는 감시탑 하나에 접근하는 게 보였다. 두 번째 방책에 구호가 보였다. "생존자여, 달에 대한 테러를 준비하라!" 태양은 어디에도 빛나지 않았고 빛은 여전히 시원치 않았지만 습기 때문에 콘트라스트가 굉장히 선명했다. 가시철사를 따라 물방울이 맺혀 있고, 감시탑의 지붕이 반짝였다. 더운 날씨인 것 같았다.

새는 그 모든 것을 스쳐 지나갔고 울음소리를, 짧은 까악까악 소리를 냈다.

디플레인은 눈앞에 있던 서류의 수정을 마친 참이었다. 그는 메블리도와 새를 동시에 바라볼 수 있도록 의자의 방향을 조정했다.

"물론 그건 가상 이미지야." 그가 말했다.

"무슨 짐승인지 모르겠어요." 메블리도가 지적했다.

"나도 마찬가지야." 디플레인이 말했다.

그들은 다시 화면을 살펴보기 시작한 터였다. 새는 보통 속도로 날아가며, 가끔씩 부리를 살짝 벌려 까악까악거렸다. 머리에선 뿔의 흔적을 알아볼 수 있었다. 예전에 뿔들이 달려 있었음을 보여 주는 흔적이었다.

"마치 깃털 달린 프테로닥틸루스 같네요." 메블리도가 말했다.

"프테로닥틸루스라니!" 디플레인이 반박했다. "지금은 중생대가 아니라고!"

"하지만 저 안개하고 뜨뜻한 습기를 보면 중생대와 비슷해요." 메블리도가 둘러댔다.

"지금은 세계혁명 이후야." 디플레인이 말했다. "그것도 아주 오래 뒤. 그건 같은 게 아니야. 알겠지만 같은 지질시대가 아니라고."

카메라는 새를 따라가려 애썼고 이제는 성능이 더 좋은 망원렌즈를 사용하고 있었다. 촬영기사는 훌륭한 화면을 얻어 냈다. 젊었을 때 동물 다큐멘터리 전문 팀과 일했던 게 분명했다. 거리가 점점 멀어짐에도 불구하고 촬영기사는 보기 좋고 흔들리지 않게 프레임을 조작했다. 새는 측면에서 촬영되었고, 보통은 후위의 우현에서 찍혔다. 새는 연기를 거의 뿜지 않는 공장, 수풀의 침입을 받은 철로, 군대 막사, 교외의 노동자 구역, 노변에 병든 녹색의 먼지투성이 협죽도가 심긴 길 위를 날고 있었다. 구름이 매우 낮게 깔린 하늘에 녀석 말고 같은 종의 새는 보이지 않았다. 다른 새들은 녀석에 비하면 난쟁이처럼 보였고, 맹금을 귀찮게 할 위험이 있다는 것을 깨달으면 으레 그러듯 너석을 보자마자 서둘러 다른 하늘 길을 택했다.

거리는 젖어 있었다. 길들은 수직으로 교차하곤 했고 그곳에는 전후(戰後) 시대와 노후한 경제체제의 분위기가 감돌았다. 자동차들은 잔해의 모습으로만 존재했다. 가끔은 보행자가 텅 빈 공사장 앞에 우뚝 서 있거나 벽돌 벽에 소변을 보고 있는 게 보였다.

"프테로닥틸루스라니." 디플레인이 중얼거렸다. "그렇게 생각하면 안 돼."

그는 이제 화면을 주시하고 있지 않았다. 그는 안경을 벗어 스웨터 아래쪽에 문질러 닦았다. 갈색 니트 스웨터였다. 작은 마름모꼴 무늬가 있고 전체적으로 생사(生絲)의 색이었다.

그다음 1분 동안 메블리도는 화면에서 크기가 점점 작아지는 새를 계속 주시했다. 새가 눈을 내내 뜨고 있고 울음소리를 내고 있다는 전제 아래, 이제는 이미 새의 눈도 보이지 않고 울음소리도 들리지 않았다.

"이보게, 메블리도. 바로 저기야." 디플레인이 말했다. "자네는 저곳으로 가게 될 걸세. 그러니 저 물갈퀴 달린 새들을 가까이에서 연구할 시간은 충분할 거야. 이미 반세기 전부터 저 지역에는 우리 쪽 사람이 하나도 없어. 현실과의 접촉을 재개해야 해. 가상 이미지 말고 다른 정보가 필요해. 우리는 자네를…. 우리는 자네를 저 구역으로 이동시키기 위해 궤도 이탈을 준비할 걸세."

잠시 말과 말 사이에 쉬는 시간이 생겼다. 대화 도중 침을 삼킬 수 있도록 통상적으로 허용되는 4초보다 오래 걸렸다.

"아, 그보다 더 바보 같은 임무도 들어 본 적이 있기는 해요." 메블리도가 결국 말을 내뱉었다. "하지만 그래도 조류 탐사라니…."

그는 이제 비행 생물을 주시하지 않았다. 그 순간 새는 바퀴 없는 트럭의 차체와 비탈 사이에 착륙하기 위해 선회하고 있었다. 그는 이제 새에게는 거의 관심을 두지 않았고, 안경알이 막고 있지 않아 순박하고 어정쩡한 눈빛이 된 디플레인의 시선을 끌려 했다. 이윽고 메블리도의 시선이 디플레인이 공들여 가꾼, 매우 지적인 두 손에 멈췄고, 조금 뒤에는 간부직의 찬란한 지표인

잡동사니 더미를 배회했다.

지난 몇 년 동안 각 사무실에는 고해상도 모니터, 컴퓨터 등 선진 기술 장비가 잔뜩 도입되었지만 이러한 이식(移植)이 제대로 이루어지지 않아 손 글씨 공책, 신문 스크랩, 컬러 서류 정리함이라는 천 배는 편리한 세계에 작별을 고한 이가 아무도 없는 게 현실이었다. 그래서 사무실 곳곳에 종이 문서철이 쌓여 있었고, 그렇다 보니 대부분의 키보드는 접근 불가능한 상태였으며 팀장들이 함께 쓰는 프린터는 서류에 깔려 있었다.

디플레인은 매부리코에 안경을 다시 걸쳐 썼고 서류 더미 한 곳에 팔을 뻗어 하드커버 장정의 서류 파일 하나를 잡으려 했다. 그는 메블리도가 그 진분홍색 파일을 읽기를 원했다. 스웨터의 소맷부리는 낡고 닳아서 코가 풀리기 시작한 상태였다. 메블리도의 다른 상관들처럼 디플레인도 넓게는 '부'의, 좁게는 '국'의 모토인 스파르타식 윤리와 어울리는 복장이었다. 그는 실용적인 니트와 수수한 옷감이 섞인 옷차림이었고, 그가 혼잡한 종이 더미에서 군사적 성격의 서류나 몽상적 성격의 문서로 두툼한 새빨간 서류 뭉치를 꺼내기를 기다리느라 이처럼 그의 가까이 있으면, 부서의 전산화가 디플레인을 바꾸지 못했으며 결코 바꾸지 못할 것임을, 전산화가 그를 결코 흉하게 세속적인 인물로, 흉하게 무시간적이지 않은 인물로 탈바꿈시키지 못할 것임을, 그를 망치지 못할 것임을, 그를 훼손하지 못할 것임을, 절대 망가뜨리지 못할 것임을 깨닫게 된다.

"새들을 관찰하는 건 자네의 우선적 임무가 아닐 걸세." 디플레인이 말했다.

"아, 그렇군요." 메블리도가 말했다. "그런 줄 알았죠."

디플레인은 진분홍색 서류철을 그의 앞에 내려놓은 상태였고 이제 서류철의 제목과 분류 번호를 보고 있었다. 대충 유기화학 공식 비슷한 이 분류 번호는 여기에 옮기지 않겠다. 서류철은 두꺼웠다. 다양한 정보, 지침 목록, 완수할 목표들이 담겨 있는 게 분명했다.

"우리에게 문제가 되는 건 이 짐승들이 아닐세." 디플레인이 말했다.

"사람과(科)[23]들이 문제인가요?"

"맞아." 디플레인이 확인했다. "그것들이 문제야. 세계혁명에도 불구하고 그들은 전문가들조차 놀랄 만큼 저급한 야만과 우매의 수준으로 떨어졌어. 설명이 불가능한 종(種)이 되어 버렸어. 수차례의 절멸 전쟁을 벗어나나 했더니 벌써 분쟁이 눈앞이야. 개체들은 100개, 심지어 그 이상의 그룹으로 쪼개졌어. 여러 대륙 전체가 더는 살 수 없는 상태야. 생존한 자들은 여전히 사회적으로 조직되어 있지만 이제 자기 자신도 사회도 믿지 않아. 그들은 사용법을 모르는 정치 시스템을 물려받았고, 그들에게 이데올로기는 의미 없는 기도(祈禱)에 불과해. 사회지도층은 조직폭력배가 되어 버렸고, 가난한 자들은 굴종하고 있어. 양쪽 모두 스스로가 이미 죽었다고 생각하는 것처럼, 심지어 그것에 개의치 않는 것처럼 굴고 있어."

"어쩌면 변이한 건지도 모르죠." 메블리도가 의견을 개진했다.

"뭐라고?"

"어쩌면 돌연변이를 겪은 건지도 모른다고요." 메블리도가 다시 말했다.

"그럴지도 모르지. 그들은 무언가가 변했어. 마치 더 이상 삶과 꿈과 죽음을 구별하지 못하는 지경이 된 것 같아."

메블리도는 아직 서류 파일을 열지 않았다. 그의 손가락은 점자를 살피기라도 하듯 유기화학 공식 위에서 서성이고 있었다. 추리닝 소매에서 빨간색 바탕의 밤색 체크무늬 셔츠 소매가 삐져나와 있었다. 그 역시 병영의 남는 옷이나 떨이로 산 옷을 입는 듯했다.

"그렇다 보니 우리로서는 그 어떤 개입도 쉽지가 않아." 디플레인이 말을 계속했다.

"개입하지 말고 그들이 평온히 퇴화하게 계속 내버려 두면 어떨까요?" 메블리도가 의견을 제시했다.

디플레인은 고개를 저었다. 그렇다, 인류는 자기들에게

---

23. hominidae. 사람, 고릴라, 침팬지 등을 포함하는 영장류의 한 과.

걸린 모든 기대를 철두철미하게 배반해 온 혐오스러운 종이었다. 그렇다, 국은 결국 그들을 완전히 포기하여 끔찍한 상태와 혼란 속에 내버려 두었다. 하지만 이제 인류는 멸종 단계에 진입했고, 국은 연민과 동행이라는 옛 프로그램을 재가동하기로 결정한 터였다. 작전과는 다시 개입하라는 요청을 받았다. 곧 다가올 임종의 순간이 덜 괴로울 수 있도록 상황을 준비해야 했다. 이는 무엇보다 정보 작업을 재개하는 것을 의미했다. 해당 구역에 요원들을 파견할 것이다. 요원 몇 명을. 최고의 요원들을. 그 요원들의 임무는 야만 상태에 잠입하여 미래를 위한 몇몇 실마리를 알아보는 일이 될 것이다. 그런 후에야 비로소 다음 세대들을 위해, 인류를 위한 더 평온한 종말을 어떻게 준비해야 할지 알 수 있을 것이다. 국은 이 마지막 단계를 대비하여 일하고 있었다.

메블리도는 입술과 눈썹을 함께 씰룩여 그런 계획에 믿음이 없음을 표시했다.

그는 통통하고 근엄한 얼굴에, 입술이 두껍고 눈썹이 두꺼웠다. 요가의 명상이나 자기 조절보다는 주먹다짐이 생각나는 얼굴이었다.

그들은 15-6초 동안 침묵했다.

메블리도는 서류 파일을 펼친 상태였다. 그는 서류를 훑어보았다.

"제4닭장이라." 그가 말했다.

"엄청나게 커다란 게토 지구야." 디플레인이 설명했다. "하지만 자네가 태어난 이후에는 더 커질 거야."

"그곳으로 저를 보내는 건가요?"

"일단 환생하면 자네가 어떤 모습이 될지는 알 수 없어." 디플레인이 말했다. "변수가 너무 많아, 그리고 그곳은 전면전 상태야. 자네가 어디에 이르게 될지는 알 수 없어. 그런 일은 우리가 통제할 수 없어."

"훈련 기간 동안 제4닭장에 대한 수업은 한 번도 못 들었는데요." 그가 말했다. "저한테는 백지나 다름없는 영역이에요."

"맞아." 디플레인이 말했다. "알고 있어. 우리에겐 그 구역을 자네보다 잘 아는 기술자들이 있어. 예컨대 맹그를리앙이나 고르가처럼."

"고르가는 죽은 줄 알았는데요." 메블리도가 말했다.

"그들은 지원 팀으로 여기 남을 거야." 디플레인이 지적에 답하지 않고 말했다. "그들은 여기 있는 게 더 도움이 될 거야. 어떤 의미로는 그들은 자네 곁에 있을 거야. 우리도 그렇고."

"어떤 의미로는요." 메블리도가 말을 따라 했다.

그의 목소리에는 씁쓸한 어조가 담겨 있었다.

화면에서는 새가 몸을 좌우로 흔들면서 걷고 있었다. 새는 1미터를 가더니 새까맣게 타 버린 석유통 근처에서 멈춰 섰다. 새는 동영상의 초반부에서처럼 가까이서 클로즈업으로 촬영되었다. 렌즈는 새의 냉정한 금빛 눈을, 절대적으로 아름다운 두 눈을 포착하고 있었다.

"우리는 너무 많은 정보로 생각이 번잡해지지 않은 요원을 침투시키는 게 낫다고 보네." 디플레인이 말했다. "실제적이고 견실한 사람, 꿈의 기억력이 강한 사람. 자네가 딱이야, 메블리도."

메블리도는 은밀히 불분명한 소리를 냈다. 그것은 들뜬 감정의 표출이 아니었다.

"자네가 괜찮은 사람으로 환생하도록 준비할 걸세." 디플레인이 말을 계속했다.

메블리도는 권법가 승려 같은 무뚝뚝한 얼굴을 다시 움직였다. 그는 진분홍색 서류철의 수많은 항목과 세부 항목을 계속 훑어보았다. 거미들과 접촉하지 말 것. 그는 읽었다. 쥐들과 말하지 말 것. 쥐들과도 거미들과도 말하지 말 것. 사자(死者)의 영혼을 부르는 의식에 참여하지 말 것. 정신과 의사와의 모든 대화를 거부할 것. 그는 페이지를 넘겼다. 어떠한 것이든 자기 운명을 받아들일 것. 어떠한 것이든 자신의 차이를 받아들일 것. 자신의 차이를 은폐할 것. 지침은 수백 개에 달했다. 대부분은 이치에 맞아 보였다. 승리자들을 언제나 배신할 것. 그는 또 읽었다. 밀짚 색이나 카나리아 색, 아니면 파란색, 아니면 판자의 회색으로 된 색인 카드들을 손가락으로 구겼다.

"어이구," 그가 말했다. "해부를 했었군요."

"해부라고 할 수는 없고." 디플레인이 말했다. "이…

프테로닥틸루스 하나가 철조망에 걸렸어. 실험실에서는 그 기회를 이용해 특수 렌즈로 촬영을 했지."

메블리도는 보고서를 훑어본 뒤 당황하여 휘파람 소리를 냈고, 소화계에 관한 구절을 소리 내어 읽었다. 소화계에서는 어떤 음식도 검출되지 않았음. 위장은 진공청소기의 봉투와 별로 다르지 않았음. 과립형의 까만색 마른 먼지만 담겨 있었음.

"알겠나, 메블리도?" 디플레인이 말했다. "꿈속에서 이상한 일들이 첩첩이 쌓여 가기라도 하는 것 같잖아. 무언가가 그들의 현실을 변화시키고 있어. 그런데 여기서 봐서는 뭐가 문제인지 제대로 파악할 수가 없어. 그러니 우리 중 한 명이…."

새는 다시 날아오르려고 날개를 펼치는 중이었다.

"다른 해결책이 없어." 디플레인이 말했다.

"글쎄요." 메블리도가 반박했다.

"누군가가 헌신을 해야 해." 디플레인이 말했다.

새는 다시금 힘차게 공기를 휘젓기 시작했다. 새의 거대한 날개가 영상을 가득 메웠고 깃털이 세세히 보였다. 그리고 갑자기 카메라가 너무 다가가는 바람에 새가 카메라의 존재를 알아차린 것 같은 인상이 들었다. 새는 도약한 뒤 막 몸을 바로잡은 터였다. 새가 갑자기 한 격납고 뒤로 급강하하더니 사라졌다. 촬영기사는 즉시 새를 따라가려 했지만 헛수고였다.

이제 화면에 남은 것은 별로 활기가 없는 공장 풍경과 자물쇠로 잠긴 창고들, 텅 빈 차고들, 비가 올 듯한 하늘뿐이었다.

"그래서," 메블리도가 말했다. "저에게 시간이 얼마나 있는데요?"

"무슨 시간?"

"얼마 동안 임무를 수행해야 하냐고요."

"아," 디플레인이 말했다. "자네는 그 구역에 꽤 오래 있어야 할 거야. 얼마 동안이냐면…."

말이 떠오르지 않는 듯, 그는 고개를 돌려 창문 쪽을, 지금껏 조광에 어떤 역할도 하지 않았던 저 어두운 직사각형 쪽을 바라보았다. 창문 너머의 어둠이 매우 짙기도 했지만 유리를 화학 처리한 탓에 창문은 책상 위에서 빛나는 전등 빛을 반사하지 않았던 것이다.

건너편은 실외였다. 언젠가는 빛 비슷한 것이 생길 거라고 상상할 수조차 없는, 심연과도 같은, 촘촘한 검은 공간 덩어리였다. 디플레인은 손을 치켜든 상태였고, 저 원경 앞에, 저 배경 앞에 무슨 뜻이든 될 수 있는 완만한 고리 모양을 그렸다. 이윽고 일종의 의욕 부진을 겪으며 손이 다시 내려왔다.

"좀 더 분명하게 말씀해 주세요, 디플레인." 메블리도가 요청했다.

"이보게, 메블리도, 이번 임무는 한평생이 걸릴 거야. 자네는 그곳에서 다시 태어날 거고, 그곳에서 성장하고 성인이 될 거야. 그곳에서 죽음을 기다릴 거야. 우리는 내부에서 상황을 경험할 관찰자가 필요해. 자네의 꿈을 통해 정보를 수집할 걸세."

다시금 침묵이 흘렀다. 무거운 침묵이었다.

"자네를 괜찮은 사람으로 환생시킬 걸세, 메블리도."

"괜찮은 사람요?" 메블리도가 투덜거렸다. "그러면 저는요? 일단 임무가 끝나면 정확히 언제 절 빼내 올 건지 계획은 있어요?"

"부탁하네, 메블리도, 절차를 모르는 것처럼 굴지 말게." 디플레인이 짜증을 냈다. "자네는 저곳이나 다른 곳으로 파견되기 위해 40년 넘게 훈련을 받았어. 자네의 근무 조건을 오늘 처음 알게 된 게 아니잖아."

그가 취한 말투가 그렇게 퉁명스럽지는 않았지만 온기는 없었다. 디플레인과 같은 수뇌부의 생각으로는 메블리도는 굉장히 장기간—수십 년—에 걸쳐 작전 준비를 했고 작전이 구체화될 시점이 된 이상 망설임을 표출해서는 안 되었다. 그는 훈련 기간 동안 충분히 동정을 받았으며, 이제 와서 또다시 동정을 요구하는 건 성가신 일이었다.

"혹시 제 체류 기간을 줄일 수 있지 않을까요?" 임무 기간을 두고 흥정할 권리라도 있는 양 메블리도가 말했다. "제가 죽을 때까지 계속 살라고 강요하지 않을 수도 있지 않을까요?"

"그전에 자네를 귀환시키려고 노력할 걸세." 디플레인이 약속했다. "자네도 알다시피 언제나 노력은 한다고. 하지만 정말로 100퍼센트 확실한 유일한 순간에 개입할 가능성이 가장 높아. 자네가 죽어 가는 동안 말일세. 그동안에 자네를 데려올 거야."

"제가 죽어 가는 동안에 말이죠….." 메블리도가 말을 따라 했다.

"그래, 그동안. 만약 그 시간이 충분히 길다면 그럴 거고, 아니면 조금 뒤가 되겠지."

디플레인은 메블리도의 시선을 피하지 않았으며, 그의 목소리는 조금 전보다 더 따뜻했다.

"노력할 걸세." 그가 말했다.

그의 안경이 전등 밑에서 반짝였다.

그는 다시금 몇 가지 우울한 사항을 지적했다. 신뢰할 만한 정보를 얻으려면 다른 방법이 없었다. 첩자로 의심받지 않고 그 사회에 침투해야 했다. 태어날 때부터 그 사회에 속하고, 그곳의 주민들 틈에서 평범한 삶을 영위하고, 그들의 고통과 두려움을 내부에서부터 파악해야 했다. 그들을 죽음으로 이끄는 길을 그들과 함께 걸어야 했다.

"우리와 접촉하는 일은 극도로 적을 걸세." 디플레인이 말했다. "몇 번의 꿈이 전부일 거야. 성인의 나이에 도달했을 때는 삶이 두 개라는 느낌이 살짝 들어 거북할 수도 있어. 그 느낌은 끝까지 자네를 따라다닐 걸세."

"끝이라." 메블리도가 중얼거렸다. "그게 빨리 왔으면 좋겠네요."

"아니." 디플레인이 말했다. "끝은 빨리 오지 않을 거야. 제시간에 올 거야. 기다려야 할 거야, 메블리도."

메블리도는 더 이상 그를 마주 보고 있지 않았다. 심지어 디플레인에게 등을 돌리고 있다고도 할 수 있었다. 그는 자리에서 일어나 몇 걸음을 내디딘 터였다. 이제 그는 창가에 서서 이마를 창유리에 대고 누른 채 상상 속 어둠의 심연으로 빠져들었다. 돌진해 날개를, 거대한 무채색의 날개를 펼치고서 모든 것의 망각을 향해 나아가며 어둠을, 먼지를 빨아들이고, 운명이 자신에게 제공했고 제공하고 있는 것을 받아들였다. 그는 자신이 국에 속하며, 영구히 상사들에게 종속되어 있는 국의 병사임을 분명히 의식하고 있었다. 그는 어느 날 출발을 통보받고 떠나기 위해 훈련을 받은 것이었다. 그는 항의하지 않았다. 아무에게도 아무것에도 항의하지 않았다. 어쩌면, 결국, 저 어둠 바깥에는 아무도 아무것도 없기 때문인지도 몰랐다. 창문은 온도가 없어 따뜻하지도 차갑지도 않았다. 입김 자국으로 메블리도가 숨을 쉬고 있음을 보여 주지도 않았다.

"서둘러서 될 일이 아니야." 디플레인이 말을 계속했다. "자네는 기다려야 할 거야."

"알았어요." 메블리도가 말했다. "그냥 혹시나 했죠. 희망이야 늘 품어 보는 거잖아요."

23

메블리도는 디플레인이 건넨 356쪽의 지침을 외운 뒤 진분홍색
서류철과 그 내용물 전체를 문서 보관소에 제출했고, 문서
보관소의 샌드위치 자판기 앞에서 샌드위치 하나를 먹었으며,
이윽고 마지막 세션을 위해 최대한 빨리 들르겠다고 약속했던
체육관으로 들어갔다. 지난 20년 동안 그는 매일 아침 그곳에
가서 세 시간씩 수업을 받았다.

  선생들이 그를 기다리고 있었다. 그들은 미리 통보받은
터라 이 제자를 다시 볼 수 없으리라는 걸 알고 있었다. 그들이
그를 둘러쌌지만 과도하게 명랑하거나 심각한 태도가 아니어서
그는 그게 고마웠다. 선생들은 그때까지 그에게 알려 주지 않았던
실제적 조언들을 해 주었다. 비밀을 즐기는 취향 때문에 알려
주지 않은 게 아니라 몇몇 기초적 원칙의 철학은 '여행' 전날에만
제대로 이해할 수 있는 것이기 때문이었다. 얼마 전이었다면 그는
공허한 문장들만 기억했겠지만 지금은 긴급한 상황이다 보니 그
아포리즘들의 효용과 의미가 살아났다.

  그는 선생들에게 감사를 표하고 인사를 했고, 이제 자유였다.

  이런 종류의 출발 전에는, 이런 종류의 임무에는 반드시
몇 시간의 자유 시간이 생기게 마련이다. 마지막으로 해야 할
귀찮은 일들 — 혈액 채취, CT 촬영, 음성 지문, 수감 기록 삭제,
업무 장비 반납, 관리위원회 앞에서의 엄숙한 선서, 구내식당
식권 결산, 의료·스포츠 기록 마감 등 — 은 이미 마친 상태이고,
소중한 몇 시간을 허비하는 기분이 드는데, 정작 무슨 일을 해야
이 얼마 안 남은 개인적 시간이 의미가 있을지 알지 못한다.

  잠을 자는 옵션은 애초에 배제된다. 다 읽지 못할 테니 책 한
권을 시작하는 것도 쓸데없는 일이다. 이미 수없이 해 온 근접전
훈련으로 재차 몸을 피로하게 하는 건 피하는 게 좋다. 게다가
사람들은 동료나 친구와의 작별 의식을 준비하지 않는 배려를
보였다. 벽 앞에 무릎 꿇고 앉아 명상하는 것은 스스로 금하게
된다. 밤이 끝나기 전에 대단히 효과적이고 구체적으로 검은 공간
한복판에 던져질 텐데, 존재하지도 않는 암흑을 엿보겠답시고
오늘 밤 고생하는 건 바보짓이 아닌가?

그래서 떠날 사람은 공항에서 비행기를 갈아타는
관광객처럼 한가하게 고독에 직면하게 된다. 그리고 시간을
허비함으로써 시간을 벌고자 한다. 그리고 정말로 하고 싶은
유일한 일을 하지 않으려고 싸운다. 가장 친한 여자 친구에게
전화하는 것 말이다.

　　가장 친한 여자 친구의 목소리를 듣는 것 말이다.

　　그녀에게 자기가 선택되었다고, 항해가 임박했다고 알려
주는 것 말이다. 이후로는 아무것도 없을 거라고, 공유할 수
있거나 말로 표현할 수 있는 건 한 줌도 없을 거라고, 이제는
오직 과도한 침묵만 있을 거라고, 오직 그것뿐이라고 알리는 것
말이다.

　　오직 그것뿐이라고.

　　심연.

　　가교(假橋)가 전혀 없는.

　　하지만 떠날 사람은 이날 밤 감정의 동요를 피하라는
명령을 받았고 초연한 태도를 유지하겠다고 맹세했다. 사람들과
사물들에 초연하겠다고 맹세했다. 하지만 예전 연애들에 대한
향수와 성적 혹은 유성적(有性的) 공모 관계에 대한 향수가
의식 밑에 있던 오래된 흉터를 다시 찢어 놓는다. 어떤 여자와,
사랑하는 여자와, 사랑했고 여전히 사랑하는 여자와 한 번
더 이야기하고 싶다는 생각에 시달린다. 비록 이러한 민감한
순간을 대비하여 상부에서 그 여자를 멀리 보내 버렸음에도
불구하고, 여러 해 전부터 작전과에서 그 여인을 닿을 수 없는
곳으로 보내고 음흉하게도 그 여인에게서 모든 현실적 성격을
박탈하여 육체성을 빼앗고 그녀를 환상적 존재로 만들고 순
가설적 연인으로 탈바꿈시켜 버렸음에도 불구하고, 떠날 사람은
그녀와의 연락을 다시 한 번 시도하고 싶어 한다.

　　5층 층계참에서 공용 전화기를 발견한다. 망설인다. 사람과
사물에 완전히 초연하지 못하다. 근처 복도에도 사무실들에도
사람이 없다 보니 더욱 망설이게 된다.

　　메블리도는 망설이고 있었다. 그의 동작이 점점 느려졌다.

　　그는 4층으로 내려가는 계단에 접어들었다. 그는 두 칸을
더 내려갔다가 몸을 돌려 다시 올라갔다. 모퉁이 탁자에 평범한

검은색 전화기가 놓여 있고, 근무시간이 끝나 문이 모두 잠기고 네온등만 작동하는 사무실 건물처럼 주변에는 움직이는 게 아무것도 없었다.

그는 수화기를 들었다. 전화번호를 눌렀다. 가장 친한 여자 친구의 번호였다.

"베레나 시우입니다." 베레나의 녹음된 목소리가 말했다. "원하시면 삐 소리가 난 뒤에 메시지를 남기세요."

"나야." 메블리도가 말했다. "목소리가 듣고 싶었어."

고요한 전자기음에, 헤아릴 수 없는 침묵 과잉에 변화가 생겼다. 누군가가 전화선 저편, 자동 응답기 쪽에서, 혹은 전화선에 설치된 옆 라인에서 엿듣고 있었다.

메블리도는 한숨을 억눌렀다.

"둘이서만 얘기하고 싶었는데," 그가 말했다. "누군가가 엿듣고 있네. 우리만 있을 때 다시 걸게."

3초가 흐른 뒤 딸깍 하는 전기음이 들렸다. 자동 응답기가 꺼진 것이다.

"메블리도, 자네인가?" 남자 목소리가 물었다.

"예, 맞는데요." 메블리도가 말했다.

"베레나 시우와 얘기하려는 건가?"

"예."

"불가능하다는 걸 잘 알잖아. 그녀는 이제 연락이 닿지 않아. 그녀에 대한 추억만으로 만족해야 해. 그녀는 이제 자네 전화를 받지 않을 거야, 메블리도. 오늘 밤이든 다른 날이든."

"그녀는 어디에 있어요?" 메블리도는 담담하게 들리리라 싶은 말투로 물었다. "당신들이 그녀를 어디에…. 그쪽은 디플레인인가요?"

"나는 슈만일세." 목소리가 즉시 대답했다. "디플레인을 대신해 전화교환대를 맡고 있지."

"아, 그러시군요." 메블리도가 말했다.

"그렇네."

"슈만, 베레나 시우는 지금 어디 있죠?" 메블리도가 고집스레 물었다.

"그녀는 전화를 받지 않을 거야." 슈만이 되풀이해 말했다.

"이보게, 메블리도, 이번에야말로, 그녀가 죽었다고 생각하면 그만이야. 설사 살아 있다 해도 자네의 기억 속에서나 그렇고. 자네가 그녀를 만날 수 있는 장소는 자네의 기억뿐이야."

"메시지를 남기고 싶어요." 메블리도가 말했다. "어찌 되었든 혹시 다른 곳에서 연락이 될 때를 대비해서요."

"그야 어려울 것 없지. 남길 말을 불러 주게." 슈만이 말했다.

"개인적인 건데요." 메블리도가 항의했다.

"아, 유치하게 구는 건 그만둬, 메블리도. 옛날 옛적부터 자네에게는 내밀한 영역이 없었잖아. 작전과에서 일한 이후로 자네에게는 이제 개인적인 게 전혀 없어. 우리가 그 점을 숨긴 적도 없고, 안 그래?"

대화가 잠시 중단되었다.

"자네가 베레나 시우에게 메시지를 남기면 우리 중 수십 명은 그걸 들을 거야." 슈만이 말했다. "괜히 요란 떨 것 없잖아."

메블리도는 더 이상 반응하지 않았다. 전화선을 타고 고른 숨소리가 들렸다. 어쩌면 그의 호흡인지도 몰랐다.

"얘기해 봐," 슈만이 격려했다. "받아 적을게."

"네 생각을 하고 있어." 메블리도가 다시 침묵을 지킨 뒤 중얼거렸다. "보고 싶어. 끝까지 네 생각을 할 거야. 끝이 어떻게 되든 네가 그리울 거야."

그 말을 끝으로, 슈만에게 인사도 없이 그는 갑자기 전화를 끊었다.

요원들에게 억압된 증오의 분출을 유발하는 것은 작전과가 잘하는 짓이었다. 요란스럽지는 않아도 분명히 지각할 수 있게 증오를 분출하게 했고, 이를 미안해하지 않았다.

도서관에 가기 위해서는 다른 건물로 갈 필요가 없었다.

열람실은 24시간 열려 있었지만 밤에는 언제나 눈에 띄게 한산해지는 것을 목격할 수 있었다. 메블리도는 이 열람실 저 열람실을 거닐었다. 사람이 거의 없어 보였다. 그는 아는 얼굴을 만나려는 게 아니었다. 단지 언제나 그에게 세상 변두리에 있는 친근한 기슭과도 같았던 장소에서 잠시 시간을 보내고 싶을 뿐이었다. 찾아볼 자료는 전혀 없었고 해변을 거닐듯 그곳을 거닐었다.

해변을 거니는 것처럼,

- 거대함에 눈부셔 앞이 보이지 않을 때,
- 영혼은 먼 곳에 매혹되어 있고,
- 자신의 현재와 평온한 관계를 유지하고 있을 때,
- 자기 자신의 무의미함과 평온한 관계를 유지하고 있을 때.

그는 약 40분 동안 대중없이 책장들 사이를 돌면서 백과사전 코너를 뒤지고, 아무렇게나 손에 집히는 책을 펼쳤다 덮었다 하고, 가끔은 케추아어나 블라트노이어나 한국어 사전에서 한 동사의 번역을 찾아보고, 여기서는 세균전에 관한 논문을, 저기서는 레오노르 이키토스의 산문시에 관한 대목을, 또 다른 곳에서는 존재사문(存在詞文)과 소멸사문의 어순을 다루는 문법 챕터를 읽었다.

그는 도서관 구역을 떠나 콘크리트와 흙 밑으로 300미터를 걸었으며, 이윽고 운동 시설을 따라 걷다가 격투기 도장 중 한 곳인 쿵후 도장의 문턱을 넘어 탈의실에 들어섰다. 그곳은 훈련 시간 전후처럼 조명이 매우 환했지만 외투 걸이에는 옷이 하나도 걸려 있지 않았다. 저녁 반 학생들은 이미 해산한 터였다. 최근에 닦은 바닥은 다 말라 있었다. 메블리도는 옷장 하나를 쓰기로 하고 수건과 세숫비누를 꺼내서는 옷을 벗고 가장 가까운 샤워실로 향했다.

그는 오랫동안 온수를 맞았다.

오랫동안 매우 쾌적한 온도의 온수가 몸 위로 흐르게 내버려 두었다. 수증기가 그를 둘러싸며 점점 짙어졌다. 물방울이 따닥따닥 소리를 내며 튀고, 후드득 떨어지는 물소리는 세상의 핵심이, 현실 세계의 중심이 되었으며, 물소리가 의식(意識)의 전면을 차지했다. 떨어지는 물은 그의 의식이었다. 그는 씻는 동작을 꼼꼼히 수행했는데, 그와 동시에 조금 전 그를 더럽혔던 무력한 분노의 방출을 닦아 내고 있었다. 슈만과의 유감스러운 사건 이후 도서관에서 어휘를 확인하면서 타고난 평정을 되찾을 수 있었지만, 남아 있는 짜증과 작별할 수 있게 해 주는 건 오직 이 뜨거운 물뿐이었다. 비누 거품이 그의 발 앞에서 너울댔다. 거품은 여러 갈래로 갈라져 복잡한 알파벳을 몇 개 그려 내더니 몇 분 뒤 사라졌다.

탈의실 반대쪽 끝에 있는 샤워 박스에는 누군가가 새로 들어와 샤워 꼭지 밑에 자리를 잡더니 메블리도처럼 수도꼭지를 잠글 생각을 하지 않고 휴식을 취하며 물을 튀겼다. 보는 사람이 없는 저녁 시간에 사람들의 눈길을 피해 훈련하기를 즐기는 사람이 고단한 운동 뒤에 기운을 회복하고 있는 게 분명했다. 그 사람이 반복적 멜로디를 흥얼거리는 게 들렸다. 주문(呪文)처럼 들리는, 멋대가리 없는 곡조였다.

메블리도는 물을 잠그고 옷을 개어 놓은 곳까지 맨발로 걸어가 물기를 닦고 옷을 걸친 뒤 채워야 할 단추를 채웠다. 15미터 너머에서는 익명의 후두가 음울한 음향대(帶)를 끈질기게 그려 내고 물이 계속 흐르며 거품을 내고 있었다. 샤워 박스 맞은편에는 땀에 젖은 쿵후 도복이 걸려 있고 벤치에는 검은색 추리닝 바지와 속옷, 운동복 셔츠, 흰 셔츠가 놓여 있었다. 기술 고문 엘리아 핑케가 그런 식으로 옷을 입었다. 메블리도는 그쪽으로 다가가 물 튀는 소리와 문을 뚫고 들릴 만큼 큰 소리로 외쳤다.

"핑케, 맞아요? 작별 인사 하려고요."

그 즉시 물 쏟아지는 소리가 멈췄다. 기술 고문이 샤워기를 잠근 것이다.

"메블리도, 당신인가요?"

"예."

"곧 떠난다면서요?"

"예. 내일요. 내일 아침요."

무거운 침묵이 3초간 흘렀다. 핑케는 심각하지 않은 말을 찾으려 애썼지만 아무것도 찾지 못했고, 이미 그는 메블리도의 기억에 새겨지고 있었다.

"준비는 됐어요?" 그가 결국 말했다.

"그런 것 같아요." 메블리도가 말했다.

"그러면…. 행운을 빌어요, 메블리도."

"고마워요."

"우리는 당신과 함께할 거예요." 핑케가 말했다.

"알아요." 메블리도가 말했다.

다시금 시간의 공백을 견뎌야 했다. 기술 고문은 이제 샤워 박스에서 움직이지 않았다. 이윽고 수도꼭지가 삐걱거리는 소리를 냈고, 즉시 물줄기가 다시 떨어져 내렸다.

찰랑거리는 물소리가 다시금 공간을 점령했다.

메블리도는 멀어졌다.

물이 줄줄 떨어지는 소리가 났다.

엘리아 핑케는 다시 노래를 부르지 않았다.

24

메블리도는 쿵후 도장 탈의실을 뒤로하고, 인적이 없는 넓은 회랑으로 접어들었다. 배회하기를 그만두고 거의 17년 전부터 살고 있는 작은 원룸으로 돌아가기로 결심한 터였다. 거처로 통하는 회랑에는 뚫린 구멍이 전혀 없었고, 대재앙 이후 지어진 군사용 복합 단지를 위해 군 건축가들이 권장하는 밝은 회색과 어두운 빨간색으로 인해 감옥 성채의 분위기가 감돌았다. 장갑 콘크리트 궁륭 밑으로 메블리도의 발걸음 소리가 울렸다. 그의 앞에도 뒤에도 신발 소리를 내는 사람은 없었다. 지하 3킬로미터에서 혼자 일상적 순찰을 도는 병사가 된 듯한 기분이었다.

이제 그는 집으로 돌아가고 있었다. 그곳에서, 자기 방에서 기다릴 것이다. 그곳에서 궤도 이탈을 기다릴 것이다. '궤도 이탈'이라는 거의 추상적인 전문용어로 이름을 붙여서 공포를 최소화하긴 했지만, 구체적으로 보면 그 순간은 진짜 살인과 하등 다를 게 없는 고통스러운 과정이었다.

그것이 바로 그곳에서 그가 기다려야 할 것이었다.

메블리도의 숙소는 중앙난방 보일러가 으르렁거리는 구역 위쪽에 있고, 보일러가 그렇게 가깝다 보니 소리 없는 진동이 밤낮으로 벽을 떠나지 않았다. 미약한 진동이라 늘 지각할 수 있는 건 아니었지만 가끔은 반대로 뭍에서 100해리는 떨어져 있는 화물선이 바다가 기름으로 되어 있고 엔진이 풀가동할 때 떨리는 소리를 연상시키기도 했다.

그는 문을 밀고 손으로 더듬거려 전기 스위치에 닿았다. 손바닥 밑에서 벽이 익숙하게 진동하고 있었다. 0.5초 뒤 스위치가 상하형 스위치 특유의 방식으로 자랑스럽고 단호하게 짤깍 소리를 냈지만, 전등 역시 소리를 내더니 찰나의 순간 뒤 빛의 방출을 멈췄다. 필라멘트가 나간 것이다.

메블리도는 침울하게 모음 하나를 내뱉었다. 긴축정책으로 각 아파트의 조명은 중앙 전등 하나로 제한되어 있었다. 지하 복도를 한 시간 동안 걸어가서 부속품 가게에서 새 전구를 달라고 하고 싶지는 않았으므로 출발 시간까지 어둠에 만족하거나 옆집에 가서 빛을 나눠 달라고 하는 수밖에 없었다.

그는 집에서 나와 몇 걸음을 옮겼다. 가장 가까운 문에 호수가 적혀 있었다. 그는 검지를 구부려 '1157 맹그를리앙'이라고 적힌 명패 옆을 두드렸다.

맹그를리앙은 작업용 탁자 앞에 앉아 있었다. 그는 글을 쓰고 있었다.

"전등을 빌릴 수 있을까?" 메블리도가 물었다. "내 전등이 나가 버려서."

"잠깐만." 맹그를리앙이 말했다. "한 문단만 끝내고."

그는 종이의 12센티미터가량을 더 채우더니 펜을 내려놓고 자리에서 일어섰다. 전구를 뺄 때 손가락을 데지 않으려고 이미 손에 행주를 들고 있었다. 그는 의자 하나를 천장 등 밑으로 끌고 갔다. 메블리도의 집과 마찬가지로 천장 등은 그 집의 유일한 광원(光源)이었다. 그는 어느새 의자에 올라서서 팔을 위로 뻗고 있었다.

"양초를 지급해 주면 좋을 텐데." 메블리도가 말했다.

"맞아, 양초, 그러면 좋겠지." 맹그를리앙이 말했다.

그는 워낙 깡말라서 굶주린 걸인처럼 보였고, 각진 얼굴은 글쓰기에 미친 사람 특유의, 텍스트를 앞에 두고 몇 달 동안 몇 시간씩 방 안에 틀어박혀 희미한 문자향(文字香) 말고는 아무것도 들이마시지 않는 자들, 할 줄 아는 딴짓이라고는 기력 회복에 거의 도움이 안 되는 신경 곤두선 잠을 자고 복잡한 용어 사전을 읽고 꿈을 꾸는 것밖에 없는 자들 특유의 푸르스름한 낯빛이었다.

소켓이 삐걱거리더니 방이 순식간에 어둠에 휩싸였다. 살짝 열린 문틈으로 들어오는 복도의 조명이 그나마 어둠을 완화시켰다.

"나 내일 떠나." 메블리도가 말했다.

맹그를리앙은 횃대에서 내려와 있었다.

"알아." 그가 말했다. "어제부터 최대 경계 태세야. 다들 소식을 들었어."

"디플레인이 그러더라. '맹그를리앙은 여기 남을 거야, 지원 팀으로.'"

"맞아. 자네 임무에 대한 보고서를 내가 쓸 거야."

이제 그들은 복도에 있었다. 메블리도는 알겠다는 미소를 지었다.

"적어도 자네라면 형용사가 모자라는 일은 없겠지." 그가 말했다.

"글쎄." 맹그를리앙이 말했다. "남들이 알아줄지는 모르는 일이지만."

"자네 문체는 남들과 달라." 메블리도가 말했다.

"아!" 맹그를리앙이 말했다. "자네를 빼면 여기서 내 노력을 알아주는 사람은 아무도 없어. 디플레인이나 슈만에게는 모든 보고서가 다 똑같아. 책상 위에 보고서가 놓이면 내용을 요약한 뒤에 서류함에 철해 버리는 거지."

그들은 메블리도의 작은 방 문을 밀고 들어갔고 눈이 보이지 않는 채로 움직이지 않으려고 문을 열어 두었다. 맹그를리앙은 고장의 정도를 파악이라도 하려는 양 스위치를 여러 번 눌렀다.

"근데 내가 될 사람 말이야…." 메블리도가 말을 끊었다.

"누구?" 맹그를리앙이 놀랐다.

"디플레인 말로는 내가 괜찮은 사람으로 환생할 거라던데. 어떤 사람인지 아는 거 있어?"

"응, 있어." 맹그를리앙이 망설이면서 말했다. "하지만 그 얘기는 안 할게. 영향을 주면 안 되거든. 뜻밖의 상황이 생길 수 있으니까."

"뜻밖의 상황이라니?" 메블리도가 말했다.

"우리가 모든 정보를 알고 있는 건 아니거든." 맹그를리앙이 말했다. "반세기 후에는 메블리도라는 이름의 남자가 현재 자네 나이가 될 거야. 반세기면 갈림길이 수천 번은 있을 수 있어. 중대한 갈림길이. 만약 아이가 범죄자 가족에서 태어난다면? 만약 우리 국에서 예상한 행로를 따르지 않고 그 행로에서 완전히 벗어난다면? 범죄자 무리에 가담한다면? 미쳐 버린다면?"

"어이구." 메블리도가 숨을 내쉬었다.

"걱정하지 마." 맹그를리앙이 말했다. "다 잘될 거야. 어찌 되었든 일단 그곳에 가면 아무것도 기억하지 못할 거야. 아니면 거의 아무것도. 전생이 있었다는 것조차 의식하지 못할 거야."

맹그를리앙은 스툴을 천장 등 밑에 갖다 놓은 터였다. 그는 의자에 올라섰다. 이제 그는 전구 교환에 착수하기 위해 앙상한 몸을 한껏 펴고 있었다.

"그리고 같은 구역에 다른 요원을 보내는 문제도 있고." 그가 말했다. "조금 나중에. 지원병으로."

"어떤 요원?" 메블리도가 물었다.

"여자야." 맹그를리앙이 말했다.

"내가 아는 사람이야?"

맹그를리앙은 머뭇거렸다.

"서로 제대로 알아야 한다 해도 그건 그곳에서일 거야." 그가 말했다.

"디플레인은 그에 대해 한 마디도 안 했어." 메블리도가 아쉬워했다.

바로 그 순간 새로 끼운 전구에 전기가 들어왔다. 전구는 지지직거리면서 잠깐 깜박거리더니 꺼져 버렸다.

"어딘가 접촉 불량인데." 맹그를리앙이 말했다.

"내가 보기에도 그래." 메블리도가 말했다.

"이제 이쪽 전구도 나갔네." 맹그를리앙이 말했다.

"정말 운이 없네." 메블리도가 말했다.

맹그를리앙은 다시 바닥에 내려섰고 스툴을 제자리인 메블리도의 작은 책상 밑에 갖다 놓았다. 그러고는 약 10초 동안 메블리도 앞에서 아무 말 없이 앞뒤로 몸을 건들거리다가 한숨을 쉬었다.

"그쪽도 마찬가지야. 아무것도 기억하지 못할 거야." 그가 말했다.

"응?" 메블리도가 물었다. "전구가?"

그들은 미소를 교환했다.

"그 여자가 어떻게 생겼을지 궁금하네." 메블리도가 미소를 짓고 난 뒤 말했다.

"디플레인은 언제나 떠나는 사람에게 최소한의 이야기만 해." 맹그를리앙이 말했다. "그는 임무가 잘 진행되도록 우연에 의존하지. 운명에."

"쳇, 그건 나도 마찬가지야." 메블리도가 말했다. "우리 부서나 디플레인을 믿으니 그쪽이 낫지."

실은 그는 다음 생에 관한 구체적 정보를 얻는 일에 크게 집착하지 않았다.

맹그를리앙은 메블리도의 책상 서랍을 열고는 그을린 전구를 그 안에 넣은 뒤 다시 닫았다.

"둘 다 어둠 속에 있어야겠네." 그가 말했다.

"처음엔 마지막 몇 시간을 빛 없이 보내면 짜증 날 거라고 생각했어." 메블리도가 말했다. "그래서 자네 집에 전등을 찾으러 간 거야. 하지만 결국 그건 중요하지 않아."

"그 덕에 눈을 쉴 수 있지." 맹그를리앙이 말했다.

"보고서 서두를 쓰고 있었어?" 메블리도가 물었다.

"응." 맹그를리앙이 말했다. "하지만 정말로 작업에 착수하는 건 내일 아침부터겠지."

"차 한잔할까?" 메블리도가 물었다.

"좋지." 맹그를리앙이 말했다.

메블리도는 개수대로 가서 차 끓이는 그릇을 씻고 가스를 켜고 끓는 물을 찻잎에 부었다. 찻잎이 1분 동안 우러난 뒤 그는 맹그를리앙 쪽으로 돌아가 찻잔을 건넸다.

문은 여전히 약간 열려 있었고 그들은 복도에서 들어오는 조명의 도움을 받았지만 잘 보이지는 않았다. 그들 주위로 방의 벽이 아주 천천히 흔들리고 있었다.

"작별 파티치고는 웃긴데." 메블리도가 말했다.

"작별 파티는 다 이래." 맹그를리앙이 말했다.

그러고 나서 그들은 차를 마셨다.

그들은 차를 마셨고, 다시금 무의미한 문장 몇 개를 주고받았으며, 메블리도는 의복과 책들을 넣어 둔 여행 가방을 맹그를리앙에게 주었고, 자정 무렵 두 사람은 헤어졌다.

벽과 바닥이 흔들렸다.

보일러가 아래층에서 으르렁거렸다.

보일러는 그렇게 메블리도가 깜박 잠이 들 때까지 으르렁거렸고, 심지어 그때도 진동은 계속되었으며, 불꽃의 음악은 침묵하지 않았다. 어떤 식으로든 오래전부터 우리 안에

있는 그 파괴와 여행의 멜로디는, 잠든 동안 각자가 자신의
삶이나 자신의 죽음과 혼동하는 멜로디는 침묵하지 않았다.

불꽃의 음악은 침묵하지 않았다. 나중에 맹그릴리앙은
보고서에 이렇게 썼다. 이 파괴와 여행의 멜로디는, 미지(未知)와
무지(無知)를 이해하고 사랑하게 만드는 데 제격인 그 걸걸하고
화성적(和聲的)이고 한결같은 노래는, 어떤 식으로든 우리
안에 있고 까마득한 옛날부터 우리 안에서 쉬고 있는 이
침울한 아우성은, 움직이지 않고 기름지고 무겁고 가 볼 수
없고 매혹적이고 귀먹었고 물이 없고 냄새가 없고 빛을 발하고
새까맣고 무한 외의 구조가 없고 빛깔이 없고 다정함이 없는
바다로부터 주술적으로 나온 듯한 이 침울한 아우성은 침묵하지
않았다. 완전히 새까만 태초의 바다를 메블리도는 눈을 감으면서
빨간색, 오렌지색이라고 상상했고, 잠자는 동안 그의 내부에서
모든 의식, 모든 지력이 꺼져 가는 와중에 그는 그것이 정말로
친절하고 오렌지색이며 상냥하고 매혹적인 것을, 빨갛고 그를
환대하는 것을, 오렌지색인 것을 볼 수 있었다.

25.

40년 동안 환생과 여행을 위해 훈련을 받기는 하지만 실제로는 어떤 출발도 다른 출발과 비슷하지 않다. 누가 올지, 정확히 어떤 일이 일어날지 절대 미리 알 수 없다.

1남 2녀의 궤도 이탈 요원들은 예상보다 일찍, 새벽 네 시 반경, 건물 전체가 혼수상태에 빠져 있을 때 메블리도의 집에 나타났다.

그들은 소리를 내지 않고 복도를 걸었다. 빗장이 걸리지 않은 문을 두드리지 않았고, 소리 나지 않게 문을 밀었으며, 열린 문틈으로 한 명씩 들어와서는 조용히 문을 닫았다. 남자가 스위치를 눌렀다. 천장 등이 켜지지 않자 그들은 어둠에 눈이 익숙해지도록 잠시 가만히 있었다. 복도의 빛이 바닥에 붙어 새어 들어왔다. 순식간에 그들은 그 빛만으로 움직여 메블리도 쪽으로 이동할 수 있었다.

메블리도는 그들이 도착하는 소리를 듣지 못했다. 1분 전까지만 해도 그는 비몽사몽의 우물에 빠져 있었다. 그들은 라디에이터가 발산하는 열기에도 불구하고 감색 니트 스웨터로 단단히 무장하고 하이킹화를 신은 채 흐트러지지 않은 침대에 여행 복장으로 누워 있는 그를 발견했다. 얼핏 보면 대기실에서 잠든 산악인 같았다. 그는 무의식 상태에서 빠져나왔고 갑자기 그들이 자기 위에 유령같이 서 있음을 알아차렸다. 그들은 거의 움직이지 않았으며 프로의 시선으로 그를 주시하고 있었다.

그들은 당장은 그의 침대를 에워싸고 있는 것으로 만족하며 그를 만지려 하지 않았다.

그들은 모두 벌레처럼 홀딱 벗은 상태였다.

벌레처럼, 그렇다, 아니면 갓 태어난 아기처럼, 하지만 그건 중요치 않다, 매우 단순한 현실을 묘사하려는 것에 불과하니까. 어떤 옷도 그들을 가리고 있지 않았던 것이다. 기실 그들은 곧 메블리도를 인도하여 무(無)를 통과할 예정이었다. 그런데 그 무에서는 인공물을 조금이라도 소지하면 그것이 살아 있는 생명체에게 장애가 되어 그들을 굼뜨게 만들고 귀로를 막는다. 이들이 벌써부터 옷을 모조리 벗고 천 조각 비슷한 것 하나 걸치지 않은 건 그 때문이었다. 그들은 팬티조차 걸치지 않았고 그리하여 천한 일을 할 때 사형집행인에게 필요한 위엄마저 잃었다. 하지만 그들의 즉각적 임무가 에로티시즘과는 전혀 무관하고 관능성과는 일말의 관련도 없었으므로, 그들은 이런 신체 노출을 절대적으로 무관심하게 받아들였다.

두 여자는 날씬했다. 둘 중 키가 작은 쪽은 풍성한 머리칼로 가슴의 일부를 가렸다. 어둑어둑하여 눈에 띄게 두드러지진 않았지만 여인의 머리칼은 강렬한 검은색으로, 예컨대 태양광이나 무대조명을 받으면 푸른 반사광이 생길 수 있는 반짝이는 검은색으로 보였다. 그녀는 서른 살이 안 되었고, 얼굴 생김새를 볼 때 조상이 만주인이나 한국인임을 알 수 있었지만, 미적인 기준에서 보면 몸매도 얼굴도 그다지 눈에 띄지는 않았다. 그녀는 단단하고 위협적인 느낌을 풍겼다. 사나운 여자일 거라는 생각이 들었다. 일주일 전 구내식당에서 메블리도는 그녀의 옆자리에서 저녁을 먹었었다. 오늘 새벽 자기 침대 근처에서 벌거벗은 모습으로 만나리라고는 당연히 상상도 못 한 채. 당시에는 무뚝뚝한 여자라고 생각했다.

두 번째 여자는 더 호리호리했고, 역시 극동계 외모였다. 검은 머리칼은 귀를 덮었지만 어깨까지 내려오지는 않았다. 마흔 살 정도로 짐작되었다. 그녀는 자신의 동료와는 비교도 되지 않을 만치 가냘프고 아름다웠다. 굉장히 예뻤다. 얼굴에 미소가 거의 없긴 했지만 동료처럼 퉁명스러운 여학생을 연상시키는 게 아니라 두려움을 모르는 여신을 연상시켰다.

남자 요원의 경우에는 알몸이다 보니 기품이 없고 작달막한 털 없는 포유류에 불과해 보였지만, 그와 동시에 분명히 유도에 능할 것 같고 어떤 시련에도 굴하지 않는 냉정함을 갖춘 건장한 군인의 모습이었다. 나이는 마흔다섯에서 쉰 사이로 보였다. 그는 그룹에서 연장자의 위치였다.

메블리도는 회의장이나 구내식당에서 그들을 이미 여러 번 마주친 적이 있고, 그들의 이름을 알고 있었다.

• 타티아나 우투가이, 머리가 길고 호감이 가지 않는 젊은 여자.

• 사미야 충, 매우 아름다운 40대.

• 세르게이예프, 남자.

그는 손짓으로 그들에게 인사를 했고 거역의 의사를 일절 내비치지 않으며 침대 가장자리에 앉았다. 그는 허리띠에 손을 얹고 있었다. 허리띠를 풀어야 할지 말지 알지 못했다. 그들 앞에서 어떻게 행동해야 하는지 알지 못했다.

"옷을 벗을 필요 없어요, 메블리도." 세르게이예프가 말했다. "당신에게는 그런 건 전부 상관없어요."

"그런 것이라뇨?" 메블리도가 말했다.

"주의 사항들요." 세르게이예프가 말했다. "유의해야 할 주의 사항들요."

"무엇 때문에 유의해요?" 메블리도가 물었다.

그는 자기 목소리의 소리를 존재하게 만들고 싶은 쓸데없는 욕구를 느꼈다.

"죽음 때문이죠, 잘 알잖아요." 타티아나 우투가이가 어깨를, 벌거벗은 여인의 어깨를 으쓱하며 말했다.

그 순간 복도의 타이머 전등이 꺼졌고, 15미터 간격으로 배전선에 연결되어 있음을 알리는 야등이 교대했다. 방 안의 어둠이 몇 단계 짙어졌다. 메블리도 주위의 이미지는 전보다 더 불분명해졌다.

애를 쓰면 여전히 밝은 살갗, 배와 다리의 곡선 부위, 세르게이예프의 기품 없는 성기 덩어리, 몇몇 검은 반점 — 머리카락, 입, 유륜, 음부의 세모꼴 털 뭉치 — 을 분간할 수 있었다. 하지만 그 이상을 보려면, 예컨대 시선이 어디를 향하고 있는지를 알려면 상상력에 의존해야 했다.

메블리도는 사미야 충 쪽으로 몸을 돌리면서 그녀가 말하는 것을 아직 듣지 못해 아쉬웠다. 대화를 나누고 싶은 사람은 그녀인데 그 형체를 거의 알아볼 수 없어 안타까웠다. 그녀 안의 무언가가 베레나 시우를 떠올리게 했다. 꼿꼿한 체형의 우아함, 숨 쉬는 방식, 존재하는 방식, 혹은 노골적으로 말해 그녀의 미모가 그랬다. 그는 몇 초간 그녀와, 지성과 지성 사이의 정신적 접촉이 이뤄질지 모른다는 희망에 집중하다가, 어둠이 그의 노력을 묻어 버리고 시간이 흐르고 있었으므로 이를 단념했다.

그는 긴장을 풀고 사소한 것들에 시선을 두었다.

"준비됐어요." 그가 말했다.

아무 말 없이 사미야 충이 메블리도를 가까이서 감시하던 동료들로부터 떨어져 나왔다. 그녀는 자신감 있게 부엌 공간 쪽으로 네 걸음을 내디뎠다. 부엌 공간의 구성은 어느 집이나 같았다. 싱크대, 개수대, 붙박이장, 가스통에 연결된 버너, 스툴, 벽에 고정된 낮은 탁자가 있었다. 메블리도는 소리와 냄새로 그녀의 동작을 재구성하고 있었다. 그녀는 이동하고 움직였고, 어둠이 그녀를 삼켜 버렸고, 그녀가 지나간 곳에서는 공기가 흔들거렸다. 향기의 소용돌이가 표류하다가 메블리도에게까지 이르렀다. 최근에 사용한 세숫비누 향기로, 정향과 장미가 주성분이었다.

부엌에서 사미야 충은 메블리도가 자기가 떠난 뒤 맹그릴리앙이 물려받을 수 있도록 모아 둔 물건들을 뒤적거리기 시작했다. 그녀는 보이지 않게 식기 틈을 뒤지고 가루 세제 상자를 흔들었고, 숟가락 하나를 떨어뜨렸지만 줍지 않았다. 그녀는 무언가를 찾고 있었다. 차가 담긴 통이 열렸다 닫혔고 통 뚜껑은 통과 재회하며 한숨을 내쉬었다. 그러고 나서 사미야 충의 손이 싱크대 위의 벽을 더듬는 소리가 들렸다. 그녀의 두 손은 집요하게 벽면을 돌아다니며 콘크리트를 만졌고, 약 30초 뒤 그녀는 이렇게 말했다.

"창문으로 나가야겠어요. 그러면 한 시간 동안 지하 복도를 걷지 않아도 되죠."

그녀의 목소리는 꽤 평범했는데, 이에 메블리도는 실망했다. 흔히 팜 파탈의 특징으로 여겨지는, 밤마다 현실에서든 꿈속에서든 문장 끝에 마주치고 싶은 허스키한 목소리나 과장된 톤이 아니었다. 그건 벽을 더듬는 행동력 있는 여성의 평범한 목소리였다.

보일러가 아래층에서 계속 부르릉 소리를 냈다.

밤은 평온했고, 복도는 조용했으며, 누구도 타이머 전등을 켜지 않았고, 이웃의 누구도 자면서 신음 소리를 내거나 말을 하지 않았다. 아주 멀리, 층계참에 위치한 화장실에서 누군가가 변기 물을 내렸다. 문 하나가 닫혔고, 그 뒤로는 어떤 외부 소음도 울리지 않았다.

"창문이 없는데요." 메블리도가 말했다. "건물 이쪽은 벽이 2미터 두께이고 창이 없어요."

사미야 충은 대꾸하지 않았다.

보일러가 부르릉 소리를 내고 있었다.

"뚫린 데가 전혀 없어요. 이곳의 집들은 지하실과 비슷해요." 메블리도가 덧붙였다.

싱크대에서 주전자가 컵에 부딪혀 소리를 냈다.

사미야 충은 거추장스러운 스툴을 치웠다. 숟가락 하나가 또 바닥에 떨어졌다.

어느 홈인지 몰라도 철판 하나가 날카로운 소리를 내면서 미끄러졌다. 누가 물어봤다면 메블리도는 자기 집 주방에 그런 철판이 있는 줄 몰랐다고 했을 것이다.

"메블리도, 무슨 소리예요? 창문이 없다니." 사미야 충이 말했다.

"그러니까," 메블리도가 항의했다. "보면 알 것 아니에요."

그는 상대가 자기 말을 안 믿는 데 불만을 품은 채 엉덩이를 매트리스에서 떼고 자리에서 일어났다.

타티아나 우투가이와 세르게이예프는 그가 적대적인 동작을 준비하거나 복도로 달아나기라도 하려는 것처럼 즉시 신속하게 달라붙었다. 타티아나 우투가이는 왼쪽에서 그의 길을 막았다. 그녀의 피부는 사미야 충을 따라다니는 향기보다 봄 냄새가 강한 향기를 풍겼다. 더 초원 같고 더 푸르른 향기였다. 젊은 여인은 레몬 향 샴푸로 머리를 감고 나왔다. 세르게이예프 역시 깨끗한 냄새가 났다. 욕실에서 나온 게 틀림없었고 겨드랑이에 박하 향 방취제를 바른 상태였다.

타티아나 우투가이는 메블리도의 왼쪽 소매를 잡더니 팔을 비틀어 마비된 손을 견갑골에 붙였다. 고통과의 간격은 허술한 1밀리미터에 불과했고 그것은 언제든 뛰어넘을 수 있는 간격이었다.

"우스꽝스럽게 굴지 마요, 메블리도." 그녀가 그의 귓가에 중얼거렸다. "필요하면 망설이지 않고 탈골시킬 테니까."

메블리도는 그녀보다 머리 하나는 크고 체격이 더 좋았지만, 그녀는 그를 완벽하게 통제했으며, 그는 그녀의 전문가다운 결단력, 인체 골격과 팔다리의 내밀한 형태에 대한 지식을 인정했고 심지어 감탄했다. 최고 요원들의 전유물인 간결하고 망설임 없는 동작이었다. 그는 그녀의 차분한 숨결을, 그를 제압할 때 수축조차 하지 않는 그녀의 근육을 짐작했고, 그녀의 벗은 미지근한 피부, 그녀의 들꽃 향기를 들이마셨다. 그녀는 눈에 띄지 않게 더 세게 조였다. 그는 아팠다.

"그런 게 아니라…." 그는 말을 더듬었다.

"그만해, 가자." 세르게이예프가 말했다.

세르게이예프는 그의 다른 쪽 팔을 잡지 않았지만 그의 오른쪽 옆에 바짝 붙어, 앞으로 가라고 메블리도의 등을 툭툭 두드렸다.

그들은 부엌 공간에 도착했다. 조이기 기술 때문에 팔을 움직일 수 없어서 메블리도는 허리를 굽힌 채 온순히 걸었다. 사미야 충의 실루엣 너머의 벽이 새까맸다. 벽에는 구멍이 하나도 없었다.

"아무리 그래도," 메블리도가 말했다. "창문이라니. 보면 알겠지만 벽에는."

타티아나 우투가이는 잡은 손의 힘을 약간 풀고 긴 머리의 여인들이 종종 하는 것처럼 머리를 가볍게 흔들었다. 극도로 검은 머리칼이 처음에는 우에서 좌로, 다음에는 좌에서 우로 메블리도의 스웨터를 비질하듯 스치더니 사라졌다. 레몬 향 샴푸 냄새가 짙어졌다. 세르게이예프는 여전히 메블리도를 붙잡고 있지 않았는데, 어쩌면 지근거리에 있는 것만으로 자신의 뛰어난 기술을 과시하는 건지도 몰랐다. 그가 경계를 풀지 않고 있는 게 느껴졌다. 건들거리는 음경과 묵직한 고환과 박하 향을 뿌린 겨드랑이의 세르게이예프는 메블리도가 아주 조금만 예상 밖의 움직임을 보이더라도 개입하여 막을 태세였다.

그때 사미야 충이 앞으로 나아가 메블리도와 합류했다. 그녀가 그의 오른쪽 어깨를 건드렸다.

"여기로." 그녀가 청했다.

메블리도는 무얼 하라는 건지 이해하지 못했다. 사미야 충의 목소리가 말하는 '여기'라는 게 어떻게 생겼는지 알 수 없었다.

타티아나 우투가이는 설명하는 대신 그의 손목을 위쪽으로 끌어당겼다. 악랄한 고통이 팔뚝의 힘줄을 관통하더니 더 멀리 몸통으로 퍼져 나갔다.

"망설이지 않을 거예요." 그녀가 상기시켰다.

바로 그 순간 세르게이예프가 슬그머니 그의 뒤로 오더니 그의 오금에 발길질을 하여 한쪽 다리를 무너뜨렸다.

메블리도는 어깨너비가 레슬링 선수 같고 격투기를 충분히 알고 있어 반격할 수도 있었지만 그냥 당하고 있었다. 그는 싱크대 쪽, 사미야 충 쪽으로 쓰러졌다.

그는 반항할 의사가 전혀 없었다. 그는 이런 일에 정신적으로 준비되어 있었고, 오늘만 해도 위원회 앞에서의 엄숙한 선서를 통해 '이동'의 시련에, 이어서 '여행'의 시련과 '환생'의 시련에 반항하지 않고 복종할 것임을 재확인한 바 있었다. 그는 '궤도 이탈'이 언제나 추악한 양상으로 진행된다는 것을 모르지 않았으며, 첫 번째 갑문을 건너려면 심리적으로 학대당하고 투쟁 정신을 박탈당하며 신체적 층위에서는 무너지고 무기력해지고 엉클어진 헝겊 뭉치 수준으로 떨어질 것임을 알고 있었다. 그는 그것을 받아들였었다. 받아들이겠다고 말했었다.

그는 신음 소리를 억눌렀고, 사미야 충이 이끄는 대로 자신의 흉곽을 싱크대 모서리로 떨어뜨렸다.

넘어진 건 거의 아프지 않았지만, 이제 그는 균형을 잃고 뭔가 기괴해 보이는 비스듬하고 굴욕적인 자세를 취하고 있었다. 타티아나 우투가이는 그가 두 다리를 싱크대 붙박이장 쪽으로 붙이게 만들었다. 그녀는 무릎과 엉덩이를 이용해 그를 옴짝달싹 못 하게 만들고 쥐고 있던 관절을 더 세게 비틀었다. 메블리도의 어깨에 이어진 부위는 이제 죽은 암탉의 끔찍하게 꺾인 발육부전의 날개만큼도 자율성이 없었다. 세르게이예프는 이제 메블리도의 다른 쪽 팔을 움직이지 못하게 하고 있었고 그들에게 다가와야 하는 사미야 충에게 자리를 비켜 주려고 옆으로 물러서면서 그 팔을 뒤로 당겼다. 타티아나 우투가이는 향긋한 머리칼을 흔들어 메블리도를 덮었다. 그녀는 메블리도의 뒤쪽에 몸을 바싹 붙여 문어처럼 달라붙었다.

누군가의 발가락 끝이 조금 전에 떨어진 작은 숟가락에 부딪혔다.

그리고 측정하기 어려운 휴지기(休止期)가 이어졌다.

1초. 혹은 어쩌면 2초. 혹은 10초.

컵 하나가 선반 위에서 흔들렸다.

호흡과 심장박동이 느껴졌고, 멀리 또 다른 깊숙한 곳에서 보일러의 규칙적인 부르릉 소리가 들렸다.

아무것도 분간하지 못하던 메블리도는 설거지통 위쪽, 알루미늄 개수대 근처에서 반사광을 본 듯한 느낌이 들었다. 은도금을 한 회색 날이었다. 사미야 충이 수도꼭지 밑에서 면도칼을 쓰고 있을 거라는 생각이 떠올랐지만, 사실 두 눈이 믿을 만한 것을 전혀 전달해 주지 않았으므로 장담할 수는 없었다. 이제 그와 사미야 충 사이에는 간격이 없었지만 현재로서는 닿을락 말락 하는 상태였다. 그녀는 그의 우측에 아주 가까이 있었고, 다른 두 사람과는 달리 그와 닿을락 말락 했다. 그녀가 무엇을 하는지 이해가 되지 않았다. 어쩌면 바로 그곳, 싱크대 위에서 손을 꼼지락거리고 있는지도 몰랐다.

목을 겨우겨우 활 모양으로 숙이고 나니 앞에 있는 수도꼭지, 스펀지 수세미, 주방용 세제, 비누 조각이 분간되었다. 희미하게 악취를 풍기는 수도관의 습기가 메블리도의 콧구멍으로 파고들었다가 곧바로 사미야 충의 몸에서 나온 발산물의 공격을 받아 제압되었다. 40대의 미녀가 갑자기 그의 위로 쭈그리더니 한쪽 등을 껴안았다. 메블리도의 주위에서 정향 섞인 벌꿀 냄새가 되살아나고 장미 향이 밀려왔다. 그녀가 갑자기 그에게 몸을 기대자 오른쪽 귀와 오른쪽 뺨에서 감동적이게 말랑말랑한 젖가슴이 느껴졌고, 그는 매우 아름다운 사미야 충의 얼굴을, 이제는 극도로 가까운 그 얼굴을, 아시아인 비극 배우나 여신의 얼굴을, 매우 반짝이는 그녀의 두 눈을, 사랑을 할 줄 아는 두 눈을 그려 보았다. 정신적 유약함 때문에 그리고 시간 부족으로 인하여 그는 그녀의 눈을 베레나 시우의 눈과, 기억에 남아 있는 베레나 시우의 눈과 혼동하고 있었다.

"봐도 모르겠는데요. 도대체 어느 창문으로…." 그는 파리한 목소리로 으스댔다.

"그럼 이건 뭔데?" 누군가가 말했다.

타티아나 우투가이의 체중이 굉장히 무겁게 눌러 왔고,

그녀는 그의 다리에 몸을 끼우고 그의 손목을 점점 강렬하게 가차 없이 비틀었다. 세르게이예프는 나름의 수법으로 그의 손가락 관절을 포개지게 짓눌러 팔을 꼼짝 못 하게 만들었다. 세르게이예프가 조이는 힘의 축을 1센티미터 옮기자 메블리도의 오른쪽 옆구리가 완전히 마비되었다.

사미야 충의 왼손이 메블리도의 머리를 뒤로 당기려고 그의 머리카락을 더듬어 올라갔지만 머리카락 길이 때문에 제대로 잡을 수가 없다 보니 두개골을 따라 이마까지 계속 올라갔고 손가락 끝으로 눈두덩을 잡았다. 그제야 메블리도가 보이지 않는 창문을 볼 수 있도록 그의 머리를 세울 수 있었다.

그 순간 모든 이가 메블리도와 살이 닿아 있었고 메블리도와 굳게 결속되기라도 한 것처럼 메블리도에게 바싹 붙어 있었다.

메블리도는 눈을 뜨고 있었지만 망막은 더 이상 메시지를 수신하지도 발신하지도 않았다. 이해 가능한 메시지의 시대는 종말을 맞이한 것이다. 현재 진행 중인 사건이 어떤 것인지 제대로 파악하기란 불가능해져 있었다. 그는 다른 사람들이 어떤 일에 몰두하고 있는 것인지, 궤도 이탈에 이미 착수한 것인지 아닌지, 창문이나 뚜껑 문이나 다른 것을 열고 있는 것인지 궁금했다.

사미야 충은 메블리도의 목을 부러뜨리거나 눈꺼풀을 상하게 할 위험을 무릅쓰고 ― 눈꺼풀에서부터 두개골을 붙잡고 있었으므로 ― 그의 머리를 계속 치켜들고 있었다. 그랬다, 그건 분명 면도.

면도칼.

그녀가 메블리도의 턱 밑에, 싱크대의 물구멍 위에 활처럼 대고 있는 건 분명 면도칼이었다.

26

그들은 창문으로 나왔다.

사미야 충에게 떠밀려 메블리도가 구멍을 맨 먼저 통과했고 세르게이예프가 가까이서 그를 뒤따랐다. 타티아나 우투가이가 그다음이었다. 그들은 외부의 수직 벽면에 겨우겨우 매달렸고, 20미터 혹은 그 이상인 낭떠러지를 발밑에 둔 채 우선 벽돌에 몸을 바싹 붙이고는 꼼짝 않고 있었다. 사미야 충은 무리 중 맨 마지막이었다. 그녀는 마치 싱크대와 그 끔찍한 광경 위에서 되도록 오래 숨을 쉬고 싶다는 듯 끝까지 머리를 건물의 암흑 속에 남겨 둔 채 뒷걸음치면서 바깥으로 기어 나왔다. 본능적으로 메블리도는 길을 가기 전에 그녀를 기다려야 한다는 것을 이해했다. 그녀 역시 높다란 벽에 달라붙어 허공에서 불안정하게 균형을 잡을 때까지 그는 움직이지 않았다.

아무도 말을 하지 않았다.

네 사람 모두 어둠과 추위에 젖은 채로 얼어붙은 땅바닥 쪽으로 전진하기 시작했다. 벽돌들 사이에는 요철과 틈새가 많았고, 결빙을 막으려고 유리섬유로 토시처럼 싸 놓은 수도관이 군데군데 삐죽삐죽 튀어나와 있었다. 잡을 곳은 매번 있었다. 맨손 등반의 달인이 아니더라도 내려가는 건 크게 어렵지 않았다.

메블리도는 신발을 신고 있었고 특히 암벽등반은 수천 시간을 훈련한 과목이라 꽤 수월하게 움직였다. 반면 그의 동행들은 애를 먹고 있었다. 메블리도의 위쪽에서 그들이 신음하는 소리가 들렸다. 그들은 생체적 위상이 달라지지 않은 탓에 검은 공간으로의 진입은 특수 훈련으로도 완전히 극복할 수 없는 두려움과 고통을 의미했다. 그들은 자연 이하의, 현실 이하의 적대적 환경에서 알몸으로 이동하고 있었고, 깨어나거나 죽음으로써 그곳에서 벗어날 가능성이 없었으므로 그들을 휘감은 채 모공과 기관지로 매초마다 쉴 새 없이 침투하는 추악한 것의 포옹을 감내해야 했다. 아무리 단련을 해도 그토록 삭막한 체형(體刑)을 평온히 받아들일 수는 없는 법이다.

한편 메블리도는 살아 있기 위해 싸울 필요가 없었고, 싱크대에서의 일 이후로 좀비나 골렘도 그렇게 할 수 없을 정도로

침착하게 무(無)에 맞서고 있었다. 이제는 세르게이예프와
타티아나 우투가이가 그의 팔을 뒤로 비틀고 있지 않고, 사미야
충이 그의 목에 면도칼을 쑤셔 넣지 않았으므로 미래가 덜
음울해 보였다. 궤도 이탈이 완료되고 '여행'이 시작되었으며
작금의 목표는 다른 관문을 통과하는 것, 경계선 — 그가 마침내
다시 삶을 시작할 수 있는 순간 — 을 넘는 것이었다. 그건 이전
단계만큼 고통스러운 것이 아니었다.

　그가 보기에는 그곳에, 이 새로운 목표에 도달하기 위해
남들의 도움이 필요할 것 같지 않았다. 싱크대 위에서 사미야
충에게 이끌려 머리를 창문 건너편으로 집어넣었을 때, 자기
피부가 강장제와도 같은 바깥의 습기를 흡수하고 있음을 느꼈을
때, 그는 하마터면 몸을 돌려 다른 이들에게 혼자 알아서 할
수 있을 거라고, 누군가가 검은 공간의 고통과 고뇌 속에서
그를 호위하지 않아도 경계선으로 가는 길을 찾을 거라고 말할
뻔했다. 하지만 그 즉시 그는 건방져 보일까 두려웠고, 그래서
갑문 너머에서 싸늘한 어둠이 그의 몸을 에워싸고 흘러내리는
동안 한마디도 하지 않았다. 그는 말을 하려고 고개를 다시 주방
쪽으로 넣으려 하지도 않았다. 구멍으로 그의 몸을 밀어넣고 있는
사미야 충의 두 손에 복종했다.

　그는 의복 덕에 찰과상을 피하면서 수직의 파이프를
따라 미끄러져 내려갔고, 마침내 신발 밑에 땅바닥이 닿는 게
느껴졌다. 그의 위쪽에서는 벌거벗은 동행자들이 등산가의
자세와 자신감 없는 동작으로 움직이고 있었다.

　세르게이예프 역시 땅바닥에 내려섰고, 이윽고 타티아나
우투가이도 내려섰다. 그들은 서로 떨어졌다. 메블리도는 사미야
충의 움직임을 계속 바라보았다. 그녀는 이제 4미터만 내려오면
되었다. 그녀는 여러 차례 망설이면서 천천히 움직였다. 그녀는
오른쪽에 돌출된 파이프 하나를 잡으려고 팔을 뻗었다. 파이프를
감싼 유리섬유가 찢어졌고, 그녀는 잡은 손이 풀리면서 떨어져
내렸다. 그녀는 바로 메블리도의 발치에 쓰러졌다.

　그녀는 비명도 지르지 않고 단단한 점토 위를 굴렀다.
　그녀의 머리가 성에로 덮인 진흙 둔덕에 부딪혔다.
　이 추락 이후 맹그를리앙이라면 무엇이라 썼을지 상상이

된다. 그녀의 머리는 성에로 덮인 진흙 둔덕에 부딪혔다, 라고
썼으리라. 그녀는 아시아인답게 여전히 몸과 얼굴이 매우
아름다웠으며, 점점 더 알몸이 되어 갔다.

거기서 1미터 떨어진 곳에서는 타티아나 우투가이와
세르게이예프가 벽돌에 등을 기댄 채 숨을 헐떡이고 있었다.
대기가 — 만약 대기라는 게 있었다면 — 실어 오는 물질이 그들의
호흡기관에 별로 적합하지 않은 게 분명했다.

반면 메블리도는 폐 속을 돌아다니는 기체의 성질에 더
이상 영향을 받지 않았다. 사람과(科)의 배아로 환생할 때까지는
어떤 생리적 문제도 걱정할 필요가 없었다. 가끔은 그의 흉곽이
부풀어 올랐다 수축했다 하는 게 보였지만 실은 순전히 흉내에
불과했다. 이렇게 호흡하는 척 연기하는 것은 첫째로 말을 하는
데 필요한 공기를 얻기 위해서였고, 부차적으로는 남들과의
차이점을 과시하고 싶지 않아서였다. 다른 쪽과 관련해서도 그는
여기서 생명이 있는 척했다.

싸늘한 밤기운이 뼛속까지 파고들었다.

바람 한 점 없었다.

사미야 충은 얼어붙은 땅에 머리를 부딪친 참이었다.

그녀는 점점 더 알몸이 되어 갔다.

구름 사이로 별 몇 개가 인색하게 희미한 빛을 발산하면서
반짝였다. 이곳이 싱크대 앞보다는 조금 나은, 하지만 크게
낫지는 않은 공간임을 알 수 있었다.

메블리도는 사미야 충 쪽으로 허리를 굽혀 그녀가
일어나도록 도와주었다. 그녀는 사지를 떨고 있었다. 그녀의 작은
가슴이 수축하고 배가 회색빛을 띠는 게 보였다. 무릎에서는
피가 흘렀다. 그는 그녀가 조금 전, 그러니까 천 년 전에, 방 안에
퍼뜨렸던 정향과 장미 향을 다시금 그녀의 몸에서 맡았다. 익히
아는 그 향기에 이제는 짠맛이, 불안과 상처의 맛이 결합되었다.

"힘든 일이군요, 당신에게도." 그가 말했다.

"그래요." 그녀가 인정했다.

그녀는 꽉 다문 턱을 풀지 않았다. 그녀는 잇새로 말했다.

"뭐 도와줄 것 있어요, 사미야?"

"아니요."

"사미야라고 불러도 괜찮아요?"

"예."

"살이 까졌어요?"

"아니요. 그게, 예, 약간요."

그는 그녀를 끌어당겨 품에, 아주 따뜻한 스웨터에 안았다. 그는 스웨터를 입을 권리가 있었지만 그녀는 아니었다. 그는 그녀를 껴안았다. 동지답게 포옹했다. 그녀는 약간 몸을 맡기고, 그가 제공하는 동정심과 온기를 구하며 몸을 웅크려 그에게 약간 기댔다.

그녀는 그렇게 10여 초 동안 휴식을 취했다. 눈물을 흘리지는 않았지만 울먹이는 듯 어깨가 흔들렸다.

"나 혼자 가면 어떨까요?" 그가 제안했다.

"안 돼요." 그녀가 말했다.

"내겐 별것 아니에요. 그냥 앞으로 쭉 가기만 하면 되잖아요." 메블리도가 고집을 부렸다.

"안 돼요." 그녀가 말했다. "우리가."

"설사 여기서 멀다 해도," 그는 말을 계속했다. "똑바로 가기만 하면 되는걸요."

"아니요." 그녀가 말했다. "우리 없이는 성공하지 못할 거예요."

그녀는 메블리도에게서 떨어졌다. 그녀는 세르게이에프, 타티아나 우투가이와 합류했다. 땅딸막한 군인과 기분 나쁜 여인이 이미 그녀를 감싸 안고 있었다. 그들은 기운을 공유하려 했다. 메블리도를 예정된 장소까지 데려갔다가 돌아오려면 기운이 굉장히 필요했다. 그들은 그러려고 했지만 실제로 해낸 건 함께 덜덜 떨고 숨을 못 쉬어 헐떡거리는 것뿐이었다.

세 동행이 약간이나마 기력을 회복하기를 기다리면서 메블리도는 떠나온 건물을 올려다보았다. 그곳에는 전등 빛이 하나도 없었다. 문이나 창문이 없는 거대한 벽면이 어둠 속에 서 있었다. 벽면은 여러 갈래의 외벽 파이프나 벽돌들의 수평선으로 아주 희미하게 여러 개의 층으로 나뉘어 있었다. 각 층의 높이는 어마어마했고 어쨌든 정상적인 건축물에 부합하지 않았다. 메블리도는 첫 번째 갑문을, 그들이 하강을 시작한 장소를 찾아보려고 그 거대한 표면을 살펴보았다. 아무것도 보이지 않았다. 창문은 그들이 통과한 뒤 곧바로 벽이 되기라도 한 것 같았고, 그 장소를 알려 주는 시멘트나 새 벽돌로 갓 생긴 티가 나는 흔적도 없었다. 세 번째 층부터는 시선이 길을 잃어 높은 벽면의 검은색이 밤하늘의 검은색과 구별되지 않았다. 건물 전체를 조망하기는 불가능했고, 저기 뒤에 열과 빛을 알았거나 알고 있는 세상이 존재한다는 상상은, 원룸에서, 체육관에서, 훈련실에서, 통제실에서, 스터디 룸에서 일을 했거나 일을 하며 잠을 자고 꿈을 꾸는 남녀로 이루어진 사회가 존재한다는 상상은 단념하게 되었다.

정적은 깊었고 오래 지속되었다. 이윽고 멀리서 소총 소리가 들려 정적이 깨졌다. 겉보기와는 달리 이 어둠에도 어떤 형태의 단체 활동이 있는 것이었다.

메블리도는 무리에게 다가갔다. 그의 눈이 타티아나 우투가이의 찡그린 얼굴에 고정되었다. 그녀의 긴 머리칼은 이제 어지럽게 늘어져 있었다. 머리칼이 헝클어져 그녀가 젊은 마녀처럼 보였다.

"들었어요?" 그가 말했다.

몇 초 동안 아무도 일언반구도 없었다.

"지체하면 안 될 것 같아요." 메블리도가 다시 말했다.

"그쪽 의견 물은 적 없어요, 메블리도." 타티아나 우투가이가 말했다.

메블리도는 대꾸하지 않고 가만히 있었다. 타티아나 우투가이와 다투는 건 어리석은 일이라 여긴 것이다. 그는 이 여자와 처음부터 사이가 나빴고 이후로도 무슨 일이 있어도 그 점은 달라지지 않을 것이었다.

"됐어." 세르게이예프가 말했다. "이제 갑시다."

그들은 벽면에서 멀어졌고, 사미야 충을 선두로 일렬종대로 전진하기 시작했다.

먼 곳에서 또 다른 소총 소리가 들렸다. 사격 소리는 그들 앞에 있는 어둠의 한 구역으로부터 나오고 있었다. 한참 동안 조용하다가 가끔씩 총소리가 끼어들었고, 여행자들을 둘러싼 정적에 대해 꼭 무슨 말을 해야겠다면 어찌 되었든 정적이

지배적이었다고 할 수 있었을 것이다.

소리를 가장 많이 내는 이는 큼직한 신발을 신은 메블리도였다. 그는 자기 앞으로 조명이 거의 없는 오솔길을 1미터가량 분간할 수 있었고 바로 뒤에서는 사미야 충의 지극히 창백한 다리와 엉덩이를 알아볼 수 있었다. 사미야 충은 3분의 1킬로미터를 뒤도 돌아보지 않고 주파했고, 그다음에는 타티아나 우투가이에게 길을 뚫는 수고를 맡겼으며, 이후로는 두 사람이 빈번히 교대했다. 두 여인은 알몸이라 애를 먹었다. 그들은 예리한 모서리의 조약돌들이 섞인 빙판 덮인 진창을 걸으면서 물이 유리처럼 날카롭게 깨지는 웅덩이를 만나거나 달팽이 껍질이나 쓰레기를 밟을 때마다 매번 속도를 늦췄다.

풀은 드물거나 죽어 있었다.

그들은 그래서 신발을 신지 않고는 통과할 수 없는 쓰레기 밭을 여러 차례 일렬로 우회했다.

가끔 지평선에 조명탄이 솟았지만 충분히 높이 올라가지 못했고, 어쨌든 너무 멀다 보니 그들이 걷고 있는 장소를 밝히는 데에는 도움이 되지 못했다. 주변 풍경은 거의 짐작할 수 없었다. 약간이나마 보이는 풍경은 단조롭고 나무가 없는 침수된 벌판을 떠올리게 했다.

간헐적이기는 해도 사격은 그치지 않았다. 15분 뒤 총소리가 더욱 뚜렷하게 울리더니 총소리와 총소리 사이의 시간적 간격이 줄어들었다.

갑자기 훨씬 가까운 곳에서 총성이 터졌고 1초 뒤 메블리도는 탄환이 그르렁거리는 소리를 들었다.

그들은 걸음을 재촉했다. 길에는 자갈이 있어 맨발의 허약한 생물에게 쉴 새 없이 상처를 입혔다. 메블리도의 동행들은 셋 다 점점 숨소리가 혼란스러워지며 커졌고 그들의 목구멍에서는 듣기 끔찍한 쉰 소리가 새어 나왔다.

"물가에 곧 도착해." 세르게이예프가 알렸다.

"잠깐 쉬면 어떨까?" 사미야 충이 물었다.

"아직 안 돼." 세르게이예프가 말했다.

"나는…. 나는 더 못 버티겠어." 사미야 충이 고백했다.

"계속 가야 해." 세르게이예프가 말했다.

그들의 목소리는 짤막짤막한 속삭임과 비슷했다.

"둑에 트럭이 보이는 것 같아." 타티아나 우투가이가 머리카락을 통째로 뒤로 넘기면서 말했다.

"아!" 세르게이예프가 말했다. "그렇다면, 그래, 쉬어도 돼."

두 여인은 그에게 다가갔고 그들은 즉시 조금 전 높은 벽면 밑에서처럼, 둥지 속에서 서로 들러붙는 눈도 못 뜬 새끼 새들처럼, 어깨와 팔이 얽힌 하나의 무리가, 처량하게도 짐승 같은 삼인조가 되었다. 그들은 서로 몸을 비벼 댔다. 그들은 짧은 탄식을, 정다운 동지애를, 숨결을 교환했다. 그들을 괴롭히는 것, 그들 몸속에서 두근거리면서 모든 것을 파괴하는 공포감은 아주 희미하게만 그려 볼 수 있었다.

메블리도는 따로 떨어져 있었다.

뜬금없게도 갑자기 문학적 기억이 그의 뇌리를 스쳤다. 그의 기억은 현재의 시련과 관련 있는 소설의 한 장(章)을 그의 내부에 투영했다. 맹그릴리앙이 픽션 작품 하나의 결말로 사용한 장면이었다. 맹그릴리앙은 그런 종류의 텍스트도 집필했던 것이다. 국에서 그에게 기대하거나 시키는 것에는 전혀 부합하지 않는 서사물, 시적 서사물이었다. 그는 그런 글을 배포할 생각 없이 자기 자신을 위해 썼고, 만약 그 글을 읽는 것을 그가 용인한다면 그건 오직 같은 층의 이웃들이 그 글들을 좋아해서 보여 달라고 간청했기 때문이었다.

메블리도는 제목을 잊은 이 책의 마지막 에피소드를 떠올렸다. 파괴할 수 없는 존재가 사형선고를 받고 그를 만날 수 있는 유일한 장소인 그의 꿈속에서 처형되었다. 깊이 잠든 채로 그가 눈을 뜨니 무기도 옷도 없이 그를 찾아온 사형집행인들이 땅 위에 보였다. 그 암살자들은 꿈의 세계들을 관통하느라 중독되고 거의 죽음에 이른 상태였다. 그들은 바로 1남 2녀였다. 그들은 숨이 막혀 동작이 굼뜨고 피부는 시퍼레졌으며 방의 입구에서 추위에 덜덜 떨고 있었다. 어떤 무기에도 상처를 입지 않는 존재인 그는 침대를 떠나 그들에게 다가갔고, 난폭하게 복수라도 하려는 양 그들을 주시했지만 자기를 파괴할 임무를 맡은 이 세 명에게 동정심을 느꼈다. 그것이 이 악몽의 지독한 메커니즘이었다. 그는 침략자들을 손쉽게 해치울 수 있다는 사실을 무시한 채 그들을 위로했고, 그들에게 몸을 기울여 말을 걸었다. 그의 주위에 설치된 동정의 덫이 그렇게 완성되었다. 그의 방어 수단은, 파괴에 대한 그의 저항 능력은 하나하나 힘을 잃어 갔다. 동정과 연민이 그의 장갑(裝甲)을 녹여 버렸고, 그는 마침내 그때까지 그의 삶을 지배해 온 원칙과는 모순되게도, 달아나고 싶은 욕구를 완전히 잃고 초연하게 죽음을 만나러 갔다.

손가락 까딱할 만큼의 시간 동안 책의 그 구절이 그의 앞에 떠다녔다. 그러다 곧 사라졌다.

이윽고 메블리도는 사미야 충, 세르게이에프, 타티아나 우투가이에게 돌아왔다. 이들은 여전히 청승맞은 소리를 내면서 서로 꼭 붙어 있었다. 이들 무리 저편의 밤은 여전히 깜깜했고, 메블리도는 아무리 노력해도 타티아나 우투가이가 보았다는 트럭을 찾을 수 없었다. 강변은 분명 매우 가까웠다. 귀를 기울이면 조명탄으로 인해 수차례 빛을 발하는 하천의 물소리를 들을 수 있었다. 풀잎, 갈대 사이에서 잔물결이 찰랑였고, 약간 더 먼 곳에서는 얼음 조각들이 삐걱 소리를 내며 한데 겹쳐지고 흐르는 물속에서 서로 부딪혔다. 마그네슘 불꽃 덕에 넓은 수면이 모습을 드러냈고, 반사된 빛들이 기름처럼 짙은 거대한 곡선들 위를 달리고 있었다. 그곳에 흐르는 건 강이었고, 강이 해방되고 있었다. 봄의 해빙이 시작된 것이다.

메블리도가 해빙을 생각하고 있을 때 아주 가까운 곳에서, 200미터도 안 되는 곳에서 따닥따닥 소리를 내며 자동화기 속사(速射)가 시작되었다.

"메블리도, 몸을 숙여요!" 타티아나 우투가이가 명령했다.

메블리도는 그 말을 따랐다. 그는 몸을 웅크렸다.

"빨리." 세르게이에프가 말했다. "트럭까지 뛰어간다."

빽빽이 얽혀 있던 알몸들이 해체되었다.

타티아나 우투가이가 메블리도에게 달려들었다. 그는 머리카락이 허공으로 치솟는 느낌이었다. 그녀가 그의 스웨터 소매를 잡아당겼다.

"가요!" 그녀가 다시 명령했다. "몸은 계속 낮추고!"

그녀는 이미 그를 가차 없이 끌고 가고 있었다. 어느새 모두가 오물, 통조림 깡통, 깨진 그릇, 넝쿨식물의 단단한 줄기를 밟으며 빠른 걸음으로 걷고 있었다. 그들은 울퉁불퉁한 지면과 발에 걸리는 물건들을 신경 쓰지 않고 몸이 두 동강 나기라도 한 것처럼 허리를 굽힌 채 급히 전진하고 있었다. 방향을 강 쪽으로 잡은 터였다.

쉰 걸음 정도 가니, 그들을 기다리던 차량에 이르렀다. 운전석이 좁고, 바닥은 10여 명을 방수포 밑에 수용하여 수송할 수 있게 개조한, 튼튼하고 평범한 작은 군용 트럭이었다. 차의 앞부분은 돼지 주둥이와 흡사했다.

세르게이예프는 운전석 문을 열고는 발판을 딛고 올라가 운전석에 앉았다. 사미야 충은 오른쪽 문 앞에 도착해 있었다. 그녀는 문의 잠금장치를 풀고 문에 달라붙어 몸을 고통스럽게 몇 차례 뒤틀더니 세르게이예프 옆의 앞쪽 빈 좌석에 주저앉았다. 두 사람 모두 100퍼센트 염소를 함유한 연무에 노출된 병사나 인간 모르모트처럼 숨이 가빴다.

다시금 사격이 있었다. 총알들이 근처에서 울부짖었다. 물어뜯고 싶어 하는, 한시바삐 땅이나 살갗에 박히고 싶어 하는 총알들의 욕망이 들렸다.

"어서, 메블리도, 서둘러요!" 타티아나 우투가이가 짜증을 냈다.

그녀는 메블리도가 차 뒤쪽에 타기를 원했다. 방수포의 가죽 벨트가 끌러져 있어 열린 틈으로 들어갈 수 있었지만 우선은 세워져 있는 적재함 문을 타고 올라가야 했다. 메블리도는 허공에 매달렸고 자세를 바로 세운 뒤 안쪽으로 굴러 들어갔다. 타티아나 우투가이는 그에게 도움을 청하지 않고 곡예사처럼 신속하게 뒤따라 올라갔다.

트럭에서는 축축한 텐트 천 냄새가 났다.

메블리도는 손으로 더듬어 세르게이예프 바로 뒤에 앉았다.

타티아나 우투가이가 어둠 속에서 비틀거리는 소리가 들렸다.

운전석과 뒷자리 사이에는 격벽이 없고, 뒷자리에는 나무판자로 된 긴 의자 두 개가 측면에 고정되어 있었다. 타티아나 우투가이는 다시 한 걸음을 내딛더니 사미야 충의 좌석 뒤쪽 바닥에 쓰러졌다. 이제 그녀는 메블리도를 마주 보고 있었다. 질식과 싸우려고 팔다리를 이상하게 벌리고 있다 보니 다른 곳에서라면 음란하다고 여겨졌을 꼴사나운 자세가 되었다. 그녀는 더 이상 숨을 쉬지 못했다. 몇 초간의 헛된 시도 끝에 그녀는 두 다리를 가슴께로 모으고 두 팔로 감쌌다. 이제 그녀는 긴 의자에 등을 기댄 채 아즈텍이나 나스카의 미라를 연상시키는 자세로 몸을 접고 있었다. 하지만 완벽히 미라를 연상시키는 건 아니었던 게, 여기서는 무덤의 관념에 육체적 곤궁과 고통의 관념이 중첩되고 있었던 것이다. 이제 그녀의 머리카락은 바닥까지 늘어져 있었다. 그녀는 몸을 구부렸다. 불쾌한 경련과 죽음의 숨결로 고통받으며 배를 구부렸다. 아마도 1분 전 살갗에 박히고 싶은 욕망을 울부짖던 총알 중 하나를 맞은 모양이었다.

그녀는 딸꾹질을 하다가 조용해졌다. 그녀는 2초 동안 꼼짝 않더니 고통받는 나스카 미라만이 할 수 있는 자세로 몸을 뒤틀었고, 다시금 딸꾹질을 하다가 조용해졌다.

앞 좌석에서는 사미야 충이 그에 상응하는 고통을 겪고 있었다. 이번엔 그녀가 몸을 모아 끔찍한 태아의 자세를 취했고 몸이 뻣뻣해졌다. 그녀의 입에서는 텅 빈 소리가 나와 정적에 부딪히고 있었다. 기침과 구역질과 기도가 섞인 소리였다.

한편 세르게이예프는 몸을 쪼그리지도 비비 꼬지도 않았지만 그렇다고 해서 상태가 동료들보다 나은 건 아니었다. 처음에 그는 머리를 앞 유리창에 대고 가쁜 숨을 몰아쉬며 교통사고를 당한 사람처럼 핸들 위에 몸을 숙이고 있었다. 1분 뒤 그는 정상적으로 앉는 데 성공했지만 검은 공간의 독(毒)이 계속해서 그의 생체 조직과 의식 내부를 새까맣게 태웠다. 그는 최대한 숨을 참으려고 노력하는 동시에 경련을 하며 한숨을 쉬었다. 그렇게까지 고통받지 않을 방법을 찾느라 그의 폐가 헛되이 애쓰는 소리가 들렸고 그런 상태에서 어떻게 운전할 수 있을지 알 수 없었다.

메블리도는 앞 좌석에 몸을 붙이고 세르게이예프에게 속내 이야기라도 하려는 듯 고개를 내밀었다. 승객과 운전사 사이에 칸막이가 없다 보니 그런 동작이 가능했다.

그는 머리를 짧게 깎은 세르게이예프의 목덜미, 불룩하고 탄탄한 어깨, 박하 향 나는 땀 냄새를 분간할 수 있었다. 강

건너편 아주 먼 곳에서 조명탄이 올라오더니 천천히 하늘의 한 귀퉁이를 찢었다. 그 순간 그는 세르게이예프의 피부가 작은 회색 물방울로 젖어 있음을 눈치챘다. 물방울 몇 개가 응결되어 흘러내렸다.

"세르게이예프," 메블리도가 말했다. "당장 출발해야 해요. 혹시…."

"알아." 세르게이예프가 말했다.

"원하신다면 내가 운전해도 돼요." 메블리도가 말을 계속했다. "길을 알려 주시고요. 차의 속도도…."

세르게이예프의 귀가 메블리도의 입 옆에서 흔들렸다. 머리 전체가 흔들렸다. 거부를 표명하는 것이었다.

"이봐, 메블리도." 세르게이예프가 으르렁거렸다. "자네는 자네의 임무가 있고 우리는 우리의 임무가 있어."

그는 의자에서 몸을 똑바로 세웠다.

"자네가 움직일 차례가 되면 움직여. 하지만 그때까지는…."

"어쩌면 내가…."

"아니야, 자네가 할 수 있는 건 하나도 없어." 세르게이예프가 그의 말을 끊었다.

그는 기어를 중립에 놓는 중이었다. 레버가 움직였고, 스프링이 뻣뻣해지거나 느슨해지는 소리가 들리더니 곧 조용해졌다.

세르게이예프는 시동을 걸지 않았다. 심지어 열쇠를 돌리려 하지도 않았다. 핸들에 열쇠 비슷한 게 있었다면 말이다.

바깥에서는 조명탄이 막 꺼진 참이었다.

그들이 조금 전 지나온 쓰레기장 한 곳에서 총성이 울렸다. 세르게이예프의 왼쪽에서 사이드미러가 산산조각이 났다.

세르게이예프는 기어를 잡은 손을 풀지 않았다. 그는 기어의 위치를 다시 한 번 바꾸더니 중립에 놓았다. 차가 흔들렸다. 경유나 그 어떤 연료와 관련된 연소 소음도 냄새도 없었다. 트럭은 서서히 얼음 덮인 물 쪽으로 똑바로 나아갔다. 세르게이예프는 진로를 변경했고 아주 느린 속도로 헤드라이트를 켜지 않고 강둑을 따라 달리기 시작했다. 그는 그렇게 운전하는 법을, 처절한 알몸에 아픈 몸으로 냉혹한 어둠

속 울퉁불퉁한 땅 위의 웅덩이와 잔해를 뚫고 운전하는 법을
훈련한 게 분명했다.

그들은 덜컹거리면서 10분 동안 강을 바싹 붙어 따라갔다.
트럭은 삐걱거리면서 흔들리고 차체가 기울었다가 다시 균형을
잡곤 했다. 때로는 질퍽한 지면에서 바퀴가 미끄러지기도 했다.
때로는 땅이 서리로 뒤덮인 물결 모양 양철 지붕과 흡사하기도
했다. 때로는 진로를 완전히 차단하는 갈대숲에서 길을 뚫어야
했다. 갈대 줄기들이 부러지는 소리를 냈다. 갈대 줄기들이
방수포를 계속 긁어 댔다. 어둠 때문에 색깔을 잃은 말라붙은
갈댓잎이 앞 유리창에 흩뿌려지거나 삐걱거리면서 앞 유리창을
쓸어 가곤 했다.

트럭의 보닛 밑에서는 부르릉 소리가 전혀 들리지 않았다.
세르게이예프의 수련 과정에는 분명 엔진 없는 기계를
다루는 수업도 있었을 것이다.

두 여인은 계속 눈을 감고 있었다. 그들의 입에서 미약한
탄식이 흘러나왔다. 차의 요동에 그들은 이쪽저쪽으로
흔들렸으며, 어떨 때는 긴장을 풀고 나스카 자세를 단념하곤 발을
바닥에 놓고 앉기도 했지만, 고통과 불안이 다시금 너무 강해지면
그 즉시 몸을 완전히 웅크렸다. 그들은 또다시 움츠러들었다.

"멀어요?" 메블리도가 물었다.

"아직 150킬로미터는 가야 해." 세르게이예프가 말했다.
"백오십몇 킬로."

메블리도는 분간할 수 있는 한도 내에서 앞 좌석의 사미야
충을 바라보았고, 바닥에 있다가 결국 그의 맞은편의 긴 의자로
올라간 타티아나 우투가이를 쳐다보았다.

그는 트럭을 좌우로 가로질러 가 그녀의 옆에 앉았다. 그는
그녀의 무릎을, 손을 만졌다. 그녀의 살갗은 판지처럼 말라 굳어
있었다. 끔찍이도 차가웠다.

"몸을 덥혀 줄까요, 타티아나?" 그가 물었다. "몸을 붙여서
덥혀 줄까요?"

"아니요." 그녀가 죽어 가는 목소리로 말했다.

"타티아나라고 불러도 돼요?"

"아니요."

그는 다시 세르게이예프의 뒤로 가서 앉았다.

"저 두 사람 버틸 수 있을까요?" 그가 물었다.

"그러는 자네는?" 세르게이예프가 말했다. "그러는 자네는, 메블리도?"

27

트럭이 강둑 위로 그럭저럭 달리기 시작하자마자 총성이 멎었다.
세상은 여정 초반의 몇 분만큼이나 조용해졌다. 마지막 마그네슘
불꽃이 그들의 왼쪽에서 녹고 있는 강물을 비췄다. 불꽃은 그들
주위의 넓은 갈대밭, 얼어붙은 물웅덩이, 길의 부재를 드러내
주다가 곧 꺼졌다. 그 어떤 불꽃도 뒤따르지 않았다. 그 뒤로는
오직 미약한 별빛만이 어둠을 가르고 있었다. 보이는 이미지들이
드물어졌다. 이미지들이 천편일률적이었다. 이미지들은
한결같이 검었다. 특수 훈련을 받았음에도 불구하고 망막은
그것들을 이미지로 받아들이는 데 어려움을 겪었다.

　　그들은 느린 속도로 나아갔다. 세르게이예프는 앞쪽에
보이는 것보다는 기억에 의존해 운전을 하는 것 같았다. 그는
가끔 자기 혼자만이 갑자기 식별한 무서운 장애물을 마지막
순간에 피하기라도 하려는 듯 핸들을 격렬히 돌렸다. 차체 밑에
나뭇가지들이 부딪혔다. 바퀴는 빙판을, 울퉁불퉁한 진창을 밟고
달렸다. 갈대가 아직도 보닛과 방수포를 할퀴고 있었다.

　　얼마 후 지형이 달라졌다. 타이어는 뭔가 차도임이 분명한
것을 밟고 있었다. 식물들의 속삭임이 멎었다. 강 주변을 벗어난
것이다. 트럭은 속도를 높였다.

　　그러자 엔진 소리가 여전히 없는 까닭에 일종의 투박한
밤의 정적이 메블리도와 동행들 주위에 깔리기 시작했다. 차가
달리는 중이라 차 옆문의 홈과 차 뒤쪽을 덮은 방수포의 틈
사이로 바람이 씽씽거렸다. 이 변변찮은 멜로디와 서스펜션의
삐거덕 소리를 제외하면 이제 여정의 깜깜한 정적을 깨뜨리는 건
아무것도 없었다. 승객들도 운전사도 입을 열어 말하지 않았다.
추위는 지독했다. 옷의 보호를 받지 못하는 두 여자와 한 남자는
잔혹하게 추위의 공격을 받고 있는 게 분명했다.

　　그 누구도 불평하지 않았다.

　　메블리도는 가끔씩 타티아나 우투가이의 음란한 자세를
엿보면서 그녀의 맞은편에 앉아 있었다. 그녀는 고통에 대처하는
전술을 자주 바꾸었다. 어떨 때는 긴 의자의 위나 밑에서 몸을
오그리려 해 보기도 하고, 어떨 때는 반대로 능지처참 형을 흉내

내기라도 하려는 듯 사지를 한껏 펴기도 했으며, 어떨 때는 긴 머리칼에 얼굴을 감추고는 축 늘어지기도 했다. 끔찍한 고통의 끔찍한 춤이었다. 그런 고통을 덜어 줄 수단이 없었으므로 메블리도는 다른 곳을 쳐다보려 했다. 그는 시선을 돌려 옆 유리창과 앞 유리창 너머에 어떤 광경이 펼쳐지는지 살펴보려 했다. 그의 시선은 중간중간 피로의 한숨을 내뱉는 세르게이에프 너머로 나아가지 못했으며, 그는 몸이 경직되어 죽은 것처럼 보이는 사미야 층을 훑어보았다. 앞 유리창 건너편에는 아무리 작은 빛도 어둠을 꿰뚫지 못했다.

어둠은 여전히 철벽 같았다.

메블리도는 이미 몇 킬로미터나 달렸는지 계산해 보고 싶었다.

경계선까지 아직 몇 시간이나 남았는지 알고 싶었다.

그들이 정확히 무엇을 꿰뚫고 가고 있는 것인지 알아내고 싶었다.

하지만 그는 알아내지 못했고 타티아나 우투가이 앞에서 눈을 반쯤 감은 채 자기 안에 침잠했다.

별일 없이 세 시간을 달린 뒤 칙칙한 회색이 나타나기 시작했다. 그 회색은 사방의 시야 어느 한 곳에서 온 것도, 하늘에서 온 것도 아니었다.

여명을 흉내 내겠답시고 더러운 거품이 땅 밖으로 새어 나오기라도 한 것 같았다. 언덕과 총림으로 이루어진, 파괴된 농가와 거마창 때문에 추해진 풍경이 파노라마처럼 조금씩 모습을 드러냈다. 빛은 그렇게 솟아나다가 5분 뒤에는 더 밝아지지 않고 해저의 어렴풋한 밝기 수준에서 멈춰 버렸다. 하지만 여러 세대 동안 버려져 있던 몇 킬로미터의 전쟁터가 눈에 들어오는 데에는 그것만으로 충분했다. 그곳에는 점토의 추억이, 최초의 전 세계적 살육의 추억이, 폭탄 살해의 추억이나 점토 속 신체 절단의 추억이 존속했다.

한편 하늘은 밝아지기는커녕 오히려 정반대였다. 하늘은 한없이 타르 색이고 한없이 무채색이었다. 하늘은 검은 피치[24]

---

24. 타르를 증류할 때 생기는 흑색의 탄소질 고형 잔류물.

같은 검은색이었고 이제 별이 하나도 없었으며 심지어
별이나 우주 공간 같은 개념도 없었고, 천궁(天穹)이라는 말에
'궁륭(穹隆)'의 측면이 남아 있긴 하지만 '천(天)'이라는 수식어는
점점 어울리지 않아 보였다.

　　세르게이예프는 고통으로 경련을 일으키며 핸들 위로
쓰러졌다. 두 주먹을 너무 꽉 쥐어 손가락 연결 부위의 피부가
찢어졌다. 피가 상처의 가장자리에 고였고, 분량이 충분해지자
딛고 있던 곳을 떠나 거품 모양으로 합쳐지더니 운전석 안에서
부유하기 시작했다. 이제 고분고분하지 않고 말랑말랑한
구형의 액체들이 세르게이예프와 사미야 충 사이를 표류하고
있었다. 예컨대 실험용 우주선에서 무중력상태로 원숭이를
살해할 때, 지구 궤도나 그에 비견될 만한 구체의 궤도에서
무슨 일이 일어날지 보겠다는 구실로, 혹은 과학·연구·외과
기술의 진보라는 구실로 침팬지나 실험용 개의 내장을 들어낼
때 우리는 동일한 현상을 목격할 수 있다. 그럴 때면 피가 작은
공 모양으로 살인자-선원들 주위를 배회한다(하지만 돈을
받고 일하는 해설자는 그 살인자-선원들을 계속 우주인이라고
부른다). 그리고 피는 연구의 주된 목적이 아닌 어떤 힘에 밀려
영상 속에서 하늘 역할을 하는 것에 조금씩 달라붙는다. 피는
희생의 제단 바로 위에 있는 우주선 벽면에서 이상한 작은
떼를 이룰 것이다. 나는 그것을 본 적이 있고, 어쩌면 당신도
마찬가지일 것이다. 그 장면을 떠올리면 나는 지금도 구역질이
난다. 지금 이곳은 우주왕복선이 아니라 검은 대기 중이지만
여명이나 가짜 여명의 어둑어둑한 빛 속에서는 진회색이었던 이
주홍색 구체들은 잠시 방황하더니 곧 무중력상태인 것처럼 굴기
시작했다. 주홍색 구체들은 잔류력을 따르고 있었고, 서서히 앞
유리창 위, 백미러 뒤나 천장이 시작하는 곳에 도달했으며, 서로
합쳐지지 않은 채 차량의 요동에 맞추어 흔들리고 춤을 추었다.

　　비록 몸속 피를 적잖이 잃고 어둠 때문에 내면이 유린되어
모든 부분이 죽은 것처럼 보였지만 세르게이예프는 경탄할
만한 용기로 버티고 있었다. 그는 과시하지 않고 말없이 전방에
집중하며 어떻게든 더 멀리 가려는 의지를, 불굴의 의지를
구현하고 있었다.

메블리도가 그에게 몸을 기울였다.

"곧 도착할까요?" 그가 중얼거렸다.

"아직 40킬로미터는 남았어." 세르게이예프가 말했다.

"내가 대신 운전할까?" 사미야 충이 세르게이예프에게 물었다.

메블리도와 세르게이예프의 짧은 대화가, 그녀를 그들이 직선의 단조로운 시멘트 도로를 달리기 시작한 이래로 몇 시간 전부터 미라처럼 빠져 있던 혼수상태의 심연으로부터 끄집어낸 것이다. 그녀는 눈꺼풀을 떼지도 못한 채 좌석에 기대어 몸을 둥글게 말고 있었다. 그녀는 고개도 들지 않고 질문한 것이었다.

"조금 있다가." 세르게이예프가 말했다. "돌아올 때."

20미터마다 시멘트 포석과 포석 사이의 틈 때문에 승객들이 튕겨 올랐다. 앞 유리창 위쪽에서 부유하던 구형의 핏방울들 역시 흔들렸다.

"경계선에 메블리도를 내려놓은 다음에." 세르게이예프가 덧붙였다. "그가 갑문에 들어간 다음에."

"그래." 사미야 충이 말했다.

타이어가 슈우 하는 소리를 냈다.

문틈으로 공기 들어오는 소리가 났다. 단순하고 연속적인 멜로디였다.

"알아어." 그녀는 움직이지 않고 말했다. "돌아올 때."

제동장치가 삐걱거렸다.

작은 철제 부품들이, 방수포를 고정한 후크, 뭔가 문제가 있는 베어링, 차 뒤쪽 어딘가의 체인 조각이 덜컹대는 소리도 들렸다.

타티아나 우투가이가 자리에서 일어났다. 그녀는 흔들거리면서 적재함 문 위, 방수포의 트인 곳까지 걸어갔다. 그녀는 머리를 바깥으로 내밀었고 그녀가 토하는 소리가 들렸다. 그녀는 곧 자리로 돌아와 다리를 벌리고 다시 앉았다.

차량 내부에서 다른 소음이 들리지 않았다면, 죽어 가는 사람들을 실은 착륙 직전의 글라이더라고 해도 믿었을 것이다.

또다시 반시간이 아무 말 없이 흘러갔다.

메블리도는 들판을 바라보았다. 이제는 좌석 등받이와

세르게이예프의 어깨 너머로 들판을 여유 있게 세세히 살펴볼 수 있었다. 폭탄 구덩이들과 잘게 찢긴 나무줄기들을 세는 게 지겨워지자 그는 길동무들을 훑어보거나 그들의 머리 위에서 떨고 있는 구슬 모양, 공 모양, 달걀 모양 핏방울의 수를 세었다.

그의 방이나 강가에서는 대략적으로만 보이던 이 1남 2녀가 드디어 뚜렷하게 보였다. 어렴풋한 빛 속에서 그들의 외설적인 나체를, 전적인 나체를, 비장한 나체를 확인했다. 모든 게 뚜렷이 보였다. 세르게이예프도 두 여자도 성기와 가슴을 감출 핑계나 수줍은 자세를 찾지 않았다. 여인들은 때로는 무너지고 흐트러지고 실신하여 늘어져 있었고, 때로는 몸을 웅크리고 있었다. 청색증이 그들의 아시아계 피부색을 망치고, 살아 있는 유기체에서는 절대 볼 수 없는 빛깔을 빚어 냈다. 두 사람 모두 높은 벽면을 내려오면서 찰과상을 입었고, 트럭에 이르려고 달리다가 발바닥과 발목을 베였다. 타티아나 우투가이는 적재함 문을 오르기 직전에 배에 총을 맞았다. 상처가 벌어지면서 피가 흘렀다. 피가 흘러 빠져나가고 있었고, 계속해서 같은 방식으로 상처 옆에 모여 공 모양의 덩어리가 되었으며, 이윽고 구체는 본래 자리에서 떨어져 나와 천천히, 아주 천천히 천장을 향해 표류하기 시작했다.

돌연 아주 잠깐 어떤 광경이 보였다.

• 타티아나 우투가이는 눈을 감고 있다.

• 그녀가 나무 좌석에서 다시 몸을 일으킨다, 어깨를 약간 세운다, 떨리는 한쪽 손으로 헝클어진 머리칼을 등 쪽으로 쓸어 낸다, 그러고는 그 떨리는 손을 배꼽 바로 옆에 있는 상처로 가져간다, 몇 초 동안 더듬더니 수축된 단단한 근육이 눈에 띄는 한쪽 넓적다리 한가운데에 손을 놓는다.

• 다른 손으로 좌석 가장자리를 잡는다.

• 갑자기 눈을 뜬다.

• 그녀가 마주 보고 앉아 있는 메블리도를 노려본다, 두려움과 여전히 오만하고 건방지게 약점을 드러내지 않으려는 욕망이 엇갈리는 표정으로 그를 노려본다.

• 그러다 다시 눈꺼풀을 감는다.

메블리도는 그토록 연약해진 존재들이 그가 파견될

세상과 통하는 갑문까지 그를 수행한 뒤 어떻게 귀환의 여정을 완수할 수 있을지 궁금했다. 그는 호송인들의 용기에 대해, 거의 자살에 가까운 영웅적 태도에 대해, 그럴 가치가 있는 임무인지 자문하지도 않고 — 설사 자문했다 해도 반발하지 않고 — 신체적 고통과 희생을 받아들이게 만든 규율의 의미에 대해 깊이 생각했다. 이렇게 타인들의 불행을 되새기다 보니 자기 연민에 빠지지 않을 수 있었다. 정작 그의 처지도.

정작 그의 처지도 그다지 부러워할 만한 게 아니었는데 말이다.

왜냐하면 마지막 갑문을 통과하고 나면 그는 기억과 정체성의 돌이킬 수 없는 상실을 겪을 것이고 그 뒤로는 한평생의 시간 동안 낯선 육체 안에, 낯선 지성체 안에 감금될 것이기 때문이었다. 한평생의 시간 동안. 낯선 육체와 낯선 지성체 안에. 전생에 대한 확신이 찾아와 격려해 주는 일은 전혀 없을 테니 어떤 위로도 가능하지 않은. 물론 이미지들이 그를 찾아올 것이다. 꿈, 향수, 이상한 직관들이. 하지만 그는 이것들을 있는 그대로 혹은 순간적으로 받아들일 뿐, 결코 모종의 단서를 얻어 거기에 의미를 부여하고 안심할 수는 없을 것이다. 자기 안에서 이것들을 환상으로, 무의식이나 병든 두뇌에서 솟아난 엉뚱한 생각으로 받아들일 것이다. 그리고 언젠가, 맹그릴리앙이 암시한 것처럼, 국이 파견한 여인과 인연을 맺게 된다 해도 그녀와 특별히 나눌 말은 없을 것이다. 이 여인 역시 출생 이전의 우주에 대한 기억을 잃었을 것이다. 그들은 가깝게 지낼 것이고, 어쩌면 우연과 운명이 그들을 몇 분이나 몇 년이나 몇십 년 동안 묶어 놓을 것이며, 남아 있는 본능이 그들의 공모 관계를 강화할 것이다. 하지만 그 어느 순간에도, 두 사람 중 누구도 자기 전생의 길을 되찾지는 못할 것이다. 그도 그녀도, 어쩌면 그와 그녀가 함께 끔찍하게 유배되어 있겠지만, 자기들이 유배되어 있다는 사실도 알지 못할 것이다.

하늘이 밝아졌다. 해가 떴다.

이윽고 그들은 도로가 끝나는 지점에 있는 철조망 울타리 앞에 도착했다. 그렇게 위압적인 울타리는 아니었다. 높이는 3미터였고, 국경선보다는 농장에서 쓰는 것과 같은 팽팽하지만 가시가 별로 없는 철사였다. 철사 너머로는 차도가 20~30년 전에 다이너마이트로 파괴되어 있었다. 차도가 풀밭 한가운데로 변변찮게 두 번째 울타리까지 이어져 있는 것이 보였으며 그 뒤로는 전나무 장막들 사이로 사라졌다. 두 울타리 사이의 중간 지대에는 어린 나무들이 무질서하게 자라고 있었다. 아무도 돌볼 생각을 안 하는데도 숲은 오래전부터 확장되고 있었던 것이다. 모든 것으로부터 너무나 멀리 떨어진 장소이다 보니 아마 감시할 필요가 없다고 여긴 모양이었다.

트럭은 멈춰 있었다.

세르게이예프는 기계식 브레이크를 당기고는 10여 초를 정적 속에 꼼짝 않고 있더니 팔을 뻗어 자기 오른쪽에서 잠든 것처럼 보이는 사미야 충을 깨웠다. 그는 그녀의 어깨를 건드렸고, 동시에 뒤쪽으로, 타티아나 우투가이 쪽으로 시선을 던지더니 다시 핸들을 잡고는 고통스럽게 으르렁거렸다.

타티아나 우투가이는 더 이상 움직임이 없었다.

사미야 충이 옆문을 열고 위태로운 곡예 동작이라도 하는 것처럼 문을 붙잡고 밖으로 나갔다. 메블리도는 그녀가 딸꾹질을 하고 시끄러운 소리를 내면서 밤공기보다 미지근한 아침 공기를 삼키는 소리를 들었다. 그녀는 곧 움직였다. 그녀는 트럭 측면을 따라 걸었다. 아래쪽 벨트를 잡고 있었다. 두 손으로 차체를 긁고 있었다. 그녀는 차 뒤쪽을 향해 천천히 걸었다. 숨 쉬는 리듬이 비정상적이었다. 중환자처럼 신음 소리, 꾸르륵 소리를 내면서 입으로 숨을 쉬고 있었다.

"됐어." 세르게이예프가 뒤돌아보지 않고 말했다. "메블리도, 이제 자네 차례야."

"내릴까요?" 메블리도가 무어라도 말을 하려고 말했다.

그는 적재함 문까지 갔다. 도중에 그는 걸음을 멈추고 망설이다가 뒷걸음치더니 타티아나 우투가이 앞에서 애도의 몸짓을 해 보였다. 그녀가 죽은 것이다.

그러더니 그는 방수포를 걷어 내고 철제 해치를 넘어 땅으로 뛰어내렸다.

바깥에는 놀랄 만큼 상쾌한 아침이 와 있었다.

세르게이예프의 옆문이 삐걱거렸다.

사미야 충은 트럭 뒤쪽에 도착해 있었고 세르게이예프는 다가오고 있었다. 전나무 숲에서는 두 번째 울타리가 있는 곳에서 뻐꾸기 한 마리가 몇 차례 울더니 조용해졌다.

메블리도는 어둠 때문에 멍해진 밀항자처럼, 자기가 속은 것인지 아닌지 모르는 채 월경 안내인의 지시를 기다리는 밀항자처럼 서 있었다.

"조금 더 가면 하수도관이 있어." 세르게이예프가 말했다.

그는 100미터 밖 울타리 왼쪽의 넓은 공간을 가리켰다. 더 정확히는 습한 땅이 휘어져 고저가 생기면서 작은 협곡 비슷한 것 ─ 어쨌든 깊은 도랑 모양 ─ 으로 변해 버린 곳을 가리켰다.

"알았어요." 메블리도가 말했다.

"하수도관 중 딱 하나만 자네가 가야 할 곳으로 통해." 세르게이예프가 말했다.

"알아요." 메블리도가 말했다. "하수도관에 번호가 붙어 있는 것도 알아요. 하지만 어느 번호가⋯."

세르게이예프의 몸이 약간 흔들렸다. 그는 적 앞의 격투사처럼 메블리도 앞에 버티고 서 있었고, 싸우기보다는 계속 존재하기 위해 샤머니즘적 테크닉에 따라 천천히 몸을 앞뒤로 흔들었다. 그의 음부 아래 고무 같은 성기 뭉치 역시 흔들거렸다.

"번호를 지금 주겠네." 세르게이예프가 말했다. "0, 0, 16."

사미야 충은 기대고 있던 트럭을 떠나 2초, 3초 동안 왼쪽, 심장 쪽에서 메블리도에게 몸을 밀착하고 그의 팔을 잡았다. 그는 그녀가 0, 0, 16번 배관까지 그를 데려가기 위해 팔짱을 끼는 거라고 생각했다. 하지만 그것은 예컨대 누이가 남동생에게 작별을 고할 때, 이미 작별을 고했고 그가 당장 떠나야 할 때, 다시금 남동생에게 애정을 표시하려 할 때 하는 것과 같은 자발적 행동일 뿐이었다.

그녀는 팔을 풀어 주고 옆으로 비켜났다.

"타티아나가 죽었어요." 그녀가 중얼거렸다. "우리의 임무를 어렵게 만들지 마요, 메블리도. 가요. 더는 지체하지 마요. 최대한 빨리 사라져요."

어딘가 정신이, 심지어 신체까지 마비되었음을 보여 주는 동작으로 다리를 움직이면서 메블리도는 트럭 주변을 떠나

울타리를 따라 나아갔다. 땅은 이슬이나 는개에 젖고, 반은 썩고 반은 푸르른 잔디가 여기저기 돋아 있어 발이 무거웠다. 신발 밑창은 미끄러지지 않고 땅속에 박히지도 않았으며, 걷는 것은 어떤 즐거움을 가져다주었다. 그리고 그것이 자기에게 주어진 마지막 즐거움이었으므로 빈둥거리고 꾸물거리고 싶은 마음이 들었다. 하지만 메블리도의 귀에는 사미야 충이 내뱉은 간청조의 명령이 아직 맴돌고 있었다. 그는 지체하지 않았다. 심지어 그가 완전히 사라져야 할, 고저가 있는 지대에 도달하려고 걷는 속도를 올렸다.

등 뒤로 세르게이예프의 시선과 사미야 충의 시선이 느껴졌다. 남녀는 트럭 근처에 머물고 있었지만 여전히 그를 배웅하고 있었다. 그곳에서 그들은 그를 격려하고, 지휘하고, 0, 0, 16번 입구를 향해 단호히 전진케 하고 있었다. 모두 함께 여전히 한 팀이었다.

218

도랑의 깊이는 4미터를 넘지 않는다. 협곡 밑에서 말라 가는 운하를 연상시키는 곳이다. 메블리도의 도착으로 방해를 받은 까마귀 한 마리가 울지도 않고 날개를 흔들더니 곧 비탈 밑에 고여 썩어 가는 물웅덩이들을 스치며 날아오른다. 메블리도는 새를 보았지만 관심을 두지 않는다. 현재로서는 조류학은 그의 머릿속에 없다. 그는 하수구 출구 앞에 버티고 선다. 비탈의 중턱, 땅에서 솟아난 거대한 시멘트 관 앞에 선다. 시멘트 위에는 거대한 숫자들이 페인트로 적혀 있다. 마지막 숫자는 풀이 무성한 땅에 약간 묻혀 있지만 실수의 여지 없이 알아볼 수 있다. 분명 6이다. 0, 0, 16 하수도관이 맞는다.

마지막 갑문이 맞는다.

곧, 메블리도는 냄새 고약한 궁륭 밑으로 들어가 영영 사라질 것이다. 자기 삶에서 기록 보관이 가능한 최후의 페이지를, 마지막 행을 살고 있다 보니, 그는 시원한 공기를 몇 모금 삼키면서 시간을 약간 벌고 있다. 이 짧은 무위의 순간이 이 모험이 마무리되는 이미지가 될 것임을 짐작할 수 있다.

그는 동작을 아끼면서, 이미 본 것처럼 불쌍한 산악인 차림으로 그곳에 서 있다. 그의 스웨터는 여정 중에 엉망이 되었고, 바지와 마찬가지로 기름진 먼지 얼룩, 검댕, 피로 더러워졌다. 산악인은 도중에 더러운 벽면과 상처 입은 몸뚱이들을 스쳤던 것이다.

가는 물거름 줄기를 방출하고 있는 이 시멘트 구멍 근처에서, 메블리도는 이상하게 생각에 잠겨 있기는 하지만 그래도 거의 정상적인 태도를 취하고 있다. 이후 벌어질 일을 생각하면서 판결문을 듣는 사람처럼 두 손은 긴장을 풀고 넓적다리를 따라 늘어뜨리고 있다. 메블리도의 왼쪽 어깨의 북서쪽에서는 두렁길 한 자락과 그곳에 주차된 트럭 한 대가 회색으로 변해 가고 있고, 트럭 앞바퀴 근처에서는 옷을 입지 않은 단색의 정적인 인영 두 개를, 1남 1녀를 분간할 수 있다. 그들은 너무 멀리 떨어져 있어서 어떤 얼굴 표정인지 읽을 수 없다. 이전에 일어난 일을 전혀 알지 못한다면 지금 그들이 무엇을 하고 있는지 이해할 수 없다. 사진으로 봐서는 차가 고장 나서 그곳에 있는 것인지, 단말마의 고통이나 가까운 사람의 매장이나 배뇨 같은 생체적 필요 때문에 쉬고 있는 것인지, 아니면 메블리도에게 작별을 고하는 것과 같은 다른 이유에서인지, 아니면 메블리도를 염탐해 그가 임무를 올바로 수행하는지, 속임수를 쓰지 않고 할 일을 하는지, 0, 0, 16번 하수도관으로 정말 들어가는지 확인하려는 요량인 것인지 알 수 없다.

메블리도는 도랑 위쪽으로 고개를 돌리고 트럭과 두 인영을 바라본다.

이윽고 그가 몸을 돌린다.

안개가 하늘의 회색에 선영을 넣고 있다. 점토질의 땅에는 시적 정취 따위는 없고, 풀이 거의 없는 반짝이는 흙덩이들이 합쳐져 믿을 수 없을 만큼 평범하다. 메블리도는 협곡 바닥에서 큰 보폭으로 두 걸음 떨어진 곳에 있다. 까마귀가 막 떠난 장소에는 너무 썩어서 하늘을 반사하지 못하는 불투명한 늪이 고여 있고 진창의 긴 자국이 있다. 진흙 말고는 아무것도 보이지 않는다.

메블리도는 소극적으로 3초를 또 보낸다.

소극적으로 2초를 또 보낸다.

그러다 한숨을 쉰다. 때가 되었다.

그는 움직이기 시작한다.

그는 뒤를 돌아보지 않는다, 마지막으로 저쪽의 사미야 충과 세르게이에프를 보려 하지 않는다.

자기가 알았던 이들을 더 이상 생각하지 않는다.

입구 바로 앞에 서려고 하수도관 가장자리를 손으로 잡는다. 하수도관 가장자리로 기어오르고 진창으로 미끄러지지 않으려고 조심한다.

하수도관 가장자리로 기어오른다.

진창으로 미끄러지지 않으려고 조심한다.

그 안으로 들어갈 것이다.

곧 그는 모든 좌표를 상실할 것이다.

그는 혼자 전진할 것이고, 몸에서는 순식간에 살이 없어지고 영혼은 즉시 기억상실에 빠질 것이다.

220

그렇게, 자기 존재의 가장 꼬불꼬불한 층에 새겨진, 특수 훈련 시간 동안 그곳에 새겨진 계획에 따라, 그는 측정할 수 없는 시간 동안 땅 밑을 걷고 측정할 수 없는 거리를 주파할 것이다. 이후로는 그 누구도 그를 재촉하거나 수행하지 않을 것이다. 그는 혼자일 것이다. 절대적으로 혼자일 것이다. 생각해 보면, 절대적으로 자유롭기도 할 것이다.

그리하여 메블리도의 어머니 배 속에 이를 것이다.

모태를 열고 들어가 닫고 다음을 기다리며 몸을 쭈그릴 것이다. 그리고 기다리기 시작할 것이다.

기다릴 것이다.

예컨대 탄생을 기다릴 것이다. 그 문제에 대해서는 국조차 미리 알 수 있는 게 없다. 괜찮은 사람으로 환생하리라고 메블리도에게 약속한 건 허풍이었다. 실제로 국은 누가 정확히 메블리도의 어머니가 될지 모른다. 메블리도를 다시 찾는 데, 다른 사람이 아니라 정말 그임을 확신하는 데, 그가 꿈을 꾸는 동안이나 나중에, 그가 죽어 가는 동안 그와 접선을 시도하는 데 몇 년이 걸릴 것이다. 아니면 죽고 난 뒤에야 접선이 가능할지도 모른다. 국은 혼란과 전쟁의 와중에 그의 위치를 탐지하는 데 애를 먹을 것이다. 한편 그는 적극적으로 국을 찾지 않을 것이다. 어쩌면 국을 상상할지도 모르고 국에 복종하거나 불복하겠지만 절대로 국의 존재를 확신하지 못할 것이다. 그는 맹인처럼 더듬더듬 국과 닮은 형체들을 찾아갈 것이다. 어떤 식으로든 국과 자신을 다시 연결해 줄 행로를 무의식적으로 유지할 것이다. 방향을 선택해야 할 때면 이 본능의 무게가 무시 못 할 힘을 발휘할 것이다. 하지만 우연과 뜻밖의 상황이 언제나 일을 복잡하게 만들 것이다.

예컨대 그는 학교를 떠나 행성에 복원된 자본주의에 맞서 빨치산들과 함께 투쟁하는 제2구역의 교사 집안에서 태어날 것이다. 어머니와 할머니는 샤먼일 것이다. 메블리도가 태어난 지 3주 뒤 두 사람 모두 적에게 납치되었다가 한 발코니에서 벌거벗고 가죽이 벗겨진 채로 목이 매달려 발견될 것이다. 그의 아버지는 며칠 뒤 살해당할 것이다. 주변의 평등주의 코뮌들은 일망타진되거나 산(酸), 독설(毒雪), 네이팜탄의 폭격을 받을 것이다. 반(反)혁명군을 피해 달아나는 볼셰비키들이 아기를 거둘 것이다. 그는 이 집 저 집을 전전하며 유년기를 보낼 것이다. 쥐카피르족, 골쉬족, 이뷔르족, 칼크스족, 잔존 중국인, 한국인이 차례로 그의 부모가 될 것이다. 모두가 동일한 이데올로기 진영이다. 대부분이 패배의 규모가 아무리 돌이킬 수 없을 만치 크더라도 계속 싸워야 하는 병사라고 자임한다. 모두가 메블리도를 혁명전쟁의 방향으로 교육시킨다. 아이는 이런 분위기에서 성장하고 청소년이 되었을 때는 당연히 콤소몰 특공대에 지원할 것이다. 바로 그곳에서 그는 기본적인 정치적 · 군사적 교육을 받을 것이다. 그는 여러 차례의 봉기 작전에 참여하고, 전투들이 끝났을 때 검은 전쟁의 가장 지독한 불바다를 떠나는 이재민, 거지, 제대군인의 행렬에 뒤섞일 것이다. 그는 영원히 패배, 사보타주, 복수, 폭력의 문화 속에 있을 것이다. 동료들은 차례로 사라질 것이다. 여성 동료들도 그러할 것이다. 대체적으로 말해 메블리도 주변의 같은 세대 여인들은 모두가 그와 동일한 인간적 여정을 거친다. 모든 여인들이 비극적 운명을 경험한다.

메블리도는 이후 제3구역에 도달한 대규모 난민 무리에 들어갈 것이다. 전쟁을 대신한 수용소와 게토라는 거대한 시스템에 배속될 것이다. 유전적 변이, 도덕적 타락, 기술적 후퇴, 언어와 사유의 빈곤, 표리부동, 망각의 맥락 속에 자신의 생존을 구축해야 할 것이다. 남들처럼 잉여인간이 될 것이다. 많은 제대군인처럼 그는 결국 평화를 재건한 자들이 만들어 놓은 사회구조 안에서도 가장 경멸받는 분야에 합류할 것이다. ─ 그는 경찰에 지원할 것이다.

그의 운명은 우리의 운명이다, 열등인간들과 패자들의 운명.

그 뒤에는 우리와 마찬가지로 그에게도 죽을 순간이 올 것이다.

그 뒤에는 아무것도 없을 것이다.

뜻밖의 일이 없는 한.

5부
메를리도의 죽음

내가 앞서 말한 적이 있지만 우리의 이야기에서 그것이 수행하는 역할을 재차 강조하는 건 무익하지 않다. 달 말이다. 우리의 이야기에서 달이 수행하는 역할 말이다. 달은 어떨 때는 우리의 암흑 세계들을 밝혀 주고 어떨 때는 우리의 세계들을 새까맣게 만든다. 나는 여기서 운터멘쉬들과 만인(萬人)의 이름으로 말하는 것이다. 달은 우리 미치광이들의 꿈을 썩게 만들고 있었다.

달은 우리 미치광이들의 꿈을 썩게 만들면서도 이를 개의치 않았다.

우리가 추잡한 자세로 누운 채 환각에 사로잡혀 상사병 걸린 고양이처럼 주둥이와 등허리를 달싹거리는 게 달빛 때문에 훤히 보이곤 했으며, 감은 눈꺼풀 안쪽에서 우리의 안구가 움찔거리는 동안 우리는 구멍이란 구멍에서 모두 땀이 솟아나고 앞니나 송곳니를 끊임없이 부딪치면서 달을 우리 안에 받아들이곤 했다. 우리는 취기에 사로잡혔고, 달은 우리 안에 녹아들었다. 달이 우리를 대체했다. 다른 때는 우리는 어떻게든 달에 합류하고 싶어 어쩔 줄 몰랐다. 우리는 달을 우리와 갈라놓는 끝없는 검은 계단을 기어올랐고, 달에 도달하려면 아직 멀었음에도 달이 곧 우리에게 제공할 열락에 열광했다. 우리는 미리 달의 차가운 살갗 위로 광활한 산책을 시작하거나, 아니면 누구의 발도 닿지 않았고 푸석푸석하다는 그 광대한 공간에 누우러 갔다. 한동안은 우리 중 감수성이 예민한 자들이 행복의 거친 숨결을 내뱉기도 했지만, 종국에는 언제나 어떤 힘이 우리의 의식 밑에서 작용하여 우리로 하여금 달을 거부하게, 달에서 떨어지게, 심지어 달의 파괴를 욕망하게 만들었다. 어쩌면 우리는 우리가 아직 깨어 있는 상태였을 때 들었던 경고들을 기억한 것인지도 몰랐다. 어쩌면 밤마다 밤에 저항하는 인민 봉기를 부르짖던 제4닭장 노파들의 아우성이 깊은 잠 속에서도 우리에게 들린 것인지도 몰랐다. 어찌 되었든 우리에게 달의 살해를 권유하는 무언가가 늘 끼어들곤 했다.

- 달에 대한 테러를, 천 번의 테러를!
- 누군가가 달을 향해 달려가거든 몸을 씻고 그를 죽여라!
- 달이 가까이 다가오면 달을 죽여라!

군중 앞에서, 그러니까 살지도 죽지도 못한 채 제4닭장에 널브러져 있는 임종 직전의 사람들 앞에서 연설하면서, 우리는 달이 수많은 범죄적 파괴 행위를 저질렀다고 비난했으며, 달의 오만함, 난파한 우리들 위에 떠 있는 달의 극악무도한 존재감을 강조했고, 너무나 모욕적이고 너무나 맥 빠지게 하며 너무나 음란한 그 순백의 아름다움도 잊지 않고 규탄했다. 우리는 달의 침묵에 담긴 빈정거리는 태도를 고발했다. 우리가 아무 희망 없이 혹은 희망 부재의 찌꺼기 위에서 뒹굴면서 졸고 있는 곳들을 침입하는 달의 행위를 잔혹한 조롱이라고 규정했다. 우리는 종종 떠드는 즐거움에 취해 달에 대해 되는대로 아무 말이나 지껄였으며, 우리 이야기를 듣던 마지막 이마저 도망갔을 때에도 그 청산유수 같은 달변은 그치지 않았다. 우리는 논지를 거창하게 포장하려고 거지 여자들의 노호[25]를, 다른 곳에서 와서 다른 곳으로 가는 그들의 구호를 빌려 오는 것도 마다하지 않았다. 우리는 월광(月光)의 방사(放射)가 과거와 미래의 사회적 환경에 일으킬 재앙을 언급하며 재치 있게 횡설수설했다. 죽어 가는 자들은 포장용 상자 위에 누워 우리가 하는 말을 반박하지 않고 들었다. 자기들의 눈알을 탐내는 것은 조금 뒤로 미룬 채 서로 다닥다닥 붙어 춤을 추는 독수리들에 정신이 팔려 그들이 우리 얘기에 집중하지 않은 건 사실이다. 봉기를 선동하는 우리의 언사에 시적인 정취가 담길 때도 있고 우리가 피비린내 나는 지령을 늘어놓는 것에 만족할 때도 있었다. 또한 설득하기 위해 거짓말해야 한다는 것에 다소 당혹해하면서 정신병자들의 귀에 대고 낮은 목소리로 논의를 전개할 때도 있었다. 우리는 복수를 말했고, 달에게 돌이킬 수 없는 피해를 입힘으로써 겁운(劫運)과 싸우자고 이야기했다.

---

25. 포스트엑조티시즘 작품에서는 몇 쪽, 몇십 쪽에 걸쳐 위의 노파들의 구호와 같은 구호가 나열되는 일이 있는데, 이러한 분노에 가득 찬 구호들은 '노호(怒號, vocifération)'라는 장르명으로 불린다. 볼로딘의 최신작 『마녀 형제들(Frères sorcières)』(2019)의 경우 총 3부로 구성되었는데 그중 56쪽에 달하는 2부가 통째로 '노호'다.

어떤 이들은, 나도 아는 사람들인데, 성문(聲門)을 움직이는 것으로 만족하지 않았다. 그들은 달에 금이 가게 하려고 달을 향해 포탄을 날렸다. 사용법대로라면 그 화염 로켓은 달을 수축시키고 달빛을 기름때로 더럽혀야 했다. 하지만 달에는 상처를 입힐 수 없다는 사실이 드러났다. 보통 포탄은 달에 적중하지 못하고 달을 스쳐 지나갔다. 포탄은 도시에, 잠이 들었거나 가망 없는 불면에 잠긴 동네에 떨어졌다.

그런 작전을 준비할 때면 우리는 우리들과 우리의 친지들보다는 인민의 적들과 백만장자들에게 피해 ― 피해의 규모를 예측하기는 어렵지 않았다 ― 가 가도록 손을 썼다. 우리는 탄도의 궤도를 세밀히 계산했으며, 비록 탄도학에 대한 우리의 지식에 결함이 있고, 우리 탄약 기술병들의 이론과 생김새가 정신이상을 확연히 드러냈지만, 그래도 폭탄을 아무렇게나 날리는 일은 없었다. 우리의 포신 밖으로 날아간 박격포 포탄들은 제4닭장과 난민, 잉여인간, 반송장이 모여 있는 게토와 부속 수용소로부터 아주 멀리 떨어진 건물들 위에서 비행을 마무리할 것이었다. 포탄은 달 위에서 폭발하는 게 아니라 제2목표물들을 타격했으며 적어도 적에게 찰과상을 입히고 적을 겁에 질리게 하는 데에는 성공했다. 포탄들은 영원한 승리자들의 우주에 잠시간의 피해를 입혔고, 호화 주택 두 채나 몇몇 개인 벙커, 독신자용 원룸 몇 개, 귀족의 처소 몇 개, 과거 집단 학살 주모자들의 사교 클럽 몇 개를 파괴했으며, 작전은 보통 피해자를 거의 만들지 못하고 그 정도 규모에 그쳤다.

우리는 그것이 우리 소행이라고 절대 밝히지 않았는데 이는 겸손하고 신중해서이기도 하지만 우리를 고용한 조직의 최소 강령도 이름도 알지 못하기 때문이기도 했다. 주모자의 이름이 없다 보니 이데올로그들은 우리의 범죄를 규정할 수 없었고, 그래서 우리의 범죄는 공개되지 않았다. 경찰은 궁지에 빠져 고생했고, 형사들은 막다른 골목을 헛되이 탐색하다 포기해 버렸다. 경찰은 범인을 잡지 못했다. 경찰 내부에 우리의 우군이 있었으므로 경찰은 이중적 태도를 보이며 수사를 시작한 뒤 종결시키지 않고 오랫동안 내버려 두다가 사건 서류를 문서 보관소에 처넣었다.

그렇게 정기적으로 발생하지는 않았지만 달에 대한 테러는 볼셰비키 할망구 시위대의 징징거리는 소리나 갈매기들의 악취나 망자를 불러내는 마술적 의식이나 숨 막히는 더위와 마찬가지로 밤의 일부였다. 달에 대한 테러는 우리의 밤에 속한 일이었고 우리는 그것을 승인했다. 비록 우리가 이제는 그 문제를 또렷한 목소리로 검토할 수 있는 상태가 아니었고 그 일의 타당성을 맹목적으로 믿는 것조차 쉽지 않았지만 말이다.

왜냐하면 그 시기에는 이미 우리 중 가장 용기를 잃지 않은 자들조차, 심지어 가장 투지 넘치는 자들조차 사태의 추이를 바꿀 수 있다고 주장하지 않았던 것이다. 보름달은 종말 이전, 우리의 종말 이전, 인간의 마지막 야만 상태를 비추고 있었고, 우리가 무슨 짓을 시도하건 달은 최종적 난파 상태를 마법의 빛으로 적시는 일을 계속할 것이었다. 달은 게토, 수용소, 폐허, 절대 자본주의, 죽음, 우리의 죽음, 우리 지인들의 죽음을 계속해서 비출 것이었다. 심지어 우리 중 아무리 결단력 있는 자라 한들 모든 작전이 행동하고픈 허영심에서 비롯되었음을 간파할 것이었다. 우리는 고달픈 기후변화가 이어지고 있음을, 조만간 여름이 더 길어져서 1년 중 열두 달, 심지어 그 이상에 이를 것임을, 거미들과 죽음과 의식 없는 순간과 의식이 절반만 있는 순간이 영영 우리 삶을 채울 것임을 알고 있었다. 우리는 언젠가 여명이나 깨어남을 경험할 가능성이 거의 없음을 예감했다. 달에 대한 테러는 우리를 진정시키지 못했고, 우리가 미쳐 가는 것을 막지 못했다. 하지만 이제 기운도, 엄격한 이념도, 지성도, 희망도 없는 우리에게 달에 대한 테러는 어쩌면 삶이 그 이면에 가냘픈 의미를 간직하고 있을지도 모른다는 느낌을 주었다.

30

전차는 레오노르 이키토스 문 앞에 멈춰 섰다가 다시 떠났다.

그 순간 메블리도는 어떤 꿈이 기억의 표층으로 올라오고 있음을 느꼈다. 물 밑의 깊은 개흙에서 올라온 무언가가 대화, 배경 공간, 일화 들과 함께 꿈틀거리고 있었다. 그 모든 것이 자신에게 굉장히 중요한 일일 수 있다는 직감이 즉시 들었다. 꿈에 본 사건이 다가오고 있었지만, 종종 그러듯 그것은 마지막 순간에 찢어져 버리더니 '이전'도 '이후'도 없는 단일한 광경에 고정되었다. 군용 트럭 안에서 벌거벗은 여자 한 명이 죽어 가고 있었다. 맥락은 알 수 없었다. 꿈의 줄거리와 극적 전개는 전혀 남아 있지 않았다. 메블리도는 벌써 사라질 기미를 보이는 이 머릿속 사진에 정신을 집중했다. 이 장면은 그가 현실이나 꿈속에서 이미 경험한 적이 있는 그 어떤 것도 상기시키지 않았다. 얼굴 앞에 길게 늘어진 헝클어진 머리칼이 여인의 얼굴 생김새를 가렸다. 머리칼은 어둠과 땀으로 퇴색했다. 그녀의 몸은 베레나 베커의 몸을 닮지 않았다.

이 죽어 가는 몸. 그것은 베레나 베커의 몸이 아니었다.

그는 마라크빌리 문에서 내렸다. 달은 어디에도 모습을 드러내지 않았다. 정류장 주변의 전등들이 지하실 같은 불빛을 퍼뜨리고 있었다. 그와 동시에 다른 승객 두 명이 전차에서 내렸다. 그는 그들과 같이 걷고 싶지 않았다. 그는 그들이 앞서가도록 1분 정도 플랫폼에서 늑장을 부렸다.

그는 그들이 천천히 작아지다가 제4닭장으로 들어가는 것을 바라보았다.

마라크빌리 문이 내뱉는 더러운 솜털과 짐승 똥 섞인 진흙과 게토의 악취가 후덥지근한 바람을 타고 도착했다.

나는 제4닭장 앞에서 인영들이 쪼그라들기를 기다리고 있어. 그는 생각했다. 밤의 무게가 느껴져. 한번은, 언제인지는 모르지만, 군용 트럭 속에서 죽어 가는 여인의 꿈을 꾸었다가 그녀를 잊었어. 그녀가 누구인지, 그녀가 나와 어떤 관계였는지 도무지 기억이 나지 않아. 그녀의 이름이 내 머리에서 사라졌어. 나는 그녀를 다른 이들과 함께 뒤에 내버려 두었어. 그녀는

다른 이들처럼 내 뒤에서 죽었어. 나는, 나는 살아남았어, 나는
건들거리는 시멘트 판 위에 서 있어. 나는 거의 움직이지 않아.
나는 가로등 밑에서 땀을 흘리고 있어. 날이 어두워. 밤의
더위 때문에 풍경이 숨 쉬기 힘든 수증기로 뒤덮여 있어. 우리
집에서부터 뿜어져 오는 냄새가 역겨워.

　　내 인생은 많은 다른 사람들과 비슷해. 내 인생은 무엇과도
닮지 않았어.

　　내 인생은 존재할 이유가 전혀 없어.

　　잠시 뒤 그는 게토를 향해 걷기 시작했다.

　　문 모양의 벽돌 아치 밑에서 두 여인이 그를 기다리고
있었다. 두 사람 모두 꼼짝 않고 어둠에 잠겨 그를 엿보고 있었다.
두 사람은 거의 나란히 서 있었지만 같이 온 게 아님을 알 수
있었다. 첫 번째 여자는 베이지색 추리닝을 걸치고 나른하게 벽에
등을 기대고 있었는데 추리닝 때문에 여성적 느낌이 전혀 없고
둔중해 보였다. 말리야! 메블리도는 애정을 느끼며 생각했다.
그녀와 함께 팩토리 스트리트로 돌아갈 생각을 하니 즐거웠다.
40미터 정도 거리에 이르자 그가 손짓을 했다. 그녀는 응답하지
않았다. 두 번째 여인은 접이식 의자에 앉아 있었다. 그녀는 알이
두꺼운 안경을 썼는데 안경의 왼쪽 다리를 절연테이프로 대충
수선해 놓은 상태였다. 그녀는 둔중하게 자리에서 일어나더니
그를 향해 손을 흔들었다. 그녀는 해질 대로 해진 겨울 치마와 다
망가진 레이스 가슴 장식이 칼라 높이에 달린 간소한 블라우스를
입고 있었다. 두 발은 걸인의 묵직한 군화를 끌고 있었다. 더
가까이 가자 메블리도는 그녀의 냄새를 맡았다. 노파의 땀 냄새,
상한 비스킷 냄새가 났다.

　　그는 불쾌해하며 그녀를 위아래로 훑어보았다.

　　"코르넬리아 오르프!" 그가 외쳤다. "웬일이에요?"

　　상대는 뼈만 남은 집게손가락을 그에게 뻗었다. 그녀는
어린애를 혼내는 것처럼 손가락을 대여섯 차례 흔들었다.

　　"지난번 세포조직 모임은?" 그녀가 말했다. "다들
기다렸는데!"

　　메블리도는 무기력한 몸짓으로 두 손을 벌리고 거짓말을
시도했다.

230

"갈 생각이었어요." 그가 설명했다. "그런데 비가 내리기 시작했어요. 팩토리 스트리트에 하수구가 범람했다고요."

"비가 온 기억이 없는데." 코르넬리아 오르프가 말했다.

"회오리바람이 불어 인도가 사라졌다고요." 메블리도가 단언했다. "비가 점점 세졌어요. 수위가 올라왔어요."

"그 정도는 극복했어야지." 코르넬리아 오르프가 질책했다. "소나기 좀 내린다고 정치적 임무를 방기하면 안 되지."

"물난리가 나서 오도 가도 못 했다니까요." 메블리도가 변명을 했다. "말리야한테 물어보세요. 안 그래, 말리야? 팩토리 스트리트에 물이 가득 찼던 것 기억나?"

말리야는 벽에서 막 몸을 뗀 참이었다. 그녀는 그들을 가르고 있는 세 걸음의 거리를 걸어와 그의 옆구리에 몸을 붙였다.

그녀는 희미하게 미소 지었다. 그녀의 머리가 그를 향했다. 그들이, 그와 그녀가 다시 만난 것이다.

메블리도는 그녀의 허리에 손을 얹었다.

"지난주 기억나?" 그가 물었다. "창문으로 내다보고 있었잖아. 비가 내렸잖아, 아주 세차게 내렸잖아. 골목은 강물 같았고. 집 밖으로 나갈 수 없었잖아."

"비가." 말리야가 말했다. "강물. 내렸어. 나갈 수 없었어."

"그렇죠?" 메블리도가 말했다. "말리야도 그렇다잖아요. 없는 말을 꾸며 내는 게 아니라고요."

코르넬리아 오르프는 침을 뱉는 것처럼 고개를 흔들면서 믿지 못하겠다는 뜻을 표시했다.

"어쨌든, 이번에는 못 도망가." 그녀가 말했다.

"도망가다니," 메블리도가 말을 더듬었다. "대체 무슨."

"오늘 밤에는 같이 가는 거야." 노파가 말했다.

"무슨 소리예요? 오늘 밤이라니요?" 메블리도가 항의했다. "모임이 있어요?"

"모임이 있냐니, 무슨 소리야!" 노파가 말했다.

"연락 못 받았는데요." 메블리도가 말했다.

"연락을 받고 싶으면 모임에 나와야지." 코르넬리아 오르프가 말했다.

그녀는 의자를 접고 있었다. 의자에 끈을 달더니 그 사이로 머리를 집어넣었다. 그녀는 이제 의자를 거지 배낭 옆에 멜빵처럼 메고 있었다.

"가자, 출발!" 그녀가 말했다.

"잠깐만요." 메블리도가 반박했다. "저 못 가요. 말리야 바야를락과 같이 있잖아요."

"그게 어때서?" 코르넬리아 오르프가 말했다. "당은 노동자 대중의 대표에게 숨길 게 없어. 그녀는 수습 당원이나 지지자로 참석하면 돼."

"맞아." 말리야가 말했다. "지지자."

"뭘 지지한다는 거야?" 메블리도는 짜증을 내면서 그녀를 돌아보았다.

"몰라." 말리야가 말했다. "사랑해, 야샤르. 당신이 좋아하는 건 나도 다 좋아."

밤새 한 마리가 고약한 냄새의 공기를 거칠게 휘저으며 그들의 머리 위로 지나갔다. 세 명 모두 아무 말 없이 몇 초간 서로를 바라보았다. 새는 이미 사라진 뒤였다.

"그래서, 오늘 모임은 어디서 열리는데요?" 메블리도가 물었다.

코르넬리아 오르프는 갑자기 음흉한 표정을 지었다. 그녀는 허리를 족히 10센티미터는 숙이더니 거의 불투명하다시피 한 눈으로 주위를 살폈다. 그녀는 서둘지 않고 천천히 주위를 살폈다. 그들의 대화를 엿듣는 끄나풀이 없는지 확인했다.

"9번 폐기물 처리장." 그녀가 속삭였다.

"몇 번요?" 메블리도가 물었다.

"9번." 할망구가 다시 한 번 주위를 확인한 뒤 속삭였다.

"9번이면 제가 일하는 곳인데요." 말리야가 자랑스럽게 말했다.

"알았어요." 메블리도가 말했다. "그렇다면 팩토리 스트리트 바로 옆으로 갈 수 있겠네요. 말리야를 집 앞에 데려다줄 수 있겠어요."

"늦었단 말이야!" 노파가 말했다. "길을 돌아갈 시간이 없어. 말리야도 우리와 같이 가는 거야, 더는 토 달지 마. 게이트웨이 스트리트로 질러갈 거야."

"바보 같은 소리 하지 마세요." 메블리도가 항의했다. "그곳엔 밤이면 암탉 떼가 엄청나게 무리를 짓고 있어요. 길을 지날 수가 없다고요."

"닭이 뭐가 어쨌다고?" 노파가 화를 냈다. "예전에는 계급의 적들을 박살 내기도 했는데. 새들 따위에 눈 하나 꿈쩍할 것 같아?"

"돌연변이 새들이라고요." 메블리도가 경고했다.

"돌연변이요." 말리야가 말했다.

"계급의 적들, 그놈들을 정말 작정하고 확실하게 박살 냈지." 노파가 생각에 잠긴 표정으로 히죽거리며 말을 계속했다.

토론은 그것으로 끝이었다.

그들은 출발했다.

코르넬리아 오르프가 작전을 지휘했다.

골목길에는 대부분 조명이 없었다. 길을 잘 안다고 과시하려고 노파는 오줌에 젖은 복도와 비슷한 더럽고 좁은 골목길들을 택했다가 스스로도 구역질이 날 것 같아지자 더 상식적인 경로를 따르기 시작했다. 메블리도는 말리야의 축축한 손을 잡고서 언짢은 기분으로 코르넬리아 오르프와 1미터 거리에서 마지못해 뒤따라 걷고 있었다. 조금 더 넓은 도로로 접어들자 코르넬리아 오르프가 갑자기 흥분에 사로잡혀 행렬을 지어 움직이자고 제안했다. "우리의 깃발을 펼치는 일을 두려워해선 안 돼." 그녀는 열광했다. "대중이 우리의 존재를 알아차려야 해. 우리가 충분한 신념을 보여 주면 그들은 우리를 전위부대로 선택해 우리 뒤에 한 몸처럼 정렬할 거야. 지금이 적기야, 우리의 사상이 전진하고 있어. 그리고 당이 관찰한 바로는 요즘 들어 투쟁이 고조되고 있어." 메블리도는 어깨를 으쓱했다. 말리야 바야를락은 그의 허리에 기대어 가까스로 보조를 맞추고 있었다. 그녀는 숨을 헐떡이고 있었다. 그녀는 아무 말도 없었다. 메블리도는 그녀의 뺨에 키스했다.

"걱정하지 마." 그가 속삭였다. "괜찮아질 거야."

"그럴 리가." 말리야가 말했다.

"모임이 끝나면 오늘 밤에 다시 같이 있게 될 거야."

233

메블리도가 약속했다.

"바로 그 때문에." 그녀는 문장을 맺지 못했다.

"응." 그가 말했다.

"바로 그 때문에 우리가 망한 거야." 그녀가 말을 이었다. "우리가 같이 있어서."

"말도 안 돼." 그가 말했다.

"아니야, 야샤르." 그녀가 속삭였다. "그 때문이야."

그 순간 코르넬리아 오르프가 목소리를 가다듬더니 구호를 외치기 시작했다. 그녀는 메블리도도 말리야 바야를락도 구호를 따라 외치지 않으리라는 걸 알고 있었지만 자기가 행렬을 주도하여 그 선두에 섰다는 생각에 들떠 있었다. 그녀는 뒤를 돌아보는 대신 자기 뒤에서 걷고 있는 시위대의 수를 늘려 상상했다. 프롤레타리아 부대가 걷잡을 수 없이 불어나는 강물처럼 인도 위에 넘실대는 건 아니었지만 이념적 입장이 확고한 별동대가 그녀의 부름에 대답한 것이다. 비록 말리야 바야를락이 나약한 신입 당원이고 메블리도는 경찰이라는 점에서 '구린내 나는 계층'에 속했지만, 그녀는 혼자 걷는 게 아니었다. 그녀는 등 뒤에서 대규모 군중의 맹아를 느꼈고, 전진의 원칙들, 전위와 군중을 굳게 연결시켜 주는 추동력을 설명하는 당의 팸플릿 속으로 암송했다. 그리고 그 덕에 그녀는 엄청난 기운이 생겼다.

"노동자여, 군인이여, 오래된 꿈들을 처음부터 다시 시작하라!" 그녀가 소리쳤다.

- 길을 잃어라! 오래된 꿈들을 처음부터 다시 시작하라!
- 길 잃은 자들과 함께 달을 향해 고함을 질러라!
- 모든 것을 처음부터 다시 시작하라, 달에게 명령을 내려라!
- 달이 복종하지 않거든 죽여라!
- 노동자여, 군인이여, 너희는 오래된 꿈의 편린이다!
- 달 위로 가라, 길을 잃어라, 달을 죽여라!

메블리도가 두려워하고 예견한 것처럼, 돌연변이 암탉들은 게이트웨이 스트리트에 몰려들어 지면을 빈틈 하나 없이 전부 차지하고 있었다. 암탉들이 만든 무리는 회색빛에 끊긴 곳 없이 죽 이어져 하나하나 구별되지 않고 공격적이었다. 암탉들은

심술궂기도 했거니와 고집불통의 집단적 우둔함 때문에
통행을 막고 있었다. 닭 몸뚱이들이 길을 무릎 높이까지 메운
채 꼬꼬댁거리면서 저항하고 있었다. 싸우지 않고 그곳에 길을
뚫는 건 실질적으로 불가능했다. 코르넬리아 오르프는 울어 대는
빽빽한 닭 틈으로 맹렬히 진입해 앞쪽으로 세게 발길질을 하기
시작했다. 그녀는 그때까지 멜빵으로 메고 있던 접이식 의자를
휘둘렀는데, 약간은 신월도(新月刀)로 자기 목숨을 지키는 초보
검사(劍士)처럼 마구잡이로 의자를 사용하고 있었다. 그녀로
인해 닭들은 겁에 질려 날뛰고 히스테릭하게 날아올랐고, 새들이
메블리도에게 몰려들면서 대부분이 수척한 날개를 그의 가슴과
얼굴 높이에서 흔들어 댔으며, 그는 끔찍한 똥 냄새와 오톨도톨한
닭살에 휩싸였다. 몇 초 만에 메블리도는 깃털과 적대적인
닭다리의 구름에 잠겨 버렸다. 그는 말리야의 손을 놓고는 앞이
안 보이는 와중에 복싱을 시작했다. 그의 주먹은 괴상망측한
모양의 끈적거리고 뜨뜻한 고깃덩어리들에 부딪혔다. 그는 숨 쉴
만한 공기를 대체해 버린 먼지와 머릿니들을 삼키지 않으려고
애썼다. 그의 오른쪽에서 말리야 바야를락이 겁에 질려 팔을
휘두르며 비틀거리는 게 느껴졌다. 그녀는 역겨워 신음 소리를
냈지만 잘 들리지 않았다.

"내 뒤에 서!" 메블리도가 그녀에게 소리쳤다. "내 허리띠를
잡아! 나한테 달라붙어!"

그는 자기 몸을 방패막이 삼아 그녀를 보호할 요량이었지만
그녀는 그의 말을 따르지 않았다. 혼란과 어둠 속에서 두 사람
사이의 거리가 벌어지는 게 느껴졌다.

"내 뒤로 와!" 그가 고함을 질렀다.

그가 짐작하기로 두 사람은 2미터 떨어져 있었고, 그러다
3-4미터가 되었으며, 이윽고 그는 그녀가 벽에 몸을 붙이고는
두 팔로 머리를 감싼 채 종종걸음으로 옆으로 이동하는 듯한
인상을 받았다. 그는 뒤돌아보고 그녀를 불렀지만 어둠은 더욱
짙어질 뿐이었다. 정말 아무것도 보이지 않았다. 바로 그 순간
격노한 칠면조 한 마리가 그의 목덜미에 부딪혔고 그는 새들의
빽빽한 물결에 다시 맞서기 위해 몸을 격렬히 돌렸다. 새들의
솜털과 기생충이 그에게서 흘러내렸다. 벌레들이 셔츠 칼라

부분에서 서걱거렸다. 점점 많은 닭 볏들이, 형언할 수 없이 추한 꼬리뼈들이 그를 스쳤다. 그는 배에 부딪히는 것들과 할큄질을 피할 수 없었다. 더 아래쪽에서는 다른 새들이 바지 천을 뚫고 그의 장딴지를 전투적으로 공격하고 있었다.

"말리야!" 그가 다시 한 번 어깨 너머로 소리쳤다. "나 여기 있어!"

사람과(科) 무리의 전위에 선 코르넬리아 오르프는 굴하지 않았다. 그녀는 장렬하게도 이 짐승들의 산사태 속에 일종의 터널을 뚫었다. 그녀는 계속해서 이상한 구호를 외치고 있었다. 그 구호들은 그녀가 지금 맞서고 있는 고난과 전혀 상관이 없기에 더욱 이상했다. 그녀의 목소리는 때로는 너무나 격앙되어 새들의 소음을 뒤덮을 지경이었다.

"우연의 딸들과 함께 사라져라!" 그녀가 고함쳤다.

- 우연의 딸들에게 굴복하지 마라!
- 설사 네가 이제 아무리 보잘것없는 존재라 해도 승리를 준비하라!
- 승리가 올 때까지 자루 안에 들어가라!
- 우연의 딸들과 함께 자루 안에 들어가라!

이윽고 그들은 장애물을 넘어섰다. 이제 그들은 게이트웨이 스트리트 끝에, 두 건물의 테라스를 연결하는 흔들다리 밑에 도달해 있었다(게이트웨이 스트리트라는 이름은 이 흔들다리에서 유래했다). 그들 주변의 암탉 수가 줄어들고 있었다. 곧 문제가 끝나리라는 신호였다. 코르넬리아 오르프는 숨이 막혀 기침을 했고, 몇 미터 뒤에 가서는 악쓰기를 그만두었다. 행진은 즉시 영웅적 면모를 상실했다. 코르넬리아 오르프는 지도자 역할을 수행하는 걸 단념하지 않았지만 이제 말없이 걷고 있었다. 그녀는 성대가 상했고 호흡이 여전히 고르지 못했다.

"말리야를 기다려야 해요." 메블리도가 그녀를 멈춰 세웠다.

노파는 멈췄다.

"말리야가 어디 있는데?"

"몰라요." 메블리도가 말했다.

두 사람 모두 허리를 구부리고 방금 지나온 영역을 바라보았다. 돌연변이를 가장 심하게 겪은 새들의 진회색

인광(燐光)을 제외하면 조명은 전무했다. 닭들은 금세 평온을 되찾았다. 닭들은 꼬꼬댁 바리케이드를 복원하여 모든 것을 봉쇄하고 있었다. 게이트웨이 스트리트는 음울한 협로였다. 시멘트 벽면에는 포탄 구멍, 창문 등 새들이 앉을 만한 곳이 많았으므로 닭들은 지표만 뒤덮은 게 아니라 다양한 높이에서—층이 여럿인 건물이면 2층 높이까지—벽면을 비로드처럼 부드럽게 만들었다. 뚜렷이 보이는 건 없었지만 말리야가 닭들 사이에 아직도 서 있을 수는 없을 것 같았다. 그녀는 이제 그곳에 없었다.

"말리야!" 메블리도가 불렀다.

"온 길을 되돌아갔을 거야." 코르넬리아 오르프가 안경알 뒤로 눈살을 찌푸리면서 의견을 제시했다.

메블리도는 두 손으로 입가에 확성기 모양을 만들었다.

"말리야!" 그가 다시 한 번 불렀다.

그들은 그곳에 1분간 머물렀다. 거대한 새 떼가 희미하게 빛을 발하면서 골목 반대편 끝까지 그들 앞에 깔려 있었다. 새들의 울음소리는 멎어 있었다. 눈처럼 떨어지던 깃털들도 떨어지지 않다. 썩은 솜털 냄새 때문에 토할 것 같았다. 코르넬리아 오르프는 시끄럽게 트림을 하더니 기침을 했다.

"갔다니까." 그녀가 말했다.

메블리도는 말리야가 남긴 일말의 흔적이라도 발견할지 모른다는 희망에 역겨운 풍경을 계속 살펴보았다. 나쁜 예감에 폐와 근육이 수축했다. 그는 말리야를 걱정하고 있었지만 최악의 상황은 아직 생각하지 않으려 했다. 아무리 떼거지라고 해도 새들이 사람에게 돌이킬 수 없는 물리적 피해를 입히거나 사람을 죽이기는 어려웠다.

"그만해, 가자." 코르넬리아 오르프가 말했다.

"말리야에게 무슨 일이 일어났는지 모르겠어요." 메블리도가 중얼거렸다.

"자, 가자고." 코르넬리아 오르프가 다시 말했다. "이러다 늦겠어."

메블리도는 마지막으로 게이트웨이 스트리트를, 다닥다닥 붙은 수천 마리의 암탉을, 그 회색빛 융단을 살펴보더니, 막 다시 걷기 시작한 노파를 아무 말 없이 뒤따랐다.

그는 15분 동안 그녀를 그림자처럼 따랐다. 고령에도 불구하고 그녀는 지치지 않고 빠른 걸음으로 걸었다. 이제 그들은 특별한 문제 없이 걷고 있었다. 잠든 새들의 정적이 그들을 뒤따랐다. 제4닭장의 이쪽 구역에는 자동차가 한 번도 들어온 적이 없었고, 엔진 소리는 전혀 들리지 않았다. 때때로 그들은 통상 죽은 자들만큼이나 무해한 마약중독자들을 성큼 건너뛰기도 했고 심야의 방랑자들, 시비 걸 생각 따위 없이 그들을 피하기 위해 진로를 바꿔 어둠 속으로 파고드는 불면증 환자들을 마주치기도 했다. 조류 밀집 구역들이 있기는 했지만 게이트웨이 스트리트만큼 임곗값에 도달하는 일은 없었다. 그들이 지나가면 새들은 물이 빠지듯 자연스레 길을 열어 주었다. 가끔 부리에 쪼이는 일은 있었지만 이제는 앞으로 나아가기 위해 싸울 필요가 없었다.

그들이 파크 애비뉴로 접어들어 철조망을 두른 벽을 따라 걷다가 차량용 대문의 살짝 열린 틈으로 들어가니 9번 공장 부지였다. 쓰레기로 가득 찬 마당 여러 개와 깨진 검은 창문들이 있는 벽돌 건물들을 대로의 가로등이 조촐히 비추고 있었다. 그들이 넝마와 못 쓰게 된 신발을 쌓아 놓는 쪽으로 들어온 탓에 그곳에는 더러운 옷 냄새가 심했다.

"여기가 어디예요?" 메블리도가 물었다.

노파는 무너진 문 하나를 향해 가려고 두 개의 역겨운 헌옷 산(山) 사이로 접어들다가 곧 뒤로 물러섰다.

"눈이 좋으니까 살펴봐, 어디 '슈테른하겐 구역'이라고 적힌 게 있어?" 그녀가 물었다.

"없는데요." 메블리도가 말했다.

"슈테른하겐 구역." 노파가 중얼거렸다. "알고 있을 텐데."

"여기는 자주 안 와 봤어요." 메블리도가 말했다. "올 때도 이쪽으로는 들어오지 않고요."

"슈테른하겐 구역에서 모이기로 했는데." 코르넬리아 오르프가 말했다. "여기가 아니면 바로 옆일 거야."

그녀는 이제 약간 자신이 없었다.

"글자가 안 보이는데요." 메블리도가 말했다.

그들은 두 번째 건물까지 걸어갔다. 그들은 쓰레기로 이루어진 미궁 속으로 들어갔다. 건물들은 하나같이 엇비슷했다. 건물들은 폐허 상태였다. 안쪽에는 불이 하나도 켜져 있지 않았다. 모임을 열고 있는 이는 아무도 없었다.

"아!" 메블리도가 어느 계단에 남아 있는 페인트 자국을 가리키며 말했다. "저기 있네요. 슈테른하겐 구역."

"바로 저기야!" 코르넬리아 오르프가 기뻐했다.

"모임 같은 건 안 보이는데요." 메블리도가 말했다.

노파는 어깨를 으쓱하더니 툴툴거렸다. 그녀는 버려진 계단 맞은편에 서 있었다. 30초쯤 생각하더니 그녀는 계단을 세 칸 올라가 문을 두드렸다. 반대쪽에서 쥐들이 찍찍 소리를 내고 있었다. 문 두드리는 소리가 울려 퍼졌다. 문 두드리는 소리는 황량하고 텅 빈 분위기를 자아냈지만 쥐들은 달아나지 않았다. 코르넬리아 오르프는 다시 메블리도 가까이 돌아왔다. 그녀는 힐난하는 표정으로 인적 없는 건물을 바라보았다.

"하지만 맹세코 오늘 저녁이었단 말이야!" 그녀가 투덜댔다.

그녀는 접이식 의자의 다리를 십자가 모양으로 펼치더니 그 위에 앉았다.

"뭐 하는 거예요?" 메블리도가 말했다. 격하게 화를 내기보다는 피곤한 투였다.

노파는 대답이 없었다.

"착각한 거예요." 메블리도가 말을 계속했다. "세포조직 모임은 다른 날일 거예요. 괜히 왔잖아요. 여기 있어 봤자 아무 의미 없어요."

그는 코를 킁킁거렸다. 먼지, 쥐들의 오줌, 때, 추레해진 옷감들, 썩은 가죽, 얼룩투성이 붕대 등의 냄새였다.

"게다가 여긴 악취가 심해요." 그가 지적했다.

코르넬리아 오르프는 난감해하며 툴툴댔다. 그녀는 이곳을 떠날 마음이 없었다. 그녀는 슈테른하겐 구역 앞 계단 발치에 자리를 잡고 있었다. 그녀는 팔짱을 낀 상태였는데, 갑자기 돌덩어리처럼 꼼짝하지 않았다.

"뭐 하는 거예요?" 메블리도가 다시 물었다.

"기다리는 거야." 코르넬리아 오르프가 말했다. "당은 우리에게 인내심을 가지라고 요청하고 있어.”

"바보 같은 소리!" 메블리도가 짜증을 냈다. "뭘 기다려요?"

"너는 이해 못 해, 메블리도." 노파가 갑자기 날카로운 투로
말했다. "가 버려. 너는 믿을 수 없는 불순분자야. 너는 아무것도
믿질 않아. 너는 구린내 나는 계층이야. 너는 당이 우리에게
무엇을 기다리라고 하는지 이해 못 해."

31

그럴 리가 없어. 그는 생각했다.

심각한 일이 생긴 건 아닐 거야.

메블리도는 역한 냄새의 신발 더미와 비와 구아노로 딱딱해진 옷 무더기 사이에 코르넬리아 오르프를 내버려 두고는 팩토리 스트리트 쪽으로 서둘러 움직였다. 그곳에서 말리야 바야를락을 다시 만날 거라고 믿으려 애썼다. 새들이 날뛰어서 혼란이 걷잡을 수 없게 되었을 때 분명 되돌아갔을 거야. 그는 생각했다. 내가 새들을 닥치는 대로 후려갈기느라 그녀에게 신경 쓸 수 없었을 때 말이야. 우리는 새 떼 속으로 그렇게 깊이 들어간 상태가 아니었어. 나를 따라올 수 없다는 것을 깨달았을 때 뒤로 물러났을 거야. 그때 뒤로 물러난 게 분명해. 조금만 가면 우리가 처음 출발한 장소에, 게이트웨이 스트리트에서 새들이 차지하지 않은 자리에 도착했을 테니까. 게이트웨이 스트리트 입구 말이야. 그다음에 팩토리 스트리트로 돌아갔을 거야. 당연히 그렇게 되었을 거야. 무사히 빠져나갔을 거야. 팩토리 스트리트 5층의 우리 집에 가 있을 거야. 어쩌면 벌써 침대에 누웠을지도 몰라. 아니면 주방에 앉아서 케이크 한 조각을 깨작거리며 먹고 있거나 바퀴벌레들과 이야기하고 있을지도 몰라. 바퀴벌레들에게 오늘 하루를 이야기하거나 게이트웨이 스트리트에서 만난 적대적인 암탉들에 대해 이야기하고 있을지도 몰라. 단수가 되지 않았다면 샤워를 해 새에게 옮은 이와 깃털을 씻어 낼 시간이 있었을 거야. 이제 멍하니 공상에 잠겨 쉬고 있을 거야. 이제 쾌적한 기분일 거야. 걱정할 필요 없어. 그녀의 몸이 게이트웨이 스트리트의 돌연변이 암탉들 밑에 깔려 아무 반응 없이 꼼짝 않고 있는 모습을 상상할 필요는 없어. 괜찮을 거야.

다 잘되었을 거야. 그는 생각했다.

불안 때문에 근육의 힘이 풀렸다.

위험을 피했을 거야. 그는 같은 생각을 되풀이했다. 괜찮을 거야.

그는 오래지 않아 자기 집 건물 밑에 도착했다. 9번 폐기물 처리장에서 팩토리 스트리트까지는 1킬로미터도 되지 않았다.

그는 타이머 전등을 켜지 않고 계단을 올랐고 아파트 문을
열었다. 불은 꺼져 있었고, 그는 평소에도 그러듯 팔을 뻗어
스위치를 켜지 않았다. 그는 별로 조심하지 않고 앞으로 나아갔고
세 걸음을 걸은 뒤 몸이 굳어졌다. 거실에 사람이 있음을 눈치챈
것이다. 누군가가 탁자 근처에 서 있었다. 창문으로 들어온 빛이
그 사람을 역광으로 가까스로 비추었다. 젊은 사람의 형체,
호리호리한 여자의 몸이었다. 말리야가 아니었다. 계단을 급히
올라오느라 이미 긴장해 있던 심장이 더 세게 뛰기 시작했다.

"소냐." 그가 말했다. "이런 꿈을 꾼 적이 있었는데. 문을
여니까 당신이 어둠 속에서 나를 기다리고 있었어."

"헛소리 그만해, 메블리도." 소냐 볼글란이 말했다.

그는 그녀에게 다가가지 않고 주방 앞에 서 있었다. 반시간
전부터 그는 거의 말리야 바야를락만 생각하고 있었으므로
소냐 볼글란과의 대면이 너무나 갑작스럽고 불편했다. 말리야가
사라진 것이다, 게이트웨이 스트리트에서 뭔가 무서운 일이 생긴
것이다. 이 젊은 킬러에게 달콤한 말을 속삭이기에는 적당한
순간이 아니었다.

그는 몇 초가 흐르게 두었다. 그는 호흡을 가다듬었다.

"말리야는 침실에 있어?" 그가 물었다.

소냐 볼글란은 어깨를 으쓱했다.

그는 침실 문턱까지 갔다가 멈춰 섰다. 매트리스와
정신병의 냄새가 벽들 사이에 고여 있었다.

"집에 없네." 그가 말했다. "무슨 일이 생긴 건 아닌지
걱정이야."

그는 전등 스위치에 손을 얹고 조작했다. 전기가 들어왔다.
거실 전구는 40와트가 넘지 않았지만 허다한 시간을 어렴풋한
조명 속에 있었던 탓에 환한 전등 빛은 그 즉시 충격적으로
기이한 분위기를 빚어냈다. 그는 바로 전등을 끄고 싶었다.

소냐 볼글란은 칼라가 아주 높고 좁으며 소매가 긴,
무릎까지 내려오는 군청색 튜닉을 입고 있었다. 그녀의 다리는
같은 색의 바지로 가려져 있었다. 그녀는 거리에 나갈 때 입는
작업복 잠바를 탁자에 던져 놓은 터였다. 그 잠바는 너무
헐렁해서 둔해 보이고 매력을 상당 부분 지워 버려 그녀를 눈에

띄지 않게 해 주었다. 그녀의 몸 중에서 보이는 것이라고는 작고 깨끗한 손, 샌들을 신은 발, 사람을 녹여 버리는 여인의 얼굴밖에 없었다. 그녀는 매우 아름다웠다. 그녀의 검은 눈이 메블리도의 눈을 향했다. 그녀의 눈빛이 반짝였다.

"불 꺼도 될까?" 메블리도가 물었다.

"마음대로 해." 그녀가 말했다.

"어둠 속에 있는 게 더 좋아서." 그가 말했다. "어두워도 서로 볼 수 있을 정도는 되고."

"알았어." 그녀가 말했다.

그는 전등을 껐다. 즉시 훨씬 편안한 마음으로 이 젊은 여인에게 말할 수 있을 것 같은 기분이 들었다.

"근데 무슨." 그가 말을 시작했다.

"정보를 줄 게 있어." 그녀가 말했다.

"알았어. 얘기해 봐."

"소년병 하나를 찾아냈어." 소냐 볼글란이 말했다.

"아, 그래서?"

"관심 있을 거야."

"으음." 메블리도가 말했다. "무리의 우두머리였어?"

"아니. 그자는 한 소년병 종대 소속이었어. 어느 모로 보나 정말 평범한 소년병이었어."

"그자에게 원한이 있는 사람들한테 넘겨." 메블리도가 말했다. "우두머리였으면 조직에 알렸겠지. 하지만 네 말로는 평범한 작은 악당이었다니까."

"어떤 조직?" 소냐 볼글란이 물었다.

"알면서 왜 그래." 메블리도가 말했다. "그런 일을 처리하는 조직이 있잖아."

"누가 무슨 일을 처리한다는 거야?"

"그런 놈들을 죽이는 일."

"그런 조직을 알아?"

"어떨 때는 자아비판 시간에 그 얘기를 하기도 해." 메블리도가 말했다. "얘기하지 않을 때도 있고. 나는 그 조직의 이름도 강령도 몰라. 그 조직이 한 명인지 여러 명인지도 몰라. 익명의 무장 조직이야. 과거에 소년병을 모집했던

자들을 해치우지. 예전의 주모자들과 예전 소년병 무리의
우두머리들을."

"그 조직을 지지해?" 소냐 볼글란이 말했다.

"응." 메블리도가 말했다.

"나도야." 소냐 볼글란이 말했다. "게다가 난 그게 당신인 줄
알았어."

"그 얘긴 할 필요 없고." 메블리도가 말했다.

그들은 아무 말 없이 마주 보고 있었다.

소냐 볼글란이 메블리도에게 다가와 1–2초 동안 가슴이
맞닿도록 몸을 밀착했다. 그는 그녀의 가슴이 옷 너머로
자신을 어루만지고 있음을 느꼈다. 봉긋한 젖가슴이 느껴졌다.
그녀로서는 같은 편임을 표시하는 나름의 방식이었다. 성적으로
받아들일 여지가 전혀 없는 친근한 합일이었다. 그는 여기에
연애 감정이 전혀 없음을 깨달았기에 그녀가 그렇게 하게 둔 채
팔을 뻗어 포옹하지도 움직이지도 않았으며, 그녀가 몸을 떼자
붙들지도 않았다. 그녀의 행동에는 연애 감정이 전혀 없었지만
그것은 달콤했고 동지애가 느껴졌다. 이윽고 그녀가 옆쪽으로
물러섰다.

"당신이 그 조직인 게 분명해." 그녀가 말했다.

"마음대로 생각해." 그가 말했다.

그녀는 무엇인가를 약간 후회하는 듯 보이더니 다시 입을
열었다.

"그자는 이곳에 동화되는 데 성공했어." 그녀가 말했다.
"다른 놈들처럼 미쳐 버리지 않았어. 그자는 본색을 숨겼어. 정말
잘 숨겼지. 그자는 레오노르 이키토스 정류장 근처에 전화 가게를
열었어. 거기서 장사꾼 겸 마약상으로 근근이 살고 있어."

"알반 글뤼크?" 메블리도는 깜짝 놀랐다.

"응, 맞아. 누군지 알아?"

"그 작자가 예전에 소년병이었다고?" 메블리도가 물었다.

"응. 처음에는 강한 의심이 들었어. 나중에 누가 증거를 보여
주더라고."

"어떤 증거?"

"증거." 소냐 볼글란이 얼굴을 찌푸렸다.

"어떤 종류의 증거?" 메블리도가 끈질기게 물었다.

그녀는 물러섰다. 그녀는 5분 전 그가 아파트에 들어왔을 때 있던 곳으로 돌아간 참이었다. 그녀의 얼굴은 거의 보이지 않았다. 다시금 탁자가 그들 사이에 검은 얼룩처럼 펼쳐져 있었고, 탁자 위판에는 회색의 추악한 짐승 가죽을 닮은 작업복 잠바가 놓여 있었다.

묻는 것에 그녀가 더 대답하지 않자 메블리도는 천천히 창가로 갔다. 그는 창틀에 몸을 기대고는 눈 위로 흐르는 땀을 닦고 하늘을 바라보았다. 별이 몇 개 있고 구름이 많았다. 달은 없었다. 동네는 시끄러웠다. 맞은편 집의 지붕 위에는 암탉들과 올빼미들이 허리를 잇대고 다닥다닥 한 줄로 앉아 일정한 간격을 두고 우스꽝스러운 울음소리를 보내고 있었다.

"며칠 동안…." 소냐 볼글란이 말을 시작했다.

곧 그녀는 목이 메어 입을 다물었다.

메블리도는 소리를 냈다. 그녀를 격려하고 있었다.

"좀 궁했어." 소냐 볼글란이 말했다.

"응." 그가 말했다. "그럴 때도 있지."

그는 그녀에게 등을 돌리고 있었다. 그는 무엇보다 별자리를 관찰하는 일에 몰두하는 척했다. 자기가 서툴게 몸을 움직이고 몸을 돌리고 그녀의 시선을 찾았다가는 그녀가 더 말하지 않을 것임을 알고 있었다.

"나 알반 글뤼크랑 잤어." 소냐 볼글란이 말했다.

그녀는 이 말을 세상 전체를 모욕하는 경멸조로 격렬하게 내뱉었다.

메블리도는 계속해서 어둠을 마주하고 있었다. 그는 빗물받이 홈통 위의 올빼미들을, 거리의 꺼진 가로등들을 바라보고 있었다. 그는 움직이지 않았고, 소냐 볼글란 쪽으로 몸을 돌리지도 않았다. 수에 넣지 않은 우리들을 빼면 아무도 그의 얼굴을 보고 있지 않았다. 피가 없어진 듯 갑자기 흙빛이 된 그의 표정을 아무도 보고 있지 않았다.

"굉장히 교활한 자야." 소냐 볼글란이 말했다. "위험한 상황이란 걸 알고 있고 항상 경계 태세야. 잠을 잘 때만 경계가 느슨해져. 잠을 자면서 지껄여. 질문을 하면 그걸 깨닫지 못하고 수다를 떨어. 별의별 소리를 다 해.”

그녀가 글뤼크와 잤어. 메블리도는 슬픔에 잠겼다.

마약을 얻으려고 그 추악한 독수리와 잤어. 나는 한 번도
그녀를 껴안아 보지 못했는데, 한 번도 어루만지지 못하고 모든
걸 잊은 채 사랑해 보지 못했는데, 그녀의 문신을 한 번도 세어
보지 못했는데. 한 번도 삽입하지 못했는데. 모든 걸 잊은 채
핥지도 못했는데. 우리는 한 번도 몸을 붙인 채, 상대의 몸 안에
들어간 채 알몸으로 누워 있지 못했는데. 우리는 한 번도 섹스를
하지 못했는데. 그녀는 한 번도 내 위에 몸을 기울여 내가 자면서
중얼거리는 소리를 듣지 않았는데.

“그래서?” 그가 말했다.

“뭐가?” 소냐 볼글란이 말했다.

“별의별 소리를 다 한다면서.”

“응. 그자는 제5구역의 인종주의 종대 소속이었어. 당시
열네 살이었어. 그는 자카 파크 웨스트에 있었어. 다른 자들과
함께 학살을 저질렀어.”

자카 파크 웨스트.

베레나 베커가 죽었을 때 그자가 그곳에 있었어.
메블리도는 생각했다. 다른 자들과 함께 학살을 저질렀어. 베레나
베커에게 잔혹 행위를 한 무리와 같이 있었어.

“듣기 힘드네.” 그가 말했다.

“알아.” 소냐 볼글란이 말했다.

“정말 힘들어.”

“알아.”

“하지만 뭐.” 그는 분위기를 살짝 바꿨다.

그는 창틀에 몸을 기댄 채 약간 허리를 굽히고 어둠과
슬픔에 잠긴 표정으로 계속 창문 앞에 꼼짝 않고 있었다. 그러다
눈을 감았다.

“그자는 당신이 알아서 해.” 그녀가 말했다.

1분 동안 두 사람 사이에 침묵이 유지되었다.

“그자와 관계를 가진 게 부끄러워.” 소냐 볼글란이 말했다.

“네 인생이야.” 메블리도가 중얼거렸다. “설명할 필요 없어.
물어보지도 않았잖아.”

"생각만 해도 역겨워." 소냐 볼글란이 분명히 말했다.

메블리도는 창가를 떠나지 않았다. 그는 눈을 감고서 제4닭장의 밤을 듣고 있었다. 적어도 뒷모습이라도 경찰이나 킬러처럼 차분하고 의연해 보이고 싶었다.

그의 뒤에서 소냐 볼글란이 머뭇거리고 있었다.

"아무하고나 관계를 맺을 때도 있어." 그녀가 말을 이었다. "어떨 때는 아무 상관 없어. 하지만 이번에는 역겨워."

메블리도는 이제 움직이고 있었다. 거실 한가운데로 돌아가는 중이었다. 그는 탁자 근처에서 걸음을 멈췄다. 그렇게 태연한 모습이 아니었다. 어둠에도 불구하고 그의 이마와 두 뺨에 땀방울이 흐르는 게 보였다.

"가 봐야겠어." 그가 말했다.

"같이 갈까?" 그녀가 물었다. "그러면 글뤼크가 덜 경계할 거야."

"아니야." 메블리도가 구슬프게 말했다. "오지 마. 이건 내 일이야."

그들은 서로 마주하고 있었지만 서로를 바라보지 않았다.

"잠깐만." 그녀가 말했다.

그녀는 탁자 위에 놓여 있던 잠바 주머니를 뒤지더니 권총 하나를 꺼냈다.

"탄창은 꽉 차 있어." 그녀가 말했다.

"아니야." 메블리도가 말했다. "그런 것 없이 알아서 할게."

"뭘 가지고 하겠다고?" 소냐 볼글란이 말했다. "수중에 아무것도 없잖아."

"맞아." 메블리도가 말했다. "아무것도 없지."

247

그는 마라크빌리 문으로 나와 마카담 대로에 접어들었다. 그는 전차 레일 사이를 걷고 있었다. 신발 밑에서 기름때 묻은 시멘트가 서걱서걱 소리를 냈다. 알반 글뤼크의 본거지에 도착하려면 거의 2킬로미터는 가야 했다. 불이 들어온 몇몇 가로등 불빛에 레일이 반짝였고, 심지어 중간중간 조명이 없는 구간에서도 레일의 존재는 알아볼 수 있었다. 밤은 더위로 끈적끈적했다. 아무도 마주치지 않았다. 그는 자동인형 같은 걸음으로 나아갔고, 가끔은 매우 피곤하거나 술에 취한 사람처럼 속도를 늦췄다. 그는 아무 생각도 하지 않았다. 특별한 감정이 느껴지지 않았다. 철로가 아닌 차도에는 바퀴자국이 너무 많았으므로 그는 철로를 벗어나지 않았다. 그의 왼쪽으로는 게토를 따라 버려진 집들이 비둘기 집의 악취를 내뿜고, 오른쪽으로는 건물들이 황폐한 성벽을 이루었는데, 성벽 중간중간에는 새까만 틈이 있거나 때로는 괴물 같은 가지의 플라타너스나 아카시아 나무가 있었다. 그 시간에는 전차가 다니지 않았다. 모든 인간의 활동이나 열등인간의 활동에서 벗어난 비현실적 무인 지대에 있는 기분이었다.

20분 뒤 메블리도는 레오노르 이키토스 정류장에 이르렀다. 사람은 한 명도 없었다. 콘크리트 플랫폼과 시멘트 블록 세 개로 된 계단은 철거반이 실수로 깜박하고 무너뜨리지 않은 잔해처럼 보였다. 유일한 전등이 가까이에서 빛을 발했다. 전등은 알반 글뤼크가 통신 장비를 설치해 둔 가건물의 지붕 밑에 매달려 있었다. 전등 빛이 정류장과 레오노르 이키토스 문을 연결하는 100미터의 울퉁불퉁한 길을 노랗게 물들였다. 늦은 시간인데도 가게는 열려 있었다. 전화 장사를 하면서 1-2달러를 벌 기회를 놓치고 싶지 않다면 가게를 실질적으로 계속 열어 두어야 한다.

영업시간이 이런데 어떻게 둘이? 메블리도는 생각했다.

그는 얼굴에 흐르는 땀을 닦았다. 낮이나 밤의 어느 순간에 독수리가 소냐 볼글란과 노닥거렸을지 궁금해졌다. 팩토리 스트리트를 떠난 이후로 억눌러왔던 교접의 이미지들이 그의 내면에서 화면 위처럼 반짝거렸다. 또렷하고 소리 없는 무채색의 이미지들이었다. 장면 장면이 빠른 속도로 이어졌다. 독수리는 소냐 볼글란의 몸 안으로 파고들기 위해 그녀의 위로 몸을 상스럽게 활 모양으로 구부리고 있었다. 이윽고 그는 금세 잠이 들었고, 자면서 끔찍한 고백을 늘어놓았으며, 그러다 잠에서 깨어 몸을 일으켰다. 그가 재차 소냐 볼글란의 위에 몸을 포갰다. 젊은 여인은 반쯤 죽은 것처럼 보였다. 마약에 취해 아무 반응도 못 하는 것이었다. 알반 글뤼크는 날개를 퍼덕거리면서 소리를 질렀지만 이미지는 그 소리를 재생시키지 않았다. 그는 그녀를 인형처럼 옮겼고, 그녀의 위에서 뒹굴고 그녀를 흔들어 댔다. 어떻게. 그는 생각했다. 어떻게, 아무리 마약을 얻고 싶었다 해도, 이런 종류의 작자가 몸을 주무르고 삽입하게 할 수 있지? 그녀가. 그자의 끈적끈적한 액체를, 끈적끈적한 정액을 뒤집어쓰다니.

그는 한숨을 쉬었다. 이곳에 온 목적에 집중해야 했다.

바보짓은 그만둬, 메블리도. 그는 생각했다. 아무리 그래도 살인을 하려고 여기에 온 거잖아, 소냐 볼글란의 문란한 성생활을 생각하려고 온 게 아니라. 소냐 볼글란은 잊어. 그녀 때문에 이놈의 글뤼크를 죽이려는 건 아니잖아.

그는 발걸음을 늦췄다. 주변을 살폈다. 범행 현장에 도착하고 나니 소냐 볼글란이 주겠다던 무기를 받지 않은 게 후회되었다. 그는 그 무기가 어떤 것인지 알고 있었다. 그가 언제나 성능을 높이 평가했던 권총, 제2소비에트연방 시절의 토카레프 권총이었다. 이를 악물고 군소리 없이 그것을 받아야 했다. 소냐 볼글란은 자기 몸을 어떻게 굴리는지에 대해 그에게 보고할 의무가 없었다. 그는 그녀를 비난할 이유가 없었다. 그리고 아무도 그에게 경악과 외로움을 그런 식으로 드러내라고 시킨 적이 없었다.

막판에 땅에서 뭔가를 집어야겠어. 그가 생각했다. 날카로우면서 너무 무겁지 않은 것이면 좋겠는데. 벽돌이면 적당할 텐데.

그는 다시 한 번 이마를 닦았다. 수상한 동작을 하지 않으려고 주의했다.

그놈의 글뤼크는 분명히 가게 주위를 오가는 사람들을 지켜보고 있을 거야. 그는 생각했다. 벽돌은 나중에 찾아야겠어.

칠판은 여전히 눈높이에 매달려 있었다.

- 알반 글뤼크의 가게
- 제4닭장 전의 마지막 전화 통화소
- 먼 곳에 있는 사람과 통화
- 야간 서비스
- 모든 언어, 모든 방언 송수신

메블리도는 계산대로 쓰이는 널빤지에 팔꿈치를 기댔다.
가게는 어두웠다. 독수리는 월광 기록기 뒤에 쭈그려 앉아 있다
보니 기계들에 묻혀 잘 보이지 않았다. 그자는 전선함 하나를
분해한 참이었고 빛도 없이 손으로 더듬어 전선함을 검사하거나
수리하고 있었다.

"날 알아보겠어?" 메블리도가 물었다.

"아니, 왜?" 독수리가 잠시 뜸을 들인 뒤 말했다.

독수리는 자세를 바꾸지 않은 채 늘어진 전선 다발 너머로,
어둠 때문에 비정상적으로 거대해 보이는 발전기들 사이로
손님을 훑어보았다.

"어제 이미 봤잖아." 메블리도가 말했다.

"기억이 안 나."

"통화를 두 번 했는데." 메블리도가 말했다.

"그럴 수도 있지." 상대가 말했다. "내가 가격을 할인해
줬어?"

"1–2달러 했어." 메블리도가 말했다.

"할인 가격이었네." 글뤼크가 끽끽 울었다.

글뤼크는 자기 목소리의 혐오스러운 어조를 일부러
강조하는 것 같았다. 그는 빛 쪽으로 나오지 않았다.
그러기보다는 하던 일을 멈추지 않고 흥정하려 했다. 아니면 늦은
시간에 더러운 경찰복 반팔 셔츠를 입고 여기까지 걸어온 손님의
의도를 의심하는 건지도 몰랐다.

"응." 메블리도가 말했다. "그러면 오늘 밤에는 얼마야?"

독수리 글뤼크는 다시 몸을 세웠다. 이제 뒤죽박죽 놓인
괴상망측한 기계들과 어둠으로부터 그의 모습이 나타났다.
전등은 계산대를 먼지투성이의 노란색으로 물들였다. 노란색은
널빤지를 넘어 간판용 칠판과 점포 내부 공간 0.5미터를 밝혔다.

알반 글뤼크는 뒤로 물러나 중간 구역에 있었다. 그의 얼굴 생김새와 우툴두툴한 얼굴의 음산한 표정은 분간할 수 있었지만 등 뒤에 무기를 차고 있는지는 잘 보이지 않았다. 그를 불안하게 만들지 않으려고 메블리도는 피로와 무관심이 가득한 눈빛으로 그를 바라보았다. 곧 부숴 버릴 머리통의 헝클어진 깃털 타래를 자세히 보지 않았다. 잘라 버리거나 조를 작정인 수축성 목의 주름들을 오래 쳐다보지 않았다.

"경우에 따라 다르지." 글뤼크가 말했다. "어디로 거는 건데?"

메블리도와 그 사이의 거리는 줄어들어 있었지만 메블리도가 공격할 수 있는 정도는 아니었다. 갑자기 이자에게 팔을 뻗어 손가락을 집게처럼 써서 기도(氣道) 부근을 차단할 수 있을 거야. 그는 생각했다. 맞아, 그거야, 맞아. 하지만 그다음엔 어떻게 이자를 바깥으로 끌어내서 죽이지? 발버둥 치면서 계산대를 붙잡고 매달릴 텐데. 나를 때리려 하거나 자기도 나를 움켜잡으려 할 거야. 설사 이자가 고통과 질식 때문에 기운이 빠진다 해도 내가 이놈을 저 소굴에서 끌어낼 정도의 기운이 있겠어. 트인 공간이라면 중간에 이자의 머리를 돌에 처박을 수 있을 텐데. 하지만 여기서는 판자를 사이에 두고 맞서야 하니. 그러면 녀석을 무력화시킬 확률이 적지.

"여러 통 쓸 거야." 메블리도가 시간을 벌려고 말했다.

"세 번째 통화부터는 단체 할인이 돼." 독수리 글뤼크가 알려 주었다. "한 통화에 2.5달러야. 녹음을 지우고 싶어?"

"응."

"그러면 다 해서 1달러 더 내야 돼."

"비싼데." 메블리도가 어쩔 수 없다는 듯한 동작을 취하며 말했다. "하지만 하는 수 없지."

흥정은 끝났다. 알반 글뤼크는 계산대 밑에 넣어 둔 장비를 집으려고 몸을 낮췄다. 그는 낑낑대며 몸을 다시 일으켰다. 동전통처럼 생긴 커다란 야전 전화기 때문에 두 팔이 불편한 상태였다. 그는 그것을 널빤지 위에 올릴 준비를 하고 있었다. 그 기회를 틈타 메블리도는 오른손을 맹렬하게 독수리의 칼라 쪽으로 뻗었다. 그의 손가락이 연골을 붙잡았다. 글뤼크의 기도를 쥔 게 느껴지자 즉시 전력을 다해 잡아당겼다. 상대는 몸부림치다 들고 있던 것을 놓아 버렸다. 장비는 그가 한 주간의 매상을 넣어 두는 통과 충돌하더니 쇳소리를 내면서 바닥에 부딪혔다. 동전들이 선명한 딸랑딸랑 소리를 내면서 널빤지 위에 흩어졌다. 메블리도는 잡고 있는 부위를 더 세게 조였다. 미친 듯이 손가락을 조였다. 글뤼크의 목은 마치 비늘로 덮인 것 같았고 손바닥에 닿는 느낌이 차가웠다. 글뤼크의 목이 경련으로 흔들렸다. 메블리도는 글뤼크의 허파로 통하는 반경식(半硬式) 도관(導管)을 움켜잡고 꽉 압박하며 뽑아내기라도 할 것처럼 흔들어 댔다. 다른 것은, 동맥이나 글뤼크의 목을 채우고 있는 다른 요소들은 신경 쓰지 않았다. 그는 상대의 손을 피하려고 무게를 실어 몸을 뒤쪽으로 젖혔다. 2초 정도 가게의 진열대를 더듬다가 마침내 왼손으로 단단히 붙잡을 곳을 찾아냈다. 이제 그는 제대로 자세를 잡고 있었다. 이제 글뤼크가 의식을 잃거나 자기 소굴 밖으로 끌려 나올 때까지 그는 같은 자세로 버틸 수 있을 것이다.

알반 글뤼크는 불리한 자세였다. 그는 숨을 쉬거나 소리를 지르려 하지 않았고, 체중을 완전히 실은 채 자신에게 매달려 있는 메블리도를 후려치려 했지만 허사였다. 알반 글뤼크는 계산대 바깥으로 미끄러지지 않으려고 몸을 활처럼 굽혔다. 그랬다가는 떨어지다가 치명타를 맞을 수 있음을 알았던 것이다. 그가 반대편 땅에 닿기 전에 메블리도가 그의 척추나 두개골을 부숴 버릴 틈이 있을 것이다. 그는 두 날개를 펼친 상태였고 끌어당기는 힘에 저항하기 위해 날갯짓으로 가게에 있는 모든 공기를 세차게 휘저어 자신의 깃털과 땀 냄새가 섞인 쇳가루 구름을 메블리도 쪽으로 보내고 있었다.

몇 초 동안 메블리도는 그렇게 우위를 점했다. 그러다 손가락 사이에 흐르던 땀 때문에 손이 살짝 미끄러져 집게처럼 잡고 있던 조르기 자세가 약해졌다. 상대는 그 틈을 타 산소를 한 모금 들이마시더니 날갯짓을 그만두고 메블리도를 끌어당기면서 주저앉아 버렸고, 메블리도는 그를 놓치지 않기 위해 자세를 바꾸지 않을 수 없었다. 그는 시체만큼 무거워졌다. 메블리도는 그때까지 꽉 잡고 있던 진열대 널빤지 밑부분을 단념하고는 상대의 움직임을 따라갔다.

이제 그는 계산대 위로 몸을 내밀고 있었고 손가락은 여전히 알반 글뤼크의 기도 부위를 꽉 쥔 채 점포의 어둠 쪽으로 허리를 숙이고 있었다. 그는 반대편으로의 다이빙을 준비하기라도 하듯 널빤지 위에서 몸을 뻗었다. 바로 그 순간 독수리가 바닥에서 오래전부터 그곳에 있었던 물건을, 어쩌면 혹시 있을지도 모를 도둑놈의 공격에 대비해 그곳에 두었을 물건을 집었다. 그는 그것을 집어 즉시 사용했다. 그것은 소도(小刀) 혹은 마체테였다. 메블리도는 팔꿈치 밑이 욱신거림을 느꼈다. 아주 잠깐 동안은 어떤 상처인지 상상이 되지 않았고, 곧 팔 힘이 풀려 글뤼크의 목을 조르는 것을 그만두었다.

독수리는 벗어나더니 쉰 목소리로 비명을 질렀다. 메블리도는 서둘러 한 걸음 물러섰다. 그는 신음 소리를 내지 않으려고 참았다. 이제 그는 전화 가게 앞에 서 있었고 팔뚝은 그의 명령에 더 이상 응답하지 않은 채 대롱대롱 매달려 있었다. 인대와 힘줄이 절단된 것이다. 관절 부위에서는 이제 아무것도 움직이지 않았다. 상처에서는 몇 초 동안 피가 흐르지 않았다. 곧 피가 났지만 아직 진짜 고통은 없이 기분 나쁜 통증뿐이었다.

계산대 뒤에서 글뤼크가 다시 나타났다. 눈이 빨갛게 충혈되어 튀어나와 있었다. 대머리에는 찰과상이 있고 목 한가운데는 부푼 것처럼 보였다. 날개를 아직 반쯤 펼치고 있으니 종교들이 사후에 더 나은 내세와 여러 지옥이 있을 거라는 믿음을 주입하던 시절에 중세 화가들이 재현한 것과 같은 악마적 피조물과 닮아 보였다. 그는 시끄럽게 헐떡이고 있었다. 그의 손에서는 무기가 반질반질하게 반짝이며 흔들리고 있었다. 그것은 치즈 칼이었다.

그들은 말없이 서로를 응시했다.

글뤼크는 기침이 발작했다.

메블리도는 메블리도대로 피를 흘리고 있었다. 피가 점점 빨리 흘렀다. 핏방울이 땅바닥으로 흘러내렸다. 전구의 노란빛 때문에 메블리도 앞에 만들어지는 웅덩이의 색깔이 잘 보이지 않았다.

"그래서?" 글뤼크가 억지로 쉰 목소리를 내면서 발음을 굴렸다. "어디에 전화하고 싶다고?"

"자카 파크 웨스트." 메블리도가 말했다.

글뤼크는 뭐라고 웅얼거렸다. 메블리도가 헤집어 놓은 기억에 그다지 충격을 받은 것 같지는 않았다. 이윽고 그는 가게의 어둠 속으로 물러났고 씩씩거리는 숨소리만 들렸다.

그것밖에 들리지 않았다.

씩씩거리는 숨소리밖에.

메블리도는 휘청거리고 있었다. 상처로 인한 쇼크로 몸이 마비된 상태였다. 그의 지력(智力)은 아무것도 아닌 것들에 걸려 움직이지 못했다. 길 약간 위쪽에는 자그마한 진흙투성이 바큇자국이 있었고, 그는 몇 초 동안 그곳에 발을 디디느냐 마느냐가 중대한 일이기라도 한 것처럼 그 바큇자국을 곁눈으로 지켜보았다. 그는 거의 꿈이라도 꾸는 것처럼 피가 자신의 팔을 떠나 땅에 흡수되는 것을 바라보았다. 그는 피해가 어느 정도인지 상상하려고, 얼마나 깊이 베였는지 파악하려고 노력했다. 그다지 느낌이 없었고, 조명이 부족하다는 핑계로 상처를 직접 살펴보지 않기로 했다. 그는 다시금 가게에서 약간 물러섰다. 이제는 여기가 어디인지, 대결이 끝났는지 아닌지 알 수가 없었다. 그는 자기가 이제 싸울 수 있는 상태가 아님을 깨달았지만 이후의 일에 대해 생각하려 해도 정신이 작동하지 않았다. 어쨌든 첫판은 졌어. 그는 생각했다. 그는 이 문장을 여러 차례 되뇌었다. 자신이 이 문장의 블랙 유머를 음미하고 있는지 아닌지 알 수 없었다.

알반 글뤼크는 자신의 오두막 안에서 계속 으르렁거렸다. 가끔씩 날개를 접었다 폈다 했다. 여전히 그는 밖으로 나와 싸움을 끝내려고 하지 않고 있었다. 그는 그 안에, 기계들 틈에 있었다. 규칙적으로 헐떡이는 소리를 내뱉었다. 그것만으로는 그가 무슨 일을 꾸미고 있는지 추측할 수 없었다.

메블리도는 발길을 돌려 50여 미터를 걸어서 레오노르 이키토스 문 밑으로 접어들었다. 그곳은 게토의 주민들이 기피하는 구역이었다. 내가 이미 말한 것처럼 그곳은 제4닭장의 한 부분으로, 새로운 사회가 선포된 뒤 심하게 피해를 입어 이제는 인적 없는 붕괴된 미궁이 계속되는 것처럼 보일 지경이었다. 메블리도는 첫 교차로까지 걸어갔고 오른쪽으로 돌아 어느 벽에 몸을 기댔다. 1분 동안 그는 허리띠로 지혈대를 만드는 데 열중하다 곧 포기했다. 지혈대가 버티지를 못했다. 그는 알반 글뤼크가 쫓아오기 시작했는지 확인하려고 자기 뒤의 어둠을 주시했다. 아무것도 보이지 않았다. 문을 지나고 난 뒤 독수리가 오두막 주변에서 분주히 움직이면서 황급히 가게를 닫기라도 하는 듯 널빤지와 진열대 덧창을 닫는 소리를 들은 것도 같았다. 그러고는 소리가 없어진 상태였다. 만약 글뤼크가 그를 추적하고 있다면 소리 없이 하고 있는 것이었다.

이제 그는 게토의 조명 없는 그물 같은 도로망으로 접어든 터였다. 그는 움직이지 않는 오른팔에서 허리를 따라 피가 흘러내리는 와중에 이를 갈면서 빠른 걸음으로 내리 500미터를 걸었고, 곧 힘이 빠지기 시작했다. 통증이 더 심해진 건 아니지만 몸 전체로 퍼져 모든 근육에 끔찍한 피로감을 유발했다. 구역질이 그를 놓아주지 않았다. 그는 다시 200미터를 갔다. 피신처를 찾아 아침까지 숨어 있어야 한다고 되풀이해 중얼거렸다. 기력을 조금이라도 회복해야 했다. 그는 이미 피를 몇 리터는 잃은 상태였다.

그는 작은 골목길로 들어가 건물 잔해가 잔뜩 널려 있는 교차로에 이르렀다. 그는 이제 일정한 속도로 걷지 못했다. 사실상 더는 몸의 균형을 잡지 못했다. 그는 토하려고 중간중간 쉬었다. 악취 나는 쓴맛을 제외하면 위장에서는 아무것도 넘어오지 않았다. 그는 교차로를 건너 우중충한 거리로 들어갔다. 실체가 없는 건물 외벽을 따라 걸었다. 외벽 뒤에는 건물의 골조가 무너져 있었다. 건물 잔해는 새장 냄새를 심하게 풍겼지만 새는 한 마리도 보이지 않았다.

새들은, 새들은 존재하지 않을 때가 있어. 메블리도는 흐릿하게 생각했다. 잠자느라 꼬꼬댁거리지 않거나, 아니면 다른 곳에 있지.

생각을 모으는 게 힘들었다. 몸에 안간힘을 주고 고통과 싸우느라 깊이 생각할 수가 없었다. 자신을 노리는 포식자로부터 도망쳐 몸을 피해야 한다는 건 알고 있었지만 그 밖의 것은 명료하게 생각나지 않았다. 계속 빠른 걸음으로 걸을 수 있으면 좋았겠지만 그럴 수가 없었다. 발의 힘이 점점 풀렸다. 이제 그는 무거운 발걸음으로 계속해서 지그재그로 걸었다.

그는 어깨 너머로 다시 한 번 돌아다보았다. 가늠할 수 없는 거리에 구부정한 인영이 보였다. 그 인영은 알반 글뤼크일 수 있었다.

그자야. 그는 생각했다.

몇 개의 문장이 두꺼운 펠트 층을 뚫고 나오기라도 한 듯 천천히 그의 의식에 도달했다.

독수리 글뤼크야. 그는 생각했다. 놈이 나를 쫓고 있어.

그는 어느 가옥 입구로 뛰어들어 어둠침침한 돌무더기 앞에 섰다. 건물 여러 채가 층층이 무너져 있었다. 잔해들 사이로 구불구불한 통로 비슷한 것이 나 있었다. 그는 그곳으로 들어갔다. 걸음을 내디딜 때마다 휘청거렸다. 그의 주변의 모든 게 해독 불가능하고 단단했다. 그의 위쪽에는 깨진 벽들과 극도로 검은 하늘의 조각들이 있었다. 무언가가 그의 다리 근처에서 짧게 날갯짓을 몇 번 하더니 날아올랐다.

올빼미야. 그는 생각했다.

그는 시멘트 덩어리에 등을 기댔다. 이것 봐. 그는 다시 생각했다. 수직으로 된 것에 등을 기대고 있네. 기운을 차리는 거야.

오른쪽 팔꿈치 밑에서 피가 꾸르륵 소리를 냈다. 지혈대가 또다시 풀려 있었다. 그는 확신 없이 그럭저럭 지혈대를 다시 조였다. 팔의 약간 위쪽 동맥을 압박하고 있을 때조차 피가 새어 나왔다. 칼에 베인 팔뚝은 이제 피가 파도처럼 밀려오는 무거운 고깃덩어리에 불과했고, 지지대가 없어진 근육은 동그랗게 어깨 쪽으로 말려 올라가 울부짖고 있었다. 내 근육들이 울부짖고 있어. 그는 생각했다.

그는 어둠에 귀를 기울였다. 누군가가 다가오고 있었다. 누군가가 통로 입구에 있는 벽토 부스러기를 밟고 있었다. 누군가가 오고 있어. 그는 생각했다.

그는 다시 걷기 시작했다. 그는 비틀거렸다. 눈을 그렇게 자주 뜨지 않았다. 길을 찾기 위해 그는 왼쪽 팔로 짚을 곳을 찾았다. 낡은 목재의 가시, 쇠못, 날카로운 돌 때문에 성한 쪽의 손이 까졌다. 그는 그렇게 겨우겨우 이동하여 지면이 평탄하고 몇 미터에 걸쳐 땅이 노출된 곳에 이르렀다. 거무스름한 더미로

둘러싸인 무대와 같은 장소였다. 돌무더기가 반(半)분화구를 이루었다. 꼭 소극장 같은데. 그는 생각했다. 거무스름한 계단식 좌석이 있는 작은 원형극장 같아. 마지막 장면을 위해서. 저기에 앉는 거야, 메블리도. 그는 생각했다.

그는 첫 번째 잔해 더미를 몇십 센티미터 기어 올라갔다. 칼에 베인 팔이 다리 사이에 덜컥 걸리더니 그가 앉으려는 순간 다시 한 번 피를 뿌렸다. 그는 신음하면서 팔을 밀어내어 옆에 있는 벽의 잔해 위에 내려놓았다.

끝장났네. 그는 상황을 요약했다. 어쨌든 시작이 안 좋아. 하지만 적어도 마지막 장면을 위한 빈자리가 있네. 한두 명 자리는 있어. 관객과 배우를 합쳐서 한두 명.

그래, 메블리도, 기다리는 거야. 그는 생각했다. 시작하기를 기다리는 거야.

그는 좌석에 편히 앉았다.

그는 알반 글뤼크가 무대에 등장하기를 기다렸다.

33

이 장소에서 열렸던 공연을 묘사할 필요는 없다. 공연은 철저히 외부인 비공개였다.

알반 글뤼크와 메블리도의 죽음의 무도(舞蹈) 이후 여러 사람이 메블리도 곁으로 찾아와 이야기를 나누거나 조언을 하거나 작별을 고했다. 마치 이미 '난장판'으로 가고 있기라도 한 듯, 자신을 분계선으로 데려갈 장거리 버스에 이미 탑승하기라도 한 듯, 곧 하게 될 여행만을 생각하며 좌석에 앉아 유리창 너머로 그들을 바라보면서 손을 흔들고 있기라도 한 듯, 그는 그들을 한 명씩 무심히 맞이했다.

• 맨 처음 나타난 이는 코르넬리아 오르프였다. 그녀는 정신 나간 슬로건을 외치면서 자신의 등장을 알리지 않았다. 그녀는 어둠 속에서 투덜거렸고, 건물 잔해 사이로 길을 뚫는 데 애를 먹었다. 그녀는 다른 사람들과 다를 바 없었다. 우리들과 다를 바 없었다. 그녀는 레오노르 이키토스 구역을 잘 알지 못했다. 그녀는 발이 푹푹 빠지는 벽토 조각을 짓밟으며 걸었고, 어디로도 통하지 않는 파편 무더기 쪽으로 접어들었다가 유턴을 했고, 결국 지쳐 헐떡이면서 메블리도가 있는 곳에 모습을 드러냈다. 그녀는 그의 앞에 서서 1분 동안 아무 말 없이 그를 주시하다가 그녀가 어디든지 배낭을 들고 다닐 수 있게 해 주는 가죽 끈을 머리 위로 뺐다.

"이거 받아." 그녀가 약간은 억지로, 친근한 목소리로 말했다. "가는 동안 먹으라고 페미컨을 넣었어. 책 두세 권하고."

"무슨 책요?" 메블리도가 물었다.

"비축해 뒀던 것들을 뒤졌어. 존 인페르누스의 책들이야."

"재고가 없는 줄 알았는데요." 메블리도가 말했다.

"세 권이 남아 있더라고. 상태는 그렇게 좋지 않아."

"알았어요." 메블리도가 말했다.

"두 번째 책은 끝부분이 없어." 코르넬리아 오르프가 알려 주었다. "동화책이야."

"상관없어요." 메블리도가 말했다. "얼마 드리면 돼요?"

"돈은 됐어." 코르넬리아 오르프가 자랑스럽게 알렸다.

"당에서 주는 거야."

"고맙다고 전해 주세요." 메블리도가 속삭였다.

"전할게." 코르넬리아 오르프가 말했다.

"당의 기밀을 절대 누설하지 않을 거라고 전해 주세요." 메블리도가 덧붙였다.

"당에서도 이미 알고 있어." 코르넬리아 오르프가 말했다.

"난 결코 당의 이름도 목표도 알지 못했네요." 메블리도가 아쉬워했다.

"그건 비밀이야." 코르넬리아 오르프가 말했다.

메블리도는 배낭을 목에 걸었다. 이제 팔에는 아무 문제가 없었고 몸 상태가 여행을 해도 될 만큼 좋게 느껴졌다.

• 반시간 뒤 말리야 바야를락이 도착했다. 그녀는 숨이 굉장히 가빴고 메블리도에게 다가오는 데 오래 걸렸다. 평소 입던 베이지색 추리닝 안에 분홍색 티셔츠를 받쳐 입은 게 보였다. 그녀는 단화를 신고 있었는데 발등의 테두리 부분이 부어오른 발을 찌르고 있었다. 메블리도에게까지 걸어오는 것이 그녀에게는 무척 힘든 일이었다. 그녀는 만남이 진행되는 조그마한 무대 공간에 서 있으려고 애썼지만 1분 뒤 균형을 잃고 넘어질 뻔했다. 그녀는 미끄러지지 않으려고 서툰 동작으로 조심조심하면서 메블리도 옆에서 몸을 일으켰다가 앉았다.

"불쌍한 야샤르." 그녀가 말했다. "그들이 당신을 어떻게 한 거야?"

그녀는 그를 살펴보려고 다가오더니 한참 동안 고개를 저었다. 그녀는 그를 만지지 않았다. 그녀는 그에게 손을 대지 않으려고 조심했지만 그에게 숨을 내쉬었고 그는 포근하고 다정한 그녀의 기운을 느꼈다.

"당신을 불렀었어." 메블리도가 말했다.

"날 불렀다고?" 말리야가 놀랐다.

"응. 당신이 새들 한복판에 있었을 때."

"새들 한복판?"

"게이트웨이 스트리트에서."

"게이트웨이 스트리트?"

그녀는 그에게 숨을 내쉬었다. 그는 그녀를 잡아당겨 꽉 껴안고 싶었지만 그녀가 그런 식의 애정 표현을 두려워할지도 모른다고 생각했다. 엉뚱하고 난폭한 행동이라고 생각할 것 같았다. 그는 참았다.

"우리는 광기에 빠졌어." 그가 말했다. "하지만 적어도 계속 같이 있었지."

"맞아, 야샤르." 그녀가 말했다. "사실상 완벽하게 같이 있어." 두 사람 모두 웃기 시작했다.

"'난장판'으로 떠날 거야." 메블리도가 말했다.

"그럼 그럼, 야샤르." 그녀가 말했다. "달리 뭘 할 수 있겠어?"

"그때까지 몸조심해." 그가 말했다.

"그때까지라니?" 그녀가 물었다.

"몰라." 그가 말했다.

그들은 잠시 말없이 있었고, 곧 말리야는 다시 몸을 일으켰다.

"당신 주려고 페미컨과 케이크를 준비했어." 그녀가 말했다.

그녀는 페미컨을 메블리도의 옆, 자기가 앉아 있던 곳에 놓았고, 갑자기 추리닝 주머니를 뒤지다가 자신의 엉덩이를, 넓적다리 위쪽을 더듬었다. 낙심한 기색이었다.

"분명히 케이크를 가져왔는데." 그녀가 다시 말했다. "당신 주려고 케이크를 주머니에 넣어 왔는데. 이젠 없네."

• 한 시간이 지났고, 소냐 볼글란이 나타났다. 그녀는 무대 중앙에, 메블리도로부터 2미터 떨어진 곳에 있었다. 메블리도는 졸고 있었다. 그는 눈을 떴고 그녀의 존재를 알아차렸다. 어둠이 그녀를 감추고 있었다. 그녀는 이미 몇 초 전부터 말하고 있는 모양이었다.

"그자가 자기 가게로 다시 들어가려 했어." 그녀가 말했다. "챙길 게 있었던 모양이야. 그자는 여전히 마체테를 손에 들고 있었어. 내가 그자의 슬개골과 날개 관절에 총을 쐈어. 그다음에는 당신을 어디에 두었냐고 물었어. 나는 그자를 부드럽게 다루지 않았어. 총알 다음엔 마체테를 사용했어."

"그놈의 글뤼크, 그자와 밤 시간을 좀 같이 보냈지." 메블리도가 말했다.

"알아." 소냐 볼글란이 말했다. "그것 때문이야."

"그것 때문에 뭐가?" 메블리도가 물었다.

그녀는 대답하지 않았다. 그녀는 토요일과 공산주의자들이 아직 존재하던 시절 '공산주의 토요일' 행사를 위해 떠나던 콤소몰 단원처럼 노동자 복장이었다. 그녀의 작업복 잠바는 피로 얼룩져 있었다. 그녀는 잠바를 뒤지더니 신문지로 싼 물건 두 개를 꺼냈다.

"페미컨이야." 그녀가 말했다. "권총 하나하고. 토카레프 권총이야. 이거면 당신 마음에 들 것 같았어."

"이제 총은 그다지 필요 없어." 그가 말했다.

"혹시 모르잖아." 소냐 볼글란이 말했다.

"만약 총에 페미컨이 들어가면? 페미컨 부스러기 말이야. 그랬다간 제대로 작동을 안 할 수도 있을 텐데."

"그럴 리 없어. 비닐봉지로 쌌어. 자, 여기."

"무겁네." 두 개의 물건을 가방에 쑤셔 넣으면서 메블리도가 말했다. "장전된 거야?"

"응. 탄창을 꽉 채웠거든."

"이렇게 되었으니 적에게 총을 쏠 때 당신 생각이 나겠네." 메블리도가 말했다.

"바보 같은 소리 그만해, 메블리도." 소냐 볼글란이 말했다.

• 곧이어, 너무나 뜻밖의 순간에, 전통 한복 차림의 여자가 도착했다. 그녀는 무녀, 무당이었다. 그녀는 고수를 대동했는데, 고수는 인사도 없이 즉시 책상다리를 하고 앉아 악기를 오른발로 받치더니 짤막한 채로 북통을 두드리기 시작했다. 리듬은 준비운동의 리듬이었지만 이미 정확하고 신비롭고 강했다. 무당은 조그마한 공간을 여러 차례 돌면서 폐허의 정령들을 기렸고 두 손으로 페미컨 파테를 만드는 시늉을 하더니 악사 앞에 자리를 잡고는 메블리도를 쳐다보지도 않은 채 그에게 말을 걸었다. 메블리도는 고대 한국어를 이해하지 못했으므로 대답하지 못했다. 무당의 목소리가 어둠 속에 높아지며 무너진 돌무더기와 잔해를 지나 메블리도의 깊은 곳을 건드렸다. 그녀는 몇 안 되는 음정으로 소리를 내고 있었지만 그녀의 어조는 충격적이었다. 악사는 비범한 터치를 과시하며 잔잔하게

연주하고 있었다. 그는 굿북의 측면이나 가죽 부분을 왼손 손바닥으로 때렸는데, 오른손에 쥐고 휘두르는 채는 나무를 깎아 만든 것이었다. 채로 깎인 나무가 죽은 나무의 원기를 총동원하여 의식에 참여하고 있었다. 그것은 아마도 박달나무, 한창나이의 박달나무였을 것이다. 메블리도는 음악을 자기 안에 받아들였고 시간의 개념을 잃었다. 레오노르 이키토스 구역은 계속해서 밤이었다. 무당은 노래를 불렀고, 가끔은 몸을 숙였다가 다시 일으켰으며, 두 팔을 움직였다. 하지만 춤을 추기에는 자리가 너무 좁았고 그녀는 그 순간의 모든 마법을 자신의 성대에 ― 자신의 성대와 자신의 호흡에 ― 집중시키는 쪽을 택했다. 그녀는 메블리도가 듣고 있는지는 굳이 알려고 하지 않았다. 메블리도 쪽을 쳐다보지 않았다. 그녀는 악사 쪽으로, 검은 하늘 쪽으로, 폭격을 맞은 건물 외벽들의 흉터 쪽으로, 그들을 둘러싼 잔해 무더기 쪽으로 몸을 돌리고 있었다. 그녀가 오른 무대는 거의 원형이었고, 막힌 분화구와 비슷했다. 무대 한복판에서 무당은 울먹이고 있었고 끊임없이 어떤 아름다운 것을, 오로지 망자들이나 망자와 비슷한 자들의 귀에만 들리는 일시적이고 근본적인 어떤 것을 창조해 내고 있었다.

메블리도의 두 뺨에 눈물이 흘렀다.

그는 아무 말도 하지 않았다. 무당과 대화를 나누려 하지 않았다. 하지만 그의 뺨에는 눈물이 흐르고 있었다.

• 우리의 생체 시계에 따르면 먼동이 텄어야 할 즈음에, 메블리도가 겪고 있던 비몽사몽의 새로운 일화가 끝났다. 그의 앞에 있는 좁은 풍경은 변하지 않았다. 폐허가 된 건축물과 흙더미로 둘러싸인 무대 공간이었다. 무당과 그녀의 악사는 다시 떠난 지 오래였다. 메블리도는 어둠을 주시했다. 한쪽에는 황폐한 풍경과 무너진 돌 더미들이 있고 다른 한쪽에는 거대한 새 한 마리가 높은 곳에 앉아 꼼짝 않고 있었다. 보잘것없는 것들 약간, 산산조각 난 벽, 휘어진 들보, 양쪽의 허공 사이에서 쓰러지지 않고 서 있는 창문 몇 개. 모든 것이 짙은 어둠에 잠겨 있었다. 무당이 굿을 했던 작은 광장은 이제 지면이 다시금 검은 액체나 검은 피나 검은 기름 층으로 덮인 것처럼 보였다. 그는 아침 햇살이 더해졌을 때 그것이 어떻게 보일지 생각해 보려 했다.

그의 생각은 너무 어수선해서 어떤 결론에 이를 수 없었다. 그는 이제 제한된 지력(智力)으로 버텨야 한다는 것에 다소 기분이 상해 한숨을 쉬었다.

검은 피나 검은 기름. 그가 되뇌었다.

바로 그 순간 근방에서 더듬거리는 발소리가 났다. 어쩌면 누가 나를 찾고 있는지도 몰라. 그는 생각했다. 그는 소리를 질러 새로 나타난 사람을 부를까 생각했지만 곧 단념했다. 그 사람은 이미 1미터 옆에 도착하여 그를 주시하고 있었다. 두 팔은 차려 자세처럼 몸통을 따라 늘어뜨린 채 움직이지 않았고 안색은 굳어 있었다. 베르베로이앙이었다.

"자넬 찾느라 애먹었어, 메블리도." 서장이 말했다.

"여기 있잖아요." 메블리도가 말했다.

"레오노르 이키토스에서 일이 생겼다고 하더라고. 거기까진 좋았어. 그런데 위치를 파악하려고 일단 이 동네에 도착하니까, 제기랄!"

"그런 경우에 제일 좋은 방법은 현지인에게 물어보는 거죠." 메블리도가 말했다.

"현지인은 한 명도 못 만났어." 베르베로이앙이 불평했다. "밤이잖아. 설상가상으로 비까지 내리고."

"비라뇨?" 메블리도가 물었다.

그는 다시금 바닥을 내려다보았다. 베르베로이앙은 물과 진흙이 뒤범벅된 곳에 서 있었다. 지면은 울퉁불퉁했다. 흙탕물이 베르베로이앙의 바지 밑단을 적시고 있었다.

비가 오는데 나는 몰랐구나. 메블리도는 깨달았다. 땅바닥에 빗물 튀는 소리가 전혀 안 들리는데. 한 방울도 안 느껴지는데.

베르베로이앙은 물을 줄줄 흘리고 있었다. 그의 머리카락은 마치 시럽이라도 발라 놓은 듯 푹 가라앉았다. 경찰복 셔츠가 몸에 달라붙어 있었다. 허리띠에는 에나멜가죽 케이스가 있었다. 그가 서투른 동작으로 그 위에 손을 얹었다.

"무기를 원하나?" 그가 물었다. "내 권총을 줄까?"

"아뇨." 메블리도가 말했다. "무기 없이 여행하는 편이 좋아요. 전 보통 맨손으로 상대하는 게 낫더라고요."

"페미컨은 깜박하고 가져오지 못했네. 그것 때문에 원망하지 않았으면 좋겠군, 메블리도."

"그럼요." 메블리도가 말했다.

그들은 몇 초 동안 서로를 바라보았다. 서장이 부하보다 더 감격한 것처럼 보였다. 그는 진창에 발이 달라붙는 게 두렵기라도 한 듯 휘청거리면서 두 다리를 교대로 치켜들었다. 그의 구두에서 물이 절벅거렸다.

"자네는 곧 떠나겠지." 베르베로이앙이 말했다.

"그렇죠." 메블리도가 말했다.

"버스표 살 돈은 있어?" 베르베로이앙이 걱정했다.

"있을걸요." 메블리도가 말했다.

"어쨌든 나중에 환급해 줄 테니까." 베르베로이앙이 말했다. "어떻게든 해 볼게. 상조 기금에서 꺼내지, 뭐."

"글쎄요." 메블리도가 말했다. "표 한 장 산다고 해서 빈털터리가 되지는 않을 거예요. 지금 상황에서는요."

"자네가 원한다면 버스 터미널까지 같이 걸어가도 돼." 베르베로이앙이 제안했다. "자네 상태가 그렇게 좋아 보이지 않아."

"거기까진 갈 거예요. 별로 안 멀어요."

"곧 시간이 될 거야. 정말 내가 같이 가지 않아도 되겠어?" 서장이 고집스레 말했다.

메블리도는 망설였다.

"혼자 가는 편이 좋겠어요." 그가 결국 말했다.

"'난장판'에 도착하면 그 여자를 찾을 수 있어야 할 텐데." 베르베로이앙이 말했다.

"어떤 여자요?" 메블리도가 물었다.

"나야 모르지." 베르베로이앙이 말했다.

그들은 말이 없었다. 서장의 발에 물이 튀면서 소리가 났다.

"자네가 알잖아, 메블리도." 베르베로이앙이 다시 말했다. "그녀가 누구인지 아는 건 자네잖아. 내가 아니라."

34

여행은 끝이 없다.

마지막 몇 킬로미터가 가장 어렵다. 차가 덜컹거리는 일이 허다하다. 너의 짓이겨진 두뇌는 현재와 그 이외의 것을 구별하기를 단념한다. 저녁 또 저녁, 날이 그런 식으로 흐르다 보니,[26] 매일 저녁 너는 다시금 과거나 미래에 대해 약간 곱씹어 보지만 두뇌 활동이 워낙 저하되어 늘 졸고 있는 기분이다. 네가 더는 유리창 너머를 바라보지 않은 지도 이미 오래되었다. 너는 유리창에 수증기나 기름기가 덮여도 더는 닦지 않는다. 너는 외부 사물에 관심이 잘 안 생기고 네 내면의 이미지들은 네가 아닌 다른 이들이 만들기라도 한 것처럼 흐릿하고, 상투적이다. 너는 내면 역시 파악하지 못한다. 너는 기진맥진해 있다.

이윽고 너는 최종 목적지에 가까워진다. 여전히 제4닭장 어딘가에 있지만 분계선의 분위기가 모든 걸 덜 익숙하게 만든다. 바로 그것이다. 덜 익숙한 것. 이제 그 무엇도 네 안에 반향을 일으키지 않는다. 고속버스는 근교에 들어섰고, 이미 '난장판'의 긴 대로들을 달리고 있다. 차는 천천히 달린다. 차도는 소각 바닥재로 덮여 있다. 타이어는 이 부스러지기 쉬운 층을 밟으며 절구질 소리를 낸다. 창문 너머 먼지 포말이 하얗게 일고 있다. 너는 바깥에 눈길을 주지 않는다. 너는 극도로 멀리 떨어진 세상에 이르렀으며, 그 사실에 흥분하지도 어떤 호기심을 느끼지도 않는다. 너는 어렸을 때부터 향수를 품었던 신비스러운 고장에 도달하는 관광객의 기분이 아니다. 네가 아직 너의 삶이라고 부르는 경향이 있는 것에서 관광은 이제 아무 역할도 하지 못한다.

너는 네 옆에, 옆 좌석에 놓인 가방을 만져 본다. 버스가 만원이 아니라서 그 자리가 출발 때부터 비어 있던 까닭에 너는 여정 동안 수다스럽거나 역겨운 길동무를 겪지 않아도 되었다. 가방 안의 페미컨 비축량이 많이 줄었다. 너는 배가 고프진

---

26. 저녁 다음에 밤이나 낮이 오지 않고 다시 저녁이 온다는 말.

않았지만 목적지에 이르기 전에 쇠약해질까 두려워 가끔은 깨지락거리며 먹을 수밖에 없었다.

생각해 보면 너는 형편없는 상태로 '난장판'에 도착하지 않으려고 신경을 썼다. 기회만 있으면 머리를 짧게 깎았고 운전사가 동료 기사와 교대하거나 엔진 부품을 교체하는 동안 도로 휴게소에서 구할 수 있는 것으로 옷을 갈아입었다. 월말마다 운수 회사에서는 너에게 새 일회용 면도기와 깨끗한 속옷을 제공했다. 덕분에 몇 분인지 몇 년인지 모르겠지만 이 기나긴 여정 동안 너는 신체적 존엄을 어느 정도 유지할 수 있었다. 여기저기서, 예컨대 변소나 이런저런 주유소의 직원용 수도꼭지 밑에서 세수를 하거나 몸단장을 할 수 있었다. 다른 승객들은 흔히 소홀히 하는 일이었다. 그래서 오늘, 설사 자랑스러운 외모는 아니라 해도, 너는 어쨌든 여전히 봐 줄 만하다. 네 머리카락과 손톱은 계속 자랐고, 네 의복은 상했으며, 옷감은 조금만 움직여도 찢어지고, 너는 부서져 가는 미라와 닮았지만 그래도 여전히 봐 줄 만하다. 어느 날 밤 너는 한 더러운 여인숙 마당에서 광택 나는 가죽 모자와 권총을 맞바꿨다. 너는 아무와도 대화를 나누지 않겠다는 의도를 공포하고 싶기라도 한 양 그 모자 밑에 네 얼굴을 감춘다. 하지만 실은 다른 승객들이 너와의 접촉을 피한다. 너는 여러 차례 그 사실을 깨달았다. 사고력이 있는 존재 그 누구도 너와 기꺼이 혹은 살갑게 관계를 맺지 않는다. 너에게는 짐승들이 더 관계를 맺기 쉽겠지만 너희의 지능 차이는 설사 줄어들고 있다 해도 어마어마하다.

나한테는 짐승들이 더 쉬워. 너는 생각한다.

하지만 우리의 지능 차이는.

그리고 네 생각이 바로 그 순간에 이르렀을 때, 정확히 그때, 문장 중간에서, 너희는 거대한 콘크리트 홀 밑으로 들어간다. 한 차례의 발동 후 엔진이 더 세게 소리를 내고 미지근한 기름 구름을 마지막으로 내뱉더니 정지한다. 고속버스가 종점에 도착했다. 너는 내려야 한다.

너는 절벽 공포증과 새까맣게 흘러가는 풍경과 200킬로미터마다 다른 승객들, 운전사들과 함께 갓길에, 재투성이 자갈길과 옛 메트로폴리스들의 폐허에 소변을 보러

266

가는 것 말고는 달리 심심풀이도 없이 오랫동안 차지해 왔던 좌석을 떠난다.

너는 승객 중 맨 마지막에 내린다.

너는 고속버스의 뜨거운 측면을 따라 걷는다. 한 시간 전에 산업 화재의 한복판으로 돌진하기라도 했던 것처럼 차량이 새까매졌다. 뒤쪽에서는 일군의 승객들이 운전사들이 와서 트렁크가 쌓여 있는 짐칸을 열어 주기를 기다리고 있다. 짐 가방들은 오래전에 썩어 버리거나 불타 버린 게 분명하지만 어찌 되었든 사람들은 기다린다. 찌푸린 얼굴로. 말없이. 너는 그들을 지나친다. 너는 밀림용 모자를 눈썹 아래로 약간 더 눌러쓴다. 너는 공기를, 바람에 흩어지지도 않는 경유 냄새를 들이마신다. 너는 버스 터미널의 시멘트 플랫폼으로 올라가 멀어진다.

너는 거지들의 제복을 입고 있다. 이 더러운 넝마는 언제나 너에게 기가 막히게 어울린다.

너는 거의 빈 배낭의 끈을 어깨 위로 치킨다.

기름때와 녹물 자국을 피하면서 너는 출구 쪽으로 발걸음을 옮긴다. 거대한 직사각형 아가리는 너무 밝아 눈이 부시다. 그 너머 거리에는 먼지가 날린다. 차고의 크기는 비행기 격납고를 연상시킨다. 5-6세기 전에 건축가들이 교통량 증가를 예측하기라도 한 것처럼 — 그러한 증가는 일어나지 않았다 — 차고는 필요 이상으로 크다. 너는 식어 가는 고속버스들을 스쳐 지나간다. 버스는 최근에 여러 대가 도착했다. 너는 용광로 냄새가 빠지려면 몇 달은 걸릴 것이고 그 뒤에 작업반이 와서 선박처럼 완전히 찢어발길 거의 전소된 그 고물차들 사이로 접어든다. 일정한 간격으로, 15미터마다, 너는 2층으로 올라가는 돌계단을 피해 돌아간다. 2층에는 응당 사무실이나 매표소가 있어야 할 것이고 어쩌면 상가도 있을 수 있겠지만 실상 그 위쪽에서 내려오는 것은 어둠과 정적뿐이다. 아래쪽 계단에는 아마도 또 다른 환상적인 원정(遠征)의 지원자일 퇴색한 좀비들이, 다시 떠날 수 있을 거라고 상상하는 — 언젠가 모든 것을 처음부터 다시 시작할 수 있을 거라고, 다른 방향으로 여행할 수 있을 거라고 상상하는 — 잉여인간들이 자리 잡고 있다.

우주의 어느 곳에 떨어지든 간에 모든 버스 터미널은 비슷비슷하다. 터미널들은 꼬질꼬질한 웅성거림, 가난, 불편, 밤낮으로 늘 고여 있는 각종 가스들을 공유하지만 무엇보다 직원들의 무례함만큼이나 손님들의 체념으로 인해 빚어지는 뚜렷한 지력 감퇴의 분위기를 공유하고 있다. 이미지를 떠올리기 위해 구체적인 지리적 기준점이 필요한 남녀들을 위해 이곳은 말레이시아 쿠알라룸푸르 한복판에 있는 푸두라야 고속버스 터미널을 연상시킨다고 해 두자. 예컨대 70년대 후반 세계혁명기에 북쪽에서, 파당베사르나 코타바루나 게릭에서 오면서 보았던 푸두라야를. 불과 200-300년 전만 해도 말레이시아라는 이름이나 그런 멋진 이름들이 지도에 나와 있었다. 메블리도가 지금 배회하는 장소는 그 시절의 푸두라야 터미널을 연상시킨다. 그곳에는 똑같은 계단들이 아무것도 보이지 않는 2층으로 통하고, 똑같은 숨 막히는 미광(微光)이, 똑같은 고독감이, 길 잃은 기분이, 돌아갈 수 없는 듯한 기분이 맴돌고 있었다.

하지만 여러 말 할 것 없다. 너는 말레이시아에 한 번도 발을 디딘 적이 없고, 네가 태어났을 때는 말레이시아가 사람들의 기억에서 사라진 지 까마득히 오래였다. 너는 차고 문턱에 꼼짝 않고 서서 네게 보이는 도시의 모습을 바라본다. 사거리, 작은 광장, 100년은 된 먼지 비늘에 덮여 숨을 못 쉬는 완전히 황폐해진 가옥 몇 채, 그리고 길을 따라 서 있는 검은 벽돌 벽들과 그 뒤에서 잠자고 있는 공장들. 개점 상태임을 알리는 팻말은 하나도 없다. 여행자가 쉴 곳은 그 비슷한 것도 없다. 광장 위에는 송전선이 얽히고설킨 다발로 사방으로, 지붕에서 지붕으로 뻗어 있다. 내가 여기서 뭘 해야 하는 거지. 너는 순간적으로 생각하지만 그에 대한 답은 없다. 주거 지구들은 사거리 너머로 길게 뻗어 보이지 않는다. '난장판'은 경사지에 지어졌다. 이곳은 고원의 끄트머리며 조금만 더 가면 단층 다음에 그대로 떨어지게 된다. 거대한 덤프트럭들이 사거리를 통과하더니 버스 터미널 앞에서 소란스러운 자갈길 돌먼지를 일으킨다. 분위기는 광산 같고, 지평선을 가로막은 산맥은 갈색기가 도는 민둥산이다. 보행자 두 명이 잠시 골목 어귀로 접어들더니 사라진다. 그들의 옷차림은 패전 이후의 프롤레타리아 공화국 사람 같다.

너는 일단 밤을 보낼 쉴 곳을 찾기로 한다. 너의 계산에 따르면 앞으로 두세 시간 뒤면 날이 저물 것이다. 어디서 잘지 알아야 해. 너는 생각한다.

문 근처, 유리창이 있는 관리실 앞에서 운전사 다섯 명이 떠들고 있다. 너는 그들에게 밤을 보낼 곳을, 열등인간이나 여행자를 위한 싼 숙소를 추천해 줄 수 있냐고 묻는다. 그들은 대화를 멈추고 무례한 시선으로 너를 훑어본다. 도살할 짐승이 말을 하는 것을 보고 경악하는 푸주한 같다. 잠시 너는 네가 그들과 의사소통하기 위해 사용한 방언을 그들이 이해하는지 확신하지 못한다. 하지만 그것은 매우 단순한 혼성어로 제4닭장의 보통어다. 너는 구문을 최대한 축소시켰다. 영어와 달이호어(達爾扈語)[27]의 흔적이 남아 있는, 한국어 섞인 수용소 블라트노이어였다.

그들은 너를 말없이 쳐다본다.

너는 질문을 되풀이한다.

- 밤.
- 잠.
- 저렴한.

다섯 명의 운전사. 그들 중 한 명은 비만이고, 다른 한 명은 빨간 캡을 썼고, 세 번째 사람은 벗은 웃통에 데님 조끼를 걸쳤다. 나머지는 평범하다. 적어도 눈에 띄는 특징이 없다. 그들은 너를 쳐다본다. 모두 입을 반쯤 벌리고 있다.

"저게 또 말을 하네." 뚱보가 말한다.

"믿을 수가 없어." 평범한 자 중 하나가 말한다. "저게 또 말을 해."

"근데 저게 무슨 얘기를 하는 거야?" 빨간 캡이 묻는다.

"밤 얘기." 뚱보가 말한다.

"저게 밤에 대해 얘기한다고?" 웃통 벌거숭이가 놀란다.

"그렇다니까. 아직도 밤이 있다고 믿나 봐." 평범한 자 중 하나가 말한다.

---

27. 몽골어 방언.

269

"믿을 수 없어." 다른 평범한 자가 말한다. "아직도 밤이 있다고 믿다니."

35

너는 운전사들 근처에서 오래 지체하지 않는다. 기름칠 냄새와 고무 탄내를 풍기는 격납고로 다시 들어간다. 너는 너를 '난장판'까지 싣고 온 버스를 발견한다. 시멘트 플랫폼 위에서 너는 한 잉여인간의 몸뚱이를 성큼 뛰어넘는다. 남자인지 여자인지 잘 보이지 않는다. 남자인지 여자인지 몰라도 그자에 비하면 네 남루한 옷과 모자는 사치품처럼 보인다. 너는 2층으로 올라가는 계단들 중 하나 앞에서 걸음을 멈춘다. 의심에 사로잡히기라도 한 듯 잠시 계단 밑에 있다가 결국 계단을 오른다.

너는 어스레하고 인적 없고 소리가 심하게 울리는 광장에 이른다. 바닥에서는 시멘트 타일들이 부스러지고 있다. 아무것도 없다. 있는 것이라고는 콘크리트 기둥들과 여기저기 오줌 웅덩이가 널린 바닥뿐이다.

맨 안쪽, 공간 끄트머리에 있는 네온 형광등 하나가 기준점이 된다. 너는 그것을 목표로 삼는다. 하기는 달리 어떤 방향으로 갈 수 있을지 알지 못한다. 너는 빛을 향해 다가간다. 너의 신발 밑창이 딱딱한 부스러기들을 밟는다. 네 발소리가 허공에 울린다. 그곳에는 좁은 문이나 철창이 달린, 합판과 쇠로 된 물체 몇 개가 줄지어 있다. 엉성하게 만든 수하물 보관함 비슷한 것이다. 절름발이 하나가 그곳 전체를 감시하고 있다. 그는 막대기 하나를 갖고 있고 누더기 차림의 노병(老兵)을 닮았다. 어렴풋한 빛 속에 나아가면서도 너는 네온등과 보관함들과 문들을, 그리고 지팡이를 옆에 두고 앉아 있는 저 외다리를 관찰한다. 너는 그가 운전사들보다 좋은 기분일지 자문한다. 어쨌든 너는 그에게서 밤을 보낼 만한 장소에 대한 정보를 얻기를 희망한다.

불구자는 네가 다가오는 것을 바라본다.

그는 관리인의 임무대로 꼼짝 않고 있다. 너는 보관함들을 다시 한 번 쳐다본다. 보관함들이 꽤 널찍하다. 요컨대 저 늙은이가 관리하고 있는 시설은 여행 가방을 보관하기보다는 사람을 유숙시키는 용도인지도 모른다.

너는 더 다가가 그 남자에게 인사를 한다. 하지만 그는
환영의 뜻을 표시하지 않는다. 반응이 없다. 그의 얼굴 생김새는
투박하다. 인생의 근심들이 그를 지독히 뿌루퉁한 표정에 영원히
봉인해 버리기라도 한 것 같다. 너는 그자의 앞에 서서 눈에
보이는 자료를, 그자의 머리 뒤편에 못으로 고정된 알림판을
살핀다. 안내문에 적힌 언어의 문자를 모두 알아보지는 못한다.
기본 사항을 해석하는 데 한참이 걸린다.

- 스플렌디드 호텔
- 친절한 응대
- 1박 혹은 장기 체류용 방
- 타당한 가격

네가 정말 확신할 수 있는 정보라고는 방값에 대한
것뿐이다. 과히 비싸지 않다. 1달러다. 너는 가방 깊숙이서 여행을
위해 페미컨과 동시에 쑤셔 넣었던 돈을 주워 모은다. 너에겐
지폐 서너 장이 남아 있다. 그중 한 장을 집는다. 관리인은 제대로
살펴보지도 않고 돈을 챙기더니 지팡이로 문 하나를 가리킨다.

너는 배정받은 작은 방으로 간다. 천장이 없는 골방으로,
바닥 면적이 3제곱미터를 넘을 리 없다. 방은 좁고, 네온등
빛이 방 안에 희미하게 반사된다. 가구라고는 버스 잔해에서
가져온 의자 하나뿐이다. 의자 등받이에는 칼자국이 몇 개 있다.
아래층에서부터 구불구불 올라오는 경유의 악취에 짐승의
향내가, 밤마다 여기서 찢어진 안락의자에 주저앉아 외로움과
두려움을 땀으로 배출했던 몸뚱이들의 지독한 축축함이
중첩된다. 지하 독방이나 변소처럼 시멘트에는 칼로 낙서한
자국이 있지만 그림은 없다. 그건 불투명한 메시지들에 불과하다.
문자들은 그 무엇과도 닮지 않았다. 텍스트 여백에 숫자 몇 개가
보인다. 그 숫자들이 무엇을 가리키는지는 알 수 없다.

가방을 걸려고 못을 찾다가 너는 쥐 한 마리를 본다. 짐승은
그다지 뚱뚱하지 않고 등이 약간 굽었는데, 긴 의자의 다리에
붙은 채 움직이지 않는다.

너는 눈이 새빨갛게 타오르는 쥐와 시선이 마주친다.

그것이 너에게 무언가를 상기시킨다, 너는 그게 무엇인지
잘 모른다.

쥐들과 접촉하지 말 것. 너는 갑자기 생각난다. 쥐들과 관계를 맺지 말 것.

어떤 구실로도 쥐들과 관계를 맺지 말 것.

쥐들과도 거미들과도 관계를 맺지 말 것.

너는 뒷걸음친다, 너는 방에서 나온다.

너는 나와서 자물쇠를 대신하는 끈으로 문을 다시 닫는다.

"생각해 봤는데요." 너는 늙은이에게 말한다. "다른 곳에서 묵을래요."

늙은이가 퉁명스러운 목소리로 너에게 질문을 던진다. 너는 이해하지 못한다. 고개를 흔든다. 너는 손가락으로 방을 가리킨다. 이번에는 늙은이가 고개를 흔든다. 네가 그곳에 머물지 않으려 해서 분노한 기색이다. 그는 음성을 높이며 무어라 말한다. 어쩌면 네가 돈을 돌려 달라고 할까 봐 두려워하는지도 모른다.

"돈은 가지셔도 돼요." 네가 말한다. "돈은 더 있어요."

늙은이는 다시금 뭐라고 말한다. 그는 불구자용 지팡이를 움켜쥔다. 지팡이를 흔들면서 알림판을 가리킨다.

너는 그가 하는 말을 한마디도 이해하지 못한다. 다툼을 피하려고 너는 알림판 쪽으로 허리를 약간 숙여 지금까지 이해하지 못했던 무언가를 해독하는 척한다. 너는 알림판을 읽으면서 고개를 끄덕여 수긍한다.

"굿." 늙은이가 마침내 말한다. "룸. 굿."

"알아요." 네가 말한다. "굿. 노 프라블럼."

너는 그의 앞에서 망설인다. 너는 이 대화가 최대한 빨리 끝나기를 원한다.

"노 프라블럼." 너는 말한다. "굿 룸. 하지만 생각이 바뀌었어요. 굿 룸. 하지만 다른 곳을 찾아볼래요."

늙은이는 이제 막대기로 땅을 친다.

"다른 곳의 주소가 있어요." 네가 다시 말한다.

늙은이는 다시금 불만 가득한 말을 늘어놓는다. 너는 전혀 이해하지 못한다. 그는 장님처럼 막대기로 자기 주위를 때린다.

"노 굿바이." 그가 중얼거린다. "노 룸, 노 굿바이!"

"워델 스트리트를 추천받았어요." 너는 되는대로 아무 말이나 주워섬긴다. "더 중심가예요. 노 프라블럼."

273

6부

메블리도의 꿈: 난장판

36

방 안쪽에는 빛의 흔적이 조금도 없다.

자그마한 방이 세 칸 딸린 아주 작은 집이다. 메블리도는 '난장판'에 도착한 뒤 오래지 않아 거처를 찾았지만 마지못해 입주하면서 최대한 빨리 이사를 나가야겠다는 생각이었다. 기회가 닿는 대로 그 집을 떠나겠다는 생각이었다. 이윽고 피로, 체념, 타성이 그 생각을 대신했다. 그래서 그는 그 집에 머물렀다. 그는 한쪽 구석에 드러누웠고, 한동안 사람들은 심지어 그가 죽었다고 믿었다. 그 자신도 자기가 생과 작별했다고 확신했다. 그러다 일상이 그에게 브랜디처럼 사람을 진정시키는 무언가를 흘려 넣어 주었고 그는 다시 움직이기 시작했다. 이미 그는 새 거처를 찾을 생각을 더 이상 하지 않았다. 이 집은 기본적으로 벽돌로 지어진 단독주택으로 창이나 문이 많지 않다. 비록 워델 스트리트에 도달하려면 더러운 골목길을 100미터는 지나가야 하지만 이 집은 워델 스트리트로 통한다. 진흙 냄새가 나는 비위생적인 고랑을 100여 미터 따라가야 한다. 바로 이곳이 메블리도가 귀착한 곳이다. 그는 이곳에 있고, 이곳에 산다. 그는 바로 이곳에서 기다린다. 이제 우리는 완벽히, 혹은 거의 완벽히 비슷하다. 날[日]의 흐름도 해[年]의 흐름도 그에게는 중요치 않다. 날과 해가 구별 없이 이어진다. 밤이 되면 실내에는 어둠이 깔린다. 이윽고 어스름한 황혼이 골목을 어슬렁거리고 일종의 낮이 건물들 사이에서 깨어난다. 그 역도 참이다. 어렴풋한 새벽빛 다음에 밤이 오거나 밤 다음에 어렴풋한 황혼이 온다. 이게 이런 식으로 이십몇 시간씩[28] 흘러간다. 메블리도와 그와 비슷한 이들에게는, 즉 우리에게는, 세상의 리듬도 마찬가지로 흐른다.

메블리도는 자리에서 일어나 더듬더듬 의자까지 간다. 전날 저녁에 옷을 개어 의자 등받이에 올려놓았다. 그는 의자를, 그다음에 셔츠, 속옷, 지난 몇 주 사이 더 많이 찢어진 면바지를 어렵지 않게 찾아낸다. 그리고 몸을 숙인다. 신발 옆에,

---

28. 이 대목에서 하루가 정확히 24시간이 아닌 것으로 간주할 수 있다.

10센티미터도 안 되는 바로 옆에 두려고 신경을 썼는데도 손에 양말이 걸리지 않는다. 리놀륨 장판을 손으로 계속 더듬지만 소용이 없다. 장판이 파인 곳을 더듬어 보지만 소용이 없다. 양말의 실종이라는 이 말도 안 되는 상황 때문에 그는 꿈을 꾸는 건 아닌가, 혹은 조금 제정신이 아닌 건 아닌가 생각한다. 하지만 지금으로서는 이 두 가설을 제쳐 놓기로 한다. 그는 왼손으로 신발을 쥐고, 몸을 일으키고, 나머지 빨랫감을 구겨서 품에 안는다. 반쯤 더러워진 이 낡은 옷가지를 맨몸으로 껴안는다. 그러고는 잠시 가만히 있다가 침대 쪽으로 돌아간다.

침대는 지금 비어 있고, 온기를 일부 잃었으리라 추측할 수 있다. 아무것도 보이지 않으므로 모든 것을 꾸며 낼 수밖에 없다. 당연히 기억이 제안하는 이미지들에 의존하게 된다. 삐뚜름히 밀어 놓은 모포. 구겨진 침대 시트. 깔개 시트. 깔개 시트 밑으로 딱 한 명만 누울 수 있는 아주 좁다란 기형적 모양의 짚 매트리스가 보인다.

"움직이지 마." 메블리도가 조용히 말한다. "샤워하러 가는 거야. 일어나지 마."

침실의 어둠 속에서는 아무도 반응하지 않는다, 침대에서는 아무도 움직이지 않는다. 졸린 목소리든 아니든 그 누구도 대답을 중얼거리지 않는다.

"더 자." 메블리도가 말한다.

그 어떤 목소리도 어둠을 가로질러 그의 쪽으로 오지 않는다.

그는 침실을 떠난다.

복도로 두 걸음을 내디딘다.

그는 욕실 문을 밀고는 들고 있던 것들을 바닥에 떨어뜨린다. 살며시 떨어지는 소리가 들린다. 신발이 셔츠와 동시에 타일에 닿았다. 허구한 날 땀을 흘렸던 옷가지의 냄새가 갑자기 메블리도에게 밀려온다. 메블리도는 갑자기 그 냄새를 맡는다. 그는 코를 찡그리면서 갈아입을 옷을 넣어 두었다고 짐작되는 옷장을 연다. 손에 아무것도 걸리지 않는다. 선반들은 비어 있다. 빨래를 하지 않은 지 한 달이 되었다. 빨래가 여러 번 밀렸다. 다른 쪽으로도 마찬가지지만, 그쪽으로는 비난을 면할 수 없다.

욕실에는 어둠이 다른 곳보다 두드러진다. 그 어떤 종류의 빛의 그 어떤 흔적도 없다. 그곳은 옛날부터 빛이 들지 않는 방이었다. 이곳을 경험한 이들은 주저치 않고 아궁이 속처럼 깜깜하다고 할 것이다.

"화내지 않기다, 알았지?" 메블리도가 중얼거린다. "이 빨랫감은 내가 알아서 할게. 내가 더러운 옷 입는 걸 좋아하지 않는 거 알잖아. 나도 그런 거 좋아하지 않아. 조금 있다가 물에 담글게."

맨발에 걸레가 밟힌다. 걸레가 기준점이 된다. 걸레는 지난번 이후 별로 마르지 않았다. 그는 샤워 박스까지 간다. 오른손을 수도꼭지에 대고 물을 튼다. 물줄기의 온도를 조절하고는 그 밑에 자리를 잡는다.

물은 가끔씩 움찔하고, 시끄럽게 토악질을 하고, 수압이 계속 달라지면서 폭포처럼 떨어진다. 어떨 때는 차갑고 어떨 때는 약간 미지근하다. 기온이 낮은 편인 '난장판' 같은 곳에서 암흑 속에 별로 따뜻하지 않은 물로 샤워를 하는 건 즐거운 일이 아니다. 그것은 우리들 저마다에게 시련이고 메블리도에게 시련이다. 천성적으로 융통성이 많다 보니, 또한 이 모든 것에도 불구하고 자기가 운이 좋다고, 운명이 더욱 부당할 수도 있었다고 생각하다 보니 그는 이 시련을 용감히 견디고 있다. 그는 오래전부터 무슨 일이 닥치든 불평하지 않는다는 신조를 갖고 있다. 그는 자기가 이 동네의 많은 집처럼 수도가 연결되어 있지 않은 열악한 가옥에 살게 되었을 수도 있다고 생각한다. 또한 자기가 불행이나 비존재의 진창에 깔려 더 깊이 수렁에 빠질 수도 있음을 알고 있다. 예컨대 현실과의 모든 접촉을 상실해 버렸을 수도 있을 것이다. 하지만 그것은 사실이 아닌 것 같다. 더는 현실 안에 있지 않다는 생각이 종종 그를 끔찍하게 괴롭히지만, 그것은 사실이 아니다. 때로는 심지어 꿈이 아닌 다른 것의 추억이 떠오른다. 자기가 왜 이곳에 있는지는 기억하지 못하지만 어떤 수사를 맡고 있음을 느낀다. 찬물에 피부가 오그라드는 동안 그런 직감이 자주 든다. 그는 임무를 띠고 파견되었다. 어떤 임무인지, 언제, 누가 그를 보냈는지는 이제 기억나지 않는다. 하지만 이 흔적은 그의 기억에 끈질기게 남아 있다. 형편없는 샤워를 하면서 그는 자기가 단순히 무식꾼이 아니라는 것에, 정신에 그래도 흔적이 남아 있는 것에, 빛이 없는 곳에서 바보 천치처럼 한없이 과거도 없이 울부짖고 있지 않는 것에 기뻐한다. 그는 아직도 존속하고 있음에, 생각을 하면 그 점을 자각할 수 있음에 기뻐한다.

다 씻고 난 뒤 그는 물기를 닦고 대충대충 옷을 입는다. 신발을 찾아 신는 데 시간이 걸린다. 주위의 벽은 축축하고 곰팡내가 난다.

"같이 마실 수 있게 차를 준비할게." 그가 말한다. "차 마실래?"

부엌에 들어오자 그는 창문을 연다. 창문은 더러운 골목길을 바라보고 있다. 바깥에는 빛이 전혀 없다. 하늘에는 별 하나 반짝이지 않는다. 심지어 하늘과 땅 사이에 아무 차이가 없고, 절단선도 전혀 없다. 눈을 떴든 감았든 아무것도 보이지 않는다. 근처에는 나무도, 건물도, 불룩 튀어나온 것도 하나 없다. 어둠에는 명암이 없다.

춥지도 덥지도 않다.

메블리도는 잠시 창가에서 숨을 쉰다. 그는 시멘트 창틀에 기대어 허파 가득 공기를 들이마신다. 쾌적한 순간이다. 아침나절의 최고의 순간 중 하나다. 그는 숨을 쉬면서 귀를 기울인다. 해가 뜨기 전, 희미한 새벽빛이 퍼져 모든 것을 뿌옇게 만들기 전의 이 평온한 시간에 종종 그러듯 옆집에서 누군가가 테이프녹음기를 틀어 놓았다. 자기테이프가 재생 헤드를 워낙 여러 번 거친 탓에 음악보다는 직직거리는 잡음이 더 많이 난다. 하지만 설사 그렇다 해도 굉장히 무식한 사람이 아닌 한 나이소 발다크샨이 「혁철족 제2곡」과 「혁철족 제3곡」에 집어넣은 매혹적 멜로디를 알아차리지 않을 수 없다.[29] 더 정확히 말하면 「혁철족 제3곡」의 라르게토다. 메블리도는 그 음악을 듣고 운다. 음악과 동시에 운다. 어둠 속에 눈물이 흘러내리니, 어느 누구도 이를 눈치채거나 이러쿵저러쿵하지 않으며, 훌쩍거리는 소리나 흐느끼는 소리도 없다. 메블리도는 요란 떨지 않고 운다.

---

29. 나이소 발다크샨의 「혁철족 제3곡」에 대해서는 『미미한 천사들』 38장을 참조할 것.

테이프녹음기가 조용해지자 메블리도는 부동 상태에서 천천히 빠져나와 창문을 다시 닫고는 찬물이 약간 담긴 냄비에 차 부스러기를 부은 뒤 젓는다. 집에는 조명이 없고 버너에서는 불꽃이 전혀 나오지 않는다. 어찌 되었든 이런 식으로 준비한 차는 마실 만하다. 차에 찌꺼기가 좀 있고 찌꺼기를 거를 용품이 부엌에 없는 게 아쉬울 수는 있지만 그래도 마실 만하다.

"「혁철족 제3곡」이었어." 메블리도가 말한다. "우리가 그걸 처음으로 같이 들었던 때가 기억나?"

그는 차를 냄비째 조금씩 마신다.

"차는 불 위에 둘게." 그가 말한다. "더 자. 조금 있다 마실 수 있게 따뜻하게 둘게."

그는 부엌에서 스툴을 찾는다. 스툴은 전날부터, 아니면 다른 날 저녁부터 식탁 밑에 넘어져 있었다. 그는 의자를 바로 세우고는 식탁 가까이, 1미터 떨어진 곳에 고정시키고는 그 위에 앉는다.

그리고 기다린다.

그는 평소 습관대로 고요와 침묵 속에 다시 기다리기 시작한다.

누군가가 와서 문을 두드리고 그를 데려가기를 기다린다. 혹은 그저 말을 걸어 주기를 기다리는지도 모른다.

정확히 어떤 것이 그의 뇌리를 스치는지는 말하기 어렵다.

어쨌든 그는 날이 밝기를 기다린다.

37

조금 뒤, 어쨌든 같은 해에, 메블리도는 앉아 있던 스툴에서
떨어져 나와 몸을 숙이고 네 발로 엎드리더니 부엌 싱크대
밑을 긁고 뒤지기 시작했다. 그 밑은 다른 곳보다 더 새까맸다.
수도관과 세제가 담긴 낡은 플라스틱 병들 사이를 잠시
더듬었으나 별 소득이 없었다. 본능적으로 그는 벽에서 뚜껑
문의 위치를 찾고 있었다. 그의 두 손이 마침내 벽돌과는 다른
재질로 된 정사각형 판을 알아차렸다. 그는 그 둘레를 손톱으로
조사했다. 홈에는 미지근한 공기에 비하면 굉장히 차가운, 축축한
먼지가 쌓여 있었다.

이 뚜껑 문은. 뭔가를 떠올리는데. 그는 생각했다.

그는 잠시 나무처럼 뻣뻣해졌다. 이 뚜껑 문의
이미지로부터 추억들이 몰려오는 기분이었다. 어쨌든 분명
뭔가 떠오르기는 해. 그는 생각했다. 뚜렷한 기억이 떠오르지
않았으므로 그는 다시 손을 움직이기 시작했다.

이걸 열어야겠어. 그는 생각했다.

이건 집에서 나갈 때 이용하는 평범한 길이야. 그는
추리했다. 분명 이 뒤로 일종의 지하 참호가 시작될 거야. 그리로
들어가야겠어. 너무 좁으면 어깨를 약간 움츠리기만 하면 될
거야. 몸을 조금 오그리기만 하면 될 거야. 그런다고 죽지는 않을
거야.

손잡이를 발견하자 그는 그것을 잡고 당겼지만 즉시
쇳조각이 떨어져 나오면서 나사못들이 떨어지고 썩은
나뭇조각이 가루가 되어 날렸다. 무언가 답답한 것이 바람을
일으키며 그의 주변으로 흩어졌다. 지하실의 버섯 포자가 축축한
흙의 곰팡내, 하수구 악취와 뒤섞여 공기의 자리를 차지한
것이다. 꽉 잠기지 않은 병에서도 기체가 발산되어 살균제나
가성소다의 독한 냄새를 풍겼다. 그는 재채기를 두 번 하고 목을
가다듬었다.

이놈의 숨 쉬기 짓거리를 계속해 봤자 무슨 소용이람? 그는
생각했다. 누가 하라는 것도 아닌데. 이렇게 우스꽝스럽게 허파를
팽창시켰다 수축시켰다 하는 척해 봤자 무슨 소용이람?

그는 나사못이 남긴 구멍에 손가락을 집어넣고 집게
모양을 만들어 꽉 잡았다. 뚜껑을 흔들어 다룰 수 있기를 바랐다.
널빤지는 엄지손가락 주변으로 부스러지면서도 버티고 있었다.
그는 낙담하고 잠시 모든 신체적, 정신적 활동을 포기했다.
시간이 흘렀다. 이윽고 그는 다시 기운을 차리고 더욱 힘을 썼다.
머리 위의 싱크대와 수도관이 거추장스러웠다. 그의 오른쪽에서
바퀴벌레 약 알갱이가 담긴 봉지가 터졌다. 부스러기들이
무릎 밑에서 서걱거렸다. 마침내 널빤지가 쪼개졌고, 널빤지를
고정하고 있던 홈 안의 철제 편자가 빠졌다. 갑자기 구멍이
트였다. 구멍은 꽤 넓었다. 메블리도는 앞으로 나아가기 위해
어깨를 너무 오므리지 않아도 되는 데 만족하며 구멍 안으로
들어갔고, 부엌 바깥으로 기어가기 시작했다. 그는 이게 꿈인
것을 알고 있었지만 개의치 않았다. 그것은 그의 행동에 영향을
끼치지 않았다. 몇 미터를 가자 몸을 일으킬 만한 자리가 생겼고,
얼마를 더 가자 뒷다리로 균형을 잡고 걷기 시작할 수 있었다. 그
덕에 그는 한편으로는 더 빨리 갈 수 있었고, 다른 한편으로는
자기가 사람과(科)에 속한다는 사실에 안심이 되었다. 참호는
회랑이 되어 있었다. 회랑은 작은 마당으로 통했다. 그는 마당을
가로질렀고 거기서 지붕 덮인 골목길에 도달했다. 골목길은 낯이
익었다.

　　• 이 골목을 알아. 그는 생각했다.
　　• 메블리도가 이미 지나간 적이 있는 골목길이야. 메블리도는
암까마귀 고르가의 집에 가려고 이 길을 지난 적이 있어. 그는
생각했다.
　　• 메블리도. 그는 생각했다. 메블리도는 암까마귀 고르가의
집에 가서 문을 두드려야 해.

　　그는 생각이나 추억을 전혀 모을 수 없었고, 두개골 밑에서
생각이나 추억이 나타났다가 사라지는 것을 마치 타인이 읊는
독백인 것처럼 구경하고 있었다.

　　그 집에 가서 문을 두드려야 해. 그는 생각했다. 어쩌면
적당한 시간이 아닐지도 몰라. 하지만 시간이 어떻게 되었든
메블리도는 그 문을 두드려야 해. 그는 고르가에게 보고를 해야
해.

그는 50미터도 채 가지 않아 고르가가 살고 있는 초라한 집에 도달했다.

무슨 보고? 그가 생각했다. 뭘 설명해야 하지?

왜 고르가에게 보고해야 하지?

그러다 그는 장애물에 정신이 팔렸다. 주로 쇠로 된 기계 뼈대들과 잔해 때문에 길이 복잡해졌다. 장애물들을 건너고 나니 작은 집이 있는 곳에 도착했고, 그러자 내면에서 추억들이 깨어났다. 그럼 그렇지. 그는 생각했다. 그는 가끔 밤에 고르가의 집에 가곤 했고, 간다고 예고하지 않은 게 예사였어. 그녀는 그를 무심하게 맞이했고 그들은 찻잔이나 건과 접시를 사이에 두고 별것 아닌 주제에 대해 반시간 동안 수다를 떨곤 했어. 그녀는 전등을 켜지 않았지. 어떨 때는 그녀가 그를 침실로 데려갔고, 그들은 욕망과 쾌감이 거의 전무한 상태로 섹스를 했어. 시체 두 구처럼 섹스를 했어.

그들은 섹스를 했어. 시체 두 구처럼.

기억이 그가 고르가와 맺고 있던 관계를 복원시키고 나자 그는 팔을 들어 연골과 뼈로 널빤지를 두드렸다. 오두막에서 소리가 잠시 울리더니 곧 잦아들었고 이제 아무것도 움직이지 않았다. 고르가가 여기까지 와서 문을 열어 주려면 시간이 꽤 걸릴 거야. 그는 계산했다. 가느다란 빛이 주변의 짙은 어둠을 훼방하고 있었다. 빛의 원천은 아주 가까운 워델 스트리트에서, 혹은 더 멀리, 송전망 연결의 혜택을 누리고 있는 시내의 장소에서 이글거리는 몇몇 가로등이었다. 메블리도는 기다리면서 주위 배경을 둘러보았다. 흙벽, 황폐해진 코딱지만 한 정원들, 무성한 잡초, 다른 문들. 커브 길을 하나 지나면 골목은 워델 스트리트와 만났고 메블리도가 온 쪽의 골목은 어둠 속으로 사라져 버렸다.

이미 1분이 지난 터였다.

문을 한 번 더 두드리면 어떨까? 그는 생각했다. 암까마귀의 이름을 외치면 어떨까? 어쩌면 소리를 듣지 못했는지도 몰라.

메블리도가 이 나무를 다시 한 번 두드리면 어떨까? 그는 생각했다.

그 순간 발을 끄는 소리가 들리더니 고르가가 현관의

쇠붙이를 조작했다. 쇠 부딪히는 소리가 덜그럭덜그럭 났다. 그녀는 빗장과 사슬 여러 개를 옮기고는 자물쇠인 게 분명한 무언가 안에 열쇠 비슷한 무언가를 넣고 열심히 움직였다. 문이 살짝 열렸다. 고르가가 피곤한 기색으로 방문객을 살펴보았다.

"그럴 줄 알았어. 너 말고 누구겠어." 그녀가 말했다.

열린 문틈으로 그녀의 검은 깃털, 그녀의 반짝이는 검은 가슴 깃털, 단추를 채우지 않은 블라우스, 검은 유방·검은 배·검은 엉덩이 거의 전부를 분간할 수 있었다. 그녀는 흐트러진 차림이었지만 매우 아름다웠다. 그녀의 나이트가운은 앞섶이 벌어져 있고 치렁치렁 늘어져 땅바닥까지 닿았다. 예전에 슈퍼마켓과 세일이 있던 시절에 인간들이 슈퍼마켓에서 할인 판매하던 것과 같은 푸르스름한 색깔의 추한 실내복이었다. 그녀는 속옷을 입고 있지 않았다.

"보고하러 온 거겠지." 그녀가 말했다.

그녀는 그를 집 안으로 맞아들일 의사를 거의 드러내지 않았다. 그녀는 도어체인을 풀지 않은 채 입구를 막고 있었다. 메블리도는 굼뜨게 한쪽 발을 다른 발 위에 포갰다. 문지방 앞에는 청석돌 포석이 하나 있었다. 낡은 신발의 밑창이 그 위에서 뿌드득 소리를 냈다.

"적당한 시간이 아니네." 메블리도가 지적했다.

"그렇지."

"보고 싶었어. 네 깃털을 만지고 싶었어."

"헛소리하지 마, 메블리도." 고르가가 1밀리미터도 움직이지 않은 채 말했다.

메블리도는 망설였다. 그는 이제 건들거리지 않았다. 대화를 어떻게 이어 가야 할지 모르는 채 무호흡 상태로 문지방에 우뚝 서 있었다. 몇 초를 벌려고 그는 호흡을 재개하고 한숨을 내쉬었다.

"여기 왔으니까 어디 말해 봐." 고르가가 말했다. "보고를 해. 들을게."

"특별히 할 말 없어." 메블리도가 인정했다.

"그러면 꾸며 내." 고르가가 조언했다.

"꾸며 내도 돼?" 메블리도가 물었다. "꾸며서 말해도 돼?"

"알아서 해." 고르가가 말했다.

그는 그녀를 바라보았다. 그녀는 암까마귀치고는 키가
컸다. 그들은 키가 거의 같았다. 그는 횡설수설하기 시작했다.
일화들이 아무렇게나 이어졌다. 고르가는 그의 말을 듣고 있거나
듣는 척했다. 그녀는 한 문단이 끝날 때마다 엄숙하게 알았다는
표시를 했다. 말을 마친 뒤 그는 다시 한숨을 내쉬었다.

"그리고 다른 얘긴데," 그가 말했다. "말리야 바야를락이
어디 있는지 모르겠어."

"없어졌어?" 고르가가 물었다.

"응. 우리는 새 떼 속을 걷고 있었어. 왕부리 말똥가리,
올빼미 들도 있었지만 주로 암탉들이었어. 돌연변이 암탉. 새들은
우리 때문에 신경이 곤두서 있었어. 얼굴 높이로 날더라고.
우리는 싸워야 했어. 새 떼 사이로 길을 뚫어야 했어. 말리야
바야를락은 내 뒤에서 걷고 있었는데 뒤를 돌아보니 흔적도
없었어. 그 뒤로는 소식이 없어."

고르가는 천천히 고개를 끄덕였다. 그들은 침묵을 지켰다.
메블리도는 느닷없이 팔을 뻗어 고르가의 깃털을 만지고, 이마
선의 솜털을 살랑거리게 하고, 실내복의 네크라인에 손을
집어넣고 싶은 마음이 들었다. 그들은 서로의 곁에, 하지만
문지방과 도어체인으로 분리된 채, 이처럼 하지 않은 말을 잔뜩
품은 채 꼼짝 않고 서 있었다. ─ 고르가 그녀는 가난뱅이의
실내복 차림으로, 메블리도 그는 먼지투성이의 우중충한
모습으로, 워델 스트리트에서 온 미약한 빛 속에 육중한 동시에
귀신 같은 모습으로 서 있었다. 인근에 다른 가옥들이 있었지만
아무도 살지 않는 게 명백했다. 그들의 대화를 엿듣거나 그들이
얼마나 친밀한 사이인지를 파악하려고 이마를 창문에 붙이고
있는 이는 아무도 없었다. 마치 그들이 모든 시선으로부터 벗어난
채, 자유롭게, 모든 구속에서 벗어난 채 세상에서 혼자인 것
같았다.

"들어올래?" 고르가가 말했다. "어쨌든 자려던 참이었거든."

그녀가 아직 그를 들이려고 문을 열지 않아서인지
메블리도는 그녀 앞에 소심하게 서 있었다. 그는 고통스러운
생각에 잠긴 듯, 아니면 그녀가 막 내뱉은 속내가 뚜렷한 제안에

충격을 받고 제어할 수 없이 당황하기라도 한 듯, 돌처럼 굳어져 입을 벌려 텅 빈 소리를 내는 것 말고는 그 당황스러움을 제어할 수 없기라도 한 듯, 그녀의 말에 대답하지 않았다. 그들은 서로를 마주 보고 서 있었다. 그들 사이에 성욕이 꿈틀거리면서 과거의 통정하던 마음이 되살아났는지, 아니면 반대로 그들 사이에 고독만이, 끝없고 돌이킬 수 없는 고독만이 떨고 있었는지는 단언하기 어렵다.

38

소냐 볼글란은 원피스를 벗은 상태였다. 나는 그녀와 한 방에 있었다. 우리 사이의 거리는 3미터, 기껏해야 4미터였다.

어찌 된 일인지, 어떤 조홧속으로 그렇게 된 일인지 몰라도 우리는 다시금 예전처럼, 인민의 적을 암살하는 데 우리를 쓰지 않을 때면 달을 향해 박격포탄을 발사하라고 우리를 부추기던 이름도 강령도 모르는 단체들에서 친하게 지내던 시절처럼, 팩토리 스트리트에 있었다. 그녀는 원피스를 벗은 상태였고 그녀가 브래지어를 입고 있지 않았으므로 나는 다음 순간이 다가오길 기다리느라 조바심이 나서 즉시 머리끝에서 발끝까지 전율하기 시작했다. 그 순간이 되면 나는 그녀의 가슴에 도취해 이제는 이 젊디젊은 여인의 작고 단단한 두 젖가슴과 내 입술, 손, 손가락 살, 뺨의 접촉만 생각할 수 있을 것이었다.

그녀는 남자들 앞에서 벌거벗고 있는 것에 익숙한 게 분명했다. 여기서 '남자들'이라고 할 때 나는 나와 닮지 않은 사람들을 상상하지 않는다. 나는 그것을 상상할 수 없고 굳이 그러려고 애쓰지 않는다. 나는 단지 나와 닮은 이들, 열등인간들, 짭새들, 볼 장 다 본 살인자들, 여섯 번째나 아홉 번째의 구린내 나는 계층[30]과 결부되어 있거나 결부되지 않은 불순분자들, 초창기 난민들, 볼셰비키든 아니든 이뷔르족 생존자들, 수용소에서 탈출한 한국인들, 자기네 나라가 지도상에 어디 붙어 있는지조차 모르는 중국인들, 얼간이들만 상상하는 것이다. 그녀는 이런 남자들 앞에서 벌거벗고 있는 것에 익숙한 게 분명했다. 어쨌든 그녀가 내 앞에서 옷을 벗은 건 이번이 처음이었다. 나는 아직 옷을 벗지 않았고, 그녀는 열린 창문으로 길거리에서 들어온 매우 밝은 빛(맞은편 건물 사람들이 설혹 호기심을 가질 경우 우리를 노출시킬 빛)에 개의치 않는 것과 마찬가지로 내가 셔츠와 바지를 입고 3미터 떨어진 곳에 있는 것에 개의치 않는 게 분명했다.

---

30. "구린내 나는 아홉 번째 계층[臭老九]"이란 마오쩌둥이 문화혁명 당시 반동적 지식인들을 두고 한 말이다.

그녀는 자신의 노골적인 자세로부터 나오는 에로틱한 자극의 힘을 의식하면서 요부 같은 표정으로 내게 미소를 지었다. 너무나 매력적이었다. 그녀는 우아하고 탐스러웠으며, 누구도 피할 수 없는 생글거리는 자력(磁力)이 깃들어 있었다. 나는 그녀의 매력에 저항할 의사가 없었고 무장 해제된 상태였다. 하지만 그럼에도 불구하고 우리의 나이 차가 관계를 복잡하게 해 거의 근친상간처럼 만들고 다른 면에서는 굉장히 우스꽝스럽게 만들 것이라는 생각을 하지 않을 수 없었다. 나는 그녀 쪽으로 움직이기 시작했지만 그녀에게 도취되기 전에 다시 한 번 명백한 사실이 나를 짓눌렀다. 우리는 부녀간일 수도 있었던 것이다. 현재 소냐 볼글란은 스무 살이나 그보다 약간 많은 나이였고, 그것은 우리가, 베레나 베커와 내가 가질 수도 있었을 딸이 내 앞에서 옷을 벗고 몸을 맡기려 한다는 뜻이었다. 이런 상황에서는 늙어 쉰 살이 되었다는 사실이 갑자기 수치스럽게 느껴지고 그 수치심을 떨치기 힘들다. 내 안에서 0.5초간의 망설임이 있었고, 나는 곧 불편한 마음을 그럭저럭 떨쳐 버리는 데 성공했다. 나와 소냐 볼글란 사이에 끼어들 수도 있었을 프롤레타리아 윤리의 잔재는 잠시 접어 두었다. 지금 여기서 중요한 것은 사람과(科) 사이의 평범하고 자연스러운 욕망뿐이었다. 내면에서 훈계를 늘어놓는 목소리를 침묵시키는 것으로 충분했다. 곧 이뤄질 성교의 순 동물적 측면을 시니컬하게 우선시하는 것으로 충분했다.

소냐 볼글란은 우리 두 사람 사이의, 그리고 어쨌든 우리 육체 사이의 첫 접촉을 편안하게 기다렸다. 그녀는 원피스를 의자 등받이에 걸쳐 놓고 옷에 구김살이 생기지는 않았는지 확인하느라 등을 돌렸다가 다시 내 앞으로 다가왔다. 그녀는 서 있었고, 말랑말랑하고 호리호리하고, 존재의 기쁨을 방출했으며, 육체적으로 완벽했다.

나는 잠시 움직임을 멈추고는 그녀를 자세히 살펴보며 감탄했다.

- 회색빛 섞인 주술적인 백색 깃털,
- 거의 돌출하다시피 했지만 꽤 통통해서 말랐다는 느낌은 주지 않는 골반뼈,

• 탄탄한 은빛 젖가슴, 기막힌 적갈색 유륜, 우아하게 뾰족한 젖꼭지,

• 몸의 흉터들, 그때껏 짐작도 못 했던 흉터들, 오른쪽 허벅지 위쪽에 있는 분홍색 흉터, 그리고 왼쪽 젖가슴 밑의 칼자국, 배에 있는 또 다른 칼자국, 그녀는 폭행당했고, 싸웠고, 어쩌면 어렸을 때부터 여러 시기에 걸쳐 여러 차례 상처를 입었을 것이다,

• 문신들, 배꼽 근처에 그려 놓은 석류와 별 모양의 문신, 팔에 있는 나비 두 마리 문신, 엉덩이 윗부분과 왼쪽 허리에 있는 크메르어나 미국 영어 같은 사어(死語)를 연상시키는 문자로 된 몇 단어,

• 그녀의 검은 눈동자는 구김살 없는 쾌활함을 나타냈고, 그녀는 내가 자신을 바라보는 것을 승낙했으며, 그녀에 대한 내 욕망을 승인했고, 친절하게도 싱싱한 미녀의 아름다움을 제공하고 있었다, 관대하게도,

• 발랄한 젊은이의 아름다움을,

• 방은 더웠지만 그녀의 매끈한 짙은 갈색 피부에는 땀 한 방울 반짝이지 않았다.

• 얼굴을 제외하면 그녀의 몸에는 솜털이 하나도 없었다, 심지어 얼굴에도 깃털이 거의 안 보였다,

• 땀 한 방울이 그녀의 배를 따라 생사(生絲) 빛의 밝디밝은 피부 위로 구불구불 흘러내렸다,

• 그녀의 몸 곳곳에 번지르르한 솜털이 덮여 있었다, 사람을 완전히 녹여 버리는 이 요염한 젊은 여인의 몸 곳곳에, 그녀의 가슴에, 어깨에, 팔다리에, 가장 섬세한 손발까지,

• 방은 더웠고 그녀의 몸에서 수증기가 반짝여 그녀를 보고 감격하여 파묻히고 싶은 마음이 더 강해졌다,

• 그녀는 배꼽이 없었다, 배꼽이 있어야 할 자리에 문신이 하나도 없었다, 기막힌 밝은 회색의 깃털 뭉치가 그녀의 배를 가리고 있었다, 깃털 뭉치가 젖가슴이 시작되는 곳부터 허벅지 중간까지 그녀의 피부를 완벽히 숨기고 있었다,

• 내가 모르는 과거에 그녀는 어떤 패거리에 속해 가입 의식을, 잔혹한 의식을 겪었던 게 틀림없다, 누군지 몰라도 반(半)문맹의 무식자가 그녀의 겨드랑이 밑에, 고통을 견디기

힘든 부위에 유형자의 수인 번호를 연상시키는 숫자를 새겨
놓았고, 치골 위에도 그 숫자가 추악하게 서툰 글씨체로
반복되었다,

• 그녀는 두 팔을 옆구리를 따라 무방비 상태로 늘어뜨리고
있었지만 나는 그녀가 그 팔로 무기를 다룰 수 있음을, 그 손에
막대기나 단도를 쥐고 사람을 죽일 수 있음을 모르지 않았다,
하지만 그녀는 근육질로 보이기보다는 연약해 보였고, 전사처럼
보이기보다는 사랑에 빠진 여자처럼 보였다,

• 더욱이 그녀의 시선은 반짝이며 나를 초대하고 있었다,
그녀의 시선은 빈정거리는 기색에 물들지도 않고, 악의 없이,
우리가 부녀 관계였을 수도 있음을 암시하지 않은 채 나를
자신에게 끌어당기고 있었다.

나는 잠시 움직임을 멈추었다. 그녀를 자세히 살펴보며
감탄하기 위해서였다.

이미 나는 그녀의 바로 곁에 도달해 있었다.

이윽고 말없이 입으로 그녀의 젖가슴 끄트머리를 살짝
스치려는 참이었다. 나는 손이 축축했다. 내 땀을 절대 그녀에게
묻히고 싶지 않았다. 어쩌면 그녀는 내 손바닥에 물기가 많아
불쾌하게 여길지도 모르고 아마 이를 정신적 불균형이나 병적인
불안과 연관 지을 것이다. 실제로는 그렇지 않은데 말이다.
육체는 비밀이 거의 없고 피부는 늘 뻔한 통속성의 조직이라는
것은 이미 수백만 년 전부터 모든 남녀가 알고 있고 기억하는
사실이었다. 어쨌든 나는 축축하고 서두르는 모습을 그녀에게
보여 호감을 잃고 싶지 않았다. 나는 몸을 낮추고, 손가락 두 개를
그녀의 팬티 고무줄 안에 집어넣고 그녀의 두 다리를 따라 팬티를
미끄러뜨렸다. 이 마지막 의복이 발목 아래쪽에 이르자 나는
그녀가 그것을 벗도록 도와주었으며 내 얼굴을 그녀의 허벅지
사이에 파묻었다. 나는 그곳이 늘 껄끄러웠다. 그곳은 잔털이
혀에 뻣뻣하게 걸려 별로 기분이 좋지 않고 심지어 역겹기까지
하다. 가는 털은 잘 빠지고 쉬이 가시지 않는 냄새를 풍긴다.
그러다 갑자기 입천장과 목젖 사이에 가는 털이 잔뜩 뭉쳐 거의
구역질을 일으킬 지경이 된다. 나는 이마와 코를 잔털들 쪽으로
움직여 눈을 감은 채 파묻으며 쾌락에 젖어 헐떡이는 소리를

냈으며, 소녀 볼글란은 즉시 화답했다. 그녀가 두 손으로 내 머리를 붙잡고 나를 인도하는 것이 느껴졌다. 나는 나쁜 경험의 기억은 접어 두고 그녀의 지시를 따르기 시작했다. 나는 몹시 흥분해 최대치로 발기했으며, 열이 났고, 발정 난 짐승처럼 계속 한숨을 쉬었다. 구강성교에 대한 거부감은 잊고 있었다. 소녀 볼글란은 내 위쪽에서 내게 붙어 몸을 비비 꼬았다. 나는 내가 불편한 자세로 쭈그리고 있는지 어떤지 알고 싶지 않았으며, 딸일 수도 있었을 여자를 껴안고 잔털을 핥고 그 안을 턱과 혀끝과 동원 가능한 얼굴 근육 모두를 이용해 뒤적거리면서 현재에 무한히 매혹된 것처럼 현실과 모든 시간적 흐름으로부터 얼마간 벗어나 부유하고 있었다.

"이리 와, 메블리도." 소녀 볼글란이 갑자기 나를 위쪽으로 끌어당기며 말했다.

나는 부상(浮上)했다.

나는 침과 땀과 애액으로 번들거렸으며, 나 역시 옷을 벗고 최대한 빨리 파트너의 몸속으로 들어가고픈 절박한 욕구를 느꼈다. 소녀 볼글란은 음탕하게 윙크를 했고 입을 벌려 가볍게 웃었다. 그녀는 내 어깨를 잡고 있었는데, 내가 셔츠를 벗도록 나를 놓아주었다. 그러다 몇 걸음 걷더니 침실 벽 뒤로 사라졌다.

나는 서 있었다. 나는 혼자 남은 틈을 타 잇몸 사이에 집게손가락을 넣었다. 역겨운 가는 털, 솜털이 작은 공처럼 뭉쳐 있었다. 구역질이 났다.

나는 최대한 빨리 셔츠 단추를 풀고 허리띠를 풀고, 구두끈을 푸는 데 착수했다.

"이리 와." 소녀 볼글란이 다시 말했다.

더는 그녀가 보이지 않았다. 그녀의 목소리는 나른했다.

구두끈을 푸는 데 20초는 걸렸다. 구두끈이 별난 매듭으로 묶여 있어 별나게 풀어야 했다. 손이 떨렸다.

"금방 가." 내가 말했다.

나는 창문 바로 옆에 있었고 맞은편 아파트에서 제의를 입은 무당이 춤출 준비를 하는 게 보였다. 사람들의 부탁을 받아 망자들이 산 사람의 일에 그만 끼어들고 그들 세계로 돌아가게 하려는 것이었다. 그녀의 노래에 맞춰 반주하는 악사는 북을 오른발 발바닥에 대어 고정해 두었다. 무당도 악사도 내 쪽을 바라보지 않았다.

하늘은 검었다.

가슴이 찌릿했다.

그 순간 고수가 처음으로 북을 쳤다.

나는 작은 방에 있는 소냐 볼글란에게 가려고 서둘렀다. 나는 마침내 알몸이었다. 이제 소냐 볼글란과 사랑을 나누고 그녀와 한 몸이 되고 싶을 뿐이었다. 내가 어떤 구멍으로 자기 몸 안에 들어가길 그녀가 원하는지 알고 싶을 뿐이었다. 그녀의 안에 들어가고 싶을 뿐이었다. 내 손은 젖어 있었다. 나는 침대에 손을 대충 닦고 누웠다. 땀이 비 오듯 흐르는 기분이었다. 나는 매트리스 위에서 그녀 쪽으로 기어가기 시작했다. 온몸으로 기어가는 기분, 거대한 행복을 만나러 가는 기분이었다. 나는 소냐 볼글란을 만나러 기어가고 있었다.

"더러운 짓 좀 그만해, 메블리도." 졸린 목소리가 내 귀에 말했다.

나는 눈을 감고 있었다. 그렇게 하면 성적 도취감이 더 강렬해질 것 같았다. 목소리가 눈을 뜨라고 재촉했다. 처음에는 뜨지 않았다. 나는 방이 어둠 속에 잠겨 있다고 상상했다. 행복을 생각하고 있었다.

북이 울리고 있었다.

"더럽다니까, 메블리도." 목소리가 되풀이했다. "그만해. 아까 벌써 했잖아."

나는 눈을 떴다.

기름으로 깃털에 윤내는 걸 좋아하는 고르가의 집이 흔히 그렇듯 공기 중에 산패한 기름 냄새가 났다. 고르가는 그 기름이 사향 향이 첨가된 방향제라고 주장했다. 우리 주위의 어둠은 절대적이었다.

"당신 꿈을 꾸고 있었어." 나는 말했다.

"어휴." 고르가가 말했다. "입만 열면 헛소리야."

"꿈에서 우린 사랑을 했어." 내가 말했다.

"이봐, 메블리도." 고르가가 말했다. "더 자. 오늘 밤 시시한 이야기는 충분히 들었어."

북이 울리고 있었다.

"들려?" 조금 뒤 내가 물었다.

"뭐가?"

"북소리. 굿북."

"어디서 나는데?"

"몰라. 길거리에서."

"아니." 고르가가 말했다. "아무것도 안 들려. 더 자."

39

"그럼 지금은, 들려?" 메블리도가 물었다.

"뭐가?" 고르가가 말했다.

"북소리." 내가 말했다.

우리는 소리에 집중했다. 소리는 미약했다. 어둠 속의 무엇인가가 여명이나 황혼의 빛이 임박했음을 알렸다. 아침이 다가오고 있었다, 아니면 저녁이. 고르가 집의 공기는 움직이지 않았다. 우리도 움직이지 않았다. 전지적 서술자였다면, 아니면 거미줄에서 내려다보는 거미라도, 아마 우리가 질식사했거나 동반 고독사했다고 판단했을 것이다. 아니면 우리가 과도한 쾌락을 맛본 뒤 실신했다고 판단했을 것이다. 짐승 시절의 잔재에서 아직도 벗어나지 못한 채, 주위에는 우리 몸이 만들어 낸 악취가 고여 있고, 우리 몸에는 배설물 찌꺼기가 묻어 있고, 우리 안에는 바스락거리는 날개의, 갈기갈기 찢긴 막의, 마비 상태에 빠지기 전에 마지막 이슬을 배출하는 점막의 검은 추억을 품은 채로 말이다. 우리는 꼼짝 않고 침대에 누워 있었다. 우리는 귀를 기울였다.

북이 울리고 있었다.

"죽은 자들을 위한 의식이야." 내가 중얼거렸다. "한 남자가 북을 두드리고 있어. 여자 무당 하나가 춤을 추면서 노래를 읊고 있고."

"글쎄." 고르가가 말했다.

"내가 아는 리듬이야." 내가 말했다.

"그럴 리가 없어." 고르가가 말했다. "골목 끝에 사는 남자야."

"남자라고?"

"응." 그녀가 설명했다. "미치광이야. 쇳덩이를 두들기기도 하고 벽을 두들기기도 해. 그때그때 뭐가 가까이 있느냐에 따라 달라. 그자는 공포로 미쳐 있어. 기억 때문에 미쳐 버렸어. 불편한 기억을 쫓아 버리려고 두드리는 거야."

"어떻게 알아? 아는 사람이야?"

"아니. 하지만 그자에 대한 정보를 받았어. 그자는 3차 절멸 작전에 참여했어. 잔혹 행위가 벌어졌을 때 소년병이었어."

"그래?" 내가 말했다. "소년병이라고? 이름이 뭔데?"

"알반 글뤼크일 거야."

"그래?" 내가 말했다. "알반 글뤼크라고."

고르가는 입을 닫았다. 나는 침묵의 15분을 흘려보내고는 자리에서 일어났다.

"어디 가?" 그녀가 물었다.

"거기." 내가 말했다.

"어디?"

"그리로." 내가 말했다.

내 뒤로 고르가가 날개 하나의 주름을 펴고 날개를 천천히 뻗었다가 다시 접는 소리가 들렸다. 침대는 넓지 않았다. 이제 내가 자리를 비우자 그녀는 편하게 누웠다.

나는 샤워실 쪽으로 향했다. 수도꼭지는 딸꾹질을 했지만 물 한 방울 내뱉지 않았다. 나는 포기하지 않고 수도꼭지를 열었다 닫았다 했다. 아무것도 흘러나오지 않았다.

"물이 안 나오네." 나는 고르가를 향해 항의했다.

"어제부터 끊겼어." 고르가가 말했다.

"씻어야 하는데." 내가 말했다.

"가지 마." 고르가가 말했다. "나가지 마. 여기 있어, 나중에 씻어. 얼마 있으면 나올 거야."

"누가 나와?" 내가 물었다.

"물이 나온다고." 고르가가 말했다.

"언제?" 내가 물었다.

"뭐라고?" 고르가가 말을 되풀이하게 만들었다. 우리 사이의 벽이 몇몇 모음을 흡수하고 있었던 것이다.

"물, 물이 언제 나오는데?"

"몰라." 고르가가 말했다. "내 곁에 있어. 같이 기다리자."

골목 끝에서 북이 울리고 있었다. 들릴락 말락 하지만 들리기는 하는 둔탁한 소리였다. 알반 글뤼크는 두려워하고 있었다. 기억을 청소하려고 두드리고 있었다.

"어쩌면 다음 달에 나올지도 몰라." 고르가가 곰곰이 생각하더니 말했다.

"어휴." 내가 말했다.

296

"여기 있어." 고르가가 간청했다. "왜 거기 가려는 거야?"

"가야 해." 내가 말했다.

나는 마지못해 씻을 생각을 단념하고 옷가지를 그러모으기 시작했다. 옷들은 어두운 침실에 어지럽게 흩어져 있었다. 나는 주워 올린 옷을 대충 입었다.

그리고 고르가의 집을 떠났다.

골목길은 간접조명을 받아 완전히 깜깜하진 않았고 몇 분 뒤 빛은 더 환해졌다. 하늘은 아스팔트의 검은색에서 짙은 회색으로 변하는 중이었다. 하루가 시작된 것이다. 나는 가능한 한 소리를 내지 않으려 애쓰며 아주 천천히 걸었다. 정신은 약간 둔해졌지만 그래도 내가 다시 한 번 살인을 저지르려 한다는 것은 인지하고 있었다. 두드림 소리는 실외의 공기에 흡수되어 사실상 들리지 않았다. 어쩌면 글뤼크 역시 골목 약간 위쪽에서 문이 열렸다 닫히는 소리를 듣고 신중해지기로 했는지도 몰랐다.

간혹 황폐한 정원이나 비틀어진 철책이 달려 있기도 한 초라한 단층 주택들 앞을 조심스레 걷고 있으려니 글뤼크의 음악이 다시금 뚜렷이 들려왔다. 아주 간단한 독주였다. 고수는 두 손으로 바닥을 두드리기도 하고 벽을 두드리기도 했다. 바닥은 손바닥으로, 벽은 주먹으로 쳤다. 리듬은 일정했다. 글뤼크가 벽을 때릴 때 못에 걸린 고철 조각 하나가 팔딱거렸다.

소리가 점점 뚜렷해졌다.

나는 가까워지고 있었다.

알반 글뤼크의 집은 낮은 건물로, 골목으로 통하는 입구를 빼면 다른 입구가 없는 듯했다. 어둑어둑한 빛 속에 보이는 글뤼크의 집은 공방 창고나 커다란 차고와 흡사했다. 문의 중간 높이에 골함석 덧문이 고정되어 있었다. 옆집이 무너질 때 붕괴로 인해 덧문의 설주나 가드레일이 뒤틀려서 철제 셔터를 영원히 봉쇄해 버린 게 분명했다.

나는 한동안 그곳을 살펴보았다.

심지어 베레나 베커가 소년병들에게 학살당하기 전에도 나는 늘 소년병을 혐오했다. 가장 가증스러운 상황에 대처하도록 가르치는 경찰 훈련실에서도 소년병들과의 대결은 늘 최악의 경험이었다. 그들의 공격이나 공격에 대한 그들의 반응에는 예측

불가능하고 비열한 면이 있었고 그들과의 육탄전은 추잡했다. 그들은 상대방의 중요 기관에 상처를 입히려 하면서도 아기처럼 웃을 수 있고, 상대에게 길고 고통스러운 죽음을 보장하는 기술을 애호하는 무시무시한 적이었다. 갑자기 그 특수 훈련 코스의 분위기가, 더위, 환기 부족, 다다미 볏짚 냄새가 떠올랐다. 잔혹 행위에 취한 청소년들의 속임수, 그들이 내는 애들 울음소리, 거짓 구조 요청 등을 마지못해 재현하는 교관들의 고함이 다시금 귀에 들렸다. 나는 그 교육을 어떤 상황에서, 어떤 현실적 혹은 몽상적 세계에서, 왜, 언제 받았는지 자문할 틈이 없었다. 어디서 솟아난 것인지 몰라도 이미지들이 눈앞에 있었고, 나는 그 이미지들을 내가 어찌할 수 없으며 그 이미지들이 꿈의 추억만큼이나 불안정하다는 것을 본능적으로 알았다. 그 이미지들은 출현할 때만큼이나 불현듯 사라질 수 있었다.

나는 곰곰 생각하기 시작했다. 나는 격투기 훈련을 완전히 접은 지 오래였고 이제 곧 싸울 것이었다. 알반 글뤼크는 소년병 출신이었다. 내가 그자를 제압할 확률은 빈약했다.

그만 생각해, 메블리도. 나는 생각했다. 네 앞에 흘러가는 이미지들을 그만 바라봐. 그 모든 게 네 임무를 복잡하게 만들 수 있어. 닥칠 일의 끔찍함을 가늠하지 마. 감정놀음에 종지부를 찍고 행동으로 옮겨. 다른 건 이제 생각하지 마. 생각과 혐오감이 네 마지막 힘을 빼앗아 가게 하지 마.

그리고 나는 그의 아지트로 뛰어들었다.

행동은 즉시 진행되었다. 그것은 내 감정놀음에 종지부를 찍었다.

알반 글뤼크는 차고 안쪽에, 판자들, 낡은 철책 조각, 양철판 등의 잡동사니 부근에 앉아 있었다. 내가 문 앞에 나타난 순간 그는 타악기 공연을 중단하고는 들어오려는 나를 겁주려고 화를 내며 고철을 휘둘렀다. 역광으로 인해 그에게는 내 모습 중 다리밖에 안 보였을 것이다. 나는 길을 막고 있는 철제 셔터를 통과하려고 허리를 굽혔고, 즉시 셔터 건너편에 섰다. 이제 나는 글뤼크의 처소에 와 있었다. 고철 휘두르는 소리가 잦아드는 한편 그가 평소 쭈그려 자는 쪽으로 물러나는 소리가 들렸다. 그는 동작이 기민했고, 나의 침입에 호전적으로 반응했으며, 일단 바닥에서 집게 두 개를 집어 내 쪽으로 던졌다. 도구는 내게서 0.5미터 떨어진 곳에 있는 덧문에 부딪히며 우레와 같은 소리를 냈다. 버석버석 소리를 내면서 녹 가루가 내 머리 위에 비처럼 떨어졌다. 주위는 어두웠지만 나는 어둠에 눈이 익숙해져서 보아야 할 것을 볼 수 있었다. 나는 글뤼크의 동작 하나하나를 주시했고, 그 무엇에도 놀라지 않았다. 쥐 두 마리가 겁에 질려 벽을 따라 달렸다. 전속력으로 달렸다. 쥐들은 갑자기 유턴해 되돌아오더니 빈 병이 가득 담긴 바구니 뒤에 숨었다. 아마 길거리 쪽으로 도망치고 싶었겠지만 내가 있어 그럴 수 없었다.

그 짐승들과는 아무 관계도 맺지 말 것. 번뜩 생각이 스쳤다.

알반 글뤼크는 자리를 바꿨다. 한쪽 구석으로 뛰어가 밀림용 마체테를 잡은 상태였다. 그는 갑자기 움직임을 멈추더니 새우등을 하고 누추한 처소의 이 어둠침침한 구석에서 방어 자세를 취했는데, 한껏 집중한 모습이 위협적이었다. 그는 어떠한 심리적 약점도 드러내지 않았고, 자세로 미루어 보건대 오히려 경계심 많고 무슨 짓이든 할 수 있는 까다로운 적이었다.

교활하게 굴 필요가 있었다.

"글뤼크, 무슨 일이야?" 나는 겁에 질린 투로 물었다. "날 못 알아보겠어?"

나는 집게가 내 옆에 떨어진 뒤로 움직이지 않고 있었다. 우리 사이의 거리는 5–6미터 정도였다. 얼마 안 되는 거리인 동시에 상당한 거리였다.

"나야, 오고인." 내가 말을 이었다. "싸움질하려고 온 게 아니야."

나는 아무렇게나 이름을 지어냈다. 나는 기선을 빼앗기지 않으면서 그를 혼란스럽게 만들고 싶었다. 그로서는 나에게 즉시 돌진해 오지 않은 게 실수였다. 그 덕에 나는 그의 공간에 익숙해질 수 있었다.

"무슨 상상을 한 거야?" 내가 말했다. "진정해. 무섭잖아."

나는 얼굴에 붙어 성가신 녹 가루를 떨어내는 데 정신이 팔린 듯 고개를 흔들면서 침을 뱉었다.

나는 실제로는 무기를 찾는 중이었다. 바닥에는 기계의 철제 뼈대, 세면대 반쪽, 시멘트 포석이 굴러다녔다. 손에 쥐고 싸우기에는 너무 불편한 물건들이었다. 이 쪼가리들은 적당하지 않았다. 집게는 던질 수 있었겠지만 우리는 이제 물건을 얼굴에 던질 만한 거리가 아니었다. 조금 전 쥐들이 파고든 곳이 보였다. 바구니 안에는 유리그릇, 어항, 병 몇 개가 있었다. 그쪽으로 달려간다면 맥주병을 잡아 깨뜨려 위험한 물건으로 만들 시간이 있었다.

"그만해, 칼 집어넣어." 내가 말했다. "싸울 게 아니잖아."

나는 허리를 숙여 머리카락을 털었다.

"할멈의 메시지를 전할 게 있어." 나는 덧붙였다.

나는 무해한 손님이 했을 법하게 느긋한 동작으로 머리를 빗었다. 그리고 몸을 일으키고는 다시 태연히 있었다. 나는 싸우려는 의사를 조금도 드러내지 않았다.

글뤼크는 여전히 웅크리고 있었다. 떨고 있는 것처럼 보였다. 그는 몸을 펴고 일어나 내 쪽으로 돌진해 나를 칼로 벨 생각이었지만, 내가 하나씩 내뱉은 정보에 당황한 것이다. 그는 망설이고 있었다. 첫째, 전언을 모르면서 전달자를 죽일 때는 늘 망설이게 마련이다. 둘째, 그의 현재에 미지의 인물들이 들어와 그의 기억력이 작동하게 만든 것이다. 오고인. 할멈. 그는 기억을 뒤졌지만 소득이 없었고 이는 그에게 불안정을 초래할 수밖에 없었다.

그의 나이는 전혀 알 수 없었다. 자기가 악몽의 주역이었던 시절에 대한 향수 때문인지 몰라도, 그는 사람 피부를 닮은 고무 재질의 가면을 쓰고 있었다. 설치류의 기괴한 주둥이가 달려 있고 그 주둥이로부터 굉장히 굵고 뻣뻣한 가짜 코털이 삐져나온, 창백하고 표정 없는 가면이었다. 눈구멍 때문에 눈꺼풀은 삐딱하게 치우쳐 있었고, 그 때문에 움직임이 거의 없어 백치 비슷한 돼지 눈처럼 보였다. 그는 어두워서 색깔을 알 수 없는 합성섬유로 된 곱슬머리 가발을 쓰고 있었다. 이 추악한 꼭두각시가 베레나 베커에게 몸을 기울인 채 베레나 베커를, 내 사랑 베레나 베커를 장난삼아 살해하는 것을, 그녀에게 겁을 주고 모든 희망을 빼앗는 모습을 그려 보는 건 어렵지 않았다.

이번에는 내가 내 기억이 전해 주는 것 때문에 혼란을 겪고 있었다. 내면의 길들 사이에서 길을 잃기 시작한 것이다. 나는 싸움이 아닌 다른 것을 생각하기 시작했다. 알반 글뤼크가 이를 알아채고 공격했다.

나는 그가 돌진해 오는 것을 느꼈다.

나는 그를 쳐다보지도 않고 오른쪽으로, 이미 점찍어 둔 바구니 쪽으로 몸을 날렸다. 바닥에 놓인 철책과 건축용 석재가 길을 막고 있었다. 나는 그것을 비켜 가야 했고, 지그재그로 달렸으며, 곧 내가 글뤼크에게 등을 보이고 있다는 것을 깨달았다. 이제는 전술을 바꿀 시간이 없었다. 더 이상 생각하지 않았다. 나는 병 쪽으로 손을 뻗었다. 현재는 일련의 강렬한 직관들로 분해되었다. 글뤼크에게 등을 보이는 불리한 자세로 나는 유리그릇들 위로 몸을 숙였다. 바구니 뒤에서는 다시 방해를 받은 두 마리 쥐가 더 확실한 피신처 쪽으로 움직였다. 글뤼크가 철판에 한쪽 발을 디디는 소리가 들렸다. 나는 왼손잡이가 아니지만 왼손으로 병을 잡고 있었다. 막 손가락으로 병 주둥이를 잡은 참에 글뤼크가 내 위에 도달했다. 글뤼크는 크게 점프해 내게 도달했다. 나는 숨을 멈추고, 몸을 돌리면서 병을 벽에 부딪쳐 깨뜨렸다. 나는 손에 쥔 유리 조각이 어떤 모양이 되었는지 볼 수 없었다. 손에 쥔 것이 효과가 있을지 없을지 알지 못했다. 글뤼크는 내 머리나 어깨를 부수려고 이미 마체테의 날을 옆으로 눕히고 있었다. 한편 나는 몸을 돌리는 중이었다. 더 이상 피할 수 없었으므로 그의 움직임에 유연하게 끼어들었다. 그의 칼날을 맞지 않고 그의 수비 범위 내로 들어갔다. 왠지 몰라도, 어떤 알 수 없는 계기로, 내가 갑자기 베테랑처럼 여유 있게 움직이고 있었다. 연수 기간에 받은 가르침이 여기서 결실을 맺고 있었다. 치명적인 칼날이 내 살갗에서 3센티미터 떨어진 곳에서 바람 소리를 내고 있었고, 나는 교관들이 뿌듯해할 만큼 자신 있게 몸을 놀렸다. 모든 것이 아주 짧은 시간, 3분의 1초를 넘지 않는 시간에 일어났다. 깨진 병 조각들이 아직 모두 땅에 떨어지지 않은 상태였다. 나는 알반 글뤼크의 손목에 가볍게 칼자국을 냈고 그자의 팔꿈치 안쪽을 베려고 깨진 병 조각을 힘차게 쳐올렸다. 급조한 무기가 기대만큼 훌륭한지를 알 수 있는 절호의 기회였다. 그런데 유리 조각은 면도칼처럼 날카로웠다.

글뤼크에게서 생체적 반응이 들렸다. 그는 울부짖지

않았지만 그의 몸은 경악의 탄식을 내뱉고 있었다. 고통은 아직 그의 의식에까지 이르지 않았다. 나는 그가 밀림용 칼을 놓치는 것을 알았고 찰나의 순간 전에 개시한 곡선을 계속 그어 나갔다. 이제 내 칼이 어떻게 생겼는지 보였다. 그것은 악랄한 크리스 단검[31]으로, 글뤼크의 팔을 지나면서 모든 것을, 힘줄, 신경, 동맥을 지나 뼈까지 절단해 버린 게 분명했다. 나는 그것이 글뤼크의 어깨 밑에서 튀어나올 때까지 그대로 그어 가다가 그것을 그의 가면을 향해 박아 넣었다. 알반 글뤼크는 내 위에 쓰러졌다. 나는 그의 뺨에서 유리 단검을 빼냈고 나를 잡으려는 그의 왼팔을 피하기 위해 몸을 숙였다. 그의 몸뚱이가 내 주위에, 내 위에 무너져 내렸다. 글뤼크의 발에 차여 바구니가 뒤집어졌다. 마체테가 떨어지고 있었다. 글뤼크는 이제 고통으로 울부짖으며 바닥으로 쓰러지고 있었다. 그는 즉시 몸을 일으켜 내게서 멀어지더니 고철 사이로 몸을 굴렸다. 그는 문으로 다가가고 있었다. 나는 마체테를 주워 들고 그를 따라잡았으며, 그가 골목으로 도망치지 못하게 하려고 그의 위에 섰다.

그제야 나는 다시 숨을 쉬었다.

어둠에 수많은 세부가 가려져 있었다. 피가 보이지 않고, 알반 글뤼크의 고무 가면에 난 찢긴 자국도 보이지 않았다. 알반 글뤼크는 땅바닥에서 나선형으로 기면서 울부짖고 있었다. 그는 나에게 먼지를 한 줌 던지더니 대결을 단념하고는 빙빙 돌기를 멈췄다. 이제 그는 오른팔의 상처를 압박하는 데 전념했다. 그는 왼손으로 팔꿈치를 꽉 쥔 채 분노와 고통으로 오열하고 있었지만, 가면은 여전히 원래 자리에 있었으므로 사육제의 얼굴은 의연해 보였다. 가면 속 그의 뺨에는 끔찍하게 구멍이 나 있을 게 분명했다. 가면 밑으로 피와 눈물이 흐르고 있었다. 가발 역시 떨어지지 않았다. 나는 똑바로 서서 알반 글뤼크를 내려다보았다. 그를 단번에 죽이지 못하는 바람에 다시 허리를 숙여 끝장을 내야 하는 게 실망스러웠다. 이제 충분히 시간을 갖고 상황을 살펴보니, 내가 그의 목을 따서 최대한 빨리 끝장을 내기보다는 본능적으로 얼굴을 찢는 쪽을 선호했음을 깨달았다. 그가 죽음을

---

31. 동남아시아에서 많이 사용하는 비대칭 단검.

지켜보게 하려고 그의 생명을 연장시키는 식으로 행동한 것이고, 단말마의 순간이 너무 짧지 않게 상처를 입힌 것이다. 나에게 그러한 학대의 충동이 있었던 것이다.

현실을 부인해 봤자 소용없었다. 내게는 그런 학대의 충동이 있었다.

나는 글뤼크에게 일말의 동정심도 느끼지 않았지만, 죽기 전에 고통을 겪게 하고픈 욕망과 동시에 부끄럽다는 생각이 뚜렷해지고 있었다. 피로와 역겨움이 나를 엄습했다. 최대한 빨리 끝장을 내. 나는 같은 말을 되뇌었다. 야만적 욕구에 이끌리지 마. 저자에게 고통을 주고 겁을 줄 생각 하지 마. 최후의 일격으로 자비를 베풀지 않은 채 여기에 버려 두지 마.

나는 여전히 알반 글뤼크의 나이를 짐작할 수 없었다. 가면을 쓴 그는 열다섯 살일 수도 있고 그보다 두세 배는 많을 수도 있었다. 그의 목소리는 아직 변성기를 겪지 않은 어린애의 목소리처럼 흐느끼고 있었다. 내가 공격하지 않자 그는 내 주위를 벗어났다. 그는 등을 대고 누워 몸을 비틀고 있었다. 기어서 내 손이 닿는 범위를 벗어나려고 애쓰고 있었다. 그는 고철 더미에 도달했고 이제 다시 수직으로 서려는 의지를 보였다. 예전에 휘발유 통이었던 것에 몸을 의지했다. 그는 라디에이터 잔해에 등을 기대고 있었다. 그의 체격은 겨우 10대 청소년 수준이었다. 이자는 열네 살이 아니야. 나는 생각했다. 이자는 20년 전에 베레나 베커의 잔혹한 죽음을 연출한 자들 중 하나이지만 열네 살이 아니야. 당장 이자를 끝장내지 않는 건 범죄야. 그건 프롤레타리아 윤리에 대한 모욕일 거야.

프롤레타리아 윤리를 준수해. 나는 생각했다.

알반 글뤼크가 다시 몸을 일으켰다. 그는 철제 뼈대들, 무거운 물건들이 불안정하게 쌓여 있는 더미에 몸을 바싹 붙이고 있었다. 그는 듣기 끔찍한 울음소리를 내고 딸꾹질을 하면서 실성해 헛소리를 하고 있었다. 그는 내가 모르는 언어로 말하고 있었다. 가끔씩 그는 절단된 팔을 압박하다 말고 고철 조각을 집어서 별 확신 없이 내게 던지려 했다. 녹이 사방으로 날았다. 나는 그에게서 2미터 떨어져 있었지만 그가 던진 물건은 내게 닿지 않았다. 이제 그는 상처에서 핏줄기를 뽑고 있었고 가면

303

속에서 숨을 헐떡거리기 시작했다.

　　이놈의 글뤼크를 끝장내 버려. 나는 생각했다.
프롤레타리아 윤리를 따르든 말든 여기에 종지부를 찍어. 내
주제에 프롤레타리아 윤리를 준수하든 배신하든 무슨 상관이야?

　　글뤼크는 호흡곤란에 맞서 발버둥 치고 있었다. 사지가
전부 떨리기 시작하더니 곧 잠잠해졌다. 아직 숨이 끊어질
것 같지는 않았다. 그는 파이프 조각이나 날카로운 쇳조각을
찾으려고 왼손으로 부근을 더듬었다.

　　이자가 베레나 베커에게 겪게 만든 것만큼 흉악한 죽음의
고통을 겪게 하진 마. 나는 생각했다.

　　아니면 그렇게 할까? 나는 생각했다. 끝장내기 전에 이놈의
글뤼크한테 겁을 좀 줘 볼까? 이놈이 죽기 전에 이놈과 춤을 좀
출까? 내 주제에 학대를 하든 말든 무슨 상관이야?

　　나는 마체테를 쥐고 다가갔다. 프롤레타리아 윤리에 대해
생각해 봐야 소용없었다. 실은 일이 앞으로 어떻게 흘러갈지 잘
몰랐다.

40

메블리도는 알반 글뤼크의 아지트 입구를 통과하려고 철제 덧문 밑으로 허리를 숙여 그곳을 영영 나와 버렸다. 지체하지 않으려는 것이 동작에서 드러났지만 그럼에도 그는 잠시 쉬었다. 가슴을 부풀리려고 서툴게 기체를 모았다가 똑같이 어설프게 기체를 배출하는 것처럼 보였다. 골목길의 공기에는 새벽의 시원함이 있었다. 아지트 문이 중간 높이에서 잠겨 있고 빛은 약했지만 땅바닥에 있는 폐물들, 깨진 유리 조각들, 글뤼크의 몸뚱이 일부를 알아볼 수 있었다.

메블리도는 꼭두새벽의 어둑어둑한 빛 속을 갈지자로 걸었다. 빛이 조금 더 있는 골목 끝을 향해 걸었다. 그는 음절 몇 개를 웅얼거렸지만 그것은 단어를 만들 힘이 없었다. 신체적으로, 지적으로 상태가 바닥이었다. 그는 이제 한 가지 생각밖에 없었다. 몸을 씻는 것. 몸을 씻고 싶었다. 그는 나의 존재를 눈치채지 못하고 나를 스쳐 지나갔다. 그가 암살자처럼 보였다는 것은 부인할 수 없다. 어렵사리 임무를 마친 암살자처럼 보였다는 것은 부인할 수 없다.

그는 혐오스러운 마체테를 계속 휘두르다가 그 사실을 깨닫고는 우엉이 자라는 어느 정원 울타리 너머로 던져 버렸다. 그리고 골목길의 마지막 자락을 지났다. 그는 아무것도 믿지 않는 것처럼 보였다. 셔츠와 바지의 한쪽 다리에는 시커멓게 피가 묻어 있었다. 그는 뒤를 돌아보지 않았다. 알반 글뤼크가 쓰러져 있는 차고에서는 아무 소리도 새어 나오지 않았다.

메블리도는 스스로가 끔찍하게 더럽다고 느꼈다. 실제로 그랬다. 그는 자기가 달고 다니는 살인의 냄새를, 더러워진 깃털·쪼개진 팔·고철 속 경련의 냄새를, 뇌척수액으로 얼룩진 가발의 악취를 더 이상 견디지 못했다.

몸을 씻어야 해. 그는 생각했다. 그쪽으로 생각이 강박적으로 돌아오곤 했고 다른 것에 대해서는 문장이나 추억을 하나도 만들어 낼 수 없었다. 곧 골목에 닿을 거야. 그는 계획을 세웠다. 건물 한 곳에 들어가서 물을 찾는 거야. 수도꼭지 밑에 가서 이 땟국물을 제거하는 거야.

그는 더는 이름을 알지 못하는 길로 접어들었다. 위델 스트리트거나 팩토리 스트리트겠지. 그는 생각했다. 아니면 다른 길일지도 몰라. 그게 중요하다면 말이지.

씻을 곳을 찾아. 그는 생각했다. 그게 제일 중요해. 다른 건 아무것도 중요하지 않아. 이름, 언어, 이미지는 전혀 중요하지 않아.

거리에선 분주한 아침나절이 시작되고 있었다.

근방에서는 끈적끈적한 연기가 나오고 있었다. 공동 식당 하나가 문을 연 것이다. 누군가가 지글거리는 기름에 쌀을 볶고 있었다.

지붕 한 곳에서 새 한 마리가 날아오르더니 땅바닥 쪽으로 묵직한 똥을 떨어뜨렸다.

전등이 있는 곳에는 전등이 아직 켜져 있었다. 전등 덕에 여기저기 사람 모습이 보였다. 주민들을 피해야 해. 메블리도는 생각했다. 산 자든 죽은 자든 주민들을 피하는 편이 나아.

그는 통로가 하나 보이자 그리로 접어들었다. 작은 건물의 입구였다. 우편함 표지판을 거미들이 몇 년 전부터 장악해 버리고 전선과 전선함이 끈적끈적한 먼지 층으로 덮인 평범한 입구였다. 땅바닥에는 검은 물웅덩이들이 고여 있었다. 네온등 하나가 어둑어둑한 빛 속에 희끄무레한 노란색 터치를 남기며 계단의 처음 몇 칸 위에서 죽어 가고 있었다. 계단은 비질을 하지 않은 지 몇 달은 되었다.

계단이야. 메블리도는 생각했다. 올라가야지, 주민들을 피해야지, 부숴야 할 자물쇠가 있으면 자물쇠를 부숴야지. 샤워기가 있으면 샤워기를 찾아야지. 그 밑에 자리를 잡을 거야. 몸을 샅샅이 씻고 그다음에 옷이 있으면 옷을 훔쳐야지. 이 더러운 것들을 완전히 치워 버릴 거야. 이 더러운 것들은 없어져야 해. 다른 건 중요치 않아.

5층에 도착해서 문손잡이 하나를 누르니 문이 열렸다. 기본적인 가구 몇 개만 있는 굉장히 옹색한 아파트였다. 아파트에는 창문 없는 침실 하나와 길거리를 바라보는 방 하나, 화장실로 쓰이는 부엌 하나가 있었다. 메블리도는 거주자가 없는지 확인하려고 한 바퀴 둘러보았다. 둘러보는 데는 기껏해야

3초면 충분했다. 침실 벽은 거미줄로 뒤덮여 있었다. 침대는
헝클어져 있고 더러웠으며, 사용하지 않은 지 며칠은 된 듯했다.
부엌 찬장에는 뭔지 모를 부스러기가 담긴 접시가 하나 있었다.
바퀴벌레 두 마리가 냄새에 끌리면서도 철망 문을 통과할 수 없어
짜증을 내며 접시를 엿보고 있었다.

　　그는 옷을 완전히 벗고 샤워 박스 위에 돌출된 수도꼭지를
만졌다. 물이 손 위에 흐르기 시작하더니 아래쪽에서 물방울을
둥글게 흩뿌리면서 찰랑거렸다. 그는 다리가 젖게 내버려 두고
사기 수조 안으로 들어가 쭈그려 앉았다. 수도꼭지는 기껏해야
1미터 높이에 고정되어 있었다. 수도관은 비비 꼬인 가느다란
물줄기를 규칙적으로 배출했고, 물줄기에서는 가끔씩 은빛
광택이 반짝였다. 메블리도는 물줄기 밑에 팔과 손을 놓기도 하고
머리를 두기도 했으며, 머리카락에 배어 있는 추잡한 것들이
입으로 흘러내리지 않도록 머리를 뒤로 젖히곤 했다. 물이 옷감용
풀과 물때를 아등바등 녹이고 있었다. 시간은 걸렸지만 그래도
녹이고 있었다. 물은 메블리도의 발 주변에서 웅얼거리고 두꺼운
거품을 만들면서 고여 갔다. 딱딱하게 덩어리진 거품이 배수구
쪽으로 항해하면서 오랫동안 터지지 않고 버텼다.

　　수도관이 떨리고 있었고 모래 섞인 가래침을 내뱉을 때도
있었지만 물은 계속해서 메블리도의 위로 방울방울 떨어져 그를
적셨으며 점차 밤의 구체적 흔적으로부터 그를 해방시켰다.
중요한 건 이거야. 그는 생각했다. 흔적을 제거하는 것.
이번에야말로 모든 흔적을 완전히 제거하는 것.

　　그는 가끔 눈을 떴다. 발목 주위의 물은 투명한 것과는
여전히 거리가 멀었다. 거품은 얇아졌지만 여전히 갈색이었다.
바퀴벌레들은 찬장에 올라앉아 말없이 그를 관찰했다. 그 자신도
그들에게 말을 걸지 않았다. 그는 여전히 샤워 박스에서 몸을
쭈그리고 있었다. 부엌 입구에 놓인, 검은 피와 피고름을 듬뿍
머금고 깊은 우울이 배어 있는 자신의 옷가지를 보지 않으려
했다. 그는 그것 너머, 궤짝과 의자 두 개와 탁자가 있는 거실과
그 뒤의 모서리가 잘린 직사각형 창문을 바라보았다. 하늘은
칙칙한 잿빛과 검은색 사이에서 망설이고 있었다. 그는 이해하지
못한 채 그것을 망막에 받아들였다. 곧 눈꺼풀이 다시 떨어졌다.

그는 이미지들을 전혀 원하지 않았다.

그렇게 메블리도는 대체로 눈을 감은 채 멍한 정신으로 하루 종일 수도꼭지 밑에 있었다. 시간의 흐름은 중요하지 않았다. 물의 흐름만이 중요했다.

얼마 뒤 같은 장소였다. 메블리도는 샤워를 막 끝낸 참이었다.

그는 꾀죄죄한 옷가지를 혐오스럽게 바라보았다. 옷가지가 길을 막고 있었다. 그는 짐승 사체를 넘듯 그것을 뛰어넘었고 입을 것을 찾아 집 안을 뒤지기 시작했다. 침대 시트를 제외하면 방에는 그의 나신을 가릴 것이 하나도 없었다. 그는 거실로 돌아왔고, 궤짝을 뒤져 팬티 한 장과 몸에 맞는 청바지를 꺼냈고, 샌들 한 켤레가 담긴 비닐봉지와 청색과 회색의 체크무늬 셔츠 한 벌도 꺼냈다. 이 궤짝은 아는 건데. 그는 생각했다. 말리야가 우리 옷을 정리해 두는 궤짝이야. 그리고 이 셔츠는, 이것도 알아. 그는 생각을 이어 갔다. 이건 야샤르 바야를락의 셔츠야. 말리야가 언제나 기억 속에 소중히 간직했던 거야.

그는 먼저 팬티와 바지만 입었다. 그는 궤짝 앞에서, 별로 상하지 않았고 심지어 거의 새것이나 다름없는 셔츠 앞에서 머뭇거리다가 셔츠를 걸치고 단추는 채우지 않았다. 샌들 역시 야샤르 바야를락의 것이었다. 샌들은 그의 치수에 맞았다.

그러면 이제는. 그는 자문했다.

그는 그 방에 우두커니 서 있었다. 앞으로 해야 할 행동에 대해 그의 정신은 아무것도 알려 주지 않았다. 그는 깊은 생각에 빠져 확고한 관념은 조금도 만들어 내지 못한 채 이쪽저쪽을 저울질하고 있었다. 기억은 불안정한 편린들, 아무 단서도 없는 이름들을 제공했고, 그것들은 확실한 것처럼 보였다가 즉시 사라졌다.

아파트 안과 도시에는 밤이 다시 찾아왔다.

다시 밤이야. 그는 생각했다.

근처 어딘가에서 북이 울리기 시작했다. 망자들과 말하려고 연주하는 것과 같은 한국의 굿북이었다.

그는 자기가 꿈을 꾸고 있음을 직감했다. 이 직관에 근거가 있는지 없는지는 알 도리가 없었다. 어쨌든 설사 꿈을 꾸고 있다고 해도 나는 현실 속에 있는 거야. 그는 문득 생각했다.

　그는 창문 쪽으로 향했다. 북소리는 맞은편 집에서 들려왔다. 그 집도 5층이었다.

　그곳에서는 초혼(招魂) 의식이 시작된 참이었다. 그 집에는 여러 개의 전구가 밝혀져 있었다. 노래하는 여자가 전등 앞을 지나는 게 메블리도의 눈에 들어왔다. 그녀는 얼굴이 4분의 3 정도 보이게 길거리 쪽으로 몸을 돌리고 있었다. 이윽고 그녀는 계속 움직여 시야 바깥으로 사라졌다. 저 무당은 린다 시우를 닮았어. 메블리도는 생각했다. 두 사람은 놀라울 만큼 닮았어. 그는 그녀의 얼굴 생김새를 더 주의 깊게 살피고 싶었지만 이미 벽이 그들 사이를 가로막고 있었고 잠시 동안은 그녀의 한쪽 팔만 드문드문 나타났다. 녹색 소매와 소매에 덧댄 색동 띠가 보였고, 춤을 많이 추어 마디가 굵어진 꽤 앙상한 손이 보였다. 그녀가 천장이나 집 밖을 향해 주술적 언어로 간청을 내지를 때면 소매와 색동 띠와 손이 여유 있게 움직였다. 색동 띠들이 그녀의 노래에 맞춰 움직였다. 띠들은 구불거리고 펄럭이다가 얼마 뒤에야 땅바닥 쪽으로 늘어졌다. 그 노래는 듣는 사람을 붙잡아 끌어당겼으며, 뼛속만이 이해할 수 있는 언어로 말하고 있었다. 무당의 목소리 역시 듣는 이에게 영향을 끼쳤다. 육신의 어두운 심연에서 나오는 목소리였지만 어찌 되었든 멜로디가 뚜렷했고 마음을 편안하게 해 주었다. 북은 강약강약으로 울렸다.

　무당이 전등 앞에 다시 나타났다. 아름다웠다.

　누군가가 떠오르는데. 메블리도는 생각했다. 린다 시우나 다른 누군가.

　이름은 그의 내면에 있었지만 어떤 기억에도 이르지 못했다.

　그 린다 시우가 누군지 모르겠어. 그는 다시 생각했다. 가장 좋은 방법은 저 여자의 집에 가서 물어보는 걸 텐데. 저 무당이 린다 시우든 아니든 간에 어쩌면 내게 뭔가를 말해 줄 수 있을지도 몰라.

　어쨌든 저리로 가야 해. 그는 다시 생각했다.

　그는 아직 야샤르 바야를락의 깨끗한 셔츠의 단추를 채우지 않은 터였다. 그는 단추를 채우고 샌들의 버클을 끼우고는 아파트를 떠났다.

그는 네 층을 내려가 골목길에 도달해서는 길을 건넜다.

그는 이미 건너편 건물에 들어서고 있었다.

그녀에게 뭘 물어봐야 할지 알겠어. 그는 생각했다. 베레나 베커가 지금 어디에 있는지 말해 달라고 부탁해야겠어.

이 다른 이름도 이전의 이름들과 마찬가지로 아무것도 떠오르게 하지 않았다.

그는 입구의 통로를 따라 걸었다. 계단은 어두컴컴했다. 그는 계단으로 접어들었다. 계단에서 덩치가 개만 한 커다란 새들과 끊임없이 마주쳤고, 새들은 날개나 부리를 그의 다리에 비벼 대다가 막판에야 길을 비켜 주었다. 타이머 전등은 작동하지 않았다. 계단의 칸 수는 층마다 달랐다. 얼마 되지 않아 그는 이제 자기가 몇 층에 있는지 알 수 없었다. 층계참에는 문들이 없었다. 그는 멈춰 섰다. 목소리와 북소리의 메아리를 따라가며 자신의 위치를 파악하려 했지만 이제 아무 소리도 들리지 않았다. 그 어떤 무당도 더 이상 망자들과 산 자들의 운명을 두고 — 그들을 돕기 위해 그들을 일부러 혼동하면서 — 한탄하지 않았다. 슬로건이 회반죽을 바른 벽에 새겨져 있었다. 그는 그 슬로건들을 해독하려다가 계단 통로가 어둠에 잠겨 있어 그것을 읽을 수 없다는 사실을 떠올렸다. 어쨌든 별로 중요하지 않아. 그는 생각했다. 내가 꿈꾸고 있는 게 아니라면 내가 미쳐 버린 탓이지. 더한 꼴도 봤는걸.

"맞아," 그는 중얼거렸다. "더한 꼴도 봤는걸."

사방 주위에서는 새들이 온통 날개를 펼쳤다 접었다 하고 있었다. 새들은 그와의 접촉을 피하려고 서로 바싹 붙어 있었고 까악까악 울지 않았다. 훨씬 아래쪽, 거리에서는 삶이 계속되고 있었다. 약쟁이 남자 하나와 여자 거지 하나가 사거리에서 다투고 있었다. 누군가는 현관 앞을 쓸고 있었다. 한 식당 입구에서는 손님들이 농담을 주고받고 있었다. 소리들은 뚜렷이 도달했지만 먼 거리의 필터를 통과해 도달한 것 같았다. 원하건 원치 않건 바깥은 멀었다.

그는 다음 층으로 올라갔고, 그에게 방해를 받은 새들이 잠잠해지자 층계참을 더듬더듬 조사했다. 손가락에 걸리는 것은 깔때기나 터널 모양으로 된 질긴 거미줄뿐이었다. 거미줄은 비단 뜯어지는 소리를 내면서 찢어졌고, 그 소리를 들으면서 비명을 지르지 않으려면 엄청난 자제력이 필요했다. 그는 구역질이 나서 탐색을 단념했다. 그는 계단 한 칸에 앉아 손에 달라붙은 끈적끈적한 거미줄을 모서리에 대고 닦았다. 씻은 게 다 무슨 소용이람? 그는 생각했다. 그러고는 한참 동안 아무것도 하지 않고 가만히 있었다.

한참 동안. 그는 졸았다.

그는 앉아 있었다.

계단 통로는 거의 고요하다시피 했다.

"당신 생각을 하고 있어." 그가 갑자기 중얼거렸다.

그의 주위의 극도로 짙은 어둠이 이 인간의 목소리가 나타내는 뜻밖의 소리에 감동을 받아 떨렸다. 그 소리를 듣는 건 1층과 다락 층 사이의 모든 높이에 흩어져 잠들어 있는 거미들과 거대한 올빼미들뿐이었다.

"당신 생각을 하고 있어." 메블리도가 낮은 목소리로 되풀이했다. "당신이 보고 싶어. 당신을 생각할 거야. 끝이 어떻게 되든 간에."

그는 잠시 쉬었다.

그는 자기가 내뱉은 문장 뒤에 있는 어둠에다 여인의 이미지를 그리는 데 성공하지 못했다. 그곳에는 아무 이미지도 없었다. 이름들이 솟아올랐다. 소냐, 베레나, 말리야, 린다. 내 사랑 베레나. 그는 기계적으로 움찔하며 되는대로 떠올렸다. 이름들은 그에게 아무것도 말해 주지 않았다. 그는 자기가 누구를 생각하고 있는지 알아내지 못했다.

그는 어둠과 고요에 둘러싸여 새들과 거미들 한복판에 앉아
있었다. 짐승들 사이에 앉아 있었다. 생각이 점점 어렴풋해지면서
머리 밖으로 달아났다. 그는 조금 전에 자신을 찾아왔던 여인들의
이름을 하나도 댈 수 없었을 것이다. 그는 자기가 왜 이 장소에
있는지 더 이상 설명할 수 없었다. 벽 너머에서는 아무 소리도
나지 않았다. 이 건물에는 사람이 살지 않았다. 한두 시간 뒤,
그는 정확히 얼마 동안인지는 몰라도 잠을 꽤 잤음을 깨달았다.
어쩌면 한두 시간 혹은 그 이상을 잔 모양이었다. 그는 턱이
늘어져 있고 목덜미가 묵직했다. 근육이 뻐근했다. 다른 것은
아무것도 기억나지 않았다. 모르는 장소에 눌러앉으면 안 된다는
걱정에 그는 1층 쪽으로 내려가기 시작했다. 그의 허벅지 중간에
도달한 거대 암탉들과 왕부리 올빼미들이 자기네 몸을 털었다.
몇 마리는 그의 무릎을 때렸다. 새들의 날개는 강력했다. 다른
놈들은 그가 걷는 것에 겁을 먹고 그를 앞질러 계단을 한 칸씩
뛰어 내려갔고, 그가 건물 입구에 도착하자 꼬꼬댁거리면서 어둠
속으로 흩어졌다. 그는 기억상실 때문에 멍해진 채로 문턱에 서서
깜깜한 골목을 살펴보았다. 이 동네는 다른 동네들과 분간이 안
되었다.

　　어쩌면 이 상황을 이미 겪었는지도 몰라. 그는 웅얼거렸다.
아니면 비슷한 상황을. 내 이름으로든 메블리도라는 이름으로든
다른 이름으로든. 아니면 이 상황이 나중에 일어날 건지도 몰라.
어쩌면 절대 일어나지 않을지도 몰라. 꿈의 망각된 형태로
남을지도 모르지. 이전 일과 나중 일을 구별해서 뭐 해? 내가
'난장판' 깊숙한 곳에 이르렀는데 그런 노력을 해서 뭐 해?

　　그는 골목길을 바라보았다. 자기가 '난장판' 어딘가에
살고 있다는 직감이 들었지만 그게 어디인지, 언제부터 그곳에
살았는지는 기억나지 않았다. 뭔가 익숙한 걸 찾게 되겠지. 그는
생각했다.

　　골목길은 경사로였다. 그는 길을 올라갔다.

　　거미가 많은 해였다. 다음 해에도, 다다음 해에도 거미가
갈수록 지독히도 많아졌다. 보통은 비가 내렸고 중간중간

열대야가 끼어들었다. 날은 어둠침침했고, 게다가 메블리도가
거처를 마련한 곳에는 창문이 없었다. 그는 워델 스트리트 근처의
작은 집으로 돌아가지 않고 버스 터미널로 돌아와 그곳에 살았다.

그 당시 나는 글뤼크와 싸우던 순간에 일어난 일을 모조리
정신에서 몰아낸 상태였어. 메블리도가 다시 말하기 시작하고
사람들이나 산 자들이 귀를 기울였을 때 그는 귀를 기울이는
이들에게 이야기하곤 했다. 그 모든 걸 깨끗이 씻어 낸 상태였어.
나는 다시금 그 고통을, 그 찌꺼기를 주무르고 싶지 않았어.
나는 본능적으로 버스 터미널로 돌아갔어. 비슷비슷하게 생긴
절름발이 몇 명이 교대로 24시간 내내 관리하는 쪽방 중 하나로
돌아간 거지. 내 골방의 벽과 낙서로 뒤덮인 담장에서는 물이
줄줄 흘렀어. 물방울들이 거미줄 조각과 까만 곰팡이를 표면에
실은 채 굴러떨어졌어. 내 위로, 아주 높은 곳에는 옛날 옛적에
고장이 났지만 꿋꿋이 버티고 있는 네온등이 미약하게나마
빛을 계속 밝히고 있었어. 나는 의자나 침대 대용의 물건
위에서 그럭저럭 뒹굴었고 자는 체해야 할 때가 되면 눈꺼풀을
감았어. 내게서 0.5미터 떨어진 곳에 있던 문은 기름 묻은 끈
덕에 닫혔고, 그 끈의 매듭은 내가 없는 동안에는 풀려 있었어.
나는 그 방을 싼값에, 월세 1.5달러에 빌렸어. 월세를 외상으로
지불하려고 협상을 해야 했지만, 내가 그곳에 거의 완전히
정착하려 한다는 걸 알고는 절름발이들은 더 이상 아무것도
내게 요구하지 않기로 했어. 몇 주가 흘렀고 내 옷들은 점차
번들거리는 딱지 모양이 되었어. 골방을 감시하던 불구자들은
꾸짖을 때가 아니면 내게 말을 걸지 않았어. 근처에는 나와
비슷한 누더기 차림의 작자들이 여럿 살았지만 그들은 워낙
얼이 빠진 상태여서 어떤 종류의 관계를 맺는 것도 불가능했어.
그들은 가끔 쪽방에서 내가 2층에서 고속버스 차고로 내려가는
계단에 쪼그려 앉곤 했어. 그들은 그곳에, 타이어 태우는 연기와
경유 연기 속에 앉아 있었어. 운전사들은 그들을 괴롭혔고,
쥐들은 그들을 공격해 장딴지까지 다리를 뜯어먹었어. 그들은
반응하지 않았어. 한편 나는 한동안 무기력한 시기를 보낸 뒤
결국 버스 터미널의 문을 넘어가게 되었어. 문은 열려 있었고
내가 오가는 것을 막는 사람은 없었어. 비가 내렸고, 하늘은

줄곧 검은색으로 부풀어 있었어. 나는 굵은 빗방울을 맞으려고 차도 정중앙으로 몇 시간씩 시내를 걷곤 했어. 집에 돌아오면 옷들은 깨끗했어. 누가 나를 가까이서 관찰하기라도 했는지, 그리고 그 외출들이 내면적 고독과 유의미한 사건의 부재에 대한 나의 저항력을 테스트할 기회이기라도 했는지, 나는 곧 '당'에 발탁되었어. 나는 당의 비밀을 절대 누설하지 않겠다고 맹세했어. 다른 데서도 마찬가지지만 여기서 나는 우리 사이에 어떤 접선 방식이 정해졌는지는 말하지 않을 거야. 그런데 어느 날 내가 이름도 목표도 모르는 조직을 위해 일하고 있다는 것을 깨달았어. 그 덕에 마침내 다시 살아난 듯한 기분이 들었어. 버스 터미널 바깥의 내 이동 반경은 확대되었어. 당은 내게 작은 임무들을 맡기곤 했어. 가끔은 구체적 타깃을 권총으로 쏴 죽이기도 했어. 보통은 나중에야 그자가 죽어 마땅한 자라는 걸 알게 되었지만, 어떨 때는 모든 면에서 나와 비슷한 비렁뱅이를 암살하라는 명령을 받기도 했어. 그 경우 나는 규율을 존중하는 차원에서 명령을 실행했지만 마뜩지는 않았지. 그러고 나서 집에 돌아오면 녹초가 되어 있었어. 머리 위에서는 네온등이 깜박이면서 유백색의 모스 언어로 메시지를 전해 주었지만 나는 그걸 어떻게 해독해야 할지 몰랐어. 그 누구에게든 내가 겪은 모험을 상세히 이야기하는 건 절대 금지된 일이어서, 나는 낮은 목소리로 악몽을 꾸며 내어 늘 그곳에 있던 거미들에게 이야기해 주었고, 쥐들이 있으면 쥐들에게도 이야기해 주었어. 거미들과 쥐들은 내 이야기에 관심이 없었어. 꼼짝도 하지 않는 놈의 불그스름한 시선이 갑자기 모욕적으로 변한 걸 보고 그 점을 깨달았지. 어느새 중요한 얘기는 다 한 것처럼 느껴져서 나는 입을 다물었어. 다른 때는 이야기할 일화가 떨어져서 골방 거주자들이 사라지기 전에 남긴 낙서를 어름어름 읽으면서 해독하곤 했어. 숫자들과 음담패설 말고 절규 몇 가지가 있었는데 그 잔상은 금세 사라지지 않았어. 마치 언젠가 내가 다른 곳에서 이미 그 절규들을 듣고 이해한 적이 있기라도 한 것처럼 말이야.

- 짐승들에게는 자기의 짐승이 있다!
- 미치광이들에게는 자기의 미치광이가 있다!
- 새들에게는 자기의 새가 있다!

314

▪ 암살자들에게는 자기의 암살자가 있다!

나는 방문을 잠그는 끈 조각에 단단하게 매듭을 짓고 밤의
정적 속에, 밤의 축축한 악취 속에 불면증 환자처럼 의자에서
뒹굴곤 했어. 담장에는 물이 흘렀고, 벽에는 물방울이 맺혔고,
네온등은 점점 미약해져 축축하게 발광(發光)하는 막대가
되었다가 깜박이면서 다시 켜지곤 했어. 나는 눈을 감았어.
눈꺼풀 너머로 전기 광선이 계속 흔들리곤 했어.

나는 다시 눈을 떴어. 밤은 바뀌지 않았고, 조명은
그대로였어. 끈은 풀어져서 더 이상 문짝을 고정하고 있지
않았어. 몇 분 동안 내가 의식을 잃은 게 분명했어. 쥐 한 마리가
쪽방에 들어와 내 의자 뒤에서 킁킁거리며 뭔가의 냄새를 맡고
있었어. 나는 자리에서 일어나 밖으로 나가서 불구자에게 몇
시인지 물어보곤 했어. 그는 대답하지 않았어. 아래쪽에서
엔진 소음, 운전사들의 짐승 같은 탄성이 들리곤 했어. 새벽이
가까워지면 나는 2층의 황량한 공간을 가로질러 버스들이
움직이는 차고로 내려가서는 시내로 나가곤 했어.

몇 주가 흘렀어. 몇 주 단위로 한 움큼씩 시간이 흘렀어. 몇
년이 지났어. 어떤 해들은 아무 기억도 남기지 않고 흘러갔어.
어떤 해들은 거미가 많은 해였고 어떤 해들은 아니었어.

그렇게 메블리도의 죽음이, 다시 말해 나의 죽음이 흘러간
거야.

315

그러던 어느 아침이었다. 아침 아니면 저녁이었다. 메블리도의 끝없는 '난장판' 유랑 도중이었다. 그날 메블리도가 다시 보인다. 메블리도가, 혹은 나와 밀접히 뒤섞여 충분히 나일 수 있고 이름이 나와 같을 수 있는 누군가가 다시 보인다.

　　나는 어느 골목길을 건너 한 건물 입구로 접어든 참이었다. 건물은 악취가 심했다. 밤이 내리고 있었다. 나는 어찌 되든 간에 타이머 전등 스위치를 눌렀다. 계단의 수직 공간에 전등들이 켜졌고, 나는 계단을 오르기 시작했지만 3층에서 어둠이 생겼다. 나는 스위치를 찾는 데 성공하지 못했다. 장식이 없는 벽들을 손으로 긁으며 수색했지만 소득이 없었다. 손가락이 거미줄에 걸렸다. 거미가 많은 해였고, 그에 대해선 이미 설명한 듯하다. 거미줄이 많고 굉장히 질겼지만 길을 가로막고 설치된 것이 아니어서 통행을 방해하지는 않았다. 나는 다시 계단을 오르기 시작했다. 5층에 도달하여 어둠 속에 앉았다. 내 머릿속에서, 혹은 벽 건너편에서 규칙적인 두드림 소리가 들렸다. 나는 자리에 앉아 그 소리를 듣고 싶었다. 이미 이런 일을 겪은 적이 있어. 나는 생각했다. 무언가가 그곳에, 내 의식 밑에, 아주 가까이 있었다. 언제인지 몰라도 이미 이런 일을 겪은 적이 있어. 나는 생각했다. 어쨌든 그건 과거의 일이야.

　　벽 너머에서 무언가를 두드리는 소리가 계속 났다. 한 남자가 북으로 어떤 리듬을 연주하고 있었다. 굿북이야. 나는 즉시 생각했다. 남자는 수직으로 세운 북으로 리듬을 만들고 있었다. 북의 가죽은 울림이 좋은 동시에 멜로디가 뚜렷했다. 벽 너머에서 누군가가 망자들을 달래려 하고 있었다. 무당이야. 나는 생각했다. 망자들을 부르고 있어, 죽은 자들과 산 자들을 위해 춤을 추고 그들을 달래고 있어. 그녀가 여기서 누구를 위해 춤을 추는 건지 궁금하네. 나는 생각했다. 이 리듬이 마음에 들어. 나는 생각했다. 나는 이제 귀를 벽에 붙인 채 계단에 앉아 있었다.

　　어쩌면 내가 저 무당을 알지도 몰라. 나는 생각했다.

　　투박한 멜로디가, 나를 전율케 하는 비극적 힘을 지닌 한국어 목소리가 들려왔다. 그것은 몇 안 되는 음만으로 이루어진 단조롭고 주술적인 호명이었지만 가끔은 고조되어 절벽 앞, 좁은 길 앞, 절대적 절망 앞, 산악(山岳) 앞에서의 외로운 노래를 연상시키기도 했다. 북은 단속적 리듬으로 노래하는 여인에게 반주를 해 주고 있었다. 그 리듬을 듣고 있노라면 즉시, 절대 다시는 호흡하는 척하지도, 심지어 실제로 호흡하지도 않으면서 음악과 일체가 되고 싶은 마음이 생겼다. 위가를 완벽하게 부르고 있어. 나는 생각했다. 나는 일어섰다. 손바닥으로 벽돌을 더듬었다. 거미들은 내 손이 닿지 않는 곳으로 이미 물러나 있었고 그들의 망가진 덫은 끈적끈적한 누더기가 되어 있었다. 손가락 끝이 홈 위에서 멈췄다. 벽돌은 기하학적으로, 직사각형으로 끊겨 있었다. 작은 문을 그리고 있었다. 이런 종류의 입구를 알아. 나는 생각했다. 이곳을 통과하기만 하면 다른 쪽에 도달할 수 있어. 문이나 뚜껑 문과 전혀 다를 바 없어. 열기만 하면 돼. 난 할 줄 알아. 나는 생각했다. 해 본 적이 있어. 그냥 밀거나 미끄러뜨리거나 잡아당기기만 하면 돼. 그다음에는 허공으로 들어가게 되고 앞으로 나아가는 거야. 그렇게 어렵지 않아, 해낼 거야. 나는 중얼거렸다.

벽 너머에서는 북을 두드리는 소리가 멈추지 않았다. 무당은 침묵하고 있더니 이제 다시 노래를 부르기 시작했다. 매혹적이고 낭랑하며 허스키한 목소리였다. 나는 다시 한 번 전율했다. 저 목소리가 마음에 들어. 나는 생각했다. 그녀를 만나야 해. 그녀가 나에게 말을 하는 것이든 아니든 저 목소리를 만나야 해. 입구가 있어, 건너편으로 가는 건 별것 아니야. 나는 몇 분 동안 벽돌과 벽돌을 둘러싼 홈을 만졌다. 벽은 밀리지 않았다. 이런 일을 이미 겪거나 꿈꾼 적이 있어. 나는 벽면을 손으로 긁으면서 생각했다. 어찌 된 일인지 몰라도 곧이어 내 손가락뼈에 무쇠 쪽문이 걸렸다. 쪽문은 차가웠다. 나는 잠긴 것을 풀려고 빗장을 찾아보았다. 나는 용광로나 심지어 난로에서 빠져나오려고 기를 쓸 때처럼 잠금장치의 반대편에 있었다. 몇 번의 시도 끝에 철판이 벌어졌다. 나는 그 구멍으로 들어갔다.

내가 생각한 대로잖아. 나는 중얼거렸다. 벽을 통과하기만 하면 장소가 바뀌는 거야.

나는 지체하지 않고 어둑어둑한 빛 속에 쭈그려 앉았다.

밝기가 약한 전구 하나가 방을 비추고 있었다. 창문들은 열려 있고 길거리에서 미지근하고 축축한 공기와 동시에 약간의 빛이 더 들어왔다. 나는 이 아파트와 이곳에 있는 사람들을 하나도 빼놓지 않고 볼 수 있었다. 무당은 매우 아름다웠다. 검은 머리카락은 길게 땋아서 그녀가 고개를 흔들 때마다 머리 타래가 등에서 이리저리 오갔다. 나이를 알 수 없는 더없이 고운 얼굴에 피부색은 밝고, 반짝이는 두 눈은 살짝 갸름하며, 눈썹은 아주 옅고, 입매는 가늘었다. 동작 하나하나에서 육신의 활기와 피부의 부드러운 우아함을 짐작할 수 있었다. 그녀는 허리띠가 없는 녹색 원피스를 입었는데, 조명이 나빠 그 녹색을 충분히 음미할 수는 없지만 강렬한 비취색 혹은 쇼킹그린 색인 게 분명했다. 린다 시우야. 나는 즉시 생각했다. 나는 이 주술사를 알아. 그녀의 목소리를 알아. 그녀의 미모를 알아.

린다 시우야. 나는 생각했다. 너무 감격해 움직일 수 없었다. 기억상실 상태로 영겁의 시간을 보낸 뒤 갑자기 기억 하나에 확신을 갖게 된 것이다. 나는 이 여자의 이름을 알고 있었다. 나는 그녀를 알아보았다. 마침내 다시금 내 기억력이 무언가에 소용이 되는 것이었다. 나는 벽 발치의 구석에 얼이 빠진 채로 머무르기 시작했다.

몇 분이 지났다. 나는 제례를 참관하고 있었다. 린다 시우의 노래에 반주를 하는 악사는 나를 등지고 있었다. 그는 흰옷 차림이었고, 회색 헝겊으로 된 전통 모자를 쓰고 있었다. 그는 쉬지 않고 리듬을 두드렸고, 그 위에 노래와 호명이, 침묵과 춤의 순간이 접목되었다. 린다 시우가 말을 하거나 노래를 할 때면 그녀의 목소리가 공간을 가득 채웠다. 방은 보통 크기였고, 자리를 넓히려고 제관(祭官)들이 가구들을 부엌 문 앞으로 밀어 놓은 상태였다. 탁자 위에는 제례용 물건이 여러 개 놓여 있었고, 천 조각을 공처럼 뭉쳐 끈으로 묶어 만든 투박한 인형이 보였다. 인형은 옆구리를 바닥에 대고 누워 있었는데 머리 부분만 사람 머리와 대충 비슷하고 팔다리는 끝부분이 엉성했다. 저 모습을 알아. 나는 즉시 생각했다. 저 인형의 이름을 알아. 저건 메블리도야.

무당은 메블리도에게 말을 걸고 있는 거야. 나는 생각했다.

무당은 과연 탁자로 다가가 인형 쪽으로 몸을 숙였다. 그녀는
말을 했고, 다시 노래를 시작했으며, 헝겊 인형에 대고 무언가를
낭송했고, 두 손을 허공에 휘두르며 춤을 추었다. 잠시 나는
그녀의 수법을 관찰하면서 동작의 우아함과 음정의 깊이와
그녀의 몸이 그려 내는 곡선의 아름다움에 감탄하다가 그녀와의
진정한 교류에 대한 향수가 생겼다. 그렇게 수동적으로 그녀를
바라보는 것만으로는 충분치 않았다. 그녀가 메블리도에게
뭐라고 말하는지 이해해 볼 수 있을 거야. 나는 생각했다. 그녀가
질문하면 대답해 볼 수 있을 거야. 린다 시우는 한국어, 주술적
블라트노이어, 이뷔르어가 섞인 언어로 노래를 했고, 그녀가
메블리도 쪽을 향해 있을 때 나는 노래의 기본적인 내용을
파악했다. 그녀는 메블리도에게 말을 해야 한다고, 말하는 것이
필수 불가결하다고, 특히 그의 경우에는 필수 불가결하다고
말하고 있었다. 특히 내 경우에는 그렇단 말이지. 나는 속으로
되뇌었다. 그녀는 메블리도에게 침묵에 종지부를 찍으라고
요청했고 그의 인생, 출생에 대해, 죽음 전후에 일어난 일에 대해,
혹은 그의 삶의 다른 시기들에 대해 질문을 했다. 그의 운명이 왜
그토록 예상과 반대가 되었는지, 왜 그렇게 엉망으로 흘러갔는지,
왜 메블리도의 운명이 잘못된 선택, 어리석은 범죄, 정신병적
뒤틀림, 무시무시한 정체(停滯)와 배신으로 점철된 세계혁명의
운명을 모방했는지 설명하길 원했다. 그녀는 모습을 드러내지
않는다고 헝겊 메블리도를 비난하고 훈계했으며, 때로는 반대로
그가 반응하도록 구슬리려 애썼다.
　　저는 이 어두침침한 구석에서 자아비판을 할 수 있습니다.
나는 갑자기 말했다. 쉰 목소리였고 발음은 불분명했다. 저는
어떤 답도 알지 못합니다. 나는 말했다. 하지만 어떤 잘못을
저질렀고 어떤 궁지에 빠졌는지는 추론할 수 있습니다. 헝겊
메블리도는 나의 발언을 중계하지 않았다. 린다 시우는 내가
마치 아무 소리도 내뱉지 않은 것처럼 하던 일을 계속했다.
그녀는 탁자 위에 놓여 있던 사발 중 하나에 손가락을 적시더니
천장으로, 마룻바닥으로, 내가 있던 어둠 쪽으로 물방울을
날렸다. 저는 물을 전혀 맞지 않았어요. 나는 말했다. 물방울이
저에게 도달하지 않았어요. 나는 말했다. 그녀는 창문 쪽으로

가더니 잠시 제자리에서 굼실거렸다. 원하시면 자아비판을 할 수 있어요. 나는 다시 제안했다. 린다 시우는 내가 웅얼거리는 소리에 아무 관심도 주지 않았다. 내 입이 빚어내는 소리는 그녀에게까지 가닿지 않았다.

그녀는 창문 앞에서 몇 걸음을 걷다가 메블리도 인형 근처로 돌아왔다. 그녀는 메블리도 인형을 잡고 흔들었고, 잠시 뒤 역겨운 듯 놓아주었다. 메블리도 인형의 배를 만드는 데 쓰인 끈 하나가 풀렸다. 메블리도는 인간의 형상을 조금 더 상실한 상태였다. 실상 메블리도는 이제 대충 뭉쳐 놓은 띠와 천 조각 더미에 불과했다. 그 위에서 린다 시우는 이제 이름들을 나열했다. 말리야 바야를락이라는 이름이 들렸다. 베레나 베커라는 이름이 들렸다. 린다 시우라는 이름이 들렸다. 사미야 충, 타티아나 우투가이라는 이름이 들렸다. 다른 이름들도 있었다. 명단은 길게 이어졌다. 이름 하나하나가 내게 기나긴 추억의 장(章)을 열어 주었다. 이름 하나를 말할 때마다 다음에 북이 울렸고, 즉시 내 안에 이 추억들을 고정시켰다. 전부 기억나지는 않았지만 일련의 감정이, 서로서로 연결된 일화들이, 이미지들이 떠올랐다. 기억이 나. 나는 생각했다. 내가 아는 여자들이었어. 그 여자들은 사라지거나 죽었어. 나는 생각했다.

원하신다면 그들의 끔찍한 죽음에 대한 제 잘못을 인정할 수 있어요. 내가 말했다. 저는 그들의 끔찍한 최후의 고통을 공유했어야 마땅하지만 그러는 대신 저는 그 자리에 없었어요, 그 여인들은 죽음을 고독 속에 맞이했어요. 북이 울리고 있었고, 린다 시우의 목소리는 엄숙한 어조로 죽은 여인들의 이름을 발음했다. 나열되는 이름들 사이에 세르게이에프라는 이름이 들렸다. 맞아, 세르게이에프도 있었지. 나는 말했다. 남자들도 있었다. 야샤르 바야를락이라는 이름이 들렸다. 맞아. 나는 말했다. 그 사람도 있었어. 명단이 끝이 없구나. 나는 말했다. 저는 세르게이에프와 바야를락과도 밀접한 연관이 있는 것 같아요. 그들의 죽음은 일어났고 저의 죽음은 일어나지 않았어요. 남녀 할 것 없이 우리는 모두 어떨 때는 죽음의 이편에, 어떨 때는 죽음의 저편에 있었지만 오직 저만 무사히 빠져나왔어요. 린다, 당신이 원한다면 그 점에 대해 제 잘못을 인정할 수 있어요. 다른 사람들이 뒤에 남아 있는데 저는 계속 앞으로 나아갔어요. 저는 비열한 버러지에 불과해요. 제 주변에는 살아남은 사람이 하나도 없어요.

린다 시우는 노래를 계속 불렀다. 그녀는 내 얘기를 듣지 않았다. 북이 울리고 있었고, 리듬은 굉장히 아름답고 단순했으며 주기적으로 당김음이 나왔다. 메블리도 인형은 탁자 위 마법의 사발들 옆에 주저앉아 있었다. 그 역시 내 말을 듣지 않았다. 저는 사람들을 죽이기도 했어요. 나는 말했다. 그걸 후회하지는 않아요. 하지만 원하신다면 그들의 죽음에 대해 제 잘못을 인정할 수 있어요, 린다. 자아비판 때 그것을 언제든 어딘가에 넣을 수 있어요. 간간이 세부 사항 몇 가지와 사람 이름을 꾸며 내기만 하면 돼요. 무당은 내 쪽으로 몸을 돌리지 않은 채 계속 춤을 추고 노래했다. 가끔씩 그녀는 메블리도 인형 위로 허리를 숙이고 인형을 흔들어 댔다. 그녀는 그를 질책하거나 제례의 단계에 따라 다정히 말을 걸었다. 나는 당연히 그녀가 다정하게 접근할 때가 더 좋았다. 한편 메블리도 인형은 움직이지 않았다.

나는 무당의 주의를 끌려고 소리를 지르기 시작했다. 린다, 당신이 원하신다면 저는 말할 수 있어요. 나는 그녀를 향해 고함을 질렀다. 다시 추억이 충분해져서 무엇이든 꾸며 낼 수 있어요, 린다. 나는 울부짖었다.

그녀는 내 말이 들리지 않았다. 그녀는 탁자 주변을 떠났다. 메블리도 인형을 더러운 옷처럼 탁자 위에 내팽개쳤다. 이제 그녀는 창문 쪽을 향해 있었다. 그녀의 녹색 원피스가 너울지며 허공에 나부꼈다. 그녀의 검은 머리 타래가 등 위를 오갔다. 메블리도 인형과, 망자들과, 대답하지 않는 산 자들과의 교신을 성사시켜야 한다는 생각에 그녀의 얼굴은 어두워진 상태였다. 그녀는 자리를 이동하거나 단어를 내뱉을 때 북의 리듬을 따랐다. 천장 등의 전구가 그녀를 빈약하게 비추었고, 그 빛을 받으니 그녀는 정말 아름다워 보였다.

다시 추억이 충분해져서 거짓말을 할 수 있어요. 나는 고집스레 되풀이했다. 저를 취조하셔도 돼요, 린다.[32]

---

32. 정보기관이나 경찰의 심문·취조 장면은 볼로딘

제관은 여전히 굿북의 울림판을 두드리고 있었다. 무대가 끝이 나선 안 될 것 같았다. 나는 내가 정상적인 상태가 아님을 느꼈다. 기억 속에 들이닥친 추억들과 음악에 취한 것 같았다. 린다 시우는 계속해서 춤을 추었다.

전 준비됐어요, 린다. 나는 말했다.

린다라고 불러도 될까요? 나는 물었다.

그녀는 내 말이 들리지 않았다. 그녀는 내게 말을 하지 않았다. 그녀는 계속해서 춤을 추고 있었다.

전부 다 기억나요. 나는 거짓말했다. 다 잘되어 가고 있어요. 나는 거짓말했다.

나는 벌어지는 일로부터 다소 소외된 채, 하지만 적어도 기억을 충분히 되찾아 그럴 필요가 느껴지면 거짓말과 침묵 사이에서 선택할 수 있다는 점을 자각한 채, 구석에 처박혀 있었다. 마치 내가 모든 걸 기억하는 것 같았다.

작품의 원형적 장면으로, 이 작품에 나오는 자아비판 장면이나 정신분석 장면 역시 그와 맥을 같이한다. 취조받는 공작원이나 테러리스트는 거짓말을 할 수밖에 없으며, 이는 포스트엑조티시즘 작품의 서술 발화 전체를 규정한다.

7부

메블리도의 꿈: 베레나 베거

43

여름이 왔다, 수없이 되풀이된 여름이었다. 이전의 계절들과
비슷했다, 이미 찌는 듯이 더웠던 봄·겨울과 비슷했다.
하루하루가 천천히 흘러갔다, 어떤 날들은 다른 날들보다 더
아스팔트 같았다. 나는 숨이 막혔다. 더위에 불면이나 악몽이
덧붙곤 했다. 새벽이 회색빛을 띠기 시작할 때면 나는 고단하게
잠을 청하는 헛수고를 그만두겠다는 것 말고는 다른 목적 없이
길거리로 나서곤 했다. 기압이 조금만 달라져도 모래바람이
일었다. 인근의 산에서 끌려 나온 석탄 부스러기가 규사에
섞이면서 대기를 황과 황화물 냄새가 나는 검노랑 구름으로
뒤바꿔 버렸다. 이 냄새들이 내가 몇 시간을 헤맨 끝에 도달한
안식처에 고여 있었다. 숨을 쉬는 남녀들은 항상 멀미와
욱신거림에 맞서야 했다. 안경과 가면을 착용하고 길거리를
이동했어야 했을 것이다. 나는 그런 종류의 물자를 구할 수가
없어 낡은 가죽 모자 테두리에 천 조각을 꿰매어 붙였다. 그렇게
뒤집어쓰니 산소가 부족했다. 나는 비틀거리며 걸었고, 의식을
잃기도, 기력이 달리기도 했다. 땀이 줄줄 흘러 누더기를 적셨고,
내 골방이나 다른 곳으로 돌아와 누더기를 벗어 짜면 내 발치에는
시큼하고 새까만 체액이 흘렀다.

　　그날 아침 나는 바람에 맞서며 더러운 빛 속을 전진하고
있었다. 바람에 귀가 먹먹하고, 내 옷에는 수천의 충격이
쏟아지고 있었다. 돌풍 사이로 새들의 울음소리, 운터멘쉬들이나
죽은 자들의 한숨 소리가 들렸다. 어스름한 빛의 시간에
'난장판'에서 통상적으로 울리는 음악이었다. 나는 10여 걸음을
내디딘 뒤 걸음을 멈추었다가 다시 걷기 시작하고 다시 걸음을
멈추었다. 바람과 모래 섞인 어슴푸레한 빛과 소음 때문에
거리들이 다 똑같아 보였다. 나는 두 팔을 앞으로 내밀어
콧구멍과 입을 막은 채 걸었다. 천 조각으로 얼굴을 가렸지만
틈으로 새어 드는 먼지에 따끔따끔했던 것이다.

　　한 시간 전, 버스 터미널에서 모두가 아직 자고 있을 때,
나는 고르가가 나와 약속을 정하는 꿈을 꾸었다. 그때는 당
간부들과의 접선을 계획하는 거라고 생각했지만 이미 더는 그에

대한 확신이 별로 없었다. 어찌 되든 간에 이제 나는 그녀가 일러준 장소 쪽으로 갔다. 약속 장소는 버스 잔해였다.

사거리 전에 있는 버스 잔해. 고르가는 워델 스트리트라는 이름도 언급했다.

내 얼굴을 보호하는 천이 찢어지고 있었다. 나는 몸에 쌓인 검댕을 손으로 떨어내고 눈을 떴다. 풍경이 약간 밝아져 있었고, 이제는 허공에 떠다니는 석탄 가루가 시야를 방해하지 않았다. 100걸음 정도 밖에 버스의 뼈대가 있었다. 버스는 한쪽으로 약간 기울어져 있고 화재로 도색이 없어진 상태였다. 낡고 음울한 차체였다. 가까이 다가갈 마음이 별로 안 들었고, 안에 들어갈 마음은 더욱 없었다.

당의 지시에 따라. 나는 생각했다.

믿을 만한 이가 거기에 가라고 했잖아, 메블리도. 나는 생각했다. 그러니까 가야지.

고르가가 그 명령을 꿈속에서 했는지 다른 곳에서 했는지는 중요치 않아. 나는 생각했다. 당의 존재가 꿈인지 아닌지, 그 사실이 무언가를 함축하는지 아닌지를 고민하는 건 네 몫이 아니야, 메블리도. 저리로 가, 그거면 돼.

나는 버스 잔해 쪽으로 다시 걸음을 옮겼다.

바람이 잦아들었다.

단화 밑창 아래서 금속 부스러기들이 서걱서걱 소리를 냈다.

검은 먼지가 반들반들한 외양의 무더기를 만들어 놓아 벽들의 모서리가 뾰족하지 않았다. 건물들 안쪽에는 살아 있는 모든 것이 잠들었거나 침묵하고 있었다.

나는 우선 느긋하게 차량 주위를 돌아보았다. 차량은 워낙 오래전에 타 버려서 탄내가 나지 않았다. 고무 타이어는 없었지만 바퀴는 꼭 필요한 경우 이동을 보장할 수 있을 게 분명했다. 유리창은 모두 깨져 있었다. 좌석의 열은 없었지만 내부에 아직 좌석 몇 개가 있는 걸로 보였다. 뒷문은 없어졌고, 앞쪽은 문이 뒤틀리고 경첩이 떨어져 통행을 거의 완전히 봉쇄하다시피 했다. 한 남자가 운전보다는 낮잠을 연상시키는 자세로 핸들을 잡고 있었다. 그는 지난번 화재 때 타르에 뒤덮여 망각된 듯 꼼짝도 하지 않았다. 나는 그를 바라보지 않으려고 노력했다. 수면이나 죽음 같은 외설적인 상태에 놓인 그를 그렇게 엿볼 권리가 내게 없을 것 같았다. 바람이 검댕을 한 겹 덮어 놓았기에 그의 체구는 실제보다 커 보였고 정확한 모습을 파악할 수 없었다.

나와 만날 사람이 저 사람은 아니겠지. 나는 생각했다.

승객 한 명이 두 번째 열에 앉아 기다리고 있었다. 그래, 저 사람이랑 만나는 걸 거야. 나는 생각했다. 저 사람이 내 접선책이야. 날 기다리는 거야.

나는 뒷문으로 버스에 올랐다. 차량 전체가 살짝 움직이면서 삐걱거리더니 다시 균형을 잡았다. 계단은 타르 먼지로 덮여 있었다. 타르 먼지에 내 발목까지 빠졌다. 불이 버스 내부를 유린했지만 아직도 몇 곳에는 망가지지 않은 긴 좌석들이 있었다. 나는 승객으로부터 1미터 떨어진 곳에 있는 빈 좌석에 가서 앉았다. 남자는 체구가 나와 비슷했다. 그는 기름투성이 먼지막이 외투를 어깨에서 발가락까지 뒤집어쓰고 있었다. 그 위에 극도로 더러운 가죽 모자를 쓰고 있었다. 그는 눈구멍 두 개가 뚫린 더러운 러닝셔츠를 끈으로 머리 둘레에 고정해 얼굴을 보호하고 있었다. 구멍 안쪽으로는 눈꺼풀을 감고 있었다. 내가 오는 소리를 들었지만 잠자는 척했던 것 같다. 어쩌면 내가 뭔가 마음에 안 들어서 뾰루퉁한 기색으로 날 맞이하려는 건지도 몰랐다.

나는 내 좌석에 자리를 잡고 얌전히 있었다. 신문이나 아무 종이 쪼가리라도 있었다면 독서 삼매경에 빠진 척했겠지만 내 주머니에는 이미 몇 년 전부터 그런 게 없었고, 나는 하는 수 없이 음울한 표정으로 앞쪽을 바라보기로 했다. 더위와 악취가 차량 내부에 결집해 있었다. 유독가스 때문에 목이 칼칼한 느낌이었다. 나는 발작적으로 기침을 했다. 내가 몸을 붙이고 있는 차량의 철제 측면은 거미줄로 덮여 있었다. 원주민들이 버리고 떠난 거미줄은 바람에 석탄 가루가 붙어 팽창해 있었다. 터지기 직전의 주머니 모양이었고, 내가 기침을 하면 흔들렸다.

나는 1~2분 동안 계속해서 가래를 뱉고 숨을 몰아쉬었다. 그것은 대화를 본격적으로 시작하는 방식이기도 했다. 승객은 더 이상 나의 존재를 무시할 수 없었다. 그가 나를 돌아보았다.

"그 셔츠는 당신 게 아니야." 그가 시비조로 말했다.

"나도 알아." 나는 말했다.

"그건 야샤르 바야를락의 셔츠야." 사내가 말했다.

그는 두 팔을 목덜미 뒤로 휙 넘기더니 가면을 묶은 끈을 풀어 던져 버렸다. 그러자 주름살로 초췌해진 그의 커다란 각진 얼굴과 초롱초롱하고 예리한 심문조의 두 눈을 볼 수 있었다. 나는 즉시 우리 관계가 쉽지 않을 거라는 직감이 들었다.

"파란 체크무늬 셔츠라고." 그는 나와 눈을 마주치기를 거부하며 말했다. "똑똑히 기억해. 청바지와 신발도 당신 게 아니야."

"어쩔 수 없이 빌린 거야." 내가 말했다. "말리야 바야를락이 궤짝 안에 보관해 뒀던 것들이야. 그녀는 내가 이 옷들을 건드리는 걸 원치 않았어. 난 이 옷들을 입을 수밖에 없었어. 다른 옷이 없었거든."

사내는 어깨를 으쓱했다.

"그거 전부 내 거야." 그가 말했다.

"무슨 권리로 그런 소리를 하는 거야?" 나는 대들었다. "당신이 야샤르 바야를락이라도 된단 말이야?"

"응." 상대가 말했다. "야샤르 바야를락이야. 기분 나빠?"

나는 불분명한 소리를 내뱉었다. 나는 충격을 받았다. 사내는 내게 거짓말을 할 이유가 전혀 없었다. 그는 말리야 바야를락이 묘사한 야샤르의 모습과 일치했다. 말리야의 얘기에 따르면 우리는, 나와 그는 신체적으로 꽤 비슷했고, 실제로 이 사내는 나와 비슷했다.

말리야가 계속해서 나와 혼동하던 사내 앞에 이렇게 갑자기 서게 되자 불편했다.

"돌려줄까?" 내가 제안했다.

"누구한테 뭘 돌려줘?" 바야를락은 즉시 흥분했다.

"당신 셔츠." 내가 말했다. "셔츠를 당신에게 돌려줄까?"

"아니." 야샤르 바야를락이 말했다. "당신이 다 망가뜨렸잖아. 그런 누더기를 갖다 어디에다 쓰라고?"

나는 체념의 표시를 했다.

"게다가 나는 가난뱅이들을 벗겨 먹는 사람이 아니라고." 그가 덧붙였다. "나는 조폭 자본가가 아니야."

"나도 아닌데." 나도 한마디 덧붙였다.

328

"가관이군." 그가 차갑게 말했다.

돌풍이 불었다. 1분 동안 길거리는 다시 바스락거리기 시작했다. 버스 안에서는 검댕이 꿈틀댔다. 차체가 무언가에 격렬히 끌려가기라도 하는 것처럼 우리 주위의 쇠기둥들이 삐거덕 소리를 냈다. 부동자세의 운전사 주변에서는 무언가가 끈질기게 부딪히는 소리를 냈다. 내가 모자에 달아 놓은 천 조각이 날아가 버렸다. 천 조각은 타 버린 계기판을 때리더니 바깥으로 빨려 나갔다. 여기저기서 거미줄이 떨렸다. 그러다 바람이 멎었다. 소음이 그쳤다.

"당신, 당신이 왜 여기 와 있는 건지 알아?" 야샤르 바야를락이 물었다.

"모임 때문이었어." 내가 말했다.

"누구랑 만나는 건지 알아?" 야샤르 바야를락이 말했다.

갑자기 천장에서 거미줄 주머니 하나가 찢어졌다. 석탄 가루가 내 셔츠 앞쪽에 떨어졌다. 코와 콧속이 따끔거렸다. 나는 다시 기침을 시작했다. 야샤르 바야를락은 역겹다는 표정으로 나를 쳐다보았다. 나는 그의 시선을 견뎠다.

"당과의 약속이야." 깔깔한 목소리로 내가 중얼거렸다. "당이 아직 존재한다면 말이지."

"국과의 약속이지." 야샤르 바야를락이 고쳐 주었다. "디플레인이 당신을 찾고 있어. 당신을 보고 싶어 해."

나는 목청을 가다듬는 중이었다.

"디플레인, 기억나?" 야샤르 바야를락이 의심스럽다는 투로 물었다.

"어디서 들어 본 것 같은데." 나는 말했다.

"그가 당신을 보고 싶어 해." 야샤르 바야를락이 다시 말했다. "모든 게 잘 풀리면 조금 뒤에 만나게 될 거야. 뜻밖의 사태만 없다면."

"뭐야, 뜻밖의 사태라니?" 내가 말했다.

야샤르 바야를락은 입을 다물었다. 그는 가면으로 쓰던 러닝셔츠를 흔들더니 눈구멍이 그럭저럭 눈앞에 오게 신경 쓰면서 방한모처럼 다시 뒤집어썼다. 이제 그는 그것을 원래대로 만들려고 머리에 모자를 고정했다. 그는 다시금 두 팔을 외투 속에

329

감추고 다시 잠들기라도 하려는 듯 몸을 웅크렸다. 그에게서 더는 실질적으로 인간 비슷한 구석이라고는 조금도 보이지 않았다. 검댕이 흘러내리는 외투와 머리 자리를 차지한 장비 때문에 누추하고 분노한 익명의 운터멘쉬의 모습이 되었다. 그는 더 이상 내 쪽을 돌아보려 하지 않았다. 곁눈질로도 나를 쳐다보지 않았다.

나는 기다리기 시작했다.

"아직 거기 있나, 메블리도?" 그가 불쑥 물었다.

"그럼, 있지." 내가 말했다.

내 피부를 뒤덮은 먼지 밑에서 땀방울이 부풀어 오르더니 가끔씩 흘러내렸다.

"뜻밖의 사태라고 했잖아." 그가 말했다. "내가 뭐랬어?"

나는 의심스러운 표정으로 무어라 한마디 하려 했다.

"빨리 여기서 나가, 메블리도. 곧 테러가 있을 거야."

"누구를 노리고?" 내가 투덜댔다. "어떤 종류의 테러인데?"

"서두르라니까." 그가 고집스레 말했다.

나는 좌석에서 떨어져 나와 주위를 살펴보았다. 길에는 인적이 없는 듯했다. 바람은 다시 깨어나지 않았다. 허공에 떠 있는 입자들은 갈색의 층들을 이루더니 천천히 땅바닥 쪽으로 표류하기 시작했다. 사거리에는 오가는 사람이 하나도 없었다. 더할 나위 없이 평온한 풍경이었다. 버스 안의 운전사는 조금 전과 비교해 1밀리미터도 움직이지 않았다.

"젠장, 메블리도, 무슨 말인지 모르겠어?" 바야를락이 화를 냈다.

"그러면 국과의 약속은 어쩌고?" 내가 물었다.

"터진다!" 바야를락이 외쳤다. "여기서 빠져나가!"

나는 그의 목소리에서 엄청난 위급함을 느끼고 차량 뒤쪽으로 도망쳤다. 왠지 몰라도 그렇게 움직이는 2초 사이 나 자신의 동작이 벌레나 그보다 못한 존재의 정확하고 겁에 질린 동작처럼 여겨졌다. 정신적으로, 심지어 신체적으로도, 생명체의 등급에서 꽤 바닥으로 추락한 기분이었다. 나는 침착함을 되찾고 마지막으로 어깨 너머로 돌아다보았다. 내 뒤에는 전쟁을 배경으로 한 풍경을, 대재앙 이후의 시간이나 날들을 보여 주는 흑백사진처럼, 모든 게 정상인 듯했다.

모든 게 정상이야. 나는 생각했다. 모든 게 정상이야, 터질 거야. 여기서 빠져나가야 해.

나는 버스에서 내려 10여 걸음을 벗어났다.

이제 나는 한 건물 벽에 몸을 기대고서 두 발을 검댕 속에 처박은 채 어떻게 하나 생각하고 있는데, 버스가 아주 살짝 흔들렸다.

즉시 능아연석과 염소(鹽素)의 강력한 냄새가 거리에 퍼졌다. 아무런 소리도 울리지 않았고, 시야를 그을리는 불꽃 하나 없었다. 나는 다시금 버스로 다가갔다. 운전사 근처에 있는 창문들로 끈적끈적한 연기가 마지막으로 빠져나오고 있었다. 모래시계의 상단 유리병에서 내려오듯 탄가루 한 줄기가 지붕에서 땅으로 흘러내리면서 인도 위에 자그마한 원뿔 모양을 만들고 있었다. 나는 뒷문으로 상체를 밀어 넣었고, 아무 위험이 감지되지 않기에 차량 안으로 다시 올라섰다. 야샤르 바야를락은 더 이상 앉아 있지 않았다. 그는 통로 한복판에 쓰러져 있었다. 그의 먼지막이 외투는 망가지고 구겨졌지만 여전히 그의 몸통과 사지를 가리고 있었다. 한편 그의 러닝셔츠는 여전히 머리를 덮어 얼굴을 가리고 있었지만 색깔이 달라졌다. 온통 피로 끈적끈적했다. 모자 역시 갈기갈기 찢겨 운전사의 발치 쪽으로 굴러가 있었다.[33]

나는 고통스러워하는 그 몸뚱이 쪽으로 다가갔다. 나는 야샤르 바야를락이 무슨 일을 겪었는지, 그의 살, 내장, 뼈가 어떻게 된 건지 조금이라도 정보를 얻으려 했다. 나는 먼지막이 외투를 슬쩍 쳐다보았고 더 멀리, 자동차 기어 옆에, 기름에 절어 찢어져 있는 모자를 바라보았다. 나는 운전사의 네모지고 뿌연 등을 쳐다보았다. 운전사는 테러를 피하지 못했지만, 내가 있는 곳에서는 그의 자세에서 아무런 특이점도 찾을 수 없었다. 조금 전과 비교할 때 핸들 쪽으로 약간 더 기울어져 있을 뿐이었다.

"메블리도, 당신이야?" 녹초가 된 목소리가 물었다.

---

33. 이 책의 전반부에서 야샤르 바야를락은 15년 전 버스 테러로 죽었다고 언급된 바 있는데 여기서 다시금 버스 테러로 사망한다.

"응." 나는 말했다.

나는 어쩌면 러닝셔츠의 눈구멍 뒤에 아직 남아 있을지도 모를 시선을 마주 보려 하지 않았다.

"잘 챙겨 줘." 야샤르 바야를락이 말했다.

"알았어." 내가 말했다. "빨아서 다릴게. 손보면 아직 쓸 만해. 때를 싹 뺄게."

"셔츠 얘기가 아니라." 야샤르 바야를락이 꾸르륵 소리를 냈다.

나는 침묵을 내뱉었다.

"걱정하지 마." 내가 잠시 후 말했다.

"당신한테 이렇게 말리야를 맡겨야 하는 게 못마땅하군." 야샤르 바야를락이 숨을 몰아쉬었다. "당신이 어떤 놈인지 알거든. 모르는 사람이 없지. 당신은 별 볼 일 없는 놈이야."

"뭐." 내가 대꾸했다.

"하지만 그래도 당신에게 그녀를 맡겨야겠어. 다른 사람은 전부 죽었어. 당신이 마지막이야. 당신만 믿어."

나는 야샤르 바야를락이 뭐라고 중얼거리는지 해독하려고 몸을 기울였다가 다시 몸을 세웠다. 그는 이제 다시는 제대로 문장을 발음하지 못할 것 같았다. 나는 그의 마지막 문장을 들은 셈이었다. 갑자기 침묵이라는 생각이 나를 짓눌렀다. 그의 침묵, 나의 침묵, 모든 침묵. 나는 오열을 터뜨리기 전처럼 허파를 채웠다.

"말리야가 어디 있는지 모르겠어." 나는 말했다. "그녀가 나를 믿고 있었다는 거 알아, 근데 또 망쳤지. 게이트 스트리트에서 그녀는 내 뒤에 있었어. 돌연변이 암탉들이 철통같은 바리케이드를 치고 있는 곳이야. 닭들은 빽빽하게 밀집해 있고 길을 뚫으려고 하면 배와 얼굴 높이에서 날면서 깃털과 이를 퍼뜨리지. 앞으로 전진하는 게 불가능해. 나는 말리야와 함께 당 모임에 가는 길이었어. 함께 살았던 시절 내내 우리는 당의 지침을 성실히 준수했어. 내 경우에는 가끔 예외적으로만, 아니면 꿈에서만 프롤레타리아 윤리를 배신했어. 엄밀히 말하면 잠이 나를 내팽개쳤을 때나 배신하지 않는 게 어렵거나 불가능할 때 그랬지. 나는 어떤 상황이든, 어떤 명령이든, 당과 당의 강령이 어떤 것이든, 언제나 당의 명령에 복종했어. 그날은 굉장히 깜깜했어. 말리야는 내 뒤를 따르고 있었고 나는 날 놓치지 않도록 내 허리띠를 꼭 잡고 있으라고 했어. 새들이 숨 막히는 닭장 냄새를 퍼뜨리면서 우리에게 달려들었어. 나는 권투 선수처럼 새들을 때리면서 밀쳐 내야 했어. 게이트웨이 스트리트를 통과한 건 모임에 늦지 않기 위해서였어. 코르넬리아 오르프가 행진의 선두에 섰어. 우리는 행렬을 이루고 있었어. 말리야는 바로 내 뒤에 있었는데 사라져 버렸어. 그녀는 새들의 파도에 잠기지 않으려고 벽에 붙어 있었어. 그러더니 새들에 파묻히기라도 한 것처럼 사라졌어. 어떤 새들이었냐고? 기본적으로는 개만큼 육중한 곱사등이 암탉들, 왕부리 암탉들, 거대 올빼미들, 거대 갈매기들, 거대한 발광(發光) 뿔닭들이었어. 그놈들이 부리를 내밀고 우리에게 달려들었어. 일단 장애물을 넘고 나서 나는 말리야를 불렀어. 말리야는 대답이 없었어. 나는 아주 큰 목소리로 그녀를 여러 번 불렀어. 그녀는 대답이 없었어. 그 뒤로는 소식이 없어. 나는 그녀가 정신적 문제를 겪기 시작한 뒤로, 그러니까 처음부터 계속 그녀를 돌봐 왔어. 내가 별 볼 일 없는 놈인 건 알아. 하지만 나는 그녀가 혼자 미쳐 가지 않게 하려고 노력했어. 짐승들과 사람들 틈에서, 밤 한가운데서, 제4닭장의 운터멘쉬들과 볼셰비키 노파들이 내는 소음 속에서 우리는 함께 있었어."

나는 떠드는 것을 멈출 수 없었다. 내 발치에서 야샤르 바야를락은 더 이상 숨을 쉬지 않았다. 그는 최후의 소리를 이미 내뱉은 터였고, 러닝셔츠 밑에서 피를 흘리고 있던 것, 머리통의 잔해인 게 분명한 것은 뒤로 꺾여 있었으며, 먼지막이 외투 속에서 허리는 뒤로 꺾인 채 남아 있는 살점인 게 분명한 것이 마지막으로 건들거리고 있었다.

내 입은 여전히 쉬지 않고 움직였다.

"우리는 더위 속에서도, 빗속에서도, 거미가 많은 해에도, 졸린 해에도, 땅거미의 해에도, 폭압적인 달[月]의 해에도, 기억상실의 해에도 함께 있었어. 우리는 제4닭장에서 몰락해 가면서도 함께 있었어."

검댕 돌풍이 내 말을 잘랐다.

내 몸에 덮인 먼지 밑으로 땀이 송골송골 맺혔다. 땀은 모습을 드러내지 않은 채 먼지 밑으로 흘렀다.

바람이 다시 불기 시작한 것이다.

44

모래바람이. 다시 불기 시작한 것이었다. 돌풍이 화끈거리는
공기를 일제사격처럼 쏘아 댔다.

바깥은 모든 게 어두워져 있었다. 가옥들 사이로 황갈색
안개 덩어리들이 흘러 다녔고, 버스에서 30미터 떨어진 곳에
트여 있는 사거리부터 풍경이 끝났다. 그 너머는 보이지 않았다.
바람의 맹렬한 공격에 내 셔츠가 찢어지고 있었다. 모자는 나를
제대로 보호하지 못했다. 모자가 머리에서 떨어져 나가더니
사라지는 게 느껴졌다. 나와 비슷한 누더기 차림의 인간들로부터
떨어져 나온 옷 쪼가리들이 먼지 한복판을 날고 있었다.
망가진 면사 조각, 텁수룩한 직사각형 천 조각이 날아와 내
등과 목덜미를 줄곧 휘갈겼다. 나는 숨을 몰아쉬기 시작하다가
단념했다. 어떨 때는 지껄이기를 그만두는 데 성공하기도 했지만
보통은 혀에서 아직도 솟아 나오는 말의 편린들을 중단시킬
기력이 더는 없었다. 사실 내가 원하는 것은 하나뿐이었다.
한구석에 가서 몸을 웅크리고는 다시는 말도 하지 않고
움직이지도 않는 것.

무언가가 버스의 측면을 두드리기 시작한 터였다. 아마도
손인 것 같았다. 누군가가 손으로 버스의 측면을 두드리더니 곧
멈췄다. 두드리는 소리가 꽤 일정했다. 나는 야샤르 바야를락과
그의 유해 위에서, 야샤르 바야를락의 남은 쪼가리 앞에서
생각에 잠겨 있었다. 나는 이 리듬에서 영감을 받았고, 내면에
침잠하지 않으려고 이 리듬 속으로 도피했다. 바람이 울부짖더니
곧 잠잠해졌고 곧 다시 울부짖기 시작했다. 눈덩이 같은
딱딱한 덩어리들이 가장 가까운 긴 좌석에 빗발치듯 쏟아졌다.
끈적끈적한 재질의 무언가가 연기처럼 빙빙 돌면서 창문으로 한
움큼씩 들어왔다가 다른 창문으로 나갔다. 길거리에서는 칙칙한
빛깔의 분말이 모여 여기저기 유동 사구(沙丘)를 만들고 있었다.
버스 측면을 때리는 소리가 그치지 않았다. 나는 여전히 야샤르
바야를락 앞에 서 있었다. 어떤 행동을 해야 할지 몰랐다. 깊이
생각하는 게 엄청나게 어려웠다. 나는 우리가 그토록 오랫동안
거미가 많은 해와 달이 드문드문하거나 거대한 해 들을 겪고 나서

이제 테러가 많은 해에 들어선 것은 아닌지 알아들을 수 없는 발음으로 자문했다. 나는 그 문제에 대해 미완의 문장 몇 개를 웅얼거리다가 다시금 입을 다물었다. 검댕이 내 목을 따라 가슴이 시작되는 부위까지 가늘게 흘러내리고 있었다. 검댕이 배 쪽으로 나아가는 게 느껴졌다. 나는 뒤쪽의 긴 좌석을 발견했다. 너 거기 있어, 메블리도? 나는 생각했다. 가장 좋은 방법은 저리로 가서 쭈그리거나 앉는 거야.

나는 4-5미터 뒤로 물러났다. 내 단화는 아무런 소음도 내지 않았다. 주변의 사방에서 바람이 울부짖고 있었다. 새까만 쇠 부스러기가 버스 뒤쪽에 침입해 두터운 층을 이루고 있었다. 나는 좌석의 먼지를 대충 털고 앉았다. 천장의 거미줄은 이제 연약한 주머니들밖에 남지 않았다. 주머니 하나가 터지면 그 안에 든 것들이 내 위로 쏟아지곤 했다. 나는 휴식을 취할 수 있는 동시에 차량 전체를 쭉 감시할 수 있는 자세였다. 나는 멍하니 국과의 약속을 다시 생각하고 있었다. 야샤르 바야를락의 유해는 차량을 떠나지 않았다. 엄밀히 말하면 야샤르 바야를락의 누워 있는 몸뚱이라고 해야겠지만 그것은 전혀 알아볼 수 없는 상태였다. 쏟아진 피는 검댕에 흡수된 터였다. 내 위치에서 보면 생명체 비슷한 것은 전혀 보이지 않았다. 뼛조각에 구멍이 뚫리고 네모지게 절단된 육신의 참상을 굳이 상상하지 않고도 피해자를 생각할 수 있었다. 먼지막이 외투가 바람에 펄럭였다. 마치 팔이 안에서 지령이나 작별 인사를 보내려고 신호라도 하는 듯 외투 소매 하나가 위쪽으로 솟았다가 다시 떨어졌다.

- 나는 이 희미한 소통의 시도에 응답하지 않았다.
- 나는 차라리 졸고 싶었다. 졸음이 밀려오다가 곧 사라졌다.
- 버스 측면에서 누군가가 손으로 리듬을 만들어 내고 있었다.
- 시간의 흐름을 확인할 수 있는 기준점 없이 시간이 흘렀다.
- 바람은 단조로운 베이스 음색으로 울리고 있었다.

나는 이따금 일종의 꿈 없는 무(無)에 빠져들기도 했고, 얼마나 오랫동안 의식을 잃었는지, 0.5초였는지 세 시간이었는지 알지 못한 채 그로부터 빠져나오곤 했다. 무언가가 계속해서 철판과 차체를 두드렸다. 땀이 줄줄 흐르는 게 느껴졌다. 땀은 현재 내 몸을 덮고 있는 반짝반짝하고 번들번들한 검은 찌끼 밑으로 지하도를 뚫고 있었지만 바깥으로 새어 나오지는 않았다. 나는 차량 뒤쪽에서 꼼짝도 않고 있었다. 중앙 통로에 쓰러져 있는 야샤르 바야를락 너머로 운전사가 있었다. 그의 육중한 몸이 핸들 위를 뒹굴고 있었다. 불 또는 검은 공간이 그를 피로와의 싸움에 실패한 듯한 자세로 캐러멜화해 버린 것이다. 그의 옷들은 숯처럼 새까만 외피로 변해 버렸고, 쇠 부스러기와 먼지가 계속 새로 층을 이뤄 쌓이면서 시간이 지날수록 두꺼워지고 있었다. 바깥에서는 인적 없는 거리가 흑갈색 줄무늬에 깔려, 따닥따닥 소리를 내는 길쭉한 자국과 그림자에 깔려 사라지고 있었다. 가옥들의 창문 안쪽으로는 아무도 보이지 않았다. 인간이나 동물이나 지성체의 존재라고는 전혀 보이지 않았다. 나는 굉장히 외로운 기분이었다. 테러에 대해 계속 생각해 보았지만 그것이 이미 일어난 일인지 곧 일어날 일인지 알 수 없었다. 내가 아직 보지 못한 다른 피해자들이 있는지 궁금했다. 조각조각 찢어지거나 잿가루가 되어 아직 내 눈에 띄지 않은 사람이 있는지 궁금했다.

- 그 누구도 내 질문에 답을 가져다주지 않았다.
- 구두나 셔츠 조각들이 길 잃은 때투성이 화염 비슷하게 빈 공간을 빠른 걸음으로 가로지르고 있었다.
- 무엇인가가 북의 가죽 면을 두드리듯 철판을 두드리고 있었다.
- 야샤르 바야를락의 유해는 검댕에 깔려 사라지다가 한 차례의 메마른 돌풍에 일소되었으며, 즉시 수의(壽衣)를 입히는 과정이 재개되었다.
- 어떨 때는 완전한 암흑의 순간이 있었다.
- 나는 어떨 때는 눈을 뜨고 있었고 어떨 때는 다시 감고 있었다. 두 경우 모두 풍경은 동일했다.

한 여인이 부서진 앞문 앞에 모습을 드러냈을 때는 그렇게 이미 여러 시간이 흐른 뒤였다. 그녀는 무용수나 체조 선수와도 같은 우아하고 느린 움직임으로 비스듬히 들어왔다. 금속 파편이나 경첩에 상처를 입지 않으려고 주의를 기울였다. 그녀의 피부색은 밝았다. 옷은 전혀 걸치고 있지 않았다. 서른 살쯤 되었고, 굉장한 미모였다. 그녀가 계단 발판에 올라서자마자 그녀의 머리칼이 빙빙 돌면서 그녀 주위로, 그녀의 벌거벗은 몸 주위로 얽히기 시작했다.

린다 시우야. 나는 생각했다.

망자들을 달래 주려고 온 거야. 나는 생각했다. 테러로 인해 심신이 뒤틀린 자들을 달래 주려는 거야. 아니면 테러가 나중에 있을 거라면, 곧 망자들을 대신하게 될 산 자들을 위로하려고 온 거야.

굿의 의식을 위해 춤을 추러 온 거야. 나는 생각했다. 위가를 부르고 춤을 추려고 온 거야. 버스 측면을 두드리는 건 주술용 북이야.

나는 발목을 휘감고 있던 검댕을 떼어 낸 뒤 자리에서 일어났다. 무당은 내게 등을 돌리고 있었다. 나는 그 곡선을, 허리 굽힌 자세를, 긴 다리를 알고 있었다. 그 머리칼의 푸른 기 도는 검은색을 알고 있었다. 린다 시우는 운전사에게 다가가 있었다. 그녀는 운전사 쪽으로 허리를 굽혀 그의 팔을 만지고 입술을 그의 귓가의 목덜미에 가져다 댔다. 그녀가 그에게 말을 하고 있었던 것 같다.

운전사가 한숨을 내뱉었다.

"내가 핸들을 잡을까?" 린다 시우가 물었다.

"아니야." 운전사가 구시렁거렸다. "나중에. 테러 후에."

그렇다면 테러가 아직 일어나지 않은 건가? 나는 생각했다.

"테러는 아직 일어나지 않은 건가요?" 내가 물었다.

바람이 씽씽 소리를 내고 있었다. 잠시 완전한 암흑의 순간이 있었고, 곧이어 빛이 약해지고 끈적끈적해져서 돌아왔다. 나는 야샤르 바야를락의 유해를 껑충 뛰어넘었다. 아무도 나의 존재를 눈치채지 못했다. 린다 시우는 운전사에게 몸을 붙이고 있었다. 그녀는 더욱 확연히 허리를 숙였다. 그녀의 왼팔과 머리카락은 이제 운전사의 어깨와 목덜미로 내려와 있었다. 그것은 같은 편인 사람끼리의 몸짓이었고, 다정한 포옹이었다. 린다 시우는 잠시 쉬더니 동료에게 약간의 생기를 전해 주었다. 두 사람은 서로에게 약간의 기운을 전해 주고 있었다. 나는 비슷한 장면을 분명히 경험하거나 본 것 같았지만 현재 순간을 복잡하게 만들지 않으려고 내 안에 어떤 추억도 떠오르지 않도록 노력했다.

338

"녹초가 되었네, 디플레인." 린다 시우가 말했다.

"너는?" 운전사가 대꾸했다.

"그는?" 린다 시우가 물었다. "그가 올 것 같아?"

"이번에는 가능성이 있어." 운전사가 말했다.

나는 차량 앞쪽으로 다시 두 걸음을 내디뎠다. 그들이 내 이야기를 하는 것 같은 기분이었다. 운전사의 이름이 디플레인이라는 게 믿어지지 않았다.

"지금쯤이면 그다지 멀지 않은 곳에 있을 거야." 린다 시우가 말했다.

북이 버스의 차체를 두드리고 있었다.

"저 여기 있어요, 린다." 나는 중얼거렸다.

나는 린다 시우의 벌거벗은 등이나 허리를 살짝 건드려 주의를 끌고 싶었지만 참았다. 감히 그러지 못했다.

"저 그다지 멀지 않은 곳에 있어요, 린다." 내가 다시 말했다.

내 말은 그녀에게까지 도달하지 못했다.

"린다라고 불러도 되죠, 그렇죠?" 나는 목소리를 높이면서 물었지만 헛일이었다. 내 목소리는 우리 사이의 거리를 뛰어넘지 못했다.

"그가 다가오는 기분이 들어." 디플레인이 말했다.

실제로 나는 끊임없이 린다 시우와 디플레인에게 다가가고 있었다. 이제 나는 그들 앞에 쓰러지거나 그들을 만질 수도 있었겠지만 아직 결정을 못 하고 있었다. 그들이 내 품 안에서 가루가 되거나, 맨살에 큼직한 거미나 벌레가 붙었을 때처럼 나를 떼어 내려고 거칠게 요동을 하거나 손짓 발짓을 할까 두려웠다.

바람이 씩씩거리는 어슴푸레한 빛 속에서 린다 시우는 디플레인을 꽉 포옹하고 있었고, 그를 껴안고 있으면서도 버스 쪽으로 다가오는 것을, 인적 없는 사거리를, 검은 구름들을, 먼지가 휩쓸고 간 반(半)암흑 상태를, 어떤 구경꾼도 보이지 않는 창밖을 바라보았다. 그러더니 그녀가 몸을 일으켰다. 그녀의 머리카락이 바람에 흐트러지고 검댕의 공격에 더럽혀져 그녀의 몸 주변에서 꼬이며 얽혀 들었다. 그녀는 동료에게 계속 몸을 붙인 채 황혼의 빛을 주시했다. 디플레인과 그녀는 내가 차바퀴 앞에 나타나기를 기다리고 있었다.

"그가 어떤 모습을 하고 있을지 궁금해." 린다 시우가
말했다.

"린다." 내가 가만히 불렀다.

"미리 알 도리가 없어." 디플레인이 말했다. "어쩌면
곤충이나 쥐의 모습을 하고 있을지도 몰라. 그보다 못할 수도
있고. 모든 건 우리가 만나는 순간 그가 어떤 꿈을 꾸고 있느냐에
달려 있어."

디플레인의 얼굴을 가린 검은 밤송이에 린다 시우의
머리카락이 부딪혔다. 그녀는 다시 노래를 부르기 시작한 터였다.
노래 가사가 나를 향하고 있었던 것 같다. 그녀는 무슨 일이
일어나든 아무 생각 하지 말고 나타나라고 내게 부탁하고 있었던
것 같다.

나는 접선하고 싶었지만, 아무 행동도 하지 않았다.

45

맹그를리앙의 소설 작품 모두가 메블리도와 메블리도가
사람과(科) 틈에서 수행한 파국적 임무만을 다룬 것은 아니다.
맹그를리앙의 소설은 굉장히 많아서 수십 편에 달하며 관심
분야도 다양하다. 하지만 맹그를리앙의 최고작들은 메블리도
사건과 그에 관련된 사태의 추이를 다룬 것들로, 세월이 흐르면서
사람들은 저자에게 이 주제가 다른 모든 주제보다 중요하다는
것을 깨닫게 된다. 맹그를리앙은 메블리도에 대해 이야기할
때 자기 이야기에 즉시 다정한 향수의 톤을, 사건들만으로는
정당화할 수 없는 호의적 시각을, 같은 편임을 떳떳이 인정하는
경향 비슷한 것을 부여한다. 디플레인은 로망스『제4닭장의
우리 협력자에 대하여』에 손으로 적은 메모에서 이를 "전적이며
고통스러운 동질감"이라고 평가한다. 마찬가지로 국에 전달되는
보고서들을 검토하는 입장이었던 요코그 강스는 한 술 더 떠서
"서술자와 그의 인물 사이에는 안타깝게도 담배 종이 한 장만큼의
두께도 없다."고 평한다.

　　맹그를리앙은 작전과의 특수 훈련을 받던 도중 교육
센터에서 메블리도를 알게 되었고, 수천 시간의 교육 기간
동안 두 사람은 진정한 동지애로 영원히 묶이게 되었다. 어떤
시기였다면, 맹그를리앙이 메블리도를 대신하여 그와 동일한
조건에서 동일한 방향으로 동일한 실패가 예정된 임무를
띠고 떠날 수도 있었을 것이다. 이러한 친밀함, 이러한 긴밀한
형제애가 분명히 느껴진다. 맹그를리앙이 메블리도의 심적
동요나 꿈을 재구성할 때, 이야기꾼으로서 메블리도를 혼란과
불행 속에 따라갈 때 이는 명백하다. 맹그를리앙은 기꺼이 자신의
인물에 깃들인다. 어떤 심리적 장벽도 그를 멈추거나 저지하지
못한다. 어떤 자기 검열에도 그는 이 픽션을 고통스러워하지
않는다. 맹그를리앙은 메블리도의 형제이며, 그가 글을 쓰는
동안 두 사람 사이에는 일말의 정신적 · 신체적 차이도 없다.
그들은 동일한 이력을, 동일한 윤리를, 동일한 사랑을 갖고 있다.
맹그를리앙은 메블리도의 편을 들며, 뜻밖의 상황이 닥쳐 임무를
종료하게 되자 그는 국의 실패 때문이 아니라 해당 구역에 파견된

요원에게 닥친 일 때문에 슬퍼한다. 대부분의 에피소드에서 그는 주관적 시선 이외의 시선을 거부한다. 첫째로 모든 일이 가혹하게 실패한 것을 슬퍼한다는 점에서, 둘째로 우리의 지인들이, 우리의 친지들이 그 피해자가 된다는 사실을 받아들이지 못한다는 점에서, 그는 우리와 같다. 메블리도를 픽션 작품들의 주인공으로 선택하면서 맹그를리앙은 당연히 자기 자신의 초상화도 그리고 있는 것이다.

맹그를리앙의 이름으로 된 저작 중 20여 편은 메블리도의 운명이나 그와 직접적으로 연결된 테마를 다루고 있다. 이 저작들은 모두 국의 도서관에 보관되어 있고 누구나 찾아볼 수 있지만, 아무도 대출하거나 열람하지 않는다. 윗선에서는 이 저작들을 한번 훑어보았고, 그 뒤로 이 작품들은 보존 처리되었으며, 그 후로는 일반 대중도 정보 전문가도 굳이 거기까지 가서 이 저작들을 펼쳐 보지 않았다. 저작들이 이렇게 방치된 것은 맹그를리앙에게 상처가 된다. 하지만 맨 처음 쓴 글들부터 이러한 방치는 작품의 구성 요소로서 주어졌고, 창조자로서 맹그를리앙은 이를 받아들인다. 독자들의 무관심은 맹그를리앙이 남발하는 형용사와 신조어 탓으로 돌릴 수도 있고 지나치게 복잡한 구문과 가독성을 없애 버리는 바로크적·서정적 콜라주 기법 탓으로 돌릴 수도 있다. 유행의 문제 역시 언급될 수 있다. 맹그를리앙은 기법 면에서 포스트엑조티시즘의 영향을 받아 불확실성, 미완성, 대립 항 뒤섞기, 무(無) 등을 즐겨 쓴다. 이러한 개념들은 한때 작전과는 물론이고 다른 곳에서도 인기가 있었지만 국의 방침에 전략적 변화가 생기면서 살아남지 못하게 되었다. 맹그를리앙이 이 개념들을 확고한 문학적 기반으로 삼았을 때 그것은 이미 낡아 빠진 것이었다. 이 개념들은 시대에 뒤처진 너무 난해한 미학에 속하는 것으로 여겨졌다. 약술하면, 맹그를리앙의 책들은 국의 주문으로 생산되었지만 국은 이 책들의 장점을 인정하면서도 여기에 하등의 중요성도 부여하지 않았다.

누가 내 의견을 물어본 적은 없지만 내가 여기 있으니 이참에 내 의견을 제시해 보겠다. 우리는 맹그를리앙의 책들을 사랑한다. 우리는 첫 책부터 맹그를리앙의 책을 사랑했고

이 책들이 세상에 대해 이야기하는 방식에 한 번도 실망한
적이 없었다. 우리는 연극적 시퀀스 모음집, 벽토(壁土)칠,[34]
로망스—그중 가장 아름다운 것들은 길 잃은 병사, 임무를
맡자마자 패배한 병사 메블리도의 최후와, 그를 참극 속으로
파견한 작전과 장교 디플레인과 메블리도의 이루어 질 수 없는
만남을 기술하고 있다—들을 사랑한다. 우리는 편애하는
작품들이 있으며 선입견이 있고, 『새들』과 『달에 대한 테러들』을
다른 작품들보다 우위에 두지만, 사실상 이 책들 중 어떤 것을
생각해도 애정이 폭발하게 된다. 디플레인이 메블리도와
맹그를리앙의 관계를 두고 말한 것처럼, 우리는 전적이며
고통스러운 동질감을 통해 이 책들에, 이 책들 모두에 연결되어
있다. 우리와 맹그를리앙 사이에는, 메블리도와 맹그를리앙
사이처럼—요코그 강스라면 개탄하리라—담배 종이 한
장만큼의 두께도 없다.

　　디플레인이라는 인물은 복잡하다. 이 이야기 저 이야기를
거치면서 그는 강직하고 엄격하고 쌀쌀한 승병의 캐릭터에서
상관들에게 저항하고 메블리도의 희생을 받아들이기를
거부하고 50년 전 메블리도를 보내기 직전에 한 약속을 어떻게든
지키려는 개인주의적 반체제 인사의 캐릭터로 변모한다.
디플레인은 메블리도에게 작전과에서는 그가 죽기 전이나 죽은
뒤에 귀환시키려 노력하겠다고 약속했다. 국이 이런 시각을
의문시하고 요원의 운명에 관심을 끊게 되고 요원을 포기하기로
하자 디플레인은 국에 반기를 든다. 『메블리도의 사랑』, 『파견
근무를 위해 떠나다』, 『오늘 우리는 암살한다』에서 맹그를리앙은
디플레인이 어떤 식으로 국에서 승인하지 않는 귀환 작전을
여러 차례 꾸미는지 이야기한다. 다른 계획들과 마찬가지로 이
작전들은 하나씩 실패로 돌아간다.

　　메블리도는 인간 아기의 몸으로 태어나도록 계획되어
있었지만 이 강생(降生)은 인간 역사의 참담한 시기에, 다른

---

34. '벽토칠(entrevoûtes)'은 '나라(narrats)', '노호(怒號,
vocifération)', '로망스(romånce)', '샤가(Shaggå)' 등과 함께
포스트엑조티시즘 작가들이 애용하는 장르 중 하나다.

시기보다 더욱 참담한 시기에 이루어졌다. 인간 종(種)이 기나긴 소멸의 고통을 겪기 시작한 시기였던 것이다. 구체적 전망이라고는 도처로 확산된 검은 전쟁밖에 없는 공동체에게 그 행동 양식은 사실상 모든 영역에서 비정상적이다. 모든 것이 잔혹한 짓이나 용납할 수 없는 짓의 방향으로 항구적으로 탈선하고 있고, 그 무엇도 이성적이지 않으며, 분석 모델은 이제 먹히지 않는다. 국은 상황의 변화를 예측할 능력이 없고 현지에 파견한 요원이 결정적 정보를 수집할 것이라 상상한다. 실제로는 '부'와 '부'의 작전과에서 계획한 것은 무엇 하나 예상대로 진행되지 않는다. 검은 공간 속의 여행이 배아에게 트라우마를 남기거나 배아를 약하게 만들기라도 한 것인지 부활 과정은 국의 통제를 완전히 벗어나며, 태어나는 순간부터 메블리도의 인생은 무수히 많은 훈련과 교육 시간 동안 그에게 주입된 요구 사항들을 더 이상 따르지 않는다. 그의 인생은 음산하고 잔혹한 논리에 지배되며, 그 논리는 무엇보다 움찔움찔하는 악몽의 경련에 따라 움직이는 것처럼 보인다. 몇몇 꿈의 흔적을 제외하면, 메블리도를 임무를 띠고 사람과(科) 틈에 파견된 존재, 국외자로 만들었어야 할 특별 교육으로부터 남은 것은 하나도 없다. 태어났을 때부터 메블리도는 다른 동족들만큼이나 편협하고 속을 알 수 없는 사람이다. 메블리도의 유년기와 청소년기는 절멸, 화염, 난민 행렬, 돌연변이 종의 증가, 혼란을 배경으로 한다. 성인 메블리도의 삶은 눈을 가린 채 걷는 행군이고 비참과 우둔의 사회를 통과하는 것이다. 금세 국에서는 접선이 기대에 어긋나고 어려우며, 메블리도가 모으는 정보들은 너무 빈약하고 너무 불확실하며 타당성이 완전히 결여되어 있음을 확인한다. 메블리도는 자기에게 걸렸던 기대를 모두 저버린다. 제4닭장에 주저앉고부터 메블리도는 지독한 정신적 궁핍과 쇠약 상태에 빠져, 국에서는 그를 활동 중인 요원의 수에서 말소한다. 메블리도와 감각기관에 의존하지 않는 교신이 유지되고 있을지도 모른다는 점을 강조하는 맹그릴리앙의 보고서와 아끼는 부하를 단념하는 일만은 어떻게든 피하려는 디플레인의 의견에도 불구하고 제2의 요원을 현지에 보내 메블리도를 보조할 것이냐는 질문은 묻혀 버린다.

이는 국이 근본적인 전술 변화에 착수하고 있기 때문이기도
하다. 수백 년의 부정적 경험을 거친 뒤 부에서는 사람과(科)가
야기하는 실망을 이론화하고 거미강(綱)과 같이 더 유망하고
더 강인한 종족과의 접근을 고려한다. 디플레인과 같은 몇몇
영향력 있는 장교는 이러한 엄청난 방향 전환에 맞서 싸우지만
반대파는 소수이고, 메블리도가 제4닭장에서 마지막 몇십 년
동안 몽유병자로 사는 시기에 국은 지배 종이 되어 가는 지상의
여러 거미 부족과의 동맹을 장기적으로 강화하려는 계획을 이미
수립 중이다. 디플레인은 상관들과 논쟁을 벌인다. 그는 거미들의
행태가 이상적 인간 사회를 건설하는 데 쓰여야 할 프롤레타리아
윤리의 이타적이고 공동체적인 기반에 전혀 부합하지 않음을
강조한다. 상부에서는 논쟁을 받아들이고 디플레인의 변론을
청취하며 그의 의견을 전파하지만 결국은 그에게서 정치적
권한을 박탈한다. 몇 년 뒤 우리는 디플레인이 대단찮은 부서에
처박혀 있는 것을 발견한다. 꿈속에서 새들을 관찰하는 일을
맡은 부서다. 과거의 공로를 존중하는 차원에서 그에게는
자유와 기획의 여지가 일부 남아 있다. 그는 여전히 작은 기술
팀을 부리고 있다. 이 팀의 팀원들에게 의존해서 디플레인은
메블리도의 위치를 탐지하고 그와 접선해 복귀시키려는 임무를
띤 작전을 다수 조직한다.

"우리는 메블리도가 죽기 전에 그에게 도달하지 못할
것임을 알고 있다." 맹그를리앙은 『워델 스트리트에서의
만남』에서 디플레인의 이름으로 말하며 이렇게 쓴다. "우리는
또한 그의 사망 뒤, 그가 완전히 죽기 전에 그를 귀환시킬
확률이 빈약함을, 그것도 굉장히 빈약함을 알고 있다. 하지만
우리는 우리의 힘을 그곳에 집중시킬 것이다. 우리가 눈을 감고
그의 꿈을 꿀 때 우리에게 보이는 현재 메블리도의 모습은
피폐해진 열등인간, 존재 이유도 미래도 없는 낙오자다. 그를
만나서 우리가 가둬 놓고 빠뜨려 놓은 악몽으로부터 꺼내 오기
위해서라면 우리는 무슨 일이든 할 것이다. 예컨대 우리의 생체적
층위가 서로 맞지 않거나, 그가 우리를 따라오기를 거부하거나,
아니면 우리 자신이 '공간 이동' 도중 기력을 너무 잃어버리거나,
우리 자신도 피폐해진 열등인간·존재 이유도 미래도 없는

345

쓰레기 · 꿈이 바닥난 죽은 자가 되어 버리는 등의 이유로 설사 그를 데려오는 데 성공하지 못할지라도, 설사 동지애로 그를 데려오는 데 성공하지 못할지라도, 우리는 그가 사랑과 평온의 이미지 속에 들어갈 수 있도록, 그리하여 고독과 암흑 속에서가 아니라 다른 방식으로 죽음을 이어 갈 수 있다는 환상을 품을 수 있도록, 어떻게 해서든 그에게 무언가를 제공할 것이다. 우리는 그렇게 할 것이다, 어떤 대가를 치르고서라도, 심지어 우리 자신의 인생을 희생해서라도 그렇게 하려 할 것이다. 왜냐하면 우리에게 약속을 지킨다는 것은 허언이 아니기 때문이며, 우리에게는 윤리가 있기 때문이며, 인간들에도 불구하고 프롤레타리아 윤리는 공허한 관념이 아니기 때문이며, 지구에선 모든 게 끝장났기 때문이며, 그럼에도 불구하고 우리는 거미들을 믿지 않기 때문이다."

46

메블리도에 대한 최고의 로망스 두 편인『달에 대한 테러』와
『제4닭장』[35]에서 맹그룰리앙은 디플레인이 15년간의 소득 없는
추적 끝에 마침내 메블리도와 접선하는 데 성공한다고 서술한다.
디플레인이 한 망가진 버스의 운전석에 앉아 있는 게 보인다.
엔진도 바퀴도 없이 검은 공간에서 주행하는 용도로 고안된,
완벽한 표본이라 할 만한 차량이다. 버스는 '난장판'을 뚫고
천천히 나아간다. 도시는 석탄질의 모래 폭풍으로 어두워져 있다.
무언가 끔찍한 일이 발생했거나 발생할 것이다. 테러다. 공포,
불안, 통제 불능의 고통을 발생시키기 위한 적대적 작전이다.
디플레인은 메블리도를 찾아가는 여행 도중 오랫동안 화염에
휩싸여 있었다. 숯이 되어 버린 그의 육신은 딱딱하게 굳었고,
바람에 날려 온 검댕, 자갈돌과 결합했으며, 이제 디플레인은
까맣고 송장 같은 큼직하고 퉁퉁한 동물과 닮았다. 그럼에도
불구하고 디플레인은 꿋꿋이 버티고 있다. 이번에야말로 그의
부하였던 옛 요원 메블리도와의 만남이 성사될 것이다. 그는 그
점을 확신하며 운전석에서 꿋꿋이 버티고 있다. 버스는 앞으로
나아가고, 태풍 때문에 뿌예져 분간되지 않는 거리들을 따라
눈에 띄지 않게 미끄러진다. 디플레인이 택하는 경로에는 팩토리
스트리트, 게이트웨이 스트리트, 파크 애비뉴, 워델 스트리트
및 많은 거리가 있다. 어떤 거리도 정말로 친숙하지 않고 어떤
거리도 낯설지 않다. 모든 거리가 메블리도의 상상이나 추억
속에, 혹은 우리의 상상이나 추억 속에 조금씩은 새겨져 있다.
버스의 승객들은 차량이 움직이고 있다는 사실을 잘 이해하지
못한다. 도중에 여러 승객이 주위 풍경의 변화를 조금도 눈치채지
못한 채 승하차한다. 승객 대부분은 생체적·지적 절망이 워낙
심한 상태이다 보니 테러가 이미 일어났는지 아닌지, 화재가
현재 진행 중인지 아니면 철판이 이미 오래전에 식었는지,
버스가 달리고 있는지 아닌지, 자기 주위에 다른 운터멘쉬들이나

---

35. 『제4닭장』은 앞서 언급된 로망스『제4닭장의 우리
협력자에 대하여』를 가리킨다.

인간들이나 동물들이 있는지 알지 못한다. 그들은 또한 지금이 자기 인생의 어느 순간인지, 추억들 이전인지 이후인지, 죽어 가는 순간 이전인지 이후인지, 죽은 동안인지 훨씬 나중인지도 알지 못한다. 그들이 아는 건 '난장판'에 이르렀다는 것뿐이고, 그들에게는 그걸로 족하다. 승객의 수는 그때그때 다르다. 맹그릴리앙은 서술 도중 승객들을 차량 안에 등장시키기도 하고 차량 밖으로 끌어내기도 하는 것이다. 메블리도야 당연히 승객 수에 포함되지만 치명적 폭발로 분해되어 소멸한 야샤르 바야를락, 암까마귀 고르가, 디플레인의 계획을 보조하면서 디플레인에게 무당의 기운을 다소나마 전해 주는 린다 시우 역시 언급할 수 있겠다. 테러 도중 누군가 차량 밖으로 튕겨 나갔고, 그는 자기의 존재를 알리기 위해서, 혹은 자신의 침묵을 무언가로 채우기 위해서 차체나 철판을 두드린다. 남자든 여자든 유사한 짐승 출신이든 모두가 누더기를 입고 있거나 아니면 살갗에 아무것도, 혹은 거의 아무것도 걸치지 않았다. 예컨대 린다 시우는 벌거벗고 있다. 그녀는 아름답다. 그녀는 베레나 베커를 닮았다. 키는 똑같지 않고, 머리카락도 더 검으며, 그녀의 피부 광택과 조직은 베레나 베커를 즉시 상기시키지 않고, 벌거벗은 여성성을 받아들이는 방식도 다르지만, 그녀는 베레나 베커와 닮았다. 처음에는 어둠과 연기 속에 졸고 있던 메블리도가 그녀를 향해 나아간다. 버스의 중앙 통로를 가로질러 그녀 쪽으로, 그녀가 있는 쪽으로, 운전사의 우측으로 간다. 그녀에게 다가가는 동시에 운전사에게도 다가간다. 마침내 메블리도와 디플레인 사이의 접선이 이루어지는 것은 바로 이 순간이다.

　이때 맹그릴리앙은 망설인다. 그토록 많은 시련을 하나의 에피소드로 마무리하는 게 마음에 들지 않는다. 『달에 대한 테러』도 『제4닭장』도 모험소설이 아니다. 그래서 그는 '돛 펄럭이기'라는 포스트엑조티시즘의 서술 기법을 이용한다. 하지만 확실한 답변을 원하는 국에서는 이 기법을 별로 좋아하지 않으며, 공식 문학의 추종자들은 이 기법을 자기들의 픽션 이론에 대한 또 다른 모욕으로 여겨 증오하며 비난한다. 이 핵심적 순간에 서술의 검은 바람이 만족스러운 방향을 찾을 수 없기라도 했던 것처럼 이야기는 이상하게 후퇴하고, 다시 한 번

새로운 방향으로 전개될 준비를 한 채 움츠리며, 갑자기 혼자서 진동한다. 그래서 독립적이며 서로 구별되지 않는 세 개의 버전이, 하나의 서사적 덩어리로부터 나온 세 개의 시퀀스가 공존하게 되며, 맹그를리앙은 이 덩어리를 능숙하게 주물러 자기 이야기에는 서투른 결말을 빚어 주고 자기 주인공에게는 미완의 영원을 빚어 준다.[36]

• 이 세 개의 연속된 이미지 중 첫 번째 이미지에서 맹그를리앙은 불면으로 밤을 보내는 메블리도의 동반자이자 받아들이기 힘든, 어쩔 수 없이 받아들이는 애매모호한 파트너인 암까마귀 고르가를 다시 등장시킨다. 어쩌면 이 기생적 존재 때문인지 몰라도 디플레인과의 접선은 다시금 저지된다. 린다 시우와 디플레인은 차량 밖으로 빨려 나가고 이제는 좋든 싫든 메블리도가 운전석에 앉아야 한다. 남아 있는 메블리도의 몸뚱이에 탄환들이 박힌다. 여행의 조건은 더 악화된다. 목표점이 완전히 흐릿해진다. 오직 고르가만 악몽에서 죽지 않고 살아남을 수 있을 것처럼 보인다.

• 이윽고 맹그를리앙은 인류의 멸종과 지구상에서 인류의 자리를 차지하라는 요청을 받은 종(種)에 대한 성찰을 시작한다. 그는 수백만 년 시간의 흐름을, 먼지로 뒤덮인 풍경들을 묘사한다. 그가 메블리도를 깨울 때 세상은 완전히 거미들에게 지배를 받고 있다. 따라서 모든 생명이 사라진 것은 아니며 오히려 안정적이고 평화로운 문명이 자리 잡고 있다. 파크 애비뉴에는 달빛 아래 9번 폐기물 처리장만 남아 있다. 버스 잔해는 오래전에 흩어져 버렸다. 린다 시우의 주술적 도움으로 메블리도는 공장에 들어간다. 우리는 그가 그곳에서 멸할 것임을 안다. 두 편의 로망스 중 오직 『달에 대한 테러』에서만 맹그를리앙은 무(無)를 향해 한없이 하강하는 주인공을 따라갈

---

36. 이제부터 요약되는 세 가지 시퀀스는 이 책의 마지막 세 장(章)을 예고한다. 이 책을 이루는 마흔아홉 장 중 유일하게 소제목이 달린 이 세 장(「난쟁이 새들」, 「검은 거미들」, 「베레나 베커」)은 연속된 하나의 이야기로 볼 수도 있고 독립된 세 가지 결말로 볼 수도 있다.

용기를 낸다. 탈진 상태와 죽음 속에서 진행되는 이 새로운 단계를 맹그를리앙이 서술할 수밖에 없는 것은 오직『달에 대한 테러』에서뿐이다.『제4닭장』은 이 테마를 발전시키지 않아, 메블리도가 9번 폐기물 처리장에 도달하기 위해 린다 시우의 도움을 받아 쪽문을 지나는 순간 시퀀스가 정지된다. 실제로는 그다음에 메블리도가 공장에 들어가며, 공장 마당의 접이식 의자에 말리야 바야블락이 앉아 있다. 그녀는 누더기들을 분류하고 있다. 메블리도가 자기 앞에 갑자기 나타났음에도 그녀는 놀란 반응을 보이지 않으며, 이전과 마찬가지로 그를 야샤르 바야블락과 혼동한다. 나중에 '재앙의 유머'의 사례로 각종 선집에 빈번히 수록될 연극적 순간이, 엉뚱하고 고통스러운 순간이 만들어진다. 정신적으로 존재하지 않는 상태인 말리야는 야샤르라고 부르면서 메블리도에게 말을 걸고, 반면 메블리도는 베레나 베커라는 이름으로 린다 시우에게 말을 건다. 이 대화 동안 린다 시우는 어둠에 처박히고 이후 다시 나타나지 않는다. 말리야는 메블리도에게 소각장으로 떠나야 할 누더기들 틈에 누우라고 권한다. 맹그를리앙은 이 장면을 묘사한다. 메블리도가 거미들의 무표정한 시선 아래 최종적으로 헝겊 조각과 천 쓰레기 속에 파묻히는 장면을 묘사한다.

• 세 번째 시퀀스에서는 디플레인이 다시 등장한다. 메블리도와 디플레인은 좁은 통로에서 나온다. 십중팔구 가마[爐]일 것이다. 그들은 제4닭장도 '난장판'도 닮지 않은 시가지의 밝은 골목에 이른다. 이 시가지는 베레나 베커의 우주 특유의, 꿈의 세계와 현실 세계의 중간 지대임을 알 수 있다. 맹그를리앙은 이때까지 메블리도를 존중하는 의미에서 이 여인을 언급하지 않았던 것과 마찬가지로 이 낯선 우주를 그때까지 다루지 않았었다. 맹그를리앙은 메블리도와 베레나 베커의 재회가 국과는 상관없는 일이라는 신념을 갖고 있다. 국의 문서 보관서에 들어갈 게 분명한 보고서에서 이 재회를 다룰 이유가 없다. 아마도 같은 이유에서 디플레인은 지워진다. 메블리도가 평생토록, 또한 태어나기 훨씬 전에도, 죽고 나서 한참 뒤에도 향수에 젖어 그리워했던 베레나 베커와의 만남이 막 성사되려는 참이다. 메블리도는 은밀히 베레나 베커의 꿈속에,

그가 영원히 베레나 베커와 함께일 이미지 속에 들어갈 것이다. 알아들을 수 없는 사람들의 메아리가 들리기는 하지만 이 이미지는 무음(無音)일 것이다. 무엇보다 전(前) 이미지도 후(後) 이미지도 없을 것이다.

"전 이미지도 후 이미지도 없을 것이다." 맹그를리앙은 주해에 이렇게 적는다. "메블리도는 마침내 불변의 운명 속에, 만약 그의 의견을 물었다면 그가 바랐을 유일한 형태의 난파에, 이후로는 이야기도 말도 없을 운명 속에 고정될 것이다. 그리고 그 운명 속에서는 그 누구도 그의 무의미·그의 불행·그의 광기 ·진실과 그의 관계·그의 정치적 무책임·그의 당적(黨籍) ·인간 종과 그의 관계·그의 도덕·베레나 베커에 대한 그의 정조·그의 범죄적 자기 반추·그의 현실 지각·그의 꿈들·그의 사랑들· 그의 죽음들에 대해 질문을 제기하지 않을 것이다."

나는 여기서 내 범죄적 자기 반추, 내 현실 지각, 내 사랑들, 내 죽음들, 이라고 덧붙이고 싶다.

버스는 바람과 검은 공간의 형용할 수 없는 힘에 동시에 떠밀려 사거리 쪽으로 표류하고 있었다. 실은 버스는 달팽이 걸음으로 움직이고 있었으며, 심지어 가끔은 여러 반나절이나 여러 반시간 동안[37] 설명할 수 없을 만치 오랫동안 꼼짝하지 않기도 했다. 나는 안달하지는 않았지만 내가 과연 어딘가에 도달하게 될지 이따금 궁금했다. 바람이 너무 세게 불지 않을 때면 나는 차량 뒤쪽으로 내려 저린 다리를 풀려고 버스를 따라 걷곤 했다. 미지근한 재와 찌꺼기에 다리가 무릎까지 빠졌다. 내 위쪽에서는 창문들이 먼지 구름을 토해 내고 있었다. 열기는 약해지지 않았다. 열기에 시야가 흔들렸으며 어지러웠다. 이러한 머나먼 원정의 결과로 버스 앞쪽에 이르곤 했다. 나는 길을 잃을까 두려워 더 멀리 가지 못했다. 나는 고개를 들곤 했다. 밤하늘은 물만 원유로 바뀌었을 뿐, 수량이 증가한 강을 닮았다. 더 아래쪽, 내 근처에서는 버스의 앞면이 삐걱거리고 있었다. 앞 유리창이 있어야 할 자리에는 유리가 없었다. 이 존재하지 않는 앞면 안쪽으로 운전석에 앉은 디플레인이 보였다. 그는 몸에 쌓인 검댕 층 때문에 뚱뚱했고 신원 파악이 불가능했다. 그는 얼굴, 이를테면 눈 같은 데를 닦으려는 동작을 전혀 하지 않았다. 핸들 위에 쓰러진 채로 도로를, 더러운 미광(微光)을 살피고 있었다. 나는 그로부터 1미터 떨어진 곳, 바퀴 앞에 뻔히 보이는 위치에 있었지만 그에게는 내가 보이지 않았다. 디플레인 옆에서는 제식의 어느 단계에 도달했느냐에 따라 린다 시우가 노래를 하거나 춤을 추고 있었다. 바람에 휘날린 머리카락은 그녀 주위의 허공을 할퀴거나, 그녀 또한 무슨 일이 일어날지 보려고 허리를 숙였을 때는 디플레인의 어깨를 때렸다. 그녀에게도 나는 보이지 않았다. 그녀는 아무 옷도 걸치지 않았고 그녀의 피부에는 먼지가 달라붙지 않았다. 이미 얘기했지만 다시 말하겠다. 그녀는 내게 베레나 베커를 떠올리게 했다. 나는 마음만 먹으면 그녀에게 말을 할 수 있고 마치 그녀가 실제로

---

37. 여기서 시간의 단위는 '하루', '한 시간'이 아니라 '반나절', '반시간'이다.

베레나 베커이고 그녀가 내 말을 들을 수 있는 것처럼 할 수 있다고 생각하며 향수에 빠졌다. 나는 무너진 버스 앞문 앞에서 망설이다가 버스 뒤쪽으로 갔고, 다시 버스에 올라 안쪽 아무데나, 빈자리나 좌석 밑에 앉거나 쭈그렸다.

곧 길거리를 따라 더러운 검은 사구들이 온통 포말을 일으키면서 파도 소리나 탁한 빛의 우박 소리를 냈다. 운 좋게도 나는 인도를 헤매고 있지 않았다. 공기 중에는 매연 비슷한 입자들이 담겨 있었다. 나는 천 쪼가리와 눈썹을 가지고 할 수 있는 한 눈을 보호했다. 폭풍은 10분가량 계속되더니 느닷없이 바람이 약해졌다. 거리에는 무덤과도 같은 정적이 찾아들었고 차량 안에서는 발작적인 기침과 목기침 소리가 들렸다. 폭풍이 최악에 이르렀을 때 승객 두세 명이 창문이나 뒷문으로 들어온 것이다.

나는 딱딱하게 들러붙은 석탄 껍질을 얼굴에서 벗겨 내고 상황을 정리했다. 내가 한동안 의식을 잃었던 것이다. 내가 있던 자리가 바뀌어 있었고, 이제는 디플레인 바로 뒤였다. 침적물 때문에 거대해진 그의 어깨 너머로 우리가 워델 스트리트나 파크 애비뉴로 들어가기 위해 접어들어야 할 분기점이 보였다. 내 입안에는 구역질 나는 연기가 알갱이로 남아 있었다. 나는 숨을 헐떡거리면서 그것을 뱉어 냈다. 린다 시우 역시 헐떡거리고 있었다. 그녀는 마법의 노래를 그만둔 상태였으며, 고통스러운 두 번의 날숨 사이에 디플레인에게 무언가를 털어놓고 있었다. 죽어 가는 사람의 억양이었다. 근방에서 다른 누군가가 호흡곤란에 맞서 싸우고 있었다. 나는 고개를 돌렸다. 내게서 1미터 떨어진 곳에 친숙한 모습이 서 있었다. 고르가야. 나는 생각했다. 이 만남이 기쁜지 아닌지도 도무지 알 수가 없었다. 나는 자리에서 일어나 그녀에게 합류할 생각으로 희끄무레한 빛 속으로 파고들었다. 그녀의 까마귀 색 검은 깃털에서는 그 흠잡을 데 없는 광채와 공들여 가꾼 느낌이 사라졌지만 고르가는 아름다운 암까마귀의 아름다운 모습을 간직하고 있었다. 그녀는 눈을 감고 기침을 했다. 나는 그녀에게 다가가 손을 내밀었다. 내 손바닥에 닿아 그녀의 깃털이 움직였다. 바로 밑에서 살갗이 살짝 수축되었다. 내가 그녀의 배 위쪽을 만진 것이다.

353

"바보 같은 짓 그만해, 메블리도." 그녀는 눈꺼풀을 들지 않은 채 즉시 한숨을 내쉬었다. "지금이 이런 짓 할 때 같아?"

"네가 여기 있어서 기뻐." 나는 거짓말을 했다. "요사이 네가 떠나서 다시는 못 볼 줄 알았어."

나는 팔을 벌렸고, 우리는 서로 포옹했다. 고르가는 조금씩 호흡을 회복하고 있었다. 그녀는 내게 몸을 바싹 붙이는 것을 수락했지만 망설임이 느껴졌다. 그녀는 내 품 안에서도 긴장을 풀지 않았다. 예전보다 긴장을 풀지 않았다. 우리 사이에는 늘 생리적 불화가 있었고, 우리는 그것을 의식하면서도 말을 꺼내어 악화시키지 않는 쪽을 선호했다.

버스 안에서는 이제 아무도 기침을 하지 않았다. 사람들은 더 이상 숨을 쉬지 않았다. 혹은 생명에 필요한 성분이 전무한 환경에 적응해 있었다. 어쨌든 사람은 많지 않았다. 안쪽에는 누더기를 걸친 여자 한 명이 꼼짝 않고 앉아 있었고 다른 여자 하나는 긴 의자에 비스듬히 누워 있었다. 야샤르 바야를락은 중앙 통로에 쓰러져 완전히 매몰되었다. 우리는 모두 누더기 차림이었다. 우리는 모두 쓰레기 태운 냄새를 풍겼다.

"테러가 있었어." 나는 고르가를 포옹하면서 말했다.

"그럴 리가." 고르가가 말했다. "그건 바람이었어. '난장판'에 부는 바람, 모래바람에 불과해. 테러라니 대체 무슨 소리야, 메블리도?"

"그게…" 나는 말했다.

"대체 무슨 소리야?" 그녀가 되풀이해 말했다.

우리는 몇 분 동안 아무 말 없이 있었다. 나는 검댕이 잔뜩 쌓인 어깨에, 야샤르 바야를락의 셔츠 잔해에, 이제는 추레한 때투성이의 갈기갈기 찢긴 셔츠 잔해에 고르가를 안은 게 부끄러웠다. 내게 몸을 붙인 고르가는 긴장하고 있었다. 어쩌면 그녀는 나를 신체적으로 불쾌한 존재라고, 친밀한 관계가 되기 어려운 존재라고 생각하는지도 몰랐다. 나는 어떻게 해야 그녀의 역겨움을 없앨 수 있을지 몰랐다. 그녀의 구겨진 깃털은 나에게 닿아도 부드러워지지 않았고, 그녀의 호흡은 긴장 상태로 거칠었다. 나의 어떤 부분이 그녀에게 혐오감을 불러일으키고 있었다. 나는 태연한 척하려고 대화를 재개했다.

"들려?" 내가 물었다. "누가 굿의 리듬을 연주하고 있어. 근방에 무당이 있는 게 분명해, 위가를 부르는 무당이."

"아무것도 안 들려." 고르가가 속삭였다. "헛소리를 하는구나, 메블리도. 입만 열면 헛소리야."

"아니야." 내가 말했다. "분명히 북이 있고 무당이 있어. 그 무당의 이름을 알아. 무당의 이름은 린다 시우야. 보여? 운전사 옆에 벌거벗고 서 있는 여자. 저 여자는 베레나 베커를 닮았어."

"난 안 보이는데." 고르가가 말했다.

나는 고르가에게 눈을 뜨라고 할 뻔했지만 참았다. 사실 가까운 거리조차 잘 보이지 않았고, 공기 중에는 살기등등한 먼지들이 떠다녔다. 게다가 어쩌면 그녀는 내가 앞에 있어서 눈을 감고 있는 건지도 몰랐다.

"무당은 망자들이 산 자들과 접촉하도록 위가를 부르고 있어." 나는 떠오르는 대로 아무렇게나 설명했다.

"산 자는 누구고 죽은 자는 또 누구야?" 고르가가 내 품 안에서 어깨를 으쓱하며 말했다.

나는 아무 말도 덧붙이지 않았다. 나는 진행 중인 의식(儀式)에 집중했다. 죽은 자든 산 자든 다른 자든 노래가 이제는 그 노래를 들어야 할 자들에게 도달하도록 신경 쓰면서 무당은 기진맥진한 음성으로 멜로디를 계속 되풀이했다. 나는 그중 어느 부류에도 속하지 않는 기분이었지만 어찌 되었든 음정 몇 개는 파악할 수 있었다. 북소리를 들으려면 훨씬 더 많은 확신이 필요했다. 고수는 북을 기운 없이 쳤고, 그것도 리듬을 틀리게 치는 일이 다반사였다.

"디플레인이 널 찾고 있어." 고르가가 갑자기 알렸다.

"알아." 나는 말했다.

"아니야, 넌 몰라." 고르가가 말했다.

그녀는 내게 몸을 붙인 채 허우적거렸다. 어슴푸레한 빛 속에 보이는 어두운 눈에는 아무 색깔도 없었다. 그녀는 고집스레 눈을 감고 있었다. 그녀는 깃털 소리를 내면서 몸을 꼬았고, 포옹에서 빠져나가기라도 하려는 듯, 혹은 지나치게 많은 끈적끈적한 먼지나 열기를 떨어내기라도 하려는 듯 윗몸을 움직였다. 나는 팔을 풀었다. 그녀는 즉시 내게서 반걸음 떨어졌다.

355

"디플레인이 전하라는 말이 있어." 그녀가 말했다.

나는 디플레인 쪽으로 시선을 던졌다. 그는 칙칙한 찰흙으로 빚은 조각상처럼 거대한 모습으로 여전히 운전석에 있었다. 그는 도로를 주시하고 있었다. 움직이지 않았다.

"얘기해 봐." 내가 말했다.

"베레나 베커에 관한 일이야." 고르가 말했다.

"아!" 내가 말했다. "이제야. 국에서 이제야 그녀에게 관심을 갖는군."

"첫 번째 지령." 고르가는 내 말을 듣지 않고 말을 이었다. "베레나 베커의 꿈속이 아닌 다른 곳에서 그녀를 만나고 싶어 해 봐야 소용없음."

"알아." 내가 말했다.

"아니." 고르가 말했다. "넌 몰라. 네가 베레나 베커의 세상들과 조응하지 않은 지 너무 오래되었어. 그녀가 소년병들에게 포위된 이후로 너희는 한 번도 함께 꿈을 꾸지 않았어. 너는 스스로가 낯설게 느껴질 거고, 더는 그녀의 꿈들을 좋아하지 않을 거야. 두 번째 지령. 너희가 같은 이미지 속에 함께 있다는 건 오직 너만 알 수 있을 거야. 그녀는 네가 있다는 걸 짐작도 못 할 거야. 그녀는 절대적 고독을 느끼면서 계속 악몽을 꿀 거야. 너는 그녀에게 어떤 도움도 되지 못할 거야."

"지령치고는 인정사정없네." 내가 의견을 말했다.

"뭐, 전에도 너는 그녀에게 별로 도움이 되지 못했어." 고르가 지적했다. "세 번째 지령. 불평하지 말 것. 우연에 대해서도 불평하지 말고 국의 전략 변화에 대해서도 불평하지 말고 디플레인에 대해서도 불평하지 말 것. 운명이 어떤 것이든 받아들일 것."

"알아." 내가 말했다. "무슨 일이 닥치든 체념할 것."

"그게 전부야." 고르가 말을 마쳤다.

그녀는 숨을 헐떡거렸다. 목뼈에 더 이상 기운이 없기라도 한 것처럼 머리가 다시 옆으로 떨어졌다.

우리 위에서 석탄 먼지가 화산쇄설물처럼 일렁이면서 불에 탄 엔진과 유황의 냄새를 실어 오고 있었다.

나는 다시 기침하기 시작했다.

2미터도 떨어지지 않은 곳에서 린다 시우가 춤을 추고
있었다. 검은 바람에 날린 그녀의 머리칼이 해초 다발같이 몸을
뱀처럼 휘감으면서 엉키고 있었다. 그녀는 자기 자신을 위해 추는
듯 격식 없이 춤을 추었다. 그녀가 앞쪽으로 몸을 돌리자 갑자기
그녀의 배에 상처가 보였다. 상처는 송곳에 찔리기라도 한 듯
큼직했고 피가 흘렀다. 허리띠까지 검은 피가 길쭉하게 흘러 음부
쪽으로 들어갔다가 허벅지에서 다시 나타났다. 이윽고 그녀가
몸을 돌렸고, 흘러내리는 알갱이와 분말 때문에 피부의 광택이
없어진 뒷모습이 보였다. 그녀는 통증 때문에 찌푸린 표정으로
계속 노래를 부르고 위가를 낭송했다. 무당 특유의 억지로
짜낸 듯한 깨진 목소리가 망자들이나 망자로서 살아남으려는
남녀들을 위한 정형구 위에 계속해서 음악을 얹는 소리가 들렸다.

　저 여자, 간에 총알을 한 방 맞았군. 나는 생각했다.

　"테러가 이미 일어났는지 아닌지 모르겠어." 나는 내 머리를
고르가의 머리 쪽으로 가까이 가져가며 말했다. "어찌 되었든
누가 우리에게 총을 쏘고 있어."

　"그럴 리가." 고르가가 말했다.

　무언가가 창문으로 들어와 아주 잠깐 왱왱 소리를 내더니
고르가를 스치고는 그녀 옆의 좌석에 박혔다. 의자의 피복이
10센티미터 정도 찢어졌고, 검댕 주머니가 터지더니 갑자기 그
안에 들어 있던 까만 가루가 쏟아졌다.

　"그럼 이건?" 내가 말했다. "누군가가 우리를, 버스를
공격하고 있다고."

　"그럴 리가, 우리를 공격하는 사람은 아무도 없어."
고르가가 말했다. "그저 사거리를 지나느라 그런 거야. 사거리를
지나고 나면 잦아들 거야."

　"사방으로 총알이 날아다니는데." 내가 말했다.

　"헛소리 좀 그만해." 고르가가 말했다. "총알이라니, 대체
무슨 소리를 하는 거야? 무슨 총알? 그건 아주 작은 새들이야,
돌연변이 구관조들. 그놈들은 장애물에는 신경도 안 쓰고 엄청난
속도로 날아다녀. 그놈들은 장님이야."

　어슴푸레한 빛 속에 린다 시우는 문장과 문장 사이에서
숨을 고르고 있었다. 나는 만약 내가 고르가와 수다를 떠는 대신

무당과 디플레인에게 몸을 붙이고 한 몸이 되기 위해, 그들과 생체적으로 하나가 되기 위해 그들을 얼싸안으면 무슨 일이 벌어질지 그려 보려 했지만 이 생각은 분명한 이미지가 되지 못했고, 나는 린다 시우의 기력 없고 용기 있는 목소리를 아무 반응 없이 듣고 디플레인의 거대한 등을 바라보면서 계속 멍하니 있었다. 우리는 사거리에 이르렀지만 그 사실을 깨달으려면 항해 전문가라야 했을 것이다. 드문드문 작고 까만 덩어리들이 우리 쪽으로 오면서 시끄러운 소리를 냈다. 그 물체들은 공간을 가로질렀고, 즉시 살갗이나 좌석의 속감을 파고들거나 사격장 소리를 내면서 금속 장애물에 부딪혀 찌그러졌다.

갑자기 차체가 소스라치듯 흔들렸다. 우리 주변의 철제 차량 뼈대가 진동했고, 찰나의 순간 뒤 모든 게 잠잠해졌다.

"테러야." 디플레인이 린다 시우를 향해 투덜거렸다. "버텨 봐."

린다 시우는 더 이상 노래를 부르지 않았다. 그녀가 균형을 잃더니 천천히 디플레인의 위로 쓰러지는 게 보였다. 그녀는 양손과 무릎으로 버텨 넘어지는 것을 늦추려 했고 핸들, 계기판, 디플레인을 붙잡으려 했지만 두 손은 아무것도 붙잡지 못했고 팔다리는 이제 그녀의 명령을 따르지 않는 것처럼 보였다. 그녀는 휘청거리고 있었다. 폭발은 없었고 바람도 화염도 없었으며 심지어 질산염의 지독한 악취도 없었지만 무당과 디플레인은 어떤 폭발에 휩싸이기라도 한 것처럼 허우적거리고 있었다. 희망 없는 동작이었다. 디플레인을 싸고 있던 새까만 외피가 부서졌다. 그 외피는 지금껏 디플레인 몸의 실제 크기를 세 배는 부풀려 놓았지만 이제 산산조각이 나서 받침대로부터 떨어져 나와 디플레인의 진짜 체구를, 늙은 무승(武僧)의 모습을, 강직한 투사의 모습을 드러냈다. 이제 우리가 옛날 옛적부터 기억에 간직하고 있던 그 금욕적 얼굴이, 이제 단식으로 망가졌고 무호흡과 메블리도를 찾는 일에 또다시 실패했다는 슬픔에 잡아먹힌 얼굴이 다시 보였다. 갑각 조각들은 석탄처럼 묵직하고 촘촘해 보였고, 가루가 되는 대신 둔중하게 떨어졌다. 린다 시우는 굽이치는 먼지에 휩싸여 이미 더 이상은 바닥에 닿지 않았다. 그녀는 탈구되고 머리가 헝클어진 채로 바닥에서 몇 센티미터 위에 떠 있었고, 디플레인 근처에서 1초도 안 되는 시간 동안, 어쩌면 심지어 1분 동안 흔들거리다가 디플레인과 함께 옆 창문으로 빨려 나갔다. 두 사람 모두 바깥을 향해 가차 없이 휩쓸려 나가기 시작했다. 바깥이 그들을 부르고 있었다, 바깥이 그들을 삼키려 하고 있었다. 그들은 두 해류 사이에 휩싸인 사람처럼 몸이 뒤틀리고 있었다. 그들은 무기력을 이기려고, 마침내 함께 있기 위해, 함께 끝나기 위해 손을 잡으려고 애를 썼다. 하지만 기운이 빠진 것인지 정신적으로 망가진 것인지 그들은 손을 잡지 못했다. 디플레인의 손가락이 린다 시우의 몸 위쪽을 향해 되는대로 더듬거리다가 갑자기 그녀의 쇄골을 발견하더니 뼈 둘레를 감쌌다. 디플레인이 그녀를 잡는 모습은 우아하지 않았고 고통스러울 게 분명했지만 어쨌든 그렇게 해서 그들은 마침내 서로에게 닿았다. 그들은 계속 거리로 나아갔고, 천천히 사라졌다.

광물인지 유기물인지 모를 부스러기가 계기판 위에 비처럼 떨어지고 있었다.

나는 고르가 쪽으로 몸을 돌렸다. 그녀는 여전히 눈을 감고 있었다.

"이제 버스를 운전하는 사람이 없어." 내가 말했다.

"운전석에 앉아." 고르가가 말했다. "디플레인을 대신해."

"할 줄 모르는데." 내가 말했다.

"내가 도와줄게." 고르가가 약속했다.

나는 디플레인이 비워 둔 좌석에 자리를 잡았다. 먼저 석탄질의 무더기를 소제해야 했다. 어떤 식으로든 디플레인의 일부였던 부스러기 위에 앉는다는 게 내키지 않았다. 나는 마지못해 그것을 깔고 앉아 핸들을 쥐고 도로를 주시했다. 몇 미터 이상은 보이지 않았다. 차도를 뒤덮은 검은 가루는 두께를 짐작할 수 없었다. 바람이 그 표면을 평평하게 깎으면서 여기저기 작은 안개나 연기가 뭉쳤다. 시선은 가옥들까지 가닿지 않았다. 나는 디플레인과 린다 시우가 아직 근방에 있는지 알고 싶어 안달하면서 내 왼쪽에 있는 입구 쪽으로 몸을 기울였다. 차량 근처에는 작은 언덕들이, 더러운 사구들이 있었지만 발자국은 전혀 없었고 추락의 흔적이나 기어간 흔적도 없었다.

"곧 사거리를 건널 거야." 고르가가 말했다.

"그다음에는 워델 스트리트로 들어가는 건가?" 내가 물었다.

"몰라." 고르가가 말했다. "워델 스트리트에 볼일 있어?"

"아니, 특별한 것 없어." 내가 말했다.

나는 좌석에 다시 똑바로 앉았다. 고르가는 여전히 눈을 감은 채 다리를 약간 벌리고 균형을 유지하기 위해 날개를 반쯤 펼친 채 내 옆에 있었다. 깃털은 헝클어져 있고 역한 냄새를 풍겼다. 그녀는 이제 비참한 모습이었다. 매력이 거의 없는 늙은 까마귀 꼴이었다. 조금 전에는 그녀가 있는 자리에서 벌거벗은 무당이 자리를 잡고 춤을 추고 있었다. 기왕 버스를 지휘하는 사람과 팀을 이뤄야 할 바에야 그 주술사와, 린다 시우와 팀을 이루는 편이 좋았을 것이다.

우리는 가시철망이 덮인 두 줄의 벽들 사이로 접어들었다. 워델 스트리트 같지 않았다. 그보다는 파크 애비뉴에 온 것처럼 보였다. 그렇다면 예전에 말리야가 일했던 9번 폐기물 처리장 방면으로 가고 있다는 뜻이었다. 나는 고개를 도로 쪽으로 더 가까이 내밀어 우리가 가고 있는 행로에 대한 정보를 얻으려고 핸들에 몸을 붙였다. 끈적끈적하고 새까맣고 찌는 듯한 바람이 내 얼굴을 때렸다. 나는 아무런 결정적 정보도 얻을 수 없었다.

이윽고 다시금 무언가가 윙윙 소리를 내면서 우리 옆의 공기를 꿰뚫고 있었다. 분명 눈먼 새들에게 내가 목표물인 것 같았다.

"저 소리 들려?" 내가 고르가에게 말했다.

"응." 고르가가 말했다. "북이네. 굿의 리듬이야. 여기서 멀지 않은 곳에서 제의가 열리고 있어."

"나는 아무것도 안 들려." 내가 말했다.

"무슨 소리 하는 거야?" 고르가가 물었다. "또 무슨 헛소리를 하는 거야, 메블리도?"

"윙윙거리는 소리가 들려." 내가 말했다. "저놈들이 우리를 노리고 있는 것 같아."

내가 이 말을 마쳤을 때 무언가가 윙윙 소리를 내면서 내 쪽으로 다가와 내 흉곽을 꿰뚫었다. 나는 신음 소리를 냈다.

"무슨 일이야?" 고르가가 물었다.

현미경으로나 보일 만큼 작은 구관조 한 마리가 내 가슴속, 핏속에서 날개를 흔들고 있는 게 느껴졌다. 녀석이 편하게 자리를 잡고 있었는지 아니면 터널 끝에서 구멍을 넓히려고 날뛰고 있었는지는 모르겠다.

"그게 내 심장에 구멍을 낼 뻔했어." 내가 말했다.

"뭐가?" 고르가 물었다.

"새가." 내가 말했다. "녀석이 내 허파에 구멍을 뚫었어. 지금은 우심실 옆에서 꿈틀거리고 있어."

"쳇, 네 심장은 뛰지 않은 지 오래되었어." 고르가 현자처럼 말했다. "처음부터 뛰지 않았다고."

"처음이라니?" 고르가 내게 무관심한 것을 확인하고는 실망해서 내가 물었다.

구관조는 뛰놀고 있었다. 녀석은 쨱쨱거리지 않았지만 물 튀는 소리가 들렸고 아주 작게 깡충깡충 뛰는 소리가, 녀석의 날갯짓 소리가, 녀석의 부리질 소리가, 녀석의 맹목적 행복이, 무사태평이, 팔딱대는 소리가 들렸다.

사거리를 지난 뒤에도 여행은 오래 계속된다. 몇 시간 이상. 몇 시간 혹은 몇천 년. 얼마만큼인지는 알 수 없다. 시간의 흐름은 정체되며, 밤은 영구하다. 승객들의 졸음에 무한이 엉겨 붙는다. 한편 버스는 내친김에 달린다. 버스는 공장을 따라 파크 애비뉴를 그럭저럭 달리지만, 노화가 스며들어 버스를 갉아먹는다. 버스는 점점 허약해진다. 어느 저녁, 인도변의 포석에 충돌한 뒤 버스는 분해된다. 어둠 속에 금속 부품들이 흩어진다. 금속 부품들은 즉시 부식하기 시작한다, 순식간에 박리가 일어난다. 하지만 파편들이 정말로 먼지와 구별되지 않으려면 숫자를 767,767까지 몇 번을 세어야 한다. 차축, 브레이크 라이닝, 핸들은 분해에 가장 오래 저항하는 부품들이다. 10년이 무수히 지나가는 동안, 이제 근방에 단단한 것이라고는 아무것도 없는데도 이 부품들은 버틴다. 그러다 이것들도 차례가 되어 사라진다.

그 기간 동안 메블리도는 공장의 차량 출입용 대문 앞으로 굴러가 파묻혀 버린 차축 근처에서 야영한다. 메블리도는 사교 활동을 하고 싶은 마음이 별로 들지 않아 다시금 자기와 함께 땅바닥에 있는 남녀들과 아무 관계도 맺지 않지만 그들에게 적대감을 느끼지 않으며, 실상 이 버스 사고의 생존자들은 다른 잔류 분자들이나 검댕과는 확연히 구별되는 일종의 소그룹을 형성한다. 두세 명이 같은 상황에 놓여 있으니 린다 시우, 디플레인, 그리고 메블리도가 그들이다. 그들이 흥분하여 주변의 폐허를 탐색하는 모습은 보이지 않는다, 그렇지 않다. 심지어 오히려 그들을 특징짓는 것은 절대적 무기력이다. 하지만 그들 중 공장 대문까지 가서 언젠가는 9번 폐기물 처리장에 들어가겠다는 생각을 단념한 이는 드물다. 그들은 9라는 숫자가 공장을 가리키는지 폐기물을 가리키는지 알지 못하며, 일단 들어가면 그들이 처리할 것인지 처리당할 것인지 알지 못하지만, 그곳에 들어가겠다는 계획은 여전히 남아 있다. 유의미한 움직임을 보이지 않으면서 그들은 둘 혹은 셋 모두 차축 근처에서, 평온한 검은 풍경 속에서, 아무 움직임 없는 이 골목길의 이미지 속에서 야영한다. 얼마나 움직임이 없는지, 기다린다는 생각조차 영영 물러난 것처럼 보인다.

그 후 차축이 풍화되고, 이후로 그들에게는 지표가 될 것이 줄어든다. 모든 것이 정지했다. 바람도 조수도 지표의 기복, 구릉, 먼지 사구를 어지럽히지 않는다. 제4닭장과 '난장판' 위에 오랫동안 자리를 비웠던 달이 다시 나타났다. 달은 다시금 세상을 비춘다. 달은 하늘에, 지평선 높이 떠 있고, 그 자리에서 더는 움직이지 않는다.

동물학적 층위에서 보면 세상의 기반이 달라졌다. 달이 어딘지 모를 곳에 숨어 있던 오랜 시간 동안 인류의 지위는 끊임없이 악화되었다. 현재에도 여전히 자기가 사람과(科)의 후예임을 설명할 수 있을 정도로 언어를 갖춘 자들을 이곳저곳에서 어쩌다 몇 명 찾아낼 수는 있겠지만 사실상 인간의 지배는 끝났다. 국은 자기네 능력과 희망을 더 이해 가능하고 덜 야만적이며 덜 자멸적이고 더 균형 잡힌 종족에게 투입했고, 이번에는 성공을 거두었다. 현재는 거미들이 행성의 폐허를 다스리고 있다. 거미들 역시 휴머니즘을 내세우고 있으며, 설사 그들이 알이 수정되자마자 섹스 파트너를 잡아먹는 게 사실이라 해도, 거미들 중에서는 천 년 단위의 시간이 수없이 흐르도록 인종 청소나 예방전쟁[38]이나 사회적 불평등을 주창하는 이론가가 하나도 등장하지 않았다. 현재 지구상에는 노예제도, 생존자 수용소, 카오스, 모욕과 대량 살인이 더 이상 존재하지 않는다. 사람과와 그들의 살해 습관은, 사람과와 그들의 냉소적 담론은 이제 추억에 불과하다. 지배 종족은 행복이나 불행의 문제를 절대 제기하지 않는다. 따라서 어떤 의미에서는 문제 자체가 해결된 것이다.

달은 돌아왔고 전보다 나쁘지 않다. 원반 모양의 달은 풍경 위에서, 같은 자리에서 항시 빛나고, 이는 상황이 어떻든 시간이 낮이든 밤이든 조명과 희끄무레한 얼굴들이 있을 것임을 보장해

---

38. 상대 국가의 무력 도발이 없었는데도 자국의 안위를 위해 선제공격을 하면서 이를 정당화할 때 흔히 쓰는 표현. 이 작품이 발표된 시기에는 2003년의 이라크전을 계기로 미국 부시 행정부의 '예방전쟁' 담론이 크게 회자되었다.

준다. 풍경은 전부터 기억하던 것과 같아서 회색, 검은색, 흰색의 톤이 굉장히 다양하다. 얼굴들은 우리의 얼굴이다. 거리의 기온은 항상 온화하다. 한쪽에는 무너져서 서로 구별되지 않는 건물들이 있고, 다른 쪽에는 공장 부지의 구획을 지어 주는 담장이 있다. 담장 위로 삐져나온 철조망은 군데군데 끊어져 바닥으로 늘어지며 혼잡한 다발을 만들고, 그 다발 속에서는 누더기나 아무도 복구할 생각을 하지 않은 아주 오래된 거미줄이 천천히 썩어 간다. 공장의 차량 출입용 대문 근처나 다른 곳에서는 이 빠진 벽돌에 해당하는 공간에 거미들이, 거대하고 통통한 종의 대표자들이 살고 있다. 이제는 바람이 불지 않다 보니 거미들은 자기네 소굴을 삼켜 버리거나 심지어 봉인하기까지 했던 검댕을 배출하고 있으며, 이 임무를 마친 뒤 발의 일부를 내밀고는 꼼짝도 하지 않고 아래쪽 거리의 광경을 주시한다. 이 거미들은 우리가 예전에 가까이 지내던 백수나 몽상가와 똑같은 자세를 취하고 있으며, 누가 질문한다면 아마 자기들이 사람과의 한없이 긴 계보에 속한다고, 달콤한 저녁 시간을 즐기고 있다고, 프롤레타리아 윤리란 정확히 말해 근본적으로 할 일을 다 하고 기후 조건이 허락할 때면 창가에서 바람을 쐬는 거라고 대답할 것이다. 이와 관련해 국에서는 두 종 간의 이데올로기적 단절이 너무 심해지지 않도록 주의를 기울였다. 심지어 담장의 몇몇 틈새에서 한둘의 영웅적 거미들이 먼지를 닦으면서 목표도, 비밀 ·중요성·조직 구조·방법론·창립 일자·짐작되는 동맹군 ·중장기 전략·즉각적 작전 계획도, 이름도 모르는 (그리고 그것들을 자기들이 누설하지도 않는) 당에 대한 철저한 충성을 생각하는 일조차 완전히 가능하다.

　　이상과 같다.

　　이제 메블리도가 한쪽 눈을 뜬다. 그는 공장 대문에서 10미터도 떨어지지 않은 구릉에 비스듬히 앉아 있다. 달이 유적지를 비춘다. 쇠 문짝을 완전히 뒤덮은 비단 같은 거미줄 막 밑에서는 볼셰비키 노파들이 무대를 떠나기 전에 붙여 놓은 전단을, 언젠가 그들의 언어에 익숙해진 지성체가, 예컨대 메블리도의 지성이나 우리의 지성이 볼지도 모른다는 희망으로 붙여 놓은 전단을 아직 알아볼 수 있다.

- 죽음 뒤에도 아직 살아 있다면 명령을 기다려라!
- 쭈그리고 앉아서 0까지 세어라!
- 네 안의 거미를 잊고, 벌거벗은 마녀들과 함께 가라!
- 무(無)까지 기어가라, 그다음에는 누더기를 입어라!
- 0, 0, 16번 꿈을 기다려라!

어떠한 소음도 파크 애비뉴를 어지럽히지 않는다. 가끔씩 거미들이 거주지에 쌓여 있던 석탄질의 때를 집 밖으로 밀어내는 바람에 극도로 가느다란 검은색의 작은 폭포들이 생긴다.

이윽고 지척에서 린다 시우가 몸을 일으킨다. 그녀는 피부와 머리카락을 쓸어내리고 엉켜 있는 것을 풀고 거기서 불순물과 재를 떨어내는 데 하루 이틀을 허비한다. 마침내 그녀는 디플레인 쪽으로 몸을 숙이고서 주문(呪文) 혹은 몇 마디 문장을 중얼거린다. 디플레인은 거대한 갑각에 감금되어 있어 거의 공 모양으로 보인다. 우리는 그 안에 현미경으로나 보일 번데기 곤죽이 있다고 상상하거나, 혹은 그 안에서 디플레인이 원래의 체형을, 역경이나 검은 공간이나 '난장판'의 위험한 사거리들을 어떻게든 통과하려는 강직한 방랑자의 형체를 간직하고 있다고 상정하거나, 그것도 아니면 이 우둘두둘한 공 안에는 이제 그 어떤 종류의 형태도 의식(意識)도 들어 있지 않다고 판단할 수도 있다.

린다 시우의 주술적 간청에도 불구하고 디플레인은 대답하지 않는다. 린다 시우는 디플레인의 등의 한 부위가 있어야 할 자리에 손을 대더니 그를 감금한 딱딱해진 표피를 두드린다. 그 딱딱해진 표피를 부순다. 깨진 틈으로 린다 시우는 팔을 팔꿈치까지 밀어 넣는다. 디플레인의 피부를 찾아본다.

"제가 그 사람을 쳐다본 지 꽤 됐거든요." 메블리도가 중얼거린다. "그 사람, 움직이지 않은 지 꽤 됐어요. 제 생각엔 끝장난 것 같아요."

린다 시우는 팔을 끄집어낸다. 그녀는 방금 자신에게 말을 건 이를, 다시 말해 메블리도를, 다시 말해 나를 뚫어지게 쳐다본다.

"메블리도, 당신이에요?" 그녀가 묻는다.

"이럴 수가." 내가 말한다.

우리 사이의 거리는 0.5미터도 되지 않는다. 이제 무당이 몸의 먼지를 떨어내고 빗질을 다시 하니 그 나신이 그 어느

365

때보다 매혹적이다. 그녀는 소박하고 현기증 나는 미모를 되찾았다. 우윳빛 달빛을 받으니 꼭 방금 샤워를 한 것 같다. 그녀는 엄청나게 아름다운 무당이다.

베레나 베커, 내 사랑 베레나 같다.

무당은 한 발을 내딛더니 천천히 내게 다가온다. 먼지에 다리가 무릎까지 빠진다. 내 머리는 그녀의 배 높이에 있다. 나는 그녀의 두 다리를 두 팔로 감싸 안는다. 그녀의 몸은 우주의 다른 곳과 같이 따뜻하고 평온하다. 우리는 달빛으로부터 생기는 에너지를 함께 받는다. 시간이 흐른다.

"일어나요." 갑자기 린다 시우가 말한다. "이제 길이 뚫렸어요."

그녀는 숨이 가쁘다. 목소리가 떨린다.

"무슨 길요?" 내가 말한다.

그녀는 불분명한 몸짓으로 공장을, 반쯤 열린 차량 출입용 대문을 가리킨다.

우리는 대문 방향으로 몇 시간을 기어간다. 차도를 뒤덮은 검댕은 수천 년 전부터 그 누구의 발도 닿지 않았던 것 같은 인상을 준다. 언제든 깨질 수 있는 연약한 층 아래 모든 게 잠들어 있다. 빠지지 않으려면 조심스럽게 가야 한다. 우리는 우리를 주시하는 거미들보다 별로 크지도 않은 체구로, 기진맥진한 채, 네발로 엉금엉금 매우 느린 속도로 나아간다. 거미들이 우리를 주시하고 있다. 거미들은 수가 많다. 우리는 매우 느린 속도로 나아간다. 이제 우리는 아무것도 아니다. 내가 대문의 열린 틈으로 향하는데, 린다 시우가 나를 멈춰 세운다.

"창문으로 가야 해요, 메블리도. 그쪽이 아니에요."

"창문이 안 보이는데요." 내가 말한다.

무당은 어깨를 으쓱한다.

당신은 베레나 베커와 정말 닮았어요, 린다. 나는 이렇게 덧붙이고 싶다. 베레나와, 내 사랑 베레나와 정말 닮았어요. 베레나라고 불러도 될까요? 린다 대신 베레나라고 불러도 될까요?

나는 아무 말도 하지 않는다. 우리는 차량용 대문의 오른쪽 문짝 가까이 와 있고, 이제 문짝을 마주 보고 있다. 금속은 깊숙이 녹슬었지만 박치기나 주먹질로 부수고 통과할 수 있을 정도로 구조를 상실하지는 않았다. 부풀어 오르고 들쭉날쭉한 것을 보면 구멍이 곧 생길 것 같지만 비단 같은 거미줄이 표면의 응집력을 보장한다. 눈에 보이지 않는 비단 밑에 선언문[39]의 잔해가 있다. 느낌표 하나와 단어 두 개밖에 읽을 수 없다. 나는 그것을 해독하려고 노력한다. 숫자를 글자로, 사멸된 문자로 적은 것처럼 보인다. 영, 영, 십육.

"창문이 저기 있어요." 무당이 속삭인다. "저곳으로 통과할 거예요."

그녀는 손을 전단에 얹고 누른다. 거미줄이 끊어지고, 종이가 찢어지더니, 구멍이 하나 그려진다. 구멍의 가장자리는 가지런하지 않고 날카로우며, 음울한 칼날처럼 반짝인다. 그게 갑문이고 그 안으로 위험을 무릅쓰고 들어간다면 목이 잘리는 걸 피하기 어려울 것이다.

"정말이에요, 베레나?" 내가 말한다. "정말 여기 맞아요?"

린다 시우는 대답하지 않고 나를 밀어 넣는다. 그녀가 나를 인도한다. 내 어깨 위에서 그녀의 손이 떨리는 것이 느껴지고, 그녀를 쳐다보려고 고개를 돌리려는 순간, 이미 미지근한 쇠가 내 목을 찢는 게 느껴진다.

---

39. 앞서 언급된 볼셰비키 노파들이 붙여 놓은 전단.

"미리 말하는데," 디플레인이 말했다. "놈들이 그녀에게 잔혹한 짓을 했어."

"알아요." 메블리도가 말했다.

"아니, 자네는 몰라." 디플레인이 말했다. "놈들은 그녀를 고문하고, 강간하고, 그녀의 몸뚱이를 추악한 방식으로 갖고 놀고, 그녀가 죽어 가게 내버려 두었어. 밤 동안 그녀는 피가 잔뜩 밴 이불과 매트리스 위로 기어올라 갔어. 병사들이 희생자들을 그곳에 쌓아 두었거든. 그곳은 예전에 공동 침실이었어. 그녀는 매트리스 밑으로 기어들어 가서는 몇 시간 동안 꼼짝하지 않았어. 다음 날 아침 병사들은 전날 밤 자기들이 학살한 이들의 시체를 계속 그곳으로 끌고 왔어. 그들은 국제기구들의 통제를 받고 있었어. 살육이 용납할 수 없는 규모에 도달했을 경우 흔적을 지우는 방법을 교육받았지. 그들은 모든 게 화재로 사라지도록 시체들에 기름을 뿌렸어. 하지만 서둘러 떠나야 했고 우두머리가 귀찮게 하는 바람에 일 처리를 꼼꼼히 못 했어. 베레나 베커는 불길을 피할 수 있었어. 불가마에서 빠져나올 수 있었어. 병사들은 먼 곳에 있지 않았지만 불타고 있는 건물 안에서 무슨 일이 일어나는지 더 이상 감시하지 않았어. 그 뒤로 그녀는 이틀 낮 이틀 밤 동안 양측 진영의 전열 사이를 헤맸어. 기적적으로 그녀는 표적이 되지 않았고 지뢰에 다리가 찢기지 않았어. 하지만 그건 마치…. 알겠지만 메블리도, 그녀는 빠져나왔어. 하지만 마치 살아서 나오지 못한 것과도 같았지."

"알아요." 메블리도가 말했다.

---

40. 『메블리도의 꿈』은 2007년에 발표되었지만 이 49장의 최초 버전은 '베레나 베커'라는 제목의 단독 작품으로 2003년 『오토다페』지(誌)에 수록된 바 있다. 이 최초 버전은 이 책의 49장과 거의 다르지 않다.(앙투안 볼로딘, 「베레나 베커[Verena Becker]」, 오토다페 / 국제작가회의 잡지[Autodafé / revue du Parlement international des Écrivains], 3-4호, 2003년, 141-8쪽)

"아니, 자네는 몰라." 디플레인이 말했다. "그녀는 꼼짝도 않고 있어. 그녀는 이제 눈을 뜨지 않아, 게다가 이제는 눈이 멀었어. 그녀가 잠을 잘 때면 그녀의 잠은 죽음과 비슷해. 그녀가 사는 세상은 이제 우리의 세상이 아니야. 혹시 자네가 언젠가 그녀를 만나고 싶다면 그건 오직 꿈에서일 거야."

"그러고 싶어요." 메블리도가 말했다.

"미리 말하는데," 디플레인이 말했다. "그녀는 자네를 알아보지 못할 거야. 일단 그녀의 꿈 중 하나에 들어가면 그녀를 멀리서 바라보는 것으로 만족해야 해. 그녀와의 어떠한 접촉도 금지되어 있어. 자네에겐 힘든 일일 거야. 그걸 견딜 수 있겠어?"

"준비되어 있어요." 메블리도가 망설이지 않고 단언했다.

"그러면 가도록 하지." 디플레인이 몸을 움직였다.

어슴푸레한 저녁 빛이 밤의 어둠에 자리를 내준 뒤였다. 켜져 있는 전등은 하나도 없었다. 디플레인은 동분서주하며 어둠 속을 뒤졌다. 공간에는 가마[爐]의 모습이, 가마의 메아리가, 가마의 냄새가 있었다. 가마 혹은 지하실의. 메블리도는 눈을 크게 떴지만 아무것도 보이지 않았고, 갑자기 디플레인의 양손에 곤봉이 들린 것을 본 것 같았다. 그는 벽까지 물러나 몸을 낮췄다. 벽을 통과하려면 억지로 열었어야 할 철판이 손에 닿는 게 느껴졌다. 그는 눈꺼풀을 감았다. 정신이 완전히 둔해져 있었다. 그에겐 모든 게 똑같았다.

몇 차례의 고통스러운 작업 끝에[41] — 궤도 이탈은 거의 언제나 추악한 사형집행과 비슷하므로 — 디플레인은 메블리도를 셔터 반대편으로 보냈다. 그들은 복도를 손으로 더듬으며 아무 말 없이 나아가기 시작했다. 몸을 기대면 벽이 부스러졌다. 매캐한 석탄 탄내가 퍼져 있었다. 냄새는 위협적이었고 견디기 힘들었다.

"복도 끝에 도달하지 않은 이상 숨을 쉬지 않는 게 좋아." 디플레인이 조언했다.

"멀어요?" 메블리도가 물었다.

---

41. 여기서 디플레인은 곤봉으로 메블리도의 머리를 때린 것으로 보인다. 이는 메블리도가 베르베로이앙의 머리를 벽돌로 내리치는 1장과 짝을 이룬다.

"거리는 걱정하지 말게, 메블리도." 디플레인이 속삭였다. "거리는 중요하지 않아. 앞으로 나아가는 것만 생각해, 무엇보다 좀 더 서두르고."

"어둠 속에서 종종거리는 벌레가 된 기분이에요." 메블리도가 말했다. "벌레나 거미요."

"맞아." 디플레인이 말했다. "불행히도 여기서는 차이가 없지."

그들이 문에 도달하자 디플레인은 어깨로 밀어 문을 열었다. 유일한 손잡이가 바깥쪽에 있는 무쇠 철문이었다. 이제 그들이 있는 곳은 좁은 골목, 두 채의 건물 뒷면 사이의 좁은 길이었다. 주변은 잿빛이었다. 땅에는 썩은 야채들과 더러운 물웅덩이가 있었다. 햇빛이 확신 없이 그 위를 배회하고 있었다. 뚜껑 없는 쓰레기 컨테이너가 골목의 입구를 표시했다. 그 너머로 시가지는 시끌벅적했다.

"그럼 나는 가 보겠네." 디플레인이 말했다. "그녀를 바라보기만 해. 말을 하려고 하면 안 돼. 무슨 일이 생기든 개입하지 마."

"알았어요." 메블리도가 말했다.

"나도 더 이상은 할 수 있는 게 없어." 디플레인이 말했다.

"알아요."

"아니, 자네는 몰라, 메블리도." 디플레인이 고집스레 말했다.

그는 내 옆에 서 있었다. 그의 호흡이 중간중간 끊기는 게 들리더니 그가 한 걸음 더 멀어졌다. 나는 그를 바라보고 있지 않았다. 우리가 방금 나온 장소를 주시하고 있었다. 나는 통로를 찾고 있었다. 무쇠 판을, 손잡이를 찾고 있었다.

우리 근처의 벽에는 어떤 구멍도 뚫려 있지 않았다. 무쇠로 되어 있든 전혀 다른 재질로 되어 있든, 문이라고는 없었다. 마치 우리의 몸이 물리적 장애물에 걸리지 않고 벽돌을 통과하기라도 한 것 같았다. 우리가 통과한 표면을 지켜보고 있는데, 건물 안에서 철판이 경첩 위에서 큰 소리를 내다가 세게 쾅 하고 부딪히는 소리가 들렸다.

"여러모로 고마워요, 디플레인." 나는 그를 향해 몸을 돌리며 말했다.

하지만 그는 이미 사라진 뒤였다.

디플레인은 이미 사라졌다.

디플레인은. 사라졌다. 이제 나는 시가지의 소음을 향해 걷고 있다. 썩은 양배추, 쥐의 사체, 넝마 등을 피해 돌아간다. 왜 그러는지 몰라도 나를 내려다보는 회색의 두 벽면에 닿지 않으려 주의한다. 벽면에는 창살 달린 자그마한 창이 여럿 뚫려 있고, 통풍관과 외벽 수도관이 달려 있으며, 외벽 수도관으로부터 먼지 다발이 늘어져 있다. 쓰레기 컨테이너를 지나고 나자, 이 좁은 길이 사람이 새까맣게 들어찬 대로와 이어진다. 나는 지나가는 군중 틈에 섞여 들기 전에 잠시 걸음을 멈춘다. 이곳에서, 디플레인이 암시적으로 한 말을 잘 따져 보면 인간과 발이 여섯인 존재와 발이 여덟인 암수들 사이에 아무 차이가 없는 이곳에서, 내가 어떤 형태로 존재하고 있는지 알고 싶다. 나는 내 팔다리가 몇 개인지 세어 보려 한다. 믿을 만한 결과에 도달하고 싶다. 나는 세다가 숫자를 자꾸 틀려 세는 것을 단념한다. 그래도 최소한의 핵심적인 것은 머릿속에 있다. 내 이름, 메블리도, 내가 사랑하는 여인의 이름, 베레나 베커, 그리고 작은 확신 하나 — 나는 이제 사랑하는 여인의 꿈속에서 움직이고 있다.

군중은 사방으로 퍼져 있다.

군중 속에는 어느 곳에 있든 언제나 혼자 있는 남자나 혼자 있는 여자가 있다. 그것은 당신일 수도 있고 실제로 종종 당신이지만 어떨 때는 다른 사람이다. 이는 당신의 기분보다는 군중의 기분에 달린 일이다. 그리고 여기서는, 빽빽이 굼뜨게 오가는 인파 속에서 혼자인 것은 베레나 베커다.

그녀를 눈에서 놓치지 않는 게 쉽지 않다. 사람이 너무 많다. 나는 언제든 깔리고 떼밀릴 위험이 있다. 그런데 내가 또 내 이야기를 하고 있구나. — 내 얘기는 하지 말도록 하자. 이것은 그녀의 꿈이다, 이것은 베레나 베커, 내 사랑 베레나의 꿈이고, 나는 여기서 아무리 작은 역할이라도 수행한다고 주장할 수 없다. 20여 미터 밖에서 그녀가 다시 모습을 드러낸다. 그녀는 대로를 차지하고 리듬에 맞춰 노호하고 있는 여인들의 행렬에 막 끼어든 참이다. 여인들이 노호한다, 무시무시한 슬로건을 복창한다. 하지만 여인들의 얼굴은 내내 무표정하다. 가면이라도 쓰고 있는 것 같다. 심지어 눈마저 광채가 없다. 어떠한 감정도 눈에서 반짝이지 않는다. 어떤 분노도 없다. 오직 목소리만이 강렬한 감정을 보여 준다. 불안과 적에 대한 무궁무진한 증오로 이루어진 감정이다.

검은색 넝마를 걸친 젊고 늙은 여인들이 빽빽이 줄을 서서 인간 사슬을 이루며 걷고 있다. 여인들은 플래카드도 깃발도 흔들지 않으면서 빨리 걷는다. 위협적인 문장들을, 엇비슷한 문장들을 앞으로 날리고, 그 문장들은 파도처럼 계속 밀려온다. 일련의 함성이 끝날 때마다 갑작스러운 짧은 침묵의 순간이, 호흡 속에서 모든 게 멈추는 일시 정지된 짧은 기다림의 순간이 있다. 격렬히 내뱉은 말이 곧, 순식간에 구체화될 것이라는 생각이 떠도는 순간이 있다. 그러다 여인들은 어떠한 복수도 이뤄지지 않았다는 것을 모두가 동시에 마음 깊은 곳에서 기억해 낸다. 그러고 나면 여인들은 누더기 상복 차림으로, 찢어진 외투 차림으로 절망에 목이 메어 다시금 지상으로, 길거리 한복판으로 함께 내려오며 구호가 재개된다. 베레나 베커, 내 사랑 베레나는 한동안, 채 1분도 안 되는 시간 동안, 이 인파에 스며들었다가는 곧 인파를 떠난다. 군중이 싸움이나 말[言]만을 생각하는 집단적 유기체가 될 때조차 군중 안에는 언제나 혼자 남아 있는 외로운 여자가 있다. 베레나 베커는 다른 사람들과 합류하고 싶은 마음을 금세 잃었고, 그녀가 입술을 살짝 벌렸다 해도 곁에서 사람들이 울부짖는 슬로건을 복창하는 건 아니다. 다른 여자들이 내뱉는 선동의 말은 마치 미지의 언어로 표명되기라도 한 것처럼 그녀에게 그 무엇도, 어떤 분노도, 어떤 절박감도 불러일으키지 않으며 공감도 거의 불러일으키지 않는다. 적의 처벌을 요청하자마자 불벼락을 내릴 게 아니라면 그런 요청을 하는 게 무슨 소용인지 더는 이해가 되지 않는다. 저주의 언사를 내뱉으면서 행진하는 것, 예전에는 그렇게 함으로써 자기가 완전히 무(無)로 만들어진 건 아니라고 믿는 데 도움이 되었다. 이제 그녀의 생각은 정반대다. 그녀는 행렬에서 이탈한다.

이제 그녀는 인도 위의 구경꾼들 사이를 표류한다. 과거 투쟁의 연대감 때문에 반사적으로 여인들의 무리를 50미터가량 더 따라가다가 이윽고 무리에서 떨어져 나와 대열과는 수직을 이루는 골목으로 접어든다. 그녀의 뒤에서 다시 한 번 슬로건이 터져 나온다.

- ▪ 벌거벗은 주술사들이여, 벌거벗은 여동생들이여, 불길을 떠나라, 다시 태어나라, 타격하라!
- ▪ 불길을 떠나라, 다시 태어나라, 타격하라!
- ▪ 다시 태어나라, 타격하라!

베레나 베커가 걷고 있는 조금 전보다 좁은 골목에는 사람들이 여러 무리를 지어 다닥다닥 붙어 있다. 내 사랑 베레나는 방향을 유지하려고 노력하면서 무리 한복판에서 비스듬히 나아간다. 때로는 자기가 택하지 않은 방향으로 휩쓸려 가고, 종종 비스듬히 돌아가며, 아니면 4–5미터 뒤로 물러나야 한다. 나는 패전의 해가 아니었던 유일한 해에 제2구역에서 우리가 함께 보낸 행복한 날들을 생각한다. 우리는, 베레나 베커와 나는, 해 질 무렵 무술 훈련을 마치고 피로로 녹초가 된 채 몽콕[42]의 빽빽한 중국인 인파를 뚫고 거닐고 있었다. 당시 몽콕은 아직 핵폭탄을 맞지 않아 여행 목적지가 될 수 있었다. 하지만 이곳은 난민들과 생존자들이 밀려들어, 이미 길거리 풍경이 바뀌고 있었던 제2구역의 서민 거리보다 인파가 훨씬 많아 보인다. 베레나 베커는 벽에 달라붙는다. 인파의 흐름이 그녀를 벽에서 떼어 내 더 멀리 끌고 간다. 그녀는 저항할 기운이 없다. 이제 그녀는 문 하나에 등을 기대고 있다. 그녀의 어깨 옆에 더러운 유리창이 하나 있다. 그녀는 잠시 이 장소의 문턱에 서 있는다. ― 그곳은 어쩌면 구멍가게나 버려진 공방일지도 모르고, 어쩌면 그저 더러운 주택에 불과할지도 모른다. 그녀는 피로하여 거의 움직일 수 없고 허파에 공기를 채워 넣을 수도 없고 균형을 잡고 수직으로 서 있을 수도 없는 기분이다.

시위대는 멀어지는 중이다. 건물들을 따라 구호가 울려 퍼진다. 아직은 구호들이 무슨 말인지 알아들을 수 있다.

- ▪ 다시 태어나기 전에, 오직 불이여, 불태우는 여자가 되어라!

---

42. '몽콕'은 원래 홍콩의 시가지 이름이지만 이 작품 속 세계에서는 어떤 지명이 우리 현실의 지명에 대응된다는 보장은 없다.

- 이상한 이미지 속에 들어가라, 불태우는 여자가 되어라!
- 태웠으면 옷을 벗고 다시 태어나라, 타격하라!

넘어지지 않으려고, 팔이 문질러지고 팔과 배가 눌리지 않으려고, 또한 남의 입김에 닿지 않으려고, 그녀를 꿰뚫고 바라보거나 재빨리 눈을 돌리거나 그녀가 용인할 수 없는 생명체이기라도 한 듯 외면하는 시선을 받지 않으려고, 베레나 베커는 기대고 있던 문의 손잡이를 찾는다.

손잡이는 전혀 저항하지 않는다.

그녀는 문을 열고 집 안으로 들어간다.

그곳은 조명이라고는 작은 창문으로 들어오는 희미한 빛이 전부다. 이사라도 하려는지 상자들이 쌓여 있는 게 보인다. 철제 선반이, 쓰레기들이 보인다. 선반은 비어 있다. 그곳에 감도는 냄새만으로는 사람이 사는지 알 수 없다. 곰팡이와 잉여인간들이 제멋대로 드나드는 가난한 지하층의 겨울 냄새다. 상자들 뒤로 어두운 두 번째 방이 분간된다.

"누구 있어요?" 내 사랑 베레나가 묻는다.

그녀는 다시 문을 닫는다. 즉시, 거리에서 들려오는 와글거리는 소리가 약해진다. 베레나 베커는 질문을 반복한다. 축축한 벽들이 그녀의 목소리를 흡수한다. 아무도 대답하지 않는다. 안쪽 방에서는 편하게 쉬라는 말이 들려오지 않는다.

"이봐, 나야." 베레나가 음울한 목소리로 중얼거린다.

그녀는 귀를 기울인다.

"나 왔어." 그녀가 다시 말한다. "당신을 기다리고 있어."

베레나는 집 입구에서 꼼짝 않고 1분 동안 있더니 대담해진다. 그녀는 가면을 벗는다. 그녀는 사실 여태껏 조금 전의 여인들처럼 가면을 쓰고 있었다. 방독면도 사육제 가면도 아닌 보다 정교한 가면으로 투명한 황갈색에, 얼굴이 거의 달라지지 않는, 얼굴이 살짝 나무처럼 보이는 가면이며, 많은 사람 앞에서 흉터를 보이고 싶지 않을 때 쓰면 좋은 가면이고, 쓰고 있으면 군중 한가운데서 고독과 두려움이 훨씬 견딜 만한 가면이다. 이런 가면을 쓰면 얼굴은 무표정하며, 두 눈조차 어떤 감정도 표출하지 않고, 아무리 슬퍼도 뺨에 눈물이 흐르지 않는다. 그녀는 소리 없이 가면을 벗고는 고장 난 형광등 밑에서 두근거리는 가슴으로 몇 걸음을 옮긴다. 상자들을 살짝 스친다. 작은 짐승들의 오줌 냄새와 지하실 버섯 냄새가 나는 이 좁은 장소에서 움직인다.

그녀는 두 번째 방 쪽으로 간다. 야전침대 하나, 탁자 하나, 버너 하나, 의자 하나, 세면대 하나, 변기 하나에 중앙 전구 하나가 달린, 창이 막힌 방이다. 이곳이라면 억류된 채로, 아니면 피신처로 몇 세기는 지낼 수 있을 것이다. 베레나 베커는 전등을 켠다. 바퀴벌레 한 마리가 벽 밑을 달려 침대 밑으로 피신한다. 그녀는 나를 알아보지 못한다. 그녀는 침대에 앉는다. 침대 밑판은 삐걱거리는 소리를 거의 내지 않는다. 시트에는 녹 자국이나 핏자국이 묻어 있지만 그렇게 꾀죄죄하지는 않다.

전등이 이 골방을 비추고 골방 너머로, 바닥에 널려 있는 상자들과 쓰레기를 비춘다. 잠시 후 베레나는, 내 사랑 베레나는, 지금 그녀가 원하는 어슴푸레한 빛을 되찾기 위해, 모든 것에서 벗어나 어슴푸레한 빛의 평온을 되찾기 위해 전등 스위치를 누른다. 그녀가 다시 가면을 쓰는 소리가 들린다.

그녀는 15분 동안 아무 말 없이 생각에 잠겨 침대에 앉아 있다. 침대 밑판 아래의 내 위치에서는 그녀가 더 이상 보이지 않는다. 그녀가 살짝 움직이는 것 같다. 손가락으로 작은 머리 타래를 잡고서 오른뺨에 대고 꼬고 있기 때문인 것 같다. 머리카락이 미세하게 스치는 소리에 사로잡혀 마음이 편안해진 모양이다. 그녀에겐 그런 습관이 있었다. 내겐 더 이상 그녀가 보이지 않는다. 나는 심지어 그녀를 바라보려고 하지도 않는다. 그럴 필요가 없다, 그녀의 얼굴 모습이 완벽히 기억난다. 그녀가 여전히 아름다울 것이라고 확신한다. 아주 아름다울 것이라고 확신한다.

우리는 바깥의 거리에서 계속 일어나는 일들에 귀를 기울인다. 우리가 어디에 있는지, 세상이나 누군가의 안인지 밖인지 잘 모르겠다. 우리는 발걸음과 목소리의 소음에 소심하게 귀를 기울인다. 그 소리 위에 갑자기 슬로건의 소음이 겹쳐진다. 슬로건 소리가 점점 분명해진다. 여성 시위대는 이 동네를 누비고 다니고 있고, 지금 가까워지고 있다.

베레나 베커에게, 내 사랑 베레나에게 말을 하고 싶다.

375

그녀에게 몇 마디 속삭이거나 신호를 하고 싶다. 하지만 그럴 경우 우리 두 사람이 어떤 피해를 입을지는 알지 못해도 그러지 않는 편이 낫다는 건 안다. 나는 디플레인의 경고를 떠올린다. 접선은 금지되어 있다. 무슨 일이 있어도 사랑하는 여인의 꿈에 개입하려 하지 말 것. 그래서 나는 구석에서, 침대 밑에서, 눈을 감고 꼼짝 않고 있다.

시위대는 이제 우리 골목으로 몰려 들어와 골목을 차지한다. 무슨 말이든 하기 위해 워델 스트리트라고 해 두자. 창문이 떨린다. 함성 때문에 떨리는 소리가 들리지는 않지만 아마도 유리창이 떨리고 있을 것이다.

나는 지금 베레나가, 내 사랑 베레나가 무슨 생각을 하는지 전혀 모르지만 한 가지는 확실하다. 우리 두 사람 모두, 고독 속에서, 함께, 창문이 떨린다고 상상하고 여인들이 한목소리로 또박또박 외치는 문구에 귀를 기울이고 있다는 것. 우리가 그 문구들을 좋아하는지는 모르겠다, 우리가 그 문구들을 이해하는지조차 모르겠다. 하지만 우리는 그 문구들이 우리 안에서 떨리는 소리를 함께 듣고 있다.

- 불길을 입은 여동생들이여, 옷을 벗어라, 타격하라!
- 벌거벗은 여동생들이여, 불길을 떠나라, 다시 태어나라, 타격하라!
- 불길을 떠나라, 다시 태어나라, 타격하라!
- 다시 태어나라, 타격하라!
- 끝까지 타격하라, 타격하라!

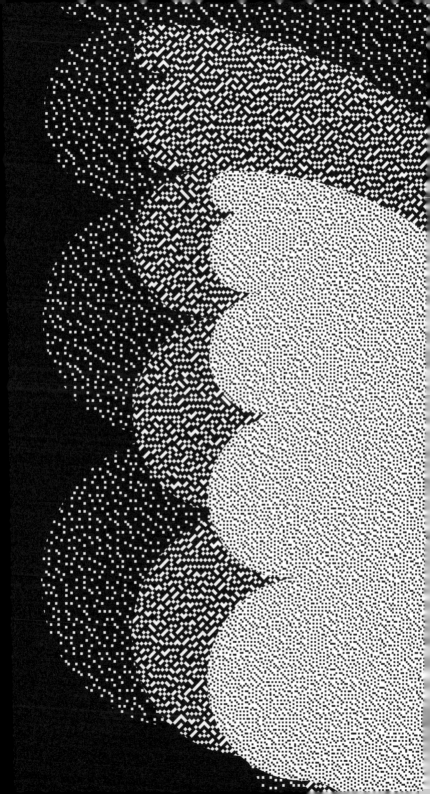

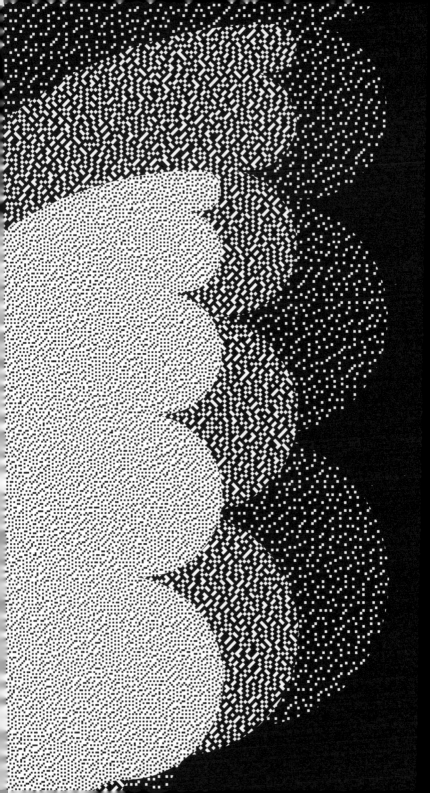

내가 『메블리도의 꿈』을 쓰기 시작한 것은 아주 오래전 일로
『미미한 천사들』과 같은 시기였다. 책이 몇 년 안에 끝나지 않을
것을 알았기에 나는 서두르지 않았다. 그러던 어느 날 내가 살고
있는 작은 도시에서 전차 철로를 건너는데 새 한 마리가 날아와
내 어깨에 부딪혔다. 흔히 일어나는 일은 아니다. 『메블리도의
꿈』의 집필이 정말로 시작된 것은 그날 저녁이었다. 나는 1년
넘게 주인공 메블리도를 따라다녔고 그의 수사(搜査)들, 불안,
꿈을 따라다녔으며 죽은 자들의 세계까지 그를 따라갔다. 이
인물은 새들을 많이 만난다. 새들은 늘 호의적이지는 않다.
돌연변이 암탉들, 그와 격투를 벌이는 살인마 독수리들, 그가
'중음(中陰, Bardo)'[1]에, 저세상에 있을 때 빗발치는 총알처럼 그의
몸을 관통하는 작은 참새들 등등. 물론 메블리도는 다른 모험을
겪기도 한다. 그런데 내 책의 마지막 버전에 마침표를 찍던
바로 그 순간, 우리 집 발코니 창문에 피리새 한 마리가 날아와
충돌했다. 이 역시 흔히 일어나는 일은 아니다. 이처럼 새들과
연결된 마술적 징조들이 내 소설의 집필에 흔적을 남겼다.

* * *

내 작품에는 꿈과 마술적 언어가 자주 등장하고, 주술사들의
숨결은 말이 되고 이야기가 된다. 또한 내 인물들은 사후세계를,
탄트라불교에서 묘사하는 '중음'을 자주 여행한다. 『메블리도의
꿈』도 마찬가지다. 하지만 이 책에서 샤머니즘은 오래된 한국
문화의 우아하고 음악적인 모습으로 나타난다. 한 '무당' 인물이
메블리도를 떠나지 않는다. 무(無)의 근처에서 메블리도는 여러
차례 '굿북' 두드리는 소리를 듣고 무당이 전례 무용을 추는
것을 본다. 무당은 죽은 이를 진정시키고, 그의 여행을 편안하게

---

1. 『티베트 사자의 서』에 나오는 개념으로, 이승을 떠난
혼이 다음 생에서 환생하기 전에 49일간 머무는 중간 세계.

379

만들어 주며, 그에게 기억이 돌아올 수 있도록, 그가 사랑하는 여인을 향해 계속 걸어갈 수 있도록 춤을 춘다.

* * *

『메블리도의 꿈』의 배경은 현실이 아니며 『미미한 천사들』과 마찬가지로 시간적 배경이 인류 종말의 어느 시점인지 정확히 알 수 없다. 내 책 중 많은 작품이 그렇듯 수많은 전면전이 일어난 후 남아 있는 문명은 폐허, 빈곤, 광기 등 썩 보기 좋지 않은 것들로 이루어져 있다. 이 책은 동시대 현실에서 매우 먼 동시에 매우 가깝다. 그런데 이 책은 역사의 종말의 풍경을 묘사하기보다는 메블리도의 끝나지 않는 여행을 따라가는 데 중점을 두고 있다. 죽음 이전과 이후에 걸쳐 진행되는 이 여행은 오래전 사별한 배우자, 어쩌면 꿈에서만 알았던 배우자와 재회하기 위한 여행이다. 이 때문에 나는 『메블리도의 꿈』이 사랑 이야기라고 말할 수 있다고 생각한다. 그렇다, 이 책은 무엇보다도 사랑 이야기다.

* * *

참혹한 현실이 눈앞에 있다. 꿈은 종종 악몽으로 바뀐다. 한 세상에서 다른 세상으로 건너가려면 고통, 고뇌, 폭력이 필요하다. 사랑하는 이를 찾아 나선 메블리도는 여러 끔찍한 일들을 겪으며, 그가 마주치는 사람만 한 새들은 불안을 가중시킬 뿐이다. 나는 이 책을 쓰면서 메블리도의 다정한 친구가 되려 했다. 한 쪽 한 쪽 써 나가면서 1년이 넘는 시간 동안 나는 그와 혼연일체가 되어 있었다. 그것은 연민과 글쓰기가 함께하는 경험이었고 극도로 강렬한 경험이었다. 우리가 함께 뚫고 지나가야 할 시련이었다. 이 책의 마지막 줄을 썼을 때 나는 작은 새가 우리 집 창문에 부딪혀 자살하는 이상한 일을 목격했을 뿐 아니라 메블리도와 함께 그의 연인 베레나 베커의 방에 도착했고, 우리 주위의 시간이 중단된 기분이었다. 그제야 마침내 함께 쉴 수 있을 것 같았다.

* * *

한국의 독자들에게『미미한 천사들』에 뒤이어 이 책을 소개할
수 있게 되어 기쁘다. 이 책에서도 역시 이상하고 환상적인
사건과 이미지 뒤에는, 플롯이 전개되는 세상의 가혹함 뒤에는
사랑의 행복에 대한 향수와 아름다움에 대한 향수가 있고, 그
아름다움 속에서 우리 모두가, 독자, 인물, 저자가 함께 만날 수
있다. 그리고 이 책에서는 이 향수가 한국인 무당의 아름다움을
통해, 그의 춤·목소리·의복·반주 음악의 감동스러운 황홀함을
통해 반복적으로 드러난다.『메블리도의 꿈』은 15년도 더 전에
프랑스어로 쓰였다. 이 책을 읽고 사랑한 서구의 독자들은 어쩌면
그것이 어떤 아름다움인지 완전히 이해하지 못했을지도 모른다.
이제『메블리도의 꿈』한국어판이 출간되었으니 새로운 독자들이
나와 함께 메블리도의 모험을 공유하고, 메블리도가 끝까지 갈 수
있게, 소설 끝까지, 그의 운명의 끝까지 갈 수 있게 도와준 한국의
이미지들과 마법을 공유할 수 있기를 진심으로 소망한다.

　　　앙투안 볼로딘

후기

이상함은 아름다움이 가망이 없을 때 취하는 형태

1. 꿈

프랑스의 영화감독 알랭 기로디는 태어날 때부터 게이였고
못생긴 남자들과의 섹스를 꿈꿨다. 단단한 골격과 턱선을 가진
미남들 말고 배 나오고 털이 듬성듬성 난 추한 아저씨들. 그가
나고 자란 시골 마을에서 흔히 볼 수 있는 아저씨들의 직업은
농부였고 트랙터를 타고 혼잣말을 중얼거리며 들판을 향해
서서히 나아가곤 했다. 그런 남자들과 자는 데 성공하진 못했다.
그저 꿈을 꿨을 뿐이다. 그 꿈은 사람들이 생각하는 꿈과 달랐고
환상이었지만 환상적이진 않았다. 돼지우리의 진흙 속을 뒹굴고
형편없는 잡초들이 우거진 시냇가에서 물장구를 치는 그런
종류의 것이었다. 그가 진심으로 그걸 원했는지는 자신도 알 수
없었다. 막상 이룰 수 있다고 하면 큰 의미가 없었을 것이다.

　　알랭 기로디가 남자들과 본격적인 관계를 맺게 된
건 시골을 떠나 도시로 온 뒤였고 부동산 리서치 회사의
직원들이 세 들어 있는 오피스 빌딩에서 야간 경비원으로
일하기 시작하면서부터였다. 그는 대형 패션 브랜드의 창고를
관리하는 게이와 연인 관계로 지내면서 자신이 게이라는 사실을
숨기고 사는 1990년대 초반의 기름지고 어리석은 화이트칼라
직장인들과 관계를 맺었다. 어느 날 그의 창고지기 연인은 그에게
말했다. 못생긴 남자랑 자 봤어? 아무런 매력도 없는 사람 말이야.
알랭 기로디는 반문했다. 아무런 매력이 없는 사람…도 있나?
왜 있잖아. 창고지기는 자신의 경험을 말했다. 돈 없이 도시를
떠돌던 10대 시절, 아내가 있는 무기력한 클로짓 게이들과 관계를
맺으며 돈을 벌었고 개중에는 볼품없는 치들도 있었다고, 못생긴
아저씨들과 섹스를 하면 뭔가 귀접(鬼接) 섹스를 하는 느낌이
들어. 뭐래… 알랭 기로디는 귀를 막는 시늉을 했지만 창고지기는
계속 말했다. 그건 정말 묘한 느낌이었고 그래서 사실 외모는
아무것도 아닌 걸지도 몰라, 내가 설명은 잘 못 하겠는데 말이야,
우리에겐 이상한 측면이 있어. 아니, 누구에게나 말이야.

창고지기는 지금도 가끔 못난 남자에게 끌린다고 했다. 알랭 기로디는 그래서 나랑 사귀는 거냐고 농담을 던질까 했지만 어쩌면 자신의 말을 농담으로 생각하지 않을지도 모른다고 생각했다. 거울 앞으로 달려가 얼굴을 확인하고 싶었지만, 그는 잠자코 있었다. 소용없는 짓이다! 대체 뭘 확인한단 말인가! 그는 별안간 눈물을 쏟을 것 같았고 빌프랑슈드루에르그의 농부들이 떠올랐다. 아니다, 그들은 못생기지 않았다. 단지 평범할 뿐이고 외모라는 개념을 쓰레기통에 처박았을 뿐이다. 그것이 대단히 흥미롭고 아름답다. 그가 농가를 떠돌며 봤던 햇빛처럼 말이다. 그가 나고 자란 시골 마을은 프랑스를 대표하는 아름다운 전원 풍경으로 유명한 곳이 전혀 아니었고 지루하기 짝이 없었지만 자연광은 언제 어디서나 아름다움을 건져 올렸다. 그때 처음 소설을 써야겠다는 생각을 했고 소설을 쓰기 시작한 뒤에는 그게 영화라는 사실을 깨달았다. 그래서 완성하게 된 것들이 그의 초기작 『불멸의 영웅들』, 『아침까지 가라』 따위였다.

앙투안 볼로딘은 알랭 기로디를 만난 처음 만난 날 그가 자신을 쏙 빼닮았다고 생각했다. 아들이라고 하기엔 지나치게 나이가 많고 동생이라고 하기엔 지나치게 어렸지만 내 새끼, 내 가족, 내 쌍둥이와 다를 바 없군. 반면 알랭 기로디는 앙투안 볼로딘이야말로 자신이 영화 속에서 그리고 꿈속에서 그리던 종류의 볼품없고 못생긴 아저씨라고 생각했다. 꼬장꼬장하고 불퉁한 표정의 얼굴, 특징 없는 몸매, 가끔 보여 주는 실없고 무방비한 미소까지. 그야말로 내가 원하던 남성상이군. 둘은 『미미한 천사들』과 『메블리도의 꿈』, 『찬란한 종착역』의 영화화에 대한 이야기를 나누었지만 말도 안 되는 일이라는 결론에 이르렀다. 돈이… 없다! 앙투안 볼로딘의 소설을 영화로 만들려면 할리우드의 대형 제작사 서너 곳은 달라붙어야 하고 그랬다가는 데이비드 린치의 「듄」과 같은 꼴이 나고 말 거야. 완전히 인생 망치는 격이지. 볼로딘은 섭섭해하지 않았다. 그는 자신의 작품이 영화화되는 데 관심이 없었다. 설혹 알랭 기로디라 할지라도 그건 중요한 문제가 아니었다. 그에게 중요한 건 다음 소설이었고 다음 소설이 어떻게 이전 소설 속으로 들어갔다가 새로운 구멍으로 빠져나오는지, 그리고 그것이 어떻게 다음 소설과 더 이전 소설의 구멍 속으로 다이빙하는지 생각하는 게 중요했다. 당신이 내 소설을 영화로 만든다면 그 사실을 잊지 않았으면 합니다. 이걸 영화로 만든다는 사실은 포스트엑조티시즘 전체와 승부를 보겠다는 뜻이 되어야 합니다, 당신의 영화는 현실이 아니라 바르도, 현실과 꿈 사이 지대를 촬영해야 합니다. 앙투안 볼로딘이 이렇게 말하면 대부분의 감독들은 손사래를 쳤다. 굳이? 그러나 알랭 기로디는 다른 의미에서 거절했다. 실은… 제 영화들은 이미 그렇습니다. 바르도가 뭔지 잘 모르겠지만 영화는 현실이 아니라 꿈과 현실의 결합입니다. 다시 말해 그것은 재발명된 현실, 꿈을 꾸고 있는 현실입니다.

발터 벤야민은 『일방통행로』에서 아침 공복 시에는 꿈에 관한 이야기를 하지 말라고 경고했다. "이런 상태에서 하는 꿈에 관한 이야기는 화를 초래한다. 왜냐하면 꿈의 세계와 반쯤 결탁한 상태에서 사람은 꿈의 세계를 누설하는 말을 하게 되고, 이로써 꿈의 세계로부터의 복수를 감수해야 하기 때문이다. 좀 더 현대적인 용어로 말하자면, 그는 자기 자신을 배신하는 것이다." 어머니도 늘 내게 말씀하셨다. 아침에는 꿈 이야기 하는 거 아니다. 그러나 이와 같은 전언에는 결정적인 문제가 있다. 아침, 눈을 뜨고 난 직후가 아니면 우리는 꿈을 기억하지 못한다. 꿈을 꿀 때는 해마와 신피질 사이의 연결이 약해져 기억이 잘 전달되지 않기 때문이다. 밥을 먹거나 샤워를 하고 다른 사람들과 대화를 나누는 등 다른 활동을 하면 꿈은 끈이 끊어진 채 어둠 속으로 빨려 들어간다. 우리는 동시에 두 세계에 기거할 수 없기 때문에, 신체나 정신이 그러한 형식의 기억을 수용할 수 없기 때문에 일상생활의 필요가 꿈을 몰아내는 것이다. 옛 속담에서 아침에 꿈 이야기를 하지 말라고 하는 것은 바로 그러한 이유 때문이다. 우리를 꿈속에 머물게 하지 않기 위해서, 우리에게서 꿈을 몰아내고 현실 세계에 적응시키기 위해서. 무언가를 이야기하는 것은 그것을 기억하기 위한 과정이다. 꿈을 쓰고 기록하는 것은 꿈을 기억해 현실 세계에 겹치는 과정이며 그것은 위험한 행위다. 낭만주의자와 초현실주의자들에게 꿈은 해방의 도구였다. 노발리스는 이렇게 말했다. 세계는 꿈이 되고 꿈은 세계가 된다.

언젠가 인간은 늘 깨어 있는 동시에 잠자게 될 것이다. 세르게이 에이젠시테인은 선형적 인과성에서 벗어나 모든 장면의 층위가 상상과 기억 속에서 한꺼번에 나타나는 것을 겹쳐 포개기라고 불렀다. 앙투안 볼로딘의 소설은 꿈과 현실을 겹쳐 포개기 위한 일련의 시도다.

    2. 새
일명 다윈의 불도그였던 생물학자 토머스 헉슬리는『멋진 신세계』의 저자이자 선지자인 올더스 헉슬리의 할아버지이자 『투명 인간』의 저자이자 예언자인 허버트 조지 웰스의 스승이었다. 푸줏간 위층에서 태어나 가난 때문에 의학을 전공한 그는 군함을 타고 오스트레일리아 지역을 항해하며 동물학자가 되었고 이후에는 다윈의 충실한 개가 되어 진화론을 지키기 위해 주교에게 원숭이보다 못하다는 발언을 퍼붓곤 했다. 많이 알려지진 않았지만 토머스 헉슬리는 현생 조류와 공룡의 관계를 가장 일찍 알아챈 사람 중 하나다. 1억 5천만 년 된 시조새 화석을 살펴본 그는 병아리가 갑자기 커져서 굳은 것 같다며 시조새는 파충류가 새로 진화하는 마지막 단계를 보여 주고 있다고 말했다. "새를 공룡류라고 부르지 못할 이유는 하나도 없어 보인다." 다시 말해, 인간이 지구를 지배하기 전에 지구를 인간만큼 철저하고 완벽하게 지배한 것은 다름 아닌 새였다는 이야기다.

    새대가리(또는 닭대가리)라는 말은 지능이 떨어진다는 뜻의 속어로 흔히 쓰이지만 새의 머리는 생각보다 나쁘지 않다. 오히려 좋은 쪽에 속한다고 할 수 있다. 2014년 브라질의 신경과학자 수자나 에르쿨라노오젤 연구팀은 새의 뇌는 작을지 몰라도 비율로 따지면 뉴런의 수와 밀도가 영장류에 버금갈 정도로 높다는 사실을 밝혀냈다. 연구자들에 의하면 새들은 대체로 엄청난 계산 능력과 기억력을 가지고 있는데 검은머리박새의 경우 수천 곳에 이르는 비밀 먹이 창고를 가지고 있으며 매일 그 장소를 바꾸면서도 틀리지 않고 찾아낸다고 한다. 조류학자들은 새의 뇌는 포유류보다 못한 게 아니라 다르게 진화한 것뿐이라고 말한다. 동물과 최초로 유의미한 의사소통을 했다고 알려진 동물심리학자 아이린 페퍼버그는(그녀는 자신의 반려조인

회색 앵무새 알렉스와 구두로 대화를 나눴다.) 포유류의 뇌가
IBM이라고 한다면 새의 뇌는 애플이라고 말했다. 호환되지 않을
뿐 능력은 엇비슷하다는 말이다.

　　이러한 사실에서 착안해 후장사실주의자라고 스스로를
지칭하는 남한의 작가들은 한편의 소설-시나리오를 썼다. 작품의
제목은 '펫 시티'이며 내용은 다음과 같다. 1954년, 앨런 튜링이
기르던 앵무새 마부제는 자살한 튜링의 뇌를 쪼아 먹은 후 절대
지능의 존재로 거듭나고, 1963년, 새들을 규합해 인간과의
전쟁을 선포한다. 그리고 2002년 미래 사회, 길고 긴 전쟁이 끝난
후 인류는 결국 새에게 지배당하게 되는데…

　　스티브 잡스가 가장 존경한 사람이 앨런 튜링이었으며 그가
자살한 침대 옆에서 발견된 사과를 본떠 애플의 로고가 만들어진
사실은 널리 알려져 있다. 그러므로 아이린 페퍼버그의 새-애플
발언이 애플-앨런 튜링이라는 연상 작용을 따라 후장사실주의-펫
시티로 이어진 것이다. 참고로 '펫 시티'는 '페이퍼 시네마'라는,
후장사실주의자들이 만든 고유의 장르에 속한다. 그들은
페이퍼 시네마를 이렇게 설명한다. 페이퍼 시네마는 페이퍼
아키텍트에서 따온 말이다. 실현보다는 상상력과 아이디어를
중시하는 일종의 영화 설계도면이자 제작 가능성이라는
실용적이고 자본주의적인 요구 너머의 작업이다.

포스트엑조티시즘 작품인 『메블리도의 꿈』에서 주인공
메블리도가 사는 곳의 지명은 '제4닭장'이다. 미래이거나 흐름을
잘못 탄 다른 세계의 과거 또는 평행 우주와 같은 그곳은 갈매기
울음소리가 거리를 메우고 가금류 냄새가 진동하는 세계다.
메블리도는 까마귀 고르가와 섹스를 하며 독수리 알반 글뤼크를
증오한다. 거리를 점령한 새들은 시체를 쪼아 먹고 메블리도는
지금 자신이 살고 있는 곳이 공룡들이 세계를 지배하는
중생대인지 아닌지 혼란스러워 한다. 레인보 스트리트의 새들은
외친다. "이상한 이미지 안으로 들어가라!", "이상한 이미지로
탈바꿈하라!", "잠들어라, 너의 이상한 이미지를 잊지 마라!"
　　프랑스의 문학사조라고 할 수 있는 포스트엑조티시즘에
대한 구체적인 설명은 2018년 출간된 한국어판 『미미한

천사들』에서 찾을 수 있다. 그러니 여기서는 간략하게 설명하겠다. 포스트엑조티시즘은 다양한 장르의 소설을 발표하는 일군의 작가 그룹이다. 무정부주의자, 테러리스트, 반체제 인사 등으로 구성된 이들 중 표면적으로 활동하는 사람은 앙투안 볼로딘 하나이며 이들은 다른 곳에서 나와 다른 곳으로 향하는 다른 곳의 문학, 서술자와 픽션 사이의 국가적 연관이 모조리 사라지는 문학을 지향한다. 이들의 주된 목표는 일탈과 쓰레기통, 전쟁과 혁명, 인종 청소와 패배의 기억을 안고 몽상적인 것과 정치적인 것, 샤머니즘을 뒤섞는 것이라 할 수 있으며 공식 문학과의 단절에 의의를 둔다. 이들의 작품은 프랑스어로 쓰였지만 프랑스 문학이 아니다(라고 본인들은 주장한다).

후장사실주의와 포스트엑조티시즘이 모두 새들에게 집착하는 것은 우연이지만 우연이 아니다. 후장사실주의자로 알려진 소설가 오한기가 무심코 한 말인 "앵무새가 앨런 튜링의 뇌를 쪼아 먹었다."에서 「펫 시티」는 시작되었는데 이는 무의식 중에 존재하는 새에 대한 공포심과 경외심에서 기인한 것이라고 역시 후장사실주의자로 알려진 소설가 이상우는 말했다. 금정연은 말한다(그 또한 후장사실주의자라고 알려져 있다). "새는 우리의 꿈과 무의식을 지배하는 형상이다." 앙투안 볼로딘 역시 '작가의 말'에서 밝히고 있듯『메블리도의 꿈』은 새와의 부딪침에서 시작해 새의 죽음으로 끝을 맺는다. 포스트엑조티시즘 작가로 알려진 루츠 바스만은 포스트엑조티시즘 작품이 감옥에 갇힌 이들이 독방에서 독방으로 속삭이고 중얼거리고 소리치며 교환한 조각난 파편의 텍스트들이 모여 쓰여졌다고 말했다. 오한기에 의하면 「펫 시티」 역시 아이메시지와 영상통화, 스카이프, 메일로 주고받은 조각난 텍스트로 이루어졌다. 불신자들에 의하면 루츠 바스만은 앙투안 볼로딘의 가명이며 오한기는 정지돈의 가명이다(오한기가 정지돈이 만들어 낸 인물이라는 음모론을 주장하는 평론도 존재한다). 2015년 진행한『파리 리뷰』와의 인터뷰에서 앙투안 볼로딘은 이렇게 말했다. 1990년대 이래 포스트엑조티시즘은 실체를 드러내고 확장되었지만 근본적으로는 처음과 동일합니다. 아무것도 변하지 않았습니다. 2020년, 금정연은 이렇게 썼다. 오래된 고서가 발견되었습니다. 발견자는 그 책이 사실은 다른 두 권의 책이 '엉성하게' 묶인 상태란 걸 알게 됩니다. 그 책을 읽으면서 발견자는 저자의 의도에 대해서 확신할 수 없습니다. "각 책의 내용은 어차피 독립된 것이고, 묶여진 것에 개의치 말자.", "두 책은 저자가 의도적으로 묶어 놓은 것이므로 읽는 자는 두 책 사이의 연결점을 찾아내야 한다."

3. 달의 새

B95는 붉은가슴도요 중 루파라는 아종이다. 루파는 개똥쥐빠귀만 한 섭금류다. 유선형 날개는 팔꿈치에서 뒤로 꺾여 있고, 끝으로 갈수록 가늘어진다. 북반구가 봄과 여름일 때 B95의 가슴과 얼굴은 대부분 밝은 적갈색을 띠며 등에도 군데군데 불그레한 깃털이 난다. 1년 중 나머지 계절에는 깃털이 바뀌어 온몸이 대체로 회색이나 흰색을 띤다.

B95라는 이름은 그 왼발에 동여맨 오렌지색 플라스틱 플래그에 새겨진 문자와 숫자 조합에서 왔다. B95는 부리가 길고 가슴이 탄탄한 완벽한 몸매의 수컷이다. 그가 이례적으로 긴 약 20년의 인생을 사는 동안 과학자들은 그를 네 번 붙잡아서 검사했고, 그 밖에도 쌍안경이나 관측용 망원경으로 수십 번 목격했다. B95는 나이가 대단히 많고 수많은 어려운 여행에서 살아남았기 때문에 세계에서 제일 유명한 섭금류로 이름을 알리게 되었다. B95는 몸무게가 겨우 113그램이지만 평생 5,323,000킬로미터 넘게 날았다. 지구에서 달까지 갔다가 반쯤 돌아오는 거리다. B95는 산꼭대기만큼 높은 상공에서 먼 옛날부터 쓰였던 하늘길을 날아 번식지를 오간다. 과학자들은 그를 '문버드'라고 부른다.

정지돈

이 글에 인용되거나 참조된 텍스트는 다음과 같다.

『미미한 천사들』(워크룸 프레스, 2018),『메블리도의 꿈』(워크룸 프레스, 2020),「페이퍼 시네마」(경기문화재단, 2017),『일방통행로 / 사유이미지』(길, 2007),『새들의 천재성』(까치, 2017), 'From Nowhere: An Interview with Antoine Volodine' in *The Paris Review* (2015), *FILO* #13,『자본에 대한 노트』(문학과지성사, 2020),『밤을 가로질러』(해나무, 2018),『담배와 영화』(시간의흐름, 2020).

작품 목록

☆ 한국어판 출간 예정

앙투안 볼로딘
메블리도의 꿈

초판 1쇄 발행. 2020년 6월 5일

번역. 이충민
편집. 김뉘연, 신선영
제작. 세걸음
발행. 워크룸 프레스
출판 등록. 2007년 2월 9일 (제300-2007-31호)
03043 서울시 종로구 자하문로16길 4, 2층
전화. 02-6013-3246 / 팩스. 02-725-3248
메일. workroom@wkrm.kr
www.workroompress.kr / www.workroom.kr

ISBN 979-11-89356-32-3 04860 / 979-11-89356-07-1 (세트)
19,000원

이 도서의 국립중앙도서관 출판예정도서목록(CIP)은
서지정보유통지원시스템(seoji.nl.go.kr)과
국가자료공동목록시스템(nl.go.kr/kolisnet)에서 이용하실 수
있습니다. CIP제어번호: CIP2020019892

이충민
서강대학교에서 불문학 학사·석사를 받았고, 파리8대학에서
박사 과정을 수료했으며, 서강대학교에서 프루스트 연구로
박사 학위를 받았다. 서강대학교 유럽문화학과 교수로 재직
중이다. 질 들뢰즈의『프루스트와 기호들』(공역), 란다 사브리의
『담화의 놀이들』, 미셸 드 세르토의『루됭의 마귀들림』, 다이
시지에의『공자의 공중곡예』, 앙투안 볼로딘의『미미한 천사들』
등을 한국어로 번역했고, 프루스트 연구서『통일성과 파편성—
프루스트와 문학장르』를 썼다.